好生活的需要，人民文学出版社决定再度与中国社会科学院外国文学研究所合作，以"网罗经典，格高意远，本色传承"为出发点，优中选优，推陈出新，出版新版"外国文学名著丛书"。

值此新版"外国文学名著丛书"面世之际，人民文学出版社与中国社会科学院外国文学研究所谨向为本丛书做出卓越贡献的翻译家们和热爱外国文学名著的广大读者致以崇高敬意！

"外国文学名著丛书"编委会
二〇一九年三月

出版说明

人民文学出版社自一九五一年成立起,就承担起向中国读者介绍优秀外国文学作品的重任。一九五八年,中宣部指示中国科学院文学研究所筹组编委会,组织朱光潜、冯至、戈宝权、叶水夫等三十余位外国文学权威专家,编选三套丛书——"马克思主义文艺理论丛书""外国古典文艺理论丛书""外国古典文学名著丛书"。

人民文学出版社与中国科学院文学研究所,根据"一流的原著、一流的译本、一流的译者"的原则进行翻译和出版工作。一九六四年,中国社会科学院外国文学研究所成立,是中国外国文学的最高研究机构。一九七八年,"外国古典文学名著丛书"更名为"外国文学名著丛书",至二〇〇〇年完成。这是新中国第一套系统介绍外国文学作品的大型丛书,是外国文学名著翻译的奠基性工程,其作品之多、质量之精、跨度之大,至今仍是中国外国文学出版史上之最,体现了中国外国文学研究界、翻译界和出版界的最高水平。

历经半个多世纪,"外国文学名著丛书"在中国读者中依然以系统性、权威性与普及性著称,但由于时代久远,许多图书在市场上已难见踪影,甚至成为收藏对象,稀缺品种更是一书难求。在中国读者阅读力持续增强的二十一世纪,在世界文明交流互鉴空前频繁的新时代,为满足人民日益增长的美

外国文学名著丛书

〔法〕左拉 / 著

萌　芽

黎柯 / 译

"外国文学名著丛书"编委会

人民文学出版社

Emile Zola
GERMINAL
Fasquelle Editeurs, Paris, 1952

图书在版编目(CIP)数据

萌芽/(法)左拉著;黎柯译. — 北京:人民文学出版社,2020
(外国文学名著丛书)
ISBN 978-7-02-015969-7

Ⅰ.①萌… Ⅱ.①左…②黎… Ⅲ.①长篇小说—法国—近代 Ⅳ.①I565.44

中国版本图书馆 CIP 数据核字(2019)第 296960 号

责任编辑　刘　彦
装帧设计　刘　静
责任印制　王重艺

出版发行　人民文学出版社
社　　址　北京市朝内大街 166 号
邮政编码　100705
网　　址　http://www.rw-cn.com

印　　刷　三河市中晟雅豪印务有限公司
经　　销　全国新华书店等

字　　数　381 千字
开　　本　850 毫米×1168 毫米　1/32
印　　张　17.875　插页 3
印　　数　1—5000
版　　次　1982 年 9 月北京第 1 版
印　　次　2020 年 6 月第 1 次印刷

书　　号　978-7-02-015969-7
定　　价　59.00 元

如有印装质量问题,请与本社图书销售中心调换。电话:010-65233595

左拉

编委会名单
（以姓氏笔画为序）

1958—1966

卞之琳	戈宝权	叶水夫	包文棣	冯　至	田德望
朱光潜	孙家晋	孙绳武	陈占元	杨季康	杨周翰
杨宪益	李健吾	罗大冈	金克木	郑效洵	季羡林
闻家驷	钱学熙	钱锺书	楼适夷	蒯斯曛	蔡　仪

1978—2001

卞之琳	巴　金	戈宝权	叶水夫	包文棣	卢永福
冯　至	田德望	叶麟鎏	朱光潜	朱　虹	孙家晋
孙绳武	陈占元	张　羽	陈冰夷	杨季康	杨周翰
杨宪益	李健吾	陈　燊	罗大冈	金克木	郑效洵
季羡林	姚　见	骆兆添	闻家驷	赵家璧	秦顺新
钱锺书	绿　原	蒋　路	董衡巽	楼适夷	蒯斯曛
蔡　仪					

2019—

王焕生	刘文飞	任吉生	刘　建	许金龙	李永平
陈众议	肖丽媛	吴岳添	陆建德	赵白生	高　兴
秦顺新	聂震宁	臧永清			

目　次

译本序 ………………………………… 郑克鲁 *1*

第一部 ……………………………………… *1*
第二部 ……………………………………… *75*
第三部 ……………………………………… *141*
第四部 ……………………………………… *207*
第五部 ……………………………………… *307*
第六部 ……………………………………… *389*
第七部 ……………………………………… *455*

译 本 序

爱弥尔·左拉是十九世纪后期法国最重要的作家,也是这一时期世界上影响最大的作家之一:自然主义一时风靡全球,许多作家竞相效颦,趋之若鹜,这种情况一直延续到二十世纪上半叶。至今,左拉仍然是拥有最多读者的法国作家之一。

《萌芽》是左拉当之无愧的代表作。长期以来,读者已经给他的作品作出公允的评价。据奥古斯特·德扎莱一九六九年统计,在读者最多的二十五部法国小说中,左拉的小说占了四部,而《萌芽》在这四部小说中又名列首位。[①] 这是毫不奇怪的,因为《萌芽》在文学上第一次生动地描写了资本主义社会的主要矛盾——劳资双方你死我活的斗争;在艺术上,《萌芽》充分表现了左拉的风格和特色,属于左拉最出色的作品。

《萌芽》的产生似乎出于偶然。一八八四年二月十九日,法国北部的采煤区昂赞发生大罢工,报纸迅速作了报道。左拉闻讯赶往现场,二月二十三日到达,进行了一系列调查和访问,三月三日返回巴黎。四月二日他动笔创作《萌芽》,一八

[①] 见奥古斯特·德扎莱:《阅读左拉作品》,第四十四页。

八五年一月二十三日完稿。一八八四年十一月起,小说在《吉尔·布拉斯》报上连载,至一八八五年二月载完。三月出单行本。

实际上,左拉写出他这部达到高峰的作品,有着多方面的原因。

《萌芽》属于《卢贡-马卡尔家族》的第十三部作品。《卢贡-马卡尔家族》是"第二帝国一个家族的自然史和社会史"①。第二帝国的统治从一八五一年十一月十二日拿破仑第三发动政变开始,至一八七〇年法军在色当全军覆没、拿破仑第三被俘为止。这正是左拉的青少年时期。一八六八至一八六九年,左拉看过勒图尔诺的《激情生理学》和吕卡医生的《自然遗传论》,②又从泰纳的实证主义评论中得到启发,他决心仿效巴尔扎克,而又不同于巴尔扎克,在《巴尔扎克和我的不同》一文中,他说明自己想写一套更注重"科学"方面而不是社会方面的小说。这就是后来的《卢贡-马卡尔家族》。一方面,他要"研究一个家族中血缘和环境的问题",另一方面,要"研究第二帝国……描绘一整个社会时期"。③ 但在他列出的十部小说中,还没有《萌芽》。从一八七一年发表《卢贡的命运》至一八八四年二月发表《生的欢乐》,左拉写出了几部轰动一时的作品:一八七七年的《小酒店》使左拉成为全国注目的作家,报刊对这部小说展开了激烈的争论;一八八〇年《娜娜》出版的第一天就售出五万多册;同年左拉把他的文艺

---

① 这是《卢贡-马卡尔家族》的副标题。
② 据左拉的信徒阿莱克西斯回忆,左拉当时尚未读过克洛德·贝纳尔的《实验医学研究导论》,直至一八七八年才读到这部著作。
③ 见《卢贡-马卡尔家族》的写作计划。

论文搜集成册,出版了《实验小说》。一句话,至一八八四年,左拉已经写出了《卢贡-马卡尔家族》这套自《人间喜剧》以来最大型的多卷体长篇小说中的几部重要作品,艺术上已进入成熟阶段。而且,他的艺术思想和自然主义的纲领都已明确提出。

左拉在创作《卢贡-马卡尔家族》的过程中,曾提到要"描绘我们时代的一个工人家庭"。写完《小酒店》之后,他有了写第二部关于工人的小说的计划,他想到的是"巴黎的劳动者",这是"作为起义的革命工具的工人,巴黎公社的工人"。左拉并没有写出这个长篇,只在一八八三年发表了一篇两万多字的小说《雅克·达木尔》。这篇小说描写一个巴黎公社社员的悲惨命运:公社失败后他被判流放美洲,但在流放期间逃走,被当局误认为淹死,妻子因而改嫁,他回法国后和妻子不能团圆,过着隐居的生活。小说表达了左拉对公社社员的深切同情。一八八三年七月,左拉有了描写工人罢工的打算,秋天开始搜集材料,并阅读了大量有关工人的著作,例如路易-罗朗·西莫南的《地下生活》(1867),这部作品叙述女工生活、矿工的迷信、运煤事故等;多尔穆瓦的《瓦朗西埃纳的煤矿盆地》,这本书介绍地层、矿脉和工资情况;基约的《社会地狱》(1881),这是政治经济学方面的著述;还有博安-布瓦索的《煤矿工人的疾病、事故和畸形》。他还翻阅了《法国矿工的陈情书》(1883)和《法院通报》。他曾访问矿工,下到矿井,亲身体验工人的艰苦工作环境。不仅如此,他还阅读了拉弗莱的《现代社会主义》(1881)和勒罗瓦-博利厄的《十九世纪工人问题》,力图了解社会主义的理论和工人运动情况。一八八四年三月他去听取法国社会主义者的领袖盖德和龙格

(马克思的女婿)在工人党会议上的讲话。关于国际工人联合会,左拉曾在笔记中记下了这个组织"建立于一八六四年九月二十八日,在圣马丁大厅,在马克思组织的会议之后……由卡尔·马克思起草宣言和纲领",并记录了纲领中的话:"劳动者的解放,应是劳动者自己的事业……"左拉的评语是:"这是新的《社会契约论》!可是天啊,还没有一本历史教科书谈到这个!"①尽管左拉并不真正了解社会主义的理论,他在给友人的信中却非常自信地说:"我有着写一部社会主义小说的一切必要资料。"②由此看来,一八八四年昂赞煤矿工人大罢工只不过是一个触发左拉创作《萌芽》的客观因素,因为他在各个方面都已作了充分准备,写作条件早已成熟。

《萌芽》在世界文学史上,是第一部正面描写产业工人罢工的小说。它成功地再现了罢工的过程,从而展现了当代资本主义社会的重大社会现象,提出了振聋发聩的社会问题。

在十九世纪下半叶的法国,随着资本主义的发展,罢工越来越频繁。法国资本主义在七月王朝(1830—1848)和第二帝国时期有长足的进展,工业革命是在第二帝国时期完成的。马克思指出:法国"资产阶级社会免除了各种政治牵挂,得到了它梦想不到的高度发展。工商业扩展到极大的规模。"③第二帝国时期的工业产值比七月王朝时增加了约两倍。其中,石炭和褐煤的开采量由于采矿业实现了许多改进,增加了两倍多。结果生产过剩,煤炭价格下跌。在资本主义得到发展

---

① 见阿尔芒·拉努:《你好,左拉先生》,第三〇五页。
② 一八八四年三月十六日的信。
③ 马克思:《法兰西内战》,《马克思恩格斯选集》第二卷第三七四页。

的同时,工人却日趋贫困。第二帝国时期,工人的工资增加了百分之八至百分之十,而食品和房租却上涨了百分之五十左右。因而罢工彼伏此起,在拉里卡马里、奥班和勒克雷佐等矿区都曾爆发过罢工。仅昂赞一地,一八六六、一八七二、一八七七和一八八〇年就相继发生过四次罢工。工人生活的贫困化和罢工的浪潮引起了左拉的注意。他较深入地接触到工人的生活状况后,对工人的认识有了很大的变化。在《小酒店》中,他在很大程度上把工人生活的贫困归咎于酗酒等等生理上的原因,而没有看到工人和老板之间的尖锐矛盾。左拉初步接触到社会主义理论和工人运动以后,思想上有了一个飞跃,他给《萌芽》这部小说定下的基调远远高出于他以往的作品。

《萌芽》的主题不仅是崭新的,而且左拉意识到它的重要性。他在小说草稿本中提纲挈领地写道:"我的小说描写工资劳动者的起义,这是对社会的冲击,使它为之震动;一句话,描写资本和劳动的斗争。小说的重要性就在这里:我希望它预告未来,它提出的问题将是二十世纪最重要的问题。"列宁指出:"无产阶级特有的斗争手段即罢工,是发动群众的主要方法,是有决定意义的事件波浪式的增长中的最突出的现象。"又说:"任何一次罢工不是资本主义社会的小危机又是什么呢?普鲁士内务大臣封·普特卡默先生说过一句有名的话:'在每一次罢工中都潜伏着革命的九头怪蛇。'他说得难道不对吗?"[①]罢工集中地反映了资本主义社会的两大

---

① 列宁:《关于1905年革命的报告》,《列宁全集》第二十三卷第二四五页和二五二页。

阶级——资产阶级和无产阶级在经济和社会领域的斗争,有时还体现了尖锐的政治斗争,它往往是经济危机所促成的,又加深了这个社会所固有的矛盾和危机,是令人瞩目的社会现象。

《萌芽》确实把"资本和劳动的斗争"气势磅礴地描写出来了。

小说首先写出了罢工的根本原因。《萌芽》描绘了矿工极其触目惊心的工作条件,小说不啻是煤矿工人的一份控诉书。资本家只顾追求利润,不顾工人死活,矿井里的设备年久失修,极不完备,遇到松软的地层,会有塌陷危险。有时瓦斯骤然增多,会将矿工熏死。有的煤层较薄,矿工必须趴在那里挖掘,他们活像夹在两页书中的一只虫子,受到被活活压扁的威胁。矿工一身漆黑,只有眼睛和牙齿闪出亮光。他们像畜生一样,身上一丝不挂,浑身给煤和汗水弄得污秽不堪,四肢累得要散架,"简直是一幅地狱的景象"。这样艰苦的劳动一天只得到三个法郎,连普通的手工业工人的收入还不如。因此井下多的是女工和童工,他们推着沉重的斗车,累得汗如雨下。即使因工伤残废,也得用大锤子打碎煤块,继续干活。老矿工马赫一家十口,有五个人劳动,却仍然入不敷出。老祖父在煤矿生活了五十年,有四十五年在矿井里度过,而养老金不到十个苏。等待着矿工的是贫血症、矽肺、关节瘫痪。住屋拥挤不堪,一天劳累下来,需要洗澡,也只能当着客人的面去洗。一边是矿工非人的生活,另一边是公司经理格雷古瓦家豪华的住宅,他一个人所得抵得上五十个矿工家庭的血汗收入,连最不值钱的陈设也够工人们吃一个月,千万饥寒交迫的人们拿血肉养肥了资本家。经理的女儿赛西儿容光焕发,而马赫的七个孩子不是病弱就是残废。赛西儿即使日上三竿,依然慵倦不起,而卡特琳半夜就得上工。工人们高喊要面包,资产者却在欢宴。矿工们饥肠辘辘和赛西儿订婚的晚宴适成对照。无产者和资产者之间的生活鸿沟隐伏着深刻的矛盾和危机,他们的冲突总有一天要爆发。《萌芽》并非第一部描写工人悲惨生活的小说,发表在《萌芽》之前的有:埃克托·马洛的《无家可归》(1878),莫里斯·塔尔梅的《瓦斯爆炸》(1880),伊夫·基约的《社会地狱》(1882),它们对矿工生活都有不同程度的描写,但并没有写到贫富的强烈对比,更没有指出资产阶级的财富是建立在榨取无产阶级的血汗劳动基础之上的事实。《萌芽》则不同,左拉认识到这是工人罢工的症结所在,他不是单纯地描写工人的地狱般的生活,而是透过事实看到本质的社会现象,这就大大胜过了别的作家。

矿工生活只不过是小说中的背景描写,小说的中心情节是罢工。这场轰轰烈烈的罢工,是有了阶级觉悟的工人的集体行动。罢工有较正确的思想指导,是在国际工人联合会领导和支持下进行的。在罢工中,工人们同无政府主义者和工贼作了一系列的斗争。虽然这次罢工仍带有工人运动初期捣毁机器等泄愤的性质,但它不仅仅提出了经济要求,还接触到政治权利:要求废止镇压和束缚工人行动的里卡多法案。《萌芽》对这场罢工的描绘是符合现实的。当时,马克思主义在法国的传播还处于初期阶段,第一国际法国支部成立于一八六四年九月,但工人运动受到蒲鲁东主义的影响,无政府主义思潮十分流行。主人公艾蒂安的思想中混杂着空想社会主义甚至达尔文主义是毫不奇怪的。但他是国际工人联合会的代表,工人们正是在艾蒂安的启发下觉悟起来。以前,矿工们

7

像牲口一样生活在矿井里,像采煤的机器一样在地下转动,对外界事物不闻不问,因此有权有势的富人才能为所欲为。艾蒂安向他们指出了资本是剥削的结果,劳动者有权利和义务收回这笔掠去的财富。他说,资产者每逢经济危机就不惜饿死工人,以保证他们自己的利润,"难道这不伤天害理吗?"他还向工人们描述了未来世界按劳付酬的图景。于是工人们闭塞的小天地打开了,"一束强光照亮了这些穷苦人的黑暗生活"。在初步觉悟的工人身上,一代代累积的愤怒和仇恨爆发了。两千五百个矿工像大海的波涛,席卷而来,封闭了所有的矿井。罢工浪潮蔓延开去,上万个工人参加了行动。他们大公无私、团结一致、英勇斗争。矿工的生活本来就很艰难,罢工后断绝了经济来源,大家却毫无怨言,甘愿变卖家中的一切实物。尤其是矿工们面对军队的刺刀,毫无畏葸,有的献出了自己的生命。这是一曲无产阶级同资产阶级英勇搏斗的赞歌。左拉写出了工人罢工的巨大力量,显示了产业工人的组织性和坚定性。小说描写的不是十九世纪上半叶从事个体劳动或作坊里的工人,而是自一八四八年以来意识到自身力量的工人群众,是从手工业过渡到大工业的无产阶级。他们在反对取得统治地位的资产阶级、反对寡头政治、反对剥削压迫中站到了历史的前台。这是无产阶级作为整体力量第一次出现在文学作品中。这就是《萌芽》的重要意义所在。

《萌芽》并没有用低沉的调子去表现罢工斗争以失败告终,它充满对未来的憧憬和乐观的情调,应该说,这是一部悲壮的史诗。左拉在创作这部小说时,曾经反复推敲过作品的基调。他想到法国大革命时期共和三年芽月十二日(1795年4月1日),饥饿的民众拥入国民公会,高呼"要面包和九三年的宪法"。"我一直在寻找一个名字,表达新人的成长和劳动者为了摆脱至今仍在挣扎的艰苦劳动环境,甚至是不自觉地作出的努力。有一天,我偶然说出了'萌芽'这个字。起先我不想要这个名字,觉得它太神秘,太有象征性,但它包含了我所要寻找的东西:革命的四月,老朽的社会在春天里焕然一新……倘使它对某些读者有点隐晦,对我来说却像一注阳光,照亮了整个作品。"①"萌芽"这个孕育希望和前途的象征在情节中时隐时现,贯穿始终。在小说第三部分,随着春天到来,这个象征出现了,主人公望着麦浪,"当人们在地下为受苦受累而悲叹的时候,一片生机正在地面上萌芽和迸发。"在深夜聊天时,他又想起来,"如今矿工们彻底觉悟了,他们像埋在地下的一颗良种,开始萌芽了。"在罢工中,小说写到"在矿井深处,一支大军正在成长,这代新人就像是正在萌芽的种子,不久将在温暖的阳光照耀下破土而出,茁壮成长。"直到最后,主人公怀着希望离开矿区,踏上新的征途,小说以这样一句话结束:"人们一天一天壮大,黑色的复仇大军正在田野里慢慢地生长,要使未来的世纪获得丰收。这支队伍的萌芽就要冲破大地活跃于世界之上了。"左拉的作品往往以悲剧结局,情调较低沉;《萌芽》虽以悲剧结尾,但情调却是轻快乐观的。左拉以洋溢着激情的兴奋笔调写道:"矿工们已经检阅了自己的队伍和力量,以他们的正义呼声唤醒了全法国的工人……资产阶级已经听到脚下的震动,一下接着一下,直到把这个摇摇欲坠的腐朽社会彻底摧毁。"这种带有预示性的乐观情调给这场罢工斗争赋予了高昂的战斗气息,使小说具

---

① 一八八九年十月六日致冯·桑登·科尔夫的信。

有史诗的悲壮气势,画面雄浑而又富有抒情意味。这是左拉对工人阶级本身孕育的力量、对未来社会的远景抱有充分信心的表现,也是对社会现实进行了深刻的洞察分析,从而对日常的生活现象进行概括提炼的结果。毫无疑问,这已经摆脱了在现实之上爬行的自然主义描写方法,不能不说是左拉遵循现实主义方法的一个胜利。

在这场绘声绘色的罢工斗争中出现的工人形象是塑造得较为成功的。

在法国文学史上,艾蒂安是第一个有阶级觉悟的工人形象。他本是个正直善良的机械工人,来到蒙苏煤矿后,做了一个采煤工。他是工人运动的组织者,作为国际工人联合会的会员,在蒙苏矿区大力发展新会员,组成了一个支部。他刻苦钻研社会主义的理论著作,虽然他对马克思的学说了解得不深刻,受到蒲鲁东的理论的迷惑,但他毕竟与无政府主义者不同。他主张在经济问题上据理同公司进行斗争,不主张采用破坏机器以致危及工人生命的行动。他同无政府主义者苏瓦林和非暴力主义者展开了面对面斗争。通过罢工,他经受了一次革命的洗礼,在政治上更加成熟起来。他认识到工人是最伟大的,"唯有他们才是最高尚的阶级和能够使人类自强不息的力量",确信"新的社会将从新的血液中诞生"。左拉曾计划让他在一部描写巴黎公社的小说中再出现。这是一个在基层涌现出来的工人领袖的形象。他的成长过程写得十分自然。

《萌芽》花了不少笔墨描写老矿工马赫的一家,这是一个典型的煤矿工人家庭。马赫的老祖宗发现了煤矿并参加了煤矿的初建工程,他一家世世代代在煤矿干活已有一百年的历史。他们为矿主卖命,先后有六口人在矿井里丧生。马赫的父亲为煤矿卖了一辈子的苦力,如今病魔缠身,等于废人,连吐出来的痰都是黑的。马赫是个受人尊敬的正直矿工,他在艾蒂安的启发下参加了国际工人联合会,罢工中带领工人去请愿,面对军警脸无惧色,终于饮弹而亡。马赫的妻子是个有血有肉、形象丰满的人物。左拉在草稿中认为应"让全部光亮集中在母亲身上"。她原是推煤车的女工,如今为了维持十口之家,日夜操劳。罢工时家里一无所有,她仍然鼓动矿工坚持下去。她对艾蒂安说:"我们挨了两个月的饿,把家当都卖光了,孩子们也病了,难道就这样白白地算了?还要叫我们过那不合理的日子吗?"她鼓励丈夫去斗争,解救被关进监狱的伙伴。丈夫死后,她不得不顶替丈夫的工作,下到矿井,干十小时的累活。通过眼前发生的事,她逐渐明白,复仇的一天总会到来,吞噬他们血肉的偶像将会倒塌。这个善良的妇女在生活的逼迫下终于爆发出愤怒的呼喊,她体现了矿工们逐步觉悟的形象。这是个真实的劳动妇女,平凡而又伟大。她具有工人勤劳朴实、坚韧不屈和勇于牺牲的优秀品质。

在艺术上,《萌芽》也代表了左拉的风格。左拉的创作受到自然主义的重大影响,但不少作品基本上还是遵循现实主义的创作方法。《萌芽》从主要方面来看,是一部现实主义的小说。毋庸置疑,巴尔扎克给予了左拉良好的影响。巴尔扎克细密地观察事物,善于鸟瞰全局,注重事件的社会意义,关心矛盾冲突的发展和人物形象的塑造等等,左拉都有所师承。在《萌芽》中,煤矿工人的生活、矿井的构造和非人的劳动条件,还有资产者的奢华,都得到真实的再现,左拉运用的是现实主义的笔触。这是《萌芽》的主体部分,完全值得肯定。左拉的描绘具有粗犷、扎实、浑厚、巨细无遗的特色,这些地方同巴尔扎克的现实主义风格较为接近。但是,左拉的小说还是明显地有别于巴尔扎克小说的风格。

巴尔扎克的小说往往开首是对环境的长篇描述,然后才引入正文,人物出场。左拉的写法则不一样,他的小说总是一开始主人公就登场露面,马上进入情节,以求一下子吸引住读者的兴趣。《萌芽》的开篇是一个有名的画面:在原野上有一个人踽踽独行,这就是失了业的艾蒂安,他来到了煤矿区。随着主人公的足迹,作家把读者带到一个他们不熟悉的新天地里。这种开场避免了拖沓的描写,笔墨简练而生动。

在结构上,左拉比巴尔扎克更注重有机的联系,安排得当。《萌芽》的结构尤为严密。小说共分七部分。开头四个部分是引子、开场、发展、深入,一步步描写矿工反抗的情绪的产生、扩大和高涨,第五部分是全书的高潮——罢工,后两部分描写罢工的失败经过和尾声,全书形成一个整体。情节的进展井然有序,节奏沉稳有力,气势雄健遒劲,具有史诗的特点。与左拉同时代的大批评家儒勒·勒梅特尔说得很对:"《萌芽》的风格由于强有力的缓缓进展、广阔的潮流、细节的累积和作者手法的直率而具有古代史诗的风格。"左拉也认为《萌芽》是"一幅巨大的壁画"。① 这种从容、稳当的节奏同均衡、比例得当的结构密不可分,既是左拉小说的优点,也是其特点。

在写景状物方面,左拉一向不以辞藻华丽取胜,他的文字

---

① 一八八五年三月二十二日致亨利·塞阿尔的信。

同巴尔扎克相比也显得呆板一些。最明显的手法是,他喜欢重复运用有特征意义的形容词去描写环境。《萌芽》最常用的形容词是"黑的"。煤矿地区的特点就是一片黑色。矿区外面是黑色的煤炭和煤灰,矿井里面是黑洞洞的,矿工浑身是黑乎乎的,他们吐出的痰是黑的,死时流出的血也是黑的。小说共四十章,只有十章是在阳光下进行。这个天地仿佛是"一种物质构成的黑夜"。只有在下雪时,村庄才变成白色,但"像包裹在尸布里一样"。如果说白色是死寂、虚无的标志的话,黑色就是忧郁、恐惧、压迫的象征。这黑沉沉的天地就是矿工们生活着的现实世界。这富有象征意义的环境描写具有版画一般的严峻苍凉的力量,增添了小说悲壮的色彩。

然而,《萌芽》仍然明显地存在着自然主义的痕迹。在描写男女矿工的私生活时,左拉往往运用自然主义的笔法。现实主义要求一个作家有选择地提取生活现象,描写具有本质意义的社会生活,而自然主义则主张实录生活现象,甚至实录污秽的不堪入目的场景。这种描写往往既不反映人物的思想特征,又不能表现多少社会内容,甚至引起相反的作用,在某种程度上也反映了作家对描写对象的错误看法。《萌芽》中的自然主义描写就是如此。在左拉看来,矿工的无知、粗鲁和不文明使他们作出一些纵欲行动或下流动作。左拉这种看法使他笔下的工人形象减色不少。

另外,左拉对资产阶级也是存有幻想的,他不认为资产阶级摧残人性,他在草稿中一再表明资产者"甚至有善良感情",要在小说中"写出老板们追求利润也有人性"。左拉认为并不需要使用暴力,"合法斗争将来有一天也许更为有力"。他幻想通过工人平静地参加工会,把政权夺取过来,就会变成主人。所以他以责备的态度描写罢工中出现的混乱行动:赛西儿被扼死,暗杀哨兵,等等。而埃纳博不怨恨矿工,原谅了他们;德内兰也认为工人们不明底细,才贸然行动。左拉多次表白过:"我所愿意的,就是对这个世界的幸运者即当主人的人高呼:你们小心……看看这些劳动和受苦的生活悲惨的人们吧。或许还来得及避免最后的灾难。但要赶快变得正义一些,否则就会毁灭。"又说:"我唯有一个愿望:引起怜悯和正义的呼声,让法国最终不会被一小撮政客葬送……是的,发出怜悯的呼吁,正义的呼吁,我没有更多的愿望。"左拉这种改良主义思想削弱了小说的批判力量。左拉毕竟是个资产阶级作家,他还不可能完全否定自己所属的阶级以及资产阶级社会,他的揭露和批判必然是有限度的。

尽管如此,《萌芽》仍不失为一部正确表现工人运动的小说。它出版后受到了普遍的赞赏。莫泊桑指出:"毫无疑问,没有一部书包含了那么多的生活和运动。"巴比塞在自己的专著《左拉》中也认为《萌芽》等小说"就像流星一样降落在描写现代工人的苍白或矫揉造作的小说中间"。有的作家正确地指出,今天的社会条件虽然改变了,但《萌芽》依然具有现实意义,因为劳资的对抗并未完结。一句话,《萌芽》的价值就在于它形象地记录了早期工人运动的一曲战歌,表明工业无产阶级已登上了历史舞台。《萌芽》是在高尔基的《母亲》问世之前写得最成功的反映工运的长篇小说,它在世界文学史上的重要地位是无可争议的。

郑 克 鲁
一九八一年十月

第 一 部

一

夜,阴沉漆黑,天空里没有星星。一个男人在光秃秃的平原上,孤单单地沿着从马西恩纳通向蒙苏的大路走着。这是一条十公里长、笔直的石路,两旁全是甜菜地。他连眼前黝黑的土地都看不见,三月的寒风呼呼刮着,像海上的狂风一样凶猛,从大片沼泽和光秃秃的大地刮过来,冷得刺骨,这才使他意识到这里是一片广漠的平原。举目望去,夜空里看不到一点树影,脚下只有像防波堤一样笔直的石路在伸手不见五指的夜色中向前伸展着。

这个人是夜里两点钟光景从马西恩纳动身的。他迈着大步向前走着,身上只穿一件磨薄的棉布上衣和一条绒裤,冻得直哆嗦。他随身带着一个用方格手帕包着的小包,他的双手已经冻僵,被刺骨的东风吹裂的口子在流血,他为了要把双手同时插在裤袋里,只得把小包夹在腋下,一会儿夹在右边,一会儿又换到左边,很是不便。这个无工可做、无家可归的工人,空空的脑子里只有一个念头,那就是盼望天亮以后,寒气会稍减一些。他已经这样走了一个钟头。这时他在离蒙苏两公里左右的地方,瞧见马路左边有一些红红的火光,是露天里烧着的三堆火,看去好像悬挂在半空中似的。他先是有些害怕,犹豫了一阵;后来,他难受得再也忍不住要烤烤手来暖和一下。

道路渐渐往下。什么都看不到了。路右边是一道护挡着一条铁路的木板墙,左边是一个长满荒草的斜坡,斜坡上隐隐约约地露出一些房屋的山墙尖,看过去好像是一个村子,村里全都是一个式样的矮房子。他又走了大约两百步。忽然在一个转弯的地方,火堆又出现在他的眼前,他也弄不清楚为什么这些火堆会在死寂的夜空里如此熊熊地燃烧着,把夜空烧得烟雾腾腾。这时候地面上的另一幅景象使他不禁止住了脚步。这是一个庞然大物,是一群密集的低矮建筑,中间高耸着一个工厂烟囱的影子,从满是污垢的窗户透出几道微弱的灯光,有五六盏半明不暗的吊灯挂在外面的木架上。这些木架被烟熏得乌黑,隐隐约约地可以看出那是一排巨大的台架。在这个被黑夜和烟雾所淹没的奇异景象中,只有一种声音——不知是哪儿的一部蒸汽机正在呼呼地跑气。

于是,这个人认出这是一个矿井。但他立刻又感到不知如何是好,有什么用呢?哪里都不会有工作。他没朝这些建筑走去,而是不顾一切地登上了矸子堆,因为那儿有在铸铁炉里烧着的三团煤火,这是为工作时照明和取暖用的。清理工的工作一定要干到很晚,因为现在他们还在那儿清除废石烂土。这时候他听到了井口工在台架上推煤车的声音,也看清楚了在每个火堆旁翻斗车的来来回回的人影。

他走近一炉煤火,说了声:"你好!"

一个赶车人正背靠着炉火站着,这是个老头,穿一件紫色毛衣,戴一顶兔毛鸭舌帽,他的那匹大黄马像一头石马站在那里,一动不动,等着人们把它拖来的六节斗车倒空。卸车工人是一个红头发的小伙子,长得干瘪瘦小;他不慌不忙,懒洋洋地用手按着卸车手柄。矸子堆上凛冽的寒风刮得越来越大,它那一阵阵的怒吼,有如挥动着的长柄镰刀一般。

"你好。"老头子回答说。

一阵沉默。来人觉得别人在用怀疑的目光打量他,就立刻说出自己的姓名。

"我叫艾蒂安·郎蒂埃,是个机器匠……这儿有活儿干吗?"

火光照亮了他的脸,他看来有二十一二岁,满头棕发,长相俊美,尽管小手小脚,却很有精神。

赶车人感到放了心,摇着头说:

"没有,没有,没有机器匠的活儿……昨天还有两个人来过,什么活儿也没有。"

一阵狂风打断了他们的话。过了一会儿,艾蒂安又指着矸子堆下面一片阴暗的建筑物问道:

"这是个矿井吗?"

这一次,老头子没有立即回答,因为一阵急促的咳嗽使他喘不上气。咳到最后,他吐出一口浓痰,在被火映红的地面上留下一个黑点。

"是啊,是个矿井,沃勒矿井……你瞧,前面就是矿工的住区。"

他说着伸出胳臂,在漆黑的夜色中,指着那位年轻人原先看到过屋顶的那个村庄。这时六节斗车已经倒空,老头子连鞭子也没动一下,就拖着两条因风湿病而显得僵直的腿跟着车走了。大黄马不用人赶独自往回走去,它在路轨当中沉重地拉着斗车;又一阵急风,吹得鬃毛都竖立起来。

沃勒矿井现在像从梦境中展现出来。艾蒂安在煤火前一面专心地烤着他那冻得流血、可怜的双手,一面望着沃勒矿井。他看出矿井的每一个部分:选煤棚的柏油顶,井架,宽阔的采掘机厂房,安置抽水机的方形小塔。这个在一块洼地底层建起的矿井,有着一片低矮的砖砌建筑物,它的烟囱直立在那里,像是一个吓人的大犄角;在他看来,这个矿井好似一个饕餮,蹲在那里等着吃人。他一面观察这个矿井,一面想着自己,想着自己八天来到处寻找工作的流浪生活。他回想到自己本来是在铁路工厂的车间里干活,只因为打了工头几记耳光,结果被赶出了里尔,哪儿也不收留他。星期六,他到了马西恩纳,听说那里的铁工厂有工作,然而,什么工作也没有;不论是在铁工厂还是索纳维勒工厂,他都没有找到工作。他不得不藏身在造车厂的木料堆底下挨过了一个星期天;那里的看料人在夜里两点钟把他赶了出来。他一无所有,一文不名,连一块面包干也没有。他这样到处流浪,连个避风的地方也不知道上哪儿去找,究竟怎么办呢?不错,这是个矿井,寥寥几盏挂灯照亮了贮煤场,一扇门突然打开了,他瞧见在强烈的光线照耀下的蒸汽锅炉。他这才明白方才听见的那种呼呼喘粗气的声响是怎么回事了,原来是一部抽水机,它像一个堵住了嗓子眼儿的怪物在喘气。

卸车的小工弓着背,连看都没看他一眼。艾蒂安正要拾起自己落在地上的小包,一阵急促的咳嗽声告诉他,赶车老人又回来了。老头子牵着拖着六节装得满满的斗车的黄马从暗处慢慢走出来。

6

"在蒙苏有工厂吗?"年轻人问。

老人啐了一口黑痰,在大风中回答说:

"哦!工厂可不少,三四年前可热闹呀!百业俱兴,就是找不到人手,从来也没赚过那么多的钱……现在又该勒紧裤带啦。这一带可够惨的,工人被解雇了,工厂一个跟着一个地关了门……这也许不是皇帝①的过错,可是,他为什么要到美洲去打仗呢?更不说霍乱害得人畜全都死了。"

两个人断断续续,简短地聊了几句,不住地发牢骚;艾蒂安说他已徒劳奔走了一个多星期。难道非把人饿死不成?眼看就要把人逼成乞丐了。"是啊,"老头说,"这绝不会有好下场,上帝不允许使这么多的基督徒无家无业。"

"已经不能天天吃肉了。"

"有面包吃就不错!"

"真的,哪怕光有面包吃也好啊!"

他们说话的声音消失了,被淹没在一阵阵狂风发出的忧郁的吼声中。

"你看,"赶车人转身朝着南面大声说,"那边就是蒙苏……"

他接着又伸出胳臂,在黑暗中一面说着名字,一面指着一些看不清的地方。在蒙苏,伏维勒糖厂还开着,霍东糖厂最近裁减了工人;除了杜迪叶尔面粉厂和为煤矿制造钢缆的布勒茨绳索厂还勉强支撑着以外,别的工厂多半都不行了。然后,他的手画了半个圆圈,又指着北面的半边天说:"索纳维勒建筑材料厂接到的订货还不及以往的三分之二,马西恩纳铁工

---

① 指拿破仑第三。

厂的三座高炉,只有两座烧着。还有,格日布瓦玻璃厂正闹罢工,因为据说那儿要降工资。"

"我知道,我知道,"年轻人每听老头说到一点,就连声这样说,"我是打那边来的。"

"眼下我们这儿还凑合,"赶车人补充了这么一句,"不过矿井也减产了。你看对面的维克托阿炼焦厂,也只有两组炼焦炉还点着。"

他又啐了一口痰,把空斗车挂好,跟着他那匹半睡不醒的马走了。

现在,艾蒂安俯视着这整个地区。黑暗仍然没有消失,但是,老头的指点使得黑暗充满了莫大的苦难,这种苦难正是这个年轻人现在不知不觉地在他四周,在这无限辽阔的地方所感受到的。三月的寒风在这片光秃秃的原野中卷来的不正是饥饿的声音吗?怒吼的狂风似乎带来了失业,带来了招致许多人死亡的饥荒。他怀着又想看又怕看的矛盾心理,东张西望,想尽力看清黑暗中的东西。一切都沉浸在这神秘莫测的黑夜中,他只能远远地望着高炉和从许多斜烟囱里冒出一溜溜火焰的炼焦炉。在炼焦炉左边一点的两座高炉,在空中冒着蓝色的,像巨大的火炬似的火焰。这是一场火灾给人带来的悲惨景象,在阴沉的天际,除了这些煤铁之乡的夜火外,看不到一颗星星。

"你大概是比利时人吧?"赶车人又回来了,在艾蒂安身后问道。

这一次他只拖来三节斗车。罐笼上发生了故障,一个螺母坏了,得停工一刻多钟,但是这三车也得卸。矸子堆下一片沉寂,井口工不再推动那接连不断、弄得台架摇晃不已的斗车。只有敲打铁板的锤子声从矿井里远远传来。

"不,我是南方人。"年轻人回答。

倒空了斗车的小工在地上坐下来,他很高兴发生了故障,但仍保持着不理睬人的无礼态度,只是用他无神的大眼睛瞪了赶车人一眼,仿佛嫌他话说得太多。其实,赶车人平常并不爱说话,现在一定是瞧着这个陌生人顺眼,并且来了一股想倾吐心事、不说话不舒服的劲头;有些老年人有时候独自一个人大声说话,就是出于这个缘故。

"我呀,"他说,"我是蒙苏人,叫'长命佬'。"

"是个外号吗?"艾蒂安惊讶地问。

老头得意地笑了笑,然后指着沃勒矿井,说:

"对,对……人们把我从井底下拖出来过三次,每次都是遍体鳞伤。有一回头发都烧焦了,还有一回嗓子眼里塞满了泥,第三回肚子灌得像只蛤蟆……人们看到我这个样子还不肯死,就拿我开心,管我叫起'长命佬'。"

他越说越起劲,嗓子好像缺油的滑车一样,吱吱地直响,最后变成一阵可怕的咳嗽。铁炉里的火光这时正照着他那个大脑袋,上面长着又白又稀的头发,灰白扁平的面孔上带上几颗发青的斑点。他生得个子矮小,脖子很粗,腿肚子和脚后跟都朝外撇着,胳臂挺长,方方的大手直垂到膝头。另外,他像他那匹站在那儿不怕风吹、一动也不动的黄马一样,仿佛是石头做的,显得一点也不怕冷,也不在乎耳边呼啸的狂风。他等咳嗽止了,使劲清了清嗓子,朝炉火跟前啐了一口痰,地面上又黑了一块。

艾蒂安打量着他,看了看被他唾黑了的地面。

"你在矿井里干了不少年头了吧?"他又问。

长命佬使劲张开两条长胳臂说：

"有年头了，啊，是啊……！当年我下井的时候，还不满八岁，就是这个沃勒矿，如今我已经五十八了。你算一算……我在下面什么活儿都干过了。起先当徒工，能推动车了，就当了推车工，以后一连当了十八年的挖煤工。末了，因为我这两条要命的腿，他们就让我去干清理活儿，当了一名清理工。后来又当填平工，修理工，直到他们看到不把我从井底下弄上来不行了，因为医生说，我再不上来就要死在里头啦。这么着在五年前，他们叫我当了赶车的……怎么样，不错吧？五十年的矿工生活，光在井下就待了四十五年！"

当他说话的时候，燃着的煤块不时从铁炉里掉出来，通红的火光照亮了他那没有血色的面孔。

"他们叫我退休，"他继续说，"我呀，我不答应，他们把我看得太傻了！……无论如何我也要再干上它两年，一直干到六十岁，好拿到一百八十法郎的养老金。要是我今天和他们说声再见，他们只会给我一百五十法郎的养老金。这些家伙可狡猾啦！……再说，我除了腿有毛病，身子骨还挺结实。你看，我就是因为在掌子上让水泡得太久了，所以肉皮里也进去了水。有时候，一动就疼得我直叫。"

他又咳嗽起来，把话打断了。

"你咳嗽也是因为这个吗？"艾蒂安问。

他使劲摇了摇头，表示不是。然后，他等能说上话来的时候又接着说：

"不是，不是，这是因为上个月感冒了。其实我从来也不咳嗽，现在咳起来就没个完……奇怪的是，我总是吐痰，总想吐痰……"

说着他的喉咙一阵响,又吐了一口黑东西。

"是血吗?"艾蒂安问,现在他才敢提出这个问题。

长命佬慢条斯理地用手背抹着嘴。

"是煤!……我身子里有的是煤,够我烧一辈子的。你看我已经有五年没下井了,可是好像还有存货,我自己也不知道。嘿嘿,这东西可真存得住啊!"

两个人沉默下来。矿井里的铁锤仍旧有节奏地敲着,风声带着哀怨的调子,好像一个饥饿和劳累的人在深夜发出的呻吟。在熊熊的火焰面前,老人压低了声音继续说着往事。唉!当然,他和他的一家并不是从昨天才开始当矿工的!从蒙苏煤矿公司开办的那天起,他们一家就为它做工。这是很久以前的事,离现在已经一百零六年。他的祖父纪尧姆·马赫,十五岁上就在雷吉亚发现了好煤,这是公司的第一个矿井,就是今天已经废弃的、靠近伏维勒糖厂那边的老矿井。这桩事当地人都知道。那个矿层被命名为纪尧姆煤层,取了他祖父的名字,就可以证明这一点。他没有见过他的祖父,只听说祖父是个十分强壮的大个子,活到六十岁上才死的。后来,他的父亲,人称"红人"的尼古拉·马赫,刚刚四十岁就葬身在沃勒矿井里。那时正在打这口井,一次井塌把他整个给压在里面了,他被矿层吸干了血,最后连骨头也被吞噬了。后来他的两个叔叔和三个哥哥也都在矿井里丧了命。至于他,万桑·马赫还算机灵,总算差不多完整地从矿井里活出来了,只落了个两条腿不是那么利索。可是总得干活,不干这个又有什么可干的呢?和别的行业一样,干这一行是祖辈相传的。他的儿子杜桑·马赫现在正在矿里拼命干,还有那些孙子和住在对面矿工村的全家人也都一样。子孙相继地为同一个老板挖了一百零六年的煤。许多有钱人恐怕也不会把自己的身世叙述得这样清楚吧！嗯？

"再说，有吃的就行呀！"艾蒂安又喃喃地说。

"这正是我要说的，只要有面包吃就能活下去。"

长命佬不说话了，他扭过头望着矿工村，那里连连地亮起了灯火。蒙苏的钟楼敲了四下，夜气更加刺骨了。

"你们公司很富吗？"艾蒂安又问。

老人耸起肩膀，然后两肩又一下子落下来，好像被一堆落下来的钱压下来似的。

"啊，那当然……也许比不上邻近的昂赞公司，但是几百万总有的。这用不着细算……它共有十九个矿井，十三个是采煤井，像沃勒矿、维克托阿矿、克雷沃科尔矿、米鲁矿、圣托玛斯矿、玛德兰矿、费特利-康泰耳矿，等等。另外有六个矿井像雷吉亚矿一样，是用来通风和回采的。公司有一万多工人，开采区包括六十七个村镇，每天出煤五千吨，有一条铁路连接着各个矿井、车间和工厂！……啊！是的，有钱，有的是钱！"

平台上传出一阵斗车的滚动声，大黄马竖起了耳朵。一定是下面的罐笼已经修好，井口工重新开始工作了。老人正在套马准备回坑口时，温和地对牲口说：

"你可别养成闲聊天的毛病，懒东西！……要是埃纳博先生知道你为了聊天而误了时间的话，你可就要倒霉了！……"

沉思默想的艾蒂安望着面前的黑暗，问道：

"这么说，煤矿是埃纳博先生的？"

"不是，"老人解释说，"埃纳博先生不过是总经理，他和我们一样拿工钱。"

年轻人伸出手臂画了个大圈,指着广阔无边的黑暗问:

"那么,这都是谁的?"

长命佬又咳嗽起来,这一阵咳得如此猛烈,憋得他连气也喘不过来。最后,他吐出痰,抹掉嘴边上的黑沫子,在刮得倍加凶猛的大风中说:

"嗯?这是谁家的?……谁也不知道。反正有主的。"

他说着用手随便向黑暗中的一个无人知晓的遥远地方指了一下,就在那里住着马赫全家为他们当了一百多年矿工的那些人。他说话的声音带着一种迷信的恐惧,好像他正谈论着一个摸不着的神龛那样,神龛里蹲着他们从未见过但却是用尽了自己的血肉喂饱养肥的一尊神像。

"至少要是有面包能吃饱也好呀。"艾蒂安第三次重复说,始终不肯改变他的话题。

"唉!是啊,要是能老有面包吃,那就太好了!"

马已经走了,赶车人也拖着两条残疾的腿跟着不见了。卸车工蜷成一团坐在翻车机旁,下颏放在两个膝盖之间,一动不动,两只无神的大眼睛茫然地凝视着空处。

艾蒂安重新拿起他的小包,并没有立即离开。他对着火烤得胸前发热,同时又感到后背被阵阵寒风吹得冰冷。也许,无论如何应该到矿井去问问,老头可能不知道;再说,他也不挑挑拣拣了,什么工作他都准备干。在这失业闹饥荒的地方,往哪儿去呢?他会落个什么下场?难道让自己像丧家犬似的死在墙脚下吗?但是,这时候他又犹豫不安起来,在这光秃秃的平原上,在这黑沉沉的夜里,他对沃勒矿井感到一种恐惧。狂风似乎一阵比一阵猛烈,好像是从无边无际的旷野刮过来

13

的一样。死寂的夜空中没有一线曙光,只有高炉和炼焦炉的火焰把黑暗染得血红,但火光并不能照亮这个陌生人的身子。至于沃勒矿井,它像一头凶猛的怪兽,蹲在它的洞里,缩成一团,一口口地喘着粗气,仿佛它肚子里的人肉不好消化似的。

二

麦田和甜菜地当中的二四〇号矿工村在黑夜里沉睡着。隐约可以分辨出由一幢挨着一幢的小房平行组成的四大排又像兵营又像医院似的建筑;四排房子之间有三条宽阔的道路,被隔成一块块同样大小的园子。在荒凉的高岗上,只听到阵阵狂风在篱笆残缺的栅栏处呼呼地哀叫着。

第二排房子十六号是马赫的家,里面没有一点动静。深沉的黑暗笼罩着二层楼上唯一的房间,它仿佛沉重地压着这些睡着的人,人们可以感觉到屋子里那些累得筋疲力尽的人,挤在一起,正张着大嘴酣睡。尽管外面很冷,屋内污浊的空气中却充满一股强烈的热气,这是最典型的集体宿舍里的那种热乎乎的、令人窒息的人的气味。

楼下的布谷鸟木钟报过了四点,屋子里依旧没有一点动静,只嘶嘶地响着尖细的呼吸声,另有两种响亮的鼾声在伴奏。卡特琳猛地从床上坐起来。和往常一样,她在困倦蒙眬中数了从楼板下传来的四下钟声,但她还没有力气使自己完全醒过来。她把两条腿伸出被窝,然后用手摸索了一阵,划了一根火柴,点着了蜡烛。不过她仍然坐着不动,脑袋昏沉沉的,不由自主地往后仰去,一种不可克制的睡意使她重新倒在枕头上。

现在,蜡烛照亮了这间四四方方的屋子,屋子只有两个窗户,塞着三张床。屋子里有一个衣橱,一张桌子和两把老核桃木椅子。这些深色的家具和浅黄色的墙壁显得格外不协调。钉子上挂着几件破衣服,石板地上的红色瓦脸盆旁边放着一个水罐,此外再没有别的东西了。左边那张床上,睡着扎查里和弟弟让兰;让兰刚满十一岁,大哥扎查里已经是个二十一岁的小伙子。右边那张床上睡着两个小孩子——六岁的勒诺尔和四岁的亨利,两个人互相搂抱着睡得正甜。卡特琳则和妹妹阿尔奇合睡着第三张床;八岁的阿尔奇是那么瘦小,要不是这个自幼就残废的孩子的驼背时时顶到姐姐的肋骨,卡特琳甚至不会感觉到她睡在自己身边。带玻璃的房门敞开着,可以看到楼梯口的过道;在这条狭窄的过道里,父亲和母亲睡在第四张床上。靠着这张床放着一个摇篮,里面睡着最小的孩子,刚满三个月的艾斯黛。

卡特琳拼命地挣扎了一下,伸了一个懒腰,两手拢了拢头发,她的红头发乱蓬蓬的,遮住了她的前额和颈脖。拿一个十五岁的少女来说,她长得算瘦小的。她穿着瘦小的内衣,只露出像被煤涂黑了的乌青的两脚和纤细的胳臂。粉白的胳臂和她那没有血色的面容截然两样,经常使用劣质肥皂已经损害了她的面容。她张开稍稍嫌大的嘴,打了最后一个呵欠,她的牙齿在由于贫血病而显得苍白的牙龈间还显得很漂亮。她那双灰色眼睛,因为和瞌睡搏斗而在不住地流泪,露出痛苦而疲惫的表情,仿佛全身一点力气也没有。

这时候,从楼梯口传来一阵不满的语声,这是马赫的含混不清的唠叨声。

"妈的!到时间了……卡特琳,是你点的蜡烛吗?"

"是的,爸爸……下面的钟刚打过。"

"那你就快点吧,懒丫头!昨天星期天你要是少跳点舞,就能早点叫醒我们……真是个懒鬼!"

他继续在叨叨,但不一会儿又被睡魔攫住了,他的责怪越来越混浊不清,接着又发出新的鼾声,不讲话了。

年轻姑娘穿着一件衬衣,光着脚,在屋里走过来走过去。她走过亨利和勒诺尔的床前时,把滑落在地上的被子捡起来,搭在他们身上,他们俩沉睡在孩子特有的酣睡中,没有醒来。阿尔奇睁着眼,一句话没说,转过身子睡到她大姐刚睡过的留有余温的铺位上。

"喂,扎查里,起来!你也起来,让兰!"卡特琳站在兄弟俩的床前连声叫着,但他们依旧偎在枕头上一动不动。

卡特琳没办法,只好抓住大哥的肩膀摇晃了一阵,大哥嘴里骂骂咧咧的,于是她决计掀开被子,让他们全身都光着躺在床上。她看到两个男孩子光着腿在乱蹬乱踢,不由得笑起来。

"混蛋,放开我!"扎查里坐起来,愤愤地骂道,"我不喜欢这样开玩笑……他妈的,真的该起来了!"

扎查里身子枯瘦,一头黄发,瘦长脸上带着全家都有的那种贫血色,长着稀稀拉拉的几根须毛。他赶快把卷到肚子上边去的衬衣拉下来,不是由于害羞,而是因为感到有点冷。

"楼下的钟打过了,"卡特琳一再地说,"嘿!快点儿吧,爸爸生气了。"

让兰把身子缩作一团又闭上了眼,同时说:

"你走你的吧,我还得睡一会儿!"

卡特琳又发出一阵和善的笑声。让兰因为患淋巴结核,骨节变得粗大,但四肢却非常瘦小、羸弱,卡特琳伸手一抄就把他抱了起来。他的手脚不停地乱动,他那苍白的、满是皱纹的猴子脸上,长着一对绿眼睛,配着一双大耳朵,脸盘显得很宽;他这时因为自己这样软弱无力,气得脸色煞白。他一句话没说,就在她的右乳房上咬了一口。

"该死的!"她忍住痛没有叫出来,把他放在地下,骂了一句。

阿尔奇一声不响,把被子拉到下巴底下,也没再睡,只是睁着一双残废人所特有的那种机灵的眼睛,注视着正穿衣服的姐姐和两个哥哥的一举一动。在脸盆周围又发生了一场争吵,两个男孩子挤开年轻的姑娘,嫌她洗的时间太长了。他们两眼迷迷糊糊,脱掉身上的衬衣,毫无顾忌地撒起尿来,就跟一窝一块儿长大的小狗一样。到底还是卡特琳最先收拾好了。她套上她的矿工裤,穿上粗布短上衣,把蓝色便帽系好,盖着发髻。她穿上这身星期一穿的干净衣服,俨然像个小伙子,除了腰肢略微有些婀娜之外,一点也显不出是个女性。

"等老爷子回来,"扎查里不怀好意地说,"看到被子被掀开了,就该高兴了……告诉你,我要告诉他说是你干的。"

老爷子就是祖父长命佬,他夜里上班,白天睡觉。因此不等床铺变凉,就又有一个人睡下去打鼾了。

卡特琳没吭声,动手把被子拉平,铺好。这当儿他们听到隔壁那边已经有了响动。公司只图省钱盖的这些砖房,墙都薄极了,有一点声音都能传过来。从这头到那头,人们差不多等于挨着身子住着,家庭生活中的任何事情都别想瞒得住人,甚至连孩子们也瞒不了。这时他们先听见一阵沉重的脚步踏动楼梯的响声,然后是有人轻轻地躺下,跟着是舒畅的一声叹气。

"好啊!"卡特琳说,"勒瓦克下楼了,布特鲁又要来找勒瓦克老婆了。"

让兰嘲讽地笑了起来,阿尔奇的眼睛也不由得闪出亮光。每天早晨,他们都要拿隔壁这二人共妻的家庭来打趣。一个挖煤工让一个清理工在自己家里做房客,这就使他的老婆有了两个男人,夜里一个,白天一个。

"斐洛梅在咳嗽。"卡特琳侧起耳朵听了一会儿又说。

她说的是勒瓦克家的大闺女,一个十九岁的姑娘。她是扎查里的情妇,跟扎查里已经有了两个孩子。她因为肺弱的缘故,只能在矿上当一名选煤女工,从来没在井下干过活。

"啊!可不是,斐洛梅!"扎查里接口说,"她什么也不管,只顾睡她的觉!……睡到六点钟还不起床,真是懒猪!"

他突然想起了一件事,套上工作裤,推开了窗户。这时,外边黑暗中的矿工村正在苏醒,一处处的灯光从百叶窗的叶板中间透出来。他俯下身去,想窥探一下沃勒矿井的总工头会不会从对面皮埃隆家里走出来,因为有人说总工头丹萨尔跟皮埃隆的老婆搞上了。他的妹妹却极力反驳说,皮埃隆从昨天起改在罐笼站上日班了,所以,丹萨尔这一夜绝不可能跟他的老婆睡在一块儿。于是兄妹俩又发生了一场争执。两个人都坚持自己了解的情况可靠,这时候刺骨的寒风一阵阵吹进屋来,同时爆发出一阵哭叫声。原来是摇篮里的艾斯黛受不了风吹哭喊起来。

这一下子,马赫又醒过来了。他心想,他的身子骨怎么回事?他怎么跟一个懒虫似的又睡着了?于是他大声咒骂起来,吓得旁边的孩子们都不敢再吭声。扎查里和让兰已经梳洗完毕,他们也磨蹭够了。阿尔奇一直瞪着双眼望着一切。

18

勒诺尔和亨利这两个小家伙,尽管屋子里闹翻了天,还是那样搂抱着呼呼地睡得正香,没有动弹。

"卡特琳,把蜡烛给我拿过来!"马赫喊道。

卡特琳扣好上衣的扣子,把蜡烛拿到小屋里去,让她的兄弟们只借着从门里透进来的一点光亮去找自己的衣服。父亲很快下了床。卡特琳穿着一双粗毛线袜,也毫不迟延地摸索着走下楼去,到餐室里又点了一支蜡烛,好准备咖啡。全家的木屐都在食橱底下放着。

"你有完没完,败家精!"艾斯黛一直不停地哭着,马赫气极了,骂了一句。

马赫跟老爷爷长命佬一模一样,长得又矮又胖,大脑袋,在剪得短短的黄头发下面是一张苍白平板的脸;他朝孩子挥动着两只疙里疙瘩的粗胳膊,吓得她哭得更厉害了。

"不用管她,你知道,她是不肯安静的。"马赫的老婆在床上伸着懒腰说。

她也刚醒,而且也在埋怨:真气人,从来没有睡过一整夜觉。难道他们就不能不声不响地走吗?她躺在被窝里,只露出一张长脸,这张脸具有粗线条美,但是由于生活贫苦,又生了七个孩子,三十九岁就已经失去了当年的美貌。当丈夫穿衣服的时候,她两眼望着天花板,慢条斯理地说起来。两个人好像谁也没听见小丫头已经哭闹得上气不接下气了。

"你知道吗?我一个钱也没有了。今天才星期一,到发薪的日子还有六天……这样的日子可真没法过。你们爷儿几个一共才拿回来九法郎,一家子大小十口,让我怎么对付,嗯?"

"什么?九法郎?"马赫惊异地大声说,"我和扎查里一人三法郎是六法郎,卡特琳和她爷爷一人两法郎是四法郎,四加六等于十……还有让兰一个法郎,一共是十一法郎呀。"

"不错,是十一法郎,可是还有星期天和没工做的日子呢?……从来没有比九法郎多过,你不知道吗?"

他没有回答,正一心在地上找他的皮带。然后直起腰来说:

"别埋怨了,我总算身子还结实,四十二岁就转业干修道工的人不止一个。"

"这倒是真的,老头子。可是说这个不能当饭吃……你说,叫我怎么办?你一个钱也没有吗,你说?"

"我还有十生丁。"

"你留着喝杯啤酒吧……我的天,我可怎么办呢?六天啊,过不去啦。我们已经欠梅格拉六十法郎,前天他把我赶了出来。但我还得去找他,不过,他要是又拒绝该怎么办?"

马赫的老婆声音抑郁地一直说着,脑袋一动不动,在惨淡的烛光下,不时地闭一下眼睛。她说,食橱空了,孩子们要吃黄油面包,咖啡也没有了,水又让人闹肚子,多少天来只能煮些白菜叶子来充饥。她说着说着,声音渐渐高起来,因为艾斯黛的哭声压过了她的话音。这孩子的哭声真叫人难以忍受。马赫好像突然又听到了她的哭叫,气得不得了,一把把她从摇篮里提起来,扔到母亲的床上,气冲冲、结结巴巴地说:

"给你,哄哄她,我就欠把她掐死……该死的崽子!她什么也不缺,又有奶吃,可是她比谁都叫得厉害!"

艾斯黛真的吃起奶来了,她全身蒙在被窝里,床上的温暖使她安静下来,只有小嘴发出孩子贪婪的吮吸声。

"皮奥兰那些有钱的老爷们不是跟你说过让你找他们去

吗?"父亲沉默了一会儿又说。

母亲撇了一下嘴,做出一种没有信心的样子。

"不错,他们碰见过我……他们向穷人家的孩子施舍衣服……不管怎么样,今天上午我要带勒诺尔和亨利到他们那儿去。哪怕他们只给五个法郎也好。"

他们又沉默下来,马赫也收拾好了,他一动不动地待了片刻,然后用低沉的声音说:

"你说怎么办呢?情形就是这样,想法子做点汤吧……光说顶不了一点用,不如上班干活。"

"那当然。"马赫老婆回答,"把蜡吹了吧,我心里想事用不着亮光。"

马赫吹灭了蜡烛。扎查里和让兰这时正往楼下去,他跟在他们后面。他们只穿着毛绒袜子,沉重的脚步踏得木头楼梯吱吱作响。他们走后,小屋子和大房间又陷入黑暗中。孩子们又睡着了,连阿尔奇的眼皮也闭得紧紧的。艾斯黛含着母亲被吮瘪的下垂的乳房,像小猫似的呼呼睡着了,母亲这时在黑暗中却再也无法合眼。

卡特琳在楼下先把炉子挑开,那是一个当中有炉算,两旁有两个烤炉的生铁壁炉,炉里经常燃着煤火。公司每月配给每家八公担从坑道里捡来的硬煤。这种煤不好点燃,所以年轻的姑娘就得每天晚上把火封起来,第二天早晨只需要拨一下,添上几小块细心挑出来的易燃的好煤就行了。然后她把开水壶放在当中的炉算上,蹲在食橱跟前等着。

楼下整个是一间相当宽敞的大房间,墙上漆的是苹果绿色,具有弗朗德勒地方的特有的清洁,石板地面用水冲洗过,撒了一层白沙。全部家具除了那个上漆的冷杉木食橱以外,再就是一张桌子和几把椅子,都是用同样木料做的。墙上贴着一些颜色刺眼的彩色画,有公司赠送的皇帝和皇后的肖像,还有着了金黄色的军人像和圣像,和这间空荡荡的房间很不相称。除了食橱上有一个玫瑰色的硬纸盒和带有彩饰框的布谷鸟木钟外,再没有其他摆设。木钟的嘀嗒声充满了天花板下面的空间,楼梯口附近还有一个通往地窖的门。尽管屋子里收拾得很干净,但隔夜的熟大葱气味,使屋子里的热气很难闻,并且在这种沉闷的热气里经常杂有一股呛人的煤烟味。

卡特琳在敞开的食橱跟前考虑了很久。食橱里只剩下不大的一块面包和刚够用的一块白干酪,黄油只有一点点了,但是还要给他们四个人做四份夹心面包。她终于拿定主意,把面包切成薄片,先往一片面包上放一层奶酪,然后在另一片面包上抹上一点黄油,这样两片一合,就叫作"夹面包"。每天早晨,他们就带着这种夹上干酪的双层面包到矿井去。四份"夹面包"很快在桌子上排放好了。父亲的一块最大,让兰的一块最小,分得极其公平。

卡特琳看来像是一心一意地在操持家务,其实她心里准还在想着扎查里讲的总工头和皮埃隆老婆的那档子事,因为她半敞着大门,不时地往外看。风一直没停,在低矮的矿工住房前面有越来越多的火光移动,出现了一种苏醒以后的模糊不清的紧张。一扇扇屋门又关上了,矿工们一个跟着一个像一条黑线似的在黑夜里离去。她明明知道装罐工六点钟才上班,现在一定还在睡觉,却偏要敞着门挨冻,这不是糊涂吗?但她还是那样,不时地望着园子的另一面,盯着那边的房子。屋门开了,立刻引起了她的好奇心,然而出来的是上矿井去的皮埃隆家的小女儿丽迪。

听到咝咝的水汽声她转过身去,关上门,赶紧跑回来,壶里的水正在翻滚,向外溢出,眼看要把火浇灭了。咖啡已经没有了,只好把昨晚剩下的一点渣子再放进壶里煮,加些粗糖。这当儿,父亲和两个弟兄下楼来了。

"这是什么玩意儿!"扎查里端起碗来用鼻子闻了一下,立刻大声嚷道,"这东西喝了一定不会头晕!"

马赫带着无可奈何的样子耸耸肩膀,说:

"呵!好烫,总算不错。"

让兰把面包渣扫到一起,泡了一碗汤。喝完以后,卡特琳把壶里剩下的咖啡嘟嘟地倒在白铁壶里,四个人站在冒着烟的昏暗烛光里狼吞虎咽地吃着。

"我们已经到了山穷水尽的地步了!"父亲说,"别人还以为我们过得不错呢!"

这时,从他们没有关好的楼梯门上边传来一个声音,马赫老婆在喊:

"你们把面包都拿走吧,我还有一点面条给孩子们吃!"

"好,好!"卡特琳答应说。

卡特琳重新把火封好,把留下的汤放在火边上,好等祖父六点钟回来能吃到热的。每个人都各自穿上放在食橱下面的木屐,把水壶背在肩上,把"夹面包"塞在背后的外衣和衬衣之间;随后他们就出门了,男的走在前头,姑娘跟在后面。女儿出门以前吹灭了蜡烛,一转手把门锁上,屋里又变成一片漆黑。

"喂,咱们一块儿走吧!"隔壁一个正在关屋门的人说。

这是勒瓦克跟他的儿子贝伯,贝伯是个十二岁的男孩子,跟让兰是好朋友。卡特琳感到很惊异,压着笑声在扎查里的耳边说:"怎么,布特鲁甚至不等到丈夫走就来啦!"

现在,矿工村的灯光又都熄灭了,最后的一扇门咔的一声关上了,一切重又沉入睡乡,妇女和孩子们在比刚才宽敞了的床上重入睡乡。在从这灯火熄灭的村庄到沃勒矿井的路上,一串串的黑影顶着大风向前移动,这是去上班的矿工们,他们弓着背,抱着胳膊,"夹面包"在每个人的背后形成一个鼓包。他们穿着薄薄的粗布工作服,冻得浑身发抖,并不怎样着急,一路上像羊群一样杂沓地走着。

三

艾蒂安到底还是下了矸子堆,走进沃勒矿井。他向人们打听有没有工作,人人都朝他摇头,叫他等着问总工头。他在光线不太亮的建筑物之间随便走动着,谁也不去干涉他,这些建筑处处是黑窟窿,它们的一层层楼和大厅错综复杂得令人感到不安。他走上一座已经损坏了的黑暗的楼梯,跟着又来到一座摇摇晃晃的天桥上,随后又穿过选煤棚。这里还没有摆脱深沉的黑夜的笼罩,因此他不得不用手摸索着前进,以免撞着什么东西。突然间,前面出现了两道巨大的、像一对眼睛似的黄色灯光,划破黑暗。原来他已经走到井楼架下的收煤处,就在竖井井口了。

工头李肖姆老爹是个大块头,样子像一个和善的警察,留着花白的小胡子,这时正朝收煤员的房间走来。

"这儿需不需要工人?干什么活儿都行。"艾蒂安又问了声。

李肖姆刚要说没有,马上又收住了,他在离开时也跟别人一样回答说：

"您等等总工头丹萨尔先生吧！"

这儿有四盏挂灯，反光罩把全部光线投射到竖井上，把铁栏杆、信号杆、刹栓和两个罐笼在其中上下的坑道的托梁照得一片雪亮。除此之外，宽阔的厅房好像教堂的中央部分一样，昏暗中尽是巨大的浮动的黑影。只有里头的灯房射出亮光。收煤处点着的那盏黯淡的灯，好像一颗将要陨灭的残星。又开始出煤了。铁板路上的隆隆声不停地响着，斗车往返穿梭，井口工来去奔跑，在这一片乌黑而喧嚣动荡的景象中，可以辨别出他们那弯着身子的长长的脊背。

艾蒂安一动不动地站在那里愣了一小会儿，他眼花缭乱，双耳轰鸣。冷风从四面八方袭来，他浑身都冻僵了。他被那部机器吸引住，又往前走了几步；现在他能看到机器上闪闪发光的钢和铜了。机器在竖井后边二十五米远的一座较大的厅房里。这台机器安放在四四方方的砖基上，用它仅有的四百马力飞快地运转着，它的巨大的连杆因为加足了油，尽管来回摆动，也显得极其柔滑，连墙壁都没有丝毫颤动。机械师站在操纵杆旁边，注意听着信号铃，眼睛盯着指示盘，指示盘上有一道垂直的齿槽标示出整个竖井和各层煤井，用线拴着的铅块顺着这道齿槽上下移动，标示出罐笼在竖井里上下的情形。每当罐笼上下，机器开动时，卷轴就飞快地转起来，像是一片灰色的尘雾。两个半径五米的大轮子彼此向相反的方向转动，轮子上的钢索这一条卷起时另一条就放下去。

"喂，当心！"三个井口工拖来一架特别大的梯子，高声喊道。

艾蒂安差点被挤扁。他的眼睛渐渐习惯了。他望着井架中那一段三十多米长的钢索,只见它穿过吊在钟楼似的铁架上的一个滑轮,垂直地降到井里去吊罐笼;这条粗大的钢索一下子可以吊起一万二千公斤,速度可以达到每秒十米,但却一点声音也没有,一点冲撞也没有,像鸟儿滑翔一样,不停地上上下下,迅速消逝。

"喂,当心,他妈的!"井口工又喊起来,他们拖着梯子的另一端,想要检查左边的滑轮。

艾蒂安慢慢地回到了收煤处。头顶上空的钢索飞快穿梭,使他感到头晕眼花。他站在风口上冻得直哆嗦,望着罐笼开动,耳朵被斗车的滚动声震得什么也听不见。竖井附近发着信号,这是一个用绳子拴着的、从底下拉动的沉重的杠杆锤,底下一拉绳子,大锤就在一个砧板上敲一下。敲一下表示停止,两下表示下降,三下表示上升。这种没有间断的敲击砧板的巨大响声,加上响亮的铃声,构成一片喧嚣中的主音。当井口工一面卸着罐笼,一面用喇叭筒向机械师发命令的时候,就更热闹了。在这一片混乱声中,两个罐笼一刻不停地上来下去,装满又卸空,艾蒂安看着这些复杂的工作简直摸不着头脑。

他只弄明白了一点:竖井一口就吞下去二三十个人,而且咽得那么痛快,就像没感觉出来似的。罐笼从四点钟就开始往下送工人。他们从更衣室走出来,光着脚,手里提着安全灯来到罐笼前,三人一群两人一伙地等着,够了数就下去。罐笼像是黑夜里跳出来偷袭的野兽一样,没有一点声响地从黑暗里钻出来,停在铁闸上。罐笼分成四层,每层有两个装满煤的斗车。井口工在罐笼的层层站口上把装满煤的斗车推出来,再换上别的斗车,换上的斗车有时是空的,有时预先装好了坑木。矿工们就挤在那些空的斗车里下井；每个斗车可以挤五个人，要是所有斗车都装满的话，一次能塞四十个人。人们拉四下下井信号，那是"下肉铃"，这就是通知下面，这一次装的是人肉。然后就用传话筒像牛一般地发出声音浊重的命令，于是罐笼轻轻地动一下，接着便悄悄地像块石头似的沉落下去，人们只见罐笼后面拖着的钢索微微摆动。

"深吗？"艾蒂安向身边一个半睡不醒，正等着下井的矿工问道。

"五百五十四米，"那个人回答说，"不过下面分四个罐笼站，到第一个罐笼站是三百二十米。"

两个人都不言语了，眼睛望着这时重又在上升的钢索。艾蒂安又问：

"要是这玩意儿断了怎么办？"

"啊！要是断了的话……"

矿工用一个手势结束了他的话。罐笼又升上来，这回轮到这个矿工下去了。罐笼动作自如，没有一点劳累的样子。这个矿工跟他的同伴们一起蹲到里面去。罐笼又沉下去了，仅仅过了四分钟它又升了上来，准备再吞没一批人。半个钟头的工夫，矿井一直这样用它那饕餮的大嘴吞食着人们；吞食的人数多少，随着降到的罐笼站的深浅而定。但是它毫不停歇，总是那样饥饿。胃口可实在不小，好像能把全国的人都消化掉一样。黑暗的夜色依旧阴森可怕。罐笼一次又一次地装满人下去，然后，又以同样贪婪的姿态静悄悄地从空洞里冒上来。

艾蒂安又逐渐恢复了他在矸子堆上所感到的那种不安。为什么非得傻等呢？总工头也会像别人那样回绝他的。一阵茫然的恐惧,使他突然拿定主意走开了,他一直走到外边的蒸汽锅炉房跟前才又站住。锅炉房的门大敞着,可以望见里面七个双灶口的大锅炉。在白茫茫的雾气中,可以听到蒸汽外放的咝咝声;司炉正忙着往一个炉膛里添煤,在门口都能感到猛烈的火焰烘人,年轻人正想暖和一下,便走近前来,这时他又碰见一群来矿井上班的矿工。这是马赫和勒瓦克两家人。当他看到走在前面像个温柔的男孩子的卡特琳时,又产生了最后再冒险问一次的迷信念头:

"请问,伙计,这儿需要不需要一个工人?干什么活儿都行。"

她惊讶地望着他,突然从黑暗里传出来的声音使她有些害怕。但是在她后边的马赫也已听见了,替她作了回答,并且和年轻人说了几句。不需要,这儿一个人也不需要。这个流离失所的可怜工人引起了他的同情,等他离开这个青年以后,他对大家说:

"唉!我们也可能落到这个地步的……别不知足啦,谁也没有足够的活儿干呀。"

他们这伙人一直走进了更衣室,这是一间相当宽敞的房间,墙壁抹得十分粗糙,四面摆着一些用大锁锁着的柜子;房间当中有一个烧得通红的铁火炉,炉子没有门,烧得白炽的煤炭装得满满的,许多煤块噼啪作响,甚至滚到地上来。房间里只借助这炉煤火照明,红红的火光在沾满污垢的木器上跳动着,直映到满是乌黑尘土的天花板上。

马赫一家走进来的时候,暖烘烘的热气中正爆发着哄笑。大约有三十来个工人正站在火炉旁边,脊背对着火炉,舒适地烤着火。在下井之前,矿工们都要这样烤一烤,使身上多有些热气,好抵御井里的阴寒潮湿,但是,今天早晨大家显得格外开心,他们正在拿穆凯特逗着玩。穆凯特是个十八岁的女推车工,这位姑娘长得过于丰满,胸部和臀部几乎把上衣和裤子都要撑破了。她跟父亲和哥哥一起住在雷吉亚,父亲老穆克是个赶车工,哥哥穆凯是个井口工。因为他们上班的时间不一样,所以她是一个人到矿上上工。她常和本周轮到做她情人的人一起纵情取乐,夏天在麦地里,冬天在墙根下。几乎全矿的伙伴都沾过她,真像在众人手中轮流的一杯酒,谁也不拿这当回事。有一回,人家说她跟马西恩纳的一个制钉工人有暧昧关系,她差点气得死了过去,大吵大嚷地说自己是很自重的人,她可以和人打赌,谁能证明她跟矿工以外的人有过往来,她就割下自己的一只手臂。

"反正不再是大个子沙瓦尔吧?"一个矿工揶揄她说,"你又找了这个小家伙?他还得用梯子!……我的的确确在雷吉亚老矿井后面看到过你们,他站在一块界石上,这就是证据。"

"那又怎么样?"穆凯特笑嘻嘻地反问道,"这跟你有什么相干?反正也没人求你帮忙!"

这姑娘不怀恶意的粗鲁话使男人们都耸起快被火烤熟了的肩膀,笑得更厉害了。她自己也一边在人群中走来走去,一边笑得前仰后合;她那身裹紧在身上的衣裳把鼓鼓囊囊的肉勒成畸形怪状的,显得好笑。

欢笑了一阵后,穆凯特便告诉马赫,说弗勒兰斯,高个子弗勒兰斯不能来上工了,昨天夜里,人们发现她直挺挺地死在床上。有人说是因为心脏病,另外一些人说是因为她喝了一公升杜松子酒,喝得太猛了。马赫发起愁来,又是桩倒霉事,眼前少了一个推车女工,而且一时无法找到顶替她的人,他们干的是包工活,他的掌子上是由四个挖煤工——他本人、扎查里、勒瓦克和沙瓦尔组成的。如果推车的只剩下卡特琳一个人,工作就要受影响。忽然间他叫起来:

"对呀,不是有个人要找工作吗!"

恰巧丹萨尔这时候从更衣室前经过,马赫就把事情对他说了,要求他准许雇用这个人,并且特别向他强调了公司过去所表示的意图:要像昂赞公司那样雇用男工代替女工推车。一般说来,矿工们是不赞成取消井下女工的计划的,因为他们担心那样一来自己的女儿就会没有工作,至于道德和健康问题他们却不大考虑。总工头听了先是微微一笑,不过犹豫了一下,末了还是答应了,但仍保留一个条件,那就是要由工程师内格尔先生批准他的决定。

"哼!想得倒好!"扎查里说道,"要是那人继续往前走的话,恐怕早走远了。"

"不,"卡特琳说,"我看见他在锅炉房那儿没有走。"

"快找去,懒丫头!"马赫叫道。

年轻姑娘飞快地跑开了,这时候一群工人也涌向竖井井口,把火让给另外一些工人。让兰也不等父亲,径自跟着天真的胖小子贝伯和十岁的瘦丫头丽迪一起领安全灯去了。穆凯特走在他们前面,她在漆黑的梯道里大声嚷着,骂他们是些下流孩子并且威胁他们说,谁要是敢捏她一下,她就要打他们的耳光。

艾蒂安确实还在锅炉房,他正在跟往炉内添煤的司炉聊天。一想到还要回到黑夜中去,他就不禁感到身上发冷,尽管这样,他还是决定离开这里。正在这时候,他感到有一只手按在他的肩头。

"来,"卡特琳说,"有点事要你去做。"

最初,他没弄清是怎么回事。后来,他乐得什么似的跳了一下,用力握住年轻姑娘的两手说:

"谢谢你,同志……啊,你真是个好人,真的!"

卡特琳笑起来。炉膛里通红的火光映照着他们,她在这火光中看着他。尽管她长得很瘦弱,可是由于头发藏在小帽下面,他把她当成一个男孩子,这使她感到十分好笑,艾蒂安也满意地笑起来。他们俩面对面地笑了一会儿,两颊像火一般地绯红。

马赫正蹲在更衣室自己的柜子跟前脱木屐和粗毛线袜。艾蒂安来了以后,三言两语就把事情谈妥了:每天一个半法郎,工作是吃力的,但他很快就会熟悉。马赫告诉他不要脱掉脚上的鞋,还借给他一顶专为保护脑袋用的旧无沿皮帽,可是马赫父子们自己却没有把这种预防措施放在心上。放在柜子里的工具也都拿出来了,其中也有弗勒兰斯的铁锹。随后,马赫把木屐、袜子以及艾蒂安的小包袱都放到柜子里锁好,突然焦躁地嚷道:

"沙瓦尔干什么去了?这个二流子,准是又到乱石堆里欺负哪个姑娘去了!……我们今天晚了半个钟头。"

正和勒瓦克在那儿一声不响地烤着肩膀的扎查里这时开口了:

"你是等沙瓦尔吗?……他比我们先来,当时就下去了。"

"怎么,你知道却不告诉我?……我们走吧,走吧,快!快!"

正在烤手的卡特琳,也只好随着小队走了。艾蒂安让她先过去,然后跟在她后面往上走。他重又在黑暗的走廊和楼梯的迷宫中间转开了,只听到赤脚走路,发出一种旧鞋子着地的扑腾声。灯房是一间玻璃房,里边全是一层层的格架,上面放着几百盏安全灯。这些灯都在头天晚上擦洗检查过了,像灵堂深处点着的蜡烛一样,明光闪亮。每个工人从小窗口领出一盏刻有本人工号的灯,再仔细检查一遍,然后把它关紧。这时,登记员坐在桌前,登记下井的时间。为了给他的新推车工领个安全灯,马赫亲自办了交涉。这时还得经过一道检查关,工人们在检查员面前排成长列,让检查员把所有的灯再查看一遍,看看是否严紧。

"哎呀,这儿可真不暖和。"卡特琳哆嗦着嘟哝说。

艾蒂安只是点了点头。现在他又来到了竖井井口,站在这个四面通风的敞厅里。当然,他自认是勇敢的,可是这地方那雷鸣般的斗车声,震耳的信号声,传声筒发出的牛叫般的闷喊声,以及面前被机器轴迅速卷起或放出的钢索,使他产生一种不舒服的感觉,感到喉头发紧。罐笼好像夜间出来的野兽一样悄悄地上来下去,它像野兽饮水那样张开大口吞没着人群。现在轮到他了,他感到一阵战栗,紧张得说不出话来,这使得扎查里和勒瓦克讥笑他。他们俩都不赞成雇用这个陌生人,特别是勒瓦克,因为事先没有征求他的意见,好像伤了他的尊严。卡特琳却很高兴地听着父亲给年轻人讲解各种各样事情。

"你看,万一钢索断了,罐笼上还有个安全伞和伸进侧板的挂钩。啊,这玩意儿可有用,不过也不安全可靠……是啊,竖井有三个井道,从上到下都用木板隔着,当中是两个罐笼,左边是安全井……"

他突然停住骂了一句,但没敢用太大的嗓门:

"他妈的,我们在这儿干什么呀!难道要把我们冻死在这里吗!"

李肖姆工头在无沿帽的皮子上挂着他的无罩矿灯,也要下井,他听见马赫在埋怨,便以一直跟同伴们关系搞得不错的老矿工的身份好意地低声对马赫说:

"小心点,别叫人听见!总得等罐笼开上来呀……你瞧!这不是上来了么!你们一起都进去吧。"

果然,钉着一条条铁皮和细铁丝网的罐笼已经平稳地停在那里等着他们了。马赫、扎查里、勒瓦克和卡特琳都钻进了底层的一辆斗车;一个斗车必须装五人,于是艾蒂安也跟着进去了。但是好位置已经被别人占了,他只好挤在那个年轻姑娘的身旁,她的臂肘抵着他的肚子。艾蒂安不知把安全灯放在哪儿是好,大家叫他把灯挂在上衣的扣眼上,他没有听见,仍旧笨拙地把灯拿在手里。罐笼里继续在上人,人们像牲畜群一样,乱哄哄地挤在一起。出了什么事,怎么还不开呀?他感到好像已经不耐烦地等了很久。最后,他感到震动了一下,一切都变得黑乎乎的,周围的东西飞也似的一掠而过,他感到一种下坠时的晕眩,好像五脏六腑都要跳出来似的。在罐笼进入竖井之前,他一直有这种感觉。井架在眼前飞快地掠过,经过两层收煤处以后,随即沉入漆黑的矿井,他迷糊了,再没有明晰的感觉了。

"总算开动了。"马赫安详地说。

大家都很自在,只有他有时还不知道自己是在上升还是在下降。当罐笼笔直地下降而尚未触及罐道的时候,它就像不动似的;不过随后它又骤然震颤起来,好像在木轨之间跳动,这使他担心发生了事故。即使他把脸贴在铁丝网上,也看不见竖井的护壁,灯光也照不清跟前的一堆人。只有工头的无罩灯在旁边的斗车里像灯塔似的照耀着。

"这个井道的直径是四米,"马赫继续对他介绍说,"矿井的防水板需要大修一下了,现在到处都渗水……嘿,我们到了水平面,你听见声音没有?"

这时几个大水点打在罐笼顶上,仿佛骤雨初来似的,艾蒂安正在想这究竟是怎么一回事,雨声更大了,变成了一场真正的倾盆大雨。一定是罐笼顶漏了,一股水流到他的肩上,湿透了他的衣服。当他们闪电般经过一个光亮耀眼的、似乎有许多人在其中活动的大洞以后,寒冷变得更加刺骨了,人们陷入一阵阴暗的潮湿里。然后又落进空虚之中。

马赫说:

"这是第一个罐笼站,我们已经下降了三百二十米……你看快不快。"

他举起安全灯照到罐道一侧的木轨上,木轨像开足马力的火车下面的铁轨一样飞快闪过,此外就什么也看不见了。在一道道闪光中又过了三个罐笼站。雨声在黑暗中轰鸣着。

"这多么深啊!"艾蒂安嘟哝着说。

他觉得这一阵下降好像足足一连有好几个钟头似的。他的位置占得不好,很不舒服,可是又不敢动,尤其是卡特琳的胳臂还抵着他。他只觉得她紧挨着自己很暖和。卡特琳一句话不说。罐笼终于在井下五百五十四米的地方停住了。当他听说下降时间只用了整整一分钟的时候,感到十分惊讶。罐笼刹车的声音,以及着地的感觉,使他突然愉快起来。他亲热地向卡特琳开玩笑说：

"你身子里有什么东西，怎么这么暖和呀？……你的胳膊肘都顶到我肚子里去了。"

她也大笑起来。真是个傻瓜，直到现在还把她当作小伙子，难道他的眼睛被什么蒙住了？

"我的胳膊顶到你的眼睛里去了！"她在暴风雨般的哄笑声中回答说。年轻人很纳闷，一点儿也不明白大家为什么这么好笑。

工人们走出罐笼，穿过罐笼站大厅。大厅是在岩石中凿出来的、用石块砌成的穹顶建筑，燃着三盏大无罩灯。铺着铁板的地上，装车工们用力推着装得满满的斗车。墙壁透出地窖似的潮湿，一股生硝味夹杂着从隔壁马厩里吹来的热气。这里有四个巨大的巷道口。

"打这边走，"马赫对艾蒂安说，"还没有到，我们还得足足走上两公里。"

工人们都分散了，一群群地消失在这些黑洞的深处。到左边一个黑洞去的是十四五个人，卡特琳、扎查里和勒瓦克走在马赫前面，艾蒂安跟在马赫的最后。这是一条穿过岩脉的宽阔的运煤巷道，岩层非常坚实，因此只有部分地方需要加固。他们一声不响，借着安全灯微弱的亮光，一个跟着一个不停地走着，走着。这位年轻人一步一磕碰，两脚在轨道中总是绊来绊去。一种低沉的声音已经使他不安了好一会儿，这声音像是从远方，也许是从地心里传来的暴风雨声，而且似乎越来越猛。莫非这是那要把巨大的石块压到他们头上、使他们永远见不到天日的崩塌声吗？一道亮光穿过黑暗，他觉得岩石在震颤。当他学着同伴们的样子贴墙站定的时候，一匹肥壮的白马拖着一列斗车从面前走过去。第一辆车子上坐着手握缰绳的贝伯,让兰则用手紧紧抓住最后一辆车子的边缘,光着脚跟在后面跑。

大家继续往前赶路。向前走了一段以后,到了一个十字路口,这是两条新的巷道,人群在这里再次分散,工人们逐渐分布到全矿的各个掌子面去。现在,运煤巷道的两壁都撑有木桩,巷顶的横梁还是橡木的,好像给松散易塌的岩石镶上了一层木头保护壳。透过护壳还可以看到层层的页岩,闪亮的云母,以及大量粗糙、乌黑、凹凸不平的砂岩。斗车来来往往,络绎不绝,有卸空了的,有满载的,看不清体形的牲口像幻影似的拉着斗车在黑暗中跑过,发出隆隆的响声。在停车场的支线上,停着一列煤车,像一条睡熟了的黑色长蛇,打着鼻息的马全身隐在黑暗里,因而它的臀部看来仿佛是巷道顶上掉下来的一块石头。许多风门不时地打开,然后又慢慢地关上。越往前走,巷道越窄、越低,巷顶也越凹凸不平,迫使人们不断地弯腰。

艾蒂安的脑袋猛地撞了一下,要不是戴着无边皮帽,脑袋一定会撞破。其实,他已经留神模仿着走在他前面的马赫的一切最细微的动作。借着安全灯的微光,可以看到马赫模糊的身影。工人们没有一个碰撞的,他们早就熟悉了每一个突起的地方、木结和凸出的岩石。地面越来越潮湿滑溜,也使这位年轻人吃了不少苦头。有时候,他只是根据脚上的泥浆才知道自己正经过一片真正的水坑。最使他惊奇的是温度的急剧变化。竖井底下十分阴凉,在整个矿井内的新鲜空气都要打从那里经过的运煤巷道里,吹着刺骨的寒风,当它吹到狭窄的岩壁间,更是变得异常猛烈。但是一走进通风很少的巷道里,便没有风了,温度也上升了,闷热得使人喘不过气来。

马赫很久没有再开口。这时他头也不回地只对艾蒂安说了一句:"纪尧姆矿脉。"便转入了右边的一个新巷道。

他们的掌子面就在这个矿脉中。艾蒂安刚一跨进去,就碰伤了脑袋和臂肘。倾斜的坑顶十分低矮,他们只好把腰弯成两截,走上二三十米长的一段。这里的水深到脚踝。他们这样走了二百多米,突然勒瓦克、扎查里和卡特琳不见了,仿佛他们飞进了他面前的一道窄缝里。

"得爬上去,"马赫又说,"把你的灯挂在纽扣上,攀着木头。"

说完,他自己也不见了,艾蒂安只好跟上去。这是矿脉中专留给矿工们的一条通路,它可以通到各附属坑道;它的高度和煤层一样,只有六十厘米,幸亏年轻人的身子不胖,但是,他笨手笨脚,爬上去时白花了很大的劲。他尽量放平身子,抓着坑木全靠腕力向前爬行。他往上爬了十五米以后,便到了第一条附属巷道;马赫一伙的掌子面是在第六条附属巷道里,用他们自己的话说,是在地狱里。每隔十五米,就有一条附属巷道,一条比一条的地势高,这个擦伤人脊背和胸膛的细缝好像永远也走不到顶头一样。艾蒂安累得直喘气,仿佛沉重的矿层把他的四肢都压碎了,手像被拽,腿像被折了一样,更由于空气缺乏,血都快要喷出来了。在一条巷道里,他隐约看见两个弯着腰低着头的东西,一个小的和一个大的,正在推车;那是丽迪和穆凯特,她们已经干起活来了。而他还得再爬上两个掌子面!他满脸汗水,腌得眼睛都睁不开,只听见别人敏捷的四肢嚓嚓地在岩壁上滑动,他感到失望,以为无论如何也赶不上他们了。

"加油啊,到了!"这是卡特琳的声音。

但是,当他真的爬到了掌子面的时候,里边另一个声音却喊道:

"哎,怎么的? 你们怎么拿人开玩笑? ……我从蒙苏来要走两公里路,可我头一个到!"

这是沙瓦尔的声音,他今年二十五岁,高个子,长得瘦骨嶙峋,满脸粗气,这时他因为等得太久了,正在发火。当他看到艾蒂安的时候,便带着轻蔑而又奇怪的眼光问道:

"这是怎么回事?"

马赫把前后经过说了一遍,他听了之后低声嘟哝说:

"这么说,小伙子吃丫头的饭!"

两个年轻人互相望了一眼,这是突如其来的一种本能的仇恨的目光。艾蒂安感到受了侮辱,但不明白这是怎么回事。一阵沉默过后,大家开始干活。矿脉里终于逐渐都装满了人,每一个煤层的每一条巷道尽头的掌子面都活跃起来了。吞噬人的矿井已经吞够了它每天需要的人数,这时候,将近七百个工人在这个巨大的蚁穴里忙碌地工作着。到处挖洞掘穴,把岩层挖得像被蛀虫蛀空了的朽木一样,尽是窟窿。然而,在沉闷的寂静中,在厚厚的煤层之下,如果把耳朵贴在岩石上,就可以听见这些小虫式的人劳动的声音:从使罐笼升降的钢索的飞快滑动声,直到掌子面深处掘煤的种种工具发出的咔咔声。

艾蒂安一转身又挨到卡特琳身上。但是,这一次他看清了她微微隆起的胸脯,他突然间明白了那透入他身体内的温暖是什么。

"怎么,你是个姑娘?"他惊讶地小声说。

她的脸并没有红,欢快地回答说:

"当然啦……真是,你现在才看出来呀!"

四

四个挖煤工已开始趴在整个掌子面的斜坡上工作了。他们彼此隔开,每个人大约占据四米长的地方,彼此之间有一块吊着的木板,用来承接挖下来的煤块。这个矿层非常薄,而这一段差不多只有五十公分厚,人在里面被紧紧地夹在坑顶和坑壁之间,只能匍匐爬行,一转身就会擦破肩膀。要挖煤,就得侧着身子躺在那里,歪着脖子,斜举着短柄尖镐。

扎查里在最下面,勒瓦克和沙瓦尔在扎查里上面,最上面是马赫。每个人用尖镐刨着页岩层,在煤层上开两个直槽眼,然后从上方把一个铁楔子嵌到里面去,大块的煤便剥落下来。煤块很松,一碰就碎,顺着肚子和大腿往下滚。这些碎块被木板接住以后就堆积在他们身子下面,于是挖煤工就被封闭在狭窄的缝隙里看不见了。

最难受的是马赫。上面的温度高达三十五度,空气又不流通,时间长了,简直闷得要命。为了看得清楚一些,他不得不把灯挂在他脑袋旁边的一颗钉子上,这样一来又烤着他的脑袋,使他的血液更加热起来。加上这里的潮湿,这种刑罚就更难受。离他的脸几厘米高的地方,岩石在往外渗水,不停地、急急地滴着大水珠,不变节奏地总滴在一个地方。尽管他使劲歪着脖子,偏着脑袋,水珠还是掉在他的脸上,不停地飞溅着,滴答作响。一刻钟的工夫他的全身就湿透了,使他本来就被汗湿透了的身上,蒸发出一股带咸味的热气。今天早晨,有一滴水进了他的眼睛,使他不住嘴地骂着。他不愿意停止挖煤,使劲用镐刨着,这使他在岩壁之间猛烈地晃动,因此像一个被夹在两页书里的小甲虫一样,有彻底被压扁的危险。

大家一句话也不说。每个人都在一心地刨煤,只听见像从远处飘来的、又被什么东西遮住了的这些不规则的凿击声。这些声音低沉、重浊,毫不响亮,在死寂的空气中没有一点回音。里面是从未遇到过的黑暗,飞扬的煤末,刺眼的瓦斯,使黑暗更加显得浓重。有铁罩的安全灯,灯芯只显出一个微弱的红点,掌子面像一个一连积了十冬煤烟的扁平大烟囱倾斜着伸上去,里面漆黑,什么也分辨不清。只见一些奇形怪状的东西在里面活动,借着模糊的灯光,可以隐约地看到圆圆的屁股,筋络隆起的胳膊,一个怒冲冲的、像是为了行凶而抹得满脸漆黑的脑袋。有时脱落下来的大煤块的侧面和棱角地方,突然闪出晶亮的反光,但紧跟着一切又陷入黑暗,尖镐重浊地一下下凿着,在沉闷的空气里和滴水的冲洗下,只有胸膛发出的喘息,只有表示疲劳和困苦的呻吟。

扎查里由于昨晚的放荡作乐,今天感到胳膊发软,他借口支撑坑木,很快丢下了工作,这可以使他随意地望着茫茫的黑暗轻轻地吹口哨。他们身后已经有将近三米的矿层被挖空了,但还没顾得上把岩石支撑起来,他们只知道抢时间干活,对危险却毫不介意。

"喂,贵族老爷!"扎查里向艾蒂安喊道,"拿几根坑木来。"

艾蒂安正在跟卡特琳学如何使用铁锹,这时只好放下铁锹往掌子面里送坑木。这些坑木是头天剩下的,通常每天早晨都要往井下送一些按掌子面尺寸锯好的坑木。

"快点儿,懒鬼。"扎查里看到新推车工两臂抱着四根橡木,笨手笨脚地在煤块中间往上走,样子很是狼狈就又对他这样喊道。

扎查里用尖镐在巷顶上凿了一个槽眼,然后又在壁上凿了另一个,把坑木的两端插进去,把岩层支住。下午,清理工就会来把挖煤工留在巷道尽头的废渣石运走,把采空的矿层填死,埋上坑木,只留下运煤用的上下两条小道。

马赫不再叹息了。他总算把自己那一段挖完了。他用衣袖擦了擦汗水淋淋的脸面,对扎查里在后面支坑木有些不放心。

"快放下,"他说,"这个活儿等吃完晌午饭再说……要想凑够我们的斗车数,最好还是先挖煤。"

"可是,"年轻人回答说,"它在往下沉呀,你瞧,这儿都裂缝了,我怕它塌下来。"

父亲却耸了耸肩膀。啊!是啊!塌下来!可是,这也不是头一回,总会想办法逃出去的。他终于生气地又把儿子打发到掌子面上去了。

然而毕竟大家都想稍稍休息一会儿。仰卧着的勒瓦克正瞧着左手的大拇指咒骂,因为一块石头掉下来砸得一直在流血。沙瓦尔赌气脱下衬衣,光着膀子,好稍微凉快一些。他们已经全被煤弄得黑不溜秋,身上蒙上了一层细煤粉,汗水在脸上划出一道道的小河,或一片片的沼泽。马赫头一个动手在下面一层又刨起来,脑袋正顶在岩石的下面。现在,水点落到他的额头上了,一个劲儿地滴答,好像要把脑盖骨穿个窟窿似的。

"不用理他们,"卡特琳向艾蒂安解释说,"他们老是吵嘴。"

她又像一个好心肠的姑娘一样给他讲解起来。每辆斗车都原样从掌子面送到井上去,并且要插上标明本掌子面的特别标签,好让井上的收煤工记在账上。因此要特别注意,必须只装纯煤,否则收煤处是不收的。

年轻人的眼睛在黑暗中逐渐习惯了,他望着她,虽然她的脸色像得了萎黄病,但仍然很白净。他不知道她有多大年纪,可能有十二岁,因为她看来非常柔弱。然而,又觉得她不止十二岁。她具有男孩子般的洒脱,不知道难为情的天真,使他有些尴尬;他不大喜欢她,因为她那皮埃洛①般的灰白色脸蛋,加上把小帽紧紧地压在鬓角上,显得过于顽皮。最使他惊奇的是这个女孩子的力气,这种猛中有很大巧劲的力气。她装车的动作小,每铲又匀又快,比他麻利得多。装完以后,她把斗车慢悠悠地一口气推到绞车道上,毫无阻碍地从低矮的岩层下面顺利地通过。可是他呢,累得要死不说,还总出轨,不断陷入困境。

说实在的,这的确不是一条好走的路。从掌子面到绞车道约有六十多米。清理工还没把巷道清理宽敞,真是所谓羊肠小道;巷顶凹凸不平,一块块地往外凸出,有的地方装满的斗车勉强能过去,推车工必须俯下身子跪着推,不然就会碰破脑袋。另外,有的坑木已经压弯或折裂,当中露出了长长的白色裂缝,如同过软的拐杖一样。必须小心不要被这些地方擦破。大腿般粗的圆橡木,在长久的重压下,眼看就要断裂,人们从底下爬过,提心吊胆,生怕它随时咔嚓一声塌下来压坏自

---

① 皮埃洛,西方古哑剧中的白脸丑角。

己的脊梁。

"又出轨了吧!"卡特琳笑着说。

艾蒂安的斗车在最难走的地段出了轨。铁轨在潮湿的地面上已经走了形,他总也不能一直推到头。他生气地大声咒骂着,拼命与车轮搏斗,尽管他用尽了力气,还是不能使车轮回到轨道上。

"不要急嘛,"年轻姑娘又说,"你要是不能沉住气,那就永远也走不了。"

她灵巧、敏捷,一溜就把臀部伸到车子下面用腰一拱,把车子重又推上轨道。车子的重量有七百公斤。他又惊异又羞愧,嘴里不断结结巴巴地为自己辩解。

卡特琳不得不教给他怎样劈开两腿,怎样弯起腿用脚蹬住巷道两边的坑木,找个有力的支点。推车的时候,要弯着身子,伸直两臂,用两肩和臀部全部的力量。有一次,他跟着她一起推了一趟,他看到她怎样撅着屁股、两手放得很低地推车,好像马戏团里练把戏的小动物那样,在用四只蹄子奔跑。她虽然累得汗水直流,气喘吁吁,骨节儿直响,却没有一句怨言;她把这视为常事,满不在乎,仿佛普遍的穷困要求每个人都得过这种直不起腰的日子。可是他却做不到这一步。他穿的鞋很碍事,这样低着头走,身子也累得要命。他这样推上几分钟,就觉得这简直是一种刑罚,是难以忍受的痛苦,他不得不跪一会儿,直一直身子,喘一喘气。

到了绞车道上,又是一种新的苦役。她教给他怎样很快地把斗车放下去。绞车道是供各个掌子面使用的,从这一个坑道口到另一个坑道口,上下两头各有一个徒工,管刹车的在上面,接车的在下面。他们都是一些十二到十五岁的小无赖,张口就是粗话;而要想叫他们听从你的话,必须用更粗野的言语向他们吼叫。每当接车人要把一辆空斗车送上去的时候,他便发出信号,上面的推车女工就放下她那辆装满煤的斗车,管刹车的人一松闸,借助这个斗车下降的重量把空车提上来。到了巷道底下,斗车一列一列地排好,再用马拉到竖井口去。

"喂!该死的懒虫们!"卡特琳在绞车道巷道口喊道。绞车道的巷道整个是用坑木支成的,有一百多米长,这时像一个巨大的传声筒似的发出回响。

两个徒工一定是休息去了,没有人回答。各巷道的输送都停止了,后来,传出一个女孩子的小尖嗓子:

"准是有一个趴在穆凯特身上去了,没错儿!"

一阵哄笑声轰响起来,全矿层的推车女工都捂着肚子大笑着。

"这是谁?"艾蒂安问卡特琳。

她告诉他这人叫小丽迪,一个放荡姑娘,她对这种事知道得特别多;虽然她两只胳膊像洋娃娃似的,推起斗车来却和成年女人一样有劲。至于说穆凯特,她大有同时应付两个徒工的能力。

但是,传来了接车人的声音,喊着放车。不用说,准是赶上了工头从下面经过。九层巷道的运输又开始了,这时只有徒工们定时的叫嚷声和推车女工到达绞车道喘粗气的呼呼声,她们跟拉载过重的母马一样,打着鼻息,浑身冒着热气。当一个男矿工遇到这样一个四蹄姑娘的时候,看到她们那露在外面的腰肢,快要撑破男式短裤的臀部,矿井里立刻会出现一阵兽性的骚动,因为这燃起了男人们的欲望。

艾蒂安每次推车回来都感到掌子面里面是那么闷热难

受,尖镐的节奏变得更加低沉和无力,勉强坚持工作的挖煤工发出痛苦的呼叹。四个人都脱光了衣服,和黑煤混在一起,简直分辨不清,连无沿帽也被黑泥浆浸湿了。有一阵,人们不得不把喘不上气的马赫拖出来,拆下木板,使煤块落到坑道上。扎查里和勒瓦克对着矿层直发火,他们说,矿层越来越硬了,这对他们的包工活很不利。沙瓦尔转过身,仰面躺了一会儿,开口骂起艾蒂安来,他瞧见这个人在这儿就生气。

"这个懒虫!还不如姑娘们有劲!……你还不快装车呀!哼!舍不得你那两条胳膊吗?……他妈的,你要是让我们的煤给退回一车来,我就扣你半个法郎!"

年轻人故意没有出声,到现在,能找到这种苦力活儿已经算是万幸,他忍受了老工人对新工人的这种虐待。但是,他再也支持不下去了,两脚已经磨破流血,胳膊腿都累得抽筋,身子也像被铁箍箍起来似的。幸而这时到了十点钟,他们这一班决定吃午饭了。

马赫虽然有一只表,但他看也不看一眼。在这暗无天日的黑暗里,他估计时间从来也差不了五分钟。大家穿上衬衣和短上衣。从掌子面走下来,他们胳膊夹着两肋蹲下来,矿工们特别习惯于这种姿势,就是出了矿井也这样,他们并不感到需要找一块石头和木头来坐下。各人拿出自己的"夹面包",一本正经地咬着厚厚的夹层面包,偶尔对上午的工作说上一言半语。卡特琳却站着吃,最后她走到艾蒂安跟前,艾蒂安在稍远一点的地方靠着枕木,横躺在路轨上。那儿有一块几乎是干的地方。

"你不吃吗?"她手里拿着"夹面包",嘴里塞得满满的问道。

但她马上想到这个小伙子走了一夜,一文钱也没有,大概一块面包也没有。

"咱们俩分着吃好吗?"

他拒绝了,嘴里发誓说自己不饿,肚子却难过得使他说话的声音都在发颤。卡特琳又活泼地说:

"啊,你嫌脏吧!……那好!我只咬了这边,我把那一边给你。"

她说着已经把"夹面包"掰成两半。年轻人接过一半,克制着不让自己一口把它吞下去;他为了不让卡特琳看见自己在发抖,把两条胳臂紧靠着大腿。她像一个亲近的伙伴似的,安静地在他身边趴下,一只手托着下巴,一只手拿着面包慢慢地吃着。两个人的安全灯把他们彼此照得很清楚。

卡特琳默默地端详了他一会儿。她显然觉得他长得很俊,他有着秀气的面孔,留着黑黑的小胡子。她下意识地露出了得意的微笑。

"哎,听说,你是个机械师,被人家从铁路上开除了……为什么?"

"因为我打了我工头的耳光。"

她一时吓愣了。由于祖辈相传的从属观念和顺从思想,她听了这话感到十分惊讶。

"你知道,我那回是喝醉了,"他接着说,"我一喝酒就一切都不顾了,我就想吃掉自己和别人……是啊,我一喝上两杯酒就想吃人……然后还得病上两天。"

"不应该喝酒嘛。"她严肃地说。

"啊!不用担心,我自己知道自己的德性!"

他摇着头,他对烧酒怀着仇恨。这是一个酒鬼家族的最后一个孩子对酒的仇恨。他身上有上代遗传下来的酒精中毒的严重毛病,对他来说,一滴酒都是毒药。

"我是为了妈妈才对被开除感到烦恼,"他咽下一口面包,然后说,"妈妈可真不幸啊,我以前还不时地寄给她五个法郎。"

"那么,你母亲在哪儿?"

"在巴黎……在金滴路给人家洗衣服。"

他沉默了一会儿。一想起这些事情,他的那双黑眼睛就变得灰暗,这是他为自己那年轻、健康的身体所遭受的损害而感到痛苦,而且这种损害不知还孕育着什么后果。他在矿井底层的黑暗中凝望了一会儿;在如此深的地心,在这感到土地的重压和窒息的情况下,他又看到了自己的童年时代。那时候,他的母亲还漂亮、刚强,被父亲抛弃了。她跟另外一个人结婚以后,他的父亲又重新把她占有了,她生活在两个花她金钱的男人中间,跟他们一起在酗酒和淫乱的沟壑里滚来滚去。他回想起了那条大街,每个细节又浮现在他的脑海里:胡乱堆在铺子当中的脏衣服,把屋子弄得满屋酒气的醉鬼,一耳光可以打掉下巴的野蛮打架……所有这些都历历在目。

"现在,"他拉长声调说,"每天挣一个半法郎,我没法再寄给她什么了……她非得穷死不可。"

他绝望地耸耸肩膀,又咬了一口夹层面包。

"你要不要喝点儿?"卡特琳打开自己的水壶说,"哎!这是咖啡,对你不会有什么害处的……这样干吃噎死人。"

他谢绝了,吃了她的一半面包已经很过意不去了。然而,她一个劲儿好心地劝说着,最后说:

"好吧!既然你这么客气,那我先喝……现在你可不能再推辞了,要不就太扫人面子了。"

她把白水壶递给他。她两膝着地,直起身子,在两盏安全灯的映照下,他就近打量了她一会儿。刚才为什么会觉得她长得丑呢?现在,虽然她的脸上抹了一层煤粉,黑不溜秋的,但他却感到她有一种不寻常的魅力。在她那笼罩着阴影的面孔上,稍嫌大些的嘴露出白亮的牙齿,两只大眼睛像猫眼似的射出绿色的光芒。一绺红头发从她的无沿帽里钻出来,搔得她耳朵发痒,把她弄得直笑。看来她不再那么小了,足有十四岁。

"那就为了让你满意。"他说着喝了一口,然后把水壶还给她。

她喝了第二口,又强迫他再喝一口,说要分着喝。他们拿着这个小嘴水壶,你一口我一口地轮流喝着,觉得很有趣。忽然间,他心里问自己是不是应该把她搂在怀里,吻吻她的嘴。她那暗淡的玫瑰色的厚嘴唇,被脸上的黑煤衬托得更加鲜明,一股逐渐增长的欲望强烈地引诱着他。但是他不敢,他在她面前感到胆怯;他在里尔遇到过的尽是一些娼妓,一些最低贱的女人,现在碰上一个没有出阁的女工,他不知道该怎样对待是好。

"我看,你总有十四岁了吧?"他又咬了一口面包,问道。

她表现出诧异的样子,几乎是有些生气了。

"怎么,十四岁?我已经十五了!……不错,我是瘦一些。我们这儿的女孩子都长得慢。"

他继续向她问这问那,她什么都说,既不粗俗,也不害羞。此外,尽管他感觉到她还是处女,可是她对男女之间的事情却全都知道;由于生活中的劳累和生活环境的恶劣,她发育得比一般女性慢,还带着孩子般的稚气,当他为了窘她而把话扯到穆凯特身上的时候,她讲了许多不堪入耳的事情,她的语调是那么平静,那么快活!嚆,那个丫头可够胡闹的!当艾蒂安想要知道她自己是否有情人的时候,她开玩笑地回答说,她不愿意让母亲生气,然而,这事早晚一定会发生的。她缩着肩膀,被汗水浸湿的衣服冰凉,冻得她微微发抖。她的表情那么温柔而驯良,好像准备忍受人间事和男人们的磨难。

"大家在一块儿生活,情人总会有的,是不是?"

"那当然。"

"再说,这对谁也没有害处……谁也不会跟神甫说什么。"

"噢!神甫,我才不在乎呢!……我倒是怕'黑鬼'。"

"'黑鬼'?黑鬼是什么?"

"是矿井中的老矿工的幽灵,他要扭断放荡姑娘的脖子的。"

年轻人望着她,疑心她是在嘲弄他。

"你相信这些蠢话吗?我看你什么也不懂!"

"我,我懂得的事可不少呢,我能写能读……这在我们这儿可有用了,因为我父母那一辈都没念过书。"

她确实十分可爱。他想等她吃完面包,一把将她搂过来吻吻她那粉红的厚嘴唇。他在胆怯中作出了这样的决定,但一想到使用暴力他就感到喉咙发堵。年轻姑娘身上的男式衣服,那件短上衣和那条短裤刺激着他,同时又使他感到不好意思。他已经咽下最后一口面包。他对着水壶嘴喝了几口咖啡,又还给她,叫她喝光。现在是行动的时刻了,他担心地朝远处的矿工们瞥了一眼,恰好有个人影堵住了巷道。

已经在那里站了好一会儿的沙瓦尔,远远地望着他们。这时他走上前来,确定马赫看不见他,而卡特琳又坐在地上,于是就抓住她的两肩,迫使她仰起头来,粗暴地在她的嘴上吻了一下,装出一种满不在乎的样子,仿佛根本没把艾蒂安放在眼里。这一吻显示着一种占领,一种出于嫉妒而作出的决定。

但是,年轻姑娘却气极了。

"放开我,听见没有?"

他抱住她的头,盯着她的眼睛。红色的上髭和下颔的小胡子,在他那长着大鹰钩鼻子的漆黑脸盘上就像一团火一样。他终于放开她,一声不响地走开了。

一股凉气流遍了艾蒂安的全身,他感到刚才的等待真是愚蠢。不,现在他决不能再拥抱她,因为她会把他看作和那个人一样。他的虚荣心受了损伤,心里感到一阵真正的失望。

"你为什么撒谎呢?"他低声说,"这不就是你的情人吗?"

"绝对不是,我向你发誓,"她大声嚷道,"我们之间没有这种事。他只是有时候开个玩笑……而且他又不是本地人,他是六个月以前才从加来海峡省来到这里的。"

又该干活了,两个人都站了起来。当她看出他那么冷淡的时候,显得有些难过。毫无疑问,她觉得他长得比那一个漂亮,也许更喜欢他一些,想亲近他和安慰他的心情搅乱着她。这时年轻人惊异地察看着自己的灯发出蓝火苗,外面带着一个微弱的光圈,她设法至少要让他散散心。

"来,我给你看个玩意儿。"她用亲近的态度低声对他说。

她把他领到掌子面的尽里边,指给他看煤层中的一个缝隙。有什么东西从那里轻轻地往外冒,声音很小,像鸟的吱吱叫声一样。

"把手放在那儿,你会感觉到有一股风……这就是瓦斯。"

他惊呆了。这就是那个东西吗,就是使一切爆炸的那个可怕的东西吗?她笑着说,因为今天这东西多了,所以灯的火苗才这样发蓝。

"懒鬼们!你们什么时候才唠叨完呐!"马赫的大粗嗓子在喊叫。

卡特琳和艾蒂安急忙装满斗车,推往斜面。他们直着脊背,在凸一块凹一块的巷顶下爬行着。推到第二趟,浑身就被汗水湿透了,骨节又嘎嘎地响起来。

挖煤工又在掌子面上干起来。为了避免身上发冷,他们经常很快吃完午饭就接着干。在这不见天日的地方无声无息地、狼吞虎咽地吃下的"夹面包",使肚子就像吃了铅块一般沉重。他们侧着身子躺在里面,更用力地刨着。他们只有一个念头——尽量多装几车。他们为了挣这饭碗,拼命地干,这种挣钱狂使他们什么都顾不得了。他们感觉不到流出的矿水泡肿了他们的四肢,老是弯腰曲背而引起的抽筋,以及黑暗中令人窒息的闷热。他们像长在地窖中的植物,在这黑暗里,变得脸色灰白。时间越长,安全灯的烟火,人们呼出的热气和瓦斯的窒息,使空气中的毒气变得更浓更热。瓦斯像蜘蛛网似的粘上了眼睛,只有到夜间通风时,才能完全清除出去。他们钻在自己的鼹鼠洞的尽头,在深深的地层下面,胸口闷得喘不过气来,但是仍然不停地刨着煤层。

五

马赫没有瞧自己上衣口袋里的怀表,就停下来说:

"快一点啦……扎查里,好了没有?"

小伙子支坑木已有好一会儿。他干了一半就仰着身子躺下来,出神地想起昨天玩的情形,这时他听到喊声惊醒过来,回答说:

"好了,就这样吧,明天再说。"

于是他又回到掌子面上原来的地方。勒瓦克和沙瓦尔他们也放下了尖镐。大家都休息了一会儿。每个人一面用赤裸的手臂擦着脸上的汗,一面望着岩顶一块块已经裂缝的页岩;他们只就工作说了几句话。

"又碰上容易崩塌的地方了!这可真他妈的倒霉……"沙瓦尔嘟哝说,"在包工合同里,他们就没提到这个。"

"这帮坏蛋!"勒瓦克抱怨说,"他们就想让咱们死在里面。"

扎查里笑起来。他对干活什么的都不大在意,一听到别人骂公司却特别带劲。马赫息事宁人地解释说:地层的性质是每二十米一变,大家应该公正一点,谁也不能预见到一切。接着,沙瓦尔和勒瓦克又骂起工头们来,马赫担心地看了看四周,说:

"小声点!算了吧!"

"你说得对,"勒瓦克也压低了声音说,"这样说有危险。"

即使在这样深的地方他们也害怕有密探,仿佛矿层里的煤也有煤矿股东们的耳朵似的。

"你不用管，"沙瓦尔用挑衅的口吻大声嚷道，"丹萨尔那头猪猡怎样玩弄细皮嫩肉的金发女人，我不管，他要是再用那天的那种口气和我说话，我非用砖头砸他的肚子不可……"

扎查里这回哈哈大笑起来。总工头和皮埃隆老婆之间的不正当关系成了全矿井扯不完的笑料。连在掌子面下面的卡特琳也扶着铁锹大笑起来，并且用一两句话让艾蒂安也听明白了。马赫却生起气来，他不再掩饰自己的恐惧。

"你能不能住嘴，嗯？……要是你存心惹祸，等剩你一个人的时候再说。"

他的话音未落，从上头的巷道里就传来了脚步声。几乎同时，工人们中间称作小内格尔的矿井工程师由总工头丹萨尔陪着来到了掌子面上。

"我刚才说什么来着！"马赫小声说，"总是有人从地里钻出来。"

埃纳博的侄子保尔·内格尔是个二十六岁的青年，长得端正漂亮，满头鬈发，棕色小胡子。他有一个尖尖的鼻子和一双灵活的眼睛，神情活像一只可爱的雪貂，机灵，多疑。和工人们打交道时，他就会变成果断的权威。他的衣着跟工人一样，也蹭得浑身是黑。为了得到工人们的尊敬，他常表现出一种奋不顾身的勇气，奔向最困难的地方，在煤层崩塌和瓦斯爆炸的时候，他总是跑在前头。

"我们到了吧，丹萨尔？"他问道。

总工头丹萨尔是比利时人，相貌粗俗，长着一个很有肉感的大鼻子，他过分礼貌地回答说：

"到了，内格尔先生……这就是今天早晨雇用的那个工人。"

两个人钻进掌子面,把艾蒂安叫过来。工程师举起手里的矿灯,看了看他,什么也没问。

"好吧,"他最后说,"我可不大喜欢从马路上随便拉一些来历不明的人来……不过,主要是以后别再这样做了。"

对于大家向他所作的解释:工作上需要,也希望用男工替代女工推车等等,他根本没有听。他开始察看巷顶,挖煤工们又拿起尖镐刨煤,这时候他突然喊了起来:

"唉!马赫,你们简直是拿人命当儿戏!……他妈的,你们都想死在里面!"

"喔,这儿挺结实。"马赫不慌不忙地回答说。

"什么结实!……岩层已经下沉了,你们支的坑木相距足有两米多远,好像舍不得坑木似的!哼!你们全都一样,宁愿压碎脑袋,也不肯早一点放下挖煤去及时支好坑木!……你们要马上给我支好。加上双柱子,听见了没有?"

矿工们还在争辩,说他们对自己的安全比谁都知道得清楚;矿工们的犟脾气使他发火了:

"怎么,快动手!要是砸碎脑袋,是你们自己承担后果吗?绝对不是!公司得给你们或你们的老婆发抚恤金……我向你们再讲一遍,我了解你们,为了到晚上多出两车煤,连命都不要了。"

马赫尽管有些上火,但仍然平静地说:

"要是给我们足够的工钱,我们自然会把坑木支好的。"

工程师耸了耸肩膀,没有回答。他把整个掌子面察看了一遍,走到掌子面下面的时候才回头作了这样一句结论:

"你们还有一个钟头,都去支顶柱;我通知你们,你们这个掌子面要罚三个法郎。"

挖煤工对此报以低声的咒骂。只是从徒工到总工头一层压一层的等级压力才使他们克制住了自己。沙瓦尔和勒瓦克刚要发作，马赫瞪了他们一眼，把他们制止了，扎查里只是嘲弄地耸了耸肩。艾蒂安可能是他们当中最激动的一个。他自从进到这个地狱里，慢慢增长着的一种反抗情绪使他感到无法忍受下去。他望了望低低弯着腰的顺从的卡特琳。人们在这死气沉沉的黑暗中，累死累活地干着这样艰苦的活儿，却连每天买面包的几个铜子都挣不上，这怎能忍受？

这时候内格尔和丹萨尔一起走开了，总工头只是不住地点头表示赞同。他们到了巷道里又停下来，检查着应由这几个挖煤工负责的、掌子面后面十米长的一段巷道的坑木，又说了起来。

"我不是跟你说过吗，他们拿人命当儿戏？"工程师大声地嚷道，"难道你他妈的就不管吗？"

"我管啊，管啊！"总工头结结巴巴地说，"我三番五次地跟他们说，都说腻了。"

内格尔粗声地喊道：

"马赫！马赫！"

大家全都从掌子面走下来。内格尔接着说：

"你们瞧瞧这个，这支得住吗？……尽是偷工减料的活儿。这个潦潦草草加的柱帽，立柱根本就顶不到……我的天！我明白我们为什么花那么多修理费。你们只想把你们负责的时间对付过去就行了，是不是？过后就完全塌了，那时公司就又不得不用上一大批修理工……你们看看那边，那活儿简直是应付差事。"

沙瓦尔刚想开口，就被他制止了。

"你不用开口,我知道你们要说什么。要多给你们工钱,是不?好吧!我预先告诉你们!你们是在逼着经理处采取措施,好吧,以后坑木钱另付,可是公司要按成从每车煤上扣除这笔钱。我们到那时再看你们会多挣几个……但是眼前先把这些都给我马上支好,我明天还要来查看。"

他的威胁使大家不知如何是好,他走了。在工程师面前低三下四的丹萨尔,特意留下来几秒钟,粗暴地向工人们说:

"你们这伙人,叫我挨了一顿骂……我对你们的惩罚可不只是三法郎罚款!你们小心点!"

他一走,马赫就再也压不住心头的怒火。

"老天爷!不公平就是不公平。我愿意大家都心平气和的,因为只有这样才好商量;可是,他们硬要逼得你发火……你们听见没有?降低每车煤的价钱,另外给坑木钱!这又是一个克扣咱们工钱的花招!……扯他妈的淡!"

他正想找个人出气,一眼瞧见了艾蒂安和卡特琳在那儿闲待着。

"你们还不给我拿些木料来!你们就没事干了吗?……我真恨不得踢你们几脚。"

艾蒂安拿木头去了;他对马赫这样暴躁毫不怨恨,他对这些工头老板感到极为气愤,而矿工们却实在太老实了。

勒瓦克和沙瓦尔也都粗鲁地咒骂了一阵泄了愤。他们每个人,扎查里也不例外,全都发疯似的支起坑木来。在将近半个钟头内,只听到用铁锤敲坑木的声音。他们谁也没再说话,一个个都呼呼地喘着气,向岩石出气,如果办得到的话,他们真想用肩膀一扛,把岩石顶上去一块。

"就这样吧!"最后马赫说,他又累又气,一点劲也没有了,"一点半了!……今天可好,干了一整天还挣不了两个半法郎!……我要回去了,我干够了。"

虽然离下工还有半个小时,他却穿上了衣服。别人也都跟着他穿起衣服来。他们一看见掌子面就有气。年轻姑娘又去推车子,他们把她叫回来,同时对她这样热心非常生气,煤要是有脚就让它自己走出去吧。于是六个人胳膊底下夹着工具就走了,他们还得走两公里路从原路回到矿井的井口。

到了通风道里,挖煤工们全都溜下去了,卡特琳和艾蒂安却落在后面,因为他们遇见了小丽迪。小丽迪在路轨中间停下来,好让他们过去,并且告诉他们穆凯特说是鼻子流血,必须到什么地方去用凉水冲一冲,可是已经有一个钟头了,谁也不知道她上哪儿去了。当他们分手的时候,丽迪又推起斗车,她已经累得腰酸腿软,满身泥水,挺直着她那小虫子似的四肢,真像一只蚂蚁在拼命搬运一个过重的东西;他俩则向后仰着身子,缩着脖子往下溜,唯恐擦破额头。他们直挺挺地沿着被人们的屁股磨光了的岩石向下溜着,不时地还要抓住撑柱,以免像他们开玩笑说的那样,把屁股擦得冒火。

到了下面,只有他们两个人了。只见有几点星火消失在远处巷道转弯的地方。他俩的愉快心情已经沉落下去,她在前,他在后,两个人迈着疲惫不堪的沉重步子。安全灯已经熏黑,他勉强能看到在一片烟雾茫茫中的卡特琳。他心里很乱,因为他知道她是个姑娘,觉得不拥抱她一下简直是傻瓜,但是一想到另外那个人,就又认为不能这么做。肯定地,她对他说了谎;那个人一定是她的情人,他们一定曾经随便在哪个煤渣堆上睡过觉,因为她走路的姿态已经是一些放荡女人的样子。他毫无理由地生着她的气,好像她欺骗了他。而她却不断地回过头来,告诉他要小心,不要绊倒,似乎在求他和她要亲热一些。他们走在这样僻静无人的地方,本来很可以像好朋友似的有说有笑!最后,他们终于出了运煤巷道,这减轻了他心情矛盾的痛苦。不过,这时她却流露出最后的忧伤目光,仿佛在惋惜他们再也不会得到的幸福。

现在,他们周围是地下世界的一片喧嚣,工头们来回走过,快马拖着一列列斗车往返不停,灯光像星星似的不断在黑暗中眨眼。他们必须紧靠在岩壁上,让那些人影和直往人脸上喷气的牲口走过。让兰光着脚跟在他那一列斗车后面跑着,向他们喊了一句下流话,由于车轮的隆隆声他们没有听清。他们还在走着,她这时默默不语,他呢,已辨认不出早晨所看到的巷道和十字路口,并且觉得她在这地下把他带往越来越远的地方。特别使他难以忍受的是寒冷;从离开掌子面他就感到越来越冷,越走近竖井,他哆嗦得越厉害。狭窄的巷道间又吹来一阵暴风般的气流。正当他失望地觉得永远也走不到头的时候,突然间,他们走进了矿井井口的大厅。

沙瓦尔斜着眼望了他们一眼,撇着嘴露出怀疑的神情。其余的人也都和沙瓦尔一样,满身是汗地站在刺骨的寒风中,强忍着愤愤不平的愤怒,一声不响。他们来得太早了,而且现在正忙着往井下送一匹马,这是件复杂的工作,半点钟以内,还不能让他们上罐笼。装罐工推动煤车,发出震耳欲聋的烂铁撞击声,罐笼迎着从黑窟窿里滴下来的水点正在飞快地升起。下面的积水坑是个十米深的渗井,里面积满了从上面流下来的水,发出淤泥的潮湿气味。人们不停地围着井口转圈,拉着信号绳,压着杠杆柄,在这蒙蒙的水雾中,他们的衣服都打湿了。三盏照明灯的火光,勾画出许多活动的大黑影,使这间地下大厅变得犹如匪窟一般,又仿佛是瀑布近旁的一个强盗的打铁炉。

马赫试着做了最后一次努力。他走近六点钟上班的皮埃隆身旁。

"喂,你让我们上去嘛。"

皮埃隆是装罐工,小伙子长得漂亮,胳膊腿显得很有劲,面貌温和,他做了个表示吃不消的手势。

"不行,找工头去吧……我会被罚钱的。"

人们心里又涌上来一阵抱怨,但又咽了回去。卡特琳附在艾蒂安的耳边说:

"到马厩看看去,那边不错!"

他们必须不让人看见才能溜进去,因为那儿是不准去的。马厩在左边一个短巷道的尽头,长二十五米,高四米,是在岩层中凿出来的,有砖砌的拱顶,可以容纳二十匹马。这里的确不错,充满了活牲口发出的暖和气,新铺的干草散发出香味,收拾得非常干净。唯一的一盏灯像长明灯一样发出宁静柔和的光亮。正在休息的马匹转过头来,睁着孩子般的大眼睛瞧了瞧,不慌不忙地又去吃自己的燕麦。它们是人人喜爱的、膘肥体壮的苦力。

卡特琳大声念着马槽上钉着的锌牌上的马名,突然她轻轻地叫了一声,冷不防看到一个人在她面前站了起来。原来是穆凯特,她正在草堆里睡大觉,现在惊慌失措地钻了出来。昨天星期日,她放荡了一天,今天感到实在疲倦极了,就使劲在鼻上捶了一拳,然后借口去找凉水,离开了掌子面,跑到这儿来和牲畜一起躺在温暖的干草堆里。她的父亲对她非常溺爱,不怕给自己招来一些麻烦,竟放任她这样做。

恰巧这时候她父亲老穆克走了进来。他是个矮个子秃头、没少吃苦的老矿工，不过仍然很胖，这在五十岁的老矿工说来是不多见的。他由于自从当了马夫以后嚼的烟过多，发黑的嘴里牙床冒着血。他一见有另外两个人跟自己女儿在一起，就火了。

"你们在这儿干什么？啊！真算可以呀！两个骚丫头带着一个男人到我这儿来啦！……到我的干草堆上来干你们的下流勾当可倒不错啊！"

穆凯特觉得这话很滑稽，捂着肚子笑起来。卡特琳却朝艾蒂安微笑着，这时他很窘，扭头走了。当三个人都回到井口底下的时候，贝伯和让兰也赶着一列斗车来了。罐笼正占用着，要上去还得等一会儿。年轻的姑娘走近他们的马，用手抚摸着它，向她的同伴谈着它的身世。这是匹白马，名叫"战斗"，是矿里最老的一匹马，已有十年井下工龄了，十年来，它就生活在这个洞穴里，在马厩里占着一个固定的角落，每天沿着漆黑的巷道干着同样的活儿，自从下了井以后再没有见过天日。它长得膘肥体壮，皮毛油亮，看样子十分老实。它在这里似乎过着一种达观的生活，避开了地面上的烦恼。此外，它在黑暗里也变得十分机灵。它对拉车的道路非常熟悉，会用脑袋推开风门，知道在太低的地方低头，以免碰破马头。毫无疑问，它还会计算拉车的趟数，因为每当拉够了规定的趟数，它就不肯再拉了，非把它送回马厩去不可。现在它已年老了，两只猫眼一般的眼睛不时流露出抑郁的目光。也许它在阴暗的幻想中，又模糊地看见了马西恩纳它出生的磨坊。那个磨坊建在斯卡普河边，周围是微风轻拂的辽阔草原。空中还有一个什么亮东西，那是一盏巨大的吊灯吧，实际的情景在这个牲畜的记忆里已经模糊不清了。它低着头,老腿不停地打战,拼命地回忆着太阳的样子,但怎样也想不起来了。

这时候,罐笼旁的工作正忙。信号锤敲了四下,人们正在往下送马。这一直是一件紧张的事,因为有时候把牲口送下来的时候它已经吓死了。在上面,被兜在绳网里的牲口拼命地挣扎着,接着,当它感到离开地面的时候,就吓得失去了知觉,直勾勾地死瞪着大眼,皮毛一颤不颤地下入井中。这匹马因为过于肥壮,罐笼里装不进去,只好把它吊在罐笼底下,把它蜷着身子,脑袋窝在腰间捆好。上面开机器的人小心翼翼地开得很慢,往下送这匹马用了将近三分钟的工夫。下面的人更心焦,怎么搞的?能把它撂在黑咕隆咚的半空中吗?最后,它终于出现了;它像块石头似的一动不动,吓得眼睛睁得老大,直勾勾地瞪着。这是一匹刚满三岁的栗色小马,名叫"小喇叭"。

"小心!"负责接这匹马的老穆克喊道,"把它弄过来,先不忙解开它。"

不一会儿,"小喇叭"就像石头般地躺在铁板上。它一直动也没动,仿佛在这阴暗无边的黑洞里,在这深邃喧闹的大厅里做着噩梦。大家开始给它解绳子,这时,刚从煤车上卸下来的"战斗"走近前来,伸长脖子嗅着这个刚从地面上掉下来的伙伴。工人们围了一大圈,开着玩笑。"嘿!它有什么好闻呀?"可是"战斗"却兴奋起来,对人们的嘲讽毫不介意。它无疑地从"小喇叭"的身上闻到了外边新鲜空气的味道和早已遗忘的阳光照晒草地的芳香。突然,它发出一声响亮的嘶鸣,这是一节快活的乐曲,又好像是感伤的呜咽。这是表示欢迎,是一阵给它带来的对往事怀念的喜悦,同时又是对多了一个死后才能再上去的囚犯的伤感。

"啊!'战斗',这个家伙!"工人们看到他们的心爱宝贝做出的滑稽动作高兴地叫了起来,"你们瞧,它跟伙伴聊起来了。"

被解开的"小喇叭",依然一动不动。它侧躺着,好像还被绳网紧紧地捆着似的,它是被吓呆了。最后,有人抽了它一鞭子,它这才站起来,带着一副痴呆的样子,四条腿哆嗦得很厉害。老穆克把两匹友好的牲口牵走了。

"怎么样!现在行了吗?"马赫问道。

罐笼还要清理一下,再说,离上井的时间还差十分钟。工地渐渐走空了,矿工们正从各个巷道往井口走来。这儿已经聚有五十来个人,他们全都浑身湿透,哆嗦着站在风口上,从四面八方传出患了肺炎的嘶嘶的呼吸声。皮埃隆尽管面貌温和,却打了女儿丽迪一个耳光,嫌她提前离开了掌子面。扎查里偷偷地贴紧着穆凯特,好暖和暖和。但是,不满的情绪越来越增长,沙瓦尔和勒瓦克对人们讲述着工程师的威胁:降低每车煤的价格,支坑木另外给钱等等。这个方案引起人们的惊叹,在这狭小的角落里,在这离地面近六百米的地下,造反行动正在萌芽。过一阵子,人们的声音再也控制不住了,这些浑身沾满煤污、这些由于等候上井而冻得浑身冰冷的人们责骂起公司来,说公司要把工人们在井底下弄死一半,再活活饿死另一半。艾蒂安听着,气得发抖。

"快点儿!快点儿!"李肖姆工头对装罐工说。

他催着快一点用罐笼送人上去,他对工人们的话装作没听见,不想责备大家。但是后来怨声太响了,他不得不加以干涉。有人在他身后大声吵嚷:不能一直这样下去,公司总有一天要砸锅。

"你是个明理的人,"他对马赫说,"快叫他们住嘴吧!一个人要是不是最强者,就该做个最懂事的人。"

马赫终于安静下来,并且有些担心,但他并没想去制止大家。忽然,声音平息下来了,内格尔和丹萨尔视察完毕也汗水淋淋地从一个巷道里走出来。由于服从的习惯,人们后退了几步,工程师一言不发,从人群中走过。他上了一辆斗车,总工头上了另外一辆;这时人们拉了五下信号,这是告诉上面要上"大肥肉",他们是这样称呼工头们的;罐笼在阴郁的静寂中往上升去。

六

在上升的罐笼里,艾蒂安和另外四个人挤在一起,他决心再去过他那到处流浪的挨饿生活。他认为再到这个连饭都挣不上的地狱底下去,比立刻饿死也强不了多少。卡特琳关在他上面的一层斗车里,这时不在他身边,他再感不到那种贴身的、令人昏昏欲睡的温暖。他觉得最好是不去想这些傻事而远走高飞;由于他受过较多的教育,又没有这群人的那种牲口般的耐性,他在这里早晚会把某个工头掐死的。

突然间,他两眼漆黑。由于罐笼上升得太快,猛然看见白日的亮光使他的两眼发花,他不住地眨着眼,已经不习惯这种亮光了。同时他觉出罐笼重新落在机栓上,又感到极为轻松。一个井口工打开了罐门,工人们从斗车里蜂拥而出。

"喂,穆凯,"扎查里附在井口工的耳边悄悄地说,"今天晚上到沃尔坎去好不好?"

沃尔坎是蒙苏的一个有乐队的咖啡馆。穆凯挤了挤左眼，同时咧开大嘴无声地笑了一下，表示同意。他跟父亲一样，长得又矮又粗，相貌使人一看就知道是个胡吃乱花、今天不顾明天的浪子。刚巧这时穆凯特走了出来，他出于哥哥喜爱妹妹的心情在她的屁股上使劲地拍了一下。

艾蒂安以前在昏暗不明的吊灯的微光中看到过收煤处那间高大吓人的大厅，现在几乎认不出了。这里又脏又冷。污秽不堪的窗子上透进来一抹暗淡的阳光。只有提升机上的铜制机件发着亮光。涂满润滑油的钢索像浸上墨汁的带子一样在溜动；上面的滑轮，滑轮的巨大支架，罐笼，斗车，所有这些千奇百怪的灰暗的旧铁物把大厅映衬得阴暗不明。车轮的隆隆声震得铁板直颤动，这样推动着的煤车扬起一股细微的煤粉，在地面上，墙壁上，甚至井架的横梁上都盖满了一层。

沙瓦尔隔着小玻璃窗看了看收煤员办公室里的计数表，气冲冲地走回来。他发现他们挖的煤有两车没有收，一车是因为数量不够规定，另一车因为煤不纯。

"干了一整天活，"他嚷道，"又少拿一个法郎！……这就是要雇一些饭桶的结果！他们的胳膊干起活来就跟猪甩尾巴似的！"

他斜看了艾蒂安一眼，补充了他的话的意思。艾蒂安本想用拳头回敬他，但立刻又想，既然自己已经决定不干了，又何必呢。他要走的决心更加坚定了。

"头一天嘛，谁也免不了，"马赫息事宁人地说，"明天他会干得好些的。"

大家仍然憋着火，都想吵一架出出气。他们到灯房交还安全灯时，勒瓦克和管灯人大吵一场，他责怪管灯的没把他的安全灯擦干净。他们一直走到了经常燃着火炉的更衣室里才消了点气。准是添的煤太多了，炉子烧得通红，没有窗户的更衣室像着了火似的，满墙映着红光。这时响起了愉快的骂声，大家都站得远远地烤着脊背，烤得身子像热汤一样冒着热气。腰身烤热了，就转过身来烤肚子。穆凯特满不在乎地褪下短裤以便烤干她的衬衣。小伙子们见了就要贫嘴，接着她忽然把屁股露给他们看，在她看来，这是对别人的一种最大的轻蔑，大家一齐哄笑起来。

沙瓦尔把工具锁在柜子里，说：

"我走了。"

谁也没动，只有穆凯特一人借口说他们俩都住在蒙苏，匆忙跟在他的身后一起走了。大家继续拿这件事开玩笑，他们都知道他早已把她甩了。

这时候，爱操心的卡特琳刚跟他父亲低声说了一阵话。马赫先是一愣，然后又点头同意了，于是把艾蒂安叫过来，还给他那个小包，说：

"你听我说，"他低声说，"要是你一个钱也没有的话，等不到发工资的日子就把你饿死了……我想设法替你找个先住后付钱的地方，你看怎么样？"

年轻人一时不知怎样回答是好，愣了片刻。他本来想把他今天的一个半法郎要到手，然后就离开这里。但是，当着年轻姑娘的面，他感到不好意思。她目不转睛地盯着他，也许以为他害怕劳动！

"咱们先说好，我可不敢担保，"马赫接着说，"要是碰了钉子的话，咱们谁也别埋怨谁。"

这时艾蒂安并没有说"不"字，心想，他反正找不着，况且,这也约束不住自己,等吃点东西以后他仍然可以一走了之。后来,他看到卡特琳的动人的笑容和友好的目光,表现出由于自己能助他一臂之力而满心高兴的样子,他又因为自己没有拒绝这样做而不高兴。这一切又有什么用呢?

矿工们一暖和过来,便一个接着一个地走了。马赫一家人也重新穿上木屐,关上柜子,跟着同伴们离开了更衣室。艾蒂安跟在他们后面,勒瓦克和他那个调皮的儿子也合在这一群人里。在穿过选煤场的时候,一场风波使他们停下来。

这是一间宽敞的大棚屋,有通风的大百叶窗,柱子漆黑,落满了飞扬着的煤粉。斗车直接从收煤处把煤送来,由翻卸工倾倒在选煤筛上;选煤筛有很长的铁皮滑道,选煤女工站在滑道两旁的小梯子上,用铁铲和铁耙捡出石块,把好煤推进漏斗,落到敞棚下面的火车车皮里。

斐洛梅·勒瓦克也在这里。她是个瘦弱、苍白、面容像只绵羊似的咯血的姑娘。她头上系着一条破旧的蓝羊毛头巾,两条胳膊从手到臂肘全是黑的,她在一个老泼妇的下面选煤,老泼妇就是皮埃隆的母亲,人们叫她焦脸婆,一双眼睛像猫头鹰那样吓人,嘴一抿紧就像吝啬鬼的钱袋。这时两个人正在撕打着,年轻姑娘怪焦脸婆把她的石块耙了去,弄得她十分钟内捡不满一筐。是的,她们是按筐算工钱的,所以这样的争吵也不断;两个人的头发被揪得乱七八糟,通红的脸上带着漆黑的巴掌印。

"对,敲碎她的脑袋!"扎查里在上面向他的情人喊道。

所有的选煤女工都哄笑起来。焦脸婆用挑衅的口吻向年轻人开了火:

"告诉你,杂种,你最好是把你给她搞出来的那两个崽子认走!……这像话吗?一个十八岁的毛孩子,连站都站不稳!"

扎查里嚷着要过去看一看这副老骨头架子上的肉皮是什么颜色,被马赫拦住了。监工的跑来了,女工们赶忙拿着铁耙又在煤里翻腾起来。女工们全神贯注地找着石块,从上到下,在选煤筛上只看见一个个弯曲的圆背。

外面的风骤然平息了,灰蒙蒙的天空里是一片寒冷的湿雾。矿工们缩着脖子,袖着手走了。他们三三两两地走着,腰身一摆一摆地,在单薄的布衣服下可以看出他们粗大的骨头。他们在大白天里,看上去好像是一群跌进泥塘的黑人。有的人把没有吃完的"夹面包"带回来,塞在背后衬衣和短上衣之间,鼓鼓囊囊的像个驼背。

"瞧,布特鲁来了。"扎查里冷笑着说。

勒瓦克没有停下来,一边走着一边跟他的房客说了两句话,这是个棕色头发的胖子,三十五岁了,看样子很诚实、温和。

"路易,汤做好了吗?"

"我想好了。"

"这么说,今天女人算招人喜欢啰?"

"是啊,招人喜欢,我想。"

另外一批清理工也来上班了,这些新的一群一伙的人,也都坠入矿井的深渊里。这些矿工是上三点钟班的,也是给矿井吞噬的人,他们这一班要到坑道底下去替换实行包工制的挖煤工。煤矿永远不停工,不论白天黑夜,这些人形的昆虫,总在甜菜地底下六百米的深处挖着岩层。

顽皮的孩子们走在最前面。让兰告诉贝伯一个复杂的计

67

划,要想办法赊二十生丁的烟草。丽迪则离得远远地稳重地走着。卡特琳、扎查里和艾蒂安走在后面。谁也没有一句话。直到万利酒馆门前,马赫和勒瓦克才赶上他们。

"咱们到了,"马赫对艾蒂安说,"进去吧!"

大家分手了。卡特琳呆呆地站了一会儿,用她那泉水般清澈的绿色大眼睛,最后一次望了望那个年轻人,她的两只眼睛在漆黑的面孔上显得更加明亮。她微笑了一下,然后和其他人一起消失在通往矿工村的坡道上。

酒馆开在村庄和矿井之间的一个十字路口上。这是一幢三层楼的房子,从上到下用石灰刷得雪白,窗子四周围有天蓝色的木框,因而显得很有生气。门上钉着一块四四方方的招牌,上面写着几个黄字:"万利酒馆——经理拉赛纳"。后面是一个玩九柱游戏①的场子,四面用树围成一圈篱笆。这一小片土地夹在公司广阔的土地中央,公司曾经费尽心机想要把它买过来;公司对这家在田野中间冒出来的、正对着沃勒矿井出口的酒馆,伤透了脑筋。

"进去吧。"马赫又对艾蒂安说了一句。

酒馆的厅屋很小,但墙壁雪白,显得非常朴素清爽,屋子里摆着三张桌子和十二把椅子,松木柜台像厨房里的食橱那么大,上面摆着三瓶酒、一个水瓶、一个装啤酒的带锡龙头的锌皮小箱和十几只啤酒杯。除了这些以外,屋里别的什么也没有了,连一张相片一幅版画都没有,也没有任何可供消遣的东西。漆得发亮的铁壁炉里燃着煤火。石板地上有一层白色细沙,吮吸着这里所特有的经常的潮湿,因为这里曾经被水

---

① 一种用木球击倒小木桩的游戏。

淹过。

"来一杯啤酒,"马赫向一个胖胖的金发姑娘说,她是邻家的姑娘,有时来帮着照看酒馆,"拉赛纳在家吗?"

姑娘一边拧开龙头,一边回答说,老板就要回来了。马赫慢慢地一口气喝了半杯,把他吸满了煤粉的喉咙冲洗了一下。他对他的同伴连说声请也没说。唯一的一个顾客,另一个浑身潮湿、污黑的矿工,正坐在一张桌子前面,带着一副沉思的神情,默默地喝着啤酒。第三个人走了进来,打手势要了酒,一句话没说,喝光后付了钱就走了。

这时,一个胖子走进来。这人三十八岁,圆滚滚的脸刮得精光,面容温和,带着微笑。他就是拉赛纳,原是一个老挖煤工,三年前一次罢工后被公司开除了。他是个很能干的工人,能说会道,每次请愿总是他带头,后来终于成了不满的工人们的领袖。跟不少矿工的妻子一样,那时他老婆就开着一家小铺;他被开除后,就亲自当起酒馆老板来,凑了一些钱,把酒馆开在沃勒煤矿的对面,好像故意跟公司作对似的。现在他的酒馆生意日益兴隆,他就成了一个中心人物,能够逐渐在老伙伴的心中煽起他对公司的满腔愤怒。

"这个小伙子是我今天早晨雇来的。"马赫立刻向拉赛纳解释说,"你那两间房子有一间是空着的吧,让他先住半个月再付房钱行吗?"

拉赛纳的大脸庞上立刻露出十分不信任的神情。他扫了艾蒂安一眼,连句表示遗憾的话也没说,就回答道:

"不行,我那两间房子有人住。"

艾蒂安虽然对这种拒绝早有准备,但心里仍然觉得很不好受,他不知为什么竟突然不愿意离开这里了。没关系,他要是拿到了那一个半法郎他完全可以离开这里。坐在另一张桌子跟前喝啤酒的那个矿工已经走了。其余的人,一个个都是来冲嗓子的,是单纯地为了冲一冲嗓子,既没有乐趣,也不为过瘾,只是默默地满足一种需要,然后就又同样摇摇晃晃地蹒跚离去。

"那么,没有什么别的事吗?"拉赛纳别有用意地问马赫道,马赫正一小口一小口地呷完他的啤酒。

马赫回过头来,看到只有艾蒂安一个人在那里。

"有,为支坑木的事又吵了一场……"

马赫把事情的经过说了一遍。酒馆老板的面孔气得通红,由于多血的体质,他激动得浑身和两眼直冒火。最后,他发作了。

"吓,好啊!他们要是打算降低工价,那他们就会完蛋。"

艾蒂安使他感到不便,但他仍然一面瞟着艾蒂安,一面继续说下去。他用隐语,彼此心照不宣地谈论着埃纳博经理,谈论着埃纳博的老婆和他的侄子小内格尔,但是并没有点明他们的名字。他一再说,不能再这样下去了,非得在最近哪一天和他们闹翻不可。工人们实在太苦了,他讲述道:工厂正在一个个地倒闭,工人不断地失业,流离失所。一个月来,他每天才卖出六斤多面包。昨天有人告诉他,邻近一个矿井的老板德内兰先生已经没法维持下去了。此外,他刚接到从里尔来的一封信,里边写得很详细,尽是令人不安的事情。

"你知道吗?"他低声说,"信就是那天晚上你在这儿见过的那个人寄来的。"

说到这里他住了口。他的妻子这时走了进来。她是个热情的女人,身材瘦高,长鼻子,颧骨处略微有些发紫。在政治方面,她比丈夫还要激进。

"是普鲁沙来的信,"她说,"啊!要是他能做主的话,那事情立刻就会变好的!"

艾蒂安已经在一旁听了一会儿,理解了他们的那些困苦和进行报复的思想,并且十分激动。他突如其来地听到这个名字时愣了一下,接着他情不自禁地大声说道:

"是普鲁沙呀,我认识他。"

大家都望着他,他不得不补充说:

"是的,我认识他,我是个机器匠,他在里尔当过我的工头……是个很能干的人,我经常跟他交谈。"

拉赛纳重新又打量他一下,脸色很快地改变了,突然显露出同情来。最后他对妻子说:

"这位先生是马赫带来的,是他雇的一个推车工,想问问咱们楼上有没有空房,能不能先让他住半个月以后再付房钱。"

于是,三言两语就把事情谈妥了。有一间房子的房客今天上午刚搬走。酒馆老板十分激动,越来越无顾忌,他一再说,他向老板们提出的要求,是完全能够办到的事,不像很多别的人那样,强求过于难以得到的东西。他的妻子耸耸肩膀,表示决不放弃自己的权利。

"再见吧,"马赫打断他们的话,"虽然这样,我们还是得下井,只要有人下井,就得有人死在里头……瞧你,刚从里边出来三年,身体就变得这么壮实了!"

"是啊,我的身体好多了。"拉赛纳得意地说。

艾蒂安走到门口,向正往外走的马赫道谢;马赫点着头,没再说什么。年轻人望着他吃力地走上通往矿工村的道路。

拉赛纳太太走过来请他稍等一下再领他到自己的房间里去洗一洗，因为她正在招待顾客。他是否应该留下来呢？他又犹豫起来，产生一种不安的情绪，因为他认为纵然挨饿也得能看见太阳，也要有自主的快乐，这使他更加留恋起各处流浪的自由。从他顶着狂风爬上矸子堆，直到他爬在黑暗的地下巷道里熬过了那一段时间，仿佛经过了许多年。他不愿意再干这种活，他觉得这太不公平，实在过于艰苦，一想到要像牛马一样任人驱使，受人压榨，他那做人的自尊心就感到愤慨。

当艾蒂安的思想正在进行这样的斗争时，他的眼睛扫视着辽阔的平原，渐渐地看清了平原上的景象。他十分惊异，当长命佬老爷爷在黑暗中用手势把这片广大的平原指给他看的时候，他绝没有想到它是这个样子，沃勒矿井清清楚楚地重新展现在眼前，那砖木结构的建筑、涂了柏油的选煤棚、盖着青石板的井楼、提升机的机房和淡红色的高大烟囱，一起挤在一个凹地里，样子非常丑恶。在这些建筑的四周是一片贮煤场，他原来也没想到贮煤场会有那么大，越来越高的波浪般的煤堆形成一个墨湖，支着天桥铁轨的台基高高地矗立着，在一个角落上堆满了备用的坑木，好像一片被砍伐了的树木。右边，矸子堆像一个高大的街垒挡住了视线，最早堆起的部分已长满了野草，另一端冒着浓浓的黑烟，一年多以来就被自然的火烧着，在表面的灰白色页岩和砂石中间留下了一道道血红色的锈痕。再望过去是无边无际的麦田和甜菜地，不过在眼下这个季节，田野里是一片光秃。长着耐寒植物的沼泽中夹杂着几棵稀疏的矮小柳树。远处的草原上长着一排细弱的白杨。在很远的地方有几个小小的白点，那是城镇，北面是马西恩纳，南面是蒙苏。树木光秃的旺达姆森林则在东边，它以一道紫线划出了东面的地平线。在这铅灰色的天空下,在这冬天下午的阴沉日子里,沃勒矿井的全部黑东西,扬起的全部煤粉,都落满平原,飞上树枝,铺到路上,撒在田里,在各处覆盖了大地。

艾蒂安望着这一片景色,最使他惊奇的是那条他夜间没有看到的运河——人工开凿的斯卡普河。这条运河从沃勒直通马西恩纳,是一条八九公里长的银灰色的长带,是洼地中升起的一条两旁大树成行的通路,绿色的堤岸、苍白的水面一直伸向无边无际的远方,水面上浮动着一艘艘朱红船尾的货船。矿井附近有一个码头,那里停泊着一些货船,天桥上的斗车正直接往船上装煤。接着,运河拐了一个弯,斜穿过沼泽。这片光秃秃的平原的整个灵魂似乎就在这里,就在这条齐整的河上;它穿过整个平原运送着煤、铁,好似一条大道一样。

艾蒂安的目光从运河转到盖在高岗上的矿工村。他只能看到村子的红色瓦顶。后来他的目光又转向沃勒矿井,停在陶土坡下就地烧成的两大堆砖上。公司的一条铁路支线从一道栅栏后面经过,一直通向矿井。现在正是最后一批清理工下井的时候。只有一辆由人推着的车皮发出吱吱的尖叫声。现在,不可知的黑暗,难以理解的轰鸣,莫名其妙的闪闪星光,都不存在了。远处的高炉和炼焦炉也随着白日的到来而变得苍白了。只剩下毫不间断的抽水机的抽水声,依然像永远填不饱肚子的吃人怪物似的一声声地喘着粗气。这时他才弄清楚那灰色的雾气是从那里发出来的。

艾蒂安突然拿定了主意。也许是因为他仿佛又在矿工村边上看见了卡特琳的明亮的眼睛,也许是因为沃勒矿井吹起了一股造反风,这他不清楚,他愿意再到矿井下边去受苦,去战斗,他激动地想起了长命佬谈到的那些人,想起了那个喂饱养肥、蹲在那里的大神——有上万个不认识他的饥饿者正在替他卖命呢。

第 二 部

一

格雷古瓦夫妇的产业——皮奥兰,位于蒙苏以东两公里,坐落在儒瓦塞勒公路旁边。这是上世纪初建筑的一幢毫无特点的方形楼房。原来附属于这座楼房的土地异常辽阔,现在只剩下三十公顷左右了,四周围墙环绕,管理十分方便。尤其是它的果园和菜园,生产的水果和蔬菜远近闻名,是当地最好的产品。这所房子没有花园,只有一片小树林。从铁栅栏到屋前的台阶,种着两行老菩提树,茂密的枝叶在空中纵横交错,形成一条长达三百米的拱形林荫大道。这是从马西恩纳到博尼这块生长着各种高大树木的大平原上的奇妙景致之一。

那天早晨,格雷古瓦夫妇八点钟就起床了。平时他们很贪睡,不到九点是不起床的;但是,昨夜的暴风使他们彻夜没有睡好。当丈夫起来赶忙去看是不是刮坏了什么的时候,格雷古瓦太太也穿着拖鞋和薄绒睡衣到厨房去了。她已是一个五十八岁的矮胖老婆儿,虽然已白发如银,宽大的脸庞仍保持着红润和稚气。

"梅拉尼，"她向女厨娘说，"面已经发好了，你今天早上就做奶油蛋糕吧。小姐半个钟头以后才起来，她好就着巧克力一块儿吃……嗯！她准想不到的。"

女厨子笑起来。她是个瘦弱的老太婆，伺候他们三十多年了。

"是呀，一点不错，她会感到非常意外的……我已经把炉子生着了，烤炉想必也热了，奥诺里纳就会来帮我一把。"

奥诺里纳是个二十来岁的姑娘，从小被收养在这里，现在充当他们的女仆。除这两个女人以外，家里另外只有一个名叫弗朗西斯的马车夫，所有的笨重活都由他干。一个男园丁和他的老婆经管着蔬菜、水果、花卉和家禽。由于他们就像在自己家里干活一样，在这个小天地里大家生活得十分和睦。

格雷古瓦太太在起床前，就盘算着用奶油蛋糕使她的女儿高兴，所以便留在那里要亲眼看着女仆把面团放进烤炉。厨房非常宽敞，看看它特别整洁的外表，摆满房间的锅罐、餐具和瓶子，就可以猜出这是他们家的重要房间。厨房里散发着精美食品的香味。食物架和橱柜盛得满满当当。

"记着，要烤得焦黄焦黄的！"格雷古瓦太太一边嘱咐，一边向餐室里走去。

尽管他们家的每个房间里都装着暖气，餐室里仍然生着一炉煤火使餐室更加暖和。这里没有任何豪华的陈设，只有一张大餐桌，几把椅子，一个红木橱柜；唯有那两把宽大的安乐椅，使人看出他们贪图安逸与爱好饭后长时间闲坐消食的习惯。他们饭后从来不到客厅去，全家都待在餐室里。

刚巧，这时候格雷古瓦先生回来了。他穿着一件肥大的斜纹上衣，虽然已年过花甲，面颊依然红润，在银白的鬈发下边,露着一副诚实善良的面庞。他已见到马车夫和园丁,听他们说:只有一节烟囱被风吹倒,其余没有什么大损失。每天早晨,他总要看一看他的产业皮奥兰,这倒不是由于它大得叫他放心不下,而是为了得到业主应有的一切快乐。

"赛西儿呢?"他问道,"她今天不起床了吗?"

"我也不知道怎么回事儿,"他的妻子回答说,"我好像听见她在走动。"

饭桌已经摆好,雪白的桌布上放着三个碗。他们叫奥诺里纳去看看小姐怎样了。但是,她转身又回来了,忍着笑,抑着声,好像她刚才在楼上说过话似的。

"呀!老爷,太太,你们看看小姐去吧!……啊!她在睡,就像一个小孩……谁也想不出她那副样子,看着真逗人。"

父亲和母亲交换了一下和善的目光,微笑着说:

"你去看看吗?"

"可怜的小宝贝呀!"母亲喃喃地说,"我去。"

于是他们一起上了楼,这是全家最阔气的房间,墙上挂着蓝绸帷幕,屋里摆着白底蓝格油漆家具,这都是父母为满足娇生惯养的任性孩子而设置的。晨光从窗帘的缝隙射进来,在半明半暗的白床铺上,年轻的姑娘正在酣睡。面颊压在光光的胳臂上。她长得并不美,但十分健壮,十八岁就像个成熟的姑娘了。但是,她的皮肤却非常美丽,像牛奶一般鲜嫩;一头栗红色发;圆圆的脸上长着的那个任性的小鼻子,几乎被两颊埋没了。被子滑了下来,她的呼吸极轻,以致看不出她那业已成熟丰满的胸部上下起伏。

"准是可恶的风搅了她的觉。"母亲细声细语地说。

父亲摆了摆手,叫她不要做声。然后两个人都俯下身去,用钟爱的目光注视着她那赤裸裸的身体。这是他们渴望很久,直到他们已经绝望的晚年才生下的老女儿。在他们眼里,她是一个完美无缺的姑娘,不仅一点也不过分胖,而且还总嫌她营养不够。姑娘依旧沉睡着,一点没有发觉他们就在身旁,而且脸挨着她的脸。突然,她那平静的面孔,微微颤动了一下。他们吓坏了,唯恐把她惊醒,赶紧踮着脚尖走开了。

"轻点儿!"格雷古瓦先生站在门口说,"要是她没有睡好,就叫她睡吧。"

"尽情地睡吧,我的小宝贝,"格雷古瓦太太随声附和说,"我们等着就是了。"

他们走下楼去,坐在餐室里的安乐椅上,这时女仆们一边为小姐的酣睡发笑,一边毫无怨言地把巧克力放在火炉上。父亲拿起一张报纸,母亲织起大毛线围毯。天气十分暖和,整个宅子静悄悄的,没有一点声响。

格雷古瓦每年有四万法郎左右的收入,他的财产完全投入蒙苏煤矿作了股金。他们经常得意地谈论这些煤矿兴起的历史。

上世纪初,从里尔到瓦朗西纳,爆发了一阵寻找煤矿的热狂。后来组成昂赞公司的那些获得采矿权的人的成功,激动了所有人的心弦。村村镇镇都在勘探地质;一夜之间,就涌出许多公司,很多人得到采矿权。然而,当时最热心、最坚定者之一是德鲁莫男爵,他的最富有勇气的聪敏无疑是令人难忘的。他不顾重重困难,不屈不挠地斗争了四十年。头几次勘探毫无结果,辛辛苦苦劳累几个月挖的新矿井被迫放弃,崩塌堵塞井口,突如其来的洪水淹死工人,几十万法郎白白丢到了地下;接踵而来的是管理上的忙乱,股东们的恐慌,以及同地主们的斗争,因为他们都坚决表示,如果不首先跟他们商量,他们决不承认国王批准的采矿权。最后,当他为开发蒙苏的煤田而建立起德鲁莫-福克诺瓦联合公司以后,矿井刚刚有了微薄的收益时,附近的两个煤矿——库尼伯爵的库尼煤矿和高尼尔-热纳尔联合公司的儒瓦塞勒煤矿,就和他展开了一场可怕的竞争,几乎把他的公司挤垮。幸亏在一七六〇年八月二十五日,三个煤矿签订了一项协定,三家公司合并成一家公司,于是建立了至今犹存的蒙苏煤矿公司。在股本的分配上,根据当时的货币制度,全部资产共有二十四苏,每苏合十二德尼,总共二百八十八德尼。每个德尼等于一万法郎①,所以资本将近三百万法郎。在股本的分配中,濒于破产的德鲁莫终于成了胜利者,他独占了六苏三德尼。

那时,皮奥兰归这位男爵所有,附属于皮奥兰的土地有三百公顷,都由一个名叫奥诺莱·格雷古瓦的管家经管。这个人是赛西儿的父亲列翁·格雷古瓦的曾祖父,原籍庇卡底。当签订蒙苏协定的时候,把自己五万法郎的积蓄藏在一只袜子里的奥诺莱,战战兢兢地屈从了主人不可动摇的信念,拿出一万法郎的漂亮银币,买了一德尼的股票。但是他心里颇感恐慌,仿佛偷了子女的这笔钱一样。实际上,他的儿子欧热纳,所得红利也的确寥寥无几;同时,由于他爱讲排场,挥金如土,并愚蠢地用父亲遗留下来的另外四万法郎同别人合伙做了一笔赔钱买卖,到后来不得不生活得相当俭朴。但是,那个德尼的股息却逐渐扩大,从费利西安这一辈起发了家。他终

---

① 苏(sou)、德尼(denier)、法郎(franc),法国古币名称。

81

于实现了祖父——老管家——在他年幼时经常跟他说的梦想，用极少几个钱，把同周围的大片土地切割开的皮奥兰，作为国有财产作价买下来。然而，苦难的岁月接踵而至，直到革命风暴过去，拿破仑垮台以后，才实现了夙愿，曾祖父在当年胆战心惊地投入的资本的利润，也是到了列翁·格雷古瓦的时候，才有了惊人的增长。随着煤矿公司生意兴隆，这可怜巴巴的一万法郎的资本也在不断增多。从一八二〇年以后，收利达百分之百——一万法郎。一八四四年是两万法郎，一八五〇年是四万法郎。两年前，每年红利竟达到五万法郎的惊人数字；一德尼的股票，在里尔证券交易所的牌价是一百万法郎，也就是说，经过一个世纪，增大为一百倍。

在股票的市价达到一百万时，有人建议格雷古瓦先生把股票卖掉，但是他毫不以为然地婉言拒绝了。六个月后，爆发了工业危机，一德尼股票价下跌到六十万法郎。然而，他仍然笑嘻嘻地毫无后悔之意，因为格雷古瓦一家现在对他们的煤矿，有不可动摇的信心。股票的价钱还会上涨的，上帝不会如此严酷。他们除了这种迷信思想以外，还对这份股票有一种深切的感激之情，因为这笔投资已经使他们全家安闲无事，饱食终日一个多世纪了。在他们的心目中，这笔投资就是神，是他们自私自利之心中崇拜的神，是他们全家的恩人；它让他们在宽大的床上舒舒服服地睡懒觉，在丰盛的餐桌前吃得脑满肠肥。从父亲到儿子，这种情况一直延续着。因此，为什么硬要怀疑命运而不安于命呢？此外，在他们这种虔诚信仰的深处，还有一种迷信的恐惧：要是把这一百万法郎的股票换成现金，放在抽屉里收起来，就很可能骤然溶化掉。他们认为把这笔钱用于采矿更保险，世世代代忍饥挨饿的大批矿工，会按照他们的需要,每天给他们一点一点地往外挖钱。

　　此外,这个家简直是五福临门。格雷古瓦先生很年轻的时候,就娶了马西恩纳一位药剂师的女儿。姑娘既丑且穷,然而他却十分爱她,而她也以同样的爱相报。她大门不出,二门不迈,整天埋头家务,对丈夫笑脸相对,百依百顺。从来没有因为兴趣不投而闹过什么别扭,过安乐生活的共同理想融合了他们的意向和要求。他们相亲相爱,体贴入微地一起生活了四十多年。通常,他们每年无声无息地消耗四万法郎,节余的款子全都用到了赛西儿身上,但是这个老女儿的出生曾一度打乱过他们的预算。就是现在,他们俩仍然想尽法子满足她那任性的要求,比如又给她买了一匹马,两辆新马车,巴黎的化妆品,等等。尽管他们自己非常厌恶铺张浪费,至今一直保持着他们年轻时代的装束,一切不生利息的支出,他们都认为是愚蠢的,可是对于他们的女儿,他们不仅从来不知道什么是过分,而且为女儿花钱使他们享受到一种额外的乐趣。

　　突然,房门打开了。一声高喊:

　　"啊,怎么回事?吃早点也不等我!"

　　这是赛西儿。她跳下床来,睡眼惺忪,随便拢了一下头发,披着一件白呢睡衣下来了。

　　"没有的事,"母亲说,"你瞧,这不是都在等你吗……嗯?我的小宝贝儿,这场风搅得你没睡好吧!"

　　年轻姑娘十分惊讶地望着母亲说:

　　"刮风了吗?……我却一点也不知道,我一夜都没醒过。"

　　女儿的话使他们觉得可笑,于是,三个人都笑了起来;端来早点的女仆们也大笑起来;一想小姐这一觉睡了十二个钟头,全家都感到快活。一看到奶油蛋糕,大家就更是笑逐颜开了。

"怎么!新烤的?"赛西儿一再重复,"我真没有想到!……这放在巧克力里面,热乎乎的,多好啊!"

最后他们围着桌子坐下来,巧克力在碗里冒着热气。很长一段时间,大家只谈论奶油蛋糕的事。梅拉尼和奥诺里纳站在旁边,详细解释奶油蛋糕是怎样做的,望着他们狼吞虎咽吃得满嘴是油,便说,看到主人这么喜欢吃,她们感到非常高兴。

这时候,狗在院里猛叫起来。大家以为是女钢琴教师来了,因为她每逢星期一和星期五,都要从马西恩纳来给赛西儿上课。此外,还有一个语文教师到家里来授课。年轻姑娘不知无知之苦,像小孩子一般任性,一碰到伤脑筋的难题,就把书本扔出窗外。她的全部教育,都是这样在皮奥兰进行的。

"是德内兰先生。"奥诺里纳走进来说。

格雷古瓦先生的表弟德内兰,毫不拘礼地跟着女仆走进来。他大喊大叫,指手画脚,还是当年旧骑兵军官的派头。虽然已经年过半百,剪得很短的头发和浓密的小胡子,依旧是乌黑乌黑的。

"是啊,我来啦,你们好……不要动,不要起来了!"

德内兰先生在全家的欢迎声中坐下了。然后格雷古瓦夫妇和女儿又吃起巧克力来。

"你找我有事吗?"格雷古瓦问道。

"没有,什么事也没有,"德内兰急忙回答,"我是骑马出来遛一遛,既然路过你们门口,就想进来看望你们一下。"

赛西儿问起德内兰的女儿约娜和露西。德内兰说,她们都非常好。约娜画不离手,长女露西从早到晚在钢琴旁边练嗓子。他的声音有点发颤,在活泼豪放之中,隐藏着一种不安的情绪。

格雷古瓦先生又问:

"矿上一切都好吗?"

"这个嘛!我跟同事们都被这次可恶的工业危机忙得够呛……唉!生意兴隆的年头我们花费太多了,工厂建得太多,铁路修得太多,生产投资也太多了。今天,资金积压,连维持这些部门正常生产的钱也抽不出来了。这真真是报应啊!……幸运的是,丝毫没有绝望,横竖我会摆脱困境的。"

德内兰和他表兄一样,也继承了蒙苏煤矿—德尼股票的遗产。不过他是个投机的工程师,恨不得马上能够发大财,所以当一德尼股票价格涨到一百万法郎的时候,便匆忙把它卖掉了。几个月以来,他脑子里反复盘算着一个计划。他的老婆继承了一个叔父的旺达姆小煤矿,那里只有让-巴特和加斯冬-玛里两个矿井。矿井情况很坏,设备残缺不全,采煤收入只能勉强应付生产开支。因此,他梦想改建让-巴特矿井,更新机器,扩大竖井,以便能下更多的矿工,把加斯冬-玛里矿井只留作通风使用。他说:"那里的金子要用铁锹来铲。"这种看法本来是对的。只是他那一百万法郎全部投了进去之后,正当他获得巨额利润,从而证实他的见解是正确的之时,却爆发了这场可诅咒的工业危机。此外,他不善管理,待工人又极好,妻子去世以后,任人掠夺,至于对其女儿们则是放任自流。大女儿说要去演戏,二女儿的风景画已被沙龙①拒绝

---

① 沙龙指一七六五年和一七六七年举行的美术展览会。

过三回了,两个人对于破产都满不在乎,然而穷困的威胁,却使她们成了俭朴的主妇。

"你瞧,列翁,"他接着说,声音含含糊糊,"你没有跟我同时卖掉股票,失策了。现在,什么都落了价,而且你可能……如果你当初把钱交给我,你就会看见我们在我们的旺达姆矿上能做出多少惊人之事!"

格雷古瓦先生不慌不忙地吃完他的巧克力,安然地回答说:

"永远也不卖!……你清楚知道,我是不愿投机取巧的。我生活得很安宁,傻瓜才天天为买卖伤脑筋呢。至于蒙苏公司,也可能继续走下坡路。但是,它的收入总还是够我们用的。真见鬼,人总不应该贪得无厌呀!你听着,有朝一日你自己会后悔的,蒙苏公司将会重新兴隆起来,赛西儿的子子孙孙,仍会靠它得到白花花的面包的。"

德内兰脸上带着一种困窘的微笑听着他讲。

"那么,"他喃喃地说,"如果我请你在我的买卖里投入十万法郎的话,你会拒绝的吧?"

他看到格雷古瓦夫妇忧虑不安的脸色,很懊悔自己不该如此性急。他暂时打消了借钱的念头,等以后实在没办法的时候再说。

"啊!这话不是真的!不过是一句玩笑……我的天!你也许是对的,用别人赚的钱来养肥自己,是最牢靠的办法。"

他们换了话题。赛西儿又谈起她的表姊妹们,由于她们的情趣跟她很不调和,使她很牵挂。格雷古瓦太太答应天一暖和就带女儿去探望两个亲爱的孩子。然而,格雷古瓦先生正在出神,没有注意他们的谈话,他大声补充说:

"我要是你的话,我就不再固执了,而去跟蒙苏公司好好谈谈……他们倒很有心思,你可以把你的钱再捞回来。"

他谈到了蒙苏公司和旺达姆公司之间的旧仇。尽管旺达姆公司规模很小,它的强大的邻居——蒙苏公司看到包围在自己六十七个村镇中间的这块不属于自己的四五平方公里的地方,就非常有气。后来,在费尽心机想扼杀它又没能得逞之后,就蓄意趁它快要垮台的时候,用低价收买它。斗争从未间断,每次开采,彼此的巷道总是在相距二百米的地方就停下来。别看双方的经理和工程师们表面上客客气气,实际上却进行着一场殊死的决斗。

德内兰两只眼里怒火直冒。

"永远不可能!"他喊了起来,"只要我还活着,蒙苏公司就甭想把旺达姆弄到手……星期四,我在埃纳博家里吃饭的时候,就看他围着我直转。去年秋天,那些大人物到董事会来的时候,他们对我百般献媚……哼,哼,我了解他们这些侯爵、公爵、将军、大臣!都是躲在树林的一角等着把你抢个精光的土匪!"

他的话没完没了。格雷古瓦先生并不袒护蒙苏煤矿公司董事会。根据一七六〇年协定任命的六名董事,专横地统治着煤矿公司,每当去世一位董事,五个活着的董事便从有权有势而又有钱的股东中,选拔一个新董事。皮奥兰的主人的想法十分理智,他认为这些先生由于过分贪财,有时是缺少分寸的。

梅拉尼走进来收拾桌子。外面狗又叫起来。当奥诺里纳朝门口走去时,赛西儿由于感到太热和吃得过饱,有点喘不出来气,也离开了桌子。

"嘿,你不用管,准是来给我上课的。"赛西儿说。

德内兰也站起来。他目送着年轻姑娘出去,微笑着问道:"怎么样!跟小内格尔的亲事怎么样了?"

"八字还没一撇呢,"格雷古瓦太太说,"只是一个想法而已……还得仔细考虑考虑再说。"

"那当然,"他别有所指地笑着又说,"我觉得侄儿和婶母……使我感到非常奇怪,埃纳博太太竟这样喜欢赛西儿。"

但是,格雷古瓦先生动怒了。一位如此尊贵的女人,而且还比这个年轻男人大十四岁,竟会这样!这太不像话了,他不喜欢有人在这样的问题上开玩笑。德内兰仍然面带笑容,跟他握了握手,就走开了。

"不是上课的人,"赛西儿回来说,"是我们那天碰见的那个矿工的老婆,你记得吧,妈妈,还带着两个孩子……让他们到这屋来吗?"

大家犹豫了半天。他们是不是太脏呢?不,不太脏,而且他们会把木屐脱在石阶上的。父亲和母亲已经躺在大安乐椅里,他们饭后总是躺在那里消食。他们怕挪动地方,终于下了决心说:

"奥诺里纳,让他们进来吧。"

于是,马赫老婆带着她的孩子走了进来。他们又冷又饿,到了这样一间奶油蛋糕香味扑鼻的暖和餐室里,弄得不知所措了。

二

房间依然关着,灰白色的晨光渐渐透过百叶窗,像一把打开的扇子,一道一道地映在天花板上。空气沉闷污浊。屋里所有的人仍在大睡。勒诺尔和亨利互相搂着,阿尔奇仰面朝天,驼背垫起胸膛,往后耷拉着脑袋,老爷爷长命佬独自睡在扎查里和让兰的那张床上,张着大嘴打鼾。小单间里没有一点声息,马赫老婆侧身躺着,奶着艾斯黛睡着了,吃足了奶的女儿横在她的怀里,睡得正香,她贴着母亲酥软的乳房,几乎喘不过气来。

楼下的布谷鸟木钟,敲过了六点。矿工村的住宅前面先是一阵开门的声音,接着是木屐在人行道石板地上的趿拉声,这是选煤女工们上班去了。随后,又沉静下来。到七点钟,响起打开百叶窗的啪啪声,从墙外传来打呵欠和咳嗽的声音。不知谁家的咖啡磨已经吱吱嘎嘎响了很久,但屋子里的人谁也没有醒来。

突然远处传来一阵打架的吼叫声,惊醒了阿尔奇。她知道是什么时间以后,光着脚赶紧跑过去摇撼母亲。

"妈妈!妈妈!天不早了。你不是还要出门吗?……哟,当心!你快把艾斯黛压死啦!"

她算救了孩子;艾斯黛几乎被沉甸甸的乳房闷死。

"真要人的命!"马赫老婆一边揉着眼睛,一边嘟哝着说,"脊梁骨都要累断了,睡一整天也睡不够……给勒诺尔和亨利穿好衣服,我要带他们出门。你在家里看着艾斯黛,我不想拖着她,我担心这鬼天气会把她冻坏的。"

马赫老婆匆忙洗过脸,换上她那条最干净的蓝色旧短裙和昨天晚上刚补了两块补丁的灰呢子上衣。

"还要喝汤!真要人的命!"她又嘟哝了一句。

当母亲东碰西撞下楼去的时候,阿尔奇又回到大房间里,把开始号哭的艾斯黛抱走了。她对这个小家伙的哭闹早就习惯了,她虽然只有八岁,但是对哄孩子,或是逗他们玩,却像成年妇女一样有耐心、有办法。她把艾斯黛轻轻放在自己还温暖的床上,伸给她一个手指头叫她吮吸,又把她哄睡了。恰好在这个时候,勒诺尔和亨利也醒了,于是又爆发一阵喧闹,她不得不又赶忙过去为两个人劝架。这两个孩子除了在睡觉的时候亲亲热热地互相搂抱着以外,总是合不来。六岁的小女孩一睡醒就向比她小两岁的小男孩扑过去,小男孩脸上挨了几下也没还手。他们两个脑袋大得出奇,像是用气吹大的一样,长着一头乱蓬蓬的黄头发。阿尔奇吓唬妹妹说要撕她屁股上的皮,并扯着她的腿把她拉开了。然后是两个孩子洗脸和穿每一件衣服时的跺脚声。他们没有开百叶窗,恐怕搅了老爷爷的觉。孩子们虽然吵得那么厉害,长命佬依然呼呼地酣睡。

"我弄好了,你们上边完了没有?"马赫老婆喊道。

她打开楼下的百叶窗,捅了捅火,添上煤。她指望老爷爷还能剩点汤,然而小铁锅却被刮得干干净净。她只好把那把已经留了三天的挂面煮了。连黄油也没有了,昨天晚上那一小块黄油肯定也不会剩下的,大家只好吃白水煮挂面。当她发现卡特琳做完夹面包以后还奇迹般地剩下胡桃大的一小块黄油时,感到十分惊讶。可这一回食橱当真空了,什么也没有了,不用说一块面包,连点面包渣或一块可啃的骨头都没有了。要是梅格拉坚持不肯再赊,而皮奥兰的财主又不给她五个法郎,可怎么办呢?丈夫和孩子们下班回来,总得吃饭呀。因为人们还没有发明一种办法,使人能够不吃饭活下去。

"你们到底下不下来呀!"她生气地喊道,"我早该走啦。"

阿尔奇带着勒诺尔和亨利下来以后,马赫老婆把挂面给他们分在三个小盘子里,而她自己却说不饿。尽管卡特琳已经把头一天的咖啡渣煮过了一遍,她还是又煮了一遍,喝下两大杯淡得简直像锈水一样的咖啡。不管怎么说,她的肚子里总算进了点东西可以支撑。

"听我说,"她嘱咐阿尔奇说,"让爷爷好好睡觉。小心别叫艾斯黛碰破脑袋,这儿有一块糖,要是她醒了,哭得太厉害的话,你就把它冲成水,用小勺喂她……我知道你很懂事,不会自己吃了的。"

"那上学呢,妈妈?"

"上学?唉,改天再去吧……今天我需要你。"

"那,要是你回来得晚,要我替你做汤吗?"

"汤,汤……不用了,等我回来再说吧。"

阿尔奇具有残废小姑娘早熟的智慧,她很会做饭。她大概是领悟了母亲的意思,一点没有坚持。这时候整个矿工村都醒来了,孩子们穿着木屐,踢踢踏踏成群结队地上学去了。八点钟了。从左边隔壁勒瓦克老婆家里传来一阵叽叽咕咕聊天的声音。女人们一天的劳动开始了,她们围着咖啡壶,叉着腰,舌头像磨房里的磨盘一样,一刻不停地转着。一个面容憔悴、厚嘴唇、扁鼻子的脑袋贴在玻璃窗上喊道:

"嘿,听我告诉你,方才我听说……"

"不,不,回头再说吧!"马赫老婆回答,"我要出门。"

她唯恐别人来了不得不请人喝杯热咖啡,所以催着勒诺尔和亨利赶快吃完,就带着他们出去了。楼上,老爷爷长命佬一直打着呼噜,有节奏的鼾声震撼着整个房舍。

出乎马赫老婆的意料,外面的风已经停了。大地突然解冻了,天空灰蒙蒙的,湿漉漉的墙上覆盖着青苔,黏糊糊的。道路上尽是煤区所特有的黑泥浆,像和好的煤末一样,又稠又黏,几乎粘掉了她的木屐。突然她打了勒诺尔一巴掌,因为小家伙用脚上的木屐和铲子在挖泥玩儿。她离开矿工村,经过矸子堆走上运河岸边的大道,她打算抄近路,从围着霉烂木栅的荒地中间的洼道上穿过去。大棚屋一个接着一个,还有许多长形厂房,一个个高大的烟囱喷着黑烟,染污着这个工业区的荒郊。在一丛白杨树后面,露着雷吉亚老矿井那倒塌了的井楼的大井架。马赫老婆从这里往右一拐,走上了大路。

"你等着,你等着!小猪猡!"她喊叫着,"看我用泥球砸你!"

这回是亨利攥着一团烂泥在搓。没偏没向,两个孩子各挨了一顿揍,都老实下来,眼睛瞟着他们在烂泥里踏出的小泥窝。他们在泥泞里蹒跚着,已经累坏了,每走一步就得使劲往外拔粘在泥里的木屐。

这条路,靠着马西恩纳的这半段是八九公里长的石铺路,像一条油污的带子,笔直地嵌在红色的土地中间。另半段则通过坐落在平原斜坡上的蒙苏蜿蜒曲折而下。诺尔省的道路逐渐修筑发展起来。这些路弯小坡缓,直接连接着工业城市,要把全省变成一个工业区。一幢幢小砖房,为了显得有生气一些,都涂上了颜色,有黄的,有蓝的,还有一些黑的。黑色房子无疑是因为人们知道它们迟早都要变黑,就索性刷成了黑色。这些房子有的在路左边,有的在路右边,随着蜿蜒的道路,直到坡底。几幢三层的大楼房,夹在一排拥挤的窄屋当中,显得很突出,那是工厂头目们的住宅。一座带方形钟楼的教堂,也是砖砌的,活像一座新式高炉,也已经被飞扬的煤灰弄脏了。在一些制糖厂、制绳厂和面粉厂中间,到处都是舞场、咖啡馆、啤酒店,在一千家商店中,有五百多家是酒吧间。

当马赫老婆走近煤矿公司的一大排仓库和厂房时,她决定一边一个扯着亨利和勒诺尔。再往前就是经理埃纳博先生的住宅了。这是一所宽大的木楼,靠前边有一道栅栏与马路隔开,房后是栽着一些细枝树木的花园。恰巧这时候一辆马车停在门前,车上坐着一位佩戴勋章的先生和一位穿皮大衣的太太,这一定是从巴黎来的贵客,刚从马西恩纳车站下车来到这里,因为出现在门廊半明不暗处的埃纳博太太惊喜地喊了一声。

马赫老婆一边拖着两个停在泥泞里的孩子,一边呵斥道:"快走呀,懒鬼!"

来到梅格拉的门前时,她感到十分惶惑。梅格拉就住在经理的隔壁,他的小房子和经理的住宅只有一墙之隔。他在这里有一个仓库,是一所临街的房子,当作没有橱窗的商店,这里囤积着杂货、肉食、水果各种东西;出售面包、啤酒和锅碗家具等等。梅格拉过去是沃勒矿井的监工。他最初只开了一个小饭铺,后来在他的上司们的庇护下,生意越混越大,逐渐挤垮了蒙苏的小商小贩,垄断了各种商品。由于矿工村主顾众多,使他可以进一步薄利出售,大宗赊账。另外,他仍然受公司的操纵,因为他的小房子和商店都是公司盖的。

"梅格拉先生,我又来了。"马赫老婆一见梅格拉正在门口站着,就低声下气地说。

他看了看她,没有回答。他很胖,态度冷淡矜持,自称说一不二。

"唉,您别再叫我像昨天那样空手回去啦。从今天到星期六无论如何我们也得吃饭呀……我知道,我们欠您那六十法郎已经两年了。"

她絮絮叨叨费力地解释着。这是一笔旧债,是上次罢工期间欠下的。他们已经不知答应过多少次说要还清,但始终没能办到,就是每半个月还两个法郎也办不到。况且,前天她又碰上了一桩倒霉的事,不得不把二十个法郎给了皮鞋匠,因为他威胁说要控告他们。这样一来,他们就一文钱也没有了。不然的话,他们是可以像别的同伴们一样,对付到星期六的。

梅格拉挺着肚子,双臂交叉在胸前,马赫老婆哀告一句,他就摇一下头,表示"不行"。

"我只要两个面包,梅格拉先生。我并不过分要求,我不要咖啡……每天只要有两个三斤重的面包就够了。"

"不行。"他终于使足了劲儿嚷道。

梅格拉的老婆露了一下面,这是个羸弱的女人,整天埋头管账,甚至连头都不敢抬。但她立刻又回避开了,生怕这个可怜的女人把殷切恳求的目光转向她。人们传说她常常要让出床位,任丈夫同主顾中的女矿工瞎搞。众所周知,不论哪个矿工想多拖几天债,就必须打发女儿或老婆来。不论她们是丑是美,只要能讨梅格拉喜欢就行。

一直用恳求的眼光望着梅格拉的马赫老婆,看到他两只眼死盯着她,好像要看到她肉里似的,感到十分尴尬。要是她还年轻,没有生这七个孩子,还情有可原。现在真使她发起火来。勒诺尔和亨利这时正把人家丢进小沟里的核桃皮捡起来察看着;她气呼呼地拉起他们俩转身走了。

"梅格拉先生,您记着,这对您不会有好处!"

现在只有皮奥兰的财主是她唯一的指望了。要是他们也不肯给五个法郎的话，全家只好躺在床上等着饿死了。她走上左边通往儒瓦塞勒的大路。路的转弯处就是公司董事会的浑砖到顶的办公大楼。这真可以说是一座宫殿，巴黎的大亨们、亲王、将军和政府要人，每年秋天都要到这里来大摆宴席。她一边走一边就把那尚未到手的五个法郎开销掉：首先买面包，其次买咖啡，还要买四两黄油，一斗马铃薯，好为早晨做汤和晚上做杂烩用；最后，也许还能买点猪肉饼，因为孩子他爹需要吃点荤的。

蒙苏教堂的本堂神甫儒瓦尔正从这里路过，他像一只喂得很好的肥猫一样，小心翼翼地撩起黑袍，唯恐把它弄湿了。他是个老好人，什么都不过问，既不得罪工人，也不得罪资本家。

"您好啊，神甫。"

神甫并没有停下，只是向孩子们微微笑了笑，任她直挺挺地站在公路中间没有理她。马赫老婆什么也不信仰，她只是突然幻想这位神甫可能会给她点什么。

她又在又黑又粘脚的泥泞里走起来。还得走两公里才能到，可是孩子们已经走不动了，也无心再玩了，傻呆呆的，得拖着他们走。公路两旁同样是用霉烂的木栅围着的一片荒地，还有被煤烟熏脏的、烟囱高耸的厂房。接着是一片原野，原野上是一块块无边的田地，构成一个黑色的泥泞的海洋，一直延伸到旺达姆森林淡紫色的边缘，一棵树也没有。

"妈妈，抱抱我吧。"

她轮流抱着两个孩子。公路上有许多泥水坑，她撩起衣服，怕到皮奥兰时身上弄得太脏。由于讨厌的石铺路太滑，她一连三次差点儿摔倒，最后终于来到了皮奥兰的石阶前。两只大狗凶猛地吼叫着向他们扑来,把两个孩子吓得哇哇直叫。马车夫不得不用鞭子把它们赶开。

"把木屐脱在外面,进来吧。"奥诺里纳连声说着。

母亲和两个孩子走进餐室,乍到这温暖的屋里,使他们有些茫然,一动不动地站在那里。躺在大安乐椅里的那位老爷和太太上下打量他们,使他们不知如何是好。

"亲爱的,"太太对女儿说,"尽你的小小职分吧。"

格雷古瓦夫妇让赛西儿掌管家中施舍的事,他们认为这是一种崇高的教育。人要以慈善为本,他们总说他们的家就是仁慈的上帝的家。此外,他们还夸耀自己施舍有道,一向谨慎提防上当受骗,或者助长邪恶。因此他们从不施舍银钱,永远也不!不用说半个法郎,就是十生丁也不给,因为谁都知道,一个穷人一旦得到十个生丁,就会跑去喝酒的。所以,他们总是施舍实物,特别是冬天,就给穷孩子们散发棉衣。

"啊!可怜的宝宝!"赛西儿嚷叫说,"他们冻得小脸都发青了!……奥诺里纳,快去把衣橱里那个包袱拿来。"

女仆们也带着怜悯的神情用不愁吃喝的女人的那种同情的目光望着这些可怜人。女仆到楼上房间里去了,这时女厨子忘记自己应做的事,把要端走的奶油蛋糕又放到桌子上,垂着两手站在那儿。

赛西儿接着说,"刚好我还有两件毛呢上衣和几条围巾……你们看着给可怜的小乖乖穿上暖和暖和吧!"

马赫老婆终于又开口了,她结结巴巴地说:

"多谢,小姐……你们全都是这么好心……"

她热泪盈眶,觉得拿到五个法郎是满有把握了,她只是在盘算,要是人家不主动给她这五个法郎,她应该用什么方式要。女仆一去再没回来,屋子里出现一阵使人发窘的沉默,孩子们躲在母亲的裙子后面,睁着大眼瞧着奶油蛋糕。

格雷古瓦太太为了打破沉默,随口问道:"你就这两个孩子吗?"

"啊!我的太太!我有七个呢。"

重又看起报来的格雷古瓦先生听了这句话,露出不快的神色,惊讶地说:

"我的老天爷!七个孩子,要那么多干什么?"

"太不慎重了。"太太唠叨说。

马赫老婆做了一个无可奈何的手势,为自己辩解。有什么法子呢?谁也想不到,自然而然地就生出来了。不过,以后要是他们长大了,都能挣钱,家里就好过了。他们这一家子,要是没有腿脚不好的老爷爷,没有这一群孩子,只是下矿的那两个男孩子和大女儿,日子是过得下去的。但是,毕竟还得要养活什么也干不了的小孩子们。

"这么说,你们在煤矿上干了很久了吧?"格雷古瓦太太又问。

马赫老婆抿嘴一笑,苍白的脸顿时开朗起来。

"啊,是啊!不少年了!……我在矿下一直干到二十岁。那时候我刚生了第二个孩子,因为生产过程中得了毛病,所以医生说如果我再下矿就会死在那里。再说,我那时候已经结了婚,家务事相当多……可是,我丈夫他们这一家子老早老早就在矿上做工了。从他爷爷的爷爷那一辈起。但究竟是从什么时候开始的,谁也说不清,反正从雷吉亚刨第一镐的时候,他们家就在矿上做工了。"

格雷古瓦先生出神地望着这个可怜的女人和两个孩子,

他们脸色蜡黄,头发枯槁,身材瘦小,发育不良,受着贫血症的折磨,显出一副行将饿死的人那种难看的丑样。于是又是一阵沉默,只有燃烧的煤火发出的声音。温暖的餐室里充满舒适气氛,这里就是财主们的安乐窝。

"她到底干什么去了?"赛西儿不耐烦地喊起来,"梅拉尼,上去告诉她,包袱在衣橱底下的左边。"

接着,格雷古瓦先生大声地说出了看到挨饿的人所引起的感想。

"是啊,人生在世确有其难。可是我的好太太,也必须承认,工人们一点不懂得节俭度日……他们不像农民那样,把钱攒起来。他们有钱就喝酒,没钱就借债,最后弄得连孩子老婆都养活不了。"

"先生说得有理,"马赫老婆稳重地回答说,"人并不是总走正道的。那些不务正业的人诉苦的时候,我也常对他们这样说……我自己总算命好,遇见个好人。我丈夫不酗酒。只是遇上盛大节日才偶尔喝得多一点,也仅仅如此而已。这可真让人高兴,说句不怕您见笑的话,我们结婚以前他常常喝得像死猪似的……可是,尽管他这么有节制,并没能对家里有多大帮助。家里常常像今天这样,就是连老鼠洞都翻遍,也找不出一个小钱儿。"

她设法使他们给她五个法郎。于是她继续柔声柔气地解释欠下这笔要命债的原因。最初只借了一点,不久就越欠越多,最后压得人难以翻身了。她说通常是每半个月发一次薪。可是有一次发晚了,这下子算完了,自那起再也接济不上了。亏空越来越大,男人们连干活也没心思了,因为他们挣的钱连还债都不够。爱怎样就怎样吧!反正到死也好过不了了。再说,也得看开点;矿工们总需要喝杯啤酒冲冲嗓子里的煤末呀。这一来就开了头,后来一遇到烦心事,他们干脆就不离开酒馆了。并不是埋怨谁,很可能还是因为工人们挣的钱不够开销。

"我想公司总还是管住管烧的吧。"格雷古瓦太太说。

马赫老婆斜着眼瞟了瞟壁炉里熊熊燃烧的煤炭。

"啊,是啊,给我们煤,就是不大好,可是还算能烧……至于住的,说起来每月不过才六个法郎,看来也算不了什么。可是,要交上这些房租也很不容易……拿今天来说,就是把我剁成碎块,我也拿不出十个生丁来。真是囊里空空,一个钱也没有。"

老爷和太太都不做声了。他们舒舒服服地靠在椅子上,听她哭穷诉苦,心里渐渐感到不快和讨厌。马赫老婆生怕自己得罪了他们,她像个机智乖巧的女人,用中肯和心平的口气说:

"噢!我并不是抱怨。事情本来如此,就只好忍受了。再说,不管我们怎样挣扎,我们也丝毫改变不了现状……最好还是按照上帝的安排,老老实实做事。老爷,太太,您说是不是?"

格雷古瓦先生对她这番话大为赞赏。

"我的好太太,能有这种想法,就不会老觉得苦了。"

奥诺里纳和梅拉尼终于把包袱拿来了。赛西儿打开包袱,取出那两件袍子,然后又添了几条围巾、几双袜子和无指手套。这些东西很不错了。她急忙吩咐女仆把挑好的衣服包好,因为教她学钢琴的女教师已经来了。她便推着母子三人出门去。

"我们实在太缺钱用了,"马赫老婆结结巴巴地说,"哪怕只有五法郎也……"

话说了半截她就咽回去了,因为马赫一家人是非常自尊的,从不肯向人乞求。赛西儿不安地望了望父亲,她父亲摆出一副无可奈何的样子断然拒绝了。

"不行,我们没有这种先例,我们不能这样做。"

年轻姑娘看到孩子的母亲难过的脸色,心情很激动,想尽量在孩子们身上多满足他们一些。两个孩子不住地盯着桌上的奶油蛋糕,于是她把蛋糕切成两半分给他们。

"拿着,这是给你们的。"

随后,她又把两块蛋糕收回来,要了一张旧报纸包好。

"拿回家去和你们兄弟姊妹分着吃吧。"

她在父母和善的目光下,终于把母子三个推出去了。没有饭吃的可怜的孩子们,小心翼翼地用冻僵的小手拿着那点蛋糕走了。

马赫老婆领着孩子们在石铺路上走着,她茫然若失,没有看到荒芜的田野,也没有瞧见污黑的泥泞和阴沉广漠的天空。又经过蒙苏的时候,她硬着头皮走进梅格拉的铺子,经过一番苦苦恳求,总算带着两个面包,一点咖啡和黄油,甚至还有五法郎现钱回家去了,因为梅格拉也放一个星期的短期债。他叮嘱以后叫她女儿来取东西,这时她才明白,他要得到的并不是她,而是卡特琳。那么走着瞧吧,如果他敢把脸凑到卡特琳面前,他准会挨耳光的。

三

　　二四〇矿工村的教堂的钟敲过了十一点。这是一座砖砌的小教堂,儒瓦尔神甫每个星期天都来这里做弥撒。教堂旁边是所学校,房屋也是砖砌的。由于外面天冷,窗户关得严严的。尽管如此,依然听得见孩子们嗡嗡读书的声音。宽阔的大街上一个人影也没有。两旁是各家的小菜园,背靠背地分布在排列成方格式的几行房子中间。这些菜园经受严冬摧残之后,呈现出一副凄凉的景象。露出灰泥质的土地上,残留着一些枯叶烂菜,使菜园显得十分肮脏。现在正是做饭的时候,家家冒着炊烟。矿工村的房前,一个女人沿着大街越走越远,最后打开一家的门,走进去了。虽然不是雨天,但是灰暗阴沉的天空充满潮气,露水滴滴答答地由排水管里流下,落进沿人行道摆着的那些木桶里。这个矿工村建筑在一个宽阔的高岗上,四面环绕着黑色的土路,活像讣告的黑框,除了经常被暴雨冲洗的一排排整齐的红色屋瓦之外,再没有任何中看悦目的东西了。

　　马赫老婆回来的时候,绕了个弯儿,到一个监工的老婆那里,买些她在秋收后留存的马铃薯。这片平地上只有一排纤细的白杨树林,树林后面有一片单独的房舍,一排四幢,各有各的菜园。公司把这些新式房子只拨给工头们住,工人们便把小村的这一角叫作"丝袜"区,正如他们为了嘲弄自己的贫困生活而管自己的住区叫作"欠债"区一模一样。

　　"哎哟,我们总算到家了。"马赫老婆手里拿着大包小包的东西,一面说着一面把浑身是泥、迈不开腿的勒诺尔和亨利推进屋门。

火炉前,艾斯黛正在阿尔奇怀里拼命号叫着。糖已经喂完。阿尔奇不知道怎样才能使孩子不哭,于是便决定装着喂她奶。这种办法常常是很有效的。但是这一次,尽管她解开衣服,让艾斯黛的嘴贴在自己胸上,她还是拼命地号叫,因为孩子咬在这个八岁的残废女孩的干瘪的胸脯上,什么也吮不出来。

"把她给我吧,她简直不让人有说句话的工夫。"母亲放下东西,腾出手就嚷道。

她从怀里掏出像一只沉甸甸的皮囊似的乳房,大声哭喊的孩子立即吊在奶头上,一声不响了,她们终于可以说话了。除此之外一切都安排得很好,小主妇添好了炉子,并且打扫和整理了房间。她们在说话间歇的时候,可以听见楼上老爷爷的鼾声,还是那样有节奏,片刻不停。

"哟,这么多东西呀!"阿尔奇微笑地看着这些东西,咕哝着说,"妈妈,我替你做饭去好吗?"

桌子上堆得满满的:一包衣服、两个面包、马铃薯、黄油、咖啡、菊苣粉①,还有半斤猪肉饼。

"噢!做饭?"马赫老婆面带倦容有气无力地说,"还得去弄点酸模②和拔几棵葱……不用了,等一会我给他们做吧……你把马铃薯煮一煮,咱们就点黄油吃……还有咖啡呢,嗯?别忘了煮咖啡!"

这时候,她忽然想起了带回来的奶油蛋糕。她瞧勒诺尔

---

① 菊苣根制成的一种饮料粉,味苦涩,穷人家有时拿它当咖啡喝。
② 酸模是多年生草本,茎叶微红,有酸味,花小而淡红。

和亨利的手上空空,已经歇息过来,正在地上拼命打闹,心想准是这两个馋鬼在路上把蛋糕偷偷地吃光了!她打起他们来。阿尔奇一面往火上坐锅,一面竭力劝母亲消消气。

"妈妈,算了吧!假如是我的话,你知道,我也会把奶油蛋糕吃掉的。他们走了那么远的路,也实在饿了。"

十二点了。街上传来了孩子们放学回家的木屐声。马铃薯已经煮熟了,掺了一多半菊萵苣粉的咖啡,从过滤器里一滴滴落下,发出像唱歌一样的声音。桌子的一角已经腾出来,只有母亲一个人坐在那里吃饭,三个孩子就在自己的膝盖上吃;然而,那个小男孩不断转过头来,一声不响贪婪地瞧着猪肉饼,包猪肉饼的油纸把他馋得直流口水。

马赫老婆两手捧着杯子取暖,慢慢地呷着咖啡,这时候老爷爷长命佬下楼来了。平常他起来得比这晚些,留给他的午饭总是温在火边。今天他看到一点汤也没有,就埋怨开了。儿媳妇对他说,谁也不能想吃什么就有什么,接着他就一声不吭地吃起马铃薯来。为了不把屋里弄脏,他不时站起来把痰吐在煤灰上,然后坐回椅子上,嘴里翻嚼着东西,低着头,连眼皮也不抬。

"啊,妈妈,我忘记说了,隔壁的女人来过一趟。"阿尔奇说。

母亲打断了她的话。

"我讨厌死她了。"

这话是出自她内心对勒瓦克老婆的憎恶。昨天,勒瓦克老婆为了什么也不借给她,向她哭了半天穷。可是,马赫老婆明明知道她这时候手头宽裕,因为她的房客布特鲁预支了工资。在矿工村,人们很少互相借贷。

103

"瞧!"马赫老婆又说,"你倒提醒我了,给我包一包咖啡……我给皮埃隆老婆送去,我前天借她们的还没还呢。"

女儿把一小包咖啡包好以后,马赫老婆说了声立刻就回来给下班回来的人做饭后,就抱着艾斯黛出去了,留下老爷爷长命佬在那里继续慢慢地嚼着马铃薯,勒诺尔和亨利在争抢着爷爷剥下来的马铃薯皮。

马赫老婆唯恐被勒瓦克老婆看见叫住,没有从菜园外边绕着走,径直从中间穿了过去。她家的菜园和皮埃隆家的菜园紧挨着。隔开两家的篱笆上,有一个豁口,四家公用的水井就在那里。井边一丛细弱的丁香后面,有一间矮小的棚子,里面堆满了旧工具。棚子里还单个养着一些家兔,这是人们留着过节时吃的。一点钟了,正是喝咖啡的时候,窗前门外一个人也没有。只有一个清理工在下井以前,正埋头翻他那一小块菜地。马赫老婆走到对面另一排房子的时候,想不到看见教堂前面出现一男二女。她停住稍一细瞧,认出这是埃纳博太太和她的两位客人——那位佩戴勋章的先生和穿毛皮大衣的太太,她正领着他们参观矿工村呢。

"啊!你干吗这样,忙什么嘛。"皮埃隆老婆看见马赫老婆来还咖啡,就这样喊道。

皮埃隆老婆二十八岁,被认为是矿工村里的漂亮女人,棕色的头发,低低的额头,大大的眼睛,小巧的嘴巴,确实相当妩媚;她干净利落,因为没有生过孩子,胸脯仍丰满诱人。焦脸婆是她的寡母,她父亲是个挖煤工,死在矿里了。母亲焦脸婆把她送进一家工厂去做工的时候,发誓绝对不把女儿嫁给煤矿工人。以后,她这个女儿岁数不小了才嫁给了皮埃隆。皮埃隆是个鳏夫,又有前妻丢下的一个八岁的女儿,因此老婆子一直就有气。尽管有许多流言蜚语,说女人养汉子,男人也不管,但一家子的生活却过得很如意,没有欠过债,每星期吃两次肉,家里收拾得很整洁,连饭锅都亮得可以照见人。更幸运的是,由于有人帮忙,公司允许她在这儿卖一些糖果和饼干,她把装着糖果和饼干的大口瓶,摆在玻璃窗后面的两块木板上。每天可以赚三四十个生丁,星期天往往能赚六十个生丁。美中不足的是,母亲焦脸婆像个闹革命的老太婆似的,整天怒气冲冲地叫着要替她的亡夫向资本家报仇,小丽迪在这个经常闹气的家庭里不知挨过多少打。

"她都长得这么大啦!"皮埃隆老婆逗着艾斯黛说。

"唉!快别提这些孩子们啦,真叫人烦死了。"马赫老婆说,"你没孩子真是福气呀,至少你能够干干净净的。"

虽然她家里一切也都挺整洁,每星期六洗刷一次,她还是以生性嫉妒的家庭主妇的眼光,打量着这间明亮的房子。屋子里的摆设雅致,食橱上面放着镀金的器皿,一面镜子,还有三幅带框的版画。

这时候,皮埃隆老婆正一个人喝咖啡,家里其余的人都到矿上去了。

"你跟我一块儿喝一杯吧。"她说。

"谢谢,不用了,我出来之前刚喝过。"

"那有什么关系?"

的确,一点关系也没有。于是两个人一起慢慢儿地喝起咖啡来。她们的目光从装着饼干和糖果的大口瓶之间望出去,停在对面的房子上,对面房子的窗户上挂着一排小窗帘;窗帘白与不白,最能表明一个家庭主妇的品行。勒瓦克的窗帘脏透了,简直像擦锅底的抹布。

"在这样的垃圾堆里怎么能过日子呀!"皮埃隆老婆唠叨说。

于是,马赫老婆打开了话匣子,没完没了地说起来。啊,要是她有像布特鲁这样一个房客,她一定会把家务安排得好好的!只要主妇能干,有个房客倒是件好事,只是不要一块儿睡觉就是了。再说,丈夫酗酒,打老婆,还时常到蒙苏的酒吧间去玩歌女。

皮埃隆老婆显出一种深恶痛绝的样子。那些歌女什么脏病都会传染的,在儒瓦塞勒,有一个歌女害了整整一个煤矿的工人。

"我真不明白,为什么你竟让你儿子跟他家的闺女来往。"

"唉,有什么法子!你管得住吗!……他家的菜园紧挨着我们园子。夏天,扎查里总是跟斐洛梅一块儿待在丁香树后面的小屋顶上,只要有人到井边去打水,准能碰上他们,但他们一点都不在乎。"

矿工村男女在一起厮混都是这个样子。每逢天一黑,大姑娘小伙子们就在一块儿胡闹,像他们自己所说的,朝天躺在矮房顶或屋坡上。所有的推车女工,要是嫌到雷吉亚或麦田里去麻烦的话,就在这里怀上她们的第一个孩子。这倒也没什么关系,反正接着就可以结婚。只有那些做母亲的发现小伙子们过早地乱搞而感到生气,因为儿子一结婚,就不再往家交钱了。

"要是我的话,宁肯早早了结这桩事。"皮埃隆老婆十分明智地说,"你们扎查里已经跟她有了两个孩子,而且他们俩以后还要乱搞……无论怎么说,钱总是甭想再给了。"

马赫老婆火起来,挥动着双手说:

"我跟你说,如果他们再乱搞,我非骂他们不可……难道扎查里不应该孝敬我们一点吗?他花了我们多少心血啊,是不是?那么,就应该让他在受女人累赘以前先报答报答我们……要是我们的孩子都立刻去为别人挣钱,那叫我们怎么办?还不如干脆饿死算了!"

然而,她又平静下来。

"我只是随便说说,将来再看吧……你的咖啡可真浓,放得够多的。"

随后,她们又谈了一会儿别的事情,马赫老婆就嚷着还没给下班的人做饭,就赶忙走了。外面,孩子们又上学去了。有几个女人站在门口,望着埃纳博太太正沿着一排房子边走边指手画脚地给她的客人们介绍矿工村的情况。这次访问轰动了全村。那个翻地的清理工也停下来望了一阵,两只受惊的母鸡在菜园里乱窜。

马赫老婆在回家的路上碰见了勒瓦克老婆。这时候,公司的医生万德哈根大夫正从这里路过。他身材矮小,事情非常多,整天忙忙碌碌,跑着去给别人看病。勒瓦克老婆跑到外面来拦住他说:

"先生,我睡不着觉,浑身疼……您给我想个办法吧。"

万德哈根大夫和她们完全用你我相称,毫不客气,停也没停地回答说:

"你别说了,那是你咖啡喝得太多了!"

"先生,你来给我男人瞧瞧吧,"马赫老婆也说,"……他的腿老疼。"

"你别说了,那是你把他累的!"

两个女人直愣愣地站在那里望着医生的背影很快消失。

勒瓦克老婆和马赫老婆失望地互相耸了耸肩,然后说:"进来坐会儿吧,我告诉你一件新鲜事……顺便喝杯咖啡,刚煮好的。"

马赫老婆推辞着,可是并不坚决。好吧!那就再喝点吧,免得叫她不高兴。于是她走了进去。

房间里又黑又脏,地面和墙上尽是一块一块的油垢,食橱和桌子脏得发黏,房间里那股邋遢人家的臭味令人发噎。布特鲁正伏在火旁的桌子上,闷头吃着留给他的那份炖牛肉。他虽然已经三十五岁,样子却还很年轻。他性情温和,肩膀又宽又厚,像个壮小伙子。斐洛梅快三岁的头生子小阿希勒站在他的前面,像一头贪馋的小牲口,带着乞求的神情,一声不响地望着他。这位房客虽然长了一脸棕色的大胡子,性情却非常和善。他不时地往小阿希勒嘴里塞一块肉。

"等我放点糖。"勒瓦克老婆说着先把粗制红糖放在咖啡壶里。

她比布特鲁大六岁,面容衰老丑陋,乳房垂到肚皮上,肚皮垂到大腿上,扁平的脸上长着一层灰不溜秋的汗毛,头发总也不梳。布特鲁很痛快地就做了她的姘头,对她毫不挑剔,就像他不挑拣吃用一样,就是在汤里吃出头发来也不见怪,就是一条被单三个月不洗也不在乎。布特鲁的食宿费中也把她算了进去,她的男人常说:账目公道结好友。

"嗳,我早想告诉你,"她接着说,"昨天有人看见皮埃隆老婆在'丝袜'区那边转来转去。你知道的那位先生在拉赛纳家房后面等着她,后来他们就一起顺着运河跑了……一个有夫之妇,这像话吗,嗯?"

"咳!"马赫老婆说,"皮埃隆在结婚以前还要给工头送兔子,现在把老婆借出去不是更省钱了吗!"

布特鲁大笑起来,又往阿希勒嘴里塞了一块浸过汤的面包心。两个女人拿皮埃隆老婆痛痛快快地奚落了一顿。皮埃隆老婆长得并不出众,却十分爱俏,一天到晚只知道注意肉皮上的汗毛眼,梳洗打扮,擦油抹粉的。总之,这要看她丈夫是不是欢喜吃这一口儿。有些男人一心想往上爬,为了让工头替自己说句好话,什么阿谀谄媚的事都做得出来。她们一直聊到邻家一个女人跑来才住嘴。这个女人抱着一个九个月的娃娃,是斐洛梅的小女儿,名叫德锡雷。因为斐洛梅在选煤场吃午饭,所以托人把她的小女儿给她送去,她好坐在煤堆上喂她一会儿奶。

"我这个孩子,一分钟也离不开我,一离开她就又哭又叫的。"马赫老婆望着睡在怀里的艾斯黛说。

她老早从勒瓦克老婆的目光里看出了要催办结亲的事情,因而想把话岔开,但是没能办到。

"我说,无论如何也该把事情了结啊。"

最初,双方的母亲不谋而合地一致同意不结亲。如果说扎查里的母亲是想让儿子尽量多养几年家,那么斐洛梅的母亲也一想到要失去女儿的薪水就生气。没什么好急的,在斐洛梅刚有头一个孩子的时候,她母亲宁愿养活着这个小崽子。可是这个孩子刚刚断奶,斐洛梅又生了一个。这时候她母亲觉得不合算了,于是就像一点儿亏也不吃的女人那样拼命地催他们赶快结婚。

"扎查里已经听天由命了,"她继续说,"没有什么可等的了……咱们看什么时候办吧?"

109

"等日子好过些再说吧,"马赫老婆为难地回答说,"这种事儿真讨厌!他们就像等不及结婚就非在一起不可似的……哼!我说话是算数的,要是卡特琳这么胡闹的话,我非把她掐死不可。"

勒瓦克老婆耸了耸肩。

"算了吧,她会跟别的姑娘一样的!"

布特鲁像在自己家里一样,从容不迫地在食橱里翻找面包。准备用来给勒瓦克做饭的蔬菜、马铃薯和葱摆在一个桌角上,由于没完没了地闲扯,勒瓦克老婆不知多少次拿起来又放下,只择了一半。她又把蔬菜拿起来,忽然又放下,赶忙跑到窗口去。

"你看那是什么……喏,埃纳博太太领着客人。瞧,他们到皮埃隆家去了。"

这一下,两个人又谈论起皮埃隆的老婆来。啊!这是一定的,只要公司领人来参观矿工村,总是径直领到他们家里,因为他们家里干净。当然,绝不会把她跟总工头勾勾搭搭的事告诉人家。要是有几个挣三千法郎,住房烧煤又不用花钱,而且还有人送礼的姘头,当然能干干净净的。表面上干净,骨子里可一点也不干净。在客人们待在对面皮埃隆家的这段时间里,她们一直喋喋不休地议论着皮埃隆的老婆。

"他们出来了,"勒瓦克老婆最后说,"他们拐弯了……你瞧,亲爱的,我想他们是去你们家了。"

马赫老婆惊慌起来。谁知道阿尔奇擦了桌子没有?再说,自己也还没做饭!她说了一声"再见",顾不得向旁边看一眼,一溜烟跑回家去。

然而,家里是窗明几净。阿尔奇看到母亲不回来便郑重其事地在腰上围了一块抹布当围裙,做起饭来。她把菜园里最后几棵葱头拔来,又摘了些酸模,正洗着菜,还在火上烧了一大锅水,等下班的人回来好洗澡。亨利和勒诺尔也出奇地乖起来,专心致志地在撕一份旧日历。老爷爷长命佬也在那儿一声不响地吸着烟斗。

马赫老婆刚进家门,气还没喘过来,埃纳博太太就敲起门来。

"我们可以进来看看吗,能干的女人?"

埃纳博太太高高的身材,金黄的头发,因为已到了四十岁发福的年龄,稍许显得有些胖,她尽力装出和善的微笑,并不过于显得怕弄脏自己的青铜色丝织长袍和黑天鹅绒外套。

"请进,请进,"她一连声对她的客人说,"我们不会打扰他们的……这儿也挺干净吧,嗯?这位能干女人有七个孩子!我们这儿家家都是这样……我方才跟您说过,公司里租给他们的住房,每月才六个法郎的房租。楼下是一个大厅,楼上有两个房间,另外还有一个地窖和一个菜园。"

早晨从巴黎乘火车来的那位佩戴勋章的先生和穿毛皮大衣的太太,眼睛睁得大大的,脸上显出不胜惊讶的神情,看到这些出乎意外的事情,好像到了另外一个世界。

"还有菜园!"那位太太连连说,"真叫人喜欢!住在这儿真不错!"

"我们给他们的煤都烧不完。"埃纳博太太继续说,"医生每星期来给他们看两次病;到年老的时候,还可以领到养老金,而且这笔钱绝不从平时的工钱里扣除。"

"这真是静心之地,安乐之乡呀!"那位先生得意扬扬地自言自语说。

111

马赫老婆急忙请他们坐下。太太们谢绝了。埃纳博太太已经厌倦了。她在流放般的无聊生活中，充当耍动物的角色，也能使她稍稍解解闷，但穷苦人家的陈腐气息，立刻引起了她的反感，虽然她硬着头皮进去的房子，都还是挑的比较干净的人家。另外，她只是在口头上说几句动听的话，实际上从来也没有对她眼前这群吃苦受累的工人有过进一步的关心。

"这些孩子真漂亮！"那位太太咕哝了一句，其实她认为这些孩子很丑，脑袋太大，乱七八糟的头发像一蓬乱干草似的。

马赫老婆不得不介绍孩子们的年龄，客人们拘于礼貌，也向她问了一些关于艾斯黛的问题。老爷爷长命佬有礼貌地把嘴里的烟斗拿出来。可是，他仍然是令埃纳博太太不放心的一个因素，四十年的井下生活把他糟蹋坏了，两腿僵直，身体衰弱，面带土色；这时候，他又上来一阵激烈的咳嗽，怕让人看见吐出的黑痰讨厌，他宁肯到门外去吐。

阿尔奇被大大夸奖了一番。多么漂亮的小主妇啊，胸前围着一块大抹布！客人们称赞母亲有这样一个好女儿，小小的年纪就这般灵巧能干。但谁也没有提她的驼背，尽管他们不住地用同情怜悯的眼光打量着这个可怜的小残废。

"现在，"埃纳博太太说，"在巴黎再有人向你们问起我们的矿工村来，你们就有话说了……再没有比这更值得宣扬的了，纯朴的生活习惯，人人幸福健康，这些你们都看见了。空气新鲜，环境幽静，你们满可以到这里来休养一阵。"

"这太好了，太好了！"那位先生无比兴奋地叫道。

他们高高兴兴地走出来，好像从展览棚里走出来一样，马赫老婆把客人送到门口，望着他们大声谈论着慢慢地离去。

有人来参观的消息迅速传遍了全村,把妇女们吸引到街上来,街上站满了人,客人们必须从一群群妇女当中穿过。

恰好这时,勒瓦克老婆在门口拦住了跑来看热闹的皮埃隆老婆。两个人故意表示出不怀好意的惊异。怎么!这些人要在马赫家住下吗?不过这也没什么奇怪的。

"他们挣的钱总是不够花!要是一个人有了坏毛病呀,哼!"

"我方才听说她今天早上到皮奥兰的财主那里求施舍去了。梅格拉本来不肯赊给他们面包,后来还是赊给了她……谁都知道梅格拉要人还钱是怎样还法的!"

"哦!要她?不!这可真得豁出去……他要的是卡特琳。"

"哼,你听我说,她刚才还厚着脸跟我说,要是卡特琳也那么乱搞,她非把她掐死不可!……就好像大个子沙瓦尔未曾把她按倒在小屋顶上似的!"

"嘘!……他们出来了。"

这时候,勒瓦克老婆跟皮埃隆老婆脸色平静,也没有不礼貌的好奇样子,斜着眼看客人们走出来。然后,她们迅速地向怀里抱着艾斯黛的马赫老婆打了个招呼。三个女人都一动不动地望着衣着华丽的埃纳博太太和两位客人慢慢离去的背影。等他们走出大约三十来步远以后,她们又更加起劲地闲聊起来。

"她们的钱全花在外皮儿上了,外皮儿也许比她们本人还值钱!"

"哼!那还用说!……我不了解那一个,但我知道咱们这里的那一个,别看她那胖样,也不值几个铜子。关于她的闲话可多了……"

"哦?什么闲话?"

"养汉子呗!……头一个就是工程师……"

"就是那个小瘦猴儿!……咳!他也小得太可怜了,躺进被窝里就找不到了。"

"这关你什么事?她满意就行呗!……我呀,我才不信那些好像看什么也不顺眼、到哪儿也不称心的女人呢……你看她把屁股扭的,像瞧不起咱们这些人似的。其实谁知道是什么货色?"

客人们一边谈着慢步走去。这时候,一辆四轮马车在教堂前面的马路上停下来。从车上下来一位先生,约莫四十七八岁的样子,黑脸膛,身穿一件紧身黑色礼服,仪表威严端庄。

"她丈夫!"勒瓦克老婆压低嗓门悄悄地说,好像怕这人听见似的,因为经理在他的一万名工人中种下的等级畏惧也影响了她,"这个人,倒真长了一个乌龟脑袋!"

现在,全矿工村里的人都出来了。好奇心越来越大的妇女们,三个一群五个一伙儿,慢慢地合成了一大群。一群群拖着鼻涕的孩子们,张着大嘴在人行道上踢里跶拉乱跑。小学教师也在学校的篱笆后面,踮着脚探着苍白的脸向街上张望。正在菜园里翻地的人,把一只脚踏在铁锹上,瞪着两眼在那儿观望。人们闲扯的声音,哇啦哇啦地越来越高,好像风扫落叶飒飒作响一般。

勒瓦克家门口集的人更多。先是两个女人走近前来,跟着又是十个、二十个。由于耳目太多,皮埃隆老婆谨慎地闭住嘴,一声不响。马赫老婆是个最有心眼儿的人,只是观望。为了使醒来大哭大闹的艾斯黛安静下来,她毫不在乎地当众掏出像良种母牛的乳房一样的大乳房来,乳房晃晃荡荡地垂着,仿佛由于奶汁很多给坠长了似的。埃纳博先生把太太们让进马车,等马车向马西恩纳驰去以后,立即又响起一阵嘈杂的议论声,人们指手画脚,挤眉弄眼,闹闹哄哄,像个闹翻了的蚂蚁窝。

三点了,布特鲁和其他清理工都上班去了。突然,在教堂转弯处出现了第一批下班回来的矿工,一个个满脸漆黑,衣服湿透,揣着手,弯着腰往回走着。此时,女人们一哄而散,一个个慌忙往家跑,担心因为只顾喝咖啡和闲聊,把饭也耽误了。只听见一片不安的叫声和争吵声:

"唉!我的天!我的饭哟!我的饭还没做好!"

四

马赫把艾蒂安留在拉赛纳那里,回到家时,卡特琳、扎查里和让兰围着桌子快吃完饭了。矿工们下班回到家时,总是饿得发慌,顾不上洗脸和换掉湿漉漉的衣服,就赶快吃饭,谁也不等谁。饭桌从早到晚总是那么摆着,由于下班时间不同,经常有人坐在桌边狼吞虎咽地吃饭。

马赫一进门,就看见桌上放着的吃食。他一言未发,可是他那张愁容豁然开朗了。从一大早他就为食橱空空、缺咖啡和少黄油而发愁,就是在掌子里憋闷地刨煤时,也在为此苦恼。妻子该怎么办呢?要是她空着手回来,一家子会成什么样呢?可是现在什么都有了。过一会儿,她一定会一五一十地讲给他听的。他满意地笑了。

卡特琳和让兰已经离开桌子,正站着喝咖啡;扎查里没有吃饱饭,又动手切了一大块面包,涂上黄油吃着。他清楚地看见盘子里放着猪肉饼,但他没有动。他知道,如果只有一份肉,那是留给父亲吃的。饭后,每人都喝些凉水;因为每逢半个月的最后几天,这就是他们最好的清凉饮料了。

"我没有给你买啤酒,"马赫在桌边坐下的时候,妻子说,"我打算留下一点钱……你要是想喝的话,叫小丫头去给你打一品脱①来。"

他满心喜悦地望着妻子。怎么?她还有钱?

"不,不用了,我已经喝过一杯,行了。"他说。

于是,马赫开始狼吞虎咽地吃起来。他从当盘子用的、装得满满的大碗里,一匙一匙地舀着用面包、马铃薯、葱头和酸模做的糊糊送进嘴里。妻子怀里抱着艾斯黛,一面还帮着阿尔奇把黄油和猪肉饼推到他面前,让他什么也不缺吃。她还把咖啡放在火上再加加热。

这时候,火边开始有人在洗澡了。浴盆是用半个大木桶改成的。第一个洗的是卡特琳,她倒上温水,毫不在乎地脱衣服:摘下无沿帽,脱掉上衣、短裤和衬衣。从八岁起,她一直这样,所以长大以后不觉得这样有什么不好。她只把身子背过去,肚子冲着煤火,然后用黑肥皂使劲在身上搓泥。谁也不去看她;勒诺尔和亨利也没有兴趣看她。她洗完以后,就赤身走上楼去,把湿衬衫等等统统堆在地上。这时候,弟兄俩争吵起来。让兰借口扎查里还在吃饭,忙着要跳进浴桶;扎查里把他推开,说现在该轮到他了,同时叫嚷说,他让卡特琳先洗已经够不错了,决不能再洗这个淘气鬼的剩水,因为要是让兰洗

---

① 品脱是法国古容量单位(等于 0.93 公斤)。

完,这水准就可以给学生当墨水用了。结果两个人面冲着煤火同时洗起来,并且还互相搓洗着。洗完之后也像卡特琳一样,光着身子上楼去了。

"看他们弄得一塌糊涂!"马赫老婆嘟哝说,顺手拾起地上的衣服,准备拿去晾干,"喂,阿尔奇,你给擦一擦!"

隔壁传来一阵喧闹:男人的骂声和女人的哭喊,扭打在一起的脚步声,以及像空葫芦相撞似的沉闷的殴打声,打断了她的话。

"勒瓦克的老婆挨揍了。"马赫用羹匙刮着碗底,平静地说,"奇怪,布特鲁刚才还说饭已经做好了呢。"

"哼,是啊,可不是做好了!"马赫老婆说,"我看见菜还摆在桌上没择呢。"

吵嚷声越来越厉害,一阵猛烈的冲撞把墙都震动了,紧接着是一片沉寂。这时,马赫咽下最后一匙糊糊,不慌不忙地下结论说:

"要是饭没做好,那倒也情有可原。"

他喝了一大杯水,然后就开始吃猪肉饼。他把肉饼切成一些小方块,不用叉子,而用刀尖戳在面包上吃。父亲吃饭的时候,谁也不出声。他本人也饿得顾不得说一句话,他并没吃出这是往常吃的梅格拉铺子里的肉味,以为一定是从别处买来的,然而,他什么也没问妻子。他只问了一句老爷爷是否还在楼上睡觉。没有,老爷爷已经照例出去散步了。接着又沉默下来。

正在地上用泼出的洗澡水在画小河玩的勒诺尔和亨利,闻到肉味,抬起头来。他俩一块儿站到父亲跟前来,小的在前,大的在后。两个人目不转睛地盯着每一块肉,父亲每次从盘子里戳起一块肉来,他们的两眼就充满希望地望着,看到肉块落进爸爸嘴里以后,又显出大失所望的样子。慢慢地,父亲觉察到他们的馋劲儿,他们馋得脸都变了色,直舔嘴唇。

"孩子们吃猪肉饼了吗?"他问。

妻子正在犹豫的时候,他又说:

"你知道,我不喜欢这样两样对待。他们在这儿围着我,馋得什么似的,我吃不下去。"

"他们当然吃过了!"她生气地嚷了起来,"哼!好呀,你要是依着他们,就得把你自己的和别人的全都给他们,他们撑破肚子也没个够……阿尔奇,你说,我们是不是都吃过猪肉饼了?"

"当然吃过了,妈妈。"小驼背回答说,在这种情况下她说起谎来跟大人一样镇静。

勒诺尔和亨利平时要是说谎就得挨鞭子,现在两个人听到这种谎话,吃惊得一句话也说不出来。他们的小肚子气得鼓鼓的,一再想提出抗议,想说别人吃猪肉饼的时候,他们压根就没在。

"滚吧!"母亲一面连声嚷,一面把他们赶到屋子那头去,"你们总盯着你爸爸的盘子,也不知道害臊。就是他一个人吃点猪肉饼,他不是要干活儿吗?你们这一群懒虫,什么也不干,只会花钱。哼!一点也不错,你们人小吃得不少。"

马赫又把两个孩子叫回来,把勒诺尔放在自己左腿上,把亨利放在右腿上,和他们玩起过家家来。他把肉切成小块,和他们你一块我一块地吃,两个孩子兴高采烈地吃起来。

他吃完以后,对妻子说:

"先不要给我倒咖啡。我要先洗个澡……你帮我一把,把脏水倒出去。"

两个人抓住浴盆的把手,抬到门口,把水倒在门前的水沟里。这时候,让兰穿着干衣服下楼来了,他穿着哥哥的一条呢短裤和一件后背已经褪了色而且过大的呢上衣。母亲见他鬼鬼祟祟地从敞着的门口往外溜,就叫住了他。

"你上哪儿去?"

"到那边去。"

"那边是哪儿?……听我告诉你,你去给我采些蒲公英来,今天晚上当生菜吃。嗨!你听见没有!你要是不给我弄来生菜,回头看我跟你算账!"

"好吧,好吧!"

让兰两手插在口袋里,像一个老矿工似的,扭动着他那发育不良的十岁孩子的小腰,趿拉着木屐走了。扎查里也下来了,他打扮得比较整齐,上身是一件蓝条的黑绒线衣。父亲喊着告诉他不要回来得太晚,他叼着烟斗点点头,什么也没说就出去了。

浴盆里又倒满了温水。马赫慢慢地脱去上衣。阿尔奇看他使了个眼色,便领着勒诺尔和亨利到外面玩去了。父亲不喜欢像矿工村其他许多人家那样当着家里人的面洗澡。不过,他并不挑剔别人,他只是说,在一块儿玩水那是孩子们的事。

"你到底在上面干什么呢?"马赫老婆在楼梯口向上喊道。

"我补我的长衫呢,昨天撕坏了。"卡特琳回答说。

"好吧……别下来,你爸爸洗澡呢。"

于是,楼下只有马赫夫妻俩了。妻子把艾斯黛放在一张椅子上。真是奇迹,她并没有号叫,因为靠着火,她感到暖洋洋的,就转过头用她那天真无知的婴儿的眼光茫然地望着父母。马赫脱得一丝不挂,蹲在浴盆前,先把脑袋浸进去,打上黑肥皂洗头。因为一家人常年用这种肥皂洗头,他们的头发都变黄了。然后,他钻进水里,把胸口、肚子、胳臂、大腿都抹上肥皂,两手使劲搓着。妻子站在一边看着他。

"我说,"她开始说,"你刚进家门的时候,我看你的眼神好像还在发愁,是不是?……看到这些吃的,你才不皱眉头了……你猜怎么着,皮奥兰的财主竟连五个生丁都没给我。噢!他们倒还和蔼,给了孩子们穿的,可是我拉不下脸来求他们,因为一求人我就觉得心里发堵。"

她停了一会儿,怕艾斯黛从椅子上滚下来,又把她往里挪了挪。父亲继续搓着身,对他关心的事情并不急于发问,耐心地等着妻子解释。

"老实跟你说,梅格拉一口拒绝了我。哼!狠极了,简直像往外赶狗一样……你想我当时会不为难么!这些呢子衣服,穿着倒是暖和,可是当不了饭吃呀,你说不是吗?"

马赫抬起头来,仍然没有说话。从皮奥兰那里一文钱没得到,在梅格拉家也一样,那么,东西究竟是从哪儿搞来的呢?妻子像往日一样,卷起袖子,替他搓背和他自己够不到的地方。另外,他很欢喜叫她给搓肥皂,替他搓抹全身,累得她手腕发酸。她拿起肥皂,在他两肩上涂抹,他挺直身子,准备让她用力搓。

"这样,我就又回到梅格拉那儿,我跟他说呀,说呀,唉!……他准是没有人心,要是有天理的话,非让他得病遭灾倒霉不可……最后把他说烦了,他转过脸去,想走开……"

她从脊背一直给他搓到臀部，越来越起劲儿，全身一点也不漏过，连屁股沟也都搓到了，就仿佛星期六大扫除时擦她那三口锅一样，要擦得明光锃亮。她使用全身力气，两臂一曲一伸地紧张动作，累得汗流浃背，气喘吁吁，连说话都上气不接下气了。

"最后，他说我是个老缠人鬼……随他怎样叫，反正星期六以前我们是有面包吃了，更叫人高兴的是，他还借给了我五个法郎……我还从他那里赊了黄油、咖啡、菊荬苣粉。要不是我看他都有点不高兴了，我甚至还想再赊点儿猪肉和马铃薯呢……所以我买了三十五生丁的猪肉饼，九十生丁的马铃薯，还剩下三个法郎零七十五生丁，足可以吃一顿杂烩和炖牛肉了……我看我这一上午没有白跑，是吗？"

现在，她替他擦干身上，又用一块干布抹了抹不易干的地方。他高兴起来，丝毫也没考虑以后怎么还债的事，放声大笑起来，并且把她紧紧地搂在怀里。

"放开我，讨厌鬼！你身上都是水，把我弄湿了……我就担心梅格拉没安好心……"

她刚想提卡特琳，可是话到嘴边又停住了。为什么要让父亲不放心呢？说出来可能要引起没完没了的麻烦。

"他有什么坏心眼儿？"他问道。

"想法子骗咱们呗！应该让卡特琳好好看看账单。"

他又把她搂在怀里，而且，这一次不再放开她。他每次洗澡都是这样，妻子用力给他搓澡，使他非常兴奋，然后用干布给他摩擦全身，擦得他胳膊和胸膛上的汗毛发痒。矿工村的伙伴们正是在这种时刻搞那种蠢事，结果生下的孩子要比自己想要的多得多。因为在夜间全家老小都在一起，不方便。

121

他把她推到桌边,亲热地挑逗她,享受他一天里唯一最愉快的时刻。他说这是他饭后的点心,而且是不用花一个钱的点心。她呢,扭动着软绵的身子和颤动的乳房,稍稍挣扎一下,为了逗乐。

"我的天,你真浑!你真浑!艾斯黛在那儿看我们呢!你等我把她的脸转过去。"

"嗳!去她的吧,三个月的毛孩子懂得什么!"

当马赫又站立起来以后,他只穿着条干的短裤。每当他洗得干干净净,并且和妻子玩闹过以后,他总喜欢这样光着膀子待一会儿。他那白色的皮肤像贫血的姑娘一样苍白,上面有一些擦伤和砸破留下的伤痕,矿工们管这叫作"嫁接",他以此感到骄傲。他露出他那粗壮的胳膊和宽阔的胸膛,像蓝纹大理石一样光亮。到了夏天,所有的矿工都这样光着膀子站在门口。今天,他甚至不顾阴冷,到门前站了一会儿,向在菜园对面站着的一个同样光着膀子的伙伴喊着说了几句粗鲁的笑话。其他的人也出来了。在人行道上玩耍的孩子们,抬头看着这些袒露着疲劳的筋肉的劳动者,分享着他们的愉快。

马赫没有穿衬衫,他一面喝着咖啡,一面给妻子讲述工程师怎样为支坑木而发火的事。他已经平静下来,不再那样激动,听着妻子明理的劝告,在这类事情上,她总是能够提出很好的意见,使他点头称是的。她一再告诉他,和公司闹别扭不会有任何好处。接着又和他谈起埃纳博太太刚刚来访的事。不用说,他们俩都为此感到自豪。

"我可以下去了吗?"卡特琳在楼梯上端问道。

"下来吧,下来吧,你爸爸已经烤上火了。"

年轻姑娘换上了她节日的长衫,是用蓝色的厚毛葛做的,褶缝处已经褪色破旧,头上戴着一顶很朴素的黑色薄纱帽。

"瞧!打扮起来了……要上哪儿去呀?"

"到蒙苏去买一根帽子上的丝带……我已经把旧的扯掉了,太脏了。"

"那么,你有钱吗?"

"没有,穆凯特答应借给我半个法郎。"

母亲没有拦她。但是,她刚走到门口,母亲又把她叫回来。

"听我告诉你,买丝带可不要到梅格拉那儿去买呀……他会骗你的,他会认为我们是在金子里打滚呢。"

正蹲在炉子前面烤火、想快点烘干脖子和两腋的父亲补充说:

"记着,不要等到天黑才回来。"

下午,马赫到菜园里干活。他已经种上了马铃薯、扁豆和豌豆;白菜和莴苣菜秧苗昨天已经移在假植沟里,现在他正动手移植。这一角菜园除了马铃薯不够吃以外,可以供得上全家人的吃菜。总之,他很懂园艺,甚至还种了被邻居们看作是稀罕物的朝鲜蓟。当他收拾菜畦的时候,勒瓦克恰巧也来了,他嘴里叼着烟斗,站在自己的菜园里,望着布特鲁上午栽的莴苣;要不是他的房客不惜力气,掘地翻土的话,这里只好长草了。他们隔着篱笆聊起来。勒瓦克精神已经恢复,并且由于打了妻子一顿,气还没有全消,想拖马赫到拉赛纳酒馆去,但马赫不肯去。怎么?难道一杯啤酒都不敢喝?在那里玩一场九柱戏,跟伙伴们闲遛一会儿,然后回家来吃晚饭,这就是矿工们下班以后的生活。当然,这也没有什么坏处。但是马赫坚持不去,因为要是不把莴苣栽上,明天就会蔫的。其实这是巧妙地拒绝勒瓦克,因为他不愿向妻子伸手,从那五个法郎剩下的钱里再要一文。

五点钟敲过了,皮埃隆老婆出来打听她女儿丽迪是否和让兰一块儿出去了。勒瓦克回答说大概是,因为贝伯也没影儿,这三个调皮孩子总在一起胡闹。马赫告诉他们说,让兰去采蒲公英了,他们这才放心。这时马赫和勒瓦克一起,用善意的猥亵言语逗弄这个年轻女人。她生气了,但是并不走开,他们的粗鲁话正搔到她心里的痒处,她叉着腰嚷嚷起来。这时一个瘦女人过来帮她,气得结结巴巴地嚷着,就像母鸡叫一样。另外一些女人则站在自家门口,远远地发出同情的尖声叫喊。现在学校已经放学,孩子们都在街上玩耍,叽叽喳喳,打打闹闹,连翻带滚地乱作一团,好像一群猴子似的。至于那些没到小咖啡馆去的父亲们,三个一群,五个一伙,像在矿井下一样蹲在避风的墙根下抽烟斗,偶尔彼此也聊上几句。后来勒瓦克闹着要摸摸皮埃隆老婆的大腿结实不结实,她才气呼呼地走了。勒瓦克决定独自到拉赛纳酒馆去,马赫就留在园子里种菜。

天突然黑下来,马赫老婆点上了灯,看到儿子女儿都还没回来,心里非常生气。她曾经打赌说,全家总也不能一起围着桌子吃一顿饭。再说,她还等着儿子采蒲公英回来当生菜吃呢。现在夜晚像灶膛一样漆黑,这个该死的孩子还能采到什么呢!如果吃完她的加上煎葱花的葱韭酸模焖马铃薯杂烩,再来一个生菜,该多好呀!家里到处都能闻到煎葱花的香味,这股香味很快变成呛人的味道,甚至透过矿工村的砖墙,在野外很远的地方都可以闻到穷人家的这种刺鼻的味道。

天黑了,马赫从菜园回来,坐在一把椅子上,朝墙上一靠,立刻打起盹儿来。每到晚上,他一坐下就睡。布谷鸟木钟敲过七点,亨利和勒诺尔两人硬要帮阿尔奇摆餐具,结果打碎了一只盘子。这时候,老爷爷长命佬第一个回到家来,他忙着要吃完晚饭好去上班。于是,马赫老婆叫醒了马赫。

"咱们吃吧,管他们呢!……他们都那么大了,丢不了。讨厌的是没有生菜!"

五

艾蒂安在拉赛纳家里吃过饭,回到楼上,走进租给他的那间小屋。这是一间小阁楼,正对着沃勒矿井。这时,他觉得筋疲力尽,就和衣倒在床上。两天来,他一共睡了不到四个钟头。当他黄昏时醒来的时候,迷糊了一阵,竟认不出自己究竟是在什么地方;他感到很不舒服,头昏眼花,好容易才站起来,他想先出去呼吸点儿新鲜空气,然后再吃晚饭和睡觉。

外面,天气渐渐暖和起来,灰暗的天空变成了青铜色,阴沉沉的,预示着一场北方的连绵淫雨。从温湿的空气来看,这场雨很快就来临了。天黑了,浓重的烟雾淹没了平原的远处。在这茫无边际的红色土地的海洋中,低沉的天空仿佛变成了黑色的尘雾,没有一丝风,到处笼罩着一种下葬时死气沉沉的凄凉气氛。

艾蒂安信步向前走去,没有目的,只是想排除心头的烦闷。他从沃勒矿井前面走过,矿井在它那洼地的底部,已经分辨不清,还没有一盏灯亮起来,他在那里站了一会儿,看着日班工人从矿井出来。毫无疑问,一定是六点钟了,井下装卸工、井上井口工、马夫等,一群一伙地往外走,其中夹杂着在黑暗中欢笑着、身影模糊的选煤女工。

最先出来的是焦脸婆和她的女婿皮埃隆。她正跟女婿吵闹,因为在她和监工为计算废石数量发生争执时,他没有从旁相助。

"哼!算了吧,没出息的东西!在这些吃我们的混蛋面前如此低声下气,亏你还是个男子汉!"

皮埃隆跟在她后面,听凭她唠叨,一声没响。最后,他说:"难道要我跟工头儿们打架去吗?谢谢吧,我才不去找那些麻烦!"

"那你就把屁股掉过去给人家打吧!"她叫嚷道,"哼!他妈的,我只恨我的闺女没听我的话……他们把她爸爸作践死了,难道还不够?你还要我谢谢他们吗?休想。走着瞧,我非扒他们的皮不可!"

焦脸婆长着一个鹰钩鼻子,白头发在风中乱舞。她愤怒地挥动着两条瘦长的胳膊,越走越远,话声也渐渐消失了。但是,身后两个青年的声音又引起了艾蒂安的注意。他回头一看,认出是在这儿等朋友的扎查里,他的朋友穆凯刚刚走到他面前。

"你准备好了吗?"穆凯问,"咱们先吃块面包,然后就到沃尔坎去。"

"等一等,我还有点儿事。"

"什么事?"

穆凯回过头去,望见斐洛梅正从选煤场走出来。他心里明白了。

"啊!好吧,是这么回事啊……那么,我先走了。"

"好,一会儿我就追上你。"

穆凯刚要走,碰见了父亲老穆克。他也正从沃勒矿井出来。父子俩只简单地打了个招呼,儿子就向大路走去,父亲则沿着运河回家去了。

尽管斐洛梅不愿意,扎查里还是把她拖向那条岔道。她很忙,想改日再说。于是他俩像一对老夫老妻似的争论着。两个人在外面幽会,这可不是闹着玩的,特别是在冬天,地上潮湿,又没有麦子可躺。

"不是,不是为那事儿,"他不耐烦地咕哝说,"我有件事跟你说。"

他搂着她的腰,慢慢地拖着她走了。到了矸子堆的阴影里以后,他问她有没有钱。

"干什么用?"她问。

扎查里支支吾吾地说有两个法郎的欠债,家里愁得没办法。

"算了吧!……我看见穆凯了,你准是又要到沃尔坎去找那些下流歌女去。"

他捶胸发誓地申辩着。她耸了耸肩膀,表示不相信,他便说:

"要是你高兴的话,可以跟我们一块儿去……你会看到我有没有怕让你知道的事。你看我是不是去找歌女……你去吗?"

"小家伙怎么办?"她回答说,"有那么个整天哭喊的孩子,我动弹得了吗?……你让我回去吧,孩子们在家里准保又打起来了。"

可是扎查里仍旧拉着她不放,苦苦央求她。你瞧,已经答应穆凯了,怎么好在他面前丢脸呢。一个男人不能像母鸡似的天一黑就卧下睡觉呀。斐洛梅被说服了,她撩起上衣的下襟,用指甲把线挑开,从衣角上取出几个半法郎的硬币。因为她担心被母亲摸去,就把自己在矿上加班加点挣的钱藏在衣服里。

"你看,我这儿一共只有五个,"她说,"我给你三个……只是有一样,你要向我保证,设法让你妈答应咱们结婚。这露天地里的夫妻生活我过够了!为了这个,现在我每顿饭都要挨妈妈的骂……发誓吧,你先发誓。"

她的语声柔弱无力,真是一个病魔缠身的姑娘,没有任何热情,对自己的生活真正感到了厌倦。扎查里发了誓,他大声嚷着说,一言为定,绝不食言;他拿到三个硬币以后,吻了她一下,胳肢她,逗她乐,要不是她一再不肯,说那件事不会给她带来丝毫快乐的话,他一定要在他们老夫妻的冬宫——矸子堆的一个角上办完那事儿的。扎查里穿过田地去追赶他的伙伴,斐洛梅便独自一人回矿工村去了。

艾蒂安无意识地远远望着他们,并没有多去想它,认为这不过是一般的幽会。矿井里的姑娘都比较早熟。他回忆起他在里尔的工厂后边等待过的那些女工,那一群群的姑娘,从十四岁就堕落到穷困的纵情放荡中。但是,他看到的另一桩事更使他惊讶,他立刻站住了。

在矸子堆的脚下,在放着几块大石头的洼处,小让兰坐在当中,正粗暴地呵斥坐在他左右两边的丽迪和贝伯。

"嗯?你们有什么好说?如果再不满足,我就一人再给你们一个耳光……你们说,是谁想出来的主意?"

不错,主意确实是让兰想出来的。他跟那两个孩子在运河边上的草地里采蒲公英,顺着河采了一个钟头以后,弄了一大堆。他想自己家里无论如何也吃不了这么多,于是,他们没有回家,到蒙苏去了。他让贝伯守着野菜,推丽迪去拉有钱人家的门铃,说是卖蒲公英来了。他已经有了经验,说小姑娘卖什么都卖得出去。他们热心地卖了一阵,一大堆蒲公英全部卖光了;小姑娘卖了五十五个生丁。货已脱手,三个人正在分钱。

"这样不公平!"贝伯声明道,"应该平分成三份……如果你一个人留下三十五个生丁,我们一个人就只能有十个生丁了。"

"什么不公平?"让兰愤怒地反驳说,"第一,我采得最多!"

贝伯对让兰向来是既敬又畏,盲目信任的,因此平常总是顺从他,自己经常受骗。虽然他年纪比较大,也有力气,但有时却要挨揍。不过,这回不同了,一想到这些钱,他就不服气,要反抗。

"他欺侮咱们,你说是不是,丽迪……要是他不平分,咱们就告诉他妈去。"

这一说不要紧,让兰立刻朝他鼻子上给了一拳。

"你再说一句!我就上你们家去,说你们把野菜卖给太太了……再说,你这个混蛋,我能把五十五个生丁平均分成三份吗?你机灵,你就来试试,看你能不能分……给你们,每人十个生丁,赶快拿走,不然我就还装进我的口袋。"

贝伯被制服了,接下了十个生丁。不住哆嗦的丽迪一句话也没说,她在让兰面前有一种被打服的小媳妇之感,对他又怕又温柔。让兰递给她那十个生丁的时候,她露出顺从的微笑伸出手来。但让兰陡然又变了主意。

"嗨,你把这些钱都拿回去干什么?……要是你藏不好,一定会被你妈摸去的……最好还是我替你保存着吧。你要花的时候再跟我要。"

于是,四十五个生丁全都进了让兰的腰包。为了堵住丽迪的嘴,让兰笑着搂起她。两个人就在矸子堆上滚到一起。丽迪是他的小妻子,他们常常在黑暗的角落里尝试他们在家里隔着板壁听到或从门缝里看到的夫妻乐事。他们什么都懂,但是因为年龄太小,还不大能办到,只是在一块试着耍闹几个小时,像尚未成熟的小狗一样放荡地嬉戏而已。他把这种耍闹叫作"当爸爸和妈妈",而每当他要拉她的时候,她跑,随后在本能的快活激动中让他抓住。她常常生气,但总是对永远得不到的一种东西怀着希望。

贝伯要想这样做却不行,他要是摸丽迪一下,就会挨一顿臭打,因此当他看着他们俩在一起胡闹的时候,他又恼又恨,气得不知如何是好,而他们俩当着他的面也毫无顾忌。所以他也想了一个办法,就是吓唬他们,喊着说有人在看,跟他们捣乱。

"坏了,那儿有一个人在看!"

这一回他可真的没有说谎,那边确实有一个人,原来就是决定继续朝前走的艾蒂安。孩子们跳起来逃跑了。艾蒂安绕过矸子堆,顺着运河走去,看到这些在鬼混的孩子的惊慌失措感到可笑。老实说,就他们的年龄来说,干这种事未免太早了,但又有什么办法呢?他们听到和看到的就是这些,要使他们守规矩,只有把他们捆起来。这件事使艾蒂安心里十分难过。

他继续走了百来步,又碰见许多对野鸳鸯。他到了雷吉亚这个老矿井的废墟附近，这是公共幽会场所，蒙苏的姑娘们都在这儿跟情人闲遛；推车女工们不敢大胆地在小屋顶上怀上她们的第一个孩子，就到这个人迹稀少的偏僻角落来。木栅破成了一段段，人人都可以随便进入旧日的贮煤场，这里已是一片荒野，两座倒塌的棚屋和仍旧竖立着的巨大支架的残骸在那里挡着。许多不能用的斗车，横七竖八地扔在那里，烂了一半的旧坑木堆成一堆，到处是茂密的荒草，中间夹杂着许多粗壮的小树。因此，像是在自己家里一样，每个姑娘都在这里有自己隐蔽的巢穴，让情人把她们按倒在大木头上、小树后或斗车里。显然大家近在咫尺，可谁也不打扰谁。在这个废机器周围，在这个不再出煤的矿井附近，爱情却成鲜明对照，放纵的爱情在本能的推动下，使这些尚未成年的女孩子怀上了孩子。

这里还住着一个看守人，他就是老穆克。差不多就在毁坏了的井楼下面，公司给了他两间房，房子的最后几根屋梁快要断了，随时都有倒塌的危险。虽然他们不得不把一部分屋顶支住。一家人在这里住得倒还算不错，他跟穆凯住一间屋，穆凯特住另一间。窗户上一块玻璃也没有了，他索性钉上木板，这样光线虽然不好，却比较暖和。另外，他实际上什么也不看管，他只到沃勒矿井去照看马，对雷吉亚的废墟从来也不过问。在这里只留着雷吉亚竖井，用来为附近一个矿井作通风道。

老穆克几乎就在这些爱情生活的包围中过了一辈子，穆凯特从十岁起就开始在废墟的各个角落里厮混！她并不像丽迪是一个惊惶失措的、未成熟的小女孩，她已经是个身材丰满的姑娘，完全配得上刚长胡子的小伙子。父亲看她举止庄重自爱,从不把情人带到家里来,也就不说什么。再说,他对这些事情已司空见惯了,并不当作一回事。每当他到沃勒矿井去上班或下班回来的时候,几乎每走一步,都可能踢着草地里的情人;假使他要到场地的那一头去拾些柴禾做饭,或者给他养的家兔找些牛蒡草的时候,那就更糟了,他会看到所有蒙苏姑娘们的贪馋的鼻子一个接着一个地翘起来,他不得不小心翼翼,以免踢着沿着小路边伸开的大腿。不过天长日久,遇到这种情况,双方谁也不以为然了,他只注意自己不要绊倒,让姑娘们继续干完她们的事儿。看到这种人生本能乐趣,他总是怀着老好人的安详态度,蹑手蹑脚地快步走开。只是在这样的时候,姑娘们熟识了他,他也熟识了她们,就好像人们熟识在花园里的梨树上放荡嬉戏的喜鹊一样。啊!这些青年人啊!是那么如胶似漆,那么永无餍足!有时候,他默默惋惜地摇一摇头,转过脸去不看那些躲在暗处、吁吁喘息、过于放荡的轻薄女人。只有一桩事使他感到生气:那就是两个情人常常靠着他屋子的墙拥抱胡搞,他倒不是怕妨碍他睡觉,而是担心他们摇动得太厉害,慢慢会把墙蹭坏的。

老穆克的老朋友长命佬每天晚上都要来串门,这是他每天晚饭前必须的一次散步。两个老人彼此并不怎么交谈,在一块儿待上半个钟头也聊不上十句话。但是,只要这样待在一起他们就感到快活,他们无需谈论,只是在心里各自回忆着他们共同经历的往事。他们并排坐在雷吉亚矿的一根横木上,偶尔谈上一两句话,然后又低下头转入沉思。无疑,这时他们又变得年轻起来。在他们周围,小伙子们撩起情人的裙子,于是喷喷的接吻声和笑声不断传来,从压倒的青草中散发出一股股年轻姑娘们身上的热气。四十三年前,长命佬就是在这个矿井后面占有了他的妻子——一个十分孱弱的推车女工。当时他把她放在一辆斗车里,尽情地拥抱她。啊!这是很久以前的事了!于是,两个老人摇着头,常常连声再见也忘了说就分手了。

这天晚上,艾蒂安来到这里的时候,正从横木上站起来要回矿工村去的长命佬向老穆克说:

"晚安,晚安,老伙计!……我说,你又看到鲁西了吗?"

老穆克一声不响地愣了一会儿,轻轻地耸了耸肩,一面往家里走去,一面说:

"晚安,晚安,老伙计!"

艾蒂安也坐到这根横木上。不知为什么,他心里越来越感到郁闷。老人渐渐远去,艾蒂安望着他的背影,回想起自己早晨来到这里时的情景,回想起这位沉默寡言的老人在狂风中跟他说的那一大篇话。这是多么悲惨呀!而这些疲倦不堪的姑娘们,依旧这么傻呆呆地要在晚上跑到这里来造出一些小家伙,造出一些吃苦受累的生灵!如果她们永无休止地生养这些挨饿的人,那么永世也结束不了这种悲惨局面。难道她们不该在灾难临头之际,把肚子塞住,把大腿夹紧吗?他所以这样闷闷不乐,也许是因为现在别人都在成双成对地寻欢作乐,唯独他因孤单一人而感到烦恼吧。沉闷的天气使他有些透不过气来,几滴稀疏的雨点打在他的火热的手上。是的,所有的女人都必然要这样的,这不是理智所能抵抗的。

正当艾蒂安一动不动地坐在黑暗中的时候,从蒙苏下来的一对男女从他身旁擦过,朝着雷吉亚的那片荒地走去,他们并没有发觉他。他想姑娘一定是个未成年的少女,因为她挣扎,抵抗着,喃喃地低声恳求着对方;男的一句话也不说,不停地把她往堆着发霉的绳子的棚屋的阴暗角落里拖。这是卡特琳和大个子沙瓦尔。他们从眼前经过的时候,艾蒂安并没有认出是他俩,他的眼睛一直盯着他们,一种性感使他想看个究竟,暂且摆脱了沉思。他为什么要过问呢?姑娘们总是欲就故拒,嘴里说"不",心里却希望对方主动把她们按倒。

卡特琳离开二四〇矿工村以后,便沿着大路向蒙苏走去。她从十岁开始在矿上干活以来,一直是独自一个在这一带来来往往,这是矿工家庭里固有的充分自由。她发育较迟,正待迸发的春情尚未苏醒,所以到了十五岁还没有被男人占有。她走过公司的各个场地,穿过街道,进入一家洗衣房,她知道在那里一定能找到穆凯特;因为穆凯特总是在那儿跟一些从早到晚轮流请喝咖啡的女人一起厮混。但是,很不走运,这次恰恰轮到穆凯特请客,所以她答应借给卡特琳的半法郎,现在不能借了。为了安慰卡特琳,她们请她喝杯热咖啡,她没有喝。卡特琳也不肯叫自己的女伴跟别的女人转借。于是,一种迷信思想使她产生省下这笔钱的想法,她相信如果她现在买了丝带,可能会给她带来不幸的。

她急忙又回矿工村去,走到蒙苏边上的几幢房子跟前时,突然被在皮凯特咖啡馆门口的一个男人喊住了。

"喂!卡特琳,走这么快是上哪儿去呀?"

原来是大个子沙瓦尔。她一见到他很不耐烦,这倒不是他惹了她,而是因为她心里正不痛快。

"进来喝点什么吧……一小杯甜酒,怎么样?"

她婉言谢绝了。她说天快黑了,家里人还等着她。他走上前来,在大路当中低声央求她。很久以来,他就想让她答应到他的住处去,他就在皮凯特咖啡馆二层楼上租着一间很漂亮的房子,里面有一张可以睡一对夫妻的大床。是不是因为他使她感到害怕,她才总是拒绝呢?她温柔地微笑着说,她要在不会怀孩子的那一周才上去。然后,谈着谈着,不知怎的又谈起她没能买蓝丝带的事。

"我替你买一根。"他喊道。

她的脸红了,觉得最好还是拒绝,可是又满心希望得到丝带。于是又产生了借钱的想法,她终于答应了,条件是算他借给她的钱,她将来一定如数归还。他们接着又取笑了一阵,两个人说好,如果她不跟他睡觉,她就得还他钱。但是,当沙瓦尔说要到梅格拉店里去买丝带时,两个人又发生了争执。

"不,不到梅格拉那儿去买,妈妈说过,不许我到那儿去。"

"算了吧,难道你到哪儿去还有规定不成!……全蒙苏就属他那儿的丝带最漂亮!"

大个子沙瓦尔和卡特琳像一对情人来买结婚礼物一样,双双走进梅格拉的铺子。梅格拉一见他们,觉得自己像是受了嘲弄,红着脸怒气冲冲地给他们拿了蓝丝带。一对年轻人买完东西走了,梅格拉直挺挺地站在门口,望着他们在暮色苍茫中离去。当他的妻子走过来,怯生生地问他一桩什么事的时候,他就拿她撒气,骂她,同时嚷着说,总有一天他要让那些没良心的下流胚知道后悔,到那时候他们都不得不爬在地上舔他的脚。

大个子沙瓦尔陪着卡特琳在路上走着,摇晃着两条胳膊紧靠在她身旁。他不断用胯碰她,装作不经意的样子带着她往前走。突然,她发现他领着她离开了大路,两个人已经走上了通往雷吉亚的小道。但是,还没容她说什么他就搂住了她的腰,不停地用甜言蜜语来说服她,弄得她心思迷乱。真糊涂!有什么可怕的呢!难道像她这么可爱的,像丝绸一样软绵,嫩得甚至令人想咬一口的小宝贝儿,他会害她吗?他在她耳边唧唧哝哝地说着,热气扑到她的脖子上,使她全身感到一阵发麻。她心里紧张得要命,一句话也回答不出来。真的,他似乎很爱她。上个星期六晚上,她灭了灯以后,自己也曾思忖过,如果他像现在这样对待她,将会发生怎样的事啊。睡着以后,她又梦见自己不再说"不",而完全被欢乐征服了。为什么今天一想到同样的事,又感到厌恶和后悔呢?他用胡子轻轻蹭她的脖子,她舒服得闭上了眼睛,这时候早晨看见的另一个男人的身影,从她合着的黑暗的眼下掠过。

突然,卡特琳向四周望了一眼。沙瓦尔把她带到雷吉亚的废墟里来了,她望着黑魆魆的倒塌的棚架,吓得后退了一步。

"啊,不!不!"她喃喃地说,"我求求你,放开我吧!"

对男性的恐惧使她心情纷乱,即使姑娘们很愿意,而当她们感觉到具有征服力量的男性接近的时候,这种恐惧仍然使她们浑身肌肉都紧张起来进行本能的抵抗。她虽然什么都懂,但作为一个处女,她仍然感到恐惧,仿佛有一种可怕的、未曾经验过的创痛在威胁着她。

"不,不,我不愿意!我跟你说,我年纪还太小……真的!以后再说吧,至少等我成人以后。"

他轻声地说:

"傻瓜!有什么可怕的……这能怎么样你!"

他不再多讲,紧紧地抱住她,把她推倒在棚架底下,她仰脸倒在废绳堆上,不再抵抗,于是就在未成年以前,和所有像她这样的女人一样,被按倒在露天地上,顺从地为男性所占有,她那惊慌的喃喃声已经停止,只听见男人呼哧呼哧的喘息。

这时候,艾蒂安在那里一动不动地静听着。又有一个女孩子被压倒了!看到这幕喜剧,他心情激动,又嫉妒又气愤,非常不快地站了起来。他不再自寻烦恼!抬腿就跨过横木,因为他认为那两个这时正在紧要时刻,绝不会受到任何惊扰的。然而,当他在路上走了百来步,回头看见他们也站了起来,似乎也要回矿工村的时候,感到很惊讶。男的又搂住姑娘的腰,带着满面感激的神情紧紧地搂住她,在她耳边说个不停。但是,姑娘却有些焦躁,急着要回家,特别是看到天已经晚了而显得非常着急。

这时,艾蒂安心中被一种愿望缠扰着,他要看一看他们的脸。真愚蠢!为了打消这个念头,他加快了脚步。可是,两只脚却不由自主地慢了下来,最后他在第一盏路灯近处躲进了黑影里等候着。当他认出从面前经过的是卡特琳和沙瓦尔的时候,他顿时惊呆了。最初,他还有些怀疑,这个穿深蓝色袍子、戴着麻布无沿帽的女孩子,真的是她吗?这就是他看见的那个穿着短裤、戴着粗布无沿帽的"小伙子"吗?也正是由于这个原因,她方才贴着他身边过去,他也没有马上认出是她来。但是他又看到了她那双碧绿的、泉水般清澈的眼睛,是那么明亮,那么深邃,他不再怀疑了。这个伤风败俗的女人!他鄙视她,心里感到愤怒,没来由地急着要报复她。而且,她也不配做一个姑娘!她令人厌恶。

卡特琳和沙瓦尔慢慢地走了过去。他们压根不知道有人这样窥探他们,沙瓦尔拉住她,吻她耳后,她也放慢脚步,一边

137

接受情人温柔的抚摸,一边开心地笑着。艾蒂安只好在后边跟着他们。但可恼的是,他们挡住了他的路,使他不得不看那些一见就令他更加生气的事情。早上她还发誓说她真的还没有情人。当时他并没有相信,他只是没有像那个人那样做,结果却让别人把她夺去了!他让人在自己的鼻子下边占有了她,竟然还傻瓜一样偷偷地看着他们无耻地取乐!他简直要发疯了,紧攥拳头,两眼冒火,心里升起一种杀人的念头,恨不得一口就把这个男人吞掉。

这次散步持续了有半个钟头。快到沃勒矿井的时候,沙瓦尔和卡特琳又放慢了脚步。他们在运河边上停了两次,沿着矸子堆又停了三次,互相温存地玩闹着,快活极了。艾蒂安怕被他们发现,每当他们停下来时,也只好跟着停下来。他竭力使自己只怀着一种深深的遗憾,从而使自己懂得应当怎样很好地和姑娘们打交道。过了沃勒矿井以后,他没有回拉赛纳的酒馆吃晚饭,而继续跟着他们,一直跟到矿工村。他在暗处足足站了一刻钟,直到卡特琳被沙瓦尔放开回家去为止。当他确信他们已经不再在一起以后,才慢慢地走了。他在通向马西恩纳的公路上走出了很远,脑子里什么也不想,只是时而轻轻顿足。他心里憋闷得很,难受得厉害,根本无法待在屋子里。

过了一个钟头,将近九点钟光景,艾蒂安才又穿过矿工村走回来,他想,要想明天早晨四点钟能起床,必须回去吃饭睡觉了。整个村庄都已入睡,笼罩在一片黑暗之中。百叶窗里没有一丝光亮,像军营一样的一排排房子沉睡着。只有一只猫从空旷的菜园里一跃而过。疲惫不堪的工人们,吃过晚饭以后立即就倒到床上去了,又结束了受苦的一天。

拉赛纳的铺子里依然灯火通明，有一个机器匠和两个日班工人在喝啤酒。艾蒂安在进去以前，又站住向黑暗中最后看了一眼。眼前仍是黑茫茫一片，正如早晨刮大风时他来到这里看见的一样。沃勒矿井像一头凶恶的猛兽蹲在他的面前，黑暗中只有几点微弱的灯光。矸子堆上的三团炭火又在高处燃烧着，仿佛三轮血红的月亮，他眼前不时浮现出长命佬和他那匹黄马的影子。远处，光秃秃的平原上黑暗吞噬了一切，蒙苏、马西恩纳、旺达姆森林，海洋般的甜菜地和麦地，都淹没在黑暗中，只有高炉的蓝火焰和炼焦炉的红火焰，像远处的灯塔闪着亮光。夜渐渐深了，这时候又慢慢下起连绵不断的细雨，茫茫的黑夜笼罩在单调的雨丝中。只有抽水机缓慢粗哑的喘息声日夜不停地轰鸣着。

第 三 部

一

　　第二天以后的日子里，艾蒂安又回到矿上去做工。他重新安排了生活，以适应这种工作和这些新的习惯，但在开始的时候觉得是那么不好受。在头两个星期，一桩意外的事打乱了这种单调的生活。他发烧了，两天两夜没能起床。他四肢无力，脑袋滚烫，在半昏迷状态中老是做噩梦。他梦见自己在一个极其狭窄的坑道里推煤车，怎么挤也挤不过去。这纯粹是在学徒阶段过于劳累的缘故，很快也就复原了。

　　一天又一天过去了，一个星期又一个星期过去了，几个月过去了。现在，他跟同伴们一样，三点钟起来，喝完咖啡，带上拉赛纳太太头天晚上给他做好的双份三明治去上班。他每天早晨上班去的时候，总遇到回家去睡觉的长命佬；下午下班回来的时候，又总碰着上班去的布特鲁。他戴着无沿帽，穿着短裤和粗布上衣，冻得直打哆嗦，到更衣室的火炉前面去烘烘脊背，然后他光着脚来到收煤处，在猛烈的过堂风中等着下井。由周身布满一块块黄铜的粗大钢架做成的提升机，在阴暗的高处闪闪发光，这一切他都无心再看；无论是像夜鸟一样无声飞驰的钢索,还是在信号、喊叫命令声中和震撼铁板的煤车隆隆声中不停升降的罐笼,都不再引起他的注意。他的安全灯不大亮,可恶的管灯人一定没有擦。只在穆凯轻薄地拍着姑娘们的屁股把所有的人装进罐笼以后,他才感到温暖了些。不等他回头看一看井口的光线是怎样消失的,罐笼就像一块石头似的掉到洞底。他从来没想到可能会发生失事坠毁;他在哗哗的雨声中向黑暗的井底下降,感到像回到了家里一样。在下面,一到达罐笼站,皮埃隆满脸假笑地把他们放出罐笼时,总响起一片羊群般杂沓的脚步声,各个班组的工人拖着脚步,各自走向自己的掌子面。后来,他对井下的巷道比对蒙苏的街道还熟悉,应该在什么地方拐弯,在什么地方低头,以及要在什么地方躲开水坑,他都了如指掌。他对这条两公里长的地下道路已经那么熟悉,两手插在口袋里,不点安全灯也能照常行走。每天都碰到同样一些人:在路过时用灯照照工人脸的工头,拉着一匹马的老穆克,赶着打鼻息的"战斗"的贝伯,跟在车子后面跑着、关通风门的让兰,还有推着斗车的身材丰满的穆凯特和体格瘦小的丽迪。

时间一久,艾蒂安对掌子面上的潮湿和闷热也不觉得太难受了。爬通风狭道宛如走平地,他好像已经变得瘦小起来,就是以前连手都不敢摸的那些缝隙现在他也能爬过去。他呼吸夹带着煤屑的空气也不觉得难受,在黑暗里也看得清楚了,对于流汗也不再在意,对于身上从早到晚都是湿漉漉的衣服也习惯了。此外,他不再笨手笨脚地瞎费力气,他学会了巧干,而且学得非常快,使全班的人都感到惊奇。刚刚三个星期,他就成了矿井里一名最优秀的推车工,没有一个人能像他那样灵巧地把斗车一直推到绞车道口,也没有谁能像他那样装得井井有条。他身材小，任何地方都能钻过去，他的胳膊虽然又细又白，就像女人的胳膊一样，肉皮里却仿佛包着一副铁臂，干起活来力大无比。他从不叫苦，当然这是出于自尊，就是累得吁吁直喘，也没有半句怨言。他唯一的缺陷，是他不懂得什么是开玩笑，要是谁说他两句，他马上就会火冒三丈。总之，由于不可抗拒的习惯力量，他一天天地逐渐变成了一部机器，已经被看作一名真正的矿工了。

马赫对艾蒂安非常友好，因为他敬重干活好的人。随后，和别人一样，他觉得艾蒂安比自己有知识，因为他看到他常常写字、读书，还会画一些图，并且谈论一些自己一辈子都没听说过的事。这些都没有使他感到奇怪，因为矿工都是些粗鲁人，他们的头脑比机器匠自然要简单些。使他感到吃惊的是这个小伙子的勇气，是他为了充饥吃煤块时的那种乐观的样子。这是他生平遇到的第一个这样快就适应了这里的环境的工人。因此，当采掘工作紧张，马赫不愿抽下一个挖煤工去支坑木的时候，总是把这项活儿交给这个年轻人，确信他一定能支得牢固利落。工头们总是在这个伤脑筋的支坑木的问题上找麻烦，马赫时刻担心丹萨尔陪着内格尔工程师来。他们一到就又要连嚷带叫地硬找出些理由要他们返工。他发现他的新推车工支的坑木还比较能使这些先生们满意，尽管他们脸上从来没有任何表示，并且再三地说，公司总有一天要采取根本措施的。事情就这样拖着，矿井在暗中沸腾着不满的情绪，最后连最为息事宁人的马赫也气得握起了拳头。

起初，扎查里和艾蒂安之间互相有些敌视。一天晚上，两个人互相威胁着要打架。但是，扎查里是个正直的小伙子，除了他喜欢的事以外，什么也不过问，对方友好地请他喝了一杯啤酒，他的气立刻就消了；他很快也承认这个新来的人高他一等。勒瓦克现在也显得很友好，常跟这个推车工谈论政治。他说，这个年轻人是个有见识的人。整个包工组里，艾蒂安除了感到大个子沙瓦尔暗暗怀有敌意外，别人再没有任何芥蒂了。这倒不是他俩经常要斗嘴，因为，他们已经成了伙伴，而只是每当他们一起开玩笑的时候，两个人的目光就像要把对方吃了似的。卡特琳仍旧在他俩之间过着厌倦而驯顺的女人的生活。她弯腰推着斗车，对帮助她的那位推车的同伴总是那么和蔼可亲，但是，她也要忍受他的情人当众对她的狎昵。实际上人们已认可他们是夫妇，连家里人也是睁只眼闭只眼。甚至每天晚上大个子沙瓦尔都要把卡特琳带到矸子堆后面去，然后再把她送回家门口，并且当着全矿工村的人，做最后一次拥抱。艾蒂安对她已经死了心，常常故意拿这些来往散步的事去逗她，用掌子面上男女之间的露骨言词随便取笑她；她也用同样的口吻来回答，并且毫不害羞地叙述她的情人对她的举动。但是，每当年轻人的目光和她的目光相遇的时候，她的脸色便变得苍白，心情也纷乱不安。于是，两个人都背过脸去，往往一个钟头也不讲一句话，各自脸上露出痛恨对方的样子，恨对方没把埋在心底的话说出来。

春天了。一天，艾蒂安出了竖井以后，迎面吹来的四月温暖的春风里，飘散着一阵阵新翻的土地、嫩绿的野草和清新的空气的芳香。每当他在永远是冬天的井下，在任何夏季不能驱散的阴暗潮湿中工作上十个小时以后出来的时候，总是感到春意分外浓馥，分外温暖。白昼渐渐地长起来，五月里，他竟能在太阳出来的时候才下井去，绯红的天空向沃勒矿井洒下曙光，矿井冒起的白色蒸汽像玫瑰色的羽毛一样袅袅上升。

人们不再冻得打战,云雀在高空歌唱,从平原的远处吹来了和煦的春风。下午三点钟的时候,耀眼的太阳变得炎热起来,把广阔的平原晒得火热,把煤粉染污了的砖头照得通红。六月间,麦子已经老高,青绿的麦子和浓绿的甜菜截然分明。这是一片无边无际的海洋,微风拂过,波澜起伏,眼看着这个大海一天天地壮大成长,他时常发觉这片绿海比早晨更绿而感到非常惊讶。运河两岸的白杨树吐出了绿叶,矸子堆上也长满了青草,草地上盛开着各种各样的野花。当人们在地底下为受苦受累而悲叹的时候,一片生机正在地面上萌芽和迸发。

现在,当艾蒂安每天晚上散步的时候,不再到矸子堆后面去惊扰幽会的情人了,而是到麦田里追找他们,只要一眼瞭见泛黄的麦穗和大朵的红罂粟花一动,他立刻可以断定那里是这些可怜的鸟雀放荡的窝巢。扎查里和斐洛梅按照老情人的习惯,经常到麦地里来。焦脸婆老是追踪丽迪,时常把她跟让兰一起从窝里拖出来,不过他们藏得也很严,除非踩到他们身上,否则是赶不散他们的。至于穆凯特,更是到处露宿了,不论人们从哪块地里穿过,都会看到她缩下头去,假如她是朝天躺着,那就只有两只脚露在外面。所有这些人都如此放荡无羁,艾蒂安却毫不在意,唯独他看到卡特琳和大个子沙瓦尔晚上在一起时,才认为这样做是罪过。他看到过他们两次,一次是当他走近的时候,他俩便伏倒在一块麦田里,然后麦秆就纹丝不动了。另一次,他正沿着一条狭窄的小路走着,卡特琳的明亮眼睛刚刚露出麦丛,随即又缩了回去。此刻,对他来说这一望无际的平原是太窄小、太憋气了,最好还是待在拉赛纳的万利酒馆里消磨他的傍晚。

"拉赛纳太太,请您给我来杯啤酒……今天晚上我不想出去了,我的腿太累了。"

随后他转身对一个一向坐在里面的桌子上、脑袋靠着墙的伙伴说:

"苏瓦林,你不来一杯吗?"

"谢谢,我什么也不想喝。"

艾蒂安跟苏瓦林都住在这里,房间挨房间,因而相互认识了。苏瓦林是沃勒矿井的机器匠,住在楼上艾蒂安隔壁那间带家具的房间里。他看来大概有三十岁光景,生得纤细俊秀,一头长发,细嫩的脸上长着淡淡的胡须。他长着一嘴雪白尖利的牙齿,一个秀气的鼻子和一张小巧的嘴巴,加上他那玫瑰色的脸蛋儿,使他像一个姑娘一样,并且具有一种温和而又顽强的神情,刚毅的眼睛发出灰色的闪光,显得有些冷酷。在他那穷工人的房间里,只有一箱子纸和书。他是个俄国人,任凭人家怎样谈论他,他却从来不谈自己的事,矿工们非常不信任外国人,一看他那双有钱人的纤细的手,就认定他属于另一个阶级。他们最初猜想他是闯了什么祸,或许是杀了人逃到这里来的。后来,大家发现他对人非常友好,并不傲慢,而且常常把口袋里的钱掏出来分给矿工村的孩子们,大家慢慢就把他看成自己人了,听说他是个流亡的政治难民以后,就更放了心,在他们看来,凭这含混的字眼就是犯过罪也可以原谅,并且把他看成受苦的同伴。

最初几个星期,艾蒂安认为苏瓦林非常拘谨,所以直到后来他才了解了他的历史。苏瓦林是俄国土拉省一个贵族的最小的儿子。在圣彼得堡学医的时候,因受到激励着整个俄国青年一代的社会主义热潮的影响,他决心学一门手艺,例如搞机械,以便和人民打成一片,了解他们,像兄弟一样帮助他们。

他曾谋刺沙皇,冒着随时有同房子一起被炸毁的危险,在一家水果店的地窖里待了一个月,挖了一条横穿大街的地道,并放好了炸弹,但是事情没有成功,逃出来以后,便一直依靠他现在的这个职业为生。家里跟他断绝了关系,他身无分文,无以为生,而法国工厂又因为他是外国人不准雇用他,认为他是外国间谍,当蒙苏煤矿公司在不得已的情况下雇用他的时候,他几乎快饿死了。他像一个优秀工人似的已经在这里工作了一年,作风朴实,不多言语,准时干一星期日班,接着干一星期夜班,因而被矿方列为模范矿工。

"你不渴吗?"艾蒂安笑着问。

他用几乎不带一点外国口音的温和声音,回答说:

"我吃饭的时候才渴。"

他的同伴也拿女人跟他开玩笑,赌咒说曾亲眼看见他在"丝袜"区那边跟一个推车女工待在麦田里。他听了只是耸耸肩膀,毫不在意。为什么同一个推车女工在一起呢?对他来说,一个女人有了男性的勇气和友爱,就是男人,就是同伴。如果不是这样的话,干吗要去做将来可能后悔的事呢?他不要女人,也不要朋友,希望任何瓜葛也没有,可以自由行动,没有任何牵挂。

每天晚上九点钟左右,酒馆里的人走空以后,艾蒂安就待在这儿同苏瓦林聊天。他小口呷着啤酒,机器匠不停地抽纸烟。由于他老抽烟,日子久了,烟草把他纤细的手指都熏黄了。他像在梦里一样,那双神秘的眼睛茫然地望着烟圈,他的左手摸索着,痉挛着,在空中探寻着;后来,他像往常一样把一只养熟了的家兔放在膝上。这只经常怀崽的大母兔撒在家里养着。他给它起名叫波洛妮。大母兔对他非常亲热,跑来嗅他的裤腿儿,抬起前腿直立起来,用小爪子搔他,直到他把它像孩子似的抱起来为止。然后,它偎在他身上,闭起两眼,耷拉着大耳朵,这时候,他也下意识地不停地用手轻轻地摩挲着它那丝绸一般柔软的灰毛,一种温暖而富有生气的温存使他露出安详的面容。

"您知道,"一天晚上,艾蒂安向他说,"我接到普鲁沙一封信。"

酒馆里只剩拉赛纳一个人,最后一位顾客也动身回到业已入睡的矿工村去了。

"哦!普鲁沙,他怎么样?"酒馆老板站在两位房客面前大声说。

两个月来,艾蒂安一直跟里尔的这个机器匠保持着书信往来,他曾想把自己在蒙苏已被雇用的消息告诉他,而机器匠了解到他在矿工中间可能做的宣传工作以后,现在正对他进行政治理论教育。

"目前协会①的事情十分顺利。看来是得到了各方面的支持。"

"你对他们的协会有什么看法?"拉赛纳问苏瓦林。

苏瓦林正轻轻地搔着波洛妮的脑袋,喷出一口烟,安详地说:

"也是愚蠢!"

可是,艾蒂安火了。天生的反抗精神使他投入了劳工对资方的斗争,不过他尚处于无知幻想阶段。现在谈的是"国

---

① 指一八六四年九月二十八日在伦敦成立的无产阶级第一个国际组织"国际工人协会"。

际协会"，是最近在伦敦成立的那个有名的"国际"。难道这不是一股强大的力量吗？不是一场正义终将取得胜利的运动吗？世界各国的劳动者站起来，团结在一起，以保证工人都能得到自己的劳动果实。这是多么简单而又巨大的组织：市镇建立支部，各省所有的支部组成联合会，一个国家有一个全国联合会，全世界成立一个总委员会，每个国家有一个书记参加这个委员会。不要半年，就可以在全世界取得胜利，如果资本家敢不老实，那就对他们实行专政。

"愚蠢！"苏瓦林重复说，"你们的卡尔·马克思主张一切听其自然发展，不要手段，不搞阴谋，是不是？一切都要公开，一味要求提高工资……赶快丢开你们那套进化论吧！要烧毁城池杀掉人类，把一切一扫而光，使这个腐败世界荡然无存，那时候才能建成一个更美好的世界。"

艾蒂安笑起来。他仍听不懂这位伙伴的话，在他看来这种毁灭论只不过是一种幌子。拉赛纳更是个讲求实际、老于世故的人，他没有发火，只想彻底弄清是怎么回事。

"那么，你打算在蒙苏建立一个支部吗？"

这正是诺尔省联合会书记普鲁沙所希望的，他特别强调当矿工们一旦举行罢工时协会对矿工们的帮助；艾蒂安也相信不久就会发生罢工。坑木的纠纷肯定不会有好结果，如果公司再进一步苛求，所有的矿井就会发生暴动。

"麻烦的是会费。"拉赛纳用深谋远虑的口吻说，"每年缴五十生丁的基金，缴两法郎给支部，看起来算不了什么，可是我敢打赌，会有许多人拒绝缴纳的。"

"此外，"艾蒂安补充说，"我们首先要办福利基金组织，在必要的时候可以把它改为抵抗基金组织……无论如何现在是考虑这些事的时候了。如果别人同意办的话,我马上就办。"

沉默了一阵。柜台上的煤油灯冒着黑烟。从敞开着的门口,清楚地传来沃勒矿井往蒸汽锅里添煤的铁锹声。

"什么都那么贵!"拉赛纳太太把话头接了过去,她早就进来了,带着忧郁的神情听着,穿着她那件长年穿的黑色长衫,显得很肥胖,"如果我告诉你们我买这些鸡蛋就花了一法郎零十生丁的话……不能再这样涨下去了。"

这一次,三个男人的意见是一致的。他们一个个带着沉痛的声音又诉起苦来。工人再也不能忍受了,一七八九年的革命只是使他们更加贫困了,自那以后,资本家们就那么贪得无厌地大发横财,甚至连盘子底也不给工人们舔一舔。大家说说看,一百年来,虽然财富和福利有了惊人的增长,而劳动人民得到他们应得的一份了吗?宣告劳动者自由了,简直是要笑他们。他们的确是自由了,饿死的自由,这种自由他们倒一点也没有被剥夺。投那些坏家伙们的票,并不能使柜子里有面包,这些人当选以后只顾自己过豪华的生活,对穷人还不如对他们的破皮靴关心。不论是通过法律和友好协商这种客客气气的办法,还是采取毁掉一切,拼个你死我活的粗暴手段,这种情况必须结束。这个世纪一定要有一次革命——一次工人革命,从上到下彻底打乱整个社会,重新建立一个更纯洁、更合理的社会;即使老年人看不到,孩子们肯定会看到。

"不能再这样涨下去了。"拉赛纳太太坚决地重复说。

"是的,是的,不能再这样涨下去了。"三个人一起喊道。

苏瓦林搔着愉快地颤着鼻子的波洛妮的耳朵,直着两眼,好像在自言自语地低声说:

"增加工资,能办得到吗?无情的法律规定了必不可少的最低工资,让工人刚好够吃干面包和养孩子用……要是工资降得太低,工人就要饿死,再雇用新人,就得把工资再提起来……工资提得过高,要求做工的人就会过多,又得把工资降低……这就是枵腹的平衡,注定要永远挨饿的命运。"

每当他这样专心致志地谈论高深的社会主义理论时,艾蒂安和拉赛纳就被他那令人头痛的主张弄得心烦意乱,不知道怎样回答是好。

"你们明白吗?"他以素常那种安详的态度望着他俩说,"必须毁灭一切,要不然就还会产生饥饿。是的!无政府主义,什么也不要,用血来洗净世界,用火把它炼得更纯!……然后就走着瞧吧。"

"先生说得很对。"拉赛纳太太说,她出于自己的革命激情,对他表现得很有礼貌。

艾蒂安由于自己不懂这些,不愿再讨论下去,于是站起来说:

"我们睡觉去吧,不管怎么说,我明天还是得三点钟起来。"

苏瓦林吹掉粘在嘴唇上的烟蒂,小心翼翼地托着大母兔的肚子,把它放到地上,拉赛纳关上店门,他们便默默地各自回房间去了,每个人的耳朵里在嗡嗡作响,他们刚才讨论的那些重大问题仍萦绕在每个人的脑海里。

每天晚上,待到铺子里的客人走光以后,大家就围着艾蒂安一个钟头才喝干的那杯啤酒这样谈论。沉睡在他脑子里的许多模糊不清的观念开始活动和扩大起来。艾蒂安出于对求知欲的渴望,犹豫了很久才开口向邻居借些书看,不巧的是,苏瓦林的书几乎全部是德文和俄文的。最后,艾蒂安终于借到了一本论合作社的法文书,苏瓦林说,里面谈论的事也是胡说八道。同时,他还按期阅读苏瓦林收到的《战斗报》,这是在日内瓦出版的无政府主义的报纸。但是,尽管他们每天接触,艾蒂安仍感到苏瓦林是那么孤僻,对任何事情都不闻不问,没有乐趣,没有情感,没有一点儿财产欲望。

接近七月初,艾蒂安的情况好转了。在这种日复一日的单调的矿井生活里,发生了一桩意外的事情。纪尧姆矿层的各作业班工人最近发现矿层发生了变化,煤层完全乱了。不用说,这预示将要遇到断层,果然不久就遇到了断层,尽管工程师们非常熟悉矿层的情况,也不了解这是怎么回事。全矿为此闹翻了天,人们唯一的话题就是矿层消失了,肯定是从断层的另一面下落了。老矿工们就像追逐煤的猎犬似的,张大了鼻孔各处嗅寻。但是,在等待找到矿层的同时,各个掌子面的工人总不能闲着,公司贴出布告要招标新的包工活。

一天,马赫出了矿井以后,跟艾蒂安一块走着,建议他在自己的包工组里当一名挖煤工,代替勒瓦克,因为勒瓦克转到别的班去了。这件事已经跟总工头和工程师商量好了,他们对这个年轻人都十分满意。因此,艾蒂安只能接受这一迅速的提升,并且为马赫越来越看重他而感到高兴。

当天晚上,他们立刻一块儿到矿上去看布告。招标的掌子面在沃勒矿井北巷道里的费洛尼埃矿层上。听到艾蒂安给他念出的各项条件,马赫摇着头,这些掌子面看来是没有多大好处的。的确,第二天他们下井以后,马赫就带着艾蒂安去看了一下这个矿层,告诉他这儿离井口太远,土质松,容易崩塌,煤层太薄,煤质太硬。不过,要想吃饭就得找活儿干,所以,星期日那天，他们就到更衣室招标的地方投标去了。由于区工程师不在，就由总工头协助矿井工程师来主持这件事。在一个角落上搭了一个小台子，前面站着五六百个矿工。投标进行得非常激烈，只听见一片乱哄哄的喊声，说出一个数字，接着就被另一个数字压下去了。

马赫一时很担心，怕公司提出的四十个掌子面自己一个也得不到。所有来投标的人，听到工业危机的风声都感到不安，极怕突然失业，而都降低了价钱。在这种激烈的投标声中，内格尔工程师一点也不着急，他让投标的数字落到最低的价格；丹萨尔却盼望赶快进行完，信口编造着投标的好处。为了得到离井口最近的五十米长的一段矿层，马赫不得不和一个同伙竞争，这个同伙也很固执，非要争到手不可。于是，他们你一生丁我一生丁地降低每一斗车煤的价钱。马赫胜利了，因为他把工钱降到了最低限度，站在他身后的工头李肖姆气得直哼哼，并且用胳膊碰他，愤愤不平地嘟哝说，价钱降得这样低，绝不会得到好处。

他们一出来，艾蒂安就开口大骂。随后遇见同卡特琳一起从麦田里回来的沙瓦尔，他又当面火冒三丈；沙瓦尔在丈人正忙着正经事的时候，自己却去闲荡。

"他妈的，"他叫嚷说，"这不是勒人的脖子吗！……瞧，今天他们竟逼着工人吃工人了！"

沙瓦尔一听就火了，说要是他的话，绝对不会降低工价！出于好奇而跑来的扎查里，说这事实在可恨。但是，艾蒂安一声不响地做了一个有力的手势，大家便住口了。

"总有到头的时候，有朝一日我们会当家做主的。"

马赫从投完标到现在一直没出声，这时也似乎如梦初醒，

155

重复着说：

"当家做主……啊！倒霉的命呀！不知哪年哪月才能盼到！"

二

七月的最后一个星期日，是蒙苏的主保节。从星期六下午，矿工村勤快的主妇们就忙着洗刷房间，一桶一桶的水泼得满墙满地，跟发大水一样。地面上虽然撒了白沙子，仍然是湿的。然而这已经耗费了穷苦人家一笔不小的开支。今天一定非常热，在酝酿着一场暴风雨，一望无际的光秃秃的诺尔省平原上闷热得喘不过气来。

每逢星期天，马赫家里起床的时间就乱了。从五点钟起，父亲就再也躺不住，就得穿上衣服起来；孩子们则要睡到太阳老高，九点钟才起来。这一天，马赫先到菜园里抽了袋烟，然后又回到屋来，一个人先吃了一块三明治。他修理好漏水的浴盆，把人家送给孩子们的皇太子像贴在布谷鸟木钟下面——就这样干干这个，摸摸那个，消磨了一个早晨。这时候，其他人才一个接一个地走下楼来。老爷爷长命佬搬出一把椅子，坐在太阳地里晒太阳。母亲和阿尔奇立刻张罗着做饭。卡特琳给勒诺尔和亨利穿好衣服，领着他们一起下楼来。十一点钟了，屋子里散发着兔肉炖马铃薯的香味，这时扎查里和让兰也睡眼惺忪地打着呵欠，最后走下楼来。

这时候，整个矿工村都在沸腾，充满节日的气氛，家家都在忙着做午饭，以便吃完以后结伙搭伴地到蒙苏去。一群群的孩子奔跑着，男人们光着膀子在懒洋洋地闲荡，显出休息日的懒散样子。天热,每家的门窗都敞开着,一眼可以看到一溜堂屋里,人们来来往往,吵吵嚷嚷,家家都闹哄哄的,屋顶都要给冲破了。这一天,全矿工村,从这一头到那一头,每家都散发出炖兔肉味,香喷喷的烧菜味压住了常年的煎洋葱味。

马赫全家十二点钟准时吃了午饭。邻居们家家都在聊天,女人们不停的召唤声和回答声响成一片,借东西,赶孩子,拉孩子,吵吵嚷嚷,乱乱哄哄,相比之下,他们一家子倒是比较安静的。另外,三个星期以来,因为扎查里和斐洛梅的婚事,他们跟邻居勒瓦克家也疏远了。男人们见面还说话,女人们见了装作不认识一样。这种不和睦使他们跟皮埃隆老婆的关系密切起来。但是,皮埃隆老婆一清早就把皮埃隆和丽迪丢给她母亲,一个人到马西恩纳的一个表姐家过节去了。大家都觉得很好笑,因为她所说的这个表姐人人都认识,她是个长胡子的表姐,是沃勒矿井的总工头。马赫老婆说,在主保节的日子丢下全家老小就走,实在有些不像话。

马赫家的午饭,除了兔肉炖马铃薯以外,还有一锅肉汤和牛肉,兔子是用了一个多月的工夫在小棚子里喂肥的。恰好他们昨天晚上又开了半个月的工钱。他们不记得什么时候曾吃过这样丰盛的饭菜,就是在最近的圣巴尔布节①矿工放假三天的时候,那兔肉也没有像今天这样肥嫩。全家十张嘴,从刚长牙的小艾斯黛到正在掉牙的老爷爷长命佬,都一刻不停地吃着,甚至连骨头也没吐。肉的确好吃,但是不大容易消化,因为他们见到肉的日子实在太少了。只留了一块肉等晚上饿了夹面包吃,其余的吃得一干二净。

---

① 圣巴尔布节是煤矿工人的主保节,和我国矿工从前过窑神生日差不多。

让兰第一个不见了。贝伯正在学校后面等着他。他们转悠了很久,才把丽迪引出来;因为焦脸婆决定不出门,她让丽迪也留在身边。她一发现女孩子已经溜走了,就挥动着两只细瘦的胳膊尖叫起来。皮埃隆被闹得实在心烦,就到外边清静地闲逛去了;他自个儿随便消遣,心里毫不难受,因为他知道老婆这时也在享乐。

随后出去的是老爷爷长命佬。马赫也决定出去遛一遛,事先他问老婆是不是愿意到蒙苏去找他。不,她不能去,带着一群孩子,简直是活受累;不过,她想了想又说,也许可以去,他们最后决定还是在那儿见面。马赫出来以后,又犹豫了,然后就到隔壁看看勒瓦克是不是已经准备好了。但是,在那里碰见扎查里正在等着斐洛梅,勒瓦克老婆又扯起那桩婚事的老话。她埋怨说,人们都瞧不起她,她一定要和马赫老婆最后谈谈。女儿跟情人在一起瞎混,她收养着一群女儿生出来的没爹的孩子,这算什么名堂?斐洛梅平静地戴好无沿帽之后,扎查里带着她离开时一再说,只要他母亲同意,他很愿意和她结婚。这时,勒瓦克早就溜出去了,马赫让勒瓦克老婆找他老婆谈,自己也急忙走了。布特鲁两肘支着桌子正把最后一片乳酪塞进嘴里,他断然拒绝了叫他去喝杯啤酒的友好邀请,像个好丈夫一样留在家里。

矿工村渐渐走空了,男人们先后都离开了家。姑娘们在门旁窥探着,趁空也挽起情人的胳膊从另一边溜走了。卡特琳看到了沙瓦尔,她等父亲刚一转过教堂墙角,就急忙跑到他跟前,和他一起朝蒙苏走去。家里只剩下母亲一个人和乱打乱闹的孩子们,她已精疲力尽,连从椅子上站起来的气力都没有了,她又倒了一杯热咖啡,小口小口地呷着。整个矿工村里只剩下女人们了,她们互相邀请,围着午饭后还热乎的油腻的桌子慢慢地喝咖啡。

马赫猜想勒瓦克准是去万利酒馆了,就不慌不忙地奔拉赛纳那里而来。果然,在酒馆后面围着篱笆的小花园里,勒瓦克正跟伙伴们玩九柱戏。老爷爷长命佬和老穆克都在那里站着,他们没参加游戏,却看得那么出神,两对眼睛随着球转来转去,甚至顾不得用臂肘互相捅一下。烈日当头,只见酒馆的屋前有一条阴影,艾蒂安坐在那里的桌子旁喝啤酒,样子有些闷闷不乐,苏瓦林丢下他,一个人上楼回自己屋里去了。几乎每个星期天,这位机器匠都躲在自己屋子里写东西或是看书。

"你不玩玩吗?"勒瓦克问马赫。

马赫拒绝了,他太热了,渴得要命。

"拉赛纳!"艾蒂安喊道,"来杯啤酒!"

随即转身对马赫说:

"告诉你,我请客。"

现在,大家都不再客气,彼此以"你"相称了。拉赛纳一点也不着急,连叫了他三次还没动窝,最后还是拉赛纳太太拿来一杯温热的啤酒。年轻人压低声音诉起苦来,埋怨在这里住得不好,当然,他们都是些好人,心眼儿也好,只是啤酒太淡,饭食难以下咽!要不是因为蒙苏路太远,他早已搬了多少次住处了。他迟早要在矿工村找一家寄宿的地方。

"当然,当然,要是寄宿在一个住户人家是会好些的。"马赫慢吞吞地说。

这时候,爆发了一阵喝彩声,勒瓦克一下子打倒了所有的短柱。老穆克和长命佬低头盯着地上,在喧闹声中保持着一种无声的高度赞赏。当玩九柱戏的人发现篱笆上面露出穆凯特快乐的面孔时,立即由欢喜转为开玩笑。她在那儿已经转悠了一个钟头,听见笑声才大着胆子走近前来。

"怎么,就你一个人吗?你那些情人呢?"勒瓦克大声叫道。

"我那些情人嘛,我把他们都存放起来了,我正想再找一个呢。"她嬉皮笑脸地回答,毫无害羞之意。

大家都自我推荐起来,用粗话逗她。她摇头表示拒绝,并且笑得更加厉害,还装出羞答答的样子。在这样戏谑的时候,她父亲也在场,但他的眼睛却没有离开打倒的短柱。

"到那边去吧!"勒瓦克向艾蒂安瞥了一眼说,"我的姑娘,大家都知道你看上的准是他!……一定要使劲儿抓住他。"

于是,艾蒂安乐了起来。实际上,推车女工的确是在围着他转。他谢绝了,虽然他感到高兴,可是他对她一点意思也没有。她在篱笆后面用一双大眼睛直勾勾地盯着他,又站了几分钟,然后她的脸突然绷起来,像被火热的太阳晒得支持不住了似的,慢慢地走开了。

艾蒂安又低声对马赫讲了很长时间,说明在蒙苏建立一种互助基金对矿工的重要性。

"既然公司随便我们自己,我们还怕什么?"他重复说,"他们只给我们一点养老金,而且自从不从我们的工资中扣除以后,他们也是爱给多少就给多少。那么,最好是组织一个不受公司限制的互助基金会,至少遇到紧急情况时,我们可以有个依靠。"

他又具体地谈了许多细节问题,讨论如何组织,并自告奋勇愿承担一切工作。

"我嘛,我很愿意,"被说服了的马赫最后说,"但是,还有别人呢……应当想法子使他们也同意。"

勒瓦克赢了,大家放下九柱戏去喝啤酒。马赫不肯再喝,他说过一会儿再说吧,时间还早呢。他想起了皮埃隆,他到哪儿去了呢?不会错,一定是在兰芳咖啡馆。于是,他说服了艾蒂安和勒瓦克,三个人一齐到蒙苏去了。这时候,另一伙人又来到万利酒馆玩九柱戏。

他们在石铺路上走着,先进了卡西米咖啡馆,跟着又到了进步咖啡馆,同伴们从敞着的大门里面喊他们进去,不得不答允。每次都要喝一杯啤酒,要是再答谢的话,就得喝两杯。他们在这个酒馆待了十分钟,说几句话,就再往前走,可是走不远又得进另一家去再喝。他们心里很清楚,知道喝多了啤酒没有什么坏处,唯独小便太多,尿渐渐也变得像泉水一样清澈。到了兰芳咖啡馆,他们正好碰见皮埃隆,他刚喝完第二杯啤酒,为了不扫他们的兴,又和他们碰了一杯。他们三个当然也得干杯。现在,他们是四个人了,他们从兰芳咖啡馆出来,打算看看扎查里是否到了迪松咖啡馆。迪松咖啡馆的大厅里空无一人,为了等一会儿扎查里,他们每人又要了一杯啤酒。后来,他们又到了圣埃路瓦咖啡馆,在那里喝了工头李肖姆一杯。此后,他们不再找任何借口,从这家咖啡馆串到那家咖啡馆,只是为了闲逛。

"到沃尔坎去一趟吧!"勒瓦克突然兴奋地说。

其余的人都笑起来,他们先犹豫了一下,随后就夹在渐渐增多的过节的人群里,跟着他们这位伙伴去了。在沃尔坎咖啡馆的狭长的大厅的最里面,用木板搭着一个小台子,上面并排站着五个歌女,这是在里尔混不下去才来到这儿的几个妓女,她们袒胸露怀,做着妖精般的动作。如果顾客想在台后搞一个,只要出半个法郎就行。这里最多的是推车工、井口工,甚至还有一些十四岁的徒工,全矿的小伙子都聚在这里,他们啤酒喝得不多,主要喝杜松子烧酒。少数上了年纪的矿工也有到这里来的,他们是矿工村里好色的丈夫,或者是老婆放荡的男人。

他们这伙人刚围着一张小桌子坐下,艾蒂安就拉住勒瓦克,跟他讲起建立互助基金的事来。他像一个新教徒一样,自动负起了向别人传教的使命,不懈地宣传。

"每一个会员,"他重复说,"每月交一个法郎,一定不会有什么问题。这些钱积少成多,四五年就会有一笔不小的基金,有了钱就有力量,不是吗?不论在任何情况下……嗯!你看怎么样?"

"我嘛,我不反对,"勒瓦克心不在焉地说,"我们改日再谈吧。"

一个大块头儿的金发女郎吸引住了勒瓦克;马赫和皮埃隆喝完啤酒,不等奏第二支曲子就要离开,勒瓦克却坚持要留下。

艾蒂安跟随马赫和皮埃隆一块儿走出来,在外面又遇见了穆凯特,看来她一直在追着他们。她又在那里用两只大眼睛盯着他,用多情姑娘特有的微笑朝他笑着,好像在说:"你愿意吗?"艾蒂安耸耸肩,嘲弄了她一下。这一下,她恼火地甩了一下手,走进人群不见了。

"沙瓦尔上哪儿去了?"皮埃隆问。

"真是的,"马赫说,"肯定是在皮凯特咖啡馆里……我们上皮凯特去吧。"

三个人一到皮凯特咖啡馆,听到门前有人在吵架斗殴,就停住了脚步。扎查里正挥着拳头要揍一个制钉工人,这是一个矮胖而又呆头呆脑的瓦隆族小伙子;沙瓦尔两手插在口袋里在一边瞧着。

"啊!沙瓦尔在这儿呢,"马赫平静地说,"他跟卡特琳在一块儿呢。"

五个多小时以来,卡特琳一直跟她的情人一起散步度过节日。在蒙苏公路上,从宽阔的大街到蜿蜒而下的涂了颜色的矮房子,人群像一道洪流,在阳光的照耀下流动着,像一长列蚂蚁渐渐消失在光秃秃的平原上。到处都是黑泥,晒干后,扬起一股股黑尘,像滚滚的浓云在飞奔。路两旁的咖啡馆里都挤满了人,桌子一直摆到大路边。靠路边是两排叫卖的露天货摊,有姑娘们用的头巾和镜子,小伙子用的刀子和鸭舌帽,以及点心、甜杏仁和饼干,样样齐全。教堂前面,人们在射箭。公司的厂房对面,正在打球。在儒瓦塞勒公路的转弯处,煤矿董事会的旁边,人们正挤在木栅栏里看斗鸡,两只红翎大公鸡,爪子上装着铁距,没毛的脖子鲜血淋淋。再远一些,是梅格拉铺子,那里打台球赢了的人可以得到短裤和围裙。不时出现一阵阵的沉静,人们都在喝着,不声不响地吃着,天气很热,加上摆在露天的一些滚沸的炸锅,就更加炎热了,人们在这种热气中,好像更需要沉默来消化啤酒和炸马铃薯。

沙瓦尔用三法郎给卡特琳买了一条头巾,又用九十生丁给她买了一面镜子。他们转来转去总是碰到来赶会的老穆克和长命佬,他们带着一副沉思的面容,拖着两条笨重的老腿并排走过。但是,另外一个场面使沙瓦尔和卡特琳很生气:他们看到让兰正在挑唆贝伯和丽迪去偷摆在荒地旁边的临时酒摊上的杜松子烧酒。卡特琳只好给了弟弟几个耳光,但小女孩却已抱着一瓶酒跑去了。这些可恶的孩子,总有一天要蹲监狱。

走到泰德古贝酒馆门口时,沙瓦尔想要让他的情人进去参观一下金丝雀比赛。这次比赛早在一个星期前就在门口贴出了广告。马西恩纳制钉厂的十五个制钉工,都应邀带着各自的一打鸟笼前来参加比赛;鸟笼子都用布蒙起来,挂在酒馆院子里的栅栏上,里面装着什么也看不见、一动不动的金丝雀。这种比赛规定,在一个钟头之内,哪只鸟叫的次数最多,哪只鸟就是冠军。这十五名制钉工都站在鸟笼后面,拿着一块石板记数,同时互相监视着。于是,许多金丝雀开始歌唱了,"西树约"唱的是低音,"巴提色桂"唱的是高音。开始它们还胆怯,只稀稀拉拉地叫几声,接着在相互的刺激下,越叫越快,及至最后在极度疯狂的竞相争鸣中,有的就倒下去死了。制钉工用瓦隆话激烈地喊着,催促它们不停地叫,叫,叫,一百八十只金丝雀你一声我一声参差不齐地叫着,在这一片嘈杂的鸣叫声里,一百多个观众心情激动得一句话也不说。最终是一只"巴提色桂"金丝雀赢得头奖,获得了一个锻铁咖啡壶。

当扎查里和斐洛梅进来的时候,沙瓦尔和卡特琳正在那里。他们握握手,站在一起。突然,扎查里大怒起来,他看到一个跟伙伴们一起来看热闹的制钉工正在捏卡特琳的大腿。卡特琳脸涨得通红,要哥哥不要声张,因为她生怕自己一嚷嚷,所有这些制钉工就会扑向沙瓦尔,发生一场恶斗。她早就知道有人捏她,为了怕惹出事来,她一声没吭。可是,她的情人却只冷笑了一声,然后四个人就一起离开了,这桩事似乎也就算完了。然而他们刚来到皮凯特咖啡馆要喝啤酒时,那个制钉工又来了。他以挑衅的姿态嘲弄他们,故意在他们眼皮下蹭来蹭去斗气。扎查里认为这是对他们家的侮辱,实在忍无可忍了,就猛地向那个无赖扑过去。

"你这个畜生,这是我妹妹!……他妈的,你瞧着,我非要你尊重她不可!"

大家赶忙跑过来把两个人拉开,沙瓦尔却非常平静地重复说:

"不用理他,这是我的事……我告诉你,我压根没把他放在眼里。"

恰巧这时马赫一伙人赶来了,他安慰了眼泪汪汪的卡特琳和斐洛梅。人群中爆发一阵哄笑,那个制钉工早就溜走了。为了完全丢开这件事,沙瓦尔请大家喝啤酒,因为他就住在皮凯特咖啡馆。艾蒂安也只好和卡特琳碰杯,父亲、女儿、儿子和女儿的情人,以及儿子的情妇,大家一块儿举怀畅饮,很有礼貌地互相祝贺:"大家人人健康!"后来,皮埃隆也坚持要请一杯。但是,正当大家非常融洽地痛饮时,扎查里看到了穆凯,立刻又生起气来。他喊住穆凯,说要跟他一块儿去找那个制钉工算账。

"我非揍死他不可!……沙瓦尔,你守着斐洛梅和卡特琳。我一会儿就回来。"

这回轮到马赫请喝啤酒了。总之,如果扎查里要去替妹妹报仇,这并不是什么坏事。然而,当斐洛梅看见穆凯之后才放心地点点头。没问题,这两个家伙准是到沃尔坎去了。

每逢主保节的晚上,大家都到欢乐舞厅来结束这个节日。舞厅是德喜儿寡妇开的。她是个五十岁的女人,身体强壮,胖

165

得像个大酒桶,然而看起来倒还年轻,风韵犹存,眼下仍有六个情人。照她自己的说法,一星期内一天换一个,星期日,六个人一块来。她把矿工们都叫作孩子,每当她想起自己三十年来给矿工们倒的啤酒足足能汇成江河时,就无限感慨;她还炫耀说,没有一个推车女工不是先在她那里劈开腿而后怀孕的。欢乐舞厅有两个大厅:一个是摆着柜台和桌子的酒吧间,另一个是舞池,通过一个拱门和酒吧间连在一起,舞池很宽敞,只是当中铺有地板,周围是用砖砌的。舞厅里也有一点装饰,天花板下对角交叉挂着两条纸花串,中间是一个花环,也是用纸花扎成的。四周围的墙上挂着刷金的薄板,板上写着圣者的名字,什么铁匠的主保圣埃路瓦,皮匠的主保圣克雷班,矿工的主保圣巴尔布,简直是各行各业的节日表。天花板很低,三个乐师待在同教堂讲坛一般大小的乐台上,脑袋都有碰破的危险。舞厅的四角各挂有一盏煤油灯,供晚间照明。

在这个不寻常的节日里,人们从下午五点钟就开始借着窗口的太阳光跳起舞来,不过到将近七点钟的时候,舞厅里才挤满了人。外面狂风大作,卷起漫天的黑灰,使人睁不开眼,并给炸锅里撒上了一层黑土。马赫、艾蒂安和皮埃隆走进欢乐舞厅坐下来,看到沙瓦尔和卡特琳正在那里跳舞,斐洛梅却独自一人呆望着他们。勒瓦克和扎查里两个人都没有露面。舞池周围没有凳子,每跳完一场舞,卡特琳就到父亲桌边来休息。他们招呼斐洛梅,她却宁愿站着。夜幕降下来,三个乐师起劲地演奏着,舞厅里什么也看不清了,只有臂膀、臀部和胸部在摇来摆去。当那四盏灯倏地照亮了一切的时候,响起一阵欢呼,只见舞池里的人们脸红通通的,蓬乱的头发粘在皮肤上,飞舞的裙子散发着一对对舞伴的强烈的汗味。马赫把穆凯特指给艾蒂安看,她又胖又圆,活像一个猪尿脬,正在一个瘦高个子的井口工的怀里激烈地旋转着。这回她心里该痛快了,又叫她抓住了一个男人。

八点钟,马赫老婆也来了,她怀里抱着艾斯黛,后面拖着她那一群孩子:阿尔奇、亨利和勒诺尔。她径直奔向这里来找丈夫,根本不担心他会不在这儿。今天可以晚些吃晚饭,因为大家肚子里灌满了咖啡和啤酒,谁也不觉得饿。其他一些女人也来了。当人们看见勒瓦克老婆由布特鲁陪着,跟在马赫老婆后面走进来的时候,不禁交头接耳,议论纷纷。布特鲁手里牵着斐洛梅的两个孩子——阿希勒和德锡雷。两位隔壁女邻居看起来十分融洽,这一个转过身和另一个谈着话。一路上,她们一直在谈儿女们的婚事,马赫老婆终于答应让扎查里结婚,难受的是要失去大儿子每月的薪水了,不过她也认为不应该再不通情理地死抓住儿子不放。她竭力装出无事的样子,心里却非常焦急,作为一个主妇,眼看着一笔最可靠的收入就没有了,她真不知道以后怎样维持下去。

"好邻居,你就坐在这儿吧。"马赫老婆指着靠近丈夫跟艾蒂安和皮埃隆几个人喝酒的那张桌子说。

"我丈夫没和你们在一块儿吗?"勒瓦克老婆问道。

伙伴们告诉她,勒瓦克就要回来了。大家伙往一块挤了挤,布特鲁、孩子们和酒客们紧紧靠在一起,两张桌子变成了一大张。他们又要了些啤酒。斐洛梅看见她母亲和她的孩子们来了,就走了过来。她在一张椅子上坐下,听说终于答应她和扎查里结婚了,显得非常高兴。大家问起扎查里时,她用温柔的声音回答说:

"我也在等他,他又到那个地方去了。"

马赫跟妻子交换了一个眼色。那么说她答应了？他的脸色立刻沉了下来，默默不语地吸着烟。眼看着这些忘恩负义的孩子们，丢下爹妈受穷不管，一个一个地都要结婚了，他也为以后的日子发起愁来。

人们一直在跳舞，四组舞结束时，舞厅里扬起了一阵红黄色的尘雾，墙壁也震得嘎嘎作响。喇叭里发出刺耳的声音，就好像出事的火车头在紧急鸣笛一般。舞曲一停，一个个舞友都像经过长途奔驰的马一样，满头大汗，直冒热气。

"你还记得吗？"勒瓦克老婆俯在马赫老婆耳边说，"你说要是卡特琳也胡闹的话，你就掐死她！"

沙瓦尔领着卡特琳回到她一家人围坐的桌旁来，两个人站在她父亲身后喝完他们的啤酒。

"啊！"马赫老婆无可奈何支支吾吾地说，"你还提这个……不过，我放心的是她不会有孩子，嗯！这我敢保险！……你想，要是她也有了孩子，我就不得不把她也嫁出去，那么我们吃什么呀！"

震耳欲聋的乐声又响起来，喇叭里吹奏着波尔卡舞曲，这时马赫低声把自己的一个主意告诉了妻子。为什么不招一个房客呢？比方说，就像正在寻找寄宿的艾蒂安这样的人。扎查里就要离开他们了，家里可以腾出地方来，那么由扎查里之走而损失的钱，就可以从这里找补一部分回来。马赫老婆的脸色豁然开朗起来，她想这的确是个好主意，一定这么办。她仿佛又得救了，不致挨饿了，心里又高兴起来，于是又为每人要了一杯啤酒。

这时候，艾蒂安正努力对皮埃隆进行宣传，给他讲解互助基金的计划。艾蒂安不留心说出了他的真正目的，要叫皮埃隆答应参加。

"那么,到我们罢工的时候,你就会看出这种互助基金的好处了。那时候我们就可以不怕公司,可以用这笔钱作为和公司斗争的基金……是不?就这样办吧,你觉得怎么样?"

皮埃隆的脸色变得苍白,低下头去,讷讷地说:

"让我再想一想……奉公守法就是最可靠的互助基金。"

这时,马赫把艾蒂安拉过来,直截了当而又亲切地建议他搬到自己家去住。年轻人爽快地接受了,他非常希望住在矿工村里,他认为那样可以进一步接近伙伴们。这件事几句话就说定了,马赫老婆说就等孩子们结了婚以后就让他搬去。

恰巧这时候扎查里同穆凯和勒瓦克一齐回来了。三个人身上都带着沃尔坎特有的杜松子烧酒味和下流女人身上呛鼻子的麝香味。他们醉得很厉害,你撞我一下,我撞你一下,高高兴兴地开着玩笑。扎查里听说要让他和斐洛梅结婚,乐得说不出话来了。斐洛梅平静地说,她可真愿意看他笑,不愿意看他哭。椅子不够了,布特鲁往旁边挪了一下,把自己的椅子让一半给勒瓦克。勒瓦克看见大家都在这里跟一家人似的,十分兴奋,一定要请大家再喝一杯。

"他妈的!这样快活的日子是不常有的!"他大嚷大叫地说。

十点钟了,大家还都待着不走。一些妇女陆续来找丈夫,把他们拖回家去。她们后面跟着成群结队的孩子,母亲们再也没有什么拘束,掏出像燕麦口袋一样长的金栗色大乳房喂孩子,弄得娃娃们的胖脸上尽是奶水。那些已会走路的孩子也灌了一肚子的啤酒,爬在桌子底下撒尿,丝毫不觉脸红。这里简直是一个涨潮的啤酒海,德喜儿寡妇的大酒桶整个打开了，啤酒把人们的肚子灌得鼓鼓的，鼻子、眼睛以及其他地方，到处都是啤酒。大家摩肩擦膝地紧紧坐在一起，感到很开心。人们不停地张开大嘴欢笑着，嘴角都要咧到耳朵根上。舞厅里闷热得像火炉一样，几乎快要把人烤熟了。于是大家脱掉衣服，裸露的身子在烟斗的浓烟中变成黄褐色。唯一的麻烦是出去小便，不时有一个姑娘站起来，走到院子里面的水井旁边，撩起裙子蹲一会儿再回来。纸花串下面跳舞的人满脸是汗，谁也看不清谁，徒工们就乘机不时地用屁股去拱倒推车女工。但是，当一个轻浮的姑娘被一个小伙子压在身上倒下去的时候，喇叭就疯狂地吹着，盖过他们的声音，跳舞的人用脚踩踏着他们，仿佛整个舞厅坍下来压在他们身上一样。

一个人从旁边走过，顺便告诉皮埃隆说，他的女儿丽迪横躺在大门口的人行道上。她分喝了刚才偷来的那瓶酒以后就醉倒了，皮埃隆只好把她抱走，这时，让兰和贝伯还能挺住，远远地跟随着，觉得这事很可笑。这件事成了散会的信号，一家一家地走出了欢乐舞厅，马赫一家和勒瓦克一家决定回矿工村去。这时，长命佬和老穆克也离开了蒙苏，每个人像梦游神似的蹒跚走着，一直默默地回忆各自的往事。人们一起回家，最后一次穿过两旁是炸锅和酒馆的节日市场；炸锅冷却了，最后几杯啤酒像小河一般从酒馆一直流到街心。天空仍然酝酿着一场暴风雨。当人们离开那照如白昼的明亮屋子，走进了漆黑的田野时，到处是笑声，业已成熟的麦田里传出呼呼的喘气声，这一夜，想必又要造出许多孩子。人们一群一伙地，陆陆续续回到矿工村。勒瓦克也好，马赫家也好，晚饭都吃得不大香甜，马赫一家吃完早上留下的兔肉就睡下了。

艾蒂安又把沙瓦尔领到拉赛纳那里去喝酒。

"我同意,"沙瓦尔听艾蒂安对他讲明互助基金的事情以后说,"你只管放手干吧,真是好样的!"

艾蒂安眼里露出狂喜的神色,大声说:

"好,让我们同心协力地干吧……你看着,为了正义,我要牺牲一切,把姑娘和酒都撇在一边。只有一件事时刻激励着我的心,那就是我们将来要把资产阶级统统消灭掉。"

三

快到八月中的时候,艾蒂安搬到马赫家住了。扎查里已经结婚,并且在公司领到了一所房子,他与斐洛梅和两个孩子搬到那儿去了。最初,艾蒂安在卡特琳面前,还感到有些拘束。

他们时时刻刻都亲密相处,艾蒂安现在是处于大哥扎查里的位置,他跟让兰睡在一张床上,对面就是大姐的床。起床入睡,都必须当着卡特琳的面穿脱衣服,同时也要看到她穿呀脱的。当她脱下最里边的短裙时,这位贫血的金发姑娘的白嫩的身躯就袒露出来,她白得像雪一样洁净,从脚跟到脖子,宛如在奶汁里浸过似的,手和脸虽已变得粗糙,那风吹日晒的黑印在脖子周围截然分明,却好像戴着一个琥珀项圈一样。每当他看到这些,心里就产生一种无法遏止的激动。他总是转过身去,装出一副目不斜视的样子;但是,日久天长,他逐渐熟悉了她的全身:最初,当他低下头去的时候,看到了她的两脚;然后,当她钻进被窝的时候,瞧见了她的膝盖;再有,当她早晨俯在脸盆上洗脸的时候,他又看到她那对小乳房鼓起的胸部。她并不看他,只是匆匆忙忙地十秒钟就脱完衣服躺在阿尔奇身旁，动作柔软敏捷，像一条水蛇一样，艾蒂安刚脱下鞋子，她已经钻进了被窝，转过身去了，只露出一个大发髻。

　　他从来没有惹她生过气。当她上床睡觉的时候，即使一种无形的魅力使他情不自禁地偷偷瞅她一眼，他也决不用玩笑话挑逗她，更不冒冒失失地动手动脚。虽然他们朝夕相处，洗脸、吃饭、工作都在一起，彼此之间哪怕个人私事也不相瞒，但是由于父母就在身边，而且他对她又有着一种爱和怨的复杂情感，因而使他总也不能像对待自己意中人那样对待她。全家唯一回避的是洗澡，每天一到洗澡的时候，年轻姑娘单独到楼上的房间里去洗，男人们则一个挨一个在楼下洗。

　　刚刚一个月，艾蒂安和卡特琳似乎彼此不再忌讳了。晚上，他们脱了衣服，没吹灭蜡烛也在屋里走动，她的动作也不再那样匆忙，又恢复了往常的习惯：坐在床边抬着胳膊打发髻，内衣卷着，露出大腿；他有时脱了长裤以后还帮她找失落的发针。日子长了，他们就不再为赤身露体感到难为情，觉得这样也很自然，因为他们决不做坏事，再说，这么多人住在一间屋子里，这也算不得是他们的过错。然而，就在他们根本不想做什么罪恶事情的时候，突然间他们又感到不安起来。他有许多晚上没有看见她那没有血色的身体以后，有一天突然又看到她那雪白的身子时，他不禁打了一个战栗，不得不转过脸去，唯恐抑制不住而会猛地将她抱住。有几个晚上，她无端地也忽然担心起会失去贞洁，她急忙钻进被窝，好像感觉到这个小伙子的手抓住她一样。吹灭了蜡烛以后，彼此都清楚谁也没有入睡，互相思念着，尽管他们劳累了一天。第二天，他们一整天都为此感到苦恼，因为他们渴望能有平静的夜晚，像同伴一样无拘无束地在一起。

艾蒂安就嫌让兰睡觉不老实,常常把身子弯得像只大虾。阿尔奇的呼吸很轻,勒诺尔和亨利头一天晚上让他们互相搂抱着睡下,第二天还是那样睡着。漆黑的屋子里,只听见马赫两口子的鼾声,像铁匠炉上的风箱似的均匀地响着。总之,艾蒂安觉得住在这里比住在拉赛纳家里强多了,床不坏,每月还换一次被单,伙食也较好,美中不足的就是肉太少了。然而大家都这样,四十五法郎的寄宿费,不能要求每顿饭吃一只兔子,可是这四十五法郎确实接济了全家,虽然还有一些零星的欠债,一家生活总算维持下来了。马赫一家很感激这位房客,给他浆洗缝补,把他的东西经管得整整齐齐。一句话,他感到自己是生活在清洁而又有女人细心照顾的环境中。

现在,艾蒂安开始理解了萦绕在他脑海里的那些思想。在此以前,在伙伴们愤愤不满的时候,他只是怀着本能的愤怒。摆在他面前的各种复杂问题:为什么有人穷?有人富?为什么穷人被富人踩在脚底下而从来也不希望去取代他们?他第一步是理解到自己的无知。从这时起,暗中的羞愧,内心的烦恼一直折磨着他;他对于全人类一律平等,人们应共享世上财富,这些激动着他心弦的事情一无所知,也不敢谈论。因此,他像那些拼命追求知识的无知的人一样,无计划地贪婪地学习起来。现在,他按时跟比他文化水平高、积极投身于社会主义运动的普鲁沙通信。他让普鲁沙给他寄来一些书,囫囵吞枣地读完以后,更加受到鼓舞。特别是一位比利时医生写的一本医学书《矿工卫生》,这本书简单明了地介绍了致使煤矿工人死亡的一些疾病。此外,他当然还读了不少难以理解的枯燥的政治经济论文,以及一些使他思想混乱的无政府主义的小册子,还有就是一些旧报纸,他把这些书报都保存起来,作为将来与人争论时的有力论据。另外,苏瓦林也借书给他,那本论合作社的书籍使他对于取消货币、把整个社会生活建筑在劳动基础上的世界互换联盟,幻想了一个月之久。自从他感到自己已经学会思考问题以后,自愧无知的心情便消失了,一股傲气油然而生。

头几个月,艾蒂安像新接受洗礼的教徒一样,热情高涨。对压迫者义愤满胸,渴望被压迫者不久就能获得胜利。但是他还不能用他从书本上学到的模糊不清的知识制定出一个系统的制度。拉赛纳的实际要求和苏瓦林的毁灭性暴力行动的思想混杂在他的脑海里;他几乎每天都在万利酒馆同拉赛纳和苏瓦林一起痛骂煤矿公司。当他从那里出来以后,他就进入梦境,仿佛看到人民不必打碎一块玻璃,也不必流一滴血,就获得了彻底的新生。另外,将来该采取什么行政方法,在他的思想中也是一团模糊,他盼望一切都顺顺当当的,因为他总想不出一个重建社会的计划来。他甚至表现得温和和自相矛盾,并常常说,要从社会问题中排除政治因素。这是他从书本上看到的一句话,他也最喜欢在他周围的迟钝的矿工中间谈这句话。

现在,马赫一家每天晚上总要多聊上半个小时才上楼睡觉。艾蒂安总是谈那件事。随着他的性格变得越来越斯文,他对矿工村里男女混杂的情况也就越来越感到难以容忍。难道人都是畜生吗?竟把他们这样一个紧挨一个地圈在田野中间,甚至换换内衣要想不叫旁边的人看到屁股都办不到!这对健康是何等有害!青年男女又怎么会不堕落呢!

"那还用说,"马赫回答说,"要是我们的钱多一点,就会更舒服一些……不管怎么说,大家挤在一块儿对谁也没有好处,只会使男的酗酒,姑娘怀肚子。"

于是,一家子就此谈起来,人人发表自己的意见,屋子里本来已经充满煎洋葱的味道,加上煤油灯的气味,空气更加污浊了。是的,生活真不是好受的。人们像牛马一样劳动,所干的活跟从前用来惩罚犯人的苦役一样,许多人把命丢在那里,但是就是这样干了一天,晚上回到家里也吃不上一口肉。当然,人们多少还有一点吃的,只是少得可怜,仅仅不致饿死而已,并且人人债台高筑,一天到晚有债主追逼着,就像自己的面包是偷来的一样。每逢星期天,大家累得只顾睡觉。唯一的快乐就是喝酒,或者是跟自己老婆一起造孩子;然而,啤酒将使你的肚子过于肥胖,孩子将会不理你。不,不,这种生活真不是好受的。

这时,马赫老婆也插嘴说:

"最糟糕的是,人们自己认为这种情况不可能改变,不是吗?……年轻的时候总想着将来会幸福,盼望这个盼望那个;随后,仍然是受苦,还是跳不出穷人圈去……我呀,我决不想损害任何人,可是,这种不公正也常常使我气愤。"

一阵沉默。大家在这关闭着的天地中,感到说不上来的憋闷,这时才喘了一口气。如果老爷爷长命佬也在场的话,只有他一个人表示惊讶。因为在他那个时代,人们并不这样伤脑筋:生在煤里,就得挖煤,除此以外,谁也没有别的要求;现在却吹来了这样一股风,弄得矿工们异想天开。

"什么也别埋怨,"他嘟囔说,"一杯好啤酒就是一杯好啤酒……资本家们差不多都是坏蛋,可是资本家总是要有的,这不是事实吗? 在这方面伤脑筋一点儿用也没有。"

这下子艾蒂安激动起来。怎么,难道不许工人思考么!

嗯！正因为现在工人懂得思考了，事情才快要改变。在老爷爷那个时代，矿工像牲口一样生活在矿井里，像采煤的机器一样在地下转动着，对外面的事物不闻不问。因此有权有势的富人们才能为所欲为，买他们，卖他们，吸他们的血，吃他们的肉，而他们对这些却毫无所知。但是，如今矿工们彻底觉悟了，他们像埋在地下的一颗良种，开始萌芽了。总有那么一天早晨我们会突然看到它在美丽的田野上破土而出的。是的，要长出许许多多人，长出一支为恢复公正而战斗的大军。革命以后，不是所有的公民都一律平等吗？既然大家一样投票，工人还会是雇用他们的资本家的奴隶吗？现在，大公司利用它们所拥有的机器把一切都压垮了，人们连从前对抗他们的保证也失去了。当年，同一行业的人还能组成一个行会进行自卫。他妈的！正是由于这个和其他原因，随着人们教育程度的提高，总有一天都会彻底改变的。只要看看矿工村的情况就明白了：祖父一辈连自己的名字也不会写，父亲这一辈不是会写了吗？而今青年一辈，都像教师那样能读会写了。啊！一代人正在茁壮成长，一点一点地成长，在阳光的普照下逐渐成熟！既然人们不一定终生要死守在一个地方，而且也能有占据别人位置的雄心，为什么不挥起拳头，想法子当强者呢？

马赫虽然被说动了，但心里不免仍充满疑团。

"谁一动，马上就会被开除。"他说，"还是老爷爷说得对，到头来倒霉的还是矿工，休想得到任何好处。"

半天没有做声的马赫老婆，如梦初醒地说：

"但愿本堂神甫的话是真的，今世受罪，来世能够享福！"

一阵哄笑打断了她的话，连孩子们都耸了耸肩膀，他们受外界风潮的影响，都不再信神，只是对矿井底下的游魂还暗暗有些恐惧，对虚无缥缈的天却毫不在乎。

"啊！得了吧！去他本堂神甫的吧！"马赫大声说，"要是他们真相信这个的话，他们就会少吃一点，多干点活儿，好给自己在天上修下一个好位置了……没那么回事，人死如灯灭，一切也就全完了。"

马赫老婆深深地叹了几口气说：

"啊！我的上帝呀！我的上帝呀！"

然后她两手摊放在膝盖上，带着一种无限怅惘的神情说：

"那么，我们这些人真的永远完了。"

大家伙面面相觑。老爷爷长命佬正往手帕里吐痰，马赫忘记嘴里还叼着已经熄灭的烟斗。阿尔奇坐在已经伏在桌边上睡着了的勒诺尔和亨利之间谛听着。特别是卡特琳，手托下巴，聆听艾蒂安大声讲出自己的信心和梦寐以求的社会的迷人前景。她那一双明亮的大眼睛，一动不动地盯着他。四周的人家都已入睡，只隐约听到远处孩子的哭声，或深夜归来的醉汉的吵闹声。房间里，布谷鸟木钟嘀嗒嘀嗒有条不紊地响着，尽管屋里的空气憋闷，撒了沙的地上还是升起一股潮湿的凉气。

"你又想什么了！"艾蒂安说，"难道非要一个上帝和天堂才会幸福吗？难道你就不能在人世间为自己创造幸福？"

艾蒂安声调激昂、滔滔不绝地谈着。突然间，这关闭着的小天地裂开了，一束强光照亮了这些穷苦人的黑暗生活。那种永无止境的贫困，牛马般的劳役，猪羊一样任人宰割、任人吞食的命运等等，一切不幸都消失了，被一股强烈的阳光一扫而尽了，正义在万道霞光的照耀下从天而降。既然仁慈的上帝不复存在，正义就要把人类送进平等博爱的乐土，保证人人幸福。犹如想象的那样,一个新的社会一早晨就诞生了,一座巨大的城市,幻影一样出现在眼前,在那里,每个公民都靠自己的劳动,各得其所共享快乐。腐朽的旧世界已经粉碎,一个新生的、纯洁的人类出现了,人人都是劳动者,他们的原则是:凭工计劳,按劳付酬。这个梦想越来越大,越来越美,它越显得高不可攀,就越有诱惑力。

最初,马赫老婆有一种说不出的恐惧,不相信艾蒂安的话。不,不,这过于美好了,不应该怀有这种想法,因为这种想法将会使生活更加可憎,况且,为了幸福,还要毁掉一切。当她看到马赫的眼里闪出亮光,先是主意不定,而后被说服的时候,她不安起来,大声打断艾蒂安的话说:

"别听他的,我的老头子!明摆着他是在跟我们讲神话……难道有钱人会乖乖地跟我们一样干活儿吗?"

然而,这种梦想的魅力渐渐也在她的身上发生了作用。她终于笑了,开始憧憬未来,进入了那个理想的美好世界。哪怕在短暂的时刻里忘却悲惨的现实,也是何等甜蜜啊!当人们面向黄土背朝天低头过着牛马般的生活时,是特别需要有一个说谎的角落的,在那里他们可以津津有味地谈论一些永远得不到的东西,聊以自慰。然而使她激动、使她同意这位年轻人的意见的,正是公正的思想。

"你这么说是对的!"她大声说,"我这个人就是这样,只要事情合乎正义,我甘愿为它粉身碎骨……真的!是应该让我们享受享受才对。"

这时,马赫敢于放开胆子说话了。

"他妈的,别看我穷,为了今生今世能亲眼看到这一切,我情愿拿出五个法郎……这是翻天覆地的变化呀!是不是?

这很快就会实现吗？我们应该怎么办？"

艾蒂安又接着讲起来，他斩钉截铁地说，旧社会正在崩溃，要不了几个月了。关于采取什么方法，他说得比较含混，把他读过的东西东拼西凑地说一通，反正在一群愚昧无知的人面前，他并不怕作一些连他自己也弄不清楚的解释。他把所有的方法一个一个地都讲到了，他确信胜利易如反掌，一个普遍的亲吻就可以消除阶级矛盾，因而他把这些方法说得很温和，丝毫也没有考虑到资本家和资产阶级中间的那些坏蛋是可能需要用强力才能制服的。马赫全家仿佛都明白了，他们怀着新奉教者的那种盲目信仰，赞成并接受了这种奇迹般的解决方法，好像教会初兴时期的基督徒一样，在旧世界的粪土上期待着完美的社会的来临。小阿尔奇也不时地插上几句，她所想象的幸福就是有一幢非常温暖的房子，孩子们可以在那里尽情玩耍，并且要吃多少就吃多少。卡特琳一直用手托着下颏，一动不动，目不转睛地望着艾蒂安，等他一住口，她就像着了凉似的轻轻打个冷战，脸色变得十分苍白。

马赫老婆望着布谷鸟木钟，说：

"九点多了，这怎么行！明天都该起不来了。"

于是，马赫一家人又失望地、心情郁郁地离开桌子，他们觉得好像刚刚发了财，又突然陷入一筹莫展的困境。马上要到矿上去的老爷爷长命佬嘟哝说，这些神话并不能使饭食变得好一些。别的人一个跟一个地上了楼，这时人们才理会到墙壁上的潮湿和令人窒息的污浊空气。全矿工村都已沉睡，在楼上，卡特琳是最后一个上床，吹灭蜡烛，艾蒂安听见她辗转反侧了好半天才睡着。

邻居们也常常跑来参加议论，每当谈到平均分配的时候，勒瓦克就显得特别兴奋,而每当大家抨击公司时,出于谨慎的考虑,皮埃隆总是借口要去睡觉,就悄悄溜走了。扎查里偶尔也来一会儿,不过他讨厌政治,宁愿到万利酒馆喝啤酒去。至于沙瓦尔,他的调子比别人都高,他主张流血斗争。差不多每天晚上他都要到马赫家来待上一个钟头。他这样热衷,其中多少还掺杂着一种不便明言的嫉妒,他生怕有人把他的卡特琳夺走。他本来已经厌倦这个姑娘了,可是自从有一个男人睡在她一旁,并且可能在夜间占有她以后,他又觉得她可贵了。

艾蒂安的影响越来越大,他逐渐把矿工村的革命情绪鼓动起来。这是一种暗中进行的宣传,由于他在大家心目中的威望越来越高,这种宣传也就越来越有力。尽管马赫老婆怀着一个谨慎从事的主妇的那种疑虑,但对艾蒂安仍然很尊重,因为他按期交食宿费,既不喝酒,又不赌钱,就爱埋头读书。她在街坊四邻的女人们当中夸他是个有教养的小伙子,所以她们也总来求他代写书信。他可以说成了一位管事先生,除了负责写信,哪家遇到什么难办的事,也都要向他讨主意。因此,从九月起,他终于建立起他那个尽人皆知的互助基金会,只是力量还很薄弱,参加的仅是矿工村的居民。但是,假如公司不干涉、不阻挠的话,他很希望所有矿井的矿工都能参加。大家推举他担任这个基金会的秘书,还给他一点津贴,作为他写写记记的报偿。这使他阔气起来了。如果说一个结了婚的矿工,每月挣的钱不够开支的话,那么一个没有任何负担的俭朴的单身汉是可以攒些钱的。

从此以后,艾蒂安身上慢慢地发生了一种变化。贫困时收敛起来的讲究打扮和享受的本能抬头了。他买了些毛呢衣服,漂亮的长筒靴,俨然成了一个头目,整个矿工村都围绕在他周围。他的虚荣心得到了一些满足,于是这种在群众中初步获得的声望使他有些飘飘然了。他虽然这么年轻,昨天还只是一个小工,现在却成了领导人、指挥人的人,这就使他骄傲起来,使他更加梦想不久就会爆发革命,他要在这场革命中大显身手。他的面容也变了,装得很严肃,讲话也打起官腔来;他那不断滋长的野心使他更加热衷于他的理论,更倾向斗争的思想。

秋深了,矿工村一个个小菜园在十月的严寒中变得毫无生气。徒工们不再在纤细柔弱的丁香花后面和棚屋顶上同推车女工鬼混。只剩下冬令的蔬菜:晶莹着白霜的白菜、葱头和准备腌吃的生菜。冬季的倾盆大雨不断敲打着住房的红瓦,雨水像瀑布一样通过檐槽哗哗流进大木桶里。家家户户的火炉不再灭火,炉子里冒出的煤气使关得严严实实的屋里的空气非常污浊。一个苦难的季节又开始了。

在十月最初的一个寒夜里,艾蒂安刚刚在楼下谈完话,因为过于兴奋,一时不能入睡。他看着卡特琳很快钻进被窝,把蜡烛吹灭。她显得也很激动,内心有一股女子的羞涩心,使她那样慌乱,那么笨拙,而使她更加暴露。在黑暗中,她像死人一样地躺着,但他听得出她也没有睡着,知道她在想他,正像他在想她一样;他们心里这种无声的交流,从没有像今天这样使他们心情纷乱。时间一分钟一分钟地过去,他和她都一动不动,只有两个人的呼吸互相搅扰着,尽管他们想尽力压低他们出气的声音。有几次,他都几乎要站起来去抱住她。虽然两个人都有这种强烈的愿望,却从未互相满足,这多么蠢呀!为什么要如此折磨自己的心呢?孩子们都睡着了,她恨不得立刻就得到他,他也知道她屏着呼吸在等他,她会一声不响地闭紧嘴把他搂住的。差不多一个钟头过去了。他并没有过去抱住她,她呢,连身子都不敢翻,生怕会把他招引过去。他们仍床靠床地睡在一起,然而羞耻、矛盾和连他们自己也不能理解的微妙的友爱的墙却更加高了。

四

"听我说,"马赫老婆对丈夫说,"你既然要到蒙苏去领工钱,就给我捎一斤咖啡和两斤糖回来吧。"

马赫为了省下修鞋的钱,正在补自己的一只破皮鞋。

"好吧!"他咕哝了一句,并没有放下手里的活儿。

"你再到肉铺……买点小牛肉,好吗?咱们有不少日子没见到肉了。"

这一回,他抬起头来。

"你以为我能领几百几千法郎吗?……他们整天想停工,半个月能领几个钱!"

两个人都不言语了。这是十月底的一个星期六吃过午饭以后的事情。这一天,煤矿公司借口发工钱事忙,不能开工,又停止了各个矿井的出煤。公司看到工业危机日重一日,感到惊慌失措,不愿意使已经存得够多的煤再增多,所以抓到一点借口,就迫使它的一万名工人停工失业。

"我告诉你,艾蒂安在拉赛纳那里等着你,"马赫老婆又说,"你带他一起去吧,他比你机灵,要是他们少给你算钟点,他比你知道该怎么办。"

马赫点头表示同意了。

"跟那些先生们再谈一谈他爷爷的事吧。医生和经理处是串通一气的……不是吗？老爷子,医生是不是弄错了,你还能够干活儿是吧？"

十天以来,老爷爷长命佬就像钉在那张椅子上一样,正如他自己说的,腿脚已经不听使唤了。马赫老婆不得不又问了一遍。这时,老爷爷才怨声怨气地说：

"当然,我还能干活。不能因为腿疼就算完了。他们搞这些名堂,是为了想不给我那一百八十法郎的养老金。"

马赫老婆想的是老爷爷的两个法郎的薪水,也许再不能给她了,她便忧伤地叹息了一声说：

"我的上帝！照这样下去,我们很快就都得饿死了。"

"死了倒好,再也不挨饿了。"马赫说。

他又在皮鞋上加了几个钉子,决定动身了。要到下午四点钟才能轮到二四〇矿工村领工钱,因此男人们谁也不着急了,他们磨磨蹭蹭,一个一个地走了。妻子们追在后面,央求他们领到工钱马上就回来,很多妻子还嘱咐他们买这买那免得他们跑到酒馆去胡花。

艾蒂安到拉赛纳这儿来打听消息。有许多传言令人心里不安,人们说公司对坑木支架工作越来越不满意,不断用苛刻的罚款办法对付工人,一场斗争是不可避免的了。其实,这不过是表面上的争吵,骨子里却还大有文章,有许多不可告人的重大原因。

艾蒂安走进拉赛纳的酒馆时,有一个刚从蒙苏回来的矿工正在那里喝啤酒,他说出纳处贴了一张布告,但他弄不清上面写的都是什么。随后又接连来了两个矿工,每个人都带来不同的说法。然而,公司已经采取了一项决定,这看来是确定无疑的了。

"你有什么想法,你?"艾蒂安说着走到苏瓦林那张桌子前,挨着他坐下来,桌子上摆着一包烟叶,这是他唯一的消耗。

机器匠不慌不忙地卷好一支烟。

"我说这很明显,他们要把你们逼得无路可走。"

唯独他一个人有足够清晰的头脑来分析现时的情况。他以固有的平静态度解释说:公司受到工业危机的袭击,如果它不想垮台,就必须紧缩开支。这自然就得让工人们勒紧肚子,他们的办法是随便找个借口来减少工人的工资。两个月来,矿井的煤一直堆在贮煤场上,因为几乎所有的工厂都停了工。公司害怕机器停止运转后会彻底损坏,不敢停工,就幻想采取一个折中的办法,可能是激起一次罢工,从而使矿工更加驯服,薪水更少。此外,公司对新建立的互助基金会感到不安,它将来会成为公司的一个威胁,然而只需一次罢工就可以使这笔为数尚不算多的储备金耗个一干二净,使公司能够摆脱这一威胁。

拉赛纳坐在艾蒂安旁边,他们俩惊愕地听着。现在他们可以大声交谈了,酒馆里没有别人,只剩下拉赛纳太太一人坐在柜台后面。

"这叫什么主意!"这位酒馆老板道,"为什么非要这么干呢?罢工于公司,于工人都没有好处。最好还是和解。"

这是十分明智的。他一贯赞同合理的要求。自从他这位老房客的威望迅速提高以来,他就极力主张在可能的范围内逐步实现这个基金组织,他说,欲速则不达,不能奢想一口吃成个胖子。他被啤酒养得胖胖的,在他那和善的面孔下面隐藏着一种嫉恨;而且由于沃勒矿井的工人来这里喝酒和听他谈话的人越来越少,这种嫉恨就更深了。有时,他竟忘却了自己是一个被解雇的老矿工的仇恨,反而为公司辩护。

"这么说,你是反对罢工的喽?"拉赛纳太太从柜台那边喊道。

拉赛纳坚决地回答了一声"是",于是她叫他住嘴。

"算了吧!你要是没有胆量,就好好听听这两位先生讲吧!"

艾蒂安望着拉赛纳太太送来的啤酒沉思着,然后他抬起头来说:

"这位同伴所谈的一切很可能是对的,要是人们逼着咱们罢工,咱们就必须考虑这个问题……正好普鲁沙给我来了信,信中对这个问题谈得很正确。他也不赞成罢工,因为在罢工中工人不能取得决定性成果,他们和老板同样要受损失的。但是,他认为这是让咱们的人参加他那个大组织的绝好机会……看,这就是他的信。"

的确,"国际"不能得到蒙苏矿工的信任,使普鲁沙很失望,他希望在有什么冲突迫使蒙苏的矿工和公司进行斗争的时候,使他们都参加"国际"。尽管艾蒂安百般努力,还是没有争取到一个会员,也许是因为他把最大的力量都用在更为人欢迎的互助基金会上了。然而,这个基金会还是十分薄弱的,正像苏瓦林所说的,它很容易被用光。罢工的人们为了获得世界各国兄弟们的援助,迟早会加入"国际"的。

"你的基金有多少了?"拉赛纳问。

"刚刚三千法郎,"艾蒂安回答说,"你们知道,前天经理处把我叫了去。哼!他们倒很客气,再三跟我说,他们不阻挠工人们建立基金会。我完全明白他们是想控制这个基金会……总之,在这方面,我们非干一仗不可。"

酒馆老板开始在房间里踱来踱去,吹着口哨,显出轻蔑的样子。三千法郎!三千法郎顶屁用?还不够吃六天面包的,指望那些在英国的外国人,立刻就会完蛋的。不,罢工简直是太愚蠢了!

于是,这两个由于对资本家的共同仇恨一向意见一致的朋友,第一次互相说了一些尖刻难听的话。

"喂,你呢?你认为怎么样?"艾蒂安转过头来问苏瓦林。

苏瓦林仍旧用他那一贯表示轻视的话回答:

"罢工吗?愚蠢!"

接着是一阵不愉快的沉默,苏瓦林不紧不慢地补充说:

"一句话,我不反对,如果这场使这一些人破产,另一些人丧生,到头来总是跟一次浩劫差不多的罢工会使你高兴的话……不过有一点要说明,采取这种方式,没有一千年是改变不了世界的。你们还是先把那个害得你们要死的牢狱炸掉吧!"

他说着用纤细的手指了指穿过敞着的门可以看到它的建筑的沃勒矿井。这时一桩意外的事件打断了他的话:那只养熟了的母兔子波洛妮大胆地跑到外面去了,一群过路的徒工用石块扔它,吓得它窜进屋来。它吓坏了,耷拉着耳朵,卷着尾巴,逃到苏瓦林的脚跟前,抓他,乞求他,要他把它抱起来。他把它放在膝头上,两只手捂着它,抚摸着柔软而温暖的兔毛,又沉浸在那种梦幻中了。

差不多与此同时,马赫也走进来。尽管拉赛纳太太劝人买酒像请客一样有礼貌地坚持要他喝一杯,他还是一口没喝。艾蒂安站了起来,两个人一块儿到蒙苏去了。

公司发工钱的日子,蒙苏就笼罩着一片节日的气氛,像过主保节那些美好的假日一样热闹。每个矿工村都有成群结队的矿工到这里来。出纳室很小,他们就等在门外边,一伙伙站在大路上,一群走了,又来一群,队伍拖得长长的,把道路都堵塞了。小商贩们乘这个机会带着流动货摊来到这里摆摊,有陶器、熟猪肉,样样俱全。然而生意兴隆的还是咖啡馆和酒馆。在领到工钱之前,矿工们总是到柜台前来消磨时光,等一领到钱,就再来大花一通。谁要是不到沃尔坎把钱全部花光,谁就算是十分明白的人了。

这一天,马赫和艾蒂安越往人群里走,越感到有一股愤愤不满的情绪在暗中增长。再看不到往常领到工钱到酒馆去挥霍的情况。人们紧攥拳头,你一句他一句地骂着。

"那么说,这是真的了?"马赫问在皮凯特咖啡馆前面遇到的沙瓦尔,"他们真要搞卑鄙的勾当了?"

沙瓦尔只是气哼哼地咕噜了一声,同时斜了艾蒂安一眼。自从重新包工以后,沙瓦尔就跟别人搭伙干活去了。他渐渐对自己这位伙伴嫉妒起来。这个后来的人,处处摆出一副首领的样子,照他的说法,全矿工村的人都在给这个家伙舔靴子。爱情的纠纷使这种嫉妒更加变得复杂。每逢他领着卡特琳到雷吉亚或矸子堆后面去的时候,就用尖酸刻薄的难听话骂她跟她母亲的房客睡觉,接着又发狂一般地爱抚她,把她揉搓得喘不过气来。

马赫另外又问了他一句:

"轮到沃勒矿井了吗?"

他点了点头,转过身去走了。马赫跟艾蒂安随即决定走进管理处。

出纳室是一间长方形的小屋子，一道栅栏将它隔成两半。靠墙的几张凳子上，有五六个矿工坐在那里等着；一个工人手里拿着鸭舌帽，站在小窗口前面，一个职员正帮助出纳员给他发工钱。在左边的凳子上方，被烟熏黑了的石灰墙上，有一张新贴的黄色布告。从早晨起，就不断有人从这张布告前面走过。他们三三两两地进来，直挺挺地在那里站一会儿，然后仿佛被打断了脊骨似的，颤抖着身子，一言不发地走开了。

这时布告前面正好站着两个矿工：一个方脸大头的愣小伙子，一个上了年纪、显得迟钝干瘦的老头子。两人都不识字，小伙子嘴唇上下颤动，一个字母一个字母地拼读着，老头只好呆磕磕地望着。许多人就这样进来瞧布告，但谁也不明白写的是什么意思。

"快给我们念念吧。"自己也不识几个大字的马赫对艾蒂安说。

于是，艾蒂安开始念布告。这是公司给各矿井工人的一个通知。上面说，公司鉴于工人们对坑木支架工作很不重视，不愿再实行罚款这种无效的办法，决定采取新的采煤付款办法。今后公司对坑木将按照标准工作需要量和实际运到井下应用的每立方米数另行付款。因此，必须降低每一车煤的工价，即根据采掘面的性质和距离井口的远近，每车煤的工钱由原来的五十生丁降到四十生丁。此外，还有一个相当模糊不清的计算数字，是说减少的十个生丁恰好可以由另付的坑木钱弥补。最后，公司还说，为了使大家有充分的时间弄懂采取这种新办法的好处，公司拟自十二月一日星期一开始执行此决定。

"喂，那边能不能小点声音念！"出纳员喊道，"这儿连说话都听不见了!"

艾蒂安没有理睬他,继续念下去。他的声音在颤抖,他念完了,大家还目不转睛地盯着那张布告。那个上年纪的矿工和那个年轻的矿工好像还在等着什么,然后,无精打采地走了。

"他妈的!"马赫嘟哝了一声。

他跟艾蒂安坐下来,低着头,心里算着账,这时人们继续川流不息地从黄色布告前面走过。这不是愚弄工人们吗!另付的坑木钱弥补不上每车煤减少的十个生丁。工人们最多只能挣回八生丁,除去加固坑木所费的时间不算外,还让公司从中窃去二生丁。这就是公司所要达到的目的:变相降低工钱。它要从矿工的口袋挤油水为自己省钱。

"他奶奶的!"马赫抬起头来连声骂道,"我们要是接受这个办法,就是窝囊废!"

这时小窗口前面没人了,他便走近前去领工钱。工钱是由包工头到出纳处来领的,然后再由他们分给各自组内的人,这样可以节省时间。

"马赫包工组,"那个职员说,"费洛尼埃矿层,七号掌子面。"

他在账单上查找着,账单是根据记工簿算出的,记工簿上有工头们每天登记的本包工组所出的煤的车数。然后他重复说:

"马赫包工组,费洛尼埃矿层,七号掌子面……一百三十五法郎。"

出纳员付了钱。

"对不起,先生,"惊异的马赫结结巴巴地说,"您肯定没有算错吗?"

他望着那寥寥无几的一点钱,没有去拿,微微打了一个寒战,觉得心都凉了。虽然,他早就知道这次领的工钱不会多,但是绝没想到竟会少到这样一点,要不就是他算错了。除去付给扎查里、艾蒂安和代替沙瓦尔的那个伙伴的工钱之后,他、他父亲、卡特琳和让兰四个人,最多只剩下五十法郎了。

"不会,不会,我不会算错的,"那个职员又说,"扣去两个星期天和停工四天,你们只有九个工作日。"

马赫随着他低声计算着:九天,他自己差不多是三十法郎,卡特琳十八法郎,让兰九法郎。至于老爷爷长命佬,只有三个工作日。不管怎样,再加上扎查里和其他两个伙伴的九十法郎,肯定不止这些。

"别忘了罚金,"职员补充说,"因为坑木支得不好,扣罚金二十法郎。"

马赫做了一个绝望的手势。二十法郎的罚金,四天停工,这就对了!过去当老爷爷还能工作,扎查里还没有成家的时候,他有时候半个月曾领到过一百五十法郎!

"你到底要不要?"出纳员不耐烦地嚷叫着,"你没看见别人还在等着吗……如果不要就说话。"

马赫正要伸出哆哆嗦嗦的大手去拿钱的时候,职员又叫住他说:

"等一等,我这里有你的名字,杜桑·马赫,是吗?……总管先生要跟你谈一谈,请进吧,现在就他一个人在里边。"

马赫晕头转向地走进办公室,里面摆着旧红木家具,褪了色的绿绸窗帘。总管先生长得身材高大、脸色苍白,他坐在堆满文件的办公桌后面对他说话,站也没站起来。马赫听了有五分钟,耳朵里仍然嗡嗡作响,没听清谈了些什么。他只模模糊糊地知道是关于他父亲的问题:他父亲应该退休了,五十岁的人,工作了四十年,养老金是一百五十法郎。接着,总管的声音仿佛越来越严厉,简直变成了申斥,他指责马赫搞政治,并且含沙射影地提到他的房客和互助基金会。最后,他劝告马赫说,像他这样一个矿上最好的矿工,最好不要参与这些蠢事,免得自己吃亏。马赫本来想反驳,但是说不出一句囫囵话来,两手拼命拧着鸭舌帽退出来,嘴里结结巴巴地说:

"一定,一定,总管先生……我向总管先生保证……"

他出来见到等着他的艾蒂安以后,才发起火来:

"我真是个饭桶,我应该回答他!……连面包也没的吃了,还搞什么蠢事!对了,他是针对你说的,他跟我说,全矿工村都中毒了……真他妈的!怎么办?低头哈腰,说谢谢。他说得对,这是最聪明的办法。"

马赫不再说话,他心里又是气又是怕。艾蒂安脸色阴沉地思考着。他们重又从堵在路上的人群中穿过。人们的愤怒正在增长,这是一种镇静的愤怒,虽然没有激烈的举动,却在这些不声不响的工人头上轰轰作响,就像即将来临一场可怕的暴风雨一样。几个会算账的人算明白了,公司要在坑木上白捞两生丁的事在传播着,连头脑最迟钝的人也被激怒了。然而更主要的是这次灾难般的开工钱所激起的愤怒,这是人们对饥饿停工和罚金的不满。大家已经吃不上饭了,再要降低工钱会变成什么样?在酒馆里,人们大喊大叫地发泄着愤怒,把嗓子喊得直冒烟,因而把领到的一点点工钱完全留在酒馆的柜台上了。

从蒙苏到矿工村,艾蒂安和马赫一路上一句话也没说。

马赫一进家门,独自一人看守着孩子们的马赫老婆,一眼就看到他空着两手回来了。

"怎么,你真不错呀!"她说,"我叫你买的咖啡呢？糖呢？肉呢？买一块牛肉总不至于倾家荡产吧。"

他一句话也没说,尽力压抑着满腔怒火,连喉头也梗塞起来,在他那由于常年的井下劳碌而变得呆板粗糙的脸上露出绝望的神色,大颗的泪珠夺眶而出,像雨点般地簌簌落下。他把那五十法郎往桌子上一扔,倒在一把椅子里,孩子似的痛哭起来。

"给你!"他抽抽噎噎地说,"这就是我给你带回来的东西……这就是我们爷儿几个半个月的工钱。"

马赫老婆望了望艾蒂安,见他也一声不响,十分颓丧。于是,她也哭起来。半个月五十法郎,九口人怎么活下去呀？大儿子单独过去了,老爷爷的腿脚不能动弹。这不是眼看就要饿死么。阿尔奇听见母亲哭,也难过极了,跑过去搂住她的脖子哭起来。艾斯黛号叫着,勒诺尔和亨利也呜咽起来。

不久,整个矿工村发出一片同样凄惨的哭诉声。男人们回家来了,领回来的只有可怜巴巴几个钱,面对着这种处境,家家户户叫苦连天。一家家的街门开了,妇女们跑到外面诉说苦衷,好像屋子里装不下她们的怨声似的。她们站在道边上互相呼唤着,把领到的工钱托在手上叫别人看,压根没注意到天正在下雨。

"你们看！他们就给他这么几个钱,这不是骗人吗？"

"看我的,光是半个月的面包钱都不够！"

"看看我的吧,你们数一数！我又得卖衣服了！"

马赫老婆和别人一样,也走出来。勒瓦克老婆叫嚷得最凶,围着她站了一群人。因为她那个酒鬼丈夫还没回来,她猜想,不管工钱多少,他反正要在沃尔坎花光的。斐洛梅守候着马赫,为的是不让扎查里把钱抓到手。只有皮埃隆老婆似乎还很沉得住气,那个狗腿子皮埃隆总有办法,谁也不知道怎么搞的,工头在他的记工簿上记的工作时间总比别的同事多。但是,焦脸婆却觉得她女婿这一点很不光彩,她站在那些怒气冲冲的人一边,干瘦的身体在人群当中挺得笔直,向蒙苏伸着拳头。

"我告诉你们,"她喊道,并没有指出埃纳博夫妇的姓名,"今天早晨我看见他家的女用人坐着四轮马车过去了!……是的,女厨子坐着双套马车到马西恩纳买鱼去了,没有错!"

一阵骚动,大家又骂起来。那个系着白围裙、坐着主人马车到附近城镇去的女厨子,激起了大家的愤慨。工人们都快饿死了,难道他们还非要吃鱼不可?鱼,大概他们不能永远吃下去,也会轮到穷人的。艾蒂安所传播的思想在这种反抗的声浪中成长着,扩大着。他们急于想看到曾向他们许诺过的、在这个像坟墓一般封闭着的穷困天地之外的黄金时代,渴望获得自己应当享有的幸福。这实在太不公正了,既然有人从他们嘴里把面包抢走,他们早晚也要索回自己的权利。妇女们更是恨不得立刻进入这个进步的理想乐园,到那里就再没有穷人了。天快黑了,雨越下越大,在一群群哭嚷叫喊的孩子们中间,女人的眼泪使矿工村充满了悲痛。

傍晚,罢工的事在万利酒馆里决定了。拉赛纳不再反对,作为开始的第一步,苏瓦林也赞成。艾蒂安一句话作了结论:"公司一定要逼着咱们罢工,那咱们就罢工。"

五

一个星期过去了。人们满怀疑虑和忧郁的心情继续工作,等待着冲突的到来。

马赫家这半个月的工钱,恐怕比上次还要少。尽管马赫性情温和,通情达理,脾气也变得坏起来。女儿卡特琳不是竟然也在外面过夜了吗?这一夜的放荡弄得她精疲力尽,第二天早晨回到家来就病倒了,连班也没能去上。她痛哭流涕地诉说这不能怨她,是沙瓦尔死缠着她不放,还威胁她说,如果她逃跑的话,就要揍她。他简直嫉妒得发了疯,他说他很清楚他们家有意让她跟艾蒂安睡觉,所以不允许她再回到艾蒂安床上去。马赫老婆气坏了,不准女儿再和那个野小子见面,并且说要到蒙苏去抽他一顿嘴巴。不过,即使去闹一场,损失的一个工作日也补不回来了,何况女儿已经和他要好,也不想另爱别人了。

两天之后又出了一件事。星期一和星期二这两天,大家都以为让兰在矿井里老老实实地干活儿,谁知他却跟贝伯和丽迪偷着跑到旺达姆森林和沼泽地里闲荡去了。是他把贝伯和丽迪诱走的,谁也不知道他们三个干了些什么抢劫的事和早熟的孩子们的勾当。让兰受到严厉的惩戒。他母亲在门口的人行道上,当着矿工村的孩子们的面,狠狠地揍了他一顿,把那群看热闹的孩子都吓坏了。她把他们从小拉扯起来多不容易,现在到该挣钱的时候了,竟出这样的事!她一面喊叫着,又回想起年轻时候的艰难岁月,世世代代的贫穷注定要全家每个孩子将来都必须挣钱来养家。

第二天早晨,一家老少去上班,临走的时候,马赫老婆从床上欠起身来对让兰说:

"你要记住,该死的畜生,要是你再那样的话,我非把你屁股上的皮扒下来不可!"

马赫挖煤的新掌子面的活儿异常困难。费洛尼埃矿层到这儿变得极薄,坑道又矮又窄,工人们连腰都直不起来,刨煤的时候,稍不留意就要擦伤胳膊。另外,坑道里越来越潮湿,大家时时刻刻都提心吊胆,唯恐突然出现一股急流冲破岩石把人卷走。昨天,艾蒂安刨煤用力过猛,拔镐的时候,一股水直喷了他一脸。但这不过是个警告,只是使掌子面更潮湿更肮脏些罢了。而且,他也不大考虑将会发生的意外,现在他跟同伴们一样,什么也不在乎,毫不顾虑危险了。他们在瓦斯中干活,连眼皮发沉,睫毛上有了瓦斯留下的蛛网般的东西都不觉得。有时候看到安全灯的火苗变白或变蓝,他们才想到瓦斯,立刻有人把耳朵贴在矿岩上,谛听瓦斯发出的咝咝声,每个缝隙里都有冒气泡的声音。然而,更大的威胁是坑道随时随地都可能倒塌,因为匆忙支起来的坑木很不牢靠,而且地面被水泡松,已经不坚固了。

这一天,马赫接连三次叫人去加固坑木。到下午两点半钟,眼看快要下班了,正斜卧着刨煤的艾蒂安刚刨下一大块煤,就听见远远的一阵闷雷般的响声,把整个矿井都震动了。

"怎么回事?"艾蒂安喊了一声,丢下尖镐注意倾听。

他以为他身后的巷道塌了。

这时马赫已经跑到掌子面的斜坡上,嚷道:

"快!快!有地方倒塌了……"

所有的人都像兄弟般地互相关切着,连滚带爬地往外跑。

在死一般的寂静中,他们手里的安全灯的火苗上下跳动着,他们一个跟着一个,弯着腰,几乎是四肢着地地沿着坑道跑着;他们不敢放慢脚步,一边跑一边互相探问,互相简短地回答:"到底是什么地方出事了?大概是掌子面上吧?不是,声音是从底下来的!多半是运煤巷道!"他们一到通风巷道,就一拥而下,一个挨着一个地向下溜,也顾不得碰破擦伤了。

由于昨天挨了打直到现在屁股还通红的让兰,今天并没有旷工。他光着脚跟在一列斗车后面跑着,关上一个个通风门;在他认为不会遇到工头的地方,他就爬上最后一节斗车;这原是不许可的,因为怕他在里面睡觉。他最开心的是趁每次车子停下来给别的煤车让路的工夫,跑到前边去找牵马的贝伯。他不拿灯,偷偷地跑过去,把伙伴掐出血印来。他那有着一头黄毛、两只大耳朵和在黑暗中闪闪发光的一对小绿眼睛的瘦猴脸,做出坏猴子的种种怪样。这个不健全的早熟的孩子,仿佛具有一种神秘的智慧和尚未形成人的原始动物的灵活技能。

下午,老穆克把"战斗"给两个徒工牵了来,现在是该它服劳役的时候了。趁这匹马在停车道上喘息的时候,让兰溜到贝伯跟前,对他说:

"这匹老死马怎么回事,怎么猛地一下子站住了?……差一点把我的腿弄折。"

贝伯没顾得回答,他得勒住"战斗",因为它听到另一列斗车驶近而兴奋起来。这匹马老远就能嗅出它的伙伴"小喇叭"来;自从"小喇叭"下到矿井里的那一天,"战斗"就对它产生一种非常亲切的感情。这可以说是一个达观的老哲学家的亲近的同情,它极想安慰这个年轻朋友,让"小喇叭"学会自己那种忍耐和安于天命的态度,因为"小喇叭"过不惯这种生活,它总是毫无兴趣地拉着煤车,低着头,在黑暗中看不见东西,不断怀念着阳光。所以,"战斗"一遇见它,总要伸过头去,喷着鼻息,蹭蹭舔舔地来鼓励它。

"他妈的,"贝伯骂道,"它们又在相互舔毛!"

直到"小喇叭"走过去以后,他才回答"战斗"为什么站住的事:

"嘿!这个老家伙有个毛病!……它这样一站住,准是发觉前边有什么麻烦,或者是有一块石头或是一个坑什么的;它可会爱护自己呢,哪儿也不愿碰坏……今天到了风门那边,我不知道出了什么事,它把门一顶就站住不动了……你发觉什么没有?"

"没有,"让兰说,"就是有水,一直没到我的膝盖。"

斗车又走了。下一趟又到这里时,"战斗"用头把风门顶开以后,又不肯往前走了,它嘶叫着,全身战栗,最后它一狠心,飞快地跑过去了。

让兰得把通风门关好,因此落到了后面。他低下头去,看了看他所蹚着的水坑,随后他举起安全灯照了照上面,发现由于水不住地往下渗,坑木已经弯了。这时候,正好有一个名叫贝洛克、绰号叫"树根"的挖煤工,因为老婆要生孩子,急于回去看看,从掌子面上走到这里。他也停下来,观察坑木支撑情况。让兰正想跑去追赶斗车,突然间轰隆一声,那个矿工和孩子一起被压在塌落的煤层下面了。

一阵长时间的寂静。坑道崩塌的气浪在巷道里扬起浓重的灰土。矿工们睁不开眼,喘不过气,他们手里拿着火苗突突跳动着的安全灯从四面八方,从最远的掌子面上赶来;在这老

197

鼠洞似的地道里,安全灯模糊地照出黑影憧憧奔跑着的人群。最先赶到塌方地点的人,立刻大声呼喊,召唤伙伴们。从底下掌子面上赶来的第二批人,站在堵住了巷道的大堆泥土的另一边。人们发现巷顶塌了十多米,损坏还不怎么严重。但是,大家一听土堆中传出濒于死亡的人的呻吟声时,心立刻紧缩起来。

贝伯丢下车子,一边跑一边不住地嚷:

"让兰压在下面了!让兰压在下面了!"

这时候,马赫同扎查里和艾蒂安正从通风巷道里滚下来,他在绝望中气得只是咒骂。

"他妈的!他妈的!真他妈的!"

卡特琳、丽迪和穆凯特也跑来了,在一片可怕的混乱中,她们呜呜地痛哭起来,不停地惊呼着,使气氛更加显得阴森凄惨。大家企图劝住她们,然而每听到一声呻吟,她们就哭叫得更加厉害。

工头李肖姆跑来了,内格尔工程师和丹萨尔都不在井下,他感到心慌意乱。他把耳朵贴在石头堆上听了一会儿,发现这不是孩子的呻吟声,肯定里面还压着一个大人。马赫没完没了地呼唤着让兰,但是没有一声回答,孩子想必是给压碎了。

呻吟的声音一直单调地继续着。大家问他的姓名。他的回答只是呻吟声。

"快!别的以后再说吧。"李肖姆连声说,他已经安排好了抢救工作。

矿工们用铁锹和尖镐从两头向塌落下来的石土进攻。沙瓦尔在马赫和艾蒂安身边一声不响地挖着,扎查里指挥着运土工作。下班的时间到了,大家都还饿着肚子,但是在伙伴尚处在危险之中的时候,没有一个人肯回去吃饭。不过,大家也想到,要是家里见不到一个人回去,一定会不放心的。有人提议先让女工们回去。可是,不论是卡特琳和穆凯特还是丽迪,都渴望知道结果,一个个像钉在那里一样,谁也不肯走。她们在帮助做消土工作。此时,勒瓦克接受大家的委托,到上面去向人们报告坑道崩塌的情况:损失不大,大家正在抢修。快四点钟了,工人们用了不到一小时的工夫干了一天的活儿,要不是有新的矿层塌落下来,早就清除掉一半了。马赫发疯一般顽强地挖着,一个矿工走过来打算替换他干一会儿,他用一个激烈的手势拒绝了。

"慢一点!快挖到人了……小心别铲着人!"李肖姆终于发话说。

的确,呻吟的声音越来越清楚了。工人们一直循着这个不停的呻吟声挖着,现在,呻吟声仿佛就在镐下面似的。突然间,声音停止了。

大家无声地你看看我,我看看你,在黑暗中感到掠过一阵死亡的寒气,不禁打了一个冷战。他们刨啊,挖啊,汗水湿透了全身,骨头都要累断了。他们先挖出了一条腿,于是大家开始用手扒,把四肢一个个地扒了出来,不幸者脑袋并没有受伤。许多安全灯一齐照过来,立即辨认出受害者是"树根"。"树根"身子还未凉,脊椎骨被一块岩石砸断了。

"用被子把他裹起来放在斗车里,"工头命令道,"现在赶快救孩子,快!"

马赫又使劲挖了一锹,终于挖出了一个豁口,跟对面清除崩塌泥土的人挖通了。对面的人喊起来,他们刚救出了让兰,他的两条腿被砸坏了,已经不省人事,不过还有气儿。父亲把孩子抱在怀里,咬紧牙关,不停地骂着"他妈的",以发泄自己内心的痛苦。这时,卡特琳跟别的女工们又大声哭喊起来。

大家立刻护送着往外运人。贝伯把"战斗"牵了来,套上两辆斗车。第一辆车里放着"树根"的尸体,由艾蒂安照看着;马赫坐在第二辆车里,不省人事的让兰躺在他的膝盖上,身上盖着从通风门上扯下来的一块破毡子。人们慢慢地出发了。两辆斗车上各挂着一盏安全灯,像一颗红星似的,五十来个矿工,排成长长的一队,跟随在车后边。现在他们才觉得累坏了,拖着两条腿,在泥泞中慢慢向前蹭着,没精打采,死气沉沉,像一群染上瘟疫的羊一样。平时只要半个小时就能到达罐笼口,然而在漆黑的地下,这个殡仪队沿着曲曲弯弯的巷道走着,好像永远也走不到头似的。

到达罐笼站以后,最先到那里的李肖姆吩咐专门留出一层罐笼,于是皮埃隆立刻把两辆斗车推进了罐笼。马赫把受伤的孩子放在膝上坐在头一辆车里,"树根"的尸体放在另一辆车里,由艾蒂安照护着。工人们挤进罐笼的另外几层里,先后两分钟,罐笼就开始上升了。矿井护壁上流着冰凉的雨水,人们抬头望着上面,急不可耐地想重见光明。

幸好,派去找万德哈根医生的那个徒工找到了他,并且把他领来了。让兰和死者一同被抬进监工室,那里一年到头都烧着暖烘烘的煤火。人们打好了几桶洗脚用的热水,又在石板地上铺了两个垫子,把矿工和孩子分别放在上面。只有马赫和艾蒂安跟进屋里来,推车女工、矿工、闻讯跑来的调皮的徒工们,凑成一伙儿在外面低声议论着。

医生看了看"树根",说了一句:

"完了！……给他洗一洗吧！"

两个看护脱下死者的衣服,用海绵揩洗这个浑身是煤、浸满劳动汗水的尸体。

"头部没什么,"医生跪在让兰的垫子上查看着说,"胸部也没什么……啊！两条腿砸坏了。"

他亲自替孩子脱衣服,解下帽子,脱下上衣、短裤和衬衣,动作灵巧得像个保姆一样。于是,露出了让兰可怜的小身体,瘦骨嶙峋,沾满了煤粉、黄泥和一片片血迹,什么也分辨不清了,不得不也给他先洗一下。用海绵一擦洗,他显得更瘦了,苍白透明的肉皮儿,连骨头都能看见。真可怜,这个穷苦人家退化的最后一代,这个受苦的、微不足道的孩子,快被矿岩压烂了。洗干净以后,人们看到了大腿上的伤痕,苍白的皮肤上有两块红斑。

让兰从昏迷中苏醒过来,呻吟了一声。马赫站在垫子一头,垂着两手望着他,豆粒大的泪珠从眼角里滚落下来。

"你就是他父亲吗,嗯?"医生抬起头来说,"先不要哭嘛,你看得清清楚楚,他还活着……你还是先帮帮我的忙吧。"

医生发现两处是一般砸伤。但是,右腿使他很担心,无疑必须锯掉。

正在这个时候,内格尔工程师和丹萨尔终于接到报告和李肖姆一起赶了来。内格尔非常气愤地听完工头的叙述,大叫道:"总是在这些讨厌的坑木上出事！我说过一百遍了,早晚要砸死人的！可是这些混蛋还说,要是再逼他们加固坑木的话,他们还要罢工呢！最倒霉的是,公司还得赔偿损失。埃纳博先生可得高兴了！"

"这是谁?"他向一声不吭站在人们正用被子包裹的尸体

跟前的丹萨尔问道。

"是'树根',我们的一个好工人,"总工头回答说,"有三个孩子……可怜的人!"

万德哈根医生要求马上把让兰送回家去。已经六点了,天就黑了,最好把尸体也运走。于是,工程师吩咐套好一辆柩车,抬来一副担架,把尸体连垫子一起装到柩车里,把受伤的孩子放在担架上。

推车女工们一直守候在门口,跟迟迟不肯回去、等着要知道结果的矿工们交谈着。监工室的门打开了,人群马上肃静下来。新的殡仪队又形成了,柩车在前,担架在后,最后是送行的行列。大家离开贮煤场,慢慢走上通往矿工村的斜坡道路。十一月的初寒把一望无际的大平原摧残得光秃秃的,夜幕缓缓地笼罩了大地,仿佛从暗蓝色的天空垂落下来的一幅殓布一样。

艾蒂安低声建议马赫,让卡特琳先回去通知他老婆一声,好使她不致感到这个打击过于突然。跟随着担架、神色万分沮丧的父亲,点头表示同意;于是,年轻姑娘跑着赶到前面去,因为眼看就要到了。然而,人人熟悉的那个阴森森的盒子——柩车早已引起了人们的注意。村中的一些女人披头散发、忧心如焚地三三两两疯狂地跑到道边上来。一会儿就聚集了三五十个,一个个吓得连话都说不出来了。真的有人死了?到底是谁呢?勒瓦克的叙述最初使她们放了心,但现在却又使她们陷入一场噩梦之中:"不只是一个人,而是死了十个,柩车将一个个地这样送回来。"

卡特琳来到被不幸的预感搅得心乱如麻的母亲面前,刚刚结结巴巴地说了几个字,母亲就喊叫起来:

"你父亲死啦?!"

年轻姑娘极力解释,谈着让兰的情况,但马赫老婆根本听不进去,一纵身就跑到外面来了。当她看见柩车出现在教堂前面的时候,脸色刷地变白,昏过去了。站在门口观望的女人们心里都忧心忡忡,谁也说不出一句话来,只是伸长脖子瞧着。有的女人跟着队伍,提心吊胆地想看看它到底停在谁家门口。

车子过去了,马赫老婆看见了跟在担架后面的马赫。当人们把担架放在她家门口,她看见让兰还活着,可是腿已经砸坏了的时候,不由得怒火心头起,气得连气都喘不过来,可她没有掉泪,只是结结巴巴地说:

"就是这样!这回又把我们的小的弄残废了!……两条腿,我的天!叫我怎么办哟!"

"请先别吵!"跟着来替让兰包扎的万德哈根医生说,"难道你愿意叫他死在里面?"

阿尔奇、勒诺尔和亨利哭起来,马赫老婆更生气了。她帮着把受伤的孩子弄到楼上,一面递给医生需要的东西,一面咒骂命不好,埋怨说叫她上哪儿去弄钱养活残废人哪。难道老爷爷一个人还不够,偏偏现在孩子又失去了两条腿。她不停地唠叨着,同时从邻近的一幢房子里也传来肝肠欲裂的号哭声:"树根"的老婆和孩子们扑倒在他的尸首上痛哭着。天已经黑透了,精疲力尽的矿工们终于吃了晚饭。矿工村死一般寂静,能听见的只有这些震天动地的哭声。

三个星期过去了。让兰总算能免于锯腿,他可以保留两条腿了,但是可能永远成为瘸子。经过调查,公司不得已给了五十法郎的救济金。此外,还答应等他恢复健康以后,可以给他在矿上安排个井上工作。然而，家里比以前更困苦了，因为父亲遭受了这次巨大的震惊之后，发起高烧，大病了一场。

从这个星期四，马赫才又到矿井去上班。星期日晚上，艾蒂安又谈起即将到来的十二月一日，他一心惦记着公司是不是会按照它所威胁的那样去做。卡特琳一定又和沙瓦尔在一起，迟迟还没回来，大家一直等她到十点钟。马赫老婆见她仍然没有回来，一句话没说就气呼呼地把门闩上了。艾蒂安面对着只睡着阿尔奇的那张空了一大块地方的床，心思烦乱，久久不能入睡。

第二天，仍然不见人影儿，直到下午下班的时候，马赫两口子才听说是沙瓦尔把卡特琳留住了。沙瓦尔跟她大吵大闹，她只好决定跟他一起过了。沙瓦尔为了躲避指责，突然离开沃勒矿井，到德内兰先生的让-巴特矿干活儿去了，卡特琳也跟他到那里去当推车女工。不过，这一对新人仍住在蒙苏的皮凯特咖啡馆里。

起初，马赫说要去揍这个小子，并且要狠狠地踢女儿一顿，然后把她弄回来。后来做了一个无可奈何的手势想到：那有什么用呢？早晚是这么回事，女孩子要是有心跟别人睡觉，谁也拦不住。最好是不闻不问地等着他们结婚算了。可是，马赫老婆可不想就这样善罢甘休。

"自从她和那个沙瓦尔搞上以后，我打过她吗？"她大声嚷着对艾蒂安说，艾蒂安一声不吭，脸色十分苍白地听着。"你说说看，你是个明白事理的人……我们一直随她的便，是不是？唉，因为所有的女孩都这样。我也是一样，她爸爸娶我的时候，我当时已经怀孕了。可是，我并没有从爹妈家里逃跑呀。还没成人就把每天的工钱送给一个不需要钱的野汉子，这种丑事我可从来不会做……啊,你说,这多气人哪!以后谁还肯再养活孩子呀!"

艾蒂安只是点头表示回答,她继续说:

"一个女孩子天天晚上想跑到什么地方就跑到什么地方去!不知她心里想的是什么!她不帮助我们渡过这个难关,就别想叫我同意她结婚!养女儿就是要她干活的,这是天经地义的事,你说是不是?……我们对她太宽容了,根本不该让她跟一个男人去胡闹,一开惯头,她就得寸进尺!"

阿尔奇点头表示认为母亲说得对。勒诺尔和亨利被这场暴风雨吓得低声呜咽着。这时候母亲数落起家里的不幸来:先是不得已让扎查里结了婚;老爷爷长命佬又两腿扭曲,坐在椅子上不能动弹;紧接着是让兰,到现在骨头还没有长好,十天之内不能出屋;最后是令人难以忍受的卡特琳这个贱货跟着汉子跑了!一家人弄得七零八落。只剩下父亲一个人在矿上干活儿,不算艾斯黛一家七口人,只靠父亲每天的三个法郎怎么能活得下去?倒不如干脆全家跳河死了好。

"你这样发愁有什么用,"马赫用低沉的声音说,"也许我们的苦还没有受到头呢。"

呆呆地凝视着地面的艾蒂安抬起头来,放眼远望,憧憬着未来,自言自语地说:

"啊!是时候了!是时候了!"

第 四 部

一

星期一这天,埃纳博夫妇要请格雷古瓦夫妇和他们的女儿赛西儿吃午饭。这是计划好的一次出游:吃完饭,由内格尔陪着太太小姐们去参观重新改建得十分讲究的圣托玛斯矿井。不过,这只是一个好听的借口,其实这次出游是埃纳博太太想出来的主意,她想借此促成赛西儿和内格尔的婚事。

但是,就在这个星期一早晨四点钟,突然爆发了罢工。十二月一日,公司开始实行新的工资制度时,矿工们一直很平静,到半个月末发工钱的那一天,也没见有人提出任何要求;从经理到最小的监工,全都认为工人已经接受了新的工资规定。因此,突如其来的罢工消息使他们大为震惊,因为这是一次有计划的和团结一致的行动,是一次有其坚强领导指挥的宣战。

五点钟,丹萨尔叫醒了埃纳博先生,报告说沃勒矿井没有一个人下井。他到二四〇号矿工村走了一趟,那里家家关门闭户,都在蒙头睡大觉。经理睡眼惺忪地跳下床来之后,就疲于应付:每一刻钟都有送信的人跑来,急电像雪片一般落在他的办公桌上。最初他指望动乱只限于沃勒矿,然而消息一分钟比一分钟严重:米鲁、克雷沃科尔和玛德兰都罢工了,只有马夫上班;本来最守规矩的维克托阿矿和费特利-康泰耳矿,下井的人数也不过三分之一;唯有圣托玛斯矿的工人全部上了工,似乎还没卷入运动。九点以前,埃纳博先生口授急电稿,向各方面拍发电报,给里尔的省长、公司的董事们发了电,也通知了政府当局,请示命令。他派内格尔到附近各矿去转一趟,以便了解一些确切的情况。

埃纳博先生突然想起请客的事;他刚想叫车夫去通知格雷古瓦夫妇这次宴请改期了,他三言两语像军人似的布置好了这场战斗,然而却又犹豫起来,优柔寡断的弱点使他没有这样做。他上楼去找埃纳博太太,一个女仆刚刚在梳妆间里给她梳洗完毕。

"哦!他们罢工了,"埃纳博太太在丈夫征询她的意见时,泰然自若地说,"哼,这又能把我们怎样?……一点也不妨碍我们请客,是不是?"

埃纳博太太坚持己见。尽管埃纳博先生说这次午饭不会吃得开心,参观圣托玛斯矿也办不到,可是她都一一反驳掉了。为什么放弃预备好了的午饭呢?至于参观矿井,假使果真不妥当的话,饭后再说不去就是了。

"再说,"等女仆走出去以后埃纳博太太又说,"你知道,我为什么一定要款待这些好人。对你来说,这门亲事应当比你那些工人们的胡闹更值得关心……总之,我要这么办,不用你管。"

埃纳博先生望着她,身上微微颤动了一下,在他那冷漠无情、规矩呆板的面孔上,显露出一种心灵受过创伤的隐痛。埃纳博太太袒露着双肩,虽然已是明日黄花,却仍然鲜艳诱人,背部好像色列斯女神①的背被秋天镀上了一层金子一样。在这间淫荡的女人的豪华温暖的内室里,弥漫着扑鼻的麝香香味。刹那间,他的情欲冲动起来,真想把她抱住,把自己的头放到她的怀里,在她挺得高高的两个乳房之间好好滚一滚。然而他退缩了,因为他们夫妻分室居住已经有十年之久了。

"好吧,"埃纳博先生离开她的时候说,"那咱们就一切照旧吧。"

埃纳博先生出生在阿登省。他本是被遗弃在巴黎马路上的一个孤儿,饱尝了一个穷苦孩子的种种艰难困苦。二十四岁上,受尽寒窗之苦在矿业学校毕业之后,便到格朗·孔伯的圣巴尔布矿当上了工程师。三年后,又到加来海峡省马尔勒各个矿井任矿区工程师,他就是在那里依靠对于工程师们来说已经成为规律的幸运,娶了阿拉斯纺织工厂一位阔厂主的女儿。他们夫妇在这个外省的小城市里度过了十五年单调的生活,没有任何变化,也没有生过孩子。埃纳博太太是在拜金主义的环境里长大的,看不起忙忙碌碌挣不了多少薪水的丈夫,因为她在上学时就梦想的一切虚荣都不能从他身上得到丝毫满足,因此对他也就越来越有气,日渐疏远起来。埃纳博先生为人诚实不苟,毫不投机舞弊,像一个兵士一样坚守在自己的岗位上。夫妻间的不和不断增长,而且由于一种使最热情的人也会心灰意冷的性欲方面的不合,这种不和就更加深了。埃纳博先生非常宠爱他的妻子,但是妻子是一个性欲极强的馋猫,两个人根本合不来,很快伤了感情,终于分开睡了。

﹏﹏﹏﹏﹏

① 色列斯,罗马神话里的谷物女神。

自此以后,埃纳博太太就找了一个情夫,但是他却一点不知道这回事。后来,他离开加来海峡省,来到了巴黎,在总管理局谋到一个职位,心想这一回妻子一定会感激他的。谁知巴黎更促进了他们的疏远,巴黎是埃纳博太太从小就向往的地方,来到这儿刚刚一个星期的工夫,她就彻底改变了在外省的一套习惯,一下子文雅起来,完全浸沉在当时奢侈放荡的生活之中。她在巴黎居住的十年里,生活十分放纵,公开和一个男人来往,当她被这个男人遗弃以后,她简直是悲痛欲绝。这一次可没有瞒得过丈夫,但是,经过一连串的争吵以后,他也无可奈何,终于向这个一味追求享乐而不知自重的女人屈服了。埃纳博先生在妻子和那个男人决裂之后,发现她竟忧伤成疾时,便接受了蒙苏煤矿经理的职务,仍然希望能够在这个荒凉的、到处是黑煤的地方使她改邪归正。

埃纳博夫妇自从迁居蒙苏以来,又陷入了他们初婚时期的那种烦恼。最初,她对这种安谧的生活很感舒畅,在这广阔平原的单调中得到平静。她像一个上了年纪的女人一样,深居简出,装得好像远离世事,甚至连身体发胖也毫不在乎。但是不久,在这层淡泊的外表后面,爆发了最后的狂热——她尚有生活的需要。她花了整整半年的时间,按照自己的趣味布置经理的小公馆。她说这个小公馆过于简陋,于是给房子里装饰满了壁毯、珍奇的玩物和各式各样豪华的艺术品,连里尔也有人纷纷议论起这所住宅。现在,这个地方,一望无际的田野上的这些牲畜,常年污黑而又没有一株树木的道路,以及路上熙熙攘攘使她厌恶害怕的人群都使她十分生气。她开始抱怨起这种流放似的生活。她指责丈夫为了勉强可以糊口的、可怜的四千法郎的薪水牺牲了她。难道他不该跟别人一样,要求入股,弄到一些股份,最后也成就一番事业吗?她以一个带来一份家业的女继承人的蛮横态度,坚持要埃纳博先生这样做。埃纳博先生总是那样一本正经,装出一副经理的冷漠样子,心里却被对这个女人的欲望折磨着,这种随着年岁而增长的晚期欲望十分强烈。他从来没有像情人那样地占有过她,他脑子里总萦绕着一个幻象:有朝一日她会像委身于别人那样扑到他怀里。每天早晨他都想在晚上征服她,然而,当她用那双冷冰冰的眼睛望着他的时候,当他感到她从内心里拒绝他的时候,他甚至连摸摸她的手的勇气也没有了。这是隐藏在他那种死板态度之下的一种不可治愈的痛苦,这是一种在夫妻生活中没有享受过幸福的人暗藏在内心深处的、柔肠欲断的痛苦。六个月之后,当小公馆终于修饰完毕时,埃纳博太太又无事可干,再度陷入无聊和苦闷,就像一个注定要因流放而死的牺牲者,觉得死了倒痛快。

正在这个时候,保尔·内格尔来到了蒙苏。他父亲生前是普罗旺斯的一个上尉军官,寡母住在阿维尼翁,指靠一点菲薄的年金生活,为了供养儿子念法国工业技术大学,一贯省吃俭用,每天只用白水就面包度日。他从这个学校毕业时成绩不好,他的叔父埃纳博先生叫他离开学校,在沃勒矿井给了他一个工程师的职位。从那以后,埃纳博先生就把他看作是自己的孩子,在家里单给他准备了一个房间,让他在家吃住。这样他就能够把三千法郎薪水给母亲寄去一半。为了给这种恩遇找一个借口,埃纳博先生说,一个独身年轻人要在矿上为工程师准备的小屋中自己安家是很不方便的。埃纳博太太立刻充当起好婶母来,跟侄子你我相称,设法使他生活舒适。尤其是在他初来的几个月里,她表现出慈祥的母爱,哪怕是最细小的事情也要叮嘱到。不过,她终归是个女人,悄悄地又露出了隐私。这个小伙子十分年轻,十分伶俐,并且在爱情上自有一套哲学。他立刻察觉出流露在她的鼻眼眉宇之间的悲观情绪,这使她感到很高兴。一天晚上,他很自然地扑到了她的怀里。她表面上装出她这样做是出于仁慈,她说她心里已经没有爱情,只不过是愿意做他的一个女友。的确,她并不嫉妒,她拿内格尔说的他非常厌恶的推车女工们来跟他开玩笑,并且还因为他没有什么年轻人的风流韵事可跟她谈,她还生他的气呢。后来,她热衷于给他成亲,她企图牺牲自己,给他找个有钱人家的姑娘。他们俩继续暗度陈仓,借以消遣,她把她那闲散的青春已去的女人所有的情思统统倾泻于此了。

两年过去了。一天夜里,埃纳博先生听到屋门前有人赤脚轻轻走过的声音,立刻起了疑心。这种少有的事情可把他气坏了,怎么在他这里,在他的家里竟出了这种乱伦的丑事!但是,到了第二天,妻子明确地告诉他说,她给侄子选中了格雷古瓦家的赛西儿小姐,并竭力操持这门亲事,表现得那样热心,以致使埃纳博先生感到羞愧,觉得自己不该有那样荒诞的猜疑。现在,埃纳博先生对侄子只剩下感激之情,因为自从他来了以后,家里就不再像以往那么沉闷了。

埃纳博先生离开梳妆室下楼时,恰好在前厅碰到内格尔回来。他好像对于罢工的事情感到很有趣的样子。

"怎么样了?"叔叔问他。

"就那样,我到各个矿工村转了一遭。看样子他们倒十分老实……我想他们会派代表来见你。"

这时候埃纳博太太从楼上喊道:

"是保尔吗?……快上来给我说说情况。真是奇怪,那些人生活得那么幸福,竟然还闹事!"

经理只好停止进一步追问罢工的情况,因为妻子把他的使者叫走了。他又坐到办公桌前,桌上堆着新来的一叠电报。

十一点钟,格雷古瓦一家来了,守望在大门口的仆人希波利特,向公路两头不安地瞅了瞅,才赶紧把他们推进来,这种情况使格雷古瓦一家人感到惊异。客厅的窗帘遮得很严,他们直接被领到书房里,埃纳博先生请他们原谅在这里接待他们,因为客厅正对大路,引人注目没有什么好处。

"怎么!你们还不知道?"埃纳博先生看到他们惊讶的样子,接着说。

格雷古瓦先生听说罢工终于爆发,只是泰然地耸了耸肩膀。哼!没有什么了不起的,这些居民都是老实人。格雷古瓦太太颔首表示同意格雷古瓦先生的看法,相信上百年来一直驯服的矿工们,不会闹什么事。至于赛西儿,这一天显得十分快活,丰韵健美的身体穿着一身橙色的呢料衣服,她听说罢工这个词儿微笑起来,因为这使她想起了关于到矿工村访问和作施舍的许多事情。

这时,埃纳博太太穿着一身黑绸衣服,由内格尔陪伴着进来了。

"唉,真讨厌啊!"她一进门就嚷着说,"这些人,就不能等几天!……我告诉你们,保尔不肯领我们到圣托玛斯矿井去了。"

"那我们就待在这儿吧,这不是也很愉快吗!"格雷古瓦先生亲切地说。

保尔只向赛西儿和她的母亲问了一声好。婶母认为他不够亲热,很不痛快,向他使了个眼色,叫他去陪伴年轻姑娘。

当她听到他们在一起谈笑的时候,便用慈母般的眼光上下左右不停地瞧他们。

这时候,埃纳博先生看完了电报,又草拟了几份回电。大家就在他面前谈着话。埃纳博太太解释说,她从没有照管过这间书房,它确实还保留着褪了色的旧红纸,笨重的红木家具和一些用破了的文件夹。过了三刻钟,眼看快要吃饭了,这时候仆人通报说德内兰先生来了。德内兰先生带着激动的神情走进来,向埃纳博太太行了一个礼。

"哦!你们也在这儿呀!"他看到格雷古瓦一家说。

接着他激动地向经理说:

"情况还好吗?刚才我的工程师告诉我……我那里的工人今天早晨全下井了。但是,事情会扩大的,我还不放心……哎,你这儿怎么样?"

他是骑马赶来的,从他那很像一个退伍骑兵军官的大嗓门儿和有力的手势中流露出不安。

埃纳博先生开始向他讲述确切的情况,这时候希波利特把饭厅的门打开了,于是埃纳博先生中断了谈话,转口说:

"跟我们一块儿吃午饭吧。用点心的时候我再接着跟你说。"

"好,就这么办。"德内兰先生回答,他忧心忡忡,没说任何客气话就接受了。

然而,他也意识到自己这样不够礼貌,就转身向埃纳博太太请求原谅。埃纳博太太却很亲切,她吩咐摆上第七副餐具,然后请客人们入座:先让格雷古瓦太太和赛西儿坐在埃纳博先生左右,然后让格雷古瓦先生和德内兰分别坐在她的两旁,最后是保尔,她把他安排在年轻姑娘跟她父亲的中间。当大

家刚开始用小吃的时候,她微笑着说:

"请大家多包涵,我本想给大家预备牡蛎的……星期一马西恩纳来了不少奥斯坦的牡蛎,我打算叫厨娘坐车去买……可是她怕挨石头……"

一阵愉快的哄笑打断了她的话。大家觉得这事儿很滑稽。

"嘘!"心里烦乱的埃纳博先生阻止大家,同时向窗外的马路瞥了一眼说,"没必要让人人都知道我们今天上午还在请客。"

"喏,这片香肠他们是永远也吃不上的。"格雷古瓦先生说。

大家又笑起来,但这一次稍稍谨慎一些了。在这个挂着弗朗德勒壁毯、摆设着古橡木家具的饭厅里,每个客人都感到非常安适。玻璃食橱里面的银器闪闪发光,那个红铜大枝形灯架,浑圆的烛座擦得明光锃亮,映出栽在意大利瓷盆中的青翠的棕榈和叶兰。屋子外面天寒地冻,刮着刺骨的东北风。但是,一丝儿风也钻不到屋里来,饭厅里像温室一样和暖。切成一块一块的菠萝,摆在一个水晶碗里散发着清香。

"拉上窗帘好吗?"内格尔建议说,他想吓唬一下格雷古瓦一家,觉得这样很有趣。

协助仆人伺候在侧的侍女,以为这是命令,就走过去把窗帘拉上了。随后,他们便不停地取笑开了,每放下一只杯子或一把叉子都要装作十二分小心的样子;大家对每一盘菜都表示欢迎,如同获得从遭受浩劫的城市里侥幸残存下来的东西一样。但是,在这种强颜欢笑的后面,隐藏着一种恐惧,这从每个人不由自主地频频向窗外马路上张望的表情中明显地表露出来,就好像有一群饿得要死的人正在窗外窥视着他们的饭桌似的。

吃完香菇煎鸡蛋以后,端上来了淡水鲟鱼。这时话题转到一年半以来日益严重的工业危机上来了。

"这是无法避免的事,"德内兰说,"前几年的过分繁荣必然要把我们推向这种地步……你想一想压在铁路、码头和运河上的那些巨额资本,和葬送在最荒唐的投机生意里的那些钱吧。光是我们这里兴建的制糖厂有多少啊,就好像我们省一年能收三季甜菜似的……可是现在倒霉了!资金严重短缺,必须把已经投下去的百万资金的利润赚出来,因此就产生了致命的生产过剩和百业停滞的现象。"

埃纳博先生反驳了这种说法,但他赞同顺利的几年宠坏了工人们的看法。

"当我一想起,"他大声说,"这些家伙在我们的矿井里一天能挣到六法郎,比现在工钱多一倍的时候,心里多么不平静啊!那时候他们生活得很好,甚至竟追求起享乐来……今天要他们再恢复早先那种简陋的生活,他们当然会感到难受的。"

"格雷古瓦先生,"埃纳博太太插嘴说,"请再吃一点鲟鱼……味道很不错吧?"

经理继续说:

"但是,说实在的,这能怨我们吗?我们也受到沉重的打击……自从工厂一个接一个倒闭以来,我们要使存煤脱手也非常不容易,需要量一天天缩小,我们当然不得不降低成本……这一层工人们却不愿体谅。"

一阵沉默。仆人端上来烤竹鸡,侍女同时给客人们斟上香伯丁①葡萄酒。

"印度在闹饥荒,"德内兰低声说,好像是对自己说一样,"美国停止订购我们的铁和生铁,这对我们的高炉是个严重的打击。一切都互相牵连着,远处一震动就会震撼整个世界……可是帝国却还以热衷于工业而自豪!"

他啃着竹鸡翅膀,然后提高嗓门说:

"最糟的是,要降低成本,理所当然得提高产量,否则就会影响工资,那时工人就有理由说还是他们受损失。"

这种坦率的自白引起了一番争论。但太太小姐们对此不感兴趣。再说,每个人都刚刚吃出点味道,正在忙着顾自己的盘子。这时候仆人又走进来,刚要开口又犹豫起来。

"有什么事吗?"埃纳博先生问,"要是有电报就拿给我……我正在等着回音呢。"

"不是,老爷,是丹萨尔先生在前厅……但是他怕打扰老爷太太们。"

经理向大家表示抱歉,并让总工头进来。总工头走进来,站在离桌子几步远的地方。这时候大家都转过脸去望着这个气喘吁吁地赶来报告消息的大块头。矿工村里依旧很平静,只是有一件事已经肯定,他们要派一个代表团来见经理。也许几分钟之内就到这儿。

"好,谢谢,"埃纳博先生说,"你知道,我一直在等着消息!"

丹萨尔刚走,大家立刻又说笑起来,拼命地吃着俄国生菜,并且说必须一秒钟也不耽误才能把它吃完。这时人们开

---

① 法国勃艮第出产的一种红葡萄名酒。

219

心极了。当内格尔问侍女要面包时,侍女用极低的声音回答了一声"是,老爷",显得那样慌张,仿佛她背后有一群人就要屠杀抢劫似的。

"你还能说话呀,"埃纳博太太取笑她说,"他们还没有到这儿呢。"

人们给经理送来了一叠信件和电报,经理愿将其中一封高声念给大家听。信是皮埃隆写的,措辞恭顺,他报告说他是不得已才跟同伴们一起罢工的,不然就会遭殃。他还说,他甚至没有拒绝参加代表团,尽管他非常不赞成这种行动。

"这就是劳工自由!"埃纳博先生大声叫道。

于是人们又谈论起罢工来,大家问他有什么看法。

"哦!"埃纳博先生回答说,"这样的事我们看得多了……这跟上回一样,不过是要偷懒一个星期,至多不过半个月。他们将到酒馆里去乱闹一阵,等他们饿急了,还得回到矿上来。"

德内兰先生摇了摇头说:

"我可不那么放心……这次他们似乎更有组织。他们不是有个互助基金会吗?"

"不错,可是仅仅有三千法郎,你认为他们能成什么气候?……有个名叫艾蒂安·郎蒂埃的工人,我怀疑他就是他们的头儿。这是一个出色的工人,假如像对付从前那个人所共知的、现在还用他的思想和他的啤酒毒化着沃勒矿井的拉赛纳一样,也把他开除,那就会给我带来麻烦……没关系,过一个星期就会有一半人下井的,半个月以后一万工人就会全部下井。"

埃纳博先生确信如此。他唯一的顾虑就是害怕董事会把罢工的责任加在他的身上，因而失掉宠信。近来，他已经感到自己不如过去那样受宠了。所以，他放下已经舀起来的一勺俄国生菜，又看着从巴黎拍来的回电，想彻底弄明白每一个字的含义。大家都原谅他，这顿午宴变成了战斗打响之前在战场上的一顿战地午餐。

这时候，女士们也加入了谈话。格雷古瓦太太对这些将要忍饥挨饿的穷人表示非常怜悯，赛西儿则已经计划着去分发面包票和肉票。然而，埃纳博太太听人们说蒙苏的矿工那样穷困，却感到惊讶。难道他们还不幸福吗？公司给房子住，给煤烧，还给免费治病！由于她对这群人毫不关心，她所知道的仅仅是她背熟了的使巴黎来访者感到惊讶的那一套，久而久之连她自己也相信了这些，因而她对这些人这样忘恩负义的行为非常气愤。

在这段时间里，内格尔一直在吓唬格雷古瓦先生。赛西儿并不使他讨厌，为了讨婶母的欢喜，他愿意娶赛西儿。但是他没有露出丝毫爱慕的热情，像他自己所讲的那种有经验而不着急的青年一样。他自命为共和党人，但这并不妨碍他极严厉地对待工人，也不妨碍他同贵妇人在一起时，俏皮地同她们开玩笑。

"我也不像我叔叔那样乐观，"他又说，"我担心会出大乱子……所以，格雷古瓦先生，我劝您还是紧闭上皮奥兰的大门，他们会抢您的。"

格雷古瓦先生的和善面孔上始终保持着微笑，他正要像父亲般地比妻子对工人们表现得更加慈爱。

"抢我！为什么要抢我？"他惊奇地喊道。

"您不是蒙苏煤矿公司的一位股东吗？您什么也不干，

专靠别人的劳动过活。总之,您是个可恶的资本家,这就够了……您瞧着吧,一旦革命成功,那就会把您的财产看作是抢来的钱,强迫您交出来。"

这一下子,格雷古瓦立刻失去了天真的平静,失去了素日那种漫不经心的沉着。他结结巴巴地说:

"我的财产是抢来的?那难道不是我祖上千辛万苦挣来的吗?不是他们留给我们的吗?我们不是为生意冒过各种风险吗?难道今天我们把收入胡花了吗?"

埃纳博太太看到赛西儿和她的母亲吓得脸都变了色,急忙插嘴说:

"保尔在开玩笑,亲爱的先生。"

但是,格雷古瓦先生已经气坏了。当仆人送上一盘大虾时,他糊里糊涂地拿起三只,立刻咬起虾腿来。

"啊!我并不是说没有挥金如土的股东。比方说,有人跟我说,部长们因为给公司办了些事,就收到蒙苏的贿赂。就说那位大人物吧,我这里不说他的名字,他是位公爵,是我们股东里最有势力的一位,他那种挥霍无度的生活实在太不像话,他在女人身上,在酒宴上,在没有用的奢侈讲究上,不知挥霍了多少百万……像我们这样的老实人过着安分的生活,我们不搞投机事业,只要能依靠我们跟穷人们分得的一份合理地生活就满足了!……这是哪儿的事呢!除非那些工人是最残暴的土匪,否则他们连一个别针也不会抢我们的!"

内格尔看到格雷古瓦先生动了肝火,感到很有趣,但是也不得不安慰他几句,使他平静下来。大虾盘子一直在传递着,只听到嚼虾壳的咔咪咔咪声,这时候,话题又转到政治上来。格雷古瓦先生还在哆嗦,但是不论怎样,他认为自己是慷慨好施的人。他很怀念路易·菲利浦①。德内兰则拥护一个强有力的政府,他说皇帝正在让步的危险斜坡上向下溜滑。

"大家想想一七八九年吧,"他说,"法国大革命正是由于贵族们的合谋和追求新奇的哲学才促成的……哼,今天资产阶级以狂热的自由主义,疯狂的破坏,及其对老百姓的讨好等,也在玩弄着同样愚蠢的把戏。是的,是的,你们现在正在给魔鬼磨牙,好使他们把我们吞掉。你们就放心吧,它们将会把我们吞掉的!"

女士们让他住嘴,并问起他的两个女儿的消息,以岔开话题。露西现在马西恩纳跟一个女友一起唱歌,约娜正在画一个老乞丐的头像。但是,他在介绍女儿们的情况的时候,带着心不在焉的样子,两眼一直盯着正在专心致志地看电报、早把客人们忘到脑后的经理。德内兰先生觉得在这些薄薄的纸张后面是巴黎,是董事们决定罢工进程的命令,他仍然不能放下他的心事。

"到底打算怎么办?"他突然问道。

埃纳博先生一惊,然后含糊其词地回复了一句:

"看看再说吧。"

"当然,你们的腰板硬,等等看没什么,"德内兰高声说道,"可是假使罢工扩大到旺达姆,我可就完蛋了。我花了九牛二虎之力才把让-巴特矿整顿一新,我只有这么一个矿井,只有依靠它不停地生产,才能维持……跟你实说吧,我现在可真为难呐!"

~~~~~~~~~~

① 路易·菲利浦(1773—1850),法国国王(1830—1848在位),二月革命时被逐逃至英国。

这种不由自主的坦白似乎打动了埃纳博先生。他谛听着,脑海中浮现出一个计划:在罢工没有转机的情况下,为什么不借此良机使事情恶化下去,一直使邻矿破产为止,然后用低价把它买过来呢?这是重新获得董事们宠信的最保险的办法,董事们多少年来一直梦想着把旺达姆霸占过来。

"既然让-巴特矿使你这样发愁,何不把它让给我们呢?"他笑着说。

德内兰后悔自己不该这样诉苦,他喊道:

"我一辈子也不出让!"

大家见他发起火来,感到很有趣。饭后的点心一端上来,大家终于忘掉了罢工的事情。一个苹果派大受赞扬。然后太太小姐们讨论起菠萝蜜的做法来,大家认为菠萝蜜也同样味美。水果,葡萄和梨结束了这顿丰盛的、充满愉快的午餐。当仆人给大家斟上代替过于平常的香槟酒的莱茵葡萄酒时,大家一齐兴奋地谈起来。

在用点心的这种融洽的气氛中,内格尔和赛西儿的婚事无疑有了很大的进展。婶母向侄子使眼色敦促他,于是年轻人表现得很亲热,他那温和的面孔使刚刚被他所讲的抢劫之事吓坏了的格雷古瓦一家重新高兴起来。埃纳博先生看到妻子跟自己侄子那样声气相求,刹那间那种可怕的怀疑又复活了,他好像在他俩互相交换的目光中觉察到他们曾发生过肉体关系。但是,想到摆在面前的这桩婚事,他又放了心。

希波利特端来咖啡,这时候侍女惊恐万状地跑进来说:

"老爷,老爷,他们来了!"

这是代表们来了。外面门响,他们感到有一阵恐怖的气流从附近的房间里穿过。

"叫他们到客厅里去吧。"埃纳博先生说。

同席的人个个惊惶不安,面面相觑。室内先是一阵沉默。接着他们又开起玩笑,有人装着要把剩下的白糖装进口袋里,有人说要把餐具藏起来。但经理一直保持着严肃的态度。当工人代表被引到客厅去,传来沉重的脚步踏在隔壁房间地毯上的声音时,笑声落下去了,谈话声变成了低低的耳语。

埃纳博太太放低声音对丈夫说:

"我希望你先把你的咖啡喝了。"

"当然,"他回答说,"让他们等着去吧。"

经理很紧张,他的样子好像只注意着自己的杯子,耳朵却听着房间那面的声音。

内格尔和赛西儿站了起来,他叫她冒险地从门上的钥匙孔望了一眼。他们抑着笑声,说话的声音很低。

"您看见他们了吗?"

"看见了……有一个大胖子,后面跟着两个小矮个儿。"

"他们的面貌很凶吧,嗯?"

"不,他们的样子很温和。"

突然,埃纳博先生离开座位,说咖啡太热,等一会儿再喝。他走出房门的时候,把一个手指放在嘴上,嘱咐大家要谨慎一些。大家又坐下来,围着桌子一句话不说,再也不敢活动一下,都竖起耳朵听着远远传来的男人们那种使人听了不舒服的粗声大气的话音。

二

前一天,艾蒂安和几个同伴在拉赛纳的酒馆里开了一个会,选出了第二天去见经理的代表。晚上,马赫老婆听说自己丈夫被选为代表,心里就不安起来。她问丈夫是不是想让人家把他们一家子赶到大街上去。马赫本身也不是很痛快就同意当代表的。他们两口子,到了行动的时候,却又产生了世代相传的听天由命的想法,他们想到第二天要做的事情十分害怕,他们不顾遭受不公正的穷困,宁愿再次低头屈服。平时,在管家过日子方面,马赫对妻子一贯是言听计从,她的确是一位贤内助。但这一次,虽然他心里也和妻子一样怀着恐惧,却发起火来。

"去你的吧,哼!"他躺到床上,同时转过身去说,"扔下同伴们不管,那像话吗!……我是在尽自己的责任。"

马赫老婆也躺下了。两个人谁也不开口。沉默了很长时间,她才回答说:

"你说得有道理,你去吧。不过有一样,我可怜的老头子,我们可完了。"

第二天,他们十二点整吃午饭,因为一点钟要赶到万利酒馆集合,然后从那里到埃纳博先生那里去。他们吃的是马铃薯。由于只剩下一小块黄油,谁也不肯动,要留到晚上抹面包吃。

"你知道,我们打算让你出面说话。"艾蒂安突然对马赫说。

马赫一惊,急得说不出话来。

"啊!那不行,这太过分了!"马赫老婆大声嚷着,"我很愿意叫他去,可是我不答应叫他带头儿……你说,为什么偏叫他出面说话不叫别人呢?"

于是,艾蒂安用他那热情有力的口才解释起来。马赫是矿上最出色的工人,最受人爱戴,最受人尊敬,由于他通情达理,人人称道。因此由他来提出矿工们的要求,会有决定性的力量。起初,艾蒂安想代表大家出面说话,但是他来到蒙苏的时间还太短,而一位当地的老年人说话,会更能让人接受。总之,同事们把自己的事情托靠给最适当的人了,他不能拒绝,否则就成懦夫了。

马赫老婆做了一个无可奈何的手势。

"去吧,去吧,我的老伴,你去为别人卖命去吧。我呀,我不拦你啦!"

"可是,我从不会说句囫囵话,我会说得颠三倒四的。"马赫讷讷地说。

艾蒂安看他已经拿定主意,心里很高兴,拍了拍他的肩膀说:

"把你所感受到的说出来,就很好。"

两腿已经消肿、在一旁注意听他们讲话的老爷爷,因嘴里塞满了马铃薯只是摇头,没吭声。屋里一片沉静。孩子们都忙着往嘴里塞马铃薯。老爷爷把马铃薯咽下去以后,才慢吞吞地说:

"甭管你说什么,反正顶不了屁用……哼!这种事我经历过,我经历过!四十年前,他们把我们从经理家赶了出来,而且是用刺刀把我们赶出来的!今天他们也许会接待你们,但是他们就像这堵墙一样,什么也不会回答你们!……哼!人家有钱,才不在乎这种事呢!"

又是一阵沉默。马赫和艾蒂安站起身,丢下守在空盘前面心事重重的一家人,走了出来。他们顺便叫了勒瓦克和皮埃隆,四个人一起来到拉赛纳的酒馆。这时,附近矿工村的代表们也三个一群五个一伙地赶来了。代表团的二十名代表到齐之后,一起商定了向公司提出的反对公司措施的条件,然后就动身到蒙苏去了。刺骨的东北风吹着石路。他们到达经理家的时候,已经两点钟了。

起初,仆人把门又关上,叫他们在外面等着,随后回来把他们引到客厅里,并把窗帘打开。柔和的阳光透过窗帘上的镂空花边照射进来。客厅里只丢下矿工们,他们个个打扮得很整洁,穿着粗呢衣服,早晨刚刮的脸,留着黄头发和黄胡髭。他们感到非常拘束,谁也不敢坐下。他们手里不停地拧着自己的鸭舌帽,斜眼打量屋子里的家具。这些家具是各种样式的,由于主人对古物的特殊喜好,就把它们当成时髦的东西都摆在那里。其中有亨利二世时代的安乐椅,路易十五时代的椅子,十七世纪意大利式书架,十五世纪西班牙式火炉,一张桌围作为遮挡壁炉的装饰,门帘上缀着古祭披的刺绣。这些旧的金饰,这些暗黄色的绸缎,所有这一整套小教堂式的豪华装饰,使工人们心里充满一种敬畏感。东方地毯那厚实的绒毛好像裹住了他们的脚。特别使他们感到窒息的,是客厅里的温暖,他们不了解那个暖气炉为什么能使整个房间这样暖和,他们一路上经过冷风吹打的面颊,更感到火热。五分钟过去了,在这间密不透风、富丽堂皇的令人感到舒适的房间里,他们越发感到不知所措。

埃纳博先生终于穿着大衣,衣扣严整,佩戴着一枚合适的小勋章走了进来。他首先开了口说:

"啊!你们来啦!……看样子你们是在闹事……"

他停顿了一下,然后冷淡而有礼貌地补充说:

"大家请坐吧,我很希望能谈一谈。"

矿工们转过身去,寻找座位。几个人大着胆坐到椅子上,也有一些人担心弄坏织锦的椅面,仍然站着。

接着是一阵沉默。埃纳博先生把他的安乐椅拉到壁炉跟前,用心观看各个代表,力图辨认出他们的面孔。他先认出了躲在最后一排的皮埃隆,随后,他的目光就停在坐在他对面的艾蒂安身上。

"好吧,你们要跟我谈什么?"他问。

他正等着艾蒂安开口,然而马赫走上前来,这使他着实吃了一惊,不由自主地又补充说:

"怎么!是你!一向表现得十分通情达理的好工人,从蒙苏矿井一开始就在那里工作的老工人!……啊!这可不好,你当不满分子的头目,真使我感到难过!"

马赫眼也不抬地听经理说着。然后,他开始用犹豫而低沉的声音说道:

"经理先生,正因为我是个安分守己的人,没有任何可指摘的地方,同事们才推选了我。这应当使您看出,我们并不是吵吵嚷嚷地闹事,也不是存心不良故意捣乱。我们只要求公平合理,我们再也不愿意忍饥挨饿,我们认为现在是该好好谈谈如何保证我们天天能吃上面包的时候了。"

他的声音逐渐坚定起来。他抬起两眼望着经理继续说:

"您很清楚,我们是不能够接受您的新办法的……有人说我们坑木支得不好。我们对这项工作下功夫不够,这是事实;可是,要是我们下到功夫,我们每天得到的工钱就更少了,我们挣的钱本来就不够我们吃饱饭的,而那样就更没办法了,会一下子把您的工人全赶跑的。多给一些工钱,我们以后就会把坑木支好,我们就可以花费一定的时间来做这项工作,就不会拼命只顾挖煤了。没有别的办法,要想把工作做好,就必须花钱……可是您想出的是什么办法?那是我们所不能理解的,您知道吗?您降低了每车煤的工价,还硬说降低的工价,将由另付的坑木钱补上。假如真是这样,我们还可以少吃一点亏,因为支坑木是最费时间的事。但是,使我们气愤的是,事情并非如此。公司根本没给补上,只是从每车煤上多抽出两生丁装进了自己的口袋,事情就是这样!"

"对,对,这是事实。"其他代表看到埃纳博先生狠狠地做了个手势,好像要阻止马赫说下去,就这样咕哝说。

但是,马赫没容经理插话。现在,他已经说开了头,话从心里自然而然地往外涌,有时候连他自己听着也很惊讶,好像是另一个人在借他的嘴说话似的。这些都是他的肺腑之言,是连他自己也不知道在他心里积存了多久的话。他讲述了每个矿工的痛苦,讲述了艰苦的劳动,讲述了牛马般的生活,讲述了孩子老婆在家里叫饿的情形。他提到最近几次领回的可怜的工钱,又是罚金,又是停工,所剩已寥寥无几了,拿回家里以后家家都放声大哭。难道真的决心要把他们置于死地吗?

"经理先生,"他最后说,"我们到您这儿来,是为告诉您,如果横竖也是饿死,那我们宁肯坐着饿死,这样还可以少受点罪……我们既然已离开了矿井,那么,只有公司答应了我们的条件,我们才会下井。公司要降低每车煤的工钱,坑木另行付款,而我们要求一切照旧,并且要求每车煤再增加五生丁……现在就看您是不是讲公道,是不是愿意恢复工作了。"

一些矿工立即应声说道:

"就是这样……他说的正是我们大家心里的话……我们只要求讲理。"

另一些没有说话的人,也都点头表示赞同。豪华的客厅和那些金银刺绣、珍奇古董,对他们说来全都不复存在了,他们也不再感觉到他们穿着沉重的鞋子踩在上面的地毯。

"你们也要容我说句话嘛,"埃纳博先生发火了,终于喊叫起来,"不管怎么说,要说公司每车煤多赚两个生丁,那不是事实……我们算一算吧。"

接着是一片混乱的争论。经理为了分化代表们,设法让皮埃隆说话,皮埃隆躲躲闪闪,支吾其词。勒瓦克则与他相反,数他能闹,颠三倒四地乱说一通,连他自己也不了解自己说的是什么。在这装饰富丽、温暖如春的客厅里充满了粗鲁的怨声。

"你们要是一齐说,我们就永远也谈不好。"埃纳博说。

他又恢复了镇静和在严峻中并不显得粗暴的礼貌,这是一个管理人接到命令,并且要人遵守这一命令的那种态度。从谈话一开始,他就一直盯着艾蒂安,设法要使这个年轻人不再保持沉默,所以他不再争论两生丁的问题,突然把话题扩展开来。

"不,你们应该承认事实,你们受到了可恶的煽动,现在有一种瘟疫,在所有工人中蔓延,腐蚀着最老实的工人……哦!我不需要任何人公开承认,我自己看得清清楚楚,你们从前是那么安分守己,现在有人把你们教唆坏了,不是吗?有人答应改善你们的生活,说现在是该你们当家做主人了……最后使你们加入了那个臭名昭著的'国际',那是个土匪组织,他们的美梦就是要毁灭社会……"

这时艾蒂安打断了他的话:

"您弄错了,经理先生。蒙苏的矿工还没有一个人参加。

不过,假使有人逼着他们参加,那么所有的矿井工人都会参加的,这完全取决于合同。"

于是,一场论战就在埃纳博和艾蒂安之间展开,好像别的矿工都不在那里似的。

"公司是工人的靠山,你不应当威胁公司。今年,公司花了三十万法郎给工人建造住房,公司连百分之二的费用也没收回来,这还不算公司拿出的养老金以及煤和医药费用……你很精明能干,短短的几个月就成了一个熟练工人,要是你宣传宣传这些事实,岂不比跟一些名声不好的人来往要强得多吗?是的,我指的是拉赛纳,我们不得已把他开除了,那是为了把我们的矿井从社会主义者的毒害中拯救出来……有人看见你常常到他那里去,一定是他怂恿你建立互助基金会的。假使这个组织只是为了储蓄,那我们是同意的。但是,我们觉得这是反对我们的一种武器,是支付斗争费用的备用基金。说到这点,我应该再说一句,公司要求对这个组织进行监督。"

艾蒂安听任他说下去,两眼盯着他的眼睛,激动得嘴唇微微颤动着。当经理说到最后一句的时候,他微笑了一下,简捷地回答说:

"这又是一个新的要求,因为到目前为止,经理先生还没有想到要求对互助基金会进行监督……不幸得很,我们却希望公司少管我们的事,多讲些公道,付给我们应得的工钱,把公司榨取我们的劳动果实还给我们,不要再充作什么恩赐者了。每逢遇到危机就不惜饿死许多工人,去保证股东们的利润,难道这不伤天害理吗?……任凭经理先生您说得天花乱坠,新办法仍是变相降低工资,我们感到气愤的也就是这一点。如果公司必须节约,也不应当一味在工人身上打主意。"

"啊,说得好!"埃纳博先生叫嚷说,"我正等着你指责我们让工人挨饿,说我们靠工人的血汗过活呢!像你这样的人,应当知道在工业上——例如在煤矿方面——投资是冒着多么大的风险的,你怎么能说出这样的糊涂话来呢?今天一个设备完善的矿井要投资一百五十万到二百万法郎,花这么大的本钱来赚取一点利润是多么艰难呀!法国一半矿业公司都破产了……总之,指控那些办得好的公司残酷无情简直是糊涂。它们的工人苦的时候,公司自己也苦呀。你以为在目前的工业危机中,公司所受的损失比你们小吗?关于工资的事情,由不了公司本身,它需要屈从于工业竞争,不然就会破产。你应该抱怨这些事实,而不应该抱怨公司……可是,你不愿意听这些,也不肯了解这些!"

"不,"年轻人说,"我们十分清楚,如果事情像现在这样长期得不到改变,我们的处境是不可能改善的,也正是因为这样,工人们早晚会想出办法使事情变个样。"

从表面上看,这句话说得非常缓和,声音也不大,然而却包含着一种坚强的信念,充满令人颤抖的威胁,使客厅陷入一片沉寂。一种难堪和恐怖的气氛掠过肃静的客厅。其余的代表虽然不十分了解这段话的意义,却感觉到年轻人在这个舒适的环境里所要求的正是他们自己的权利,他们开始用不满的目光重新打量客厅里温暖的帘帷、舒适的椅子,以及一切豪华的陈设,其中最不值钱的东西也够他们吃一个月的。

最后,仍在沉思的埃纳博先生站起来下逐客令了。大家也都站了起来。艾蒂安用臂肘轻轻地碰了马赫一下,马赫又开了口,然而他的舌头已经不灵活了:

"先生,这就是您的全部答复……那我们就回去对大家说,您拒绝了我们所提出的条件。"

"我,我什么也不拒绝,我的老伙计!……"经理说,"我跟你们一样,是挣人家钱的。我并不比你们当中一个最小的徒工强,在这儿不能随便做一点主,人们给我指示,我唯一的任务就是监督这些指示能很好地执行。我认为凡是应当向大家说的我都说了,可是我决不能作什么决定……你们把你们的要求向我提出来,我呈报给董事会,然后我再向你们转达董事会的答复。"

他说这段话的时候态度得体,很合乎一个高级职员的身份,在谈话中他不动声色,彬彬有礼,十足表现他只不过是官方的一位工作人员。这时候,工人们用不信任的目光望着他,心里琢磨着他这是玩弄什么手腕,他说谎有什么用意,把自己说成是工人和真正资本家之间的中间人物想得到什么便宜。他肯定是个阴谋家,一个跟工人一样领取工资的人难道能生活得这样阔气!

艾蒂安又大胆地插了话。

"啊,经理先生,我们不能亲自申述我们的理由,实在感到遗憾。我们会提出很多很多的事实,我们有许许多多肯定是您所想不到的理由……我们要是知道应该去找谁就好了!"

埃纳博先生一点也没有生气,他甚至微笑了一下。

"啊!这可就麻烦了,你们不相信我……就得到那边去。"

他的手随便指向一个窗户,代表们随着他的手势望了一下。那边,那边是什么地方?无疑是巴黎。但他们还不能确切地知道那是什么地方，一定是一个遥远遥远的可怕的地方，一个不可到达的神圣不可侵犯的地方，那里有一个谁也从未见过的偶像高踞在神龛的深处。他们也许永远见不到他，只知道他有一种力量远远地压在蒙苏的一万矿工身上。当经理说话的时候，一定是隐藏在他的背后的这种力量，使他道出这个偶像的旨意。

工人们感到万分沮丧，艾蒂安也耸了一下肩，好像对大家说，最好还是走吧。这时候，埃纳博先生友好地拍了拍马赫的胳膊，问了他一些让兰的情况。

"这可是一个严重的教训，你还为不认真支坑木作辩护呀！……你们要想一想，朋友们，你们要了解到罢工不论对谁都是一个巨大的损失。用不了一个星期你们就要饿坏的，到那时候你们怎么办？……不过，我相信你们会明白过来的，我确信最迟到星期一你们就会下井的。"

大家动身离开客厅，脚步杂沓像一群绵羊，他们低着头，对于这种要他们屈服的话什么也没有回答。经理跟在他们后面，不得不总括一下这次谈判：一方面，公司要实行新的工价；另一方面，工人们要求每车煤增加五生丁的工钱。为了使工人们不要抱任何幻想，他认为必须预先告诉他们，他们的要求一定会被董事会拒绝的。

"你们应该考虑考虑，不要轻举妄动。"他看到工人们一声不响，不安地又说。

到了前厅，皮埃隆深深地鞠了一个躬，勒瓦克装作在戴鸭舌帽。马赫正在寻思离开之前应说的话，艾蒂安又用胳膊肘碰了他一下。于是，众人就在这种不是好征兆的沉默中离开了。只有大门又砰的一声关上了。

埃纳博先生回到饭厅的时候，客人们面前摆着酒，一言不发，一动不动地愣着。他三言两语地把经过告诉了德内兰，德内兰的脸色更加阴沉了。随后，埃纳博喝着那杯凉了的咖啡时，人们又谈起别的事情。但是格雷古瓦一家人却又提起罢工的事，他们不明白为什么没有禁止工人擅离职守的法律。内格尔安慰着赛西儿，说宪兵一定会来。

最后，埃纳博太太招呼仆人：

"希波利特，把客厅的窗户打开，换换空气，我们就要到客厅去了。"

三

半个月过去了，第三个星期的星期一，上报给经理的工人出勤表表明，下井的工人数目又减少了。那天早上，实指望会复工的，但是，董事会不肯让步的顽固态度激怒了矿工们。停工的已经不单是沃勒矿井、克雷沃科尔矿井、米鲁矿井和玛德兰矿井，连维克托阿矿井和费特利-康泰耳矿井现在下井的工人也只有四分之一了，甚至还波及了圣托玛斯矿，逐渐形成了普遍的罢工。

沉寂笼罩着沃勒矿井的贮煤场。这是一个死气沉沉的工场，空旷的场地上寥无一人，满目荒凉，工作完全停了。沿着高高的天桥，扔着三四辆斗车，在十二月灰暗的天幕下，显得十分凄凉。下面，台架脚下的存煤已经消耗殆尽，露出光秃乌黑的地面。备用的坑木也在大雨浇注下腐烂着。运河的码头上，一艘装了一半货物的货船，瘫痪在混浊的水面上。尽管还有雨，荒凉的矸子堆上，分解的硫化物仍在冒烟。一辆马车阴郁地伸着它的车辙。煤矿的建筑更显得死气沉沉。选煤场的百叶窗关得紧紧的,井楼里再也没有收煤处的隆隆声,锅炉房也变冷了,巨大的烟囱只冒出一丝丝烟,使它显得过大了。现在只是早晨开动一下提升机,马夫往下送马料,工头们又成了普通工人,井底下只有他们干活,以免因缺少养护而毁了坑道。然后,从九点钟起,其他工作就都依靠梯道进行。在这个蒙着一层黑色尘雾的死寂的建筑中,唯一的生气就是抽水机又粗又长的呼呼的喘息声,因为这声音一旦停止,大水立刻就会把整个矿井淹没。

在对面的高岗上,二四○矿工村也仿佛死了一般。里尔的省长急忙赶来,宪兵也串遍了各条街道,但是,一看到罢工者非常安稳,又都回去了。在这个广大的平原上,矿工村从来也没有像这样的模范表现:男人们为了不进酒馆,整天在家里睡觉;女人们有限制地喝咖啡,也变得理智起来,不再那样胡扯乱吵;就连一群群的孩子也显得那么懂事,他们光着脚在街上奔跑,不声不响地厮打。仿佛人人异口同声地表示:咱们要老实听话。

然而,马赫的家里却是人来人往,门庭若市。艾蒂安以秘书身份,在这里把互助基金会的三千法郎分给穷困的家庭。后来,又分发了从各方面募捐来的几百法郎。但是现在所有的钱都用光了,矿工们再没有坚持罢工的钱,饥饿又威胁着他们。梅格拉原本答应他们赊欠半个月,可是才过了一个星期他就突然改变了主意,断绝了食物的供应。梅格拉总是唯公司之命是从,大概是公司想用让各个矿工村的人饿肚子的办法来立刻结束罢工。此外,他像一个荒淫的暴君那样,是否供应面包,要看父母派去取东西的姑娘长得怎么样,特别是马赫老婆去的时候,他更是闭门不纳,因为他没有得到卡特琳,满肚子怨恨,要给马赫老婆一点颜色看。最困难的是天寒地冻,女人们眼看着自己的煤堆越来越小,而一天不下井,矿上就一天不会发给新煤,心中更加忧虑不安。所以不光是要饿死,还要冻死。

马赫家已经什么也没有了。勒瓦克家由于布特鲁借给了他们二十法郎,还能吃上饭。至于皮埃隆家总是不缺钱用的,但是怕别人向他们借钱,也装出跟大家一样挨饿的样子,到梅格拉家去赊货;只要皮埃隆老婆撩起她的裙子,梅格拉会把整个铺子都送给她的。从星期六那天,就已经有很多家不吃晚饭便上床了。面对着极端苦难的日子,听不到一句怨言,人人都安静坚定地遵守着罢工的号令。他们依然怀着牢固的信念,这是宗教般的信仰,是一种笃信宗教的民族的盲目自我牺牲。既然有人许诺他们正义的时代就要到来,他们就准备为争得普遍幸福而忍受磨难。饥饿使他们更加激昂奋发,对于这些由于困苦而变得神思恍惚的人来说,那个封闭的天地从来没有展现过这样广阔的幻景。当他们虚弱的眼睛发花的时候,就看到了他们所梦想的理想乐园,好像它已经临近,并且是那么真切,看到了兄弟般友爱的人民,看到了共同劳动、共同吃饭的黄金时代。任何事情也动摇不了他们终究要进入这个乐园的信念。互助基金用光了,公司还不肯让步,形势一天比一天严重,但是他们仍然充满希望,对眼前的现实只是付之一笑。即使大地在他们脚下裂开,也会出现奇迹使他们得救。这种信念代替了面包,使人感到温饱。马赫家和其他人家,吃下的清水般的汤饭很快消化了以后,就进入一种半昏迷状态,憧憬着一种使殉道者甘愿为之赴汤蹈火的幸福生活。

从此以后,艾蒂安成了当然的领袖。由于学习钻研,他变得更加精明,在各种事情上都有独特的见解,于是在晚上的聊天中,他大谈神奇的预言。他整夜整夜地看书,接到的信也越来越多,他甚至还订了一份比利时出版的社会主义者的报纸——《报复者》,这是矿工村中见到的第一份报纸,这使他受到同伴们的特殊尊重。不断增长的声望,使他日益自命不凡。保持广泛的通信关系,讨论全省各地劳动者的命运,给沃勒矿井的矿工们出主意,特别是自己成了个中心人物,感到他就是全世界的中心。所有这些都使这个两手油污的机器匠,这个两手漆黑的挖煤工的虚荣心不断增长。他怀着对智慧和安逸的满足登上一个阶梯,进入人们憎恶的资产阶级范畴,但这一点他自己并不承认。他唯一不称心的就是意识到自己受的教育不够,这使他每逢遇到一个穿大衣的先生就感到局促胆怯。虽然他不断进行自学,如饥似渴地见到什么就读什么,但由于缺乏正确的方法,接受极慢。他脑袋里乱七八糟地装了一大堆,结果全都是似懂非懂。他在头脑清醒的时候,有时也对身负的重担感到不安,恐怕自己不够格。他或许应该找一个律师,找一个能说会干不致使同伴们吃亏的博学的人。但是,一股反抗精神又使他立刻坚强起来。不,不,不要律师们!那都是些坏蛋,都是利用自己的知识拿人民来发财的家伙!不管怎样,工人们应该自己处理自己的事情。做一个群众领袖的梦想使他陶醉,蒙苏在他脚下,巴黎隐约在望,谁敢说不会有那么一天,他作为一个议员站在一个富丽堂皇的大厅的讲坛上,在国会里发表第一次工人的演说,猛烈攻击资产阶级。

几天来,艾蒂安不知怎样是好。普鲁沙一封接一封地来信,说他要亲自到蒙苏来鼓励罢工者的热情。要由机器匠主持召开一次秘密会议,他打算利用这次罢工的机会,把至今还不相信"国际"的矿工们争取过来。艾蒂安怕闹出乱子来,但是如果不是拉赛纳极力反对这种做法的话,他是想让普鲁沙到这里来的。尽管年轻人有一定的权威,也还必须和酒馆老板商量一下,因为拉赛纳在这里已经多年了,在主顾中还保有一些忠实的信徒。所以他还在犹豫,不知如何答复普鲁沙。

星期一四点来钟的时候,从里尔又来了一封信,恰巧这时候楼下饭厅里只有艾蒂安和马赫老婆。马赫待得实在腻烦,出去摸鱼去了。万一在运河的水闸下面抓住一条大鱼,就能卖了买面包。老爷爷长命佬和小让兰刚刚出去,为的是遛一遛他们才复原的腿。孩子们也跟着阿尔奇出去了,他们要在矸子堆那里拣上几个钟头的煤渣。马赫老婆坐在不敢再往里添煤的奄奄一息的火炉旁,敞着怀,露出一只垂到肚子上的乳房,给艾斯黛喂奶。

当艾蒂安把信重新折起来的时候,她问道:

"有好消息吗?是不是有人要给我们寄钱来?"

他做了个手势,表示"没有",于是她又接着说:

"这个星期我可不知道该怎么办了……无论如何我们还要坚持下去。人只要占理,就会有勇气,是不是?一定会得到最后胜利的。"

现在,她已经相当拥护罢工了。能不罢工而使公司讲公道当然最好,但是,既然罢了工,没有争得合理解决方案就不该复工。在这方面,她表现出毫不妥协的毅力。只要有理,宁死也不能认错。

"啊!"艾蒂安嚷道,"要是闹一场大霍乱让公司所有这些剥削者统统死掉多好！"

"不，不，"她接过来说，"不应该咒任何人。那样对我们并没有什么好处，一个死了还会有另外一个代替他……我，我只要求他们更理智些，我盼望着有这一天，因为什么地方都有好人……你知道，我一点也不赞成你那套政治。"

实际上，她平常就埋怨他言辞激烈，她认为他好战。要求自己应得的劳动报酬，这是对的。但是为什么要管那许多闲事呢？资产阶级呀，政府呀，管别人的事情干什么？那只会招来祸害。不过她还是尊敬他，因为他不酗酒，并且按时付给她四十五法郎的膳宿费。一个男人只要品行端正，别的都可以不过问。

于是，艾蒂安讲述起人人都有面包吃的共和国来。但是，马赫老婆摇着头，她想起了一八四八年，那叫人走投无路的一年，那一年，她跟丈夫刚结婚，他们弄得一贫如洗。她直着两眼，敞着怀，用忧郁的声音唠叨起那个时候的困苦来。这时候，女儿艾斯黛已经在她的膝上含着乳头睡着了。艾蒂安聚精会神地听着，盯着她的大乳房，她那白嫩的乳房和憔悴的面容形成鲜明的对比。

"一个钱没有，"她喃喃地说，"一口东西也吃不上，所有的矿井都停了工。到头来又怎么样！跟今天一样，还是穷人饿死！"

这时候门开了，卡特琳走进来，两个人看着她惊讶得一句话也说不上来。卡特琳自从跟沙瓦尔走了以后，一直没有回矿工村来过。这时她心里乱得很，连门也忘了关，浑身颤抖着，说不出话来。她原以为只有母亲一个人在家，看到艾蒂安也在那儿，在半路上想好的话就乱了头绪。

"你来干什么?"马赫老婆喊道,坐在椅子上动也没动,"我家没有你,你滚!"

卡特琳尽力思索着自己要说的话。

"妈妈,这是咖啡和糖……喏,是给孩子们的……我挣了一点工钱,我还是想着他们……"

她从口袋里掏出一斤咖啡和一斤糖来,硬着头皮放在桌子上。虽然她在让-巴特矿做工,沃勒矿的罢工仍然使她感到不安,于是她就借口惦记着孩子们,给父母一点帮助。但是,她的好心并没使母亲消气。母亲顶撞说:

"与其给我们送糖来,还不如当初留在家里给我们挣面包。"

母亲责骂她,拿她出气,把一个月来对她的牢骚一股脑儿地朝她发泄出来。跟一个男人跑了,十六岁就跟别人姘居,而且正是在家里需要她的时候!只有最不要脸的丫头才能干出这种事来。偶然做错一件事是可以原谅的,但是一个做母亲的永远也忘不了这样的丑事。要是对她管束太严也有可说!完全不是那么回事,她完全随便,要怎么就怎么,只要她回家睡觉就成。

"你说,你怀的什么心眼儿? 小小的年纪!"

卡特琳站在桌子前面,一动不动,低头听着。她那晚熟女子的瘦弱身材颤抖着,用不成句的话尽量回答着:

"噢! 要是由得了我的话,难道我高兴这样吗?……都是他。他想干什么,我就不得不随着,不是吗? 你看得很清楚,他蛮横不讲理……谁能知道事情会变得什么样? 不管怎么说,生米已经煮成熟饭了,再也没法更改。事情已经这样,是他是别人都一样。他必须娶我。"

她一点也没生气,带着年纪不大就被男人占有的姑娘的屈从的态度,为自己辩解着。一个姑娘在矸子堆后面失了身,十六岁就生了孩子,然后如果她的情人娶了她,就过起穷日子来,这难道不是普遍的规律吗?她从来也没有梦想过别的。她并没有因为羞耻而脸红,她所以这样颤抖,只是因为她在这个年轻人面前被看作是一个淫妇,这个年轻人在场使她感到压抑和绝望。

为了不妨碍她辩解,艾蒂安站起来,装着去捅半死不活的炉子。但是他们的目光遇到一起了,他发现她面色苍白,疲惫不堪,但她那憔悴的脸上的两只那么明亮的眼睛,依旧使她显得美丽动人。于是他产生一种特殊的感情,怨恨顿时消失,只希望她能跟她更喜欢的那个男人一起幸福地生活。他仍要关心她,他想跑到蒙苏去强迫那个男人尊重她一些。但是,她在他所表现出的那种柔情中只看到惋惜,她认为他这样瞧她,一定是瞧不起她。于是她心里非常难受,喉咙一阵哽塞再也说不出别的辩解的话来。

"对了,你最好是住嘴,"马赫老婆仍然不肯宽恕地说,"你回来要是住下不走了,你就进来,要不然就立刻给我滚。我现在抱着孩子算便宜了你,不然的话我早就踢你了。"

突然,这种威胁变成了现实,卡特琳屁股上重重地挨了一脚,又疼又惊,她一下子愣住了。原来是沙瓦尔从敞着的门口一步闯进来,像一头撒野的牲口尥蹶子一样给了她一脚。他在门外已经窥视她好一会儿了。

"哼!你这个贱货,"他吼叫道,"我一直跟着你,早知道你要回这儿来,要他给你过瘾!而且你还倒贴他,是不是?你用我的钱买咖啡来灌他!"

马赫老婆和艾蒂安一时惊呆了,沙瓦尔疯狂地往门外赶卡特琳。

"出去,他妈的!"

因为卡特琳躲到了一个角落里,他便转向卡特琳的母亲:

"叫女儿两脚朝天地躺在楼上养汉子,你在这儿看着门,这倒是个好买卖!"

最后,他抓住卡特琳的手腕,把她使劲往外拖。到了门口,他又转过脸来对着如同钉在椅子上的马赫老婆。马赫老婆一时忘了把乳房塞进衣服里。艾斯黛脸朝外,在她的粗毛裙子上睡着了,大大的乳房袒露在外面,就像乳牛的奶一样往下垂着。

"女儿不在就由她妈来补缺吧,"沙瓦尔嚷道,"对,你脱光给他看看!你那个下流房客不会讨厌的!"

这时,艾蒂安真想揍他几个耳光。他有意把卡特琳从沙瓦尔手里夺回来,由于担心一打架会惊动整个矿工村,才没有这样做。但是,他也气坏了,两个人都红了眼,互相盯着对方。这是一种旧恨,一种长期没有公开承认的妒火爆发了。现在,已经到了势不两立的地步。

"你小心点!"艾蒂安咬牙切齿地说,"我早晚要扒你的皮。"

"你试试看!"沙瓦尔回答说。

两个人又互相瞪了几秒钟,他们离得很近,各自呼出的热气扑打着对方的脸。结果是卡特琳央求着,抓住她情夫的手把他拖开了。她拉着他出了矿工村,头也不回地跑了。

"真野蛮!"艾蒂安使劲关上门嘟嘟囔囔地说。他简直气坏了,不得不再坐下。

马赫老婆依旧坐在他的对面没有动。她使劲挥了一下手,接着屋里是一阵沉默,这是一种无话可说的难堪而沉重的缄默。然而,他的眼睛不由自主地又落到她的胸上,那一堆诱人的白肉,这时使他感到很不自然。当然,她已经四十岁了,像一个生育过多的良种母畜那样,已经失去了原有的魅态。但是,她身体丰满、健壮,面孔修长饱满,当年风韵犹存,至今有许多人打她的主意。她态度安然地用双手慢慢把乳房塞回去。那玫瑰色的乳头却固执地露在外面,她又用手指把它按进去,然后扣上了衣纽。现在,她穿着那件破旧的上衣,一身黑,又显得邋遢了。

"纯粹是头蠢猪,"她终于说,"只有肮脏的猪才会有这种叫人恶心的想法……我根本不在乎他这些!简直不值得一理。"

马赫老婆仍然看着年轻人,用坦率的声音继续说:

"当然我也有毛病。不过,我可没有干过那种事……只有两个男人挨过我,头一个是从前的一个推车工,那是在十五岁的时候,第二个就是马赫。要是马赫也跟头一个男人那样把我甩掉的话,唉,我真不知道会发生什么事,我也不以我们结婚以后我始终严守妇道而骄傲,因为有时候人们没做坏事,往往是因为没有机会……不过,我有什么说什么,据我知道,邻居有些女人还不能夸这个口,是不是?"

"那倒是真的。"艾蒂安说着站起来。

随后,他走了出去。这时候,马赫老婆把睡着的艾斯黛放在两把椅子上,决定把火再生起来。要是父亲捉到鱼,并且卖掉的话,家里还是要做饭的。

外面,天已经黑了。这是一个严寒的夜晚。艾蒂安心情抑郁,低着头向前走着。现在他已经不再生那个男人的气,也不再怜悯那个受虐待的姑娘。那野蛮的一幕已经过去,已经消失,他又想起了大家的痛苦,对穷困的憎恨。他又想起了饥饿的矿工村,想起晚上吃不上饭的女人和孩子们,想起所有饿着肚子斗争的人们。在这可怕的忧愁的黄昏,他心里有时隐隐感觉到的那种怀疑又复活起来,而且从来没有那样强烈地搅扰着他,使他十分不安。他肩上的责任是多么重大啊!现在既没有钱,也赊不来东西,他是不是仍然要他们继续坚持抵抗呢?假使得不到任何援助,饥饿压倒了人民的勇气,那么将会发生怎样的结局呢?他眼前突然显现出失败的景象:孩子们饿死了,母亲们呜呜地哭着,面黄肌瘦的男人们重又下了矿井。他一直向前走着,两只脚不住地碰到石头,想到公司可能占上风,自己可能给同伴们招来不幸,心里就充满无法忍受的忧虑。

他一抬头,发现自己已经来到沃勒矿井前面。深暗的建筑在越来越浓重的夜色里显得格外阴沉,空寂的贮煤场上矗立着一些巨大的、一动不动的黑影,好似被遗弃的城堡的一角。提升机一停,这里就没了生气。在这夜晚时刻,找不到一点有生气的东西,看不到一盏灯,也听不到一点人声,就是抽水机的抽水声,也变成了不知是从什么地方传来的垂死人的喘息,整个矿井像死了一样。

艾蒂安站在那里望着,热血又涌上心头。工人们虽然在挨饿,可是,公司也要损失几百万。那么,怎么能说在劳动反抗资本的斗争中,公司一定获胜呢?无论如何,要想取得胜利,就得付出昂贵的代价,而且,还要牺牲很多生命。他又恢复了战斗的激昂情绪,急于消灭贫困,即使牺牲性命也在所不惜。让矿工村的人们由于饥饿和不正义而慢慢死掉,和使他们一下子死掉,又有什么两样。于是,从书本上看来的那些没有充分理解的东西,又涌上他的脑际,如有的民族为了抵挡敌人而焚毁自己的城市的事例,母亲为了不使儿女当奴隶而把他们摔死在大路上的故事和人们宁肯饿死也不愿吃暴君的面包的故事等。这些想法又使他激昂起来,一阵强烈的愉快代替了他那抑郁的忧虑,驱散了他的怀疑,使他对自己一时的怯懦感到惭愧。在他恢复了信心的时候,他的傲气又上来了,当领袖的喜悦,有人甘愿牺牲生命服从自己,扩大权势的梦想,胜利的夜晚,所有这些使他飘上了天。他已经想象出一个伟大的场面,他要在成为一个胜利的领袖时,激流勇退,把一切权柄交回人民手里。

马赫一声叫喊把他吓了一跳,他又清醒过来;马赫告诉他自己很走运,摸到一条绝好的鲟鱼,卖了三法郎。晚上又有饭吃了。于是他让同伴先回去,说自己随后就来。他走进万利酒馆坐下,等一个主顾走了以后,就直截了当地告诉拉赛纳说,他要给普鲁沙写封信,叫他马上到这里来。他已经决定要召开一次秘密会议,他认为假使蒙苏的矿工能集体参加"国际"的话,一定能取得胜利。

四

秘密会议定于星期四两点钟在寡妇德喜儿的欢乐舞厅举行。德喜儿把所有的矿工都看作是自己的孩子,她为这些孩子遭受的痛苦感到非常气愤。自从她的酒馆生意萧条以来,她更是怒不可遏。以往罢工,喝酒的人从来没有像这次这样少,酒鬼们唯恐违背禁令,都闷在家里门也不出了。所以,在主保节日一向熙熙攘攘的蒙苏,宽阔的大街上冷冷清清,死气沉沉,一片凄凉。顺着柜台和人们的肚皮直流啤酒的景象看不见了,地面上也不再酒流成河。大路旁边的卡西米咖啡馆和进步咖啡馆里,老板娘面色忧郁,两眼盯着大路;就是在蒙苏本镇,从兰芳咖啡馆、皮凯特咖啡馆、泰德古贝咖啡馆,直到迪松咖啡馆,这一溜店铺都空无一人,只有工头们常去的圣埃路瓦咖啡馆还能卖几杯啤酒。这种萧条状况一直蔓延到沃尔坎,虽然那里的妓女们由于时光不好把价钱从五十生丁减到了二十五生丁,仍然拉不到嫖客。整个蒙苏陷入了凄凉哀伤的气氛之中。

"他妈的!"德喜儿寡妇两手拍着大腿嚷道,"这都是宪兵们闹的!就是他们把我关进监狱,我也要给他们找点儿麻烦!"

她把所有做官当差的人和老板都看作是宪兵,这个词是表示轻蔑的通用字眼,不过她所说的宪兵却是指人民的一切敌人。所以,她非常高兴地接受了艾蒂安的要求。她说,她的整个买卖都是属于矿工们的,她可以免费出借舞厅,并且愿以她本人的名义散发请帖,因为法律要求这样做。其实,如果法律不许可,她觉得更好,那样她可以大吵一阵。第二天,艾蒂安把他事先叫矿工村里会写字的人抄好的五十来封信带给她,要她签了字,然后分送给各个矿井的代表以及他认为可靠的人。公开的议程是讨论坚持罢工的问题,其实是等待普鲁沙来作一次演说,开导工人们集体加入第一国际。

普鲁沙来电报说星期三晚上到这里,但是到了星期四早晨,艾蒂安仍没见自己的老工长到来,心里很不安。究竟出了什么事呢？不能在开会以前跟他交换一下意见,他感到很沮丧。刚九点钟他就到了蒙苏,一心认为普鲁沙也许没在沃勒停留直奔这里来了。

"没有,没见您的朋友来呀,"德喜儿寡妇回答说,"不过,一切都准备好了,您来看看吧。"

她把艾蒂安领进舞厅。大厅里的装饰和往日一样,天花板下,挂着几条纸花串,当中是一个彩色的纸花环;墙上依然挂着那些写着圣人圣女名字的金色牌子。只是角落里的乐台换成了一张桌子和三把椅子,厅里斜着摆满了长凳。

"好极了。"艾蒂安说。

"我跟您说,"寡妇又说,"这儿就跟您家里一样,可以爱怎么嚷就怎么嚷……要是宪兵们来的话,我拼了命也不能让他们进来。"

艾蒂安尽管心里焦急,望着她仍不禁发笑,她在他眼中是那样肥胖,胸前高耸着的一对大乳房,一个就够一个男人拥抱的;据说她过去每周六个男人就够了,而现在每晚就得要两个情夫。

这时候,艾蒂安看到拉赛纳和苏瓦林走了进来,感到非常惊奇;当寡妇把他们三个丢在空旷的舞厅里的时候,他惊异地说:

"怎么！你们来了！"

沃勒矿井的机器匠们并没有参加罢工,苏瓦林下了夜班以后,只是出于好奇才到这里来的。至于拉赛纳,两天以来他就显得不大痛快,他那圆圆胖胖的脸上已经失去了他那和善的笑容。

"普鲁沙没有来,我心里真着急。"艾蒂安接着说。

酒馆老板拉赛纳眼睛转向别处,从牙缝里回答说:

"这我倒不感到奇怪,我不等他了。"

"怎么?"

这时,他决定把话说出来,朝艾蒂安脸上望了一眼,扬扬得意地回答说:

"你要愿意我告诉你,我就告诉你。我也给他写了一封信,我请他不要来了……是的,我认为我们自己的事应该自己来办,用不着问别人。"

艾蒂安气得要命,浑身打战,两只眼睛盯着拉赛纳的眼,不禁结结巴巴地连声说道:

"你竟干出这种事来!你竟干出这种事来!"

"一点不错,我这样干了!但是,你知道我是否相信普鲁沙!他是个聪明可靠的人,可以跟他共事……可是我告诉你,我不赞成你们的想法!什么政治呀,政府呀,我不管这些!我所要求的就是使矿工们得到较好的待遇。我在井底下工作过二十年,我在那里吃尽了苦,受够了累,所以我发誓要为现在仍然在井底下工作的穷伙伴们争得一些利益;但是我非常清楚,用你们那一套不仅什么也争不到,而且会把工人的命运弄得更悲惨……等他们饿得没办法,不得不再回到矿井里去的时候,他们会受到更苛刻的压榨,公司会像对待一只逃跑后又被赶回窝来的狗那样,狠狠地用棍子揍他们……这就是我竭力防止发生的事情,你明白吧?"

他挺着肚子,劈开两条粗腿稳稳地站着,声音越来越高。他那自然、流利而清晰的谈吐,充分表现出了一个有耐性和有理智的人的性格。认为一下子就可以改变世界,使工人们代替资本家,像分一个苹果似的平分财富,这难道不是异想天开吗？至少要等千年万载，这样的事也许会实现。这样的奇迹去他的吧！假使不想碰得头破血流，最明智的办法就是走正路，首先要求可能的改革，然后利用各种机会改善劳动者的命运。因此，要是由他来管事，他自信能使公司答应比较好的条件。相反地，如果人们坚持罢工，非都饿死不可！你就算了吧！

艾蒂安听他说下去，气得话都说不出来了。最后艾蒂安竟大喊起来：

"他妈的！你还有点血气吗？"

艾蒂安一时真想揍他几个嘴巴，为了按捺这种念头，他大步闯到大厅当中，在板凳中间撞出一条道，拿板凳出气。

"怎么也得把门关上了讲，"苏瓦林提醒说，"没必要让别人听见。"

苏瓦林自己过去把门关上，然后安详地坐在讲台后的一把椅子上。他卷了一支烟，用他那温和而又敏锐的眼睛望着他们俩，抿着嘴微笑。

"发火顶不了什么事，"拉赛纳断然说，"原先我认为你是个明白人，你嘱咐同伴们要冷静，叫他们待在家里不要乱动，并且凭借你的威望维持了秩序，这很好。可是现在，你却把他们往泥坑里推！"

艾蒂安在长凳中间来回走着，每当走到这位酒馆老板跟前，就抓住他的肩膀用力摇晃，冲着他的脸喊着回答：

"去你的吧！我倒很愿意冷静些。不错，我给他们定下了纪律！不错，我也劝过他们不要乱动！但是，不应该最后叫人嘲笑咱们！……你心里一直很冷淡，可是我，有时候简直觉得晕头转向了。"

这可以说是他的自白。他嘲笑自己那种新信徒的幻想，嘲笑自己的宗教梦想，自认为正义不久就会到来，所有的人都将成为弟兄。如果你想看着人们像豺狼一样互相吞食直到世界末日的话，那么袖手旁观则是一个真正的好办法。不行！必须干预，否则就永远没有正义，富人就会永远吸穷人的血。所以，他觉得自己从前说要把政治问题同社会问题分开，那是胡说，是不能自我原谅的。那时候他什么也不懂。后来他就看书，钻研，现在他的思想成熟了，并自称有了一套。然而，他还解释不清楚，他的话里混杂着他研究过而后又放弃的各种学说。其中，占主要地位的是卡尔·马克思的思想：资本是剥削的结果，劳动者有权利和义务收回这笔被掠去的财富。实际上，起初他赞成蒲鲁东①，妄想利用庞大的交换银行的互助贷款来取消一切中间人。接着他又对拉萨尔②的合作社感到兴趣，这种合作社由国家出资建立，以便逐渐把世界变成一个工业城市。但是，后来他发觉这种合作组织很难管理，就又放弃了建立这种制度的想法。最后，他又接受了集产主义思想，主张一切生产工具都归集体所有。但是，这个新的梦想，不久也破灭了，因为他不知道怎样去实现这个新的梦想，他的感情和理智使他不能同意狂热者的那种坚决要求。他只是主张，应该首先夺取政权，别的以后再说。

"你到底是怎么了？你为什么站到了资产阶级一边？"他

---

① 蒲鲁东(1809—1865)，法国政论家，庸俗经济学家和社会学家，小资产阶级思想家，无政府主义的创始人之一。
② 斐迪南·拉萨尔(1825—1864)，德国小资产阶级社会主义者，是全德工人联合会(1863)的奠基人之一，支持在反革命普鲁士的霸权下"自上"来统一德国的政策，在德国社会民主党内建立了机会主义的派别。

又站到酒馆老板面前来,激烈地继续说,"你自己不是常说不能这样继续下去了吗?"

拉赛纳的脸微微红了一下。

"是的,我说过。到节骨眼上,你会看到我不会比别人懦弱……但是我不愿同那些为了捞得一个地位而把水搅浑的人一起。"

这下子,艾蒂安也脸红了。两个人心里充满了敌对的情绪,不再喊叫,而是互相进行恶意的挖苦。正是这一点才使得他们滥用理论,使这一个变成激进的革命者,使另一个假装审慎而谁都不再遵守自己的真正信念,却去扮演并非自己选择的角色。苏瓦林听着他们争吵,他那漂亮的姑娘般的脸上露出无言的轻蔑,这是一种准备无声无息地牺牲、不想获得烈士英名的人的那种逼人的轻蔑。

"那么,你这话是冲我说的喽?你嫉妒吗?"艾蒂安问道。

"我嫉妒什么?"拉赛纳回答说,"我并不想装大人物,也不会为了当秘书而在蒙苏建立支部。"

对方想打断他的话,但他又说:

"就明说吧!其实你根本看不起'国际',你只是急于想当我们的领袖,只是想利用跟那个出名的诺尔联合理事会保持联系来当一个大人物罢了!"

沉默了一会儿。艾蒂安浑身颤抖着说:

"好……我认为我没有任何可以指责的地方。我经常向你讨教,因为我知道,在我来这儿以前,你老早就在这儿进行斗争了。不过,既然你身边不能容人,以后我就自己干……并且我先告诉你,就是普鲁沙不来,会还是要开,就是你不愿意,同事们还是要参加'国际'的。"

"哼！参加，还不一定……"酒馆老板咕哝说，"必须说服他们缴纳会费才行。"

"完全用不着。'国际'同意正在罢工的工人缓期缴纳。我们以后再交会费，而且'国际'还会马上来帮助我们。"

这下子拉赛纳火了。

"好！我们走着瞧吧……我也参加会议，我要说话。是的，我不容许你欺骗朋友们，我要向他们指明什么是他们自己的真正利益。我们看他们到底听谁的话，是听他们已经认识了三十年的拉赛纳的话，还是听来到这里不到一年、就把我们这里闹得乌烟瘴气的艾蒂安的……不行，不行！去你妈的吧！现在我们就要决一雌雄！"

他说完就走了，砰的一声关上门，震得挂在天花板下面的花串直颤动，连墙上的金色牌子也跳了起来。接着大厅又陷入沉闷的平静。

苏瓦林仍然坐在桌子前面，神色安详地吸着烟。艾蒂安一声不响地在屋子里转了一会儿以后，发了半天牢骚。人们离开这个懒胖子而接近了他艾蒂安，这能怨他吗？他一直告诫自己不要为自己沽名钓誉。他自己也不知道为什么矿工村对他那样友好亲切，矿工们对他如此信赖，他现在对矿工们有这样大的威信。听到人们责备他为了个人野心而把工人们往泥坑里推时，他非常气愤，拍着胸脯表明他的兄弟般的友爱。

他突然在苏瓦林面前站住，喊道：

"我告诉你，我要是叫一个朋友流一滴血，我就立刻滚到美洲去！"

机器匠耸了耸肩膀，抿着嘴微笑了一下。

"哦，流血，"他轻声地说，"那有什么关系？大地是需要血的。"

艾蒂安逐渐冷静下来,拉过一把椅子,在桌子的另一边坐下,把臂肘支在桌子上。这张像美女一样的脸上两只沉思的眼睛,有时发出两股红光而显得冷酷无情,这对他的意志起着一种特殊作用,使他有些不安。不用同伴开口,他就被这种沉默征服了,他一点一点地感到自己被苏瓦林所控制。

"我说,你要是我的话,你怎么办?"他问道,"我要采取行动难道不对吗?……我们最好还是参加国际工人协会,不是吗?"

苏瓦林慢慢地喷了一口烟,用他的口头禅回答说:

"哼,愚蠢!但是在目前来说,也只有这样。而且,他们的'国际'不久就会行动,他很关心这个。"

"谁?"

"他!"

他低声说出这个"他"字,态度非常虔诚,并且朝东方看了一眼,他指的是那位导师,毁灭者巴枯宁①。

"只有他才能一锤定天下,"他继续说,"至于你那些进化论学者都是胆小鬼……在他的指导下'国际'三年之内必然砸烂旧世界。"

艾蒂安竖着耳朵注意听着。他渴望增加点知识,弄清这种主张毁灭的信仰,但是在这个问题上,机器匠只是片言只语不清不楚地说了几句,好像他有意不让他弄懂似的。

"你倒是讲给我听听……你们的目标是什么?"

---

① 巴枯宁(1814—1876),无政府主义思想家,在工人运动中起着资产阶级代理人的作用。

"毁灭一切……不要国家,不要政府,不要财产,不要上帝,也不要信仰。"

"我明白了。可是这把你引向何处呢?"

"引向混沌的原始公社,引向一个新的世界,一切都从头开始。"

"那么使用什么办法呢?你打算怎么办?"

"用火,用毒药,用刀子。敢于烧杀的人才是真正的英雄,才是人民的复仇者,才是采取实际行动而不讲书本上的空话的革命者。要用一系列的恐怖谋杀,来恫吓统治者,唤醒人民。"

苏瓦林说话当中,样子变得极其可怕。他沉醉在这种幻景中,不知不觉从椅子上站起来,那暗淡的眼睛里射出一种神秘的火焰,两只纤细的手紧抓住桌子边,好像要把它捏碎。艾蒂安害怕地望着他,心里想着他先前曾听过他讲的那些心腹事:把地雷埋在沙皇皇宫下面;像宰野猪似的用刀子杀死警官;他唯一爱过的女人,他的情妇,在一个阴雨的早晨,在莫斯科当众被绞死,当时他混在人群中用眼睛最后一次吻着她。

"不,不!"艾蒂安自言自语地说,同时使劲挥了一下手,要把这些可怕的幻影赶走,"我们这里还不到这种地步。杀人,放火,绝对使不得!这太可怕了!这是不正当的,所有的同伴都会起来把凶手掐死。"

他的种族使他不能接受这种毁灭世界的狠毒的梦想,他对像刈过的麦田一样夷为平地的世界始终不能理解。世界毁灭之后,人们又怎么办?人怎么样重新生长起来?他需要一个答案。

"把你的计划跟我谈一谈。我们要知道我们应该怎么办。"

于是苏瓦林两眼出神地望着空间,平静地作出结论:

"关于将来的一切推论都是罪恶的,因为这会阻碍真正的毁灭,妨害革命的进展。"

尽管这个答复使艾蒂安浑身直冒凉气,仍不免使他发笑。而且,他很愿意承认这些思想里存在着有用的东西,这种极为简单的办法对他很有吸引力。不过,要是把这些话讲给同伴们,会让拉赛纳抓到最好的把柄。应该实际一些。

德喜儿寡妇请他们去吃午饭,他们应声就走进酒吧间。这间厅屋除了星期天,总是用一个活动隔板跟舞厅隔开。他们吃完煎鸡蛋和干酪以后,机器匠就要走,艾蒂安挽留他,他说:

"在这里听你们讲一些没有用的蠢话有什么用!……这些事我早已经看够了。再见吧!"

于是他嘴里叼着一支烟卷,带着他那种温和,但是固执的神情走了。

艾蒂安越来越感到焦虑。时间已经一点钟,普鲁沙确实要失约了。一点半,代表们陆续到来,他必须接待他们,因为他想验收入场证,以防公司的那些奸细混进来。他检验每一张请帖,打量着每一个人;很多人没有请帖,但是只要他认得,也放他们进来。两点钟的时候,他看到拉赛纳在柜台前抽完一斗烟,谈着话,不慌不忙地也来了。他这种平静的嘲讽态度,更使艾蒂安焦躁不安,尤其是还来了一些像扎查里和穆凯之流的轻浮家伙,他们纯粹是来寻开心的。这些人并不拿罢工当一回事,他们认为什么也不干很好玩。他们围坐在桌子前,用仅有的二十生丁买了一杯啤酒,嘻嘻哈哈地嘲弄着那些正经来开会的同事们,说他们是来当土佬儿的。

一刻钟过去了,大厅里的人们有些不耐烦了。失望的艾蒂安果断地挥了一下手,决定进来开会,正在这个时候,探出头去向外张望的德喜儿寡妇叫道:

"瞧,您那位先生来了!"

果真是普鲁沙。他乘着一辆马车赶来了,马跑得气喘吁吁。他立刻从车上跳下来。他身材修长,衣着入时,头方且大,穿件黑呢大衣,俨然是一个富裕工人的节日打扮。五年来,他没有摸过一下锉,他注重装束,特别是发型,对于自己在讲坛上所取得的成就,自鸣得意。但是,他的手脚依然笨拙,两只大手上被机器啃掉的指甲也没有长出来。他活动非常积极,为了实现自己的抱负,他不懈地奔波于全省各地,传播他的思想。

"啊!请不要怪我!"为了避免询问和指责,他首先开口说,"昨天上午在普勒伊开会,下午在瓦朗赛开会。今天在马西恩纳跟索瓦尼亚一块儿吃午饭……最后,我才抓到一辆车。把我累坏了,你听听我的嗓子。可是这不要紧,我还是要讲话的。"

他已经走到欢乐舞厅的门口,突然站住了。

"糟糕!我把会员证忘了!真不像话!"

车夫正在停放马车,他回到车前,从行李箱里抽出一个黑色小木头匣子,夹在腋下。

艾蒂安容光焕发,紧跟在他身旁,拉赛纳则显得很狼狈,不敢把手伸给他。但是普鲁沙已经一把攥住了他的手,他匆忙对于那封信解释了两句:多么古怪的想法!为什么不召开这次会议呢?只要能够开,总是应该开的。德喜儿寡妇请他先喝点什么,他谢绝了。用不着!他讲话是不喝什么的。只是有一样,他很忙,下午他还打算赶到儒瓦塞勒去,要到那里和勒古若谈谈。于是,大家一齐走进舞厅,马赫和勒瓦克来晚了,就跟在这两位先生的后面。然后,为了能够不受拘束,把门锁上了,这一来,那些爱嚼舌头的家伙闹得更厉害了,扎查里高声对穆凯说,他们在这里面很可能每人搞出一个孩子来。

一百多矿工在空气闭塞、地板上还发着上次跳舞留下的热气的舞厅里,坐在长凳上等候着。他们交头接耳窃窃私语,一些新来的人陆续坐到空位子上。人们望着里尔来的这位先生,他身上的黑呢大衣引起一阵惊异和不安。

根据艾蒂安的提议,立刻组成了一个主席团;由他提名,其他人举手通过。普鲁沙担任主席,选出马赫和艾蒂安为主席团委员。他们挪动了一下椅子,主席团坐好。这时主席在桌子后面忽然不见了,人们都在找他,原来他是躲在桌子底下放他一直拿在手上的那只小木头匣子。他很快又出现了,然后用拳头轻轻敲了敲桌子请大家注意,开始用沙哑的声音说:

"公民们……"

一扇小门打开了,他不得不停住。原来是德喜儿寡妇从厨房那面绕过来,用一个托盘端进来六杯啤酒。

"不要因为我而打扰了你们。"她轻轻地说,"在讲话的时候会口渴的。"

马赫把托盘接过来,普鲁沙继续讲话。他说,在蒙苏受到工人们这样的热情欢迎,他十分感动,他请大家原谅他来晚了,同时谈到自己的疲于奔波和嗓子有病。接着他让要求发言的拉赛纳公民发言。

拉赛纳立刻站在桌旁靠近啤酒杯的那一边,用一把倒转

过来的椅子当讲坛。看来他十分激动,他先咳了一声,然后用响亮的声音说:

"同事们……"

拉赛纳所以对各个矿井的工人具有一定的影响,就是因为他善于辞令,和他那能够一连谈上几个钟头也不厌倦的温和态度。他不做任何手势,仪态庄重,笑容可掬,口若悬河,讲得天花乱坠,会使每个人不禁喊道:"对,对,说得对极了,你说得有理!"但是,今天他刚一开口,就感到人们当中隐隐约约有一种反对情绪,所以他非常谨慎。他只谈论坚持罢工的问题,希望先博得大家的喝彩,然后再把矛头指向第一国际。当然,为了荣誉不允许向公司的要求让步。但是,假使要旷日持久地坚持下去,会有多少灾难,前途又多么可怕啊!他虽然没有明说要屈服,却在泄大家的气。他指出各矿工村的人现在都饿得要死,他问主张坚持罢工的人有什么指靠。只有他的三四个朋友想同意他的说法,因而使绝大多数人的冷淡的沉默显得更加突出,他的发言逐渐激起了大家的反对。他一看不能说服大家,就恼羞成怒地断言:假使他们听从外来人的教唆和摆弄,将来一定会吃苦头的。有三分之二的人气愤地站起来,要求制止他再说下去,因为他侮辱了工人,把他们看作是不会处世的孩子。然而他却大口大口地喝着啤酒,不顾会场上的骚乱,继续说下去,他粗暴地叫嚷说:还没有人能够阻止他尽自己的义务!

普鲁沙站起来。因为没有铃,就用拳头敲着桌子,用沙哑的嗓门连声喊道:

"公民们……公民们……"

最后,会场总算平静了一些,他征求大家的意见之后,制止了拉赛纳的发言。曾代表各矿井的工人与经理进行过谈判的代表们,领导着其余的人,这些人都由于饥饿而狂怒了,脑袋里充满了新思想,因而这好像是预先商定好的一次投票。

"你有吃的!你当然不在乎。"勒瓦克向拉赛纳挥动着拳头吼叫道。

马赫满脸通红,被这番伪善的发言气得控制不住自己了,于是艾蒂安从主席的背后探过身来劝他冷静些。

"公民们,"普鲁沙说,"请允许我谈几句。"

会场上顿时鸦雀无声。他开始讲话。他的嗓音沙哑,发音艰难,但是他已经这样惯了,他经常按照他既定的日程,带着发炎的嗓子到处奔走。他的声音越讲越高,激动人心。他张开两臂,有节奏地摆动着肩膀,像传道士一样口若悬河,并在每句话的末尾把声音压低,以加强这种单调的声音的说服力。

他的发言,着重讲述了"国际"的伟大和好处,这是他每到一个新地方首先要讲的。他说明"国际"的宗旨就是解放劳动者,并介绍"国际"的庞大的组织机构,基层组织是市镇,再上则依次是省、国家和全人类。他的双臂慢慢地比划着,越比越高,描画出未来世界的宏伟。然后他谈到内部的管理。他宣读了会章,讲到代表大会,指出了事业日益重要的意义和扩大的计划,即从争取提高工资开始,现在已经到了清算旧社会的阶段,以便消灭雇佣制度。今后不再有"国际"之分,全世界的工人都为寻求正义而团结起来,共同去扫除腐朽的资产阶级,最后建立起自由的社会,不劳动者不得食!他高声吼叫着,嘴里喷出的热气把屋顶下的纸花吹得微微颤动,他的声音在熏黑了的屋顶下发出回声。

会场上,人头像海浪般地浮动。有几个人大声喊道:

"好!……我们参加!"

他继续讲道,用不了三年就可以在全世界取得胜利。他列举了"国际"已经在那里获胜的国家。四面八方的人纷纷参加"国际"。从来没有一个新兴宗教有过这么多信徒。到劳动者当家做主时,他们就要统治资本家,那时候就该资本家挨拳头了。

"对!对!……该他们下井挖煤了!"

普鲁沙打手势要求大家安静。现在,他谈到罢工问题。原则上他是不同意罢工的,因为罢工不仅见效太慢,而且还会加重工人的苦难。但是,在没有更好的办法以前,在不得不罢工的时候,还是应该罢工的,因为罢工可以破坏资本。谈到这里,他指出"国际"是罢工工人的靠山。他列举了一些实例:在巴黎,青铜制品工人罢工的时候,资本家听说"国际"给工人们寄来了援助款,吓得一下子就答应了工人们的全部要求;在伦敦,"国际"出钱把矿主从比利时招来的那些矿工送回了比利时,从而拯救了一个煤矿的矿工。只要工人们参加"国际",公司就会吓得发抖,工人们加入了这支劳动大军,决心相互以性命相保,绝不愿再作资本主义社会的奴隶。

热烈的欢呼声打断了他的话。他用手帕擦了擦额头,谢绝了马赫递给他的一杯啤酒。他刚要再开口,又被一阵欢呼声压回去了。

"好!"他急忙对艾蒂安说,"时机已经成熟……快!会员证!"

他立刻钻到桌子底下,把那个黑色小木头匣子拿出来。

"公民们,"他喊道,压下了人们的喧噪,"这是会员证。

请你们的代表到前面来,我把会员证交给代表,由他们分发给大家……其他问题以后再说。"

拉赛纳蹿上来,再次表示反对。这时,也要讲话的艾蒂安激动起来。于是会场上乱成一片。勒瓦克伸出拳头,像要打架似的。马赫站起来发表自己的意见,可是人们一句也听不清。在这种倍加混乱之际,地板上腾起一阵尘烟,犹如素日跳舞时飞起的灰尘,使散发着推车女工和徒工们身上的熏人臭味的空气更加污浊了。

突然,那扇小门打开了,德喜儿寡妇的肚子和胸脯先挤了进来,她用雷一般的声音嚷道:

"快别喊啦,天哪!……宪兵来啦!"

原来是当地的宪兵队长带着四名宪兵来了,他是来作调查和制止开会的,但他来得晚了点。德喜儿寡妇已经在门里边跟他们胡缠了五分钟,说这是她的家,她有权利和自己的朋友们聚会。但是他们把她推开了,于是她急忙跑来通知她的孩子们。

"从这儿跑,"她接着说,"院子里有一个可恶的宪兵把着。没关系,我的小劈柴棚子直通小胡同……你们快点吧!"

宪兵队长开始用拳头砸门了,由于没人去开门,他威胁着要把门砸开。一定是有奸细告了密,因为他喊嚷着说这个会议不合法,这里有很多没有请帖的矿工。

会场上越发混乱。但是人们不能就这样散去,对于是否参加"国际",或者是否继续罢工的问题,都没有表决。大家一起争着发言。最后,主席想出了一个办法,采取口头表决。于是无数只手举了起来,代表们忙着声明他们代表他们没有来开会的同伴们参加"国际"。这样,蒙苏的一万名矿工就都成了"国际"的成员。

随后,人们开始乱哄哄地逃散了。德喜儿寡妇为了掩护他们撤离,跑去顶住大门,宪兵们的枪托砸在门上,震得她的背直颤。矿工们一一跳过长凳,顺着厨房和小劈柴棚向外跑。拉赛纳是最先逃走的一个,勒瓦克跟在他后面,他忘了他的嘲骂,想去向他讨一杯啤酒喝,恢复一下精神。艾蒂安拿起小木头匣子同坚持最后撤退的普鲁沙和马赫一起等着。他们三个刚走出去,门锁就被打开了,宪兵队长出现在寡妇面前,她的胸脯和肚子仍挡着他不能进来。

"把我们家全打烂,对你们也不会有什么用!"她说,"你看,一个人也没有。"

宪兵队长是个行动迟缓、不喜欢惹事的人,他只是威胁着要把她关进监狱,然后在扎查里和穆凯的嘲笑声中领着四个宪兵回去报告了。扎查里和穆凯两个人十分赞赏同伴们这种玩笑,他俩对军队毫不放在眼里。

在外面的小胡同里,艾蒂安拿着小木头匣子跑着,另外两个跟在后面。他突然想起了皮埃隆,问为什么没看见他;马赫一边跑一边回答说皮埃隆病了:他害的是一种讨好病,怕受连累。他们想挽留普鲁沙,然而普鲁沙一面跑一面说,他要立刻动身到儒瓦塞勒去,勒古若正在那里等待指示。于是两个人大声祝他一路平安,同时马不停蹄地拼命穿过蒙苏跑了。他们喘着气,断断续续地互相大声交谈。艾蒂安和马赫信心十足地笑着,确信以后一定会胜利:一旦"国际"寄来援助款,公司就得哀求他们复工了。但是在他们怀着这种令人兴奋的希望、穿着笨重的鞋子在石铺路上咔咔响的奔跑中,还存在着另外一种东西,一种阴沉残暴的东西,一场风暴将席卷各个矿工村,吹遍这个地区。

五

两个星期又过去了。现在是一月初,寒冷的浓雾笼罩着辽阔的平原。矿工村更加穷困了,饥饿状态越来越严重,一天比一天更接近无法维持的境地。"国际"从伦敦寄来的四千法郎,还不够吃三天面包。此后就再也没有寄什么来。巨大希望的幻灭,挫伤了大家的锐气。现在,连自己弟兄也不管他们了,还指望谁呢?在这严冬季节,他们感到自己成了世界上无人过问的孤立无援的人。

星期二那天,二四〇矿工村已到了财尽粮绝的境地。艾蒂安和工人代表们又到附近城市去进行募捐,一直来到巴黎;他们寻求捐款,组织座谈会,但都没有多大结果。当初十分热烈的舆论,自从罢工无限期地拖长,并没有什么起色,没有什么激动人心的场面,也就冷淡下来。所得到的一点点捐款只够用来勉强救济最穷困的家庭。其余的人家则靠一件件地当卖家里的东西活命,从褥子里的毛绒到锅碗杯盘,甚至连桌椅家具,所有的东西都跑到了旧货商人手里。有一个时期,大家觉得像是得了救,因为被梅格拉挤垮的小铺,为了再拉回自己的主顾,主动愿意赊欠东西。另外,威东克杂货商和两个面包师傅——加鲁布勒和什麦尔顿——也确实大开方便之门;但是他们的本钱慢慢垫光了,三个人终于又停了业。头头脑脑们高兴,因为到头来矿工们又背了一身债,如牛负重,长期直不起腰来。哪里也赊不到东西了,家里连一口可卖的破锅也没有了,人们只有缩在一个角落里,像一只癞皮狗一样地死去。

艾蒂安恨不得把自己也卖了。他放弃了做秘书的津贴，为了让马赫家多吃一顿饭，又到马西恩纳当掉了呢裤和大衣。他只留下一双皮靴了，照他自己的说法，这是为了保护好脚。他感到失望的是，罢工太早了一些，互助基金会还没有来得及积蓄足够的资金。他认为这是失败的唯一原因，因为假使他们能够积蓄足够坚持抵抗的钱，工人就一定能战胜资本家。于是他想起了苏瓦林指责公司的话：公司逼着大家罢工，目的是要把互助基金会最初的一点基金耗尽。

他一看到矿工村，一看到那些忍饥受冻的穷人们，心里就十分难受，因此他不惜劳累，宁愿上远处散步。一天晚上，他回来的时候路过雷吉亚附近，瞧见一个上了年纪的女人昏倒在路旁。毫无疑问这是饿昏的。于是他把她扶起来，这时他看见有一个姑娘正在栅栏的那一边，就招呼她。

"嘿，是你呀！"当他认出是穆凯特的时候说，"快帮我一下，给她找点什么东西喝。"

穆凯特同情得直流泪，她飞快地跑回家去，跑进父亲在废墟中保留下来的摇摇晃晃的破小屋里，立刻拿着杜松子酒和一块面包跑出来。杜松子酒使老女人苏醒过来，接着，她一句话没说就狼吞虎咽地吃起面包。这是一个矿工的母亲，住在库尼那边的一个矿工村里，她从儒瓦塞勒回来，本想到那里去跟她妹妹借半个法郎，但是白跑了一趟，回来的时候就晕倒在这里了。她吃完面包以后，昏昏沉沉地走了。

艾蒂安站在雷吉亚荒芜的田野上，倒塌的破棚屋湮没在荆棘丛里。

"哎！你不进来也喝一小杯吗？"穆凯特愉快地问他道。

艾蒂安有些犹豫,于是她又说:

"这么说,你还害怕我呀?"

穆凯特笑起来,他顺从地跟着她进去了。她那样大方地拿出面包,使他深深感动。她不愿意在父亲的房间接待他,把他领到自己屋里,然后马上倒了两小杯杜松子酒。这个房间十分整洁,艾蒂安称赞了她一番。此外,她家里好像什么也不缺少,父亲仍然到沃勒矿井去做他的马夫,她本人也不愿闲着,就去给人洗衣服,每天可以挣一个半法郎。虽然她爱跟男人胡闹,却并没有因此而变成什么也不愿干的懒婆娘。

她突然走过去亲切地搂住他的腰低声问道:"你说,为什么你不爱我?"

艾蒂安忍不住笑了起来,因为她说这话的时候显得十分娇憨。

"我非常爱你。"他回答说。

"不,不,不是我希望的那样……你知道,我简直想死了。怎么样,那会使我多么快活啊!"

的确,半年来,她一直在求他答应她。现在,他看到穆凯特贴在他的身上,用两只颤抖的胳膊紧紧地抱住他,仰着脸,恳切地乞求他的爱,使他十分感动。她那胖胖的圆脸发黄,加之煤的腐蚀,丝毫也不美,但她的两只眼睛却射出热情的火光,从她的肌肤里发出一种魅力,一种情欲的颤抖,使她变得非常年轻,像一朵玫瑰似的娇艳。在这样谦恭、这样热情的礼物前面,他无法再拒绝了。

"噢!你愿意了!"她欣喜若狂地说,"哦!你真的愿意了!"

于是,她像处女一样迷惘、笨拙地献出了自己的身体,好像她这是第一次,好像她从来也没有接触过男人。后来,当艾蒂安离开她的时候,反而是她向艾蒂安表示了不胜感激。她连连地向他道谢和吻他的两手。

艾蒂安一直为做出这件荒唐事而感到羞愧。占有穆凯特没什么可夸口的。临走的时候,他曾暗自发誓,绝对不做第二次,但是穆凯特仍然给他留下了一个友爱的印象,她的确是个好姑娘。

不过,当他回到矿工村以后,听到不好的消息,便立刻忘掉了刚才的艳遇。谣传说,假使代表们再去和经理商谈一下,公司也许会作出某种让步。至少,这种谣言是工头们散布的。事实上,在这场斗争中,矿方比工人受的损失要大。继续坚持下去,双方都要受到损失:劳方将要饿死,资方要彻底破产。每停一天工就要损失几十万法郎。停止转动的机器等于是死机器,工具和装备日益损坏,不流动的资金像沙子上的水一样渗没了。从贮煤场上少量的存煤耗光以来,顾主们一直说他们要向比利时购买,这对将来是一个威胁。但是,最使公司担心并且想极力隐瞒的,是巷道和掌子面的损坏越来越严重。光靠工头们修理不过来,坑木到处折坏,时时发生塌方。这样下去,不久损坏就会达到不经过长时间的修理就不能复工采煤的地步。到处都在传说:克雷沃科尔的巷道一下子塌了三百米,把到五掌矿脉去的道路完全堵死了;玛德兰矿的莫格雷杜矿脉一块一块地往下塌,并且灌满了水。管理处不承认这些事,但是就在这时候突然接连发生了两件事,使它非承认不可。一天早晨,有人在皮奥兰附近前一天塌了的米鲁矿井北巷道的上方发现了一个大裂缝;第二天,沃勒矿井里面也塌了一块,连附近地方都震动了,有两所房子险些被吞掉。

在没有摸清董事会的意图以前,艾蒂安和代表们不敢贸然进行交涉。他们向丹萨尔打听了一下,丹萨尔避不回答;当然,他很遗憾发生这种冲突,要想尽一切办法使双方达成谅解,但是他什么也肯定不了。他们最后决定自己到埃纳博先生那里去,好使自己占理,因为他们不愿人们以后指责他们不给公司台阶下。但是,他们决不作任何让步,仍然坚持他们的条件,因为只有这些条件才是公平合理的。

这次谈判是在星期二上午进行的。这一天,矿工村已经山穷水尽。这次谈判不如第一次那么友好。还是马赫出头讲的话,他说同伴们叫他们来问一问先生们是不是有什么新的意见要说。起初,埃纳博先生装出吃惊的样子,说他还没有接到任何指示,只要矿工们坚持可恶的暴动行为,什么也不能改变。于是这种专横冷漠的回答产生了极坏的效果,如果说代表们原本有意来和解的话,遇到这样的接待态度也会使他们进一步坚持下去的。后来,经理也想寻求一个互相妥协的基础:例如,工人方面接受坑木另行付款的办法,公司方面增发被指责扣去的那两生丁。另外,他补充说这只是他个人的提议,不能作为决定,不过他自夸能使巴黎方面同意这种让步。但是代表们拒绝了,他们重申了他们的要求:维持原有的办法,每车煤增加五生丁。于是埃纳博先生又说他能够立刻商谈,催他们为了他们快要饿死的老婆和孩子接受这些条件。然而,代表们眼也不抬,硬着头皮坚决说不行,绝对不行。于是双方不欢而散。埃纳博先生砰的一声关上了门。艾蒂安、马赫和其余的人心里充满被逼得走投无路的失败者的无言愤怒,用有力的脚跟跺着石铺路走了。

将近两点钟光景,矿工村的女人们去找梅格拉帮忙。现在只有这一个希望了,使梅格拉发点慈悲,再赊给一个星期的东西。这是马赫老婆出的主意,她总是过分相信人们的好心。她让老焦脸婆和勒瓦克老婆跟她去。皮埃隆老婆则借口丈夫有病还没好,离不开人而推辞了。另外一些妇女也跟她们一起去,一共大约有二十来个。当蒙苏的财主们看到她们愁眉苦脸地从大路上一拥而至的时候,不安地摇着头。街门一个个地关上了,有一位太太甚至把自己的银器也藏了起来。人们还是第一次看到她们这样,再没有比这更不幸的征兆了。平常只要妇女们这样一上街,那就说明事情糟到家了。在梅格拉的铺子里,出现了一个粗暴的场面。起初,梅格拉把她们让到里面,嘲笑她们,装作以为她们是来还账的。这,这太好啦,大家一起把钱都送来了。后来马赫老婆一开口,他立刻又装出生气的样子。怎么,拿人开玩笑是怎么的?还要赊,难道她们想叫他破产吗?不行,一个马铃薯也不赊,一点面包渣也不赊!他让她们到威东克杂货商和加鲁布勒及什麦尔顿面包师傅那里去,现在她们不是用他们那里的东西吗?女人们用恐惧的忍受态度听着,一再解释,希望能在他的眼睛里看到一点被感动的表情。这时他又说起轻薄话来:假使焦脸婆做他的情妇的话,他愿意把整个铺子都给她。她们是那样怯弱,听了这话只是笑着;勒瓦克老婆则自抬身价,声明她很乐意照他说的那样办。但是,他立刻又撒起野来,把她们往门外推。她们死乞白赖不肯走,继续央求他,于是他竟然对她们当中的一个耍起野蛮来。其余的女人站在人行道上,骂他是被公司收买的走狗,马赫老婆则气得高举起两只胳膊,像求上天报应似的,咒他该死,喊叫着这样的男人不配吃饭。

她们回到矿工村以后,情况更为悲惨。男人们看到女人们空着手回来，立刻垂下头去。完了，这一天一口饭也吃不上了，以后的日子也在冰冷的阴影中，看不到一线光明。可是他们自己愿意这样做，没有一个人说出妥协的话。这种极端的苦难反而使他们更加顽强了，他们像被追捕的野兽一样，一声不响，宁肯死在自己的窝里也不肯出去。谁敢头一个表示屈服？他们都发过誓，一定要和同伴们一起坚持，并且他们能够坚持，就如同他们在井底下齐心拯救一个因塌方而埋在下面的伙伴一样。的确应该这样，矿井是一个学习忍受痛苦的好学校，他们从十二岁就生活在水火之中，可以勒紧裤带一星期。他们以战士的骄傲，以职业为荣的人的自豪和一种以在每天与死亡作斗争的过程中牺牲自己为荣的精神表现得无比忠诚。

马赫家的傍晚十分凄凉。炉子里燃着最后一把煤渣，大家围坐在奄奄一息的炉火跟前，没有一个人开口。他们已经连褥子里的毛绒都一把把地卖光了，前天终于一狠心把布谷鸟木钟卖了三法郎。自从没有了充满整个屋子的那种熟悉的嘀嗒声以后，屋子里显得尤其光秃而又死寂。现在，食橱上边除了一个紫色的硬纸盒，没有任何装饰，这是马赫过去送给妻子的一件礼物，她一直把它当成宝贝一样。两张像样的椅子不见了，老爷爷长命佬和孩子们挤在从菜园里搬回来的一条长满薛苔的旧凳子上。灰暗的夜幕已经降临，更增加了屋子里的寒冷。

"怎么办哪？"马赫老婆蹲在火炉的一个角上叨咕说。

艾蒂安站在那里看着墙上的皇帝和皇后的肖像。假使不是一家人把它当作屋里的装饰而加以阻止的话，他早就把它扯掉了。他从牙缝里说：

"你们看,这些望着我们挨饿的大饭桶,连二十个生丁都不值!"

"我把这个盒子卖掉怎么样?"马赫老婆脸色苍白,犹豫了一阵以后说。

马赫垂着两条腿坐在桌子边上,脑袋埋在胸前,这时抬起头来,说:

"不行,我不答应!"

马赫老婆很吃力地站起来,在屋子里转了一圈。天哪!真的就穷到这种地步了!食橱里连一点吃的也没有了,再也没有什么东西可卖,休想再找到一点儿可以换面包的东西!而且炉子眼看就要灭了!她生起阿尔奇的气来,早晨她叫她到矸子堆去捡煤渣,她却空着两手回来了,说公司不让捡。谁还管他妈的什么公司!捡一点扔掉的煤渣又不是偷谁的!小姑娘没办法,说有一个男人吓唬着要打她耳光;后来,她答应母亲明天豁出去挨打也要去捡。

"还有那个该死的让兰,不知道又死到哪儿去啦?……"母亲喊道,"他要挖些生菜回来,至少大家还能跟牲口似的吃点野草呀!你们看着吧,他不会回来的。昨天他就在外头过的夜,我也不知道他在外边搞的什么买卖,反正我看这个小浑蛋的肚子倒老是饱饱的。"

"也许他在马路上讨到钱了吧。"艾蒂安说。

这一下子把马赫老婆气得直挥拳头。

"要是叫我知道这事!……我的孩子讨钱!我宁愿宰了他们以后,自己也去死,也不能让他们干这种事。"

马赫在桌子边上又垂下头去。勒诺尔和亨利看到还不吃饭,不知道是怎么回事,开始哼哼起来。老爷爷长命佬则一声不响,嘴里转动着舌头,好像这样就可以不饿似的。谁也不再说话,各自都麻木地忍受着越来越重的病痛:老爷爷咳嗽着,吐着黑痰,转为水肿的风湿病又犯了;父亲患着气喘症,两个膝盖也浮肿着;母亲和孩子们被瘰疬和遗传的贫血折磨着。当然,这是干这种职业的必然结果,他们并不抱怨,只是在没有饭吃,饿得要死的时候才埋怨几声。矿工村里的人已经像无力的苍蝇开始倒下去了。不过,总得想办法吃饭哪。怎么办?天啊,再上哪儿去想办法呢?

这时,阴沉凄怆的黄昏使房间越来越暗,艾蒂安犹豫了好一会儿,最后痛苦地拿定了主意。

"你们等一等,"他说,"我出去试试看。"

他说完就走出去了。他想起了穆凯特。她一定会有面包,并且一定会乐意给他。他这样不得已再到雷吉亚去,心里实感烦恼,因为这个姑娘一定会像一个害相思病的使女那样受宠若惊地吻他的手的。但是,总不能看着朋友们为难不管呀。必要的话,他还得再跟她温存一番。

"我也出去看看,这样等着也太蠢了。"马赫老婆也说。

艾蒂安走后,她也打开门丢下大家走了出去,然后把门使劲地关上了;屋里的人一动不动,一言不发地待在阿尔奇刚刚点燃的蜡头的昏暗烛光中。马赫老婆在外面停住脚,沉思了片刻,便走进勒瓦克家里。

"哎,我说,那天我借给你的一个面包,你是不是能还我?"

她没再往下说,她眼前的情形已经使她心里凉了半截,看来勒瓦克家比自己家还惨。

勒瓦克的老婆两眼直勾勾地望着熄灭的火炉,被制钉工们灌得酩酊大醉的勒瓦克,正空着肚子趴在桌子上睡着。布特鲁背靠着墙,下意识地抚摸着肩膀,带着老好人的傻呵呵的样子,他的积蓄也被这一家人吃光了,他惊奇自己竟然也得勒紧裤带。

"还你一个面包,唉!亲爱的,"勒瓦克老婆回答说,"我还想再找你借一个呢!"

当勒瓦克在睡梦中难受地哼哼起来的时候,她使劲把他的脸朝桌子上按了一下。

"你安静点,死猪!把你的肠子烧断了才好呢!……难道可以叫别人花钱请你喝酒,就不能找个朋友借一个法郎?"

她家已经很长时间没有收拾了,地上发出一股难闻的臭味,她在这个肮脏的家中胡骂乱咒,发泄怨气。天塌地陷她也不在乎!她那个丢人的儿子贝伯从早晨就不见了,她叫嚷着说要是他永远不回来了那才省心呢。随后她说要睡觉去了,睡下至少可以暖和些。她推了一下布特鲁。

"喂,走吧,咱们上去……火已经灭了,用不着再点蜡看那些空盘子了……你倒是来不来呀,路易?我跟你说,咱们睡觉去。贴在一起总舒服点……叫这个醉鬼一个人冻死在这儿吧!"

马赫老婆走出来以后,径直穿过菜园奔向皮埃隆家。房里传出阵阵笑声。马赫老婆敲了敲门,里面顿时安静下来。过了好大一会儿才来给她开门。

"哟!是你呀,"皮埃隆老婆装出非常吃惊的样子大声说,"我还当是医生呢。"

没容马赫老婆开口,她就指着坐在火势旺盛的火炉前面的皮埃隆,接着说:

"唉！不舒服,他老是不舒服。别看气色不错,就是肚里不好过。他需要暖和一点,我们把所有的煤都烧了。"

实际上,皮埃隆看上去精神焕发,面色红润,膘肥体胖。尽管他故意直喘气,也不像真正有病的样子。况且,马赫老婆刚刚进来的时候,就闻到一股香喷喷的兔肉味,毫无疑问,一定是他们在她进来之前把盘子撤了。她看到桌子上面还有残渣,桌子中央还摆着一瓶忘记拿走的葡萄酒。

"妈妈为了想办法弄到一个面包到蒙苏去了,"皮埃隆老婆又说,"我们正急等着她呢。"

但是,当她的眼睛随着马赫老婆的目光也落到酒瓶上的时候,她的话立刻哽住了。转眼间她又编了一套瞎话说:是的,这是葡萄酒,是皮奥兰的阔老爷们送给她丈夫的,医生说他应该喝点波尔多酒①。她还不住嘴地说着感谢的话,说这些富人是多么善良啊,特别是那位小姐,没有架子,亲自到工人家里来施舍东西!

"我知道,我认识他们。"马赫老婆说。

马赫老婆一想到好事总给不穷的人遇上,心里感到憋气。事情总是这样,皮奥兰的人们只会把水倒进河里。为什么她从来没见他们到矿工村来施舍呢?不然她或许也能得到点什么。

"我上你们家来,"她终于坦率地说,"是想看看你们是不是比我们好一些……你们有没有挂面什么的?将来一定还你们。"

皮埃隆老婆叽叽喳喳地说了一通,表示毫无办法。

---

① 法国西南部城市波尔多产葡萄酒,俗称波尔多酒。

"什么也没有呀,亲爱的。连个挂面头也没有……妈妈不回来,准是她没弄到面包,我们只好饿着肚子睡了。"

这时候,从地下室里传来哭声,于是皮埃隆老婆生气地用拳头敲了敲门。她把轻佻的丽迪关起来了。她解释说,丽迪在外边闲荡了一整天,到五点钟才回来,为了给她点儿惩罚才把她关起来。她往往跑得叫人连影儿都找不到,简直没法管了。

然而,马赫老婆仍旧站在那里不想走。旺盛的火炉使她感到又舒适又难过,想到人家在这里吃东西,肚子里更感到饿了。很明显,他们把老母亲打发走,把小女儿关起来,自己好大吃大嚼。哼!不管怎么说,一个不规矩的女人,反倒能使家里幸福!

"回见吧。"她猛孤丁地说了这么一句就走了。

外面夜已降临,躲在云彩后面的月亮,忽隐忽现地照着大地。马赫老婆没有直接穿过菜园回家,她不敢回家,满怀忧伤地兜了一个圈子。整个矿工村死气沉沉,家家发出饥饿的气息和空腹辘辘的叫声。敲门又有什么用呢?到处是一样的穷困。人们已经有好几个星期没有吃到饱饭,甚至连从前在村外老远就能闻到的强烈的洋葱味都闻不到了。现在只有旧地窖的气味,只有什么也不生长的黑洞里的潮湿味。压抑的哭泣和含混的吵骂等模糊的声音也逐渐消失。在这越来越深沉的寂静里,可以听到人们饥饿困睡的声音,听到人们空着肚子昏昏沉沉地横倒在床上的沉重的响声。

她从教堂前面走过时,看到一个黑影很快地滑了过去。她心里产生了一线希望,于是加快了脚步,她认出那是蒙苏的本堂神甫儒瓦尔,他每逢星期日到矿工村的小教堂来做弥撒,现在他一定是在更衣室里办完什么事之后出来的。他低着头拖着胖乎乎的身躯跑过去,脸上显出温和的、愿与一切人和睦相处的态度。他所以黑夜出来,一定是怕矿工们连累他。据说他最近高升了,甚至已经和他的后任——一个瘦瘦的、眼睛像火炭一样红的神甫在一起散过步了。

"本堂神甫,本……本堂神甫。"马赫老婆结结巴巴地喊道。

但是,神甫连停也没停,只说了声:

"晚安,晚安,我的好妇人。"

她回到自己家门口,两腿已经支持不住了,于是又走进屋子。

谁也没有动一动。马赫依旧无精打采地坐在桌子边上。老爷爷跟孩子们仍然挤在长凳上,为的是稍微暖和点儿。他们一句话也没说,只有那个蜡头烧得只剩下一点点,眼看就要灭了。孩子们听到门响,都转过头来,看到母亲什么东西也没有带回来,立刻又垂下眼去,本想放声痛哭,因为怕受责备,就勉强忍住了。马赫老婆神色颓丧地坐在将要熄灭的火炉跟前的凳子上。谁也没问她什么,仍然沉默着,他们认为说也是徒劳。现在只有软弱无力、意气消沉地等待着,这是最后的等待,只等艾蒂安也许能从什么地方找到援助。时间一分钟一分钟地过去,他们终于连这一点也不指望了。

艾蒂安回来了,他用一块抹布兜着十几个煮熟的凉马铃薯。

"这就是我弄到的。"他说。

穆凯特家里也没有面包了,她一面热诚地亲吻他,一面把自己的晚饭用抹布包好硬塞给了他。

277

"谢谢,"当马赫老婆分了一份给他的时候,他说,"我在那儿吃过了。"

他说的是假话,同时用忧郁的神情望着孩子们扑向马铃薯。父亲和母亲也控制着自己,为的是让孩子们多吃一口,但是老爷爷贪婪地吃着,好像要全部吞下去似的,因此不得不从他那里再拿回来一个马铃薯来给阿尔奇。

随后,艾蒂安说出他听来的消息。罢工者坚持抵抗,激怒了公司,因而它声称凡是愿意妥协的矿工,公司愿将记工簿发还给他们。很明显,这是公司的挑战。另外,还流传着一个更严重的说法:公司吹嘘说它已经使很多工人决定复工,明天,维克托阿矿和费特利-康泰耳的工人就要全部复工,甚至玛德兰和米鲁也要有三分之一的人上工。马赫一家被这些消息气坏了。

"他妈的!"父亲叫道,"要是出了奸细,非跟他们算账不可!"

他满怀愤怒和痛苦地站起来:

"明天晚上到树林子里去!……既然他们不容我们在欢乐舞厅商量事,那么树林子是我们的天地。"

他这一声叫喊,惊醒了吃完东西正在打盹的长命佬。这个喊声是集合用的老口号,树林是从前矿工们共商如何反抗国王军队的集会处。

"对,对,到旺达姆去!到那里去我也参加!"

马赫老婆使劲地挥了一下手说:

"我们全去。清除这些不合理的事情和奸细!"

艾蒂安决定通知各个矿工村明天晚上到旺达姆森林聚会。这时候,火炉像勒瓦克家的火炉一样,已经熄灭,而且蜡也突然灭了。再也没有煤,也没有蜡了,只好在刺骨的寒气中摸索着上床去睡觉。孩子们哭号着。

六

让兰的腿现在已经痊愈,能够走路了,但是骨头接合得不好,走起来总是左一瘸右一拐的;他跑起来像鸭子一样,不过由于他有着猫捕老鼠一样的灵巧本性,仍然跑得很快。

这一天的傍晚,让兰带着他那一对形影不离的伙伴——贝伯和丽迪在通往雷吉亚的大路边上窥探着。他隐藏在木栅后边的一块荒地上,面对着小路岔口上一家生意冷落的杂货铺。一个差不多是双眼瞎的老婆子,在那里摆着三四口袋落满黑色尘土的扁豆和菜豆,门口还挂着一条日子很久了的干鳕鱼,上面盖满一层苍蝇屎。让兰的小眼睛盯着的就是这条鱼。他已经两次叫贝伯冲上前去,把它拽下来,但每次都赶上小路的拐角上讨厌地有人出现,不便下手!

有一位先生骑着马过来了,孩子们认出是埃纳博先生,就趴伏在栅栏脚下。自从罢工以来,人们经常在路上看见他独自往来于罢工的矿工村之间,沉着大胆地亲自了解情况。从来没有一块石头从他耳边飞过,他只是遇见一些沉默不语,懒于向他问好的人。他时常碰到的倒是一对对漠不关心政治而躲在角落里一味贪图快乐的情人。埃纳博先生骑在马上,目不斜视,迅速跑过一对对放荡不羁的情侣,谁也不去打扰,但心里却燃烧着一种得不到满足的欲火。这些调皮的孩子们他看得清清楚楚,男孩子们重叠压在一个女孩子的身上,胡磨乱蹭地取乐!他的眼睛湿润起来,衣扣严整地穿着大衣,僵直地挺坐在马鞍上走去了。

"真倒霉!"让兰说,"没完没了的……去,贝伯,拽尾巴!"

但是,又过来两个人,让兰低声骂了一句。随后他听到是哥哥扎查里的声音,哥哥正跟穆凯讲他怎样在老婆的裙子里发现了缝在里边的一块两法郎的银币。两个人互相拍着肩膀,得意地说笑着。穆凯建议明天去玩一玩越野曲棍球。两点钟从万利酒馆出发,到马西恩纳附近的蒙杜阿。扎查里同意了。难道罢工就不许他们动动吗?同样可以乐一乐,既然什么活儿也没有!他们刚转过路角,正遇到艾蒂安从运河那边走过来,他拦住他们,跟他们聊起来。

"难道他们要在这儿住下怎么的!"让兰气急了,又说,"眼看天就要黑了,那个老婆子已经往里面搬口袋了。"

又有一个矿工向雷吉亚走下去。艾蒂安跟那人一起走了。他们从木栅跟前经过时,让兰听到他们谈论在森林的事:要通知所有的矿工村,恐怕一天的时间不够,只好把聚会的时间再推迟一天。

"你们知道吗,"让兰向两个伙伴低声说,"明天要有大事了,咱们也应该参加,是不是?明天过了晌午咱们就奔那儿去。"

路上终于没人了,他又让贝伯冲上去。

"喂,去呀!抓尾巴!……可要小心点儿,老婆子手里拿着一把大扫帚呢。"

幸好天色已经黑了,贝伯往上一蹿就抓住了那条干鳕鱼,绳立刻拉断了。于是他像放风筝似的甩着干鳕鱼,撒腿就跑,两个伙伴紧跟在后边,三个人一起跑起来。女店主吓了一跳,从铺子里走出来,她不知道出了什么事,也没能看清这群消失在黑暗里的孩子们是谁。

这些小流氓终于成了当地的恐怖力量。他们像一群野蛮的匪徒一样,慢慢地侵入到各个角落。起初,他们只是在沃勒矿井贮煤场的煤堆上翻滚,离开的时候,把自己弄得跟小黑鬼似的;他们在备用坑木之间捉迷藏,出没于木料当中,好像在原始森林里一样。后来,他们就向矸子堆进攻,坐在里边还在燃烧、外面热乎光滑的地方打滑溜;他们像淘气的小老鼠一样,整天藏在多年的荆棘丛里,玩着安静的小游戏。他们逐渐扩展地盘,在砖头堆里厮打得头破血流;他们跑遍草地,没有面包就吃各种带浆的野草莓,或者生吞在运河边上摸到的小泥鳅;他们甚至跑得更远,跑出去许多公里,一直到古木参天的旺达姆森林。在那里,春天饱餐野草莓,夏天足食野榛子和覆盆子。不久,广大的平原就都成了他们的天下。

但是,他们所以不断到蒙苏和马西恩纳之间的路上来窥伺,是由于他们的偷窃之心越来越盛。让兰是这支队伍的队长,他们无所不偷,践踏洋葱地,偷盗果园子,袭击小货摊。当地的人说这些是罢工的矿工干的,并没有一个有组织的庞大匪帮。有一天,让兰甚至逼着丽迪偷她母亲,要她把皮埃隆老婆摆在一个窗板上的短颈大口瓶里的麦芽糖给他偷两打来;小姑娘为此挨了一顿狠打,但她对让兰是那么畏惧,竟然没敢把他供出来。最差劲儿的是他总要独吞赃物,贝伯同样也得把自己得来的东西交给他,队长把所有的东西据为己有以后,不打他的耳光就算是便宜他了。

最近,让兰做得有些过分了。他打起丽迪来就像殴打合法的妻子一样,并且利用贝伯的轻信,叫他去干种种棘手的冒险事。让兰看到这个比自己力气大、一拳可以把自己打倒的胖小子任他随意愚弄,感到十分开心。他瞧不起这两个伙伴,把他们看作自己的奴隶。他向他们说自己有个情人,是一位公主,他们俩不配见她。的确,已经有一个星期的时间,他总是在街头、在一条小路的拐角或其他什么地方严厉地命令他俩回矿工村去,然后就突然不见了。但他先得把抢到手的东西装进自己的口袋。

下面就是这天晚上发生的事情。

"拿来。"当他们三个在雷吉亚附近大路的一个拐角上停下来的时候,他说着就从伙伴手里夺过那条鳕鱼。

贝伯提出了抗议。

"得有我一份,你知道,这是我抢来的。"

"什么?"他喊道,"我要给你才有你的,不过今天晚上不给,我说了就算,要是剩下的话,我明天给你。"

他推了丽迪一下,叫他们俩像扛着枪的兵士一样并排站在一起,然后绕到他们身后对他俩说:

"现在,你们要这样待上五分钟,不准回头……他妈的,要是回头,就会有野兽把你们吃掉……然后你们就一直回家去。还有,贝伯,要是你在路上摸丽迪的话,等我知道以后揍你的嘴巴。"

于是,他就悄悄地在黑暗里消失了,他们甚至连他光着脚的脚步声都没听到。两个孩子一动不动地待了五分钟,谁也不敢回头看,唯恐背后的让兰打耳光。他们俩在共同的恐惧中,逐渐产生了深挚的爱情。他一直想占有她,像他看见别人做过的那样,把她紧紧搂在怀里;她呢,也很愿意这样,因为受他亲切的抚摸可能使她改变一下心境。但是,他们俩谁都不敢违背命令。当他们往回走的时候,尽管天已漆黑,两个人连互相拥抱一下也不敢,他们怀着相爱而又失望的心情并排走着,确信假使他们俩接触的话,队长就一定会从背后打他们的耳光。

与此同时,艾蒂安来到了雷吉亚。昨天穆凯特曾要求他再来。他又来了,但感到很羞愧,心里对于这位像崇拜耶稣一样崇拜他的姑娘怀有一种他不肯承认的欲望。不过,他来是为了和她断绝关系。他要见到她,向她解释,为了同伴们的缘故,叫她以后不要再追他了。现在大家都不快活,在所有的人都饿得要死的时候,这样寻欢作乐是不合适的。但是,他在她家里没有找到她,他决定到路上等她,注意着过路的人影。

倒塌的井楼下面的老竖井,井口有一半已经堵死了。在漆黑的洞口上面,一根柱子还笔直地支着一块房顶,好像一具绞架。井栏坍塌的地方长着两棵树,一棵花楸,一棵法国梧桐,好像是从地底下长出来的。这是一个人迹罕见的荒芜角落,堆着一些旧坑木,长着山楂树和野李树。春天,白颊鸟在上面搭许多窝,是一个长满荆棘野草的无底深渊的进口。由于不愿花大批的维修费,十年来公司一直打算把这个废矿井堵死,但是必须等到沃勒矿井装好通风设备以后,因为这两个相通的竖井的通风炉设置在这个矿井的下面,它的通风井口可以用来作通风道。井壁只是用支柱支顶着,而为了防止有人从里面往外弄煤,已废弃了上层的巷道,只保留着底下的一个巷道。巷道里有一个大锅炉,燃烧着地狱般的烈火,抽气的力量非常大,像风暴一样,从这一头吹到相邻的沃勒矿井的那一头。为了谨慎起见,公司命令保留装有梯子的安全井,以便还能够上下,只是没有一个人照管,梯子已经因为潮湿而腐朽,梯台踏板已经完全脱落。上面,有一大丛荆棘挡住了井口;要想够到梯级已经残缺不全的第一节梯子,必须抓住花楸树的树根,然后豁出命去在黑暗中溜下去。

艾蒂安正躲在一个灌木丛后面耐心地等着穆凯特,忽然听到枝杈间沙沙的响声。他以为是一条被惊动的蝮蛇,然而突然亮起一根火柴,使他吃了一惊,他愣了一会儿,认出是让兰,这孩子点燃了一根蜡烛正往洞里钻。他在强烈的好奇心的驱使下,走近井口。这时孩子不见了,微弱的亮光从第二节梯台上照射上来。他迟疑了一会儿,也抓住树根溜下去,他原以为这一下子要落到五百二十四米深的井底,但终于感觉踏到了一架梯子。他悄悄地往下走。让兰一定什么也没听见,艾蒂安紧盯着在自己身下一直下沉的烛光,孩子由于两腿残废左右摇晃,那巨大可怕的身影跳动着。在没有梯级的地方,他就像猴子一般灵巧地用手、用脚、用下巴攀搭着各个地方,很快地向下溜。七米长的梯子一节接着一节,有的还很结实,有的摇晃得吱嘎乱响,像快要断了似的。狭窄的梯台一个接着一个,已经腐朽变绿,踏在上面就跟踩在苔藓上一样。越往下走温度越高,使人出不来气,一个灼热的大锅炉从抽风井里发出热气,幸而罢工以来这股热气不太厉害,而开工的时候这个锅炉每天要吞五吨煤,那时候要有人敢钻到这儿来,非烤焦眉毛不可。

"真他妈的,这个癞蛤蟆!他要到什么鬼地方去呀?"艾蒂安低声骂道。

有两次他几乎摔下去。他的两脚在潮湿的木磴上滑着,如果他像让兰一样有一个蜡烛头就好了。他时时东磕西碰,他唯一的前导就是在他身下溜跑的那点模糊的亮光。他大概已经下到第二十节梯子了,但还要继续往下走。于是他数着梯子数:二十一、二十二、二十三,他一直往下,不停地往下,感觉到一阵猛烈的火烤,使他的脑袋发胀,像是落在一个大火炉里一样。下了三十节梯子,大约有二百一十米,终于到了一个罐笼站,他看见烛光溜进一个巷道。

"他要带着我走多久呀?他一定是藏身在马厩里。"他想。

但是,左边通向马厩的坑道已经被塌顶堵死了。于是踏上了比先前更加困难、更为危险的路程。受惊的蝙蝠飞起来,随后挂在罐笼站的穹窿下。他必须加快脚步,不然就看不到孩子的烛光;他也奔进那个巷道,然而,身体像蛇一般软绵灵活的孩子从容通过的地方,他不擦破肢体就钻不过去。这个巷道和所有的旧巷道一样,变得很窄,而且由于泥土不断地塌落,变得越来越窄,某些地方只剩下窄窄的一条羊肠小道,很快就要自行堵死。在这种挤人的地方,劈裂折断的坑木变成了一种威胁,一不留神就要划破肉皮,那些刺刀般锋利的木刺几乎要把他戳透。他必须十分小心地前进,有时跪着走,有时爬行,有时在黑暗里向前摸索。突然间,一群老鼠从他的脖子直跑到脚跟,踏着他跑了过去。

"他妈的!还有完没完哪?"他咕哝道。他已经累得气喘吁吁,腰痛欲断。

终于到了。走了一公里以后,羊肠小道渐渐变宽,他们走进一条保存得相当完整的巷道。这是一个在岩层中凿出的旧输煤巷道,尽头像个天然的石窟,他不得不停下来,从远处望着孩子。让兰把蜡烛放在一个石缝中,行动自若,安然自在,好像回到自己家里一样感到高兴。这个巷道的尽头安置得简直像一个舒适的住宅。在一个角落里铺着一堆干草,作为一张柔软的卧床,用坑木堆码成的一张桌子上放着各种东西:面包、苹果、已经打开的杜松子酒。这里活像个匪窟,几个星期以来掠夺的东西都堆在这里,甚至还有一些用不着的东西,像肥皂和鞋油等,这些只是出于盗窃的乐趣才偷来的。这个小家伙一个人置身在这些藏物之中,像一个黑心肠的匪徒一样,独自享乐。

"嘿,你就谁也不管哪,啊?"艾蒂安喘息了一会儿以后喊道,"我们在上头饿得要死,你却躲在这儿大吃大喝!"

让兰吓了一跳。当他认出是艾蒂安的时候,立刻放了心。

"你跟我一块儿吃晚饭好不?"最后他说,"喂,来一块烤鳕鱼怎么样?……你瞧。"

他一直没有放下手上的鳕鱼,现在他开始拿起一把漂亮的新刀子刮起上面的苍蝇屎来;这是一种类似匕首的、骨柄上刻着格言的小刀子。这把刀子柄上只刻着一个"爱"字。

"你的刀子真漂亮呀。"艾蒂安评价说。

"这是丽迪送我的。"让兰回答说,但他却没说这是丽迪在他的指使下,从蒙苏的泰德古贝酒馆前面的一个小贩那里偷来的。

他不停地刮着那条鱼,又得意地补充说:

"我这儿挺不错吧,是不是?……这里比上边暖和,而且气味也好得多!"

艾蒂安很想听让兰说说,于是便坐了下来。他不再生气,只是对这个干起坏事来这样大胆而不怕辛苦的小恶棍很感兴趣。的确,他在这个洞底尝到一种安适。这里不再那样炙热,而是四季如春。上面,在这天寒地冻的岁末,穷人们冻得皮开肉绽,这里却像澡堂子一样温暖。这些巷道里的有害气体,日久天长已经逐渐消除,一点瓦斯也没有。现在这里只有发霉的旧坑木味,这是一种淡淡的乙醚味,并且好像夹有丁香的香味。这些坑木现在看来很好看,犹如淡黄色的大理石一样,边上长着棉团似的植物,像是用绒丝和珠宝装饰的花边。另外一些坑木上长了许多蘑菇。这里飞舞着蝴蝶,白色的苍蝇和蜘蛛是这里从未见过阳光的没有颜色的住户。

"那么,你不害怕吗?"艾蒂安问道。

让兰奇怪地望着他。

"怕什么?在这儿一切由我!"

这时候鳕鱼终于刮好了。让兰点燃一小堆柴禾,把火炭摊开,在上面烤起鱼来。随后,他把一个面包切开分成两份。这顿盛餐咸得要命,但对于胃口好的人仍然很香。

艾蒂安接受了给他的那一份。

"现在我才明白为什么在我们人人都越来越瘦的时候,你却胖起来。你想一想,你这样酒足饭饱的也太说不过去了!……你就一点儿不惦记别人?"

"哼!谁让他们那么傻呢?"

"不过,你这样偷着做也对,要是你父亲知道你偷东西,他一定要管教管教你的。"

"你不是常说,这是资产阶级抢我们的吗?我从梅格拉那儿偷的这个面包,当然是因为他欠我们的。"

艾蒂安没话说了,他嘴里塞得满满的,心里非常纷乱,他望着长着一副瘦猴脸、两只绿眼睛和一对大耳朵的让兰,看到在这个具有神秘的智慧和野人的狡黠的退化了的孩子身上,已逐渐恢复了原始的野性。矿井砸坏了他的两条腿,使他完成了这一点。

287

"丽迪呢,你有时候也把她带到这儿来吗?"艾蒂安又问。

让兰轻蔑地笑了一下说:

"那个小丫头啊!那可绝对不行!……女人都嘴快。"

他仍然笑着,对丽迪和贝伯表现出无限的轻蔑。从来也没看到过这样的傻瓜。他想到他们俩竟然轻信自己的种种胡言乱语,空着两手回去,而他却在这里舒舒服服地吃着热乎乎的鳕鱼,简直好笑死了。随后他像一个小哲学家似的,用郑重的口吻下结论说:

"最好是一个人,一个人永远不会发生纠葛。"

艾蒂安吃完了面包,喝了一口杜松子酒。他一度想,是不是应该揪着让兰的耳朵把他带到上面去,并且以要把事情全部告诉他父亲吓唬他,禁止他再抢掠?他是不是应当这样来报答让兰的款待呢?但是,他观察着这深邃的藏身之处,产生了一个念头:如果事情搞糟了的话,他和同伴们难说会用不着这个地方。当让兰像以往有时做的那样,得意地躺在他的草褥上的时候,艾蒂安叫孩子发誓以后不再像过去那样在外边过夜。随后,他拿了一个蜡烛头先走了,叫让兰安心料理他的家务。

虽然天气十分冷,穆凯特仍然坐在一根木头上失望地等着艾蒂安。她一望见他,立刻扑过去,搂住他的脖子。当年轻人说出自己决心不愿再来找她的时候,真像用一把刀子扎进了她的心里。天哪!这是为什么?难道她爱他爱得不够吗?艾蒂安恐怕自己经不住要到她家里去的欲望的引诱,就把她拉到大路上,态度极其温存地向她解释,说她会影响他在同事们中的声望,影响政治事业。她不能理解,这跟政治有什么关系?最后她认为,他可能不好意思同她来往,不过她并没有因此而感到不痛快,这是很自然的。为了装作两个人断绝关系的样子,她提出情愿让他当着众人打她一个耳光。但是,他要经常来看看她,哪怕是每次稍停一会儿也好。她拼命地哀求他,发誓说自己一定不让别人知道,决不留他超过五分钟。艾蒂安虽然心里十分感动,还是拒绝了。他不能不拒绝她。不过在离开她的时候,他还是同意吻她一下。他们俩一步步地走到了蒙苏的头几座房子处,在又大又圆的月亮下紧紧地搂抱起来。这时有一个女人从他们身边经过,像碰到一块石头似的猛地一惊。

"是谁?"艾蒂安不安地问。

"是卡特琳,她从让-巴特回来。"穆凯特回答说。

这时候,那个女人拖着两腿,显得十分疲乏的样子低着头走了过去。艾蒂安望着她,由于被她撞见,觉得很不好受,一种没来由的懊悔,使他心如刀绞。她不是也曾跟一个男人在一起吗?她不是也在这个地方,在雷吉亚的这条路上,委身于一个男人,使他忍受过同样的痛苦吗?但是,不管怎么说,这样回报她,心里依然很不是味儿。

"我跟你说吧,"穆凯特在临别的时候,含着眼泪低声说,"你之所以不要我,因为你是想要另外一个人。"

第二天天非常好,天气寒冷但异常晴朗,是一个美丽的冬日,坚硬的地面像踩在脚下的水晶一样发出清脆的爆裂声。刚一点钟,让兰就飞快地溜了出去。他在教堂后面等到了贝伯,但是他们俩差一点没能等到丽迪,因为丽迪又被她母亲关在地窖里了。她母亲刚刚把她放出来,把一只提篮挎到她胳膊上,告诉她假使不采满一篮子蒲公英回来,就要再关她一夜,叫她跟老鼠在一起做伴。所以她很害怕,打算立刻去采菜。让兰硬把她拖走了,并说:采菜的事回头再说。拉赛纳家的大母兔波洛妮,让兰已经惦记好久了,他们从万利酒馆门口经过的时候,正赶上大母兔跑到大道上来。他一步蹿上去抓住兔子的两只耳朵,把它装进丽迪的篮子里,然后三个人一溜烟跑掉了。他们准备玩个痛快,在到森林去的一路上,让兔子像狗一样地奔跑。

但是他们又停下来,要看扎查理和穆凯跟另外两个伙伴喝过啤酒以后刚开始的一场越野曲棍球赛。赌注是一顶新鸭舌帽和一块红头巾,东西就放在拉赛纳家里。他们四个人,两个人一伙,在从沃勒矿井到帕约农庄将近三公里长的地段上开始了第一段比赛。这一段扎查里先开球,他赌七下而穆凯则赌八下,他们把舒莱特——卵形的黄杨木球放在大路上,尖头向上,每个人拿着自己的曲棍,曲棍的木槌上镶着一块斜铁,长柄上紧紧缠着细线。他们是正两点开始的。扎查里以行家的手法开球,第一击一连三下,把球打到四百米以外,从甜菜地当中穿过去;这种游戏是规定不准许在村内或路上玩的,因为曾经打死过人。穆凯也是个很棒的小伙子,他抡起非常有力的胳膊一下子把球打回来一百五十米。这场球赛继续着,一方向前击球,另一方往回打,几个人不停地来回跑着,他们的脚被地里犁过的冻土块碰破了。

起初,让兰、贝伯和丽迪看着这种猛力的击球觉得十分兴奋,跟在玩球的人后面跑着。后来,他们想起了被他们放在篮子里摇晃着的波洛妮,就撇开野外的球赛,把大母兔放出来,想看一看它跑得快不快。大母兔跑起来,三个孩子在后面拼命地追。他们撒开腿迂回曲折地跑,不住地甩动着胳膊,连喊带叫地吓唬它,这样追赶了一个钟头。要不是大母兔怀了崽,他们永远也抓不到它的。

　　他们正在呼呼地喘气,一阵咒骂使他们回过头来。他们又闯进曲棍球场里来了,扎查里险些把弟弟的脑袋劈开。球员们已经进入第四段,他们从帕约农庄飞也似的跑到卡特舍曼,然后又从卡特舍曼跑到蒙杜阿,现在他们要用六击从蒙杜阿打到乳牛牧场。这就是说,他们一个钟头跑了两里欧①半,他们还在万生咖啡馆和三贤酒吧间喝了几杯啤酒。这一次是穆凯占了上风,他已胜券在握,只差两击了。但这时该扎查里回击了,他一边嘲笑着一边十分灵巧地把黄杨木球打进了一个深沟。穆凯的伙伴不能从沟里打出来,真是倒霉。四个人一齐喊叫着,竞赛激烈起来,因为双方不输不赢,必须再从头来。从乳牛牧场到红草地头上不到两公里,要五下打到。到那里以后,他们要到勒奈尔那儿去休息。

　　这时让兰想出一个主意。他不再去追球员,从口袋里掏出一根绒绳,拴在波洛妮的左后腿上。母兔子在三个顽皮孩子前面拖着后腿一拐一拐地跑着,样子十分可怜,他们却觉得从来没有这样开心过。然后他们又拴住兔子的脖子,让它能够撒开腿快跑,跑得它累了的时候,他们就拖着它,有时叫它肚子贴地,有时叫它仰着,活像一辆小车。他们这样玩了一个多钟头,直到他们在克吕休树林附近又听到玩球人的咒骂声,再一次搅扰了人家的球赛的时候,他们才把呼呼直喘、已经累得要死的兔子赶紧装进篮子。

　　扎查里、穆凯和另外两个同伴正在最后几公里的球赛中不间歇地奔跑着,他们只是在每一个他们指定作为目标的酒

---

① 里欧,法里,1里欧约合4.4公里。

馆才喝上几杯啤酒。他们从红草地跑到布希,然后到克鲁瓦德皮尔,最后到舍布莱。黄杨木球在冰冻的地上滚动着,他们跟着木球不停地奔跑,坚硬的土地在杂沓的脚步下发出响声,这确实是比赛的好时候,地不陷脚,只是有摔伤腿的危险。在这干冷的天气里,曲棍的击球声像枪声一样清脆。他们那肌肉结实的两手握着缠有细线的棍柄,全身向前探着,像要打倒一头牛似的。他们从平原的这一端跑到那一端,越过壕沟,翻过篱笆,穿过路旁的斜坡,跨过园子的矮墙,一连跑了好几个钟头。这必须有一个好风箱一样的肺,必须有铁合页一般的膝盖。挖煤工非常喜欢在矿井之外这样活动一下胳膊腿儿。一个二十五六岁的曲棍球迷,有时竟然跑上十里欧。到了四十来岁,人们就不再打球了,那时候身子已经太笨了。

五点钟了。黄昏已经来临。为了最后确定谁赢得鸭舌帽和头巾,在到旺达姆森林之前还得打一场,扎查里用他对政治毫不关心的嘲弄态度说,到那边和伙伴们一起去开会是可笑的事情。至于让兰,表面上好像是在田地里乱跑,其实从矿工村一出来他就要奔森林去。丽迪心里又后悔又害怕,说她要回沃勒去采蒲公英。让兰用愤怒的手势威吓她说:难道他们能不去开会吗?他一定要听一听大人们说些什么。为了在到达森林的最后一段路上玩个痛快,他鼓动贝伯把波洛妮放出来,用石头投它。他心里有一种贪馋的打算,想把兔子打死,然后拿到雷吉亚自己的洞里吃掉。母兔子蠕动着鼻子、垂着耳朵又跑起来;一块石头擦破它的脊背,又一块打掉了它的尾巴。尽管天越来越黑,三个顽皮的孩子要不是看见站在一块林间空地中央的艾蒂安和马赫,一定会要了母兔子的命。他们急忙抓住这个小畜生,又把它放进篮子里。几乎就在同一分钟,扎查里、穆凯跟另外两个伙伴也打了最后的一下,黄杨木球滚到离那块空地几米远的地方。他们不知不觉地来到了会场。

从黄昏以后,默默无声的人影就像流水一般从光秃秃的平原的大道小路上汇集到淡紫色的高大森林中来;他们有的单独走着,有的三五成群。渐渐地每个矿工村都走空了。女人和孩子们像节日出来游逛一样,在辽阔晴朗的天空下向森林进发。现在,道路上昏暗下来,已经分辨不清这个正奔向同一目的地的人群,只能觉察到它被同一种心情激励着,脚步混乱地在慢慢向前行进。在树篱之间,在灌木丛当中,只有窸窸窣窣的声音和黑夜里的含混模糊的低语声。

这时候,埃纳博先生正骑着他的骡马回家,听着这些模糊不清的声音。他碰到一对对的情侣,这完全是在美丽冬日的傍晚款款散步的行列。又是一些要到墙后边去嘴对嘴地享受快乐的情人们。这不就是他经常遇到的那些情景吗?在每个壕沟里,姑娘们被按在地上,那些穷小子则尽情地享受唯一不花钱的欢乐。这些无知的人们饱尝互相爱慕最难得的幸福,却还抱怨生活!要是他也能够和一个肯在石堆上把自己的整个身心都献给他的女人一起重新开始生活,就是像他们一样地挨饿他也心甘情愿。他的不幸不可能得到安慰,他真嫉妒这些穷人。他低着头,骑着马慢慢往家走,他在隐没在漆黑田野里的那种经久不息的声音中只听到频频的接吻声,感到十分苦闷。

七

这里叫达姆旷场,是最近伐去树木以后开出的一片林间空地。它向下伸展成一个慢坡,四周古木参天;雄伟壮观的山毛榉的挺拔整齐的树干,像一排绿苔斑驳的大白柱子环绕着这片空地。伐倒的大树依然躺在草里,左边是一大堆锯好的木材,像立体几何图形似的垛在那里。寒气随着夜晚的来临越来越刺骨,冰冻的苔草在脚下发出咔嚓咔嚓的响声。地面上已是一片漆黑,高处的树梢在苍空中还能分辨,一轮明月从地平线上升起,不久将使满天星斗变得暗淡无光。

到会的矿工将近三千人,男女老少蜂拥而来,逐渐站满了空地,有的人已经站到远处的树下去了。迟到的人还在不断地到来,淹没在黑暗里的人头的浪潮逐渐扩大,直到附近的小树丛。就在这寂静寒冷的树林里,发出风暴般的怒吼。

艾蒂安跟拉赛纳和马赫一起站在可以看到整个斜坡的高处。他们争吵起来,可以听到他们一阵阵激烈的喊声。附近的人都注意听着,勒瓦克紧攥着两个拳头,皮埃隆背着脸,他不能再拿发烧作借口了,显得十分不安;老爷爷长命佬和老穆克也带着沉思的神情,并排坐在一棵树桩上。他们后边是扎查里、穆凯等一些爱捣乱的人,他们是来凑热闹的。女人们却跟他们相反,她们郑重其事地聚在一起,像在教堂里一样严肃。马赫老婆一句话不说,一边听着勒瓦克老婆低声骂着,一边点着头。斐洛梅直咳嗽,入冬以来,她的支气管炎又犯了。只有穆凯特爽朗地笑着,她听着焦脸婆骂女儿逗得直乐,焦脸婆说她那没人性的女儿,为了自己独吃兔肉,把母亲支出家去,简直是个被窝囊丈夫养肥了的养汉老婆。再有就是让兰,他站在一堆木料上把丽迪拉上来,强使贝伯也跟着他,三个人站在高处,比所有的人都高。

争吵是由拉赛纳引起的,他想照例选出一个主席团。他在欢乐舞厅的失败使他恼羞成怒,发誓一定要雪耻,因为参会的不光是代表,他自信只要当着矿工群众的面,他会恢复自己旧日的权威的。艾蒂安很气愤,他认为在森林里开会提出选主席团是愚蠢的。既然人家拿他们当狼一样要斩尽杀绝,他们就应当采取革命行动,不能那么文雅。

艾蒂安看到争吵没完没了,就立刻转向群众,站到一根树干上喊道:

"同伴们!同伴们!"

嘈杂的低语声慢慢平息下来,与此同时马赫压住了拉赛纳的抗议。艾蒂安用响亮的嗓音继续说道:

"同伴们,既然他们不准我们说话,派来宪兵,把我们当作土匪,我们就只好到这里来商量讨论!在这里我们可以不用顾虑,就跟在自己家里一样,谁也不能不让我们说话了,就如同谁也不能不让鸟和野兽叫唤一样!"

人们报以雷鸣般的喊声和喝彩声。

"对,对,森林是我们的,我们有权在这里说话……你说吧!"

于是,艾蒂安一动不动地站在那个树干上停了一会儿。月亮仍旧很低,依然在地平线上,只照到高处的树枝,逐渐平静安定下来的人群依旧淹没在黑暗中。艾蒂安也是黑魆魆的,他站在土坡的高处,高出人群,像是一根木桩的阴影。

他慢慢地举起一只胳膊,开始讲演;他的声音不再是声色俱厉,而是采取一个普通的人民代表向人民作汇报时的冷静口吻。他终于把在欢乐舞厅由于宪兵队长阻扰而没能讲出的那段话讲了出来。他简单地叙述了罢工的经过,完全用摆事实的科学的论证方法。首先,他讲了他本不同意罢工,因为矿工们并不愿意罢工,而是由于管理处采取坑木另付款的新办法而使工人起来反抗的。接着,他谈到代表们到经理先生那里所作的第一次谈判,董事会毫无诚意。随后又谈到第二次谈判的情况,经理勉强答应让步,准备吐出公司剥夺的那十生丁。而现在的情况是这样:他报告了一些数字,说明互助基金已经用光,指出寄来的救济款是怎样分配使用的,并替"国际"、普鲁沙和其他人作了一些解释,说应该谅解他们,他们为了使全世界取得胜利,不能再给这里的人们更多的帮助。所以,形势一天天地严重起来,公司要解雇工人,威胁着要到比利时去雇工人;另外,公司还威吓一些不坚强的人,并且迫使一些人复了工。他来回说着这些千篇一律的话,好像要特别强调这些坏消息,他说饥饿取得了胜利,希望在破灭,斗争处于失去勇气的边缘。然而,他突然丝毫没有提高声调地结束了这段讲话:

"同伴们,在这种情况下,大家必须在今天晚上作出决定。大家是不是愿意继续坚持罢工?如果愿意,那么大家准备用什么办法来战胜公司?"

满天星斗的夜空之下是一阵深沉的沉默。看不见的人群,在这种令人憋气的讲话声中,在漆黑的夜色里一声不响;树林里只能听见一片绝望的叹息声。

这时,艾蒂安以另一种声调继续说起来。现在他不再以互助基金会的秘书身份讲话,而俨然是一位群众领袖和传播真理的使者。难道有背弃自己誓言的胆小鬼吗？怎么，难道就白受这一个多月的罪，重新低着头回到矿井里去，再过那没有尽头的悲惨生活？那么在争取消灭使工人挨饿的残暴的资本的斗争中立刻死去岂不更好？仍然在饥饿面前屈服，而后再等着饥饿把最老实的工人也逼得起来反抗，这样的蠢事还能再继续吗？他指出，工业危机的灾难全部落到了受剥削的矿工头上，从为了竞争的需要而降低成本的那一天起，矿工们就被逼得没法活下去了。不行！坑木另付款的新办法绝对不能接受，这完全是公司变相克扣工钱，要我们每个人每天多给他们白干一个钟头。这一次实在太过分了，被逼得走投无路的穷人起来要求正义的时候已经到了。

他高举着两只胳膊停了一会儿。人群听到"正义"这个字眼，立刻掀起一阵骚动，掌声像风扫落叶一般哗啦一声传开来。许多人高喊：

"要求正义！……是要求正义的时候了！"

艾蒂安渐渐激动起来。他没有拉赛纳那种从容流利的口才，有时候想不起字眼，有时候词不达意，有时候要用力耸一下肩膀才能说出来。但是，每逢遇到这种障碍的时候，他总是寻找一些熟悉有力的比喻来抓住他的听众。至于他那挖煤工人干活儿的动作，胳臂一蜷，然后伸出两个拳头向前用力一击，猛然把颚向前一探，像要咬谁似的，也都在同伴们身上起着一种特殊的作用。人人都说他年纪不大，讲起话来倒很能吸引人。

"雇佣制度是新形式的奴隶制，"他用更响亮的声音接着说，"煤矿应该属于矿工，就像大海属于渔民，土地属于农民一样……大家要知道，煤矿是属于你们大家的！属于一个世纪以来流过那么多血汗和受过那么多痛苦,付出了代价的每一个人!"

他大胆地谈到一些难懂的法律问题,一系列连他自己也说不清的有关矿业特别法的问题。矿藏和土地一样,统统属于国家,只是由于一种可恶的特权,才把它变成了各个公司的专利。至于蒙苏煤矿公司更是这样,它的所谓的合法开采权,由于是很早以前按照艾诺①的老习惯与旧封建领主订立的契约,因而更成问题。所以,矿工群众只是在收回自己的财产。艾蒂安说着伸出两臂,指着森林以外的整个地区。这时月亮已经爬上来,月光透过树梢,照到艾蒂安身上。仍然站在黑暗中的群众,看到浑身披着光辉的艾蒂安伸着两臂在分配财产,又响起一阵经久不息的掌声。

"对,对,他说得对,这太好了!"

于是,艾蒂安转到他最喜欢的话题上来,不断地重复劳动工具归集体所有,这句话的激烈意味使他感到非常得意。现在,他完全成熟了。他从新教徒的博爱观念出发,要求改革雇佣制度,最后得出要消灭雇佣制度的政治观点。从欢乐舞厅的会议以后,他的尚未定型的和博爱的集产主义形成了一个复杂的纲领,并且能科学地论证每一项条款。首先,他认为只有消灭国家才能获得自由。然后,当人民掌握政权以后,就开始各项改革:恢复原始公社,以平等自由的家庭代替受道德束缚的家庭,在文化、政治和经济方面一律平等,以劳动工具和全部产品的公有来保证个人的自由,最后由集体创办免费的职业教育。这就可以把腐朽的旧社会加以彻底改造。他攻击

---

① 艾诺,比利时的一个省份。

婚姻制度和继承制度,他规定每一个人应有的财产,他摒弃千百年来的可耻的文物,并且用一只胳膊做了一个习惯的有力手势,就像农民挥动长柄镰割庄稼一样。然后,又用另一只手表示重建新的人类社会,是一座在二十世纪初期升起的真理和正义的大厦。在这种大脑的紧张活动中,他的理性动摇了,只剩下狂信者的固执观念。感情和理性的一切顾虑都不复存在,他觉得建立这个新世界再容易不过了。他预见到了一切,谈着那个新世界,它就像一部新机器一样,只消两三个钟头就可以开动;不论是赴汤蹈火,还是流血牺牲,他都在所不惜。

"现在该轮到我们了,"他最后高喊一声,"应该由我们来掌握政权和财富了!"

一阵欢呼声从树林深处直传到他跟前。现在,月光照亮了整个林间空地,照亮了巨浪般的人头的轮廓,一直照到远处灰色大树干间的矮树丛。在寒冷的夜空下,是一片愤怒的面孔,冒火的眼睛,张着的大嘴,整个人群跃跃欲试,饥饿的男人、女人和孩子,全都要放开手进行正义的抢夺,夺回自己从前被人剥夺的旧有财产。他们再也感觉不到寒冷,这些激烈的言辞使他们胸膛里燃烧起来。一种宗教的激情把他们鼓动起来,他们有着基督教初兴时期的信徒们的那种狂热希望,急切地期待着即将到来的正义的时代。有许多难以理解的话他们并没有听懂,他们不大理解那些专门而抽象的推理,但是正因为抽象难懂,使他们更加感到前程无限宽广,觉得进入了令人陶醉的幻境。这是多么美妙的梦想呀!当家做主,不再受苦,最后还要享福!

"对,他妈的!……该轮到我们了!……打倒剥削者!"

女人们疯了一般。饿得发晕的马赫老婆也失去了镇静;

勒瓦克老婆吼叫着;焦脸婆像凶婆子似的挥动着两只胳膊,激动得发狂;斐洛梅咳嗽了一阵,摇晃着身子;至于穆凯特,她兴奋得向艾蒂安喊着亲昵的话。在男人们中间,被征服的马赫在发抖的皮埃隆和饶舌的勒瓦克之间怒喝了一声。至于那些轻浮的家伙,坐立不稳的扎查里和穆凯,则在设法取笑:真怪,这位同伴什么也不喝能讲这么长的时间。然而,让兰在木堆上闹得比谁都凶,同时挥动装着波洛妮的篮子,催促贝伯和丽迪也跟着叫喊。

又是一阵喊声。艾蒂安尝到了声望的醉人滋味。这是他所掌握的力量,它体现在他一句话就能使之激动的三千颗心中。假使苏瓦林肯来的话,随着他对自己的观点的了解一定会表示赞成的,一定会对他的学生向无政府主义方面的进展感到满意,也一定会满意他的纲领,只有教育一点例外,他会认为这是愚蠢的好心肠的残余,因为神圣而有益的无知必定是陶冶人的浴池。至于拉赛纳则不住地耸着肩膀,表示气愤和藐视。

"你让我说一说!"他向艾蒂安喊道。

艾蒂安从树干上跳下来。

"你说吧,看大家是不是听你的。"

拉赛纳立刻跳上树干,用手势要求大家安静。但声音并未平息下去,他的名字从头几排认出是他的人一直传到站在山毛榉下面的最后几排人。人们都拒绝听他讲话,这是一个被推倒的偶像,旧日的信徒们一见到他就有气。他那侃侃自如的语调,流畅温和的言词,尽管很久以来就具有魅力,这时候却被看作是温吞米汤,只能用来迷惑怯懦的人。他徒然在一片吵嚷声中讲着,企图重弹他那使大家缓和的老调:不能用法律改变世界,必须容个时间,使社会进步慢慢实现。人们嘲笑他,嘘他,他这次的失败比在欢乐舞厅那次更惨,而且一败涂地。最后,人们用一把把的冻苔草向他扔去,一个女人用尖嗓门喊道:

"打倒叛徒!"

他解释说,煤矿不能成为矿工的财产,不能像织布机那样可以是织布工人的财产。他说最好是实行分红制,使工人成为有关者,成为家庭中的一员。

"打倒叛徒!"成千的声音喊着,同时石块也开始嗖嗖地飞来。

拉赛纳脸色立刻变得苍白,一阵失望使他两眼充满泪水。群众的背弃,使他二十年来怀有野心的帮助友爱,使他毕生的事业彻底破产了。他受到致命的打击,失去了继续讲下去的力量,他从树干上跳下来。

"这回你高兴了吧,"他结结巴巴地向获得胜利的艾蒂安说,"好,我希望你也有这么一回……告诉你说,你一定会有这么一回的。"

说完,他好像摆脱他所预见到的不幸的一切责任似的,一甩手独自穿过寂静皎洁的田野走了。

接着,响起了嘘嘘的声音,原来老爷爷长命佬站到树干上,正在嘈杂的人声中讲话,大家都感到意外。在这以前,他和老穆克一直面带回忆往事的神情,在那里出神。毫无疑问,他是非说不可了,因为心里翻腾得厉害,有时多年往事猛烈地涌上心头,足够一口气说上几个钟头。会场上一片肃静,人们都注意听着这位在月光下面容好像一个幽灵一样苍白的老人讲话。他讲着一些与眼下讨论的问题没有什么直接关系的事情,是些谁也不大了解的很久以前的往事,因此就更引人注意倾听。他讲到他青年时代的事,他两个叔叔如何被压死在沃勒矿井里,又谈到他老婆怎样患肺炎丧了命。但是,他并没有远离自己的中心意思:日子从来不好,而且后来也未曾好过。比如说,过去他们也曾因为国王不答应缩短工时,有五百人也像今天这样曾在树林里集会;但是他三言两语讲完了这件事,又讲到另一次罢工,这种事他经历得多了!每次罢工都到这些树下,到达姆旷场,到那边的烧炭场,或者是在更远处的索地卢开会。有时候在冷天,有时候在热天。还有一天晚上大雨倾盆,结果大家一句话没说就又回去了。后来,国王的兵来了,罢工在枪声中结束了。

"那时候我们曾这样举着手,誓死不再下井……啊!我发过誓,是的,我发过誓!"

人群目瞪口呆地听他讲着,心里感到一阵郁闷,这时候注意着会场动静的艾蒂安又跳上一棵伐倒的树干上,让老人留在自己身边。他在站在第一排的伙伴们当中看到了沙瓦尔,于是想到卡特琳一定也在这儿,心里不免又燃起一股新的热情,想要当她的面博得人们的喝彩。

"同伴们,这是我们的一位老前辈,你们都听见了,这就是他亲身遭受过的痛苦。如果我们不消灭这些强盗和刽子手,将来我们的儿女们还得受这样的苦。"

他变得十分可怕,说话从来没有这样激烈过。他一只手扶着老爷爷长命佬,把他作为一面穷困和苦难的旗帜,疾呼人们要复仇。他简短地追溯到马赫的祖先,指出他们全家一直在矿上卖命,被公司剥削,而在为公司干了一百年活儿以后,反倒更要挨饿。接着,与马赫一家对比,他谈到吸工人血的董事会里的大亨们,一群股东一百年来保养得像大姑娘一样,什么也不干,一味养尊处优。难道无数的人世世代代累死在井下却是为了让人们给部长们送礼,让那些老爷和资产阶级祖祖辈辈大摆筵席,在温暖如春的屋子里养得脑满肠肥吗!难道这些还不令人触目惊心!他研究过矿工的疾病,他把这些病一一详细地列举出来:贫血,瘰疬,黑气管炎,气喘病,使人瘫痪的风湿病等等。这些穷人被当作饲料丢进机器,被当作牲口圈在矿工村里,大公司一点一点地把他们的血吸干;他们规定了繁重的苦役,扬言要把全国的劳动者都集中起来,使几百万双手为不足一千个懒汉们发财致富而卖命。但是,矿工们现在不再是糊涂虫,不再是压在地下的牛马了。在矿井深处,一支大军正在成长,这代新人就像是正在萌芽的种子,不久将在温暖的阳光照耀下破土而出,茁壮成长。到那时候,我要看一看,是否还有人敢只给一个在矿上工作了四十年的、吐着黑痰的和两条腿在矿井里泡肿了的六十岁的老人一百五十法郎的养老金。是的,劳动要与资本算账,要与那个在某个地方坐着、谁也没见过的、没有人性的偶像算账。它坐在神秘的神龛里,吮吸着养活它的穷人的血!我们要到那里去,我们最后一定要在熊熊的火光中看一看它的模样,我们要让这个肮脏的猪,肚子装满人肉的丑恶妖怪淹死在血泊里!

他说到这里停住了,但是他的胳膊仍然向前伸着,指着那个他也不知道在地球上什么地方的敌人。这一次,人们叫嚷得非常厉害,连蒙苏的财主们都听到了,使他们掉转脑袋望着旺达姆,担心发生了什么天崩地裂的可怕事情,感到惶惶不安。树林里的夜鸟也被惊起,展翅飞向广漠的明亮的天空。

他希望立刻作出决定,就说:

"伙伴们,你们怎样决定? ……你们是不是赞成继续罢工?"

"赞成!赞成!"无数声音吼叫着。

"你们采取什么措施? ……假使明天有胆小鬼下井,我们肯定会失败的。"

于是大家暴风雨般地连声喊道:

"打倒胆小鬼!"

"所以,大家一定要让他们忠于自己的义务,忠于誓言……我们现在应该这样:下矿去,我们去那里使叛徒们回头,让公司知道我们万众一心,宁死也不让步。"

"对,下矿去,下矿去!"

艾蒂安从一开始讲话,就在面前怒喊着的那些苍白的人头中间寻找卡特琳。她肯定不在这里。但他总看到沙瓦尔,满怀嫉妒的沙瓦尔在不断地耸肩,表示嘲笑,他打算挤进来以换取少许这种声誉。

"伙伴们,假使有奸细钻到我们中间来的话,他们要小心点,我们认得他们……是的,我看到这里有仍然下井工作的旺达姆的矿工……"艾蒂安继续说。

"你这话是冲我说的吗?"沙瓦尔挑衅地问道。

"是冲你说的,也可能是冲别的人说的……不过,既然你搭腔,你就应该知道,饱汉跟饿汉毫无共同之处。你还在让-巴特干活儿……"

一个人嘲笑地插嘴说:

"唔!他干活儿……他有一个为他干活儿的女人。"

沙瓦尔涨红了脸,骂起来:

"他妈的,这么说还不许干活呀?"

"是的!"艾蒂安喊道,"在同伴们为了大家的利益而受苦的时候,不许谁只顾自己和当走狗去站在资本家一边。假使普遍罢工的话,我们早就胜利了……既然蒙苏停工,旺达姆应该有人下井吗?最有效的办法就是整个地区一齐停工,德内兰先生那里和这里应当一样……你明白吗?在让-巴特矿里干活儿的都是叛徒,你们都是叛徒!"

沙瓦尔周围的人举起拳头,吼叫着:"打死他!打死他!"几乎就要动手。沙瓦尔吓得面色煞白,但是他不惜一切地决心压倒艾蒂安,一个念头又使他挺起胸来。

"你们先听我说!明天你们到让-巴特来,看看我是不是上班!……我们是站在你们一边的,我是被派来向你们说明这点的。应该叫锅炉停火,叫机器匠们也罢工。要是抽水机也停止抽水,那就更好!那样一来,各个矿井就会被水冲毁,让它整个完蛋!"

这一回,轮到人们向他狂热地喝彩了,从这时候起,艾蒂安被人们抛到了一边。讲话的人一个跟着一个跳上树干,在人声喧嚣中挥臂举拳地提出激烈的主张。这是一种狂热信仰的发作,是一个教派不愿再等待奇迹的急切心情,他们终于决定自己去促使奇迹到来。这些人由于饥饿而头脑发昏,眼前一片红光,在升起普遍幸福的光荣的礼赞中看到了火和血的幻景。恬静的月光照耀着这片汹涌的人海,深沉寂静的森林包围着要求流血的呐喊,只有脚下冰冻的苔草发着清脆的响声;山毛榉稳健地站在那里,纤细茂密的枝叶在银白色的天空中显出一片黑影,对在它们脚下骚动着的这些不幸的人不闻不问。

人群里发生一阵拥挤。马赫老婆挤到马赫身边,夫妻俩已经失去了他们的理性,心里被翻腾达数月之久的激怒所控制,赞成勒瓦克进一步提出的要求:把工程师们的脑袋揪下来。皮埃隆不见了。长命佬和老穆克同时讲着话,谁也听不清他们那含混而激烈的要求。扎查里打趣地要求推倒教堂,穆凯则用手里拿着的曲棍敲着地面,纯粹是为了起哄。女人们简直发疯了:勒瓦克老婆两拳叉腰,责怪斐洛梅不应该笑;穆凯特说要把宪兵们踢得趴下;老焦脸婆发现丽迪既没有采来野菜手里又没有篮子,打了小姑娘一顿耳光以后,继续伸着巴掌空打着,好像在打她想要抓住的所有的资本家。贝伯从一个徒工那里听说拉赛纳太太曾看到他们偷了波洛妮,让兰听了有好一会儿没敢出声,但是当他决定偷偷再把兔子放到万利酒馆门前去以后,就吼叫得更凶了,他打开他的新折刀挥舞着,刀子闪闪发光,使他感到非常得意。

"伙伴们!伙伴们!"为了要大家安静一下,好作出最后决定的艾蒂安一再地喊着,他已经精疲力尽,喊得声音都嘶哑了。

最后,人们终于听他讲下去了。

"伙伴们!明天早晨到让-巴特去,大家同意不同意?"

"同意,同意,到让-巴特去!宰了叛徒!"

三千人风暴般的吼声响彻云霄,渐渐消失在皎洁的月光中。

第 五 部

一

清晨四点钟,月亮落下去了,夜色漆黑。德内兰家一切还都在熟睡中。这所旧砖房的门窗紧闭着,屋里死气沉沉的,没有一点儿声音。房子的一边是一大片零乱的菜园,再过去就是让-巴特矿井。房后,是通向旺达姆的冷清的道路,旺达姆是一个大镇,坐落在树林后面,离这里约有三公里。

德内兰因为昨天在井下待了一些时候,累坏了,正脸冲着墙打呼噜,忽然在梦中听见有人叫他。最后他终于醒来,听到真的有人在窗外叫他,立刻跑过去,打开窗户。矿上的一个工头正站在菜园里。

"什么事?"他问。

"先生,出乱子了,有一半人不肯上工,也不准别人下井。"

他睡意未消,脑袋懵懵懂懂,没完全听明白工头的话,只觉得寒气袭人,好像在身上泼了一瓢冰水。

"强迫他们下去,混账东西!"他结结巴巴地说。

"到现在已经一个钟头了,"工头又说,"所以我们才来找您。只有您或许能说服他们。"

"好吧,我就去。"

现在他的头脑才清醒过来,心里十分不安,急忙穿好衣服。女厨子和仆人谁也没有起来,这时候简直可以任意来打劫他的家。这时,从楼梯口的另一边,传来惊惶的低语声;他走出房门的时候,看见女儿们的房门开了,两个女儿穿着匆忙披上的白睡衣一起走出来。

"出了什么事,爸爸?"

大女儿露西已经二十二岁,高高的身材,棕色的头发,面带傲气;而小女儿约娜刚满十九岁,身条娇小,满头金发,妩媚动人。

"没有什么大不了的事儿,"他为了安慰女儿们才这样回答说,"大概有些捣乱分子在那儿胡闹,我去看看。"

但是,她们喊叫着不肯放他,一定要他吃点热东西再出去,要不然又会和往常一样,回来犯胃病了。他一再跟她们争辩,发誓赌咒地说他实在没工夫。

"你听我说,"约娜搂着他的脖子说,"你喝一小杯朗姆酒①,吃两块饼干再走,要不然,我就这样待着不放手,你走也得把我带走。"

他虽然说饼干太噎嗓子,不得已还是让步了。说着,两个女儿便每人拿着一个烛台,在他前面走下楼去。在楼下的餐室里,她们忙着伺候他,一个倒朗姆酒,另一个跑到食品室去拿饼干。她们自幼失去母亲,父亲对她们十分娇惯,完全是放任自由长大的,教养很差。大女儿一心要登台演唱,小女儿像

---

① 朗姆酒,用甘蔗发酵制成的烧酒。

中了魔一样喜爱绘画,在绘画上显示了独特的大胆风格。但是,由于事业上的不顺利,不得不节减家中的开支,迫使这两个无拘无束的姑娘一变成为十分精明细心的主妇,就是账上差一分钱也逃不过她们的眼睛。现在,虽然她们有艺术家的豪放态度,掌握家财却很吝啬,一分钱也不肯多花,和商人们争斤论两,不断翻改旧衣服,这样,总算在家境日益拮据的情况下,维持住了家庭的体面。

"爸爸,你吃呀!"露西一再说。

后来,她看出他满腹心事,神情忧郁,一言不发,就又害怕起来。

"事情还是严重啊,不然,你为什么这样愁眉不展?……好吧,我们跟你一块儿留在家里,那顿午饭,我们不去吃也没有关系。"

她指的是预定好的上午的出游。埃纳博太太要先坐轻马车到格雷古瓦家接赛西儿,然后再来接她们一块儿到马西恩纳去,铁工厂经理太太请她们吃午饭,顺便参观一下车间、高炉和炼焦炉。

"当然,我们留在家里。"约娜也说。

但是,德内兰先生生气了。

"你们说什么!我再告诉你们,没什么大不了的事儿……给我好好钻回被窝里去睡觉,按照原来说定的,九点钟穿好衣服等着。"

他吻了吻她们,然后匆忙走了,只听见他的靴子踏在菜园子冻地上的声音,逐渐远去了。

约娜小心仔细地把酒瓶塞好,露西把饼干锁起来。餐室里整洁而又简单,显示出他们的饮食的俭朴。她们两个趁着这么早就下楼来的机会,看了看昨晚是否有什么东西没有收拾好。如果有一块餐巾丢在一边,用人也要挨骂的。最后,她们又上楼去了。

德内兰从菜园中的小路抄近道直穿过去,他一边走一边想着他那面临危险的财产,想着他在蒙苏公司的股金——他梦想着要使它增加十倍的那一百万法郎,今天受到了这么大的威胁。他接连不断地遭到一系列的噩运:出乎意料的庞大修理费,令人倾家荡产的开采条件,然后,恰恰在刚要赢利的时候,又遇到了这种可怕的工业危机。如果他这里发生罢工的话,那他就算完了。他推开一扇小门,隐约看到矿井的建筑物在漆黑的夜里显得更加黑暗,只有几盏像晨星那么寥落的挂灯悬在那里。

让-巴特矿井并不像沃勒矿井那么地位显著,但是,照工程师们的说法,设备更新使它成了一个漂亮的矿井。不仅它的竖井加宽了一米半,井深达到了七百零八米,而且还安装了新的设备:新罐笼、新提升机,全套设备都是根据最新科学成就设计的。甚至在建筑结构的美观和风格方面也费了一番苦心,选煤棚装饰着雕刻,井楼上装着一座大时钟,收煤处和机房的屋顶,圆圆的像文艺复兴时代的小教堂,上面矗立着用青红两色砖砌成螺旋纹的烟囱。抽水机安装在本矿区的另一个竖井上,也就是专门留作汲水用的加斯冬-玛里老矿井。让-巴特矿井的出煤井口左右,只有两个附属井口,一个是蒸汽通风机的通风口,另一个是安全井口。

深夜三点钟,沙瓦尔就第一个来到了井上,他号召伙伴们放下工作,说服他们向蒙苏的工人看齐,要求每车煤增加五生丁。不久,四百名井下工人便挥着手喊叫着拥出更衣室,来到收煤处。那些打算上工的人赤着脚,手里提着安全灯,胳膊底下夹着铁锹或尖镐;另一些人还穿着木屐,披着防寒大衣,堵住了井口。工头们扯着嗓子喊叫着维持秩序,要求他们讲道理,不要阻拦安分守己的老实人下井。

沙瓦尔看见卡特琳穿着短裤和上衣,头上紧箍着小蓝帽也来上工,便发起火来。他起床的时候,就声色俱厉地告诉她,要她睡着别起来。但是她不愿意停下工作,仍旧跟在他后面跑来了;因为他从来不给她钱,她常常还要负担自己和他两个人的开支,如果她再一个小钱也挣不到,可该怎么办呢?她一直受着掉入马西恩纳妓院的威胁,没吃没住的推车女工只有到那个地方了此残生。

"妈的!你来干什么?"沙瓦尔吼叫道。

她嗫嚅着说她因为没有别的进项,想来上工。

"臭婊子,你这是成心跟我过不去,是不是?……马上给我滚回去,要不我就把你踢回去!"

她害怕地退到一边,但并没走开,她决心要看看事情的结果。

德内兰顺着选煤场的台阶来到现场。尽管灯光微弱,他那敏锐的眼光立刻看清了这种场面,淹没在黑影中的这一群人——挖煤工、井下井口工、井上井口工、推车女工甚至徒工,每一张脸他都熟悉。在新的而且很干净的宽敞大厅里,提升机的蒸汽机发出轻微的咝咝声,罐笼吊在纹丝不动的钢缆上,铁板路上堆满拖车,这些中止了的工作在等人去做。人们刚刚领走八十盏安全灯,其余的全在灯房里亮着。毫无疑问,只要他发一句话,全部工作便会重新恢复生气。

"怎么了,我的孩子们,出了什么事情?"他用响亮的嗓音问道,"什么事惹你们发火?说给我听听,咱们商量商量。"

平时,他虽然要求工人们多干活,但他对工人总是显出慈父的样子。他脾气暴躁专横,但他竭力用有感召力的亲切态度来征服他们。他常常想法使工人们爱戴他,而工人们则认为他十分勇敢,对他特别尊重。他经常和工人们一起待在掌子面上,每当矿井里发生什么可怕事故时,他总是不顾危险地跑在最前面。曾经有两次发生瓦斯爆炸后,连最有胆量的人都不敢向前的时候,他却叫人用绳子系着他,把他放到井下去。

"我说,"他又说,"你们不要让我后悔对你们的信任。你们知道,我没有答应让宪兵站岗……放心大胆地说吧,我听着。"

这时候,大家谁也不出声,都很窘地避开他。最后还是沙瓦尔开口了:

"事情是这样的,德内兰先生,我们不能再干下去了,我们要求每车煤多加五生丁工钱。"

德内兰露出吃惊的样子。

"什么,多加五生丁?这是根据什么呀?我并没有像蒙苏公司那样,埋怨你们坑木支得不好,向你们提出新的工资办法啊。"

"就算是这样,但是,蒙苏的伙伴们还是对的。他们不接受新的工价,并且要求增加五生丁工钱,因为按照目前的包工合同,是没办法把活儿干好的……我们也要求增加五生丁,你们大家说,对不对?"

许多人同声表示赞成,人们又激烈地挥动着胳膊嚷叫起来。人们逐渐围过来,围成一个小小的圆圈。

德内兰的眼中闪出一股怒火,同时攥紧了手,因为他喜欢使用强权手段,生怕一时控制不住自己,动手抓住一个人的脖子。他还是想慢慢商量,讲道理。

"你们要求增加五生丁,按照你们的工作来说,我也认为是值得的,只是我力不从心。我要是给了你们,我自己就完了……你们要了解,首先必须让我活下去,然后你们才能活下去。我实在无法可施了,哪怕再稍稍提高一点成本都会使我破产的……你们还记得吧,两年前那次罢工的时候,我曾经让过步,因为那时候我还能办得到。但是,那次增加工钱仍是一次毁灭性的打击,至今我挣扎两年了……今天,我宁肯立刻扔下这一摊子不干,也不愿意还不知到哪里去凑钱来给你们下个月的工钱。"

沙瓦尔面对着这么坦率地向他们道出自己处境的老板,冷笑了一下。其余的人低着头,根本不相信哪一个矿主会不从工人头上赚几百万,这种话,他们听不进去。

但是,德内兰继续辩解。他谈到他与蒙苏公司之间的斗争,说蒙苏矿一直伺机趁他哪一天不慎趴下的时候,立刻把他吞掉。这是一场无情的竞争,他必须节约开支;况且,让-巴特矿深度大开采成本高,虽然煤层很厚,也只是刚能抵消这个不利的条件。上次罢工,要不是他怕工人们走掉,必须和蒙苏比着干的话,他是决不会增加工资的。他又用未来威吓工人们说如果他们逼得他把矿井卖掉,使他们受蒙苏公司的残酷压榨,对他们又有什么好处?他并不是远远地蹲在一个谁也不知道的神龛里的宝座上的人,他不是一个雇用代理人来榨取矿工血汗而自己根本不露面的股东。他是一个实业家,他不仅是用金钱,而且用自己的心血、健康和生命来冒险。停工干脆就意味着他的灭亡,因为他没有存煤,可是需要交出订货。另一方面,他不能让他投在那些机械上的资本睡大觉。他怎样保证自己的信誉呢?谁付给朋友们入股的利息?这不是要彻底破产么?

"这就是说,我的好孩子们,"他结束时说,"我一定要你们相信……总不能要一个人去自杀,是不是?不论是我给你们增加五个生丁,或者是我容许你们罢工,都等于让我自己割断自己的脖子。"

他不言语了。人群里发出一阵嗡嗡的低语声。一部分矿工似乎在犹豫。有几个人回到井口旁边去了。

"至少,"一个工头说,"应该让大家各随己便……谁愿意上工?"

卡特琳是最先走去的人中的一个。但是,愤怒的沙瓦尔一面把她推回来,一面叫喊道:

"我们都是一致的,只有黑心的家伙才背弃伙伴们!"

于是,和解似乎是不可能了。喊声又响起来,井口旁边的人被挤走了,差一点被挤扁在墙上。失望的经理一时曾想独自蛮干,用暴力压服这群人;但是,这是徒劳的愚蠢举动,他不得不躲开了。他在收煤处的办公室里待了几分钟,坐在一把椅子上气喘吁吁,心慌意乱,因为自己的无能而感到束手无策,一筹莫展。最后,他平静下来,打发一个工头去把沙瓦尔找来。当沙瓦尔同意谈判的时候,他挥手叫大家离开。

"你们都走开,让我们两个人单独谈谈!"

德内兰的意思是打算试探一下这个小伙子是个什么样的人。开头几句话,他就听出他爱慕虚荣、嫉妒心十足。于是,他就顺水推舟,阿谀奉承起来,并佯装不理解像他这么个能干的工人为什么要这样葬送自己的前途。听他的口气,好像他早就看中他了,想要很快地提拔他,最后竟直截了当地答应,将来提拔他做工头。沙瓦尔听他讲着,一言不发,最初紧攥着的拳头,慢慢放松开来。他的脑子里激烈地盘算着:如果他坚持罢工,只有永远给艾蒂安当下手;同时也产生了另一种野心,那就是去当工头。一股热流涌上他的脸,他踌躇满志,有些飘飘然了。另外,他从清早就等待着那一群罢工者,到这个时候还不来,恐怕不会来了,一定是受到了什么阻碍,也许是宪兵吧,那么,他只好屈服了。但是,他仍然摇头表示拒绝,愤怒地使劲拍着胸脯,装出不能受贿赂的样子。最后,他没有向老板谈他和蒙苏工人的约会,就答应去劝说伙伴们,叫他们下井。

德内兰没有露面,工头们也躲在一边,他们听着沙瓦尔站在收煤处的一辆斗车上,高谈阔论,足足作了一个钟头的说服演说。一部分工人在指责他,有一百二十个工人气得走开了,他们坚决要按照他以前让他们采取的决定那样办。这时已经七点多了,天已大亮,是一个白霜满地的晴朗天气。忽然,矿井又震撼起来,停顿的工作恢复了。先是提升机的曲柄一上一下,卷起和放开绳筒上的钢缆。接着,人们在嘈杂的信号声中开始下井,罐笼装满了人,坠入深处,随后又升上来,矿井吞噬着它的规定的口粮——徒工、推车女工和挖煤工。在铁板路上,井上井口工隆隆地推起斗车,犹如滚动的雷声。

"他妈的!你在这儿干什么哪?"沙瓦尔看见正在等着下井的卡特琳就叫道,"你快给我下井吧,别在那儿磨蹭了!"

当埃纳博太太同赛西儿九点钟坐车来到的时候,露西和约娜早已收拾好了,她们打扮得非常雅致,尽管身上的衣服已经翻改过许多次了。德内兰看见内格尔骑着马跟在马车后面,感到惊奇。怎么,还有男人参加?埃纳博太太和颜悦色地解释说,有人吓唬她,说路上净是坏人,所以她认为还是带一个保镖为好。内格尔笑着,要她们放心。没有什么可怕的,和往常一样,顶多有一些人吓唬吓唬,但谁也不敢往车窗玻璃上扔一块石头。还在为自己的成功而扬扬得意的德内兰,叙述了让-巴特矿的暴乱被压下去的经过。现在,他认为平安无事了。这些女士们在通往旺达姆的公路上上了车,大家都为这美好的天气而兴高采烈。他们谁也没有觉察到,远处的田野颤动得越来越剧烈,人群正在行进,如果他们把耳朵贴在地上听一听,就会听到他们那急速的步伐声。

"那么,就算说定了!"埃纳博太太重复说,"今天晚上,您来接两位小姐,并且和我们一块儿吃晚饭……格雷古瓦太太也答应要来接赛西儿的。"

"我一定去。"德内兰回答说。

马车向着旺达姆方向奔去。约娜和露西探出身来向站在路旁的父亲笑了笑,内格尔策马紧跟在飞转的车轮后面,仪态潇洒豪爽。

他们穿过树林,走上从旺达姆到马西恩纳的大道。当他们快到塔尔塔雷的时候,约娜问埃纳博太太是否到过翠岗。埃纳博太太虽然在这个地区已经住了五年,但她承认从没到过那里。于是,他们就绕道从那里经过。塔尔塔雷在森林边上,是一块荒芜的火山地,土质贫瘠,寸草不生,多少世纪以来,这下面就有一个遭火灾的煤矿燃烧着。这已是很久以前的传说了,当地的矿工们常常说起这段故事:地下的索多姆①遭了天火,因为那里的推车女工们净干淫荡的肮脏勾当,上天震怒,立即降火烧死她们,火势之猛,使她们没能来得及逃上来,至今还在这个地狱深处被火烧着。烧成暗红色的石灰岩上敷着一层明矾似的粉霜,像长了癫疮一样。从裂缝里滋出的硫黄犹如一朵朵黄花。一些大胆的人,夜间斗胆向这些窟窿里看过,他们发誓说看见了火焰,那些罪恶的灵魂正在地下的烈火中燃烧,发出吱吱的响声。许多飘忽不定的流火在地面上滚来滚去,散发出一阵又一阵的热气,使垃圾和魔鬼的肮脏厨房更加恶臭难闻。因此,在塔尔塔雷这片令人厌恶的土地上,翠岗就成了奇景,那里四季如春,树无枯期,芳草常绿,一年可收三季庄稼。这是一个天然温室,地层深处燃烧着的煤层不断为它加温,使这里永远不会有积雪。腊月里,草木凋零,树林光秃秃的,使旁边的这块绿洲更显得光彩夺目,严霜对它毫无影响。

很快,马车便飞驰在平原上。内格尔说这种传说太可笑,他解释如何由于煤粉发热而经常引起矿底着火,如果控制不住火就会永远烧下去。他还引述了比利时的一个矿井的实例:为了灭火,人们把一条河改道引入这个矿井,把整个矿都淹没了。他突然不说了,因为现在每一分钟都有成群结队的矿工迎着马车走来。矿工们一声不响地走过,斜眼瞪着这辆迫使他们让路的豪华马车。人愈来愈多,马在斯卡普河的小桥上不得不慢步走着。到底出了什么事使这些人都跑到大路

---

① 索多姆,据《旧约》中说是巴勒斯坦的一个古城,由于风俗败坏而为天火焚毁。

上来了？女士们害怕起来，内格尔开始预感到在这动荡的田野里可能会发生某种骚乱。他们好不容易赶到马西恩纳以后，才算松了一口气。炼焦炉和耸立的高炉，在好像要压灭它们的太阳之下冒着浓烟，空中撒落着无穷无尽的煤灰。

二

在让-巴特矿，卡特琳往交接站推斗车已经来回跑了一个小时。她汗流浃背，浑身透湿，不能不稍停片刻，揩一揩脸上的汗水。

正和同组的伙伴在掌子面上挖煤的沙瓦尔，忽然听不到车轮的响声，不知道出了什么事。安全灯不亮，加上煤粉飞扬，使人看不清。

"怎么回事？"他喊道。

卡特琳回答说，她快热死了，并且觉得心要跳出来似的。于是，他气冲冲地说：

"蠢货，不会像我们一样，也把衬衣脱下来！"

这是德锡雷矿脉第一巷道的北端，离地面七百零八米，距罐笼站三公里。矿工们一提起这个地方，就有些谈虎色变，把声音压得低低的，好像是在谈论地狱一样；他们往往只是摇摇头，压根不愿谈这些活像热炉膛的深渊。巷道越向北延伸，离塔尔塔雷越近，最后通到地下火区。旺盛的地下火正在煅烧地上的岩石。他们现在所在的掌子面，平均温度是四十五度。他们就工作在这个该死的地方，工作在冒着硫黄烟和臭气的火焰之中，而这熊熊燃烧的火焰，就连在平原上过路的行人都能从岩石的裂缝中看得到。

已经脱去上衣的卡特琳犹豫了一会儿,把短裤也脱掉了。她赤着膊,裸露着大腿,用一根绳子把衬衣像围裙一样束在腰间,又重新推起车来。

"不管怎么说,这样总好受一些。"她大声说。

卡特琳感到热得出不来气,同时心里充满一种说不出来的恐惧。他们在这里工作的五天里,她一直回想童年时候听人讲过的故事,回想起以前那些因为做了人们不愿再提的坏事而遭到惩罚,在塔尔塔雷底下被火焚烧的推车女工。当然,她现在已经长大了,不再相信这类鬼话;可是,万一突然从墙里钻出一个浑身红得像火炉、眼睛像炭火一样的女孩子,她该怎么办呢?一想到这里,她的汗就流得更凶了。

她把斗车推到离掌子面八十米的交接站,由另一个推车女工接过去再向前推八十米,推到绞车道跟前,然后由收煤工把它和从上面坑道送下来的煤一起运走。

"嘿,你倒舒服!"一个三十岁的瘦瘦的寡妇看到卡特琳把衬衣围在腰间便说,"我嘛,我可不能这样做,绞车那里的徒工们净跟我胡闹!"

"哼!"年轻姑娘反驳说,"我才不在乎男人呢,我实在受不了啦!"

她又推着一辆空车回来了。最糟的是这个巷道,除了靠近塔尔塔雷以外,还有另外一个原因,使它热得叫人受不了。巷道挨着一些废掌子面,即加斯冬-玛里矿井的一个很深的废巷道,十年前这个巷道里发生瓦斯爆炸,整个矿脉燃烧起来,至今还在一道黏土墙后面燃着大火。这道黏土墙是为了防止灾难扩展才用陶土打成的,并且要不断修补。要是没有空气,火早就该熄灭了,毫无疑问,准是什么地方有空气透进去,才让火烧了十年还不灭,把黏土墙的陶土烧得像窑里的砖一样,人打从这里经过时,几乎要给烤熟。卡特琳就是沿着这道墙在一百多米长的一段路上来回运煤,温度高达六十度。

卡特琳推了两趟以后,又喘不过气了。所幸德锡雷矿是这个地区煤层最厚的地方,巷道宽敞方便,煤层厚达一米九十厘米,工人们可以站着干活。但是,他们宁愿窝着脖子干活儿,还可以凉快一点。

"喂!怎么,你睡着了吗?"沙瓦尔刚听不到卡特琳的响动就又粗暴地说,"我怎么找了这么个废物!你能不能给我快点儿装上车推走?"

她扶着铁锹,站在掌子面下面,一阵阵发晕,傻呆呆地望着他们,并没有立刻听从。在微微发红的灯光下,她看不清他们,他们像畜生一样,身上一丝不挂,浑身给煤和汗水弄得又黑又脏,因而他们虽然光裸着身子也没使她感到不便。他们在黑暗中工作,费力地伸直像猴子一样弯着的脊背,变成茶褐色的四肢,在沉重的捶击和嗨哟声中,累得好像要掉下来的样子,简直是一幅地狱的景象。但是,他们一定能够比较清楚地看到她,因为他们停止了刨煤,并且为她脱去短裤而同她开玩笑。

"喂,小心点儿,要受凉的!"

"她的腿真不错呀!沙瓦尔,我说,经得住两个人吧!"

"嘿!叫我们瞧一瞧。再往上拉一拉,再高一点儿,再高一点儿!"

沙瓦尔并没有对取笑的人发火,他又拿卡特琳撒气说:

"够了,他妈的!……她就爱听这些肮脏话,她会待在这儿听到明天的。"

卡特琳把心一横，十分吃力地装满斗车，又推着走了。巷道太宽，她不能蹬住两旁的坑木，为了寻找一个支点，两只光脚丫在铁轨中间左右探索着，弯着腰，伸着臂缓慢地向前移动。一到黏土墙，火刑又开始了，她全身立刻汗水淋淋，大颗的汗珠像暴雨一般地往下淌。她刚走了三分之一的路，身上就如同水洗的一般，两眼模糊，浑身也沾满了黑泥。她那仿佛从墨水里捞出来的瘦小的衬衣紧紧贴在身上，由于大腿的不断活动，一直卷到了腰里，十分难受，只好又停下车子。

今天她到底是怎么了？她从来没感到像现在这样浑身发软，像棉花似的。这可能是因为空气污浊的缘故。这个巷道尽头的通风情况的确不很好，人们呼吸着从煤里散发出来的各种气体。在这样的空气里有时连灯也点不着。更不用说还有瓦斯，人们已经不再去注意它了，因为两个星期来没有一天瓦斯不直喷人脸的。她很了解这种毒气，矿工们管它叫"要命气"，下面的重瓦斯令人窒息，上面是轻瓦斯，轰隆一声响，就会把矿井的所有工作面和几百个人一齐焚毁。她自幼不知吸过多少这种毒气，因此她奇怪今天自己为什么不能支持了；她耳朵里嗡嗡作响，喉头也干得冒烟。

她再也忍受不了了，觉得连围在腰里的衬衣也得解掉。衣服成了折磨，每一个小褶子都使她感到如刀割火燎一般。她拼命挣扎，想继续推车，于是不得不重新站起来。这时她一面想可以等到交接站时再围上衣服，一面把绳子、衬衣统统扯掉了，如果可能的话，她真想连肉皮也剥去一层。现在，她浑身精光，变成了一头在泥泞的道路上拼命挣扎的母兽，令人目不忍睹；她的臀部沾满了煤末，肚皮上也尽是污泥，简直像拉车的骡马一样，弓着腰，四条腿向前走着。

但是,她又失望了,赤裸着身子并没有使她感到凉快。还有什么可脱的呢?她耳朵里嗡嗡作响,逐渐什么也听不见了,太阳穴像被老虎钳死死夹着似的疼痛,一下跪倒在地上。她仿佛看见放在斗车里煤块上面的安全灯就要熄灭。她神志恍惚,脑际只有一个念头:把安全灯的灯芯往上捻一捻。她两次要查看安全灯,但每当她把灯往地上放时,就看到灯光越来越暗,仿佛也要断气似的。突然间,灯灭了。于是一切都陷入黑暗之中,她头晕眼花,觉得天旋地转,心脏渐渐衰弱,接着就停止了跳动,过度的劳累使她的手脚像瘫了似的再也动弹不得了。她仰面躺在地上,在令人窒息的空气里奄奄待毙。

"他妈的!她准是又闲逛去了!"沙瓦尔骂道。

他从掌子面上注意地听了一会儿,听不见一点车轮的滚动声。

"喂,卡特琳,懒婆娘!"

他的声音消失在漆黑的巷道里,一点回音也没有。

"非得让我去推你动,是不是?"

没有一丝动静,依旧是死一般的沉寂。沙瓦尔火了,他提着安全灯跑下来,只顾向前跑,差点绊倒在横卧在路上的卡特琳身上。他吓愣了,目瞪口呆地望着她。她怎么啦?至少不会是装睡吧?他放低灯去照她的脸时,安全灯几乎要灭。他把灯提起来,又放下去,他终于明白了:无疑她是中了毒气。他的气消了,面对着遇难的同伴,心里又充满了矿工的忠诚。他立刻喊叫同伴把她的衬衣拿来,随即一把抱起昏迷过去的、赤裸裸的姑娘,尽可能把她举得高一些。等人们把他们俩的衣服扔在他肩上以后,他就一只手扶着扛在肩上的卡特琳,另一只手提着两盏安全灯飞快地跑开了。他跑过一条条深邃的巷道,左转右拐,想寻找风扇从地面上吹来的冷空气,挽救卡特琳的生命。最后,听到一股泉水的声音,他停下脚步,这是从矿层中渗出的一小股水。他来到了从前通往加斯冬-玛里的一条宽大的输煤巷道的十字路口。这里的气流像大风一样,阴森森地吹得他直哆嗦,他把他的情妇靠着坑木放在地上,她依然闭着眼睛,没有知觉。

"喂,卡特琳,他妈的!别装蒜了……你坐好,让我把这个去蘸点水。"

他看到她像面条一样绵软无力,不禁惊惶起来。然而,他还是用衬衣浸了泉水,给她洗了脸。她那尚未成人的晚熟女子的纤弱身体,仿佛是从墓穴中扒出来的死尸。一阵寒战掠过她那未成熟便枯萎了的孩子般的胸脯,掠过她那可怜的大腿和肚子,她睁开了眼睛,喃喃地说:

"好冷。"

"唔,冷一点儿好,我正希望冷一点儿呢!"感到轻松一点儿的沙瓦尔说。

他开始替她穿衣服,衬衣很顺利就套上了,穿短裤却费了老劲儿,因为她不能合作,急得沙瓦尔直骂。她仍旧昏昏沉沉,不知道自己在什么地方,也不知道为什么赤裸着身子。等她明白过来以后,非常害羞。她怎么竟脱得一丝不挂呢?她问他是不是有人看见她在掌子面上这样。他和她开玩笑,编瞎话说,他方才是在所有同伴的注目之下把她抱到这里来的。她是怎么想的,他原本让她脱掉衬衣,结果她竟连屁股也不顾了!但是,后来他又发誓说,因为他跑得飞快,同伴们根本不会知道她的屁股是圆的还是方的。

"真他妈的!我也冷得要命。"他说着穿上了自己的衣服。

她从来没有见过他这么和蔼过。平常他总是骂骂咧咧,好言好语的时候不多。和睦生活该多好呀!她在疲惫无力之中感到一种亲切的体贴,她对他微笑了一下,轻声说:

"吻我一下。"

他吻了吻她,随后紧挨着她躺下来,等她能够站起来行走。

"我跟你说,你不该在那边嚷嚷,因为我的确支持不住了,"她又说,"你们在掌子面上不那么热,你知道人家在巷道里烤得多难受呀!"

"当然,"他回答说,"在树底下会更凉快……你在这个工作面上干活是不好受,我的小可怜,这我完全清楚。"

卡特琳听他同意自己的话,非常感动,因而又逞强说:

"啊!方才是因为我有点不舒服。另外,今天的空气也不好……等一会儿你看,看我是不是一个懒婆娘。该干活的时候就得干活,是不是?我宁可累死也不愿把活儿放下。"

沉默了一会儿。他用一只胳膊搂着她,为了免得她受凉,他把她紧紧地搂在自己胸前。尽管她觉得已经恢复了力气,可以回到工作面上去了,但此刻的快乐使她如醉如痴,忘掉了一切。

"只有一样,"她喃喃地继续说,"我希望你更体贴些……是的,要是彼此更相爱一点儿,那该多么快活呀。"

说到这里,她轻轻地哭起来。

"我是爱你的,"他喊起来,"不然我就不要你和我一起过了。"

她只是摇头作为回答。往往有些男人娶了女人,只是为了占有她们,却根本不把她们的幸福放在心上。她哭得更厉害了,因为,假使她遇上另外一个男人,他整天温存地搂着她,她该是何等幸福。想到这里,她不禁感到失望。另外一个?在她惆怅的心灵里,出现了另外一个男人的模糊形象。但是,这只是空想,她现在别无他求,只要这一个对她不要那么粗野,她就会同他白头到老的。

"那么,你就经常像现在这样。"她说。

悲伤的哭泣使她不能把话说下去,沙瓦尔又吻了吻她。

"你真傻!……好,我发誓以后对你一定体贴。我不会比别人差的,快别哭啦!"

卡特琳望着他,突然破涕为笑。也许他是对的,因为幸福的女人是罕见的。尽管她不大相信他的誓言,看到他这么温存,她也就高兴得什么也不顾了。上帝呀!要是永远这样该多好啊!两个人又拥抱起来。当他们紧紧地搂抱着的时候,一阵脚步声使他们连忙站起身来。先前看见他们过来的三个伙伴赶来了,想了解一下是怎么回事。

大家一齐往回走。这时已将近十点,在重新回到掌子面上去流汗之前,他们在一个凉爽的角落里吃起午饭来。他们吃完"夹面包",正要拿起铁壶喝口咖啡的时候,从远处的掌子面上传来惊人的喧嚣声。怎么回事?准是又出事了。他们站起来就跑。不断有一些挖煤工、推车女工和徒工从他们前面跑过去,可谁也不知道是怎么回事,人人都在叫喊,一定是发生了什么严重的灾祸。渐渐地整个矿井一片恐慌,受惊的人影从巷道里跑出,一盏盏安全灯的光亮在黑暗中跳跃着一闪而过。到底在什么地方?为什么没有人说呢?

突然,一个工头跑过去,嘴里不停地喊着:

"有人砍罐笼绳了!有人砍罐笼绳了!"

于是,发生一阵惶恐。黑暗的巷道里响起疯狂的奔跑声。人们失魂落魄,晕头转向。真奇怪!矿井里有人,为什么要砍断罐笼绳?谁砍的?

"蒙苏的人砍罐笼绳了!大家快出去!"

传来另外一个工头的喊声,声音随即消失了。

沙瓦尔明白以后,一把拉住卡特琳。但当他一想到上去会碰见蒙苏的人,他的腿就迈不动步了。他原以为已经落入宪兵手里的那伙人到底还是来了!刹那间,他想往回走,从加斯冬-玛里那边上去,可是那里的提升机已经不能用了。他迟疑片刻,掩藏着内心的恐惧,一再说不应这样乱跑。人们不会把他们丢在井下的!

又响起工头的喊声,声音更近了。

"大家快出去,从梯子上走,从梯子上走!"

沙瓦尔跟伙伴们一起被卷入人流。他推着卡特琳,责备她不快跑。难道她成心要让他们单独留在矿井里饿死吗?因为蒙苏的强盗们会不等大家出去就砍断梯子的。这个可怕的假设更使人们慌乱起来,巷道里乱作一团,人们拼命地奔跑着,人人都想抢先跑到地面上去。有些人喊着说梯子已经被砍断了,谁也出不去了。当惶恐万状的人们,开始一群群涌进罐笼站的大厅时,简直像决了口的洪水;他们一齐涌向竖井,在安全井口的梯道的窄门处拼命拥挤着。这时,一个刚刚小心谨慎地把马送到马厩里去的老马夫,却带着毫不在乎的轻蔑神情望着这些人,他在矿井里过夜过惯了,确信反正会有人把他弄出去的。

"他妈的!"沙瓦尔向卡特琳说,"你在我前面上好吗!要是摔下来,至少我还可以托住你。"

她在巷道里跑了三公里路,已经累得心慌气喘,汗流浃背,她莫名其妙地在人群的浪潮中任人推挤着。这时,沙瓦尔拉了一下她的胳膊,差点把她的胳膊拉断。她哎哟了一声,眼泪直流。他已经忘掉了他的誓言,她永远也不会幸福的。

"快到前面去!"他吼叫着。

但是,她对他过于害怕,如果她在他前面上,他会不歇气地跟她撒野,因此她不愿走在前面。这时,伙伴们狂乱的潮流把他们挤到了一旁。竖井渗出的水,大滴大滴地往下落,罐笼站的地板被踩得在满坑污泥的十米深的积水坑上直颤。就在两年前,让-巴特矿井里发生过一次可怕的事故,一根罐笼绳断了,罐笼掉在积水坑里,淹死了两个人。每个人都想起了这件事,如果他们都堆在地板上,大家可能都会把命丢在这里。

"真是个死木头!你死了好了,死了我倒少些麻烦!"沙瓦尔叫道。

他先登上梯子,她随后跟着上去。

从井底到地面有一百零二节七米来长的梯子,每节梯子立在下一节梯子的梯台上,梯台同安全井口一样宽窄,上面有一个方洞,一个人刚刚能过去。这个七百米高的、几乎笔直的扁井筒在竖井壁和提升井壁之间,是一个黑暗、潮湿、没有尽头的井道,梯子差不多是笔直的,一节节地重叠着。要从这个巨大的直筒中爬上去,一个身强力壮的汉子也得花二十五分钟。而且,这个安全井口除了发生特殊事故以外,从来也不用。

最初,卡特琳起劲地向上爬去。她光脚在坑道里尖利的碎煤块上走惯了,踏在防磨铁皮包着的方梯磴上,并不感到硌脚;她那由于推煤而磨得粗硬的两手,抓住对她来说过粗的梯柱,也不觉得费劲儿。这次攀登是出乎意料的,她聚精会神地往上爬,连心中的忧伤也丢开了。人们像一条向上蠕动的长蛇,三个人爬在一节梯子上,一个顶着一个爬,即使最前面的人已经到达地面,队尾也还留在积水坑上。然而,现在还没有人爬到上面,最前面的人也不过刚刚爬到竖井的三分之一的地方。谁也不再说话,只有一双双脚在移动,发出沉闷的声音。安全灯仿佛游动的星星,从下到上排成一条线,越伸越长。

卡特琳听见身后有一个徒工在数梯级,于是她也想数一数。他们已经爬过十五节了,到达了一个罐笼站。这时,她撞到了沙瓦尔的腿上。他骂了她两声,喊叫着要她留神点。人们渐渐停住不动了。怎么回事?出了什么事?人们不约而同地发出询问和惊慌的声音。他们离开井底以后,心情越来越急切。由于不知道上面的情况,他们越接近上面就越感到紧张。有个人说梯子断了,必须再下去。这正是大家担心的事,就怕悬在半空中。忽然又传来另一种说法,说是有一个挖煤工从梯子上滑下去了。喊声嘈杂,使人什么也听不清,谁也弄不清是怎么回事,是不是要在这里过夜?最后,还没等得到进一步的消息,大家就在跳跃着的灯光下和脚步声中,重又困难而缓慢地往上攀登起来。当然,如果梯子断了的话,一定是在更上面。

到了第三十二节梯子,正当经过第三个罐笼站的时候,卡特琳觉得自己的胳膊腿都僵直了。起初,她觉得肉皮像针刺似的,现在,她对脚下和手中的铁和木头都失去了感觉。一种难以名状的疼痛越来越厉害,浑身像火烧火燎一样。她在昏迷之中回忆起老爷爷长命佬讲过的往事。那时候还没有正式的井道，光秃秃的梯子就那么竖立着，十来岁的女孩子就顺着梯子往外背煤，假若其中有一个人滑下来，或者是一块煤从筐里滚出来，就会有三四个女孩子头朝下栽下去。如果卡特琳四肢痉挛得无法支持的话，她就永远也爬不出去了。

随后队伍又停止了几次，使她能够有机会喘一喘气。然而，每次从上面传来的骇人消息，都使她头晕目眩。她上面和下面的人都呼呼地喘着气，这样没完没了地一个劲儿往上爬，使人都感到发晕，她和其他人都要呕吐了。她透不过气来，黑暗和井壁的夹挤使她更加焦躁不安。而且，大水点浇在满是汗水的身体上，冷得她直打哆嗦。他们接近水平面了，水点像暴雨一样洒下来，都快把安全灯浇灭了。

沙瓦尔两次问卡特琳怎么样，都没有得到回答。她在下面搞什么名堂呢？难道她哑巴了？她无论如何总能告诉他是不是还顶得住。他们已经爬了半个小时，但是爬得非常慢，到现在才爬到第五十九节梯子，还有四十三节要爬。卡特琳终于嗫嚅着说她还支持得住。如果她承认自己精疲力尽，他会骂她是废物的。她的脚大概被梯磴上包的铁皮磨破了，骨头好像被锯子锯一样疼痛。由于不停地攀登，两手也磨破了，手指僵硬得弯不过来，肩膀仿佛被拉断了，大腿仿佛脱了臼，每向上攀登一步，就觉得两手要松开，要仰面跌下去。她感到最苦的是梯子太陡，几乎是笔直的，她必须用肚子贴紧梯子，用双臂撑着往上攀登。现在，呼哧呼哧的喘气声压倒了脚步声，井壁之间巨大的垂死的喘息声比先前增大了十倍，从井底升起，直传到地面。这时候传来一声呻吟，据说一个徒工的头被梯台的棱角碰破了。

卡特琳继续往上爬着。人们爬过了水平面,水点没有了,烂铁和朽木的气味,加上雾气使地窖里的空气更加污浊了。她下意识地坚持低声数着:八十一,八十二,八十三;还有十九节。只有这种数数的有节奏的声音支持着她。她已经意识不到自己的动作。她一抬头,就看见安全灯像螺旋似的在旋转,她的血液好像要迸出来,她感到自己仿佛要死了,一口气就能把她吹下去。更糟的是,下面的人在不停地往上挤,整个井筒里的人由于劳累火气越来越大,恨不得立刻见到阳光,争先恐后地向上冲。最前面的伙伴们已经出去了,可见梯子并没有断;但是,一想到先出去的人已经在上面歇息,而为了不让后面的人出去,梯子还有被砍断的危险,人们就更急躁了。后来,前面又停下来的时候,爆发一片咒骂声,人们继续互相挤着往上爬,有的人甚至从别人身上爬过去,争着先爬出去。

这时候,卡特琳跌倒了。她绝望地叫了一声沙瓦尔。可是沙瓦尔没有听见,他正在拼命地挣扎,用脚踏着一个伙伴的肋部,想赶到前面去。卡特琳被裹在人群中,让人践踏着。她在昏迷中做着梦:自己是从前的一个小小的背煤女工,从她上面的筐子里滚下一块煤,把她像一只被石块击中的麻雀一样砸到竖井底下去了。最后的五节梯子,人们花了将近一个小时的工夫才爬完。她始终不知道自己是怎样被夹在井筒里没掉下去,又怎样被人托到地面上来的。突然,她发现自己置身在耀眼的阳光下,一大群人围着她叫喊。

三

凌晨,天还没亮,各矿工村就沸腾起来。这时候,在道路上,在整个田野里,人们的声势正在扩大。但是,人们并没能按照预定计划出发,有消息说龙骑兵和宪兵正在平原上巡逻。据说这些军队是夜里从杜埃开来的;有人指控拉赛纳出卖了伙伴,说他向埃纳博事先报了信,甚至有一个推车女工发誓说她曾亲眼看见埃纳博家的仆人到电报局去拍电报。矿工们紧握着拳头,站在百叶窗后面,借助拂晓的微光窥视着兵士。

将近七点半钟,太阳升起来的时候,传来了另一个消息,使焦急不安的人们放了心。原来是一场虚惊,刚才只不过是军队的日常巡逻而已。自从罢工以来,驻军司令按照里尔省长的要求,常常派军队这样来转一转。罢工者对这位省长恨之入骨,责骂他欺骗了他们,因为他曾答应进行调解,结果只是每隔一周派军队来蒙苏列队示威一次,吓唬他们。当龙骑兵和宪兵只是骑着马在矿工村嘚嘚地跑一阵,随后又悄悄地踏上回马西恩纳的道路时,矿工们就嘲笑省长的无知。恰恰在事情即将白热化的时候,他的兵却向后转了。直到九点钟,矿工们始终平心静气地站在门口,同时目送着石子路上最后几个无碍于他们的宪兵的背影。现在,蒙苏的财主们还脑袋埋在鹅毛枕中在大床上沉睡呢。在经理家门口,刚才有人看见埃纳博太太乘着车子出去了,无疑只剩下埃纳博先生一个人在家办公。经理的住宅紧闭着门窗,死一般的寂静。任何一个矿井都没有军队把守,这是在危急时刻缺乏预见的致命表现,是招致灾祸的愚蠢行动,是一个政府在急需了解真情的时候犯的错误。过了九点钟,矿工们终于踏上了去旺达姆的道路,要到头一天约定好的森林里去集合。

但是,艾蒂安立刻了解到,到让-巴特去的绝不会有他所期望的三千之众。很多人以为示威延期了;最糟糕的是,有两三群人已经出发了，如果他不去领导，他们是要把事情弄坏的。有一百来人，天还没有亮就动身了，他们不得不躲在森林中的山毛榉下等着其他人。年轻人曾去征求苏瓦林的意见，苏瓦林耸了耸肩说十个坚决的好汉要比一群人还顶事儿。说完他又埋头于摆在面前的书中，不肯参与这件事。接着他又说，看来形势要有感情用事的危险，其实，最简单的办法，就是一把火把蒙苏烧掉。艾蒂安由过道走出来的时候，瞧见拉赛纳面色十分难看地坐在铸铁壁炉前，他妻子穿着那件她终生不离的黑长袍，正用尖刻而又不伤大雅的言词责骂他。

马赫认为应当遵守诺言。这样的约会是神圣的。然而，一夜过后，大家的火气下去了，他本人也在担心会发生不幸。他解释说，他们有责任到那里去，以免伙伴们出岔子。马赫老婆点头表示赞同。艾蒂安一再附和说，应当在不伤害任何人的生命的情况下采取革命行动。临走以前，他没有吃别人头一天送给他的那份面包，但是，为了御寒，他一连喝了三小杯杜松子酒，并且还带了满满一铁壶。阿尔奇留在家里看孩子。长命佬因为头一天走路过多，还没有起来。

出于谨慎，大家分路出发。让兰早就没影了。马赫两口子一道飞快地向蒙苏斜插过去，艾蒂安则直奔森林，去和伙伴们会合。他在半路赶上了一群妇女，看到其中有焦脸婆和勒瓦克老婆。她们一面走，一面吃着穆凯特带来的栗子。为了能多顶一些时间，她们连皮也一起吃了下去。但是，艾蒂安在森林里一个人也没见到，伙伴们已经到让-巴特了。于是，他急忙向那里跑去，他到达矿井前面的时候，勒瓦克和其他一百多人正走进贮煤场。矿工们从各方面奔来。马赫夫妇从大路上赶来，妇女们从田地横穿过来，他们手无寸铁，像无王蜂一样涌过来,犹如破堤的洪水一般。艾蒂安瞧见让兰爬上了天桥,站在那里好像准备看戏似的。他快跑几步,和先来的人同时进入贮煤场。他们一共不过三百人。

这时,德内兰出现在通往收煤处的台阶上,大家踌躇起来。

"你们要干什么?"他厉声问道。

德内兰望着女儿们在四轮轻马车上向他笑着走远以后,又感到一种莫名的不安,因此他又回到矿上来。然而,矿上一切正常,工人们已经下井,并且正在出煤,于是他又放了心,和总工头闲聊起来。就在这时候,有人向他报告罢工的人们来了。他急忙跑到选煤棚的窗前,望着冲入贮煤场的越来越多的人群,他立刻意识到自己的无能为力。怎样才能保住这些没有防护的建筑物呢?他很难在他的工人中召集二十个拥护他的人,看来他注定要完蛋了。

"你们要干什么?"他压着心头的怒火,面色发白地又喊了一句,竭力装出满不在乎的样子。

人群蠕动了几下,发出嗡嗡的低语声。最后,艾蒂安站出来说:

"先生,我们对您并没有什么恶意,可是各矿必须一律停工。"

德内兰毫不客气地骂他混蛋。

"你们想叫我这里停工难道是好意吗?这跟你们用枪口对着我后背给我一枪一样……是的,我的人全下井了,我不能让他们上来,除非你们先把我打死!"

这些粗暴的话激起了一阵叫喊。勒瓦克威胁着要冲上去,被马赫拦住了。艾蒂安一直在和德内兰交涉,企图说服他使他承认他们的革命行动是合法的。但是德内兰却说有劳动的权利。他甚至拒绝讨论这种胡闹的事,在这里一切要由他做主。他唯一后悔的是,事先没叫四个宪兵来赶走这群暴徒。

"一点不错,这是我的过失。遇上这种事,是我咎由自取。对你们这群暴徒,只能用武力。这就和政府幻想用让步来收买你们一样,等它把武器给了你们以后,你们就会一刀捅翻它,就是这么回事。"

艾蒂安气得浑身颤抖,但仍竭力控制住自己,他放低声音说:

"先生,我请您下命令叫您的工人上来。我不敢保证我能否控制住同伴们。是不是能避免一场不幸,就看您了。"

"不行,你们给我滚开!我认得你们是谁呀。你们不是我矿上的人,和我没有什么可谈的……只有土匪为了抢劫才会这样到处跑。"

现在,喧嚣声盖过了他的话声,特别是女人们,骂得更凶。但他继续顶撞着他们,他这样直截了当地吐出这些蛮横的话以后,心里感到痛快了一些。反正怎么都是破产,他认为说些阿谀奉承的话反而显得是孬种。然而,罢工的人来得越来越多,差不多五百人正向门口拥来,眼看他就有被撕碎的危险,于是他的总工头用力把他拉到后面来。

"求求你!先生……这会引起一场屠杀的,何必为了一点小事惹出人命来呢?"

他挣扎着,反抗着,最后对着人群喊了一声:

"你们这帮土匪等着瞧吧,等我们缓过劲儿来再说!"

有人把他拖走了。人们一阵拥挤把前面的人推到台阶跟前,把栏杆都撞弯了。原来是女人们为了鼓动男人们,尖叫着向前拥挤过来。没有上锁而只是上了插销的门立刻被冲开了。可是,台阶太窄,要不是后面的进攻者从别的入口冲进去的话,挤在台阶上的人群恐怕半天也进不去。于是人们拥到更衣室、选煤场、锅炉房等各个地方。不到五分钟,整个矿井完全被罢工者占领了。他们疯狂地跳着叫着,走遍了整个四层楼,心中激荡着战败了这个顽抗的资本家的昂扬情绪。

马赫吓坏了,率先冲到前面对艾蒂安说:

"可别让他们打死他!"

艾蒂安向前跑着;后来,当他知道德内兰已经躲进监工室以后,回答说:

"打死他又怎么样?他这么疯狂,难道能怨我们吗?"

不过,实际上他也很担心,因为他还保持着冷静,没有像群众那样狂怒。同时,看到人群不听他的指挥,如此疯狂,不像他事先设想的那样冷静地实现人民的意志,他的领袖的自尊心也受到了伤害。他要求大家冷静,喊叫不要进行无益的破坏,从而叫敌人抓住把柄,但是都毫无作用。

"到锅炉房去!去把火灭掉!"焦脸婆吼叫道。

勒瓦克找到一把钢锉,像挥动着一把匕首,用压倒喧嚣的惊人声音喊道:

"咱们把缆绳给他割断,咱们把缆绳给他割断!"

大家立刻也跟着喊起来。只有艾蒂安和马赫继续反对,在嘈杂声中拼命地喊着,可是人群平静不下来。最后,艾蒂安终于使人们听进去了一句:

"同伴们,井下还有人哪!"

这一下喧闹得更厉害了,四面八方都叫嚷起来:

"活该!他们就不该下去!……对于叛徒就应该这么

办!……对,对,让他们永远待在下面吧!……再说,还有梯子呢!"

一想到有梯子,人们更要割断钢缆了,这时,艾蒂安知道他只有让步了。他怕闯出更大的祸来,就急忙奔向机器房,想至少把罐笼提上来,以免在井上割断的钢缆沉重地掉下去把罐笼砸碎。机器匠和井上的几个工人都跑掉了,在艾蒂安抓起操纵杆开动起来时,勒瓦克和另外两个人已经爬上支着天轮的井架。罐笼刚刚停稳在刹栓上,就响起了锉钢缆的刺耳的吱吱声。这时,谁也不再出声,锉钢缆的声音仿佛充满了全矿,人人都抬头望着,听着,心情十分激动。站在最前列的马赫,心里感到一种强烈的愉快,锉刀锉着那些令人受苦受难的井口上的钢缆,仿佛把他们从水深火热之中救了出来,永远也不用再到下面去受罪了。

这时,焦脸婆一面顺着更衣室的台阶往下跑,一面继续喊叫着:

"把炉子给他翻过来!到锅炉房去!到锅炉房去!"

女人们跟着她。马赫老婆像她丈夫要说服同伴们理智一些一样,急忙过去阻拦女伴们,不让她们见啥砸啥,把什么都毁掉。她是女人之中最冷静的人,她认为要求自己的权利是理所当然的事,但是不必毁坏人家的东西。她走进锅炉房的时候,女人们已经把两个锅炉工赶跑了,焦脸婆正拿着一把大铁锹,在一个火炉前弯着身子,拼命地往外撤火,熊熊的红火炭被抛在砖地上,冒着黑烟继续燃烧着。这里共有烧五个锅炉用的十个灶口。女人们立刻猛干起来,勒瓦克老婆两手抡着铁锹,穆凯特怕烧了自己,把衣服一直卷到大腿上。她们一个个被通红的炭火照得像血人,披头散发,汗水淋淋,简直像在群妖举行周末夜宴的厨房里一样。火堆越堆越高,炽烈的热气把高大的屋顶都烤裂了。

"喂!够了,库房要着火了。"马赫老婆喊道。

"更好!"焦脸婆回答说,"那才痛快呢……哼,妈的,我早就说过,我非要他们为我死去的丈夫付出代价不可!"

这时,传来了让兰的尖嗓音:

"大家注意!我要灭火了,我要把气全放出去!"

他是最先跑进来的一个,在乱哄哄的人群里摇晃着两腿钻来钻去,他最喜欢看这样的热闹,同时心里琢磨着干点什么坏事。他想出了这个主意:拧开排气阀,把蒸汽放出来。蒸汽像枪一样猛烈地喷射着,五个锅炉一阵飓风似的空了,发出雷一般的隆隆响声,把人的耳朵都震破了。一切都被蒸汽吞没了,火炭暗下去,女人们变成了时隐时现的黑影。只能看到站在团团白雾后面的看台上的让兰,他满面喜悦,心花怒放,看着自己放出的这场飓风,乐得嘴咧到了耳根。

这种情形持续了将近一刻钟。大家在火堆上倒了几桶水,把它完全浇灭了,排除了发生火灾的危险。然而,人们满腔的怒火不仅没有减弱,反而更强烈了。男人们拿着铁锤下来了,女人们也抄起了铁棍子。人们喊叫要砸烂锅炉,捣碎机器,把矿井夷为平地。

艾蒂安得悉消息以后,急忙和马赫一起跑来。他的脑袋也被复仇的狂热搅昏了。但是,他仍然抑制着自己,恳切地要求大家冷静,这时钢缆已经割断,炉火已被熄灭,锅炉的汽也被放空,再不能工作了。人们仍然不听他的,正在他又要被抛开的时候,安全井的小矮门那里爆发起一片叫骂声。

"打倒叛徒!……嘘!馋嘴的胆小鬼!……打倒他们!

打倒他们!"

这是井底下的工人们开始出来了。最先出来的人,一见外面的阳光两眼发黑,先是愣在那里眨着眼。随后撒丫子就跑,企图从大路上逃掉。

"打倒胆小鬼!打倒假弟兄!"

整个罢工的人群全跑来了。不到三分钟,矿井楼房各处的人都跑出来了,蒙苏的五百人排成两行,强迫那些背弃诺言而下井工作的旺达姆的人从当中走过。每当一个穿着破烂衣服、浑身沾满污泥的矿工爬出安全井时,就爆发出一阵激烈的斥骂声,欢迎他们的是无情的冷嘲热讽:嘿!这一个,腿只有三寸长,就显屁股了!那一个鼻子被沃尔坎的婊子们咬掉了!又一个,眼睛上的眼屎足够十个大教堂做蜡用的!还有一个没屁股的大个子,又细又高活像根竹竿。一个肥胖的推车女工爬出来了,她的乳房垂到肚皮上,肚子圆得和屁股连到一起,引起一阵哄笑。有人要过去摸一摸她,玩笑越来越过火了,变成了粗暴行动,拳头眼看要像雨点般打下来。这时候,可怜的家伙们的行列还在继续,他们听着辱骂,一声不响,浑身哆嗦着,斜着眼睛等着挨打,只要最后能跑出矿井也就心满意足了。

"嘿,这么多!里面有多少呀?"艾蒂安说。

他看着他们不停地往外出,感到惊讶。一想到下井的并不只是少数几个为饥饿所迫、受工头们恐吓的工人,他不禁气愤起来。他们不是明明在森林里撒谎欺骗他吗?几乎让-巴特的所有工人都下了井。当他望见沙瓦尔出现在门口时,不由得大叫一声,向他扑过去。

"他妈的!这就是你给我们的约会吗?"

人们立刻齐声叫骂起来,拥挤着向这个叛徒扑去。怎么?头一天他和他们一起刚发过誓,现在却和别人一块儿下井了?这不是捉弄人吗!

"抓住他,把他扔到矿井里去,扔到矿井里去!"

沙瓦尔吓得面无人色,竭力想要替自己辩解。但是艾蒂安气得抑制不住自己,和大伙儿一样地狂暴起来,打断了他的话。

"你愿意到里面去,你就永远待在里面吧……走!往前走!你这个人面兽心的家伙!"

又一阵喧嚷盖住了艾蒂安的声音。这回是卡特琳出来了。在阳光下,她眼花缭乱,落在这群野蛮人中间,吓得要死。她的腿爬了一百零二节梯子已经累坏了,手掌也磨出了血,正当她呼呼喘气的时候,马赫老婆一眼看见了她,举着手蹿了过来:

"好啊!你也来了,这个骚货!……你母亲挨饿,你却为了你那个野汉子连妈都出卖了!"

马赫一把拉住老婆的胳膊,一个耳光才算没打下去。但他使劲儿推搡着女儿,和妻子一样狠狠地斥责女儿的行为,两个人简直气坏了,比所有同伴喊得还要厉害。

艾蒂安看见卡特琳,更是怒火中烧。他连声说:

"走!到别的矿井去!你也跟我们走!色鬼!"

刚容沙瓦尔在更衣室穿上木屐,把毛线衣披在冻得冰冷的肩上,大家便把他拖走了,强迫他在他们当中跑着。卡特琳也慌忙穿上木屐和那件入冬以来一直穿着的旧男上衣,把扣子直扣到领口,跟在她的情人后面跑着;她认为人们一定要杀害他，因此不肯离他一步。

于是，两分钟的工夫，让-巴特矿井就空了。让兰找到一支牧牛的号角嘟嘟地吹着，仿佛在集合牛群似的。焦脸婆、勒瓦克老婆、穆凯特等女人们都提着裙子跑着。勒瓦克手里挥舞着一把斧子，好像乐队指挥挥舞指挥棒一样。别的同伴还在不断地来，他们现在已经接近一千人了，乱糟糟的，像决堤的洪水一样又涌到大路上。道口太狭窄，栅栏都被挤垮了。

"到别的矿井去！打倒叛徒！不准上工！"

让-巴特矿突然陷入死寂。没有一个人，没有一点声息。德内兰从监工室走出来，摆了一下手，叫别人不要跟着他，独自巡视起矿井来。他面色苍白，但十分镇静。他先在竖井前停下，抬头望了望割断的钢缆，几根钢丝绳头徒然地吊在那里，锉断的地方留下新的断痕，好像在漆黑的油污中间发亮的疮口。然后，他走到机器房，望着静止不动的曲柄发愣，机器仿佛是瘫痪了的巨大肢体的关节。他摸了摸已经冷却的机器，一股寒气使他打了个寒战，好像摸着了一具死尸一样。后来他又下到锅炉房，在灶门敞开、积水淹灭了炉火的炉灶前慢慢地走着。他用脚踢了踢锅炉，锅炉发出空洞的响声。唉！现在真的完蛋了，完全垮了。即使把钢缆接好，再升起火，可又到哪里去找人呢？再罢上半个月的工，他就彻底破产了。他知道自己肯定要遭此厄运之后，不再怨恨蒙苏的匪徒，他感觉到这是大家共同造成的，是过去上百年积下的过错。这些人固然野蛮，但他们毕竟是一群既无知识又饿得要死的人呀。

四

罢工的人群在冬季暗淡的阳光下,踏着覆盖着白霜的光秃秃的平原,从大路穿过甜菜地拥去。

一到浮舍伯,艾蒂安就指挥起来。人们一边走着,他一边发出号令,组织队伍的行进。让兰用他的号角吹着怪异的调子跑在前面。在他后面,头几排是妇女,其中几个手里拿着棍棒。马赫老婆瞪着变得狂野的眼睛,仿佛在向远处寻找人们许诺的正义的乐园;焦脸婆、勒瓦克老婆和穆凯特穿着破烂的衣服,迈着大步,活像是开赴战场的士兵。如果发生不幸的遭遇,人们倒要看看宪兵们是否敢殴打妇女。男人们像杂乱的牲口群一样跟在后边,其队形犹如一条越来越粗的尾巴,队伍之中棍棒林立,而以勒瓦克手中那把锋利的、在阳光下像镜子一样闪闪发光的斧头最引人注目。艾蒂安走在中央,眼睛紧盯着沙瓦尔,督促他走在自己前面。马赫则神色忧郁地走在后面,不时向卡特琳瞥几眼;她是这些男人中间唯一的女人,跟在情人的身旁用小步跑着,防备别人伤害他。有些人没戴帽子,乱蓬蓬的头发迎风乱飘,人们只听见咔咔的木屐声,好像是受到让兰用蛮荒的音调激励而奔跑的畜群的蹄声一样。

突然间,响起一阵新的口号声:

"面包!面包!面包!"

已经是中午时分,由于在漫野里这么一跑,人们罢工六个星期来饿得空空的肚子又叫起来了。早晨吃的一点面包皮和穆凯特带来的一点栗子,早就没影儿了,饥饿的痛苦更激起了他们对叛徒的愤怒。

"到各矿井去!不准上工!面包!"

在离开矿工村之前没吃自己那一份面包的艾蒂安,现在感到胃里空空,像被揪一样难受。他没有抱怨,只是不时机械地拿起铁壶喝上一口杜松子酒;他感到浑身发冷,他认为要坚持到底非喝几口酒不可。他的两颊发烧,眼睛冒火。但他仍旧保持着冷静的头脑,他仍旧要防止无益的破坏。

当他们走到通往儒瓦塞勒的大路时,一个为了对老板进行报复而加入队伍的旺达姆的挖煤工,把同伴们引向了右边,他高声喊道:

"到加斯冬-玛里去!让抽水机停止抽水!让水把让-巴特彻底冲毁!"

不管艾蒂安怎样反对,怎样要求大家别使抽水机停止抽水,被鼓动起来的人群还是转弯了。破坏巷道有什么用?虽然他也很气愤,他那工人的心却反对这样做。马赫也是这样,他认为拿机器撒气是不应该的。但是那个挖煤工不住地喊着他那报复的口号,艾蒂安不得不用更大的声音喊道:

"到米鲁去!那里有下井的叛徒!……到米鲁去!到米鲁去!"

艾蒂安一挥手又把人群引到左边的大路上,让兰仍然跑在前面,号角吹得更起劲儿了。人群打了一个大旋涡。这一次加斯冬-玛里算暂时躲过去了。

这里到米鲁有四公里,半个小时就赶完了,人群几乎是跑着穿过无边无际的平原的。运河在这里像一条冰带似的把平原分割成两半。平淡单调的平原,一望无际,好像消失在天边的大海,只有两岸披着冰霜的秃树,像一个个巨大的烛台点缀着这里。像波浪一样起伏不平的地面遮没了蒙苏和马西恩纳。真是一片一望无垠的光秃秃的荒原。

他们来到米鲁矿井的时候,看到一个工头站在选煤场的天桥上迎候他们。原来是大家都很熟悉的康迪约老爹,他是蒙苏年纪最大的工头,童颜鹤发,虽年近七旬,身子骨还很结实,这在矿里是罕见的。

"你们这群家伙到这里来干什么?"他高喊道。

罢工者的队伍停下来。他不是一个老板,而是一位同事,出于对老工人的尊重心情,大家没有动火。

"井下有人吧,叫他们上来。"艾蒂安说。

"不错,有人,"康迪约老爹又说,"足有六七十人,其余的害怕你们这群坏蛋……可是我先告诉你们,他们一个也不能上来,除非你们先把我弄死!"

响起一片叫喊,男人们向前拥着,女人们开始前进。这时候,工头立刻从天桥上跳下来,挡在门口。

于是,马赫出来交涉了。

"老人家,这是我们的权利,假使我们不强要同事们和我们一起罢工,我们怎么能做到普遍罢工呢?"

老头子一时无言以对。很明显,关于团结一致的问题,他和挖煤工同样无知。最后,他回答说:

"这是你们的权利,我不说不对。但是我只知道服从命令……这儿就我一个人。井下的人们应该工作到三点,他们必须在那儿待到三点。"

他的话音还没落,就被人群的斥责声淹没了。人们要用拳头揍他,女人们喊叫得使他什么也听不见,她们呼出的热气直喷到他的脸上。但他仍然高昂着须发皆白的脑袋坚持着,他毫不畏惧地大声喊着,喊声竟压倒了喧嚣声,使人们听得清清楚楚。

"他妈的!你们休想过去!……我宁死也不能让你们动一动罐绳,这绝不含糊……别再挤了,不然,我就当着你们的面跳到井里去!"

人群吃惊地往后退了。他继续说:

"哪个混蛋不懂这个道理呀?……我跟你们一样也是工人。人家叫我看着,我就得看着。"

康迪约老爹的智力也就到此为止,像士兵一样尽自己义务的顽固想法,使他变得脑筋狭窄,半个世纪以来的悲惨的矿工生活使他变得目光短浅。大家呆呆地望着他,动摇了,心中对他的话起了某种程度的反响,那就是军人要服从命令,要博爱,要不避艰险。他认为他们还在犹豫,就重复说:

"不然,我就当着你们的面跳到井里去!"

罢工的人群骚动起来。人们一齐转回身去,在穿过田野笔直地伸向无边远方的大路上跑起来。此时,又响起一片口号声:

"到玛德兰去!到克雷沃科尔去!不准上工!面包,面包!"

但是,正当他们昂首前进的时候,人群中央发生了一阵骚动,有人说,是沙瓦尔想乘着这个机会逃跑。艾蒂安抓住他的胳膊威胁说,假使他打什么坏主意,就打断他的腰。沙瓦尔挣扎着,愤怒地反抗说:

"为什么对我这样?难道我就没有自由了?……我冻了一个钟头了,我需要洗一洗。放开我!"

的确,他身上由于出汗沾满了煤屑,很不好受,他的毛衣也不顶用。

"快走,要不然我们就给你洗洗。"艾蒂安回答说,"你不要胡搅蛮缠自己找死。"

他们一直跑着,艾蒂安终于回过头来看了一眼仍在坚持小跑的卡特琳。他觉得她在自己跟前,是那么可怜,身上只有那件男人的旧上衣和满是泥污的短裤,冻得直打哆嗦,这一切使他感到灰心。她简直快要累死了,然而她依旧跑着。

"你可以走了,你!"最后他说。

卡特琳仿佛没听见一样。当她的目光和艾蒂安的目光相遇时,她的眼睛里只闪过一丝责怪的光芒。她没有停步。艾蒂安为什么要她丢开自己的男人呢?沙瓦尔的确不体贴,甚至多次打过她,但他毕竟是她的男人,是第一个占有她的人;所以,她看到一千多人都对着他,心里感到非常愤怒。她要保护他不是出于温情,而是出于自尊。

"滚你的吧!"马赫厉声重复说。

父亲这声命令使她放慢了一阵脚步。她浑身颤抖,热泪盈眶。随后,尽管她很害怕,还是又赶上来,回到原来的地方跟着跑。于是,人们也就不管她了。

罢工的人群横穿过儒瓦塞勒公路,沿科龙公路走了一会儿,然后奔向库尼。在这里,工厂的烟囱矗立在单调的天际,木棚和宽大的窗户上落满灰尘的砖厂排列在大路的两旁。他们接连从两个矿工村的矮房子跟前走过,头一个是一八〇矿工村,第二个是七六矿工村;每个矿工村的人听到号角的召唤,听到人们齐声的叫嚷,一家子一家子地跑出来,男人、女人、孩子们也都跑着跟在伙伴们的后面。人群到达玛德兰时,人数已达到了一千五百人。公路缓慢地向下倾斜,怒吼的罢工者的洪流顺坡而下,必须绕过矸子堆,才能到达煤矿的贮煤场。

这时候还不到两点,得到消息的工头们,赶忙让工人们从井下上来;当罢工的人群来到的时候,人也就上完了,只等最后二十来个工人从罐笼里走出来。他们出了罐笼就跑,罢工者便用石头砸他们。有两个人被打倒,另一个人被拽掉了一只衣袖。这一场追人倒避免了物资损失,人们既没动罐笼的钢缆,也没动锅炉。人流已涌向了附近的矿井。

附近就是克雷沃科尔矿井,距玛德兰矿不过五百米。罢工的人群来到这里时,也正好遇上工人们正从井下上来。一个推车女工被女人们抓住狠狠地揍了一顿,裤子也被撕破了,露出了屁股,惹得男人们哄堂大笑起来。徒工们挨了耳光,挖煤工两肋被打得青一块紫一块,鼻子淌着血逃跑了。情况越来越残忍,在这种年深日久的渴望报复的情绪中,每个人都冲昏了头脑,人们更加声嘶力竭地叫喊着,要求打死叛徒,发泄对得不到合理工资的劳动的怨恨,喊出空肚子对面包的迫切需要。人们开始动手锉钢缆,由于要锉很长时间,狂热的人们便要求到别处去。在锅炉房里,人们砸坏了一个水阀,把一桶一桶的水泼到炉灶里,铸铁的炉箅子炸裂了。

外面有人说到圣托玛斯去。那个矿上纪律最好,罢工没有波及那里,现在大概还有将近七百人下井,这把他们气坏了,他们准备摆开阵势用撬棍和他们较量一下,拼个你死我活。可是,谣传圣托玛斯有宪兵,就是早晨他们所嘲笑的那伙宪兵。这个消息是从哪儿传来的?谁也说不上来。不过,不管怎么说,人们是害怕了,决定到费特利-康泰耳去。他们又混乱地掉转头来,重新踏上大路,木屐跺得咔咔响,向前猛进!到费特利-康泰耳去!到费特利-康泰耳去!那里足还有四百个胆小鬼,到那里才有乐子呢!费特利-康泰耳矿井离这里三公里,在斯卡普河附近,隐没在一块凹地里。人们过了博尼大道,走上普拉特利埃尔坡,这时有一个陌生的声音说,没准龙骑兵就在费特利-康泰耳。于是队伍从头到尾,互相传说着那里有龙骑兵。人们踌躇起来,放慢了脚步,在这个由于停工而陷入沉睡的地方,在这个他们几世纪以来不断来来往往的地方,恐怖气氛逐渐散布开来。他们为什么没有遇到兵士呢?一想到即将发生的镇压,这种幸免就使他们感到不安。

不知道从哪里发出来一个新的口令,使他们又冲向另一个矿井。

"到维克托阿去!到维克托阿去!"

维克托阿是不是有龙骑兵或宪兵呢?他们一点也不知道。可是大家好像都很放心。于是,他们又转回来从波蒙方面下去,横穿过田野,以便回到儒瓦塞勒公路上。铁路挡住了他们的去路,他们推倒栅栏翻了过去。现在,他们又离蒙苏不远了,土地的起伏低缓下来,一块块甜菜地像海洋一样一直扩展到远方的马西恩纳的黑色房子跟前。

这一次足足跑了五公里。他们心情激昂,不由自主地奔驰,忘记了极度的劳累,连两脚都磨破了也没觉察到。队伍越来越长,一路上每经过一个矿工村都有新同伴参加到队伍中来。他们从马加什桥过了运河,来到维克托阿前面时,人数已经达到两千人了。可是,时间已经过了三点,井下的工人全上来了,一个人也没有了。他们扑个空,于是便用无用的威吓来发泄失望情绪,他们只好用砖头砸那些刚来上班的清理工。清理工被他们统统赶跑了,空无一人的矿井完全属于他们了。他们找不到叛徒可打,就拿东西撒气。他们满肚子的怨气没处出,肺简直就要气炸了。多少年忍饥挨饿,使他们真想大砸大杀一番。

在一个棚子后面,艾蒂安看到几个装车工人正在装一辆煤车。

"你们滚不滚!"他喊道,"一块煤也不准往外送!"

他一声令下,一百多个罢工者立刻冲过来,装车工们险些被抓住。人们卸下马,使劲儿捅马屁股,马惊跑了;另一些人则推翻煤车,砸断了车辕。

勒瓦克冲上台架,用斧子使劲儿砍,想把天桥砍倒。但是台架非常结实,于是他想拆掉铁轨,切断整个贮煤场上的通路。不一会儿,整个人群都参加了这项巨大工程。马赫用一根铁撬棍,掀掉枕铁。与此同时,焦脸婆带着女人们冲进矿灯房抢起棍子把灯打得粉碎,弄得满地都是碎碴。马赫老婆也控制不住自己了,和勒瓦克老婆一样使劲儿敲打着。每个女人身上都溅满了灯油,穆凯特在裙子上擦了擦两手,看到自己弄得这样肮脏,不由地笑了。让兰为了逗乐,往她脖子上倒了一灯油。

但是,这些报复行动不能顶饿,肚子叫得更凶了。又爆发出一阵震天的呼声:

"面包!面包!面包!"

恰好,有一个老工头在维克托阿矿里开一个小饭铺。毫无疑问,他由于害怕,丢下他的小铺子跑了。女人们转回来时,男人们也拆完了铁轨,他们包围了这个小饭铺。门板立刻被打开了。他们没有找到面包,只发现两块生肉和一口袋马铃薯。不过,他们翻出了五十多瓶杜松子酒,这些酒像落在沙滩上的水点似的立刻就化为乌有。

艾蒂安借这个机会把已经喝空了的铁壶又灌满。一种恶性的醉意,枵腹者的醉意,逐渐使他的两眼充满了血丝,苍白的嘴唇之间露出尖牙。后来他突然发现沙瓦尔趁乱跑掉了。他咒骂起来,男人们被派去追赶,在备用坑木后面抓住了跟卡特琳藏在一起的这个逃跑者。

"啊!你这个下流胚,你怕受连累!"艾蒂安吼道,"在树林里是你提议发动机器匠罢工,好让抽水机停止抽水的。现在你却又想跟我们搞鬼!……想得倒好!他妈的!我们回到加斯冬-玛里去,我要叫你亲手砸坏抽水机。对,他妈的,你必须给我砸坏它!"

艾蒂安的确醉了。现在,他竟亲自指使他的人去砸毁几个钟头以前他保护下来的抽水机。

"到加斯冬-玛里去!到加斯冬-玛里去!"

人们向他欢呼,立刻朝那里扑去;这时,被人抓着肩膀粗暴地连推带拉的沙瓦尔,仍然要求容许他洗一洗。

"你快滚开吧!"马赫向又跟着跑起来的卡特琳喊道。

这一次,她连一点畏缩的表现也没有,狠狠地盯了父亲几眼,继续跑着。

罢工的人群重新在光秃秃的平原上勇往直前。他们在笔直的大道上和不断扩展的田地中循着原来的足迹折回来。这时已经四点了,太阳正向地平线上落下去,做着狂怒手势的这群人的身影,在冰冻的地面上越来越长。

人群绕过蒙苏,从比较高的地方转到儒瓦塞勒公路上,为了不从浮舍伯兜个大圈子,便打从皮奥兰前面走过。格雷古瓦夫妇这时候恰好不在家,他们去拜访公证人,然后准备再到埃纳博先生家去吃晚饭,并接赛西儿回来。这所宅院仿佛在沉睡,菩提树林荫路上寥无一人,菜园和果园都显出冬日的荒凉。房子里毫无声息,紧闭着的窗户由于里面的热气而朦朦胧胧。在这种深沉的寂静里,显出一种温柔安适的气氛,使人感到里面具有舒服的床铺和佳肴美味,主人生活在一种有节制的幸福中。

游行的人群一边走着,一边向栅栏和上面插着许多碎瓶碴儿的围墙投去愤懑的目光。又响起了喊声:

"面包!面包!面包!"

他们所得到的回答只是一阵凶狂的犬吠,两只褐色丹麦种大狗张着大嘴,直立起来。在一扇关着的百叶窗后面有两个女用人,一个是女厨子梅拉尼,一个是侍女奥诺里纳。她们听到喊声便走到窗前来,当她们看到这些野蛮人一排排走过去,吓得脸色煞白,浑身冒汗。她们听到近旁的一扇窗户的玻璃被石块砸碎时,两腿一软就跪到地上,以为自己被石头打死了。这是让兰在恶作剧。他用一节细绳做了一个投石器,顺便向格雷古瓦家投石问候。这时,他又吹起号角,人群慢慢远去,喊声逐渐减弱:

"面包!面包!面包!"

到达加斯冬-玛里的时候,队伍更壮大了,已达到两千五百多人,他们怒不可遏,好像一股汹涌奔腾的洪水,力量越来越大,在冲破一切,卷走一切。一个钟头以前宪兵们曾到这里来过,由于农民的错误指点,他们向圣托玛斯方面去了,匆忙之中忘了留下几个人守卫这里的矿井。不到一刻钟,炉火就撤了,锅炉放空了,各处同样被人们闯入捣毁了。但是,人们的主要目标是抽水机,不仅要给它把汽放掉,使它停止工作,而且人们把它当作一个活人,向它猛扑过去,非结果它的性命不可。

"你打头一下!"艾蒂安递给沙瓦尔一把锤子对他说,"快!你曾跟别人一起宣了誓!"

沙瓦尔颤抖着往后退,在人群推撞之中,锤子从他手中滑下来,同伴们没等他下手就用铁棍、砖头以及顺手抄起的一切家什一齐向抽水机砸下去。有几个人把铁棍都打断了。螺母被打得乱飞,钢铜部件被打得七零八落,只剩下机身,好像被切掉四肢的一具尸体。一个人抡起圆尖镐打下去,砸破了铸铁的机身,里边的水立刻迸出来,很快流空了,最后嘞嘞的活像快要死去的人在倒气。

这才算完事。罢工的人群又来到外面,疯狂地拥挤在丝毫不放松沙瓦尔的艾蒂安后面。

"弄死他,叛徒!把他扔到竖井里去!把他扔到竖井里去!"

这个可怜的家伙脸色灰白,结结巴巴地重新讲起他那愚蠢固执的念头,说他需要洗一洗。

"如果你觉得这难受,你等一等,"勒瓦克老婆说,"喏,这有一个澡盆!"

那是一汪积水,是从抽水机里漏出来的水,上面结着厚厚的一层白冰;人们把他推向那里,把冰块砸开,强要他把脑袋扎进这片冰冷的水里。

"快往里扎呀!"焦脸婆一再说,"他妈的!你自己不往里扎,我们就把你按进去……现在你给我喝一口,对,不错!跟牲口一样,把嘴伸到水槽里喝!"

他不得不趴下去喝。大家都笑起来,这是一种残忍的笑。一个女人拽了一下他的耳朵,另一个女人往他脸上扔了一把从路上找来的新鲜的牲口粪。他那件旧毛线衣,已经被撕得不成样子了。他粗暴地挣扎着,身子左右乱撞,企图跑掉。

马赫参与了对他的攻击,马赫老婆也是最积极的一个,两个人都解了心中的旧恨;甚至平常总是那么亲切对待自己情人的穆凯特,对他也十分气愤,骂他是饭桶,说要剥他的裤子,看他还是不是个男人。

艾蒂安叫她住了嘴。

"够了!用不着大家都下手……要是你敢的话,由咱们俩共同了结这件事。"

艾蒂安攥紧拳头,两只眼冒着凶残的火光,醉意使他产生了杀人的欲望。

"你拿定主意没有?今天咱们俩在这儿拼个你死我活……给他一把刀子。我这儿有刀子。"

精疲力尽、恐怖万分的卡特琳望着艾蒂安,想起了他过去跟她说过的话:他有吃人的欲望,他只要喝上三杯酒,立刻就会狂乱起来,这是他那酗酒的父母遗传给他的劣根。突然间,她扑过去,用柔弱的两手打艾蒂安的嘴,气得声音哽咽地对着他的脸喊道:

"可耻!可耻!可耻!……你作了这么多恶还嫌不够?还要杀一个现在连站都站不住的人!"

她转向父亲、母亲和周围的人:

"你们可耻!可耻!……你们把我和他一起杀了吧。你们再碰他一下,我就跟你们拼命。哼!可耻!"

说完她就站在她的男人前面,保护着他,忘掉了他过去怎样殴打她和跟他一起度过的悲惨生活,她心里只有一个念头:既然嫁了他,自己就是他的人,看人们这样欺侮他,是她的耻辱。

艾蒂安挨了卡特琳一顿耳光,面色变得铁青。起初他真想打死她,后来他像醒过酒来似的抹了抹脸,在一片安静中,向沙瓦尔说:

"她说得对,算啦……滚你的吧!"

沙瓦尔撒腿就跑,卡特琳也跟着他跑了。人群惊讶地望着他们消失在公路的拐角处。只有马赫老婆低声对艾蒂安说:

"你错了,不应该放掉他。他准会干出什么出卖我们的事来。"

游行的人群又开始前进。此时已近五点钟,地平线上,火红的太阳映红了辽阔无边的平原。一个路过的小贩告诉他们,龙骑兵从克雷沃科尔方面来了。于是他们往回返,并传出号令:

"到蒙苏去!到经理家去!……面包!面包!面包!"

五

埃纳博先生走到书房的窗前,望着妻子乘坐四轮马车到马西恩纳去赴午宴。他对骑着马跟在车门旁碎步快跑的内格尔看了一会儿,然后就回到办公桌前面安静地坐下来。妻子和侄子离开以后,家里听不到他们的声音,显得毫无生气,像空无一人似的。正好今天车夫送太太去了,新来的侍女萝丝又有事请假,到五点钟才能回来。家里只剩下一个男仆希波利特,穿着拖鞋在各个房间里串来串去。至于女厨子,从天一亮就摆弄锅碗瓢勺,专心致志地在准备主人晚上请客用的晚餐。因此，埃纳博先生决心趁家里清静无人的时候，好好工作一天。

尽管希波利特奉命要回绝一切来客，将近九点钟的时候，他还是斗胆告诉主人丹萨尔来报告消息了。经理到这时候才得知工人们昨天晚上在森林里开会的事；丹萨尔把事情的经过细节讲得那么详细，致使他一面听着，一面不禁想到丹萨尔跟皮埃隆老婆之间的勾当。这是尽人皆知的事，他每星期接到两三封揭发总工头不规矩行为的匿名信。很明显，开会的事是丈夫告诉妻子的，因为这个消息带点枕边语的味道。经理乘此机会让总工头听出，关于他和皮埃隆老婆之间的事他一清二楚，但只是嘱咐他要谨慎些，免得闹出丑闻来。丹萨尔在报告过程中听到这番责备，有些惊慌，他否认有这回事，吞吞吐吐地作些掩饰，可是他的大鼻子通地一下子红了，替他招了供。总之，他并没有坚持，而且庆幸自己被这样便宜地放过了；因为，往常要是经理知道矿上的某个职员拿某个漂亮姑娘取乐，总要摆出一个正派绅士的严厉态度，决不宽容的。话题又转到罢工的事情上，看来这次在森林里开会仍然不过是些好叫嚷的人们说说大话，没有什么大不了的危险。不管怎么说，由于早晨军队巡逻所产生的威胁，各矿工村肯定在几天之内是不会有什么动静的。

埃纳博先生独自一人的时候，他要给省长拍一份电报，不过又担心这样表示不安对自己没有什么好处，才作罢了。他责怪自己缺乏判断力，他曾到处宣扬，甚至写信给董事会，说罢工最多超不过半个月。然而，大大出乎他的意料，到现在已经快两个月了，工潮仍没结束。他为此感到非常苦恼，觉得自己一天比一天失势，越来越受影响，要想重新获得董事们的宠信,非创出惊人的奇迹不可。他已经请示在万一发生骚乱的情况下应该如何处理,可是迟迟未见答复,他希望下午的邮差能给他带来回音。他想,假使那些大人先生们认为需要派军队来把守矿井的话,到那时再拍电报叫军队也不迟。他认为,这样做一定会引起战斗、流血和死亡。尽管他平常颇具毅力,这样的责任也使他坐卧不安。

直到十一点钟,他一直工作得很安静。死寂的房子里,除了不时传来希波利特在二楼远处的一个房间给地板打蜡的声音以外,没有任何别的响动。后来,他接连收到两封急信,第一封告诉他蒙苏的一群罢工者闯进了让-巴特,第二封告知钢缆被割断和炉火被熄灭等一切都遭到破坏的情况。他不明白,罢工者为什么不进攻本公司的某个矿井,而要跑到德内兰那里去呢?不过,他们骚扰一下旺达姆也是好事,这使他朝思暮想的并吞旺达姆矿的计划成熟了。后来,他一个人在空洞的餐厅里吃午饭,仆人悄悄地给他端来午饭的时候,他连脚步声都没听到。这种孤寂使他心里惦记着的事情变得灰暗了。一个工头跑来送信,那人一被引进来就报告说,罢工的人群奔向米鲁矿了,于是他感到心里一阵冰凉。几乎与此同时,他刚喝完咖啡,一封急信告诉他玛德兰和克雷沃科尔也受到威胁。他心里惊惶极了。他指望邮差两点钟可以来,那么他是不是应该马上要求派军队来?还是在没有接到董事会的指示以前,先不采取行动,耐心等待更好呢?他又回到书房,想看一看前一天他叫内格尔草拟的一份给省长的报告。但是他没有找到。他想了一下,也许年轻人把这份报告放在自己房间里了,因为他经常在夜间写东西。埃纳博先生急于看到这份报告,于是不假思索地立刻到楼上内格尔的房间里去找。

埃纳博先生一进屋立刻一愣:房间还没有收拾,无疑这不是希波利特疏忽就是偷懒。房间里充满了又热又湿的气味,由于房子关了一夜,暖气炉口敞着,空气就更加潮热了。他还闻到一股钻鼻子的香味,使他感到窒息,他想这一定是洗脸水里的气味,脸盆就在那里放着,水满满的还没有倒。房间里凌乱不堪,衣服扔得到处都是,湿毛巾乱搭在椅背上,床没有整理,被单也拖到地毯上。而且,这只是他随便看了一眼的印象。然后他向一张乱堆着许多文件的桌子走过去,寻找那份找不到的报告。他一张纸一张纸地仔细找了两遍,也没有找到。保尔这个糊涂蛋会把它塞到哪儿去呢?

后来,埃纳博先生又回到屋子中央,逐一打量每件家具时,他看到敞开的被子里有一个像星星一样闪闪发光的东西。他机械地走过去,伸手拿了起来。放在被单褶皱中间的是一个金瓶。他立刻认出这是他妻子一直随身带着的香精瓶。但是他不明白这件东西怎么会在这儿,它怎么会跑到保尔床上来了?突然,他的脸色变得煞白。他的妻子在这里睡过。

"您别见怪,"希波利特在门外低声说,"我看见先生上来……"

仆人走进来,看到房间这般紊乱,显得十分尴尬。

"天哪!真是的,屋子还没有收拾!萝丝出去了,把所有的活儿全堆到我头上了!"

埃纳博先生把小瓶藏在手里,紧紧地攥着,几乎要把它攥碎。

"什么事?"

"先生,又来了一个人……是从克雷沃科尔来的,他送来一封信。"

"好吧,你先去,告诉他等一会儿。"

他的妻子在这里睡过!他把门插上,重又张开手,望着那个把他手硌出了一个红印的小瓶。突然间,他看到了,听到了几个月来在他家里发生的淫乱之事。过去的怀疑又浮现在脑际:衣服擦过门的沙沙声,夜间在寂静的房子里赤脚走过的脚步声。是的,那就是他的妻子上楼到这里来睡觉!

他倒在一把椅子上,望着那张床发愣,好像挨了一顿打似的,待了好大一会儿。突然一种声音惊醒了他,原来有人在敲门,想把门打开。他听出这是仆人的声音。

"先生……啊!先生把门插上了……"

"又有什么事?"

"看样子事情很急,工人们见到什么砸什么。下面又来了两个人,还有电报。"

"给我滚开!等一会儿!"

希波利特要是早晨来收拾过屋子,一定会看到这个小瓶的,想到这里,他感到浑身冰凉。另外,这个仆人是一定知道的,因为他不止一次地发现这张床还保持着通奸的余温,一定看到过太太留在枕头上的头发,也一定看到过被单上的肮脏痕迹。他一个劲儿地来打扰他,一定是不怀好意。也许他在主人们的淫荡行为的刺激下,还曾把耳朵贴到门上偷听过。

埃纳博先生一动也不动,一直望着那张床出神。痛苦而漫长的过去,重新展现在他的眼前。他和这个女人结婚之后,紧接着就发生了感情和肉体上的不合,她背着他有过许多情人,他还像容忍一个病女人的邪恶嗜好一样容忍她和情人鬼混了十年。随后,他们来到了蒙苏,他急切地要治好她,又过了数月毫无生气的晕头转向的流浪生活,最终人快老了,这才使她回到他的身边来。此后,他们的侄子来了,她就成了侄儿保尔的母亲;她对他说,她的心已经死了,已经永远埋进灰烬。他这个愚蠢的丈夫什么事情也没看出来,他爱这个本来是他的妻子的女人,但是许多男人都得到过她,唯独他自己没能得到她!他爱她爱得要死,甚至不顾脸面,只要她肯把让别人玩剩下的身子给他,他都可以跪下!而她却把别人玩剩下的身子,又给了这个孩子。

这时候,远处传来一阵铃响,埃纳博先生惊醒过来。他听出,这是人们按照他的吩咐在邮差来的时候打的铃。他站起来,不由自主地连连大声说着粗鲁话,沙哑的嗓子好像要裂开似的。

"啊!去他妈的吧!啊!去他妈的!管他什么电报和信的!"

这时候,他一肚子怒火,恨不得立刻把这些丑事一脚踢到垃圾堆里去。这个女人简直是个烂货,他竭力寻找更粗野的字眼儿骂她。突然,他想起埃纳博太太正面带安详的微笑张罗赛西儿和保尔的亲事,这就更使他火上加油。难道在她那淫荡成性的心里就没有一点感情、一点醋意吗?对她来说,这种事情现在已经成了一种邪恶的娱乐,一种习惯,一种消遣,就像人们饭后总要吃点点心一样。他把一切都归咎在这个女人身上,认为孩子是没有什么罪的,是她旧病复发,死死缠住这个孩子,就像馋猫在偷到一条小鱼后一样,死命咬住不放,假使没有这个讲究实际、愿意在他们家里吃、住和同女人睡觉的讨人喜欢的侄子,她不定还要吃谁呢?不知她会堕落到什么地步呢?

有人胆怯地轻轻敲门,从锁孔中传进来希波利特悄悄的声音：

"先生，邮差……还有丹萨尔先生又来了，他说出了人命……"

"我就下去，他妈的！"

他将如何处置他们呢？等他们从马西恩纳回来以后，就把他们像牲口一样赶走，他不愿把他们再留在家里了。他要手拿棍子，呵斥着把他们赶到别的地方去搞这种丑恶的勾当。他们俩在一起鬼混时的喘息和呵气使房间里的湿乎乎的热气变得更加污浊；那种令人窒息的钻鼻子的香味，是他妻子身上的麝香味；这是他妻子的另一种怪癖，她需要这种刺激肉欲的强烈香味。他又感觉到了他们私会时发出的那种热烘烘的气味，热切通奸时发出的气味，在随便摆着的器皿里、满满的脸盆里，在乱七八糟的被单、家具和充满邪恶臭味的整个房间里，到处都充斥着这股气味。一种无可奈何的愤怒使他猛地扑倒在床上，抡起拳头乱捶一通，他拼命糟蹋床铺，用力打着他看到有两个身子痕迹的地方。他被这些扯出的被子和有皱褶的被单气疯了，被子和被单在他的拳头下显得软弱无力，好像它们也由于整整一夜的放荡累得筋疲力尽了。

突然间，他好像听到希波利特又上来了。内心的耻辱感使他住了手。他又待了一会儿，喘着气，擦了擦额头，定了定心。他站到一面镜子前面，望着自己的脸，他的面容变得那样难看，连他自己都认不出来了。然后，他看到自己的脸色慢慢恢复了平静，才用最大的毅力抑制着自己，走下楼去。

在楼下，除了丹萨尔，还站着五个送信人，他们给他带来了关于罢工者到过各矿井又继续前进的一个比一个更严重的消息。总工头长时间向他报告了米鲁矿由于康迪约老爷的出色行动而幸免于难的情况。他听着,点着头;但他一点也没听进去,他的心仍在楼上,仍在那个房间里。最后,他说要马上采取措施,就把他们打发走了。他又独自一人坐在办公桌前,两手抱着脑袋,遮着眼睛,好像在打盹。他的信件已经来了,他决定找出他期待已久的董事会的回信。信的开头意思闪烁不清。然而,最后他终于明白了,这些先生们是期望发生某种骚动。当然,他们也不要他把事情搞得更加恶化,但却暗示:骚乱将会引起严厉的镇压,从而使罢工早日结束。现在,他不再犹豫了,他向里尔的省长,杜埃的驻军,马西恩纳的宪兵队等各处都发了电报。他心里轻松了,他只需要闭守在家中,他甚至放出风声说他害了风湿病。整个下午他一直躲在书房里,任何人也不见,只是瞧一下雪片般飞来的电报和信件,从而远远地注视着罢工的群众,从玛德兰到克雷沃科尔,从克雷沃科尔到维克托阿,从维克托阿到加斯冬-玛里。另一方面,他也接到了一些关于宪兵和龙骑兵慌乱失措的消息,他们被错误指引,总是刚一离开哪个矿井,哪个矿井就遭到袭击。罢工的人群可以任意屠杀和破坏一切。他又两手抱起脑袋,用手指捂住眼睛,陷入极度的寂静之中,房子里空空洞洞,万籁无声,只是不时地听到正在准备晚餐的女厨子做饭时锅勺相撞发出的响声。

　　黄昏了,屋子里渐渐暗下来。五点钟,正当埃纳博先生把臂肘放在信件中,无精打采、头昏脑涨的时候,一阵喧噪把他吓了一跳。他以为是那两个可恶的家伙回来了,但是,闹声越来越大,当他走近窗口的时候,爆发出一阵可怕的喊声:

　　"面包!面包!面包!"

　　宪兵们以为沃勒矿井要受到袭击,刚刚离开蒙苏跑去占据那里,就在这个时候,罢工的人群闯进了蒙苏。

在这以前,在距蒙苏两公里的地方,也就是在去旺达姆的道路交叉的十字路口下边一点,埃纳博太太和几位小姐正好看到游行的人群。他们在马西恩纳的这一天过得非常愉快,在铁工厂经理家欢乐地吃了一顿午饭,然后在铁工厂的各处和附近的一家玻璃厂作了一次有趣的参观,消磨了一个下午。当他们在这个美丽冬日的清澈黄昏中踏上归途的时候,赛西儿看见路边的一座小农舍,异想天开地想要喝一杯牛奶。于是她们一齐下了马车,内格尔也彬彬有礼地跳下马来。农妇看到这群高贵的客人慌了手脚,急忙跑去,说要先铺上桌布然后再准备牛奶。但是,露西和约娜要看一看挤奶,于是他们就拿着杯子到牛棚去,把这当作一次小小的野游,对于牛棚里陷脚的干草感到非常有趣。

埃纳博太太带着母亲的爱抚态度,用唇边吮吸着牛奶,这时外面传来一阵可怕的咆哮,使她不安。

"什么事?"

盖在大路边上的牛棚,同时也是存放草料的地方,有一个宽大的车门。年轻姑娘们伸长脖子,惊异地看到路左边有一股黑压压的杂乱的人流吼叫着从旺达姆的大路上走来。

"见鬼!"内格尔也跑出来嘀咕说,"莫非说我们那些瞎叫嚷的人真的火了?"

"大概又是矿工们,"农妇说,"他们已经过了两次了。看情况事情不太妙,他们现在简直成了这里的主人了。"

农妇说每句话都谨慎小心,同时窥视着客人们脸上的反应;看到他们每个人都惊慌失色、深深不安的时候,就急忙说:

"哦!是叫花子!哦!是叫花子!"

内格尔看到已经来不及上车赶回蒙苏,就吩咐车夫赶紧把马车赶进农舍的院子,把车上的套具藏在一个小棚子后面。他亲自把马从那个牵马的孩子手里接过来,拴到小棚子里。当他回来的时候,看到慌了神的婶母和年轻姑娘们正准备跟着那个建议她们到她的房间里去躲躲的农妇走。但是,内格尔认为留在这里更安全一些,因为谁也不会到这些干草里来找他们。通大车的门关得不很严,有很多大缝子,他们隔着蛀蚀的门板可以看见外面的大路。

"喂!勇敢些!我们不会轻易丢掉性命的。"他说。

这种玩笑更增加了他们的恐惧。这时喊声越来越高,不过仍然什么也看不清楚,空空的大路上好像有一阵暴雨前的狂风横扫过来。

"不,不,我可不想看了。"赛西儿说着钻到干草里去了。

埃纳博太太面色十分苍白,对这群人搅乱了她的快乐非常气愤,她站在后面,露出一种轻蔑和嫌恶的目光;露西和约娜虽然吓得浑身打战,依旧用一只眼睛从门缝里向外看,一心想把这个场面看个一清二楚,一点都不漏掉。

人声雷动,越来越近,大地为之震撼,仍然是让兰吹着号角跑在最前面。

"把你们的香水瓶拿出来吧,汗臭味过来了!"内格尔低声说,尽管他具有共和主义的信念,仍然喜欢在贵妇人们面前嘲笑平民。

但是,他的俏皮话被风暴般的举止和喊声淹没了。妇女们出现了,将近一千个妇女,由于奔跑,一个个披头散发,身上穿的破烂衣服,露出由于生养儿女而松弛的女人皮肤。有一些女人怀抱孩子,她们把孩子举得高高的,挥动着他们,好像打着一面出丧和复仇的旗帜。另一些比较年轻的女人,像战士似的挺着胸膛,挥动着棍棒。年老的女人们样子也很可怕,她们拼命地吼叫着,精瘦的脖子上的青筋都好像要爆裂似的。随后男人们拥过来,两千个狂怒的徒工、挖煤工、修理工密密麻麻地混作一群,像一大块什么似的滚动着,只见一片土灰色,几乎分辨不出哪是褪了色的裤子,哪是烂得一片片的毛线衣。所能看出的只有冒着火的眼睛和唱着《马赛曲》的黑洞洞的大嘴,在乱哄哄的吼叫声和木屐踏在坚硬的土地上的咔咔声中,歌词也分辨不清。在他们头上,在一片林立的铁棍中间,有一把被高高举起的斧头;它好像人群的旗帜,在晴朗的天幕下宛如一把锋利的砍头刀的侧影。

"看他们那副凶相!"埃纳博太太讷讷地说。

内格尔冷冷地说:

"真见鬼,我怎么一个也认不出来呢!这群土匪是从哪儿钻出来的?"

的确,愤怒、饥饿、两个月的痛苦以及这样从一个矿井到另一个矿井的疯狂奔跑,把蒙苏矿工们的温和的面孔弄得像猛兽一样凶残。这时,夕阳西下,紫红色的余晖染红了整个平原,大路变成了一条血色的长河,男男女女继续奔跑着,周身通红,好像正在宰杀的屠夫。

"啊!多么壮观!"露西和约娜低声说,这种精彩的恐怖场面激起了她们艺术家的兴致。

不过,她们俩也害怕,退缩到靠在一个水槽上的埃纳博太太跟前。埃纳博太太想到只要这群人顺着这个关不严的车门的门缝往里一看,就会要她们的命,于是浑身不寒而栗。素日一向非常勇敢的内格尔,心里感到一种突如其来的无力抗拒的恐怖,不由得面色铁青。赛西儿钻在干草里一动不敢动。至于另外的人,虽然也想扭过脸去,却办不到,仍然在偷偷观看。

这就是在本世纪末的一个血腥的夜晚把他们统统毁灭的革命的可怖幻景。是的,将有一个晚上,解放了的、无拘无束的群众就要这样在大道上奔跑;他们要使有钱的人们血流成河,头滚满地,把保险箱里的金子撒满大地。女人们吼叫着,男人们张着狼一般的吃人大嘴。是的,就是这样的破烂衣服,这样的声震天地的大木屐,这样浑身肮脏、发出恶臭的可怕人群,要以洪水破堤时的汹涌之势冲掉旧世界。到处是熊熊烈火,他们要把城市烧个片瓦不留,在狂嚼牛饮和兽性大发中,一夜之间把富人的地窖出空,把富人家的女人蹂躏死,然后恢复森林中的野蛮生活。在新世界诞生以前,旧有的东西什么也不留,一个铜板的财产也不留,任何地位头衔都不留。是的,就是现在路上的这种情况,好像一种自然力量,这种可怕的大风已经吹到人们脸上。

一阵高呼盖过了《马赛曲》的歌声:

"面包!面包!面包!"

露西和约娜紧紧地依在将要晕过去的埃纳博太太身上,内格尔则站在她们面前,好像要用自己的身体来保护她们。难道旧社会就要在今天这个晚上崩溃?眼前看到的情况,使他们完全愣住了:人群快要过完了,只剩下落在后面的尾巴,这时候穆凯特走过来了。她慢慢吞吞地走在后面,窥伺着富人的园门和窗口,待等发现他们,不能指着鼻子骂,也要向他们投以表示她最大轻蔑的动作。她肯定是看到了一个富人,因为她突然撩起裙子,撅起屁股,光光的大屁股暴露在落日的余晖之中。这样做并没有任何猥亵的意思,也不是要引人发笑,而是要叫人感到可怕。

一切都消失了,人群沿着大路蜿蜒而去,穿过色彩鲜明的矮房子拥向蒙苏。于是他们把马车从院子里赶了出来。但是,车夫说假使罢工者占据了大路,他不敢担保能否把太太和小姐平安地送回去。最糟糕的是,没有别的大路可走。

"可是我们必须回去,我们还要聚餐呢,"又怕又气的埃纳博太太情不自禁地说,"这些臭工人,偏偏挑了我请客的日子。你们去对这些人行善吧!"

露西和约娜正从干草堆里使劲儿往外拖赛西儿,她却挣扎着不肯出来,以为大路上还在过那些野人,嘴里不住地说自己怕看他们。最后,她们终于坐上了马车,内格尔也骑上了马,这时他想起他们可以从雷吉亚的小路绕回去。

"你赶慢点儿,"他对车夫说,"这条道不好走,假使你被人群挡住不能回到大路上的话,你就在老矿井后面停下,然后我们从园子的小门走回去,你把车马随便寄放在哪个客店的车棚里都行。"

他们动身了。远处的罢工的人群拥进蒙苏。蒙苏的居民见到宪兵和龙骑兵来过两次,惶恐万分,骚乱起来。街上流传着许多可怕的事,人们谈论着威胁要把富人开膛的手写布告;虽然没有一个人看到过这些布告,却都引用着布告上的原话。特别是公证人的家里,害怕到了极点,他刚从邮局接到一封匿名信,信里警告他,已经在他的地窖里摆好了一个炸药桶,假使他不声明支持人民,就把他炸死。

来公证人家拜访的格雷古瓦夫妇,听说此事就停下来谈论这封信,猜想这是一个恶作剧的家伙干的,就在这个时候,罢工的人群冲进了蒙苏,可把公证人一家吓坏了。格雷古瓦夫妇却没事似的微笑着,掀开窗帘的一角向外张望,不认为会有什么危险,确信一切事情最后都会得到协商解决。时间刚敲五点,他们还有时间等到大路上清静下来以后,再到对面埃纳博家去吃晚饭。赛西儿想必已经回去,现在正在那里等着他们呢。但是,在蒙苏似乎没有一个人像他们那样有信心,人们慌乱地奔跑着,窗户和门砰砰嘭嘭地关上了。他们看到对面的梅格拉正在用粗铁杠子闩店门,他面色煞白,浑身哆嗦,连他那瘦小可怜的妻子也不得不来帮助他拧紧螺丝。

罢工的人群停在经理住所门前,口号声响彻云霄:

"面包!面包!面包!"

希波利特怕玻璃被石块打碎,走进来关百叶窗板,这时候埃纳博先生正在窗前站着。希波利特把楼下所有的窗子统统关好以后,就到二楼上去了,楼上传来上插销和关百叶窗的吱吱嘎嘎的声音。可惜,无法关上底层厨房的窗户,从这个令人不安的窗口里可以看到正在大锅和烤肉扦下面熊熊燃烧着的火焰。

埃纳博先生想看一看罢工的人群,不由自主地走上三楼,来到保尔的房间,因为这个房间靠左边,地势最好,可以望到一直通到公司矿场的整个大路。他站在百叶窗后面,居高临下地望着人群。然而,这个房间又引起了他的注意,梳妆台擦得干干净净,一切都井井有条,已经凉了的床上铺上了干净平整的被单。他下午憋了一肚子怒火,一个人在寂寞沉静中进行着激烈斗争,现在感到极度疲乏。他的身子也和这个房间一样重新冷却下来,早晨那些肮脏事已经一扫而光,他又恢复了素有的端庄。为什么要闹得满城风雨呢?家里不是什么也没有变样吗？他的妻子只不过又多了一个情人，就是她在亲属中找了一个情人，也没有什么了不起，或许还可能有好处，因为她这样倒可以顾全些面子。他想起自己那阵疯狂的嫉妒，不禁自觉可怜。用拳头拼命地去打一张床，有多么可笑！他既然容忍过另一个男人，当然也可以容忍这一个。只不过是再对她多增加一点轻视罢了。他嘴里感到一种猛烈的苦味：一切都没用了，一辈子的痛苦，但他对这个他自己任凭她放荡胡搞的女人依旧十分钟爱和渴望，他感到自己可耻。

窗下，吼声更加激烈了。

"面包！面包！面包！"

"这群混蛋！"埃纳博先生从牙缝里说。

他听到人们在骂他，骂他拿高薪，不干活，吃得脑满肠肥，骂他是在工人们饿得要死的时候，肚子里却塞满不好消化的油腻东西的臭猪。女人们看到厨房，立刻激起一阵风暴，冲着使她们的空肚子更加难受的烤野鸡和油腻喷香的肉汤大骂起来。啊！这些臭财主，他们在用香槟和蘑菇撑破狗肠子呀！

"面包！面包！面包！"

"这群混蛋！"埃纳博先生又说，"难道我日子过得幸福？"

他对这些不了解他的人非常生气。要是他也能像他们一样有个结实的身体，能毫无顾忌地随便同女人野合，他甘愿把自己的高薪送给他们。他为什么不可以让他们到自己的桌子上来饱餐野鸡，而自己去到篱笆后面幽会，把姑娘们按倒在地上，根本不在乎她们以前曾被谁按倒过呢？只要他有朝一日能够变成他雇用的那些可怜人们当中的最卑劣的一个，能够纵情极欲，粗暴地打老婆，和邻家女人取乐，他情愿把自己的一切都交出来，交出他受过的教育，他的舒适生活，他的荣华富贵,和他那经理的权柄。他甚至希望挨饿,让肚子空得难受,脑袋发昏,这样也许能够消除他那受不完的痛苦。啊!但愿能像野人一样地生活,自己什么也没有,跟一个最丑陋、最肮脏的推车女工在麦地里随便追逐,并且得到满足!

"面包!面包!面包!"

他气恼了,也在喧嚷声中狂喊起来:

"面包!光有面包就够了吗,混蛋?"

他倒是有吃的,可是一样痛苦得要死。他那遭到破坏的夫妻生活,他那痛苦的一生,像一个临死的人的最后一口痰堵住了他的喉咙。并不是有面包吃就能万事称心。认为平分财富就是世上的幸福,这是多么愚蠢?那些革命的空想家完全可以把这个社会毁掉,建立另一个社会,使每个人有面包,但他们不会给人类增加任何快乐,不会给人类减少一点痛苦。如果他们不能使人的本能需要得到平静的满足,因而更增加了欲念得不到满足的痛苦的话,他们甚至会扩大世界上的不幸,有一天会使狗都要失望地狂吠起来。不,唯一的幸福就是不存在,如果存在的话,最好做一棵树,做一块石头,或者更小一点,做一粒在行人的脚下不会流血的沙子。

埃纳博先生痛苦异常,眼睛里噙满泪水,泪珠热辣辣地滚到两颊上。夜色笼罩了大路,石块开始向住宅的正面雨点般砸来。现在,他不再生这些饥饿的人的气,只是由于心里炙热的创痛而激愤,他脸上挂着泪,嘴里喃喃地继续说着:

"混蛋!混蛋!"

但是,饿汉们的叫声震天,一阵吼声风暴般地吹来,卷走了一切。

"面包!面包!面包!"

六

艾蒂安被卡特琳一顿嘴巴打清醒过来以后,继续走在同伴们前头。当他用沙哑的声音命令同伴们奔向蒙苏的时候,同时又听到自己内心有另外一个声音,这是理智的声音,在奇怪地问为什么要做这些事情。他本来丝毫没有想这样做,他到让-巴特去是为了冷静从事和阻止发生不幸,怎么一天来越干越激烈,最后竟把经理的住宅也包围了呢?

然而,刚才正是他命令"住手"的!他最初纯粹是想保护公司的矿场,因为有人说要去毁掉那里的一切。眼下,石块已经砸坏了经理住宅的面墙,他想把罢工的人群引向一个合适的目标,以免造成更大的不幸,但怎么也找不出这样一个目标。正当他独自一人在大路中央一筹莫展的时候,一个人站在迪松咖啡馆门口叫他;咖啡馆的老板娘刚刚把窗板急急忙忙地上好,只留下出入的门。

"这儿,是我叫你……我有话跟你说。"

这是拉赛纳。他们男男女女一共有三十多个人,几乎都是二四〇矿工村里早晨留在家里的人,下午,罢工者快到的时候,闻风而来,闯进了这家咖啡馆。扎查里和他老婆斐洛梅坐着一张桌子,里边,是皮埃隆和他老婆,他们背着身子怕人看见脸。不过谁也没有喝酒,他们只是在那里躲避一下。

艾蒂安一看是拉赛纳就要离开,可是拉赛纳又说:

"你不愿看到我是不是?……我事先就告诉过你,现在麻烦了。你们可以要求面包,可是他们只会用子弹对付你们。"

艾蒂安转回来,回答说:

"我不愿看见的是那些袖手旁观、瞧着我们冒生命危险的胆小鬼。"

"这么说,你是想公开抢劫吗?"拉赛纳问道。

"哪怕是同归于尽,我也要跟朋友们坚持到底。"

艾蒂安失望地回到人群中,准备豁出命干。路上有三个孩子正在扔石块,他狠狠地踢了他们一脚,同时喊叫同伴们住手,说砸碎玻璃没有用处。

贝伯和丽迪刚刚找到让兰,他们正跟他学习怎样用投石器。他们每个人扔一块石头,看谁打得最狠。丽迪一下没扔好,砸破了人群里一个女人的脑袋,两个男孩子却笑得要死。在他们后面,长命佬和老穆克坐在一条长凳上望着他们。长命佬的两腿肿得厉害,他费了好大劲儿才勉强蹭到这里,他完全是出于一种莫名其妙的好奇心,因为多日来他的面色如土,一声不响,谁也甭想让他说一句话。

但是,谁也不听艾蒂安的指挥了。他喊叫他的,石块仍旧像冰雹一般飞过去,他面对着被他松了绑的这些野人,又惊讶,又害怕。他们不易激动,然而一旦激起了怒火却是那样可怕、凶狠和坚决。佛兰德人固有的血性完全表现出来了,他们迟钝沉静,好几个月才能把他们鼓动起来,可是火头一上来就会不顾一切地干出可怕的野蛮事,直到残忍的兽性得到满足为止。在南方,群众易于激动,然而却没有什么作为。他和勒瓦克经过一番争斗,才把他手里的斧子夺过来;他不知道怎样才能够控制住用两手掷着石块的马赫夫妇。女人们尤其使他担心,勒瓦克老婆和穆凯特等人,心里燃烧着杀人的怒火,张牙舞爪,像母狗般地狂吠,焦脸婆还在一旁鼓动着,她的瘦弱的身子在她们当中显得很突出。

艾蒂安无论怎样央求,也不能使大家平息下来,突然一件令人惊异的事情使大家安静了片刻。原来是格雷古瓦夫妇决定告别公证人,要到对面经理家去;看起来他们是那么镇静,那么泰然,好像他们认为这些老实听话养活了他们一个世纪的善良矿工纯粹是在开玩笑,竟把矿工们惊呆了,他们不敢再扔石块,唯恐砸伤突然出现的这位老太爷和老太太。人们容他们过去,他们走进花园,登上石阶,在挡起来的门前拉了铃,但是里面迟迟不给他们开门。正在这个时候,侍女萝丝从外面回来了,她向狂怒的工人们笑着;她是蒙苏人,所以这些人她都认识。萝丝用拳头狠劲敲门,才使希波利特把门开了一个缝。门开得正是时候,格雷古瓦夫妇刚一进去,石头又像冰雹般扔过来。人群从惊讶中醒悟过来以后,喊得更凶了:

"打倒资产阶级!社会主义万岁!"

到了前厅,萝丝仍然笑着,好像对这种意外的事情感到很有趣,一再对惊慌的希波利特说:

"他们不是坏人,我认得他们。"

格雷古瓦先生规规矩矩地挂好礼帽,又帮助格雷古瓦太太脱下厚呢斗篷以后,补充了一句:

"不错,他们没有什么坏心眼儿,他们痛快地喊一阵,晚饭可以吃得更香。"

这时候,埃纳博先生从三楼上走下来。尽管他看到了方才的情景,他照旧像往常一样冷漠而有礼貌地接待客人。然而他那苍白的脸上分明还有刚刚流过泪的痕迹。他已经万念俱灰,只想做一个称职的管理人,坚决尽到自己的职责。

"你们知道,"他说,"太太小姐们还没有回来。"

格雷古瓦夫妇这才有些不安起来。赛西儿还没有回来!要是这些矿工们继续闹下去,她可怎么回来呢?

"我本想解除这个包围,"埃纳博先生接着说,"可惜,家里只有我一个人,我又不知道叫仆人到哪里去找一个班长和四个弟兄来把这群坏蛋赶走。"

一直没有走开的萝丝又大着胆子咕哝了一句:

"哦!先生,他们可不是坏人。"

经理摇了摇头。这时外面的骚乱声更大了,可以隐约听到石块砸在房子上的声音。

"我并不责怪他们,我甚至可以原谅他们,只有像他们那样糊涂的人才认为我们存心坑害他们。不过,我有责任维持安静……据说,各条大路上都有宪兵,至少人家是这样对我说的,可是从早晨到现在,我连一个宪兵也没瞧见!"

他停了一下,往后退了退,请格雷古瓦太太过去,同时说:

"太太,请别站在这儿了,到客厅里去吧。"

女厨子气冲冲地从地下室跑上来,又把他们在前厅里留了几分钟。她声明说这顿晚餐她不能负责了,因为她向马西恩纳糕点铺定的夹馅点心说四点钟送来,可是到现在还没送来。很明显,一定是送点心的人被这群土匪吓得迷了路。甚至也许提盒被抢走了。她好像看到了那三千个喊叫着要面包的穷鬼正在一个树丛里围着点心,往肚子里填呢。不管怎样,总算事先给老爷打了招呼,假使因为闹革命使她做不好这顿晚餐的话,她宁愿把这顿饭扔到火里去。

"千万要忍耐一下,"埃纳博先生说,"东西丢不了,送点心的人会来的。"

在他转身打开客厅门,请格雷古瓦太太进去时,猛吃一惊:他看到有一个人坐在前厅里的小凳上,由于天色渐渐黑下来,在这以前他竟没有发现他。

"啊!是你,梅格拉,你有什么事?"

梅格拉站起来,这才使人看清他那苍白的胖脸由于担惊受怕变得十分难看。他已经失去了往日那种四平八稳的镇静神气,他低声下气地解释说,他溜到经理先生这里来,是为了请求经理在暴徒们一旦袭击他的商店时能帮他一下。

"你看连我自己都受到了威胁,而且我身边一个人也没有。"埃纳博先生回答说,"你最好是待在家里看住你的货物。"

"哦!我已经用铁杠子闩了门,而且还留下我老婆守在那里。"

经理不耐烦了,露出蔑视的神色。亏他想得出,竟让那个经常挨打的瘦弱可怜的女人守门!

"不管怎么说,我是一点办法也没有,你务必自己想法子保护自己。而且我劝你马上回去,你听,他们又在喊叫要面包了……"

的确,又是一阵喧嚣,在一片喊声里,梅格拉仿佛听到在叫自己的名字。回去是不可能了,他们非把他撕碎不可。但一想到自己将要彻底破产,心里就像油煎一样。他吓得浑身冒汗,颤抖不止,把脸贴到门上的小玻璃孔上,等着大祸临头;这时格雷古瓦夫妇走进客厅。

客厅里的门窗关得严严实实,并且加上了挡板,天还没黑就点起了两盏灯。埃纳博先生竭力平静地以主人的身份热情招待客人,但客人们不肯坐下。每当外面传来喊声,房间里就充满恐怖。由于房内四壁挂满帏幔,人群的怒吼声听来嗡嗡作响,更加可怕。不过,他们仍然谈起来,说来说去总离不开这次不可理解的暴乱。埃纳博先生表示惊异,说他丝毫也没料到;他的消息很不准确,因而对拉赛纳特别生气,他说他知道这都是拉赛纳的坏影响。当然,宪兵要来的,决不会这样丢下他不管。格雷古瓦夫妇则一心惦记着女儿,可怜的宝贝儿是那么胆小!也许看到有危险,马车又转回马西恩纳去了。在路上的喊声和石块像敲鼓一般地不时砸在窗板上的响声中,他们又紧张地等了一刻钟的工夫。这种情况,实在不能再忍耐下去了,埃纳博先生说要一个人走出去把这些胡喊乱叫的人赶走,亲自去迎接马车,正在这个时候,希波利特喊着跑进来:

"先生,先生!太太回来了,他们要打死太太!"

马车被气势汹汹的人群挡住,不能穿过雷吉亚的小胡同,内格尔就照原来的主意行事,下车走一百米路赶到住宅,然后敲花园挨着杂用房的那个小门,园丁就会听见,那里一直有人等着开门的。的确,事情起初十分顺利,埃纳博太太和那几位小姐已在敲门了。但是,偏偏在这个时候惊动了罢工的女人,她们便向小胡同直扑过来。这一来,一切都完了。没有人来开门,内格尔拼命用肩膀撞也未能把小门撞开。妇女们的队伍逐渐扩大,内格尔恐怕被围住,便采取了最后一着,让他的婶母和年轻姑娘们在自己前面,推着她们硬从包围者当中穿过,走到台阶上去。但是,这反而引起一阵拥挤,疯狂吼叫的人群不放他们,把他们围住了。人群像潮水般涌来涌去,还不知道这些衣着华丽的贵妇人怎么会掉进了这场战斗。就在这异常混乱的一刹那,发生了一个无法解释的误会。挤到台阶上的露西和约娜从萝丝打开的门缝中钻了进去,埃纳博太太总算也跟着她们进去了,在她们后面的内格尔最后进来,他确信看见赛西儿是第一个进来的,就把门插上了。可是赛西儿并没有进来,她在半路上就不见了,因为过于害怕,她转身朝家里跑去,这一下她自投虎口了。

立刻喊声大作。

"社会主义万岁!打倒资产阶级!"

她脸上遮着面纱,几个离得较远的人错把她当成埃纳博太太。另外一些人说她是经理太太的女友,是工人们痛恨的附近工厂厂长的小老婆。不过,这都没有什么关系,使人们激怒的是她那件绸长袍,那件翻毛大衣,以及插着白羽毛的帽子。她身上散发着香味,带着一块挂表,白皮嫩肉,是一个从不摸黑煤、什么也不干的女人。

"站住!"焦脸婆喊道,"我们要给你的屁股也缀上花边!"

"这些东西都是这群养汉娘儿们从咱们手里抢去的,"勒瓦克老婆接着说,"我们在这儿冻得要死,她们的肉皮子上还要粘上毛……马上剥光她,叫她学学怎样生活!"

于是,穆凯特立刻蹿过来。

"对,对,应该抽她一顿!"

这群女人一个比一个表现得凶野,喊得上气不接下气,拽着自己的破烂衣服让人看,每个人都想撕一把这位阔小姐。她的屁股准保跟别的女人没什么两样,甚至有的在花里胡哨的衣服下面是臭烂的屁股。不公正的时代已经够久了,应该强迫她们都穿女工一样的衣服,这些烂娘儿们竟敢花两个半法郎洗一条裙子!

赛西儿在这群泼妇中间吓得直打哆嗦,两腿不能动弹,嘴里结结巴巴地重复说:

"太太们,我求求你们;太太们,不要为难我。"

接着她发出一声嘶哑的叫喊,一双冰冷的大手掐住了她的脖子。这是长命佬,人群把她拥到他身边,他就一把抓住了她。由于长期的穷困而变得迟钝的长命佬好像饿疯了,连他自己也不知道在什么仇恨的驱使下,突然间改变了半世纪来的听天由命的态度。他这一辈子冒着生命危险在瓦斯和塌方中从死亡里救出过十几个同伴,现在,他看到这个年轻姑娘的白嫩脖子,在要掐死她的欲念冲动下,忍不住做出这种事来。今天他又不说话了,他十个手指紧紧地掐着,好像一头残废的老牲口在回味着往事。

"不行!不行!"女人们吼叫着,"让她的屁股透透风!让她的屁股透透风!"

内格尔和埃纳博先生在屋子里一见这种情况,立刻又大胆地打开门,要赶去营救赛西儿。但是人群这时候又向园子的栅栏冲来,要想出去已经不容易。当吓坏了的格雷古瓦夫妇走到台阶上的时候,那里正展开一场斗争。

"快放开她吧,老爷子!这是皮奥兰的小姐!"马赫老婆向老爷爷喊道;因为有一个女人扯下了她的面纱,马赫老婆认出她是赛西儿。

艾蒂安看到人们这样报复一个女孩子,不知所措,竭力要想使罢工的人群住手。他灵机一动,挥起从勒瓦克手里夺过来的斧子,喊道:

"到梅格拉那里去,他妈的!……那里有面包!去把梅格拉的破棚子推倒!"

他抡起胳臂在店门上砍了头一斧子。勒瓦克、马赫,还有其他几个人随后跟了过去。但是女人们仍在那里不肯放手。

赛西儿从长命佬手里转到了焦脸婆手里。贝伯和丽迪由让兰带头,趴在她的裙子下面,想看一看这位阔小姐的屁股。这时候已经被人拉来拉去,拉得她的衣服嗤嗤响。这时出现了一个骑马的人,那人催马冲向前,用马鞭子抽打着不赶快让路的人。

"好啊!坏蛋们,你们竟打起我们的小姐来啦!"

这是应邀来吃晚饭的德内兰。他很快地跳下马,抱起赛西儿,另一只手非常灵巧有力地驱马向前,用它作为一个活楔子把人群冲开,人群在这头又蹦又跳的牲口面前后退了。栅栏门那儿的战斗还在继续着。但是德内兰仍然冲过去了,尽管胳臂和腿上受了伤。这个天外飞来的救星拯救了处在咒骂和捶打之中的危急的内格尔和埃纳博先生。年轻人终于把吓昏了的赛西儿接进来,这时候用自己魁伟的身子保护着经理的德内兰,在台阶上挨了一石头,差点儿砸断了膀子。

"这真好!破坏了机器,又打碎我的骨头!"他喊道。

他迅速地又把门推上。一阵飞石打在门板上。

"多么疯狂!"他又说,"再晚两秒钟我的脑壳就要像葫芦似的开瓢了……跟他们没什么可说的,有什么可说的呢?他们不可理喻,只有狠狠地揍他们。"

在客厅里,格雷古瓦夫妇看到赛西儿苏醒过来以后,落下泪来,女儿并没有受什么伤,连一点肉皮儿都没破,只是丢了面纱。当他们见到自己家里的女厨子的时候,他们更加惊慌了,女厨子梅拉尼向他们诉说着人群怎样砸毁了皮奥兰。她吓傻了,赶紧跑来报告主人。她也是趁着混乱,从门缝中钻进来的,谁也没有注意。在她那没完没了的诉说中,把让兰只扔了一块石头仅仅砸碎了一块窗户玻璃,说成了一排真正的连发炮,把墙打出了豁口。于是格雷古瓦先生的心思改变了,他们掐他的女儿,拆他的房子,难道说这些矿工真的因为他依靠他们的劳动过着老实人的生活而仇恨他吗?

侍女拿来手巾和花露水,她一再唠叨着:

"真奇怪,不过说什么他们也不是坏人。"

埃纳博太太面色十分苍白地坐在那里,她惊魂未定,在人们向内格尔表示祝贺的时候,只是微微一笑。赛西儿的父母对年轻人尤为感激,现在这门亲事算决定了。埃纳博先生一言不发地望着他早晨发誓要杀死的那个情人,他的目光从他妻子的身上移到内格尔身上,随后又移到那位年轻姑娘身上,无疑她很快会使内格尔摆脱掉他的妻子。但他心里倒也并不迫切,因为他担心妻子会更加堕落,她很可能会跟一个仆人搞上的。

"你们怎么样,亲爱的孩子们,你们没受什么伤害吗?"德内兰问自己的两个女儿。

露西和约娜虽然也受惊不小,但是她们却高兴有幸看到这种场面。她们现在笑逐颜开了。

"真想不到!这可真是个好日子!……"父亲接着说,"假使你们想有一份陪嫁,只好靠你们自己去挣了,并且连我也非要你们养活不可了。"

他声音颤抖地说着笑话。两个女儿扑到他怀里,他两眼充满泪花。

埃纳博先生听到这种破产的自白,一个强烈的念头使他喜形于色。真的,旺达姆矿就要归蒙苏煤矿公司了,这正是梦寐以求的补偿,是他在董事会的那些先生们跟前恢复宠信的好机会。每当他遇到不幸的时候,他总是以严格执行命令来解脱苦恼,从而在他那军人般的纪律生活中得到一点小小的快乐。

大家渐渐镇静下来,客厅里的两盏灯散射着安谧的亮光,窗帘遮得很严,屋子里十分温暖,整个客厅陷入一种疲惫的平静。外面怎么了?那些叫嚷的人不喊了,房前也不再有石块击打,只隐约听到一下下沉重的响声,好像从远处森林传来的斧子砍木头的声音。他们希望知道个究竟,于是就回到前厅,壮着胆子从门上的小玻璃中往外张望。就连那些小姐太太们也爬上二楼,站在百叶窗的后面往外观望。

"你们看见没有,那个下流的拉赛纳,就在对面的咖啡馆门口?我早就觉察到,这事儿一定有他。"埃纳博先生对德内兰说。

然而,那不是拉赛纳,而是艾蒂安,他正用斧子砍着梅格拉的店门。他不住地对同伴们喊着:里面的货物难道不是属于矿工们的吗?这个强盗盘剥了我们这么久,公司说一句话他就叫矿工们挨饿,难道我们没有权利从他手里把自己的财产夺回来吗?于是人群渐渐离开经理住宅,跑去抢梅格拉的商店。"面包!面包!面包!"的口号声,又轰响起来。在这个门里面,他们可以找到面包。所有的人都饿极了,好像他们发现再也不能等待下去了,不然就会立刻死在大路上。门前拥挤不堪,艾蒂安每次举起斧子都担心会伤着谁。

梅格拉离开经理的前厅,躲进厨房;但是,在那里他什么也听不到,他惦记着自己的铺子,仿佛看到它正遭受着可怕的袭击,于是他又上来,躲到屋外的压水机后面。这时候,他清楚地分辨出砍门的声音,在抢劫铺子的怒吼声中还夹杂着他的名字。这绝不是一场噩梦,因为他虽然看不见,却清楚地听到了,他注意听着这场进攻,耳朵里嗡嗡作响。每一斧子都好像砍在他的心上。好像有一个门闩被打碎了,再有五分钟,他的铺子就要被攻破了。他的脑子里浮现出一幅可怕的场面:匪徒们潮水般冲进了店铺,然后抽屉被砸开了,口袋被撕破了,一切都被吃光、喝光、抢光了,整个房子里什么东西也不剩,连一根将来讨饭用的棍子都没给剩下。不行,他宁可死在店里也不能让他们把自己弄得倾家荡产。他从躲到这里来以后,就望见他老婆的瘦弱的身影,躲在铺面侧面的一个玻璃窗后面,面色苍白,手足无措,显然是以一副挨打的可怜相默默地等待着危险到来。窗子下面有一个小棚子,从经理家的花园可以攀着界墙上的栅栏爬到那里,然后可以从那里很容易地爬上屋顶,再爬到窗口。现在他想这样爬回去,他非常后悔不该跑出来。他也许还来得及用家具把店门挡住,他甚至想可以另外用非常有效的办法来抵抗,例如从上面往下倒滚开的食油和燃着的石蜡。他既爱财又惜命,心里充满矛盾,胆战心惊地喘着气。突然间,他听到斧子砍得更有力了,终于下了决心。爱财心占了上风,他宁肯和老婆用身子挡着口袋,也不能放弃一块面包。

几乎就在这个时候,爆发了一阵嘘声。

"你们看!你们看!……那个老雄猫在房上呢!抓住他!抓住他!"

众人看到梅格拉爬到了棚子顶上。尽管他身体笨重,由于心情焦急,竟然不顾木板有折断的危险,灵巧地爬到栅栏上;现在他正沿着屋顶往前爬,竭力要达到窗口。但是由于屋顶斜坡太陡,他的大肚子又碍事,手指甲好像快要扒掉了。要不是因为害怕挨石头而浑身哆嗦的话,他是能够爬到的,但是他看不见的人群却在他下面继续喊着：

"抓住他！抓住他！……一定要打死这只老雄猫！"

后来，他两手突然一松，像个皮球似的滚了下来，在承溜上颠了一下，跌到界墙外面，恰巧摔在路旁一块界石的棱角上，碰得脑浆迸裂，一命呜呼了。这时，他老婆依然站在楼上玻璃窗的后面，面色苍白，不知所措地看着。

起初，大伙惊呆了。艾蒂安住了手，斧子从手里滑落下来。马赫、勒瓦克以及所有其他的人都丢开商店，把头扭向墙这边，一道细细的血流在那里慢慢地淌着。喊声停止了，在渐渐加重的暮色中，一片沉寂。

咒骂声立刻又开始了。恨不得要杀人的女人们，急奔过去，又喊起来。

"上帝真是有眼啊！哼！你这头臭猪，可死啦！"

她们围着还没冷却的尸体，又嚷又笑地辱骂着他，把他摔碎的脑袋叫作丑恶的鬼脸儿，她们冲着死者的脸喊出饥饿生活中的长久积怨。

"我欠你的六十法郎，这就算还你啦，土匪！"马赫老婆和别人一样疯狂地喊道，"以后你再也不用拒绝赊给我东西了……你等着！你等着！我还得犒劳犒劳你呢。"

她用两手在地上抓了两把土，使劲儿塞到梅格拉的嘴里。

"这回你吃吧！……嘿！你吃呀，吃呀，你这个原来尽吃我们的东西！"

死者挺着身子，一动不动地仰面躺在地上，两只眼直瞪着夜幕笼罩着的广阔天空。骂声变本加厉。塞在他嘴里的土就是他曾拒绝赊给他们的面包。从今以后，他只有吃这种面包了。叫穷人们挨饿并没有给他带来什么幸福。

但是,女人们还不解气,还要在他身上进行别的报复。她们像母狼一般地围着他转,嗅着他。每个女人都在寻找一种凌辱的办法,解恨的野蛮行为。

只听见焦脸婆用尖尖的嗓音喊叫。

"像阉猫似的把他阉了!"

"对,对!阉了他!阉了他!……他糟蹋的女人太多了,这个坏蛋!"

穆凯特立刻脱他的裤子,勒瓦克老婆抬起他的两腿,扒掉了他的裤子。焦脸婆则用她那干瘪的老手分开他那赤裸的大腿,攥住死者的生殖器。她满把攥住,使足了力气,连她那瘦弱的脊椎骨都伸长了,她拼命揪,两只胳膊格格直响。但是,软绵绵的肉皮说什么也不肯下来。她只好再揪,终于把那块臭肉揪了下来,她摇着那块血淋淋的带毛的肉,胜利地笑着高喊:

"揪下来啦,揪下来啦!"

无数的尖嗓子用一阵咒骂来欢迎这个可恶的战利品:

"哈!你这个该死的,你休想再作践我们的姑娘了!"

"对啦,我们再不用让这个畜生作践身子顶账了,我们谁也不用再那样了,不用为了一块面包撅屁股了。"

"喂!我欠你六个法郎,你想要利息吗?你要是还能干那事儿的话,我倒是很愿意奉陪!"

这种嘲笑使她们心里痛快极了。她们相互指给别人看那块血淋淋的肉,好像这是一头损害过她们每个人的恶兽,现在她们终于把它打死,它再也不能干坏事了。她们向那块肉上啐痰,伸着她们的嘴巴,愤怒而又鄙视地一再喊着:

"它干不了那事儿啦!它干不了那事儿啦!……他不是

人,不用埋他……让他烂着好啦,一点用也没有!"

于是,焦脸婆把那块肉用棍子挑起来,高高地举着,好像打着一面旗帜似的蹿上大路,女人们吼叫着,乱哄哄地跟在她后面。这块可耻的臭肉往下滴着鲜血,活像屠户肉案子上的一块没人要的烂肉头。梅格拉的老婆一直待在高高的窗口后面一动不动,在落日的最后一点微弱光亮下,她那苍白的面孔在昏暗的窗户玻璃后面变了形,仿佛在狞笑。她经常挨打,被欺骗,整天曲着背埋头在账本上,当她看到这群女人用棍子挑着那块臭肉疾驰而过时,她也许真的在笑。

这种可怕的阉割,是在一种残酷的气氛中干的。不论是艾蒂安还是马赫,或是其他人,都没来得及加以制止,他们面对着这群奔跑的凶野女人呆若木鸡。在迪松咖啡馆的门口,很多人探头张望,拉赛纳气得脸色发青,扎查里和斐洛梅一见也吓呆了。两个老头——长命佬和老穆克神情十分严肃,不住地摇头。只有让兰一个人嬉笑着,用臂肘推着贝伯,并且强要丽迪往上看。但是女人们已经回来了,她们折回来从经理住宅的窗下经过。站在百叶窗后面的那些太太小姐们伸着脖子望着;她们没有看到墙后发生的事,加之天色已黑,她们分辨不清女人们举着什么东西。

"她们挑在竿头上的是什么呀?"赛西儿问道,她现在也敢看了。

露西和约娜说大概是块兔子皮。

"不对,不对,"埃纳博太太低声说,"她们一定是抢了肉铺,看样子是一块碎猪肉。"

这时候,她猛地打了一个冷战,立刻住了嘴。格雷古瓦太太用膝盖顶了她一下,两个人都戛然不语了。那些小姐们也面色苍白,不再追问,在黑暗里睁大眼睛望着那个血淋淋的幻影。

艾蒂安又挥动斧子砍起来。然而不安的感觉并没有消除,现在那具死尸横在路上,保护着商店。很多人后退了,大家好像因此得到了一种满足,怒火平息下来。有一个声音在马赫耳边叫他赶快逃跑,他的面色阴沉下来。他转过头去,认出是卡特琳。她仍然穿着那件破旧的男外衣,脸上漆黑,呼呼地喘着气。马赫一挥手,把她赶开了。他不愿意听她的劝告,威胁着要打她。于是她做了一个无可奈何的手势,犹豫了一下,向艾蒂安跑去。

"你快跑吧,快跑吧,宪兵来了!"

艾蒂安想起方才挨过她的耳光,两颊感到热辣辣的,便骂着要赶走她。但是她不走,硬要艾蒂安扔下斧子,并且不由分说用两手拼命拖他走。

"我告诉你宪兵来了!……你应该听我的话。如果你想知道的话,我告诉你,是沙瓦尔去找的宪兵,并且把他们领来的。这件事把我气坏了,我来是……你快跑吧,我不愿意叫他们把你抓走。"

卡特琳刚把艾蒂安拖走,就从远处传来猛烈的马蹄声:"宪兵!宪兵!"于是一阵溃乱,人们各自疯狂逃命,只两分钟的工夫路上就跑得不剩一人了,空荡荡的好像被一阵狂风扫净了似的。白色地面上,只有梅格拉的尸体成为一摊黑斑。迪松咖啡馆门前只剩下拉赛纳,他的脸舒展开来,好像这一下安了心,对于军刀一挥就取得了的胜利,表示庆贺。在寂寥昏暗的蒙苏,那些财主们紧闭门窗,沉静无声,身上冒着冷汗,牙齿打战,一眼也不敢看。平原笼罩在浓重的夜色中,在悲惨的天空背景下,只有炼焦炉和高炉冒出的火光。宪兵们急剧的奔驰声越来越近,黑乎乎的一团跑来。后面,依靠宪兵保护的马西恩纳糕点铺的马车终于来到了,从两轮破马车里跳下一个小伙计,不慌不忙地搬下酥皮点心。

第 六 部

一

二月的前半个月又过去了,阴郁寒冷的气候拖长了严冬,丝毫不怜悯穷人。当局的大官们——里尔的省长、一位检察官和驻军司令,又作了一次巡视。宪兵不够,又派了军队到蒙苏,整整一团人驻扎在博尼到马西恩纳一带。每个竖井都有武装岗哨守卫着,每个机器房前都有哨兵。经理住宅,公司的各个场地,甚至某些有钱人家的公馆前面,都有手持长枪刺刀的士兵。石路上,只有巡逻队慢慢的走动声。沃勒矿井的矸子堆上,总有一个士兵冒着寒风直立在那里,活像光秃秃平原上竖起的一个瞭望哨;而且好像是在敌占区一样,每隔两个钟头就会听到岗哨的喊声:

"谁?……口令!"

然而,没有一处复工。相反,工潮进一步发展了。和沃勒矿一样,克雷沃科尔、米鲁、玛德兰等矿停止了出煤;费特利-康泰耳和维克托阿矿的工人一天天在减少;以前没有波及到的圣托玛斯矿,现在那里的工人也不够了。使用武力刺伤了矿工们的自尊心,他们报之以无声的顽抗。甜菜地中间的矿工村似乎没有人烟。没有一个人活动,偶尔碰到一个孤零零的矿工,也是斜着眼、低着头在大兵跟前走过去。这种阴郁的沉寂,这种枪口前消极的顽抗,是笼中困兽的一种伪装的温善,是不得已的忍耐和顺从,他们两眼盯着奴役者,只要他一转身,立刻就会咬断他的脖子。由于停工,几乎要破产的公司,扬言要到比利时边境去雇用博里纳日的矿工,实际上它却根本不敢这样做,结果,矿工们闭门守在家里,军队看守着瘫痪的矿井,战斗处于相持状态。

从那个可怕的日子的第二天,就立刻出现了这种平静,平静之下掩盖着巨大的恐惧,因而人们尽量不谈那些破坏和残暴行动。验尸结果,证明梅格拉是自己摔死的,对于尸体上被残酷地撕去的那一块,还没弄清是怎么回事,传说纷纭。公司方面不谈它所受的损失,格雷古瓦夫妇也不愿让自己的女儿卷进诉讼的丑事,抛头露面,去法庭做证。然而,像往常一样,也逮捕了一些人,但都是些无足轻重、糊里糊涂、一无所知的人。由于误会,把皮埃隆戴上手铐押到马西恩纳去了,这件事至今还成为同伴们的笑料。拉赛纳也差点儿被两个宪兵带走。至于管理处,只是忙着拟定要解雇的工人名单,大批地退回记工簿。马赫接到了自己的记工簿,勒瓦克也一样,光是二四○矿工村就有三十四个同伴被解雇。艾蒂安从闹事的那天晚上起就没再露面,全部罪责都加到了他的身上。人们到处寻找,也找不到他的踪迹。沙瓦尔由于怀恨在心,告发了艾蒂安,但是由于卡特琳为了拯救自己的母亲,向他一再恳求,他才没有供出别人的名字。日子一天一天地过去了,可是谁都觉得事情并没完结,每个人都怀着压抑的心情等待着结局的到来。

从那天以后,蒙苏的财主们每天夜里都要从噩梦中突然惊醒,耳朵里总好像听到轰鸣的警钟声,鼻子里仿佛嗅到呛人的火药味。但是,更使他们伤脑筋的,是新上任的兰威本堂神甫在一次讲道中的言论。这位接替儒瓦尔神甫的新神甫瘦瘦的,长着两只火炭一样红的眼睛。儒瓦尔神甫笑容可掬,举止谨慎,是一个胖乎乎的老好人,谁也不得罪,而这位新来的神甫可跟他差远了!难道兰威神甫不是在为扰乱地方秩序的可恶的土匪辩护吗?他为罢工者的滔天罪行辩解,激烈地攻击资本家,并把一切责任统统推到资本家身上。他说,资本家剥夺了教会固有的特权以后,就滥用这些特权,把世界搞成了一个充满罪恶和痛苦的可诅咒的地方;他说,由于资本家相信无神论,不肯恢复信仰,不肯恢复最先的基督教徒之间的兄弟友爱传统,才拖长了人与人之间的误解,导致了一场大难。他甚至斗胆威胁富人,警告他们说:假使他们再顽固不化,不听上帝的话,上帝就要站到穷人的一边,并且为了保持自己的光荣,要把不信上帝的享福的人们的财产收回去,分给世界上卑微的人。虔诚的女信徒们吓得浑身打战,公证人表明说:这才是最可怕的社会主义。人人都认为本堂神甫是一群暴徒的领袖,他挥舞着十字架,激烈攻击一七八九年的资产阶级社会。

埃纳博先生听说此事以后,耸了耸肩膀,只说了一句:

"假如他过于跟我们为难的话,主教会替我们除掉他的。"

在整个平原弥漫着恐怖的这段时间,艾蒂安就躲在雷吉亚旧矿井下面让兰的地洞里。他隐藏在那里,谁也没想到他离得这样近,竟然放心大胆地藏在本矿的一个废竖井的坑道里,躲过了人们的寻找。倒塌的井架中间生长着野李树和山楂树,遮住了上面的井口,没有人再到那里去冒险,要想进去必须懂得技巧:先用手扒着花楸树的树根,大胆地溜下去,然后才能够到还算结实的梯级;此外,还有其他的障碍保护着他,要想进到那个堆满掠夺物的匪窟,必须通过风井中令人窒息的热气,必须危险地爬下一百二十米的梯子,然后还要在狭窄的坑道壁之间艰难地爬上一公里。他过着充裕的生活,那里有杜松子酒,有剩下的干鳕鱼以及各种食物。草榻宽大舒服,洞里空气温暖,四季不变,就像澡堂子一样。只是照明的东西快用完了。尽管供应给他东西的让兰具有野人的机智和谨慎,毫不在乎宪兵,连头油都能给他弄到,但始终弄不到一包蜡烛。

从第五天起,艾蒂安就只在吃饭的时候才点蜡;在黑暗里吃东西,他咽不下去。这种到处漆黑,永远没有尽头的黑夜,是他最大的痛苦。虽然他可以踏踏实实地睡觉,不缺面包,又很暖和,但他从来也没有体验过黑夜是这么沉重地压在他的头上。对他说来,这种黑暗和他思想上的负担一样沉重。现在,他是靠偷来的赃物过活!尽管他懂得共产主义的理论,但他受的教育所给予他的旧观念又复活起来,因此他只吃干面包,别的什么也不动用。不过,有什么办法呢?无论如何总要活下去,因为他的任务还没有完成。另一种羞愧也使他苦恼,他很后悔那次在大冷天饿着肚子喝了杜松子酒,竟致发起酒疯,拿着刀子扑向沙瓦尔。这在他心里激起一种无名的恐惧,这是他由来已久的酗酒的遗传病,只要喝上一滴烧酒,就要发疯到杀人的程度。难道他最后要成为一个杀人凶手?他在得到野性的满足以后,藏到这个安静的地下遁逃薮,像一个吃得过饱、十分劳累的牲口一样大睡了两天,并且总觉得恶心,浑身软弱无力，嘴里发苦，头也疼，好像是惊人地狂饮暴食了一通一样。一个星期过去了。马赫夫妇虽然知道他在这里，也没能给他送来一根蜡，于是他只好不要亮，连吃饭的时候也不点蜡了。

现在，艾蒂安几个钟头几个钟头地躺在草褥上一动不动。他自认为从来没有过的一些模糊思想，在他脑海里活动起来，这就是使他脱离同伴们的优越感和随着知识的提高而产生的自高自大。他从来也没有想过这么多，他不明白自己为什么那天疯狂地跑遍各个矿井以至竟感到厌倦；他自己不敢回答，为什么一想起那些卑微的欲望、粗野的本性和到处飘荡着的穷苦气息就感到嫌恶。因此，尽管黑暗使他非常痛苦，他仍然害怕回到矿工村去。那些穷人挤在一起，在同一个木桶里洗澡，多么叫人恶心啊！连一个可以正正经经谈一谈政治的人都找不到，简直是畜生般的生活，总是有那股令人窒息的臭葱味！他要扩大他们的天地，要通过使他们取得胜利而过上和资产阶级一样的幸福生活，要让他们像资产阶级一样文明又有风度。但是，这得要多少时间呀！在这种饥饿的牢狱中，他觉得自己已经没有等待胜利的勇气了。他那做矿工领袖的虚荣心，和觉得自己必须经常替他们思考的想法，逐渐使他脱离了他们，给他带来一个他所痛恨的资产阶级的灵魂。

一天晚上，让兰给他送来了一个蜡头，这是从一个车夫的灯笼里偷来的。对艾蒂安说来，这个蜡头是一个极大的安慰；每逢黑暗使他变得痴呆，使他头昏脑涨忍受不了的时候，他就点一会儿，等他把噩梦赶走以后，就立刻把它吹灭。他把这种光亮当作像生命和面包一样不可缺少的东西，非常吝惜。寂静使他的耳朵里嗡嗡作响，他只听到群鼠的逃窜声，旧坑木的劈裂声,以及蜘蛛结网的细微声音。在这种温暖的空虚中,他不断睁着两眼想他一直放不下的心事。伙伴们在上面怎样了?他认为自己抛弃大家隐蔽起来,是最可耻的怯懦行为。他所以隐藏起来,完全是为了保持自由,为了出谋划策和采取行动。他经过长时间的苦思冥想,确定了他的雄心:在事情好转以前,他打算像普鲁沙那样,脱离劳动专搞政治,但必须独自在一间整洁的房间里工作,借口是脑力劳动需要集中全副精力,特别需要安静。

第二周开始的时候,让兰跑来告诉他说,宪兵们认为他跑到比利时去了,于是,艾蒂安才敢在天黑以后从洞里出来。他想了解一下情况,看一看是否还应该继续坚持下去。他认为事情已经岌岌可危,罢工以前他就对罢工的结果有过怀疑,他只是不得已屈从于事情的自然发展。现在,经过一场疯狂的暴乱以后,觉得无法迫使公司让步,他又恢复了最初的怀疑。不过,他还不承认这一点,一想到失败后的惨状和将要落在他身上的全部严重责任,他就感到忧虑不安。罢工终结不就是他的任务的终结吗?不就是他的雄心壮志的破灭吗?他不是又要回到煤矿里去做牛做马,又要回到矿工村那种令人恶心的生活中去吗?他老老实实、不欺骗自己和不作卑下打算地力图恢复自己的信心,力图向自己证明仍有坚持反抗的可能,资本将在劳工的奋不顾身的英勇行为面前自行消灭。

的确,整个地区不断传来破产的消息。夜里,当他像一只从树林里钻出来的野狼在黑暗的田野里徘徊的时候,他好像听到破产垮台的声音响彻整个平原。他所走过的地方,路旁都是一些停工倒闭的工厂,厂房在阴沉的天空下腐烂着。制糖厂受的打击尤其严重,霍东糖厂、伏维勒糖厂在裁减大批工人以后,一个接着一个地垮台了。杜迪叶尔面粉厂的最后一盘磨,也在本月的第二个周末停止转动了,布勒茨钢缆厂由于停工也终于倒闭。马西恩纳方面,情况也一天比一天严重,格日布瓦玻璃厂所有的炉子都熄灭了,索纳维勒建筑材料厂在不断地裁人,铁工厂的三个高炉只有一个还升着火,地平线上看不到一个炼焦厂冒烟。两年来,工业危机一天比一天严重,引起了蒙苏煤矿工人的罢工,这就更加深了工业危机,加速了工业的崩溃。萧条的原因,除了美国停止订货和生产过剩使资本停滞过多以外,还有目前这场出乎意料的煤荒,不多的几个还升着火的锅炉买不到煤了。矿井不再给机器供应食粮,这就意味着死亡。在经济普遍不稳定的情况下,公司大为恐慌,于是削减出煤量,让矿工们挨饿,这就势必造成从十二月末各矿井的贮煤场上连一块煤也没有的情况。一切都互相关联着,灾难从远处吹来,一个工厂倒闭拖着另一个工厂关门,由于各业互相排挤竞争,发生了一系列迅雷不及掩耳的灾难,波及附近的许多城市,在里尔、杜埃、瓦朗西纳等城市,银行老板的逃跑,使不少人家破了产。

在冰冷的黑夜里,艾蒂安不时停在某条路的拐角上,倾听崩溃的声音。他在黑暗中深深地呼吸着,心里感到一种毁灭的喜悦,希望白昼在旧世界的毁灭中来临,任何财产也不留下,像镰刀割过似的那样。但是,在这种毁灭中,最使他感到兴趣的还是公司的各个矿井的毁灭。他又在黑暗中摸索着向前走着,一个一个地去观察这些矿井,每当发现某种新的损坏时,他心里就感到十分痛快。矿井里不断发生塌方,无人照管的坑道,时间越久损坏越严重。米鲁矿的北巷道上面塌得很厉害,致使儒瓦塞勒公路陷下去了一百米长,就像发生了地震似的。公司担心这些事件会引起谣言,二话没说就赔偿了地主因土地塌陷所受的损失。克雷沃科尔矿和玛德兰矿的矿岩本来就很松散,现在巷道一天比一天堵塞得厉害。有人说,维克托阿矿有两个工头被埋在里面了;费特利-康泰耳矿被水淹没了;在圣托玛斯矿必须在巷道里垒一道一公里长的墙,因为那里的坑木缺乏维护,处处都在断裂。因此,每一点钟都在消耗着巨大的资财,股东们的股息大量损失,所有的矿井都在迅速地毁坏,渐渐地迟早有一天会把一世纪以来增加了一百倍的蒙苏煤矿公司的有名股票统统报销。

艾蒂安看到对资本家这一连串的打击,心里又产生了希望;他终于相信,只要坚持罢工到第三个月就一定会结果那个饕餮困倦、如同偶像一样蹲在不知什么地方的神龛里的怪物的性命。他知道,蒙苏发生暴乱以后,在巴黎的各报之间引起了很大骚动,在半官方报刊和反对派报刊之间展开了一场激烈的笔战。人们用许多令人恐怖的报道来攻击"国际",帝国先是故意放纵"国际",现在对它却又害怕起来了。董事会不敢再装聋作哑,两位董事尊降当地作了一番调查,但是两个人表面上表示遗憾,实际上丝毫不关心如何使事情了结,只在那里待了三天就回去了,还说一切都好极了。另一方面,又有人告诉他说,这些先生在这里时经常聚在一起,忙得要命,专心致力于周围的人只字不提的勾当。艾蒂安认为他们故作镇静,甚至认为他们离去是仓皇遁走,于是他肯定将会取得胜利,因为这些了不起的人物已经什么都顾不得了。

但是,第二天晚上艾蒂安又失望起来。公司的腰杆硬,不那么容易打垮。它可能损失了几百万,但是随后就可以再使用克扣工人的面包的办法把这笔钱捞回去。这天夜里,艾蒂安走到让-巴特矿,听一个监工对他说,旺达姆矿要转让给蒙苏煤矿公司了,他才算完全明白了真情。据说,德内兰先生家里也十分困苦。这是富人的困苦,父亲苦于无能,想钱想白了头,竟愁出病来;两个女儿忙于应付债主,竭力保住自己的衣服。就是饥饿的矿工村里的人也不像这个背着人偷喝凉水的资产阶级家庭那么苦。让-巴特矿没有复工,又必须更换加斯冬-玛里矿的抽水机;尽管死赶活赶,结果还是发生了水患,这也需要一笔巨额开支。德内兰只好不揣冒昧地向格雷古瓦家张口借十万法郎,不出所料,遭到了拒绝。格雷古瓦夫妇说,他们拒绝借钱给他,完全是出于一片好心,为的是叫他避免进行一场无望的挣扎,并建议他把矿井让出去。但他坚决拒绝。不料想罢工的损失竟然落在他的身上,把他气疯了,起初他真恨不得突然脑溢血或中风死了拉倒。那么现在该怎么办呢?他只好同意谈判这笔买卖,人们和他死磨,竭力压低这个新装备起来的、刚修整过的,只是因为缺乏资金才不能开采的矿井的价钱。只要买价够他打发债主们,就算他走运了。他和暂住蒙苏的董事们争议了两天,看到他们那股企图乘人之危的悠然自得的神气,肚子都快气炸了。他用他那洪亮的嗓门对他们喊道:绝对不卖自己的矿井。事情就这样搁下了,两位董事回到巴黎,耐心地等待着他咽气。艾蒂安意识到这是公司要借此弥补自己所受的损失,于是,在强大的不可战胜的资本势力面前,他又泄气了;大资本在斗争中是那样有力,即使失败也无损于它,而且它还会吃掉死在它身旁的弱小者的尸体来喂肥自己。

幸而第二天让兰给他带来一个好消息。沃勒矿的竖井井壁,所有的接缝处都在往外渗水,大有崩裂的危险,不得不赶紧派一队木工抢修。

艾蒂安直到现在总是绕开沃勒矿,因为设在矸子堆顶上的那个岗哨的黑影永远高居在平原之上,谁也逃不过它的眼睛,它居高临下,俯视着周围的一切,恰似一面团旗一样。在深夜三点来钟的时候,艾蒂安趁着天色黑暗来到沃勒矿井,在这里,同伴们向他讲述了井壁的毁坏情况,他们甚至认为必须重做新的,这就将要有三个月不能出煤。他在那里转了很久,听着木工们的木槌在竖井里敲打着。这个需要包扎的伤口,使他心里感到十分痛快。

黎明时分,当他往回走的时候,他又看到了矸子堆上的那个岗哨。这一次,站岗的一定会看到他。他一边走着一边想,这些士兵都来自人民,但又被武装起来反对人民,假使军队突然间宣布拥护革命,革命胜利就易如反掌!只要工人、农民在军营里不忘记自己的出身就够了。如果资产阶级想到军队可能叛变,一定会吓得浑身哆嗦,这的确是最大的危险,最可怕的事。只消两个钟头,他们就会被消灭干净,他们那罪恶生活的一切享乐和恶行也就随之了结。有人说,军队里已经有整团整团的士兵受到社会主义的影响。这是真的吗?正义是不是会靠资产阶级发给的子弹来争得呢?艾蒂安立刻产生了一个新的希望,幻想派来守卫矿井的那团士兵会转到罢工方面来,把董事们全部枪毙,最后把煤矿交给矿工。

于是,他脑子里萦绕着这种念头走上矸子堆。为什么不跟这个当兵的谈一谈呢?他要了解一下这个士兵的思想。他装作毫不在意的样子继续向前走,好像是在捡土堆上的旧木头。站岗的依旧一动不动。

"喂,伙计,天气可真不大好哇!"艾蒂安终于开口说,"我看要下雪了。"

当兵的是一个年纪不大的小伙子,金黄头发,苍白的脸上有一些褐色雀斑,样子显得很和气。他穿着军大衣,带着新兵所具有的那种不自然的神气。

"是的,我看也是。"士兵咕哝说。

他抬起两只蓝眼睛,久久地望着青灰色的天空,在这黎明时刻,烟雾像铅一般沉重地远远压在平原上。

"他们简直是作践人,让你直挺挺地站在这儿,把骨头都冻透了!"艾蒂安接着说,"好像哥萨克人要来似的!……况且,这里总是有风!"

小当兵的毫无怨言地打着哆嗦。这里有一间用石头垒的小房子,这是长命佬在刮大风的夜里避风的地方。但是,军令不许离开矸子堆顶,那个士兵虽然两手都冻僵了,甚至感觉不到手里还拿着枪,却仍然站在那里不敢动地方。他就是驻扎在沃勒矿的六十个士兵中的一个,由于经常轮到这种艰苦的勤务,他的两脚几乎都快冻掉了。干这一行必须要求这样,盲目服从的观念使他变得更加愚钝了,他回答问题的时候嘟嘟哝哝,好像一个要睡着的孩子似的。

艾蒂安白白用了一刻钟的工夫,也没能使他谈点政治。他哼哼哈哈的,像是什么也不懂;同事们说,队长是一个共和党,至于他,他没有什么思想,他不过问这些。如果命令他开枪,他就开枪,不然就要受惩罚。艾蒂安听他讲着,不明白人民为什么要仇恨军队,仇恨这些被人套上一条红裤子、换了心的弟兄们。

"那么,你叫什么名字?"

"于勒。"

"你是哪儿人?"

"普洛戈夫的,那边。"

他伸出胳膊指了一下。那边是布列塔尼省,此外他就不知道什么了。他那苍白的小脸豁然开朗,兴奋地笑了。

"我家里还有母亲和妹妹。她们一定在等待我回去。唉!这不是明天就能办到的!……我离家的那天,她们一直把我送到神甫桥。我们在勒巴梅克雇的马,在奥迪埃纳坡底下差点儿把腿摔断了。表哥沙尔拿着香肠在半路上等候我们,但是女人们哭得太厉害了,使人咽不下去……啊!天哪!啊!天哪!离家有多远啊!"

尽管他脸上还带着笑,眼睛却湿润起来。人烟稀少的普洛戈夫荒原,风暴吹打着的荒凉的拉兹角,在他眼前变成了一个阳光灿烂的地方,正是紫石楠盛开的季节。

"您说,"他问道,"如果我不犯什么过错,再过两年他们能够给我一个月的假吗?"

于是,艾蒂安谈起他从小就离开的普罗旺斯省来。天色渐渐发亮,片片雪花开始从铅灰色的天空上飘下来。后来,他看到让兰在荆棘丛里来回直转,因为看到他在上面,神色十分惊慌,他终于不安起来。孩子远远地在摆手招呼他。梦想拉拢当兵的有什么用呢?那不知道得需要多少年。他最初那么指望成功,现在这种无益的尝试又使他沮丧起来。他忽然明白了让兰摆手叫他的意思:换岗的人来了。于是他立刻走开向雷吉亚矿井的藏身洞跑去,他感到失败是注定的了,心里又受到一次创伤。这时候,让兰跟在他身旁跑着,骂着那个曾经叫岗哨向他们开枪的可恶的丘八。

于勒仍然站在矸子堆的顶上,一动不动,凝望着飘落的雪花。中士带着弟兄走近前来,双方互通了规定的口令。

"谁?……口令?"

然后,又传来转回去的沉重脚步声,使人觉得好像是在敌占区。天色越来越亮,但是矿工村里依旧毫无动静,矿工们在军队的皮靴下一声不响,心里充满愤怒。

二

一连下了两天雪,早晨才停住,严寒使整个平原冻成了一片无边无际的冰凌。这个平素道路乌黑、墙壁和树上落满煤末的黑色世界,满身披上了银装,一眼望不到边。二四〇矿工村也被覆盖在茫茫的雪原之下。房顶上没有一缕炊烟。不生火的房子跟路边的石块一样冰冷,屋顶上厚厚的积雪也不见融化。这活像白茫茫原野上的一座白色采石场,又好像是一个蒙着殓布的尸体。大街上只有刚刚过去的巡逻队留下的泥泞肮脏的脚印。

马赫家昨天把最后一铲子煤渣烧光了;在这样恶劣的天气里,休想到矸子堆上去捡煤渣,就是麻雀也找不到一根小草。阿尔奇坚持出去用两只可怜的小手在雪里找煤渣冰病了,命在垂危。马赫老婆只好用一床破被子把她裹起来,等万德哈根大夫来给她瞧瞧,可是她已经上他家里找过两趟了,都没见到他;不过,女仆答应说,一定要让大夫在天黑以前赶到矿工村,于是母亲就站在窗口眼巴巴地望着。有病的小姑娘一定要到楼下来,她哆哆嗦嗦地坐在一把椅子上,幻想在已经熄灭的火炉旁兴许会暖和一些。两腿又犯了病的长命佬坐在她的对面,好像在睡觉。勒诺尔和亨利跟让兰到大街上讨钱都还没有回来。在空空的房间里,只有马赫一个人脚步沉重地踱来踱去,每一次都快要碰到墙上才回头,好像一头看不见笼子的傻呆呆的野兽似的。天已经黑下来,油已经点完了,但屋外的雪仍把房里映得亮堂堂的。

外面传来一阵木屐声,接着勒瓦克老婆像一阵风似的闯进来,她气急败坏地一进门就对马赫老婆嚷道:

"嘿,是你对人说我的房客跟我睡觉,我硬向他要一个法郎吗?"

马赫老婆耸了耸肩膀。

"你别找我的麻烦,我什么也没说过……我先问你,谁对你说的?"

"你甭管是谁说的,反正有人告诉我是你说的……你还说,你清清楚楚地听见我们在你的隔壁干肮脏勾当,还说我们家里的脏事多了,我整天躺着养汉子……你敢说你没说过,哼!"

每天女人们在没完没了的闲扯中,总要发生争吵。特别是挨在一起住的人家,吵吵好好是家常便饭,但是从来没有像今天这样凶狠地对骂过。自从罢工以来,饥饿加深了她们的怨恨,人人都找事撒气,两个饶舌妇女之间的争吵往往导致两个男人之间一场恶斗。

恰好在这个时候,勒瓦克也硬拖着布特鲁来了。

"我们的房客在这儿,叫他自己说说,他是不是为了跟我女人睡觉,给过她一个法郎。"

房客着了慌,长着大胡子的脸上失去了素日的那种温和,他抗议着,结结巴巴地说:

"啊!没有那回事,从来没有过,从来没有过!"

这一来,勒瓦克立刻摆出一副要打架的样子,把拳头直伸到马赫的鼻子下面。

"告诉你,我可不能忍受这个。我要是有这样一个老婆,我非打断她的腰不可……难道说你相信你老婆的话?"

"真他妈的!"心里正在烦闷的马赫非常生气地叫道,"为什么还要这样乱骂,难道我们的罪还不够受的吗?给我滚远点,不然我就揍你们……再有,我也问你,谁说这是我老婆说的?"

"谁说的?……皮埃隆老婆说的。"

马赫老婆尖笑一声,接着转向勒瓦克老婆说:

"啊哈!是皮埃隆老婆呀……那好了!我可以告诉你,她跟我说了些什么。是的,她跟我说过,你跟你的两个男人一块儿睡,上面一个,下面一个!"

现在,和解已是无望了。每个人都火了,勒瓦克两口子又反过来对马赫两口子说,皮埃隆老婆也讲了他们许多别的事情,说他们把卡特琳卖了,说他们一家子连小孩子也算上都烂透了,艾蒂安把从沃尔坎带来的脏病传给了她们。

"她说过这个,她说过这个,"马赫吼叫起来,"好!我去找她,假使她承认她说过这些话,我非抽她嘴巴不可。"

马赫跑出去了,勒瓦克两口子在后面跟着去做证。布特鲁就怕吵架,悄悄溜回去了。由于这场争吵而上了火的马赫老婆,也想跟着去,阿尔奇一阵哼哼,把她留了下来没去。她拽着两个被角给浑身颤抖的小姑娘掖好,又站到窗前来,两眼凝望着外面。大夫怎么还不来!

马赫和勒瓦克两口子在皮埃隆家门口遇到了丽迪,小姑娘正在雪地里冻得跺脚。房子的门窗紧紧地关着,从百叶窗的板缝中透出一缕亮光。起初,小姑娘很不自然地回答着问话:不,爸爸没在家,他到洗衣房找焦脸婆去了,要把一包衣服拿回来。后来,她就不知怎样回答是好了,不肯说妈妈正在做什么。最后,她狡猾而又怨恨地笑着全说了出来:丹萨尔先生来了,妈妈说她在家里妨碍他们谈话,就把她赶到门外。丹萨尔从早晨就带着两个宪兵在矿工村转来转去,竭力想诱劝工人们,他对软弱的人施加压力,到处宣扬:假使他们星期一不到沃勒去上工,公司就决定雇用博里纳日人。天黑的时候,他看到皮埃隆老婆一个人在家,就把宪兵打发回去了,然后自己留在她家里,对着暖暖和和的火炉喝起杜松子酒来。

"嘘!别说了!我们得看看他们!"勒瓦克猥亵地笑着低声说,"等一会儿我们再说……你先滚开吧,小婊子!"

丽迪退后了几步,勒瓦克把一只眼贴在百叶窗板缝上。他差一点叫出声来,脊背一阵发麻。轮到勒瓦克老婆了,她看了一下,像肚子痛似的弯着腰说真恶心。马赫把她推开,也想看一看。他看完之后说,就是花钱看也不冤枉。于是他们一个接着一个地轮流看起来,就像看西洋镜一样。房间里整洁光亮,火炉里火势旺盛,显得格外有生气。桌子上摆着糕点、酒瓶和酒杯,像是娶媳妇一样。里面的一切两个男人看得真真切切,换个时候,他们准会取笑半年,但这个时光他们俩却都气坏了。皮埃隆老婆把裙子撩得老高,让人骑在身上,实在有趣。但是,在同伴们连一片面包、一点煤渣都没有的时候,他们却守着大火炉、吃着饼干干这种事,难道不是卑鄙到了极点吗?

"爸爸回来了!"丽迪叫着跑开了。

皮埃隆没事人似的从洗衣房回来,肩上扛着一包衣服。

马赫立刻质问他说：

"喂！我说，有人告诉我，说你老婆说我把卡特琳卖了，我们一家子都烂透了……那么，你家里那个男人给了你老婆多少钱？那位先生把她的肉皮都快磨破了。"

皮埃隆晕头转向，一时摸不着头脑，这时候，他老婆听到吵闹声吓坏了，不知如何是好，便开了个门缝看看是怎么回事。人们看到她满脸通红，敞着怀，裙子还掖在腰上，丹萨尔在里面忙不迭地穿起裤子。总工头生怕这事传到经理的耳朵里，急忙跑了。他这一跑引起了一阵可怕的喧闹，人们又是笑，又是嘘，又是骂。

"你总说别人是脏货，"勒瓦克老婆朝着皮埃隆老婆喊叫道，"难怪你干净，原来有工头给你擦身呀！"

"啊哈！她就会说！"勒瓦克接过来说，"就是你这个养汉的老婆说我老婆跟我和我们房客一块儿睡觉——上面一个，下面一个！对，一点不错，有人跟我说是你说的。"

皮埃隆老婆镇静下来，仗恃自己漂亮有钱，满不在乎地回击这些粗鲁话。

"我敢说敢当，你们快给我滚开，哼！……这是我的事，跟你们有什么相干，你们这些人看见我们往银行里存钱就眼红，就说我们的坏话！滚开，你们爱怎么说就怎么说，丹萨尔先生为什么到我们家来，我男人完全清楚。"

皮埃隆火了，的确，他替他老婆辩护起来。于是争吵转变了方向，人们骂他卖身投靠，是坐探，是公司的走狗，责骂他自己躲在家里大吃大喝头儿们因为他出卖同伴而赏给他的好东西。可是，他反咬一口，硬说马赫在他门前放了一封恐吓信，上面交叉放着两根死人骨头和一把匕首。自从最温和的人也被饥饿折磨得发疯以来,这场争吵和女人们的一切争吵一样,最后也必定演变成男人们之间的一场厮杀。马赫跟勒瓦克攥起拳头向皮埃隆扑去。人们过去才把他们拉开。

焦脸婆从洗衣房回来的时候,只见女婿的鼻子不住地淌血。她弄清是怎么回事以后,只说了一句:

"这头臭猪真把我的脸丢尽了。"

街上又冷清下来,白茫茫的雪地上没有一个人影;矿工村又陷入死一般的沉寂,人们在严寒之中饿得奄奄一息。

"大夫来过了吗?"马赫一边关门一边问道。

"没有。"还在窗前站着的马赫老婆回答说。

"孩子们回来了吗?"

"没有,没有回来。"

马赫像一头疲惫的老牛一样,重新迈着沉重的步子,从这墙到那墙来回踱着。老爷爷长命佬僵直地坐在椅子上,头也不抬。阿尔奇一声不响,她尽量克制着自己不哆嗦,好让父母少焦虑一些。但是,尽管她顽强地忍着病痛,有时仍哆嗦得十分厉害,甚至能听到她那枯瘦残废的小身子磨蹭被子的声音。同时,她睁着两只大眼,望着从覆盖着白雪的菜园映到天花板上的、宛如朦胧的月光的光亮。

现在到了山穷水尽的地步,家里已经四壁皆空,一贫如洗。褥絮卖了,褥套也到了买破烂的手里;后来被单、衣服和一切能卖的东西全都卖了。一天晚上,他们连祖父的一块手帕也卖了十生丁。每当有一件东西不得不离开这个穷困家庭的时候,人们都要搭上无数眼泪。一天母亲把丈夫早年送给她的礼物——那个玫瑰色的硬纸匣用裙子盖着拿了出去,为此,直到今天她还在抹眼泪,好像把她的一个孩子卖给了别人

408

那样痛心。他们确实穷得一无所有了,除了自身以外再也没有什么可卖的,但是他们的身子那样衰弱,受过那么多的摧残,没有一个人肯出一个小钱。所以,他们再也不必白费力气找什么可卖的东西,他们知道什么东西也没有了,现在真是到了穷途末路,休想再得到一支蜡,一块煤或是一个马铃薯。他们等待着死亡的到来。只是觉得孩子可怜,小东西在临饿死之前还要受这么多的折磨,叫他们心里难过。

"啊,他到底来了!"马赫老婆说。

一个黑影从窗前掠过。房门开了,然而进来的不是万德哈根大夫,而是新来的兰威本堂神甫。兰威神甫走进这个没有灯,没有火,没有面包的死气沉沉的家庭,并没有显出一点吃惊的样子。他和带着宪兵的丹萨尔一样,正在挨家挨户诱劝那些老实人,他已经走过附近的三家。他一进门就用他那狂热的教徒的热情声调讲起来:

"礼拜日你们为什么没有去望弥撒呀,孩子们?你们不该如此,只有教会才能够拯救你们……我说,你们答应我下礼拜来吧。"

马赫望了他一眼,一句话没说,又沉重地踱起步来。还是马赫老婆回答说:

"望弥撒有什么用呀,神甫大人?这不是仁慈的上帝在拿我们开玩笑吗?……你看,我这个小东西,烧得浑身哆嗦,她怎么得罪了上帝?……难道我们苦得还不够吗?我现在连一剂药都买不起,可是上帝偏偏让她有病。"

于是,神甫站在那里长篇大套地讲起来。他满怀传教士开导野人的那种热情讲到了罢工与由此而带来的可怕穷困以及饥饿激起的怨恨。他说,教会是站在穷人一边的,总有一天教会要乞求上帝对富人的罪恶给予惩罚,以伸张正义。而且,这一天不久就会到来,因为富人侵占了上帝的位置,他们甚至大逆不道地窃取了上帝的权力,抛开上帝进行统治。但是,工人们如果希望公平地平分世界上的财富的话,他们必须立刻到神甫们的身边来,就像耶稣死后,那些卑微的庶民都聚集在使徒们周围一样。当教会能够控制广大劳动群众的时候,教皇将拥有多么大的力量,教会将拥有一支多么大的队伍啊!那时候,不出一个礼拜就可以把世界上的坏人一扫而光,可以把一切无耻的统治者赶走,最后实现一个真正的上帝之国,每个人按劳取酬,以劳动法律作为普世幸福的基础。

马赫老婆听他讲着,好像又听到了艾蒂安在秋天夜晚对他们讲的那些话:他们的苦难就要结束了。只是,马赫老婆一向不相信穿黑袍的人。

"神甫大人,您讲得很好,"马赫老婆说,"可是,这样你就和财主们合不来了⋯⋯我们这里从前的那位本堂神甫都在经理那儿吃饭,我们一要求面包,他们就用魔鬼来吓唬我们。"

神甫又讲开了,他谈到教会和人民之间的不幸的误解。说到这里,他用隐约的言辞攻击城市里的本堂神甫、主教和高级神职人员,说他们穷奢极欲,追求权势,同自由主义的资产阶级同心默契,竟然盲目无知到看不出剥夺教会的世界统治权的正是资产阶级。要想得救,必须依靠乡村的神甫,每一个乡村神甫都将要在穷人的支持下,起来复兴基督王国;他似乎已经是他们的领袖,他挺起骨骼粗大的身躯,好像是一个群众领袖,一个福音主义的革命者,两眼射出明亮的光芒,甚至照亮了昏暗的堂屋。他热烈地宣道,越说越奥妙,这些穷人们早就不知道他在说些什么了。

"用不着说这么多,"马赫忽然咕哝说,"最好先给我们拿面包来。"

"礼拜日来望弥撒吧,"神甫高声说,"上帝一定会赐给一切的!"

神甫说完离开,又上勒瓦克家讲道去了。他怀着教会一定能得到最后胜利的梦想,无视一切现实,因而他不带任何布施,两手空空地跑遍各个矿工村,来到这些饿得要死的人们中间,以他本人也是一个穷鬼,认为痛苦是得救的刺激力量。

马赫一直来回踱着,屋里只有他那有节奏的、蹒跚的脚步声,踏得石板地都在颤动。长命佬向冰冷的壁炉里吐了一口痰,发出像生锈的滑轮一样的响声。随后又是有节奏的脚步声。阿尔奇烧得昏迷不醒,低声说起谵语来,她面带微笑,认为天气很暖和,自己正在阳光下嬉戏。

"苦命的孩子!"马赫老婆用手摸了一下阿尔奇的脸蛋说,"你看她现在烧得多厉害……我也不指望那个猪猡了,那些土匪们不会准许他来的。"

她这话是指大夫和公司说的。不过,当她看到房门又打开时,还是喜出望外地喊了一声。但是她的两臂又垂下来,面色阴郁地站在那里一动不动。

"你们好。"艾蒂安小心翼翼地关上房门,低声说。

艾蒂安经常在黑夜这样悄悄地来到马赫家里。马赫两口子从游行的第二天就知道他藏在什么地方了,不过他们守口如瓶,矿工村里的人谁也摸不清这位年轻人现在怎样了。关于他的情况,有种种传说。人们仍然信赖他,流传着一些神奇的传说。有人说他将要带着满箱满箱的黄金,领着一支军队重新露面;这是固有的信心,相信会有奇迹到来,相信他们的理想会实现,相信会一步跨入他曾许诺他们的正义的乐园。也有人说,曾经在往马西恩纳的公路上看到过他,当时他和三位先生一起坐在马车上。另一些人则肯定说,他还要在英国住两天。但是,时间一久,人们逐渐开始怀疑起来。爱说笑话的人诬称他躲在某个地窖里,由穆凯特陪伴着他;他们俩的关系已经尽人皆知,因此对他产生了不利的影响。这就使他的声望一天比一天低落,原来信服他的人逐渐感到失望,失望的人必然逐渐多起来。

"这个鬼天气!"艾蒂安接着说,"你们还是那样,情况越来越坏吗?……有人跟我说,小内格尔到比利时找博里纳日人去了。哼!他妈的,如果真是这样,我们就完蛋了!"

他一走进这个又黑又冷的房间,就打了一个冷战,过了许久才凭一些模糊的黑影隐约看出这些不幸的人。他像一个因为有了知识而自命文明风雅、脱离了本阶级的野心勃勃的工人那样,产生了一种反感和不快。这是多么穷困啊,这是什么气味啊,人挨人地挤在一起,还有这种令人心酸的极端悲惨的景象!看到这痛苦的一幕,他心里异常纷乱,他甚至要找一些话来劝他们屈服。

但是,马赫直挺挺地站在他面前,粗暴地喊道:

"雇博里纳日人!他们敢,这群混蛋!……如果他们想让我们把矿井填平,那他们就让博里纳日人下井好了!"

艾蒂安神情尴尬忙解释说,工人不可能行动,把守矿井的士兵会保护比利时工人下井的。马赫一听,攥紧了双拳,对于他所说的常受刺刀威逼的情况,特别气愤。这就是说,矿工再也不能当家做主了?难道就把工人当作被强制劳动的犯人?难道要用枪强迫他们劳动?他爱自己的矿井,两个月没有下

412

井使他非常痛苦。因此,他一想到这种欺侮,一想到公司要雇用外国人,就气得两眼冒火,满面通红。他想到公司发还了他的记工簿,辞退了他,心里简直像刀割一般。

"我生的什么气呢,"他嘟哝说,"我再不会是他们公司的人了……我就等他们把我从这里赶走,死在马路上。"

"别这么说吧!"艾蒂安说,"只要你愿意,明天他们就会把你的记工簿收回去。他们是不会辞退好工人的。"

阿尔奇在昏迷中发出温柔的笑声,艾蒂安不知道是怎么一回事,中断了他的谈话。直到现在他还只能辨认出老爷爷长命佬僵直不动的身影,所以有病的小姑娘的笑声,把他吓了一跳。如果有孩子饿死的话,那么这次是太过分了。于是,他声音颤抖地说出了自己的决定:

"我看,不能再继续下去了,我们完了……必须认输。"

到现在一直保持着沉默、一动没动的马赫老婆,突然发作起来,她像个男人似的,冲着艾蒂安不客气地叫骂起来:

"该死的!你说什么?你竟说出这样的话来!"

艾蒂安想说明理由,可是她不容他开口:

"他妈的,你别说了!别看我是个女人,你再说我就给你个嘴巴……我们挨了两个月的饿,把家当都卖光了,孩子们也病了,难道就这样白白地算了?还要叫我们过那不合理的日子吗?……哼!告诉你,我一想起这些,我的肺都要气炸了,不行,不行!我宁可把一切都烧掉,宁可把人都杀光,也不能屈服。"

她做了一个有力的威胁性手势,指着黑暗中的马赫对艾蒂安说:

"我告诉你,假使我男人要回矿井去,我就到路上截住他,啐他一脸痰,骂他是胆小鬼!"

艾蒂安看不见马赫老婆,但是,他感觉到一股热气像从一头狂叫的牲口嘴里喷出来,扑到他脸上;于是,他为他自己所激起的这种狂怒所惊吓,向后直退。他觉得马赫老婆简直变了一个人,他都认不出是她了;她从前是那样理智,责备他粗暴,并说不应该诅咒任何人死,而现在她却变得什么道理都不听,口口声声说要杀人。现在不是他,而是她在谈论政治,是她要一下子把资产阶级统统除掉,要求共和,要求断头台,要把世界从那些靠饥饿的人们的劳动养肥自己的有钱的强盗们手中拯救出来。

"是的,我要亲手剥掉他们的皮……我们算受够了!你自己也常说,该轮到我们了……我一想起他爸爸,他爷爷,他爷爷的爸爸,以及所有的前辈们都和我们受过同样的苦,一想到我们的孩子,我们孩子的孩子仍然要受这种苦,我就要气疯了,我就想拿刀子……那一天我们做得太不够了。我们应该把蒙苏捣平,连一块砖也不剩。你知道不知道?我只恨那天没让老爷爷把皮奥兰的那个丫头掐死……他们可是一心要活活饿死我的孩子!"

她的话,在黑暗中像利斧一般一下下砍下来。封闭的天地不肯打开,不可能实现的理想在这个由于受苦而疯狂的脑壳里变成了毒药。

"你没有弄明白我的意思,"只有招架之力的艾蒂安终于说出话来,"我是说,我们应该跟公司取得谅解。我知道各竖井受的损失很大,公司一定会同意和解的。"

"不行,绝对不行!"她吼叫道。

正在这个时候,勒诺尔和亨利空着两手回来了。本来有一位先生给了他们两个铜子,因为姐姐一个劲儿地踢小弟弟,两个铜子掉到雪里了,后来,让兰跟他们一起找了半天也没能找到。

"让兰哪儿去了?"

"他跑了,妈妈,他说他有事情。"

艾蒂安在一旁听着,心如刀割。从前,马赫老婆曾威吓孩子们说,如果他们向别人伸手讨钱,就要他们的命。而今天她却亲自打发他们到大街上去讨乞,并且说蒙苏的一万名矿工最好都拿着棍子,背着讨饭口袋,像老叫花似的走遍这个惶惶不安的地区。

这时,漆黑的房间里空气更加凄惨了。小孩子们饿着肚子回到家来,要吃饭,为什么还不吃饭呢?他们哼哼着,在屋子里晃来晃去,终于压着了垂死的姐姐的脚,她呻吟了一声。暴躁的母亲在黑暗中乱揍起他们来。后来,孩子们嚷得越加厉害,要吃面包,做母亲的簌簌地流下眼泪来,她一屁股坐到地上,把两个孩子和有病的小女儿一起紧紧地搂在怀里。她哭了好久,发作了一通以后,浑身瘫软无力,嘴里一再喃喃地说着希望快死:"天哪,上帝呀,你为什么不把我们都收回去呢?可怜可怜我们,把我们收回去吧,别叫我们活受罪了!"老爷爷一直一动不动,像一棵饱经风吹雨打的倾斜的老树。马赫则在壁炉和食橱之间低着头来回踱着。

房门开了,这一次进来的真是万德哈根大夫。

"真见鬼!"他说,"点上蜡不会把你们的眼睛照瞎的⋯⋯快点儿!我还忙着哩。"

他和往常一样,由于工作太忙,不住嘴地抱怨着。幸而大夫带有火柴,父亲只好一根接一根地一连划了六根,好让大夫给孩子检查病。一掀开被子,患病的孩子在摇曳不定的光亮下不住地发抖,好像挣扎在雪地里的一只垂死的小麻雀,显得那样瘦弱,几乎只剩下她的驼背了。然而她仍然微笑着,这是临死前的回光返照,眼睛显得特别大,两只可怜的小手在凹下去的胸口上乱抓。母亲抽抽噎噎地说,要让这唯一能够帮助她料理家务、那么懂事、那么温顺的孩子死在自己前头,这合理吗?大夫不耐烦了。

"哼!完了……你这个可怜的孩子是饿死的。不只是她一个,我刚刚在附近还看见一个……你们都找我,可我一点办法也没有,只有肉才能治好你们的病。"

火柴烧着了马赫的手指,他丢了火柴,黑暗淹没了尚有余温的小尸体。大夫赶忙走了。在黑暗的房间里,艾蒂安只听到马赫老婆在哭诉,一再嚷着希望快死,发出无限悲恸的伤叹:

"上帝呀!该叫我死了,把我收回去吧!……你可怜可怜我们,我的上帝,叫我的丈夫和所有的人都死了吧!别叫我们活受罪了!"

三

星期日这天,从晚上八点钟起,苏瓦林就脑袋靠着墙,独自坐在万利酒馆他平时常坐的老位置上。没有一个矿工知道上哪儿去弄一杯啤酒钱,酒馆从来没有像这样冷清过。拉赛纳太太在柜台旁边纹丝不动,没好气地一言不发;拉赛纳站在铁壁炉前,注视着褐色的煤烟,若有所思。

屋子里热得厉害,在沉闷的宁静中,忽然有人在玻璃窗上笃笃地敲了三下。苏瓦林转过头去,听出这是艾蒂安招呼他的信号,每当艾蒂安从外面看到他坐在空桌前吸烟时,就这样招呼他,这已经好几次了,于是他站起身来。机器匠还没有走到门口,拉赛纳就打开了门;拉赛纳认出了站在窗口亮光中的艾蒂安,向他说:

"你怕我出卖你吗?……你们要谈话到里边来谈总比在马路上强。"

艾蒂安走进来,拉赛纳太太很有礼貌地递给他一杯啤酒,他摆手拒绝了。酒馆老板接着说:

"我早就猜到你藏在什么地方了。如果我真像那些朋友说的是个奸细,一个星期以前我就叫宪兵去抓你了。"

"你用不着表白,"年轻人回答说,"我知道你从来没有吃过那碗饭……尽管我们有不同的见解,照样可以互相尊重。"

接着又沉默下来。苏瓦林回到自己的位子上,背靠着墙,两眼凝视着自己手上的纸烟冒出的烟雾;然而他的手指急躁不安地活动着,在膝盖上摸索寻找波洛妮的温暖的绒毛,但今天晚上它没在跟前。他心里总觉得少点东西,但又说不出到底少了点什么,这是一种无名的忧郁。

坐在桌子对面的艾蒂安终于开口说:

"沃勒矿明天就要复工了。小内格尔带回来了一批比利时人。"

"不错,他们是傍晚到的。"仍然站着的拉赛纳低声说,"但愿人们不再互相残杀!"

随后,他又提高了嗓门儿说:

"不,我告诉你,我不愿意我们之间再发生争吵,不过假使你们继续顽固下去,最后会落个难堪的下场……哼!你的事情跟你们的'国际'完全一样。前天,我到里尔去办事遇见了普鲁沙,看来他那架机器出故障了。"

于是,他详细地讲起来。国际工人协会用吓得资产阶级现在还在发抖的激烈宣传,争取到全世界的工人以后,现在由于虚荣心和野心而发生了内部纷争而受到损害,并且正逐渐走向崩溃。无政府主义者在协会里面取得优势以后,就把早期的进化论者排挤出去,一切都完了,最初的宗旨——改革雇佣制度,在党派纷争之中被丢到了一边,有知识的干部厌恶纪律,纷纷离去了。现在已经可以预断,这次一度仿佛一口气就能把腐败的旧社会吹垮的群众起义,最后一定要流产。

"普鲁沙为此急病了,"拉赛纳接着说,"已经没人再听他的了。不过,他还要说,他想到巴黎去宣传……而且他跟我重复了三遍,说我们这次罢工是失败了。"

艾蒂安两眼望着地面,一直听他把话说完,丝毫没有打断他。昨天晚上他就跟同伴们谈起过,他感觉到怨恨和怀疑的气息已经吹到他身上,这是失去声望的先声,预示着罢工的失败。他面色阴沉,不肯当着这个人的面承认自己的灰心失望,因为拉赛纳曾预言说,有一天群众会由于没能达到愿望而向他报复,也把他嘘下台。

"当然,罢工是失败了,对此,我跟普鲁沙知道得一样清楚。"他说,"不过,这是意料之内的事。我们这次罢工原是出于不得已,我们并没打算和公司就此决裂……但是人们头脑发热,开始产生了奢望,而当事情变糟的时候,又不知道应该耐心等待,反而抱怨、争吵,好像大难突然临头一样。"

"那么,"拉赛纳问道,"既然你认为已经输定了,为什么不让同伴们理智一些呢?"

年轻人两眼死死地盯着他。

"够了,你听我说……你有你的想法,我有我的想法。我肯到你这里来,是想向你表明我仍然尊重你。但是,我总想,我们即使受难而死,我们这把穷人的骨头也会比你那全部谨慎的政治对人民的事业更有用……啊!假使某个卑鄙的丘八,给我当胸一颗子弹,那岂不是壮烈的结局!"

这些话说出了一个战败者的隐痛,死,是他永远摆脱痛苦的避难所,他说着两眼湿润起来。

"说得对!"拉赛纳太太赞同说,她向丈夫瞥了一眼,这一眼包含着激进思想的全部鄙视。

苏瓦林茫然地望着前面,两手神经质地不住摸索,好像没有听进这些话似的。他沉入充满流血景象的神秘的梦幻中,他那长着纤细的鼻子和尖尖的牙齿的秀丽的姑娘面孔变得凶残起来。他一边想着一边喃喃自语,抓住拉赛纳的话中关于"国际"的问题:

"所有的人都是些胆小鬼,只有一个人能把他们的组织变成可怕的破坏工具。这必须下决心,可是没有人肯这样做,所以这次革命还要失败。"

另外两个人听到他这些好像是梦游者半夜里吐露的心腹话,感到莫名其妙,他却继续用厌恶的口吻说下去,对于人们的愚蠢表示叹惜。在俄国,没有一件事情是顺利的,他所得到的消息都使他感到失望。他旧日的同伴一个个都变成了政客,震动欧洲的最闻名的虚无主义者,出身于正教神甫、小资产者和商人家庭的人,都不能超越民族解放的思想范畴,他们似乎相信,只要杀掉暴君就能拯救世界,并且,每当他向他们谈起要像割庄稼一样把旧社会铲平时,每当跟他们一提到共和这个简单字眼时,他立刻就觉察到自己没有被人理解,反而使他们感到不安,被人看成是本阶级的叛逆,是革命的世界主义的落魄王子。然而,他那一颗爱国的心仍在跳动着。他怀着极其痛苦的心情反复讲着他那句口头禅:

"愚蠢!……用这种愚蠢的办法,他们永远也不会有什么结果!"

然后,他又压低了嗓门儿,非常伤感地谈起他那博爱的旧梦。他放弃了自己的地位和财产,他和工人们生活在一起,只希望看到最后建立起共同劳动的新社会。他口袋里的钱早就全部到了矿工村的小鬼们手里,他对矿工们表现出兄弟般的情意,对他们对他的猜疑一笑置之,用他不声不响和一丝不苟的工人的安稳态度争取他们。但是,无疑他与他们仍然格格不入,没能打成一片,因为他不重视交往、不慕虚荣、不求享受。自从早晨看了报纸上的一段杂讯之后,他更加感到气愤了。

他的声音变了,两眼炯炯发光,盯着艾蒂安并直冲他说:

"你知道这个吗,你?马赛的这些帽子工人,买彩票得了十万法郎的奖金以后,立刻买了公债,并且宣布他们要赚吃坐穿了!……是的,这就是你们的想法,这就是你们每一个法国工人的想法,挖到一个宝贝以后,就想找一个唯我独尊、无所事事的角落独自享受。你们空喊反对富人,却缺乏把命运带给你们的钱还给穷人的勇气……只要你们自己还有个人财产,只要你们对资产阶级的痛恨仅仅是出于想取而代之的狂妄愿望,你们绝对不配获得幸福。"

拉赛纳大笑起来,他认为要让两个马赛工人放弃那一大笔钱是愚蠢的。苏瓦林面色变得铁青,露出要消灭整个民族

的严厉的怒色,十分吓人,他嚷道:

"你们每一个人都要被铲除,被扔到粪堆里。消灭你们这些贪图享受的胆小鬼的人就要出世了。你们看!你们看我这两只手,如果可能的话,我这两只手要像这样抓住地球,使劲摇撼它,把它弄得粉碎,叫你们全部埋在废墟下面。"

"说得对!"拉赛纳太太礼貌而又信服地说。

又是一阵沉默。然后艾蒂安又提起了博里纳日的工人。他向苏瓦林打听沃勒矿采取了什么措施。但是,机器匠又陷入沉思,没怎么回答,说他只知道大概给看守矿井的兵士发了子弹。他的手指在膝盖上乱抓乱摸,他终于意识到少了点什么东西,原来是摸不到那只温顺的家兔,它那温柔的绒毛可以使他产生一种安心的感觉。

"波洛妮哪儿去了?"他问道。

酒馆老板又笑了,望了妻子一眼,窘了片刻以后,他拿定了主意说:

"波洛妮吗?炖着吃了。"

大母兔自从那天遭到让兰的折磨以后,无疑是受了伤,生了一窝死兔子;为了少喂一张无用的嘴,他们就在今天一狠心把它杀了炖马铃薯吃了。

"对,今天晚上你不是也吃了一只大腿……嗯?你吃完还舔手指头呢!"

苏瓦林先是没有听懂,随后脸色变得煞白,一阵恶心使他直咧嘴;尽管他轻易不肯动感情,眼里还是涌起了两颗大泪珠。

人们还没来得及注意他的这种激动,店门砰的一声被推开了,沙瓦尔推着卡特琳走进来。沙瓦尔在蒙苏的各个酒馆

421

喝得醉醺醺的,抖过威风以后,想到万利酒馆来在老朋友们面前显示一下他并没有畏惧。他一边走进来一边对他的情妇说:

"他妈的!我告诉你,你必须在这儿喝上一杯,谁敢斜眼看我,我打掉他的下巴!"

卡特琳一见艾蒂安,大吃一惊,脸色苍白。沙瓦尔看到艾蒂安以后,带着恶意嘲讽的神气说:

"拉赛纳太太,来两杯!我们庆祝复工。"

拉赛纳太太是来者不拒,一句话没说就斟起酒来。屋子里呈现一片沉寂,酒馆老板和另外两个人都没有挪动地方。

"我知道是谁说我是奸细的,"沙瓦尔傲慢地又说,"我等着这些人当着我的面再说一遍,我们好说个清楚。"

谁也没有搭腔,几个男人掉过脸去,茫然地望着墙。

"有的人装模作样,有的人光明磊落,"沙瓦尔提高嗓门说,"我没有什么要瞒的,我已经离开了德内兰的破矿,明天就带着十二个比利时人到沃勒矿下井工作,因为这里瞧得起我,叫我领导他们。假使有人对这感到不痛快的话,可以说话,咱们当面谈谈。"

后来,他看到人们仍然轻蔑地不理睬他的挑衅,就拿卡特琳撒起气来。

"他妈的!你喝不喝呀?……跟我碰杯,祝所有不肯干活的混蛋统统饿死!"

卡特琳和他碰杯,可是手颤抖得非常厉害,人们只听到酒杯叮当碰了一下。这时候,沙瓦尔又从口袋里掏出一把银币,带着醉鬼的夸耀神气把钱往桌上一摆,说这是他流汗挣来的,并且以挑衅的口吻要让那些懒汉拿出半个法郎来瞧一瞧。同

伴们依然冷漠的态度把他气坏了,他终于破口大骂起来:

"哼,老鼠夜里才出来呀?宪兵们要不睡,人们怎么会遇到土匪呢?"

艾蒂安站了起来,十分镇静而坚定地说:

"告诉你,你这是故意跟我过不去……是的,你是奸细,你的钱还带着叛徒味,我不愿碰你的肉皮,怕脏了我的手,你这个犹大!不过没关系,我就是你的对头,我们两个早就该拼个你死我活了。"

沙瓦尔攥紧了双拳。

"那么来吧!需要费这么多话才使你上点火,你这个胆小鬼……我愿意跟你一个人干,人们糟蹋我,现在我要叫你还债!"

卡特琳带着哀求神色伸着两手,向他们中间走去,但是没等他俩推她,她就慢慢退了回来,因为她感到一场恶斗是不可避免了。她靠在墙边,一句话不说,是那么痛苦,就像瘫痪了一样,连哆嗦也不哆嗦了,只是瞪着两只大眼睛,看着这两个为了她要拼命的男人。

拉赛纳太太连忙把柜台上的酒杯撤走,恐怕被他们打碎。然后又坐到自己的小凳子上,丝毫没有表现出不适当的想看热闹的神情。拉赛纳认为不能让两个旧同事这样火并,一定要去劝开,苏瓦林却抓住他的肩膀,把他拉回到桌子边,对他说:

"这不关你的事……一个笼里不能有两只虎,让他们斗去,谁厉害谁就活着。"

沙瓦尔没等对方动手就抡起两个拳头打去。他的个儿高,细长难看,两臂一前一后猛力朝艾蒂安的脸上打去,好像挥舞着一双短刀似的。他拉开架势,嘴里还不停地骂着给自己壮胆子。

"啊!你这可恶的淫棍,我非揪下你的鼻子不可!我要收拾一下你那臭鼻子!不是婊子们爱瞧你的小白脸吗,我要把它打得稀烂,看以后还有哪个臭娘们肯追你!"

艾蒂安佝偻着矮小的身子,咬紧牙,一句话不说,双拳护着胸膛和面部,摆出正确的姿势,瞅个机会,拳头像弹簧般地猛打出去。

起初,两个人谁也没有伤着谁。一个连嚷带喊地乱比划,另一个则冷静地等待着,拖延着这场格斗。一把椅子被撞翻了,两个人的大皮靴在石板地的白沙子上蹭得嚓嚓直响。随后两个人逐渐呼呼地喘起气来,脸涨得通红,两眼冒着火花,好像眼里燃着火炭。

"瞧这一下,"沙瓦尔吼叫着,"打碎你的骨头!"

的确,沙瓦尔的拳头好像连枷一样,先后斜打过去,落到对方的肩膀上。对方忍住疼痛,没喊出声来,只听见打在肉上的软扑扑的响声。艾蒂安向沙瓦尔胸口回击了一拳,要不是沙瓦尔像山羊般地不住跳跃,闪开,这一拳非把他打倒不可。但是这一拳仍然打到左肋上,打得他摇晃了一下,憋了一口气。由于疼痛,他觉得自己的两只胳膊软下来,于是怒不可遏,像一匹猛兽一样扑过去,企图一脚踢穿对方的肚子。

"看脚!我非把你的狗杂碎踢出来不行!"他上气不接下气地说,"我要把你的肠子肚子掏出来让它见见阳光!"

艾蒂安躲过了这一脚,他对这种违背正式格斗规定的行为非常气愤,不能不说话了。

"畜生!你给我住嘴!不许动脚,他妈的!不然,我用椅子砸死你！"

格斗更恶了。拉赛纳看不下去，又要过去劝阻，但妻子瞪了他一眼，制止了他。难道就不能让这两位客人在他们这里了结一件事吗？于是他就站到壁炉前面，以免他俩倒在火里。苏瓦林带着若无其事的样子卷了一支烟，但也忘了点上。卡特琳仍旧靠着墙一动不动，下意识地把两手放在胸前，不断地揉搓和扯拉着衣服。她竭力抑制着自己不出声，免得因为自己偏向哪一个而伤了另一个，再说，她已完全昏乱了，甚至已经不知道自己究竟爱谁。

不一会儿，沙瓦尔已遍身是汗，精疲力尽，乱了步法。艾蒂安压着心头怒火继续招架着，差不多每一下都挡了过去，只挨了轻轻的几拳。他的一只耳朵被划破了，沙瓦尔的指甲刮去了他脖子上的一块皮，火烧火辣的疼，于是他也骂起来，同时狠狠地直着打出一拳。沙瓦尔急忙一跳，躲过了这一拳，没打中胸口。但是当他一弯腰的时候，艾蒂安又是一拳，直往他的脸上打去，正好打中沙瓦尔的鼻子和一只眼睛。沙瓦尔的眼睛立刻肿起来，青紫青紫的，鲜血顺着鼻子往下淌。这个可怜的家伙，由于流血和脑袋受震荡感到头昏眼花，两手也就乱打起来。这时艾蒂安举手又一拳打在他的胸口上，只听扑通一声，沙瓦尔仰面朝天倒了下去，好像倒了一堵墙似的。

艾蒂安等待着说：

"起来，要是你敢的话，咱们再来。"

沙瓦尔没有回答，他昏迷了几秒钟，然后在地上蠕动了一下，伸了伸胳膊大腿。他非常吃力地爬起来，先蜷缩着跪了一会儿，把手伸进衣袋偷偷地摸出一件东西。接着，他站起来，粗着嗓子发出一声狂野的吼叫，又朝艾蒂安扑了过去。

卡特琳把这些全看在眼里,于是她情不自禁地从心里发出一声喊叫,她奇怪自己竟无形中暴露出连她自己也说不清的偏爱。

"当心!他手里拿着刀子呢!"

艾蒂安差一点没来得及用胳膊挡过头一下。一把装着黄杨木把、带铜箍的匕首把他的毛线衣划破了。他立刻攥住了沙瓦尔的手腕,展开了一场殊死的搏斗。他知道,只要一松手自己立刻就会完蛋,另一个也不住地挣扎,想抽出手来扎他。刀子慢慢低下来,两个人僵持不下,胳膊渐渐没劲了。艾蒂安已经两次感觉到凉飕飕的钢刀挨到了他的肉皮,他不得不使出最后的力气,拼命扭对方的手腕,终于使沙瓦尔张开了手,刀子落到地上。于是,两个人一齐向地上扑去,艾蒂安抢到了刀子,在手里挥动着。他把沙瓦尔按倒在地,用膝盖顶住,刀子放在他的喉咙上说:

"哼!你他妈的这个叛徒,现在该你死了!"

突然他觉得有一个可怕的声音,震得他耳朵发聋。这是从他自己的心底里发出来的声音,好像锤子一样敲打着他的脑袋,他突然产生了杀人的狂欲,急切地要尝一尝人血的味道。他从来没有这样凶狠过。然而,他毕竟没有喝醉。他跟自己的遗传病根斗争着,像一个色情狂面对一个女人在考虑强奸好还是不强奸好时那样绝望地战栗着。他终于降伏了自己,把刀子抛到身后,狠狠地叫道:

"起来,滚吧!"

这一回拉赛纳赶忙过来,但是他不敢过于冒险地走到他们中间,担心弄不好自己挨上一刀。他不愿人们在他家里相互残杀,他气急败坏地喊着,致使直挺挺地站在柜台前面的拉赛纳太太指责他总是沉不住气。刀子险些扎伤苏瓦林的大腿,这时他才想起点燃那支纸烟。事情就这样算完了吗?卡特琳仍然呆呆地望着还活着的两个男人。

"滚吧!"艾蒂安又重复了一句,"快滚,不然我就宰了你!"

沙瓦尔站起来,用手背抹了抹还在流血的鼻子,弄得下半个脸满是血,眼睛又青又肿,怀着失败的羞恼悻悻地走了。卡特琳机械地跟在他后面。这时,他回过头来把卡特琳臭骂一阵,借此泄愤。

"啊,得了!甭跟我!你既然喜欢他,就去跟他睡吧,骚货!你想活,就别再登我的门儿!"

他砰的一声关上了门。温暖的屋子里陷入深深的寂静,只能听见煤火发出的轻轻的呼呼声。地上只留下一把被撞翻的椅子和渗到沙子里去的点点血迹。

四

艾蒂安和卡特琳从拉赛纳那里出来,默默地走着。雪已经开始融化,不过天气还很冷,雪化得很慢,只是显得肮脏了。在铅灰色的天空中,透过狂风在高空卷起像一块块烂布的乌云,依稀看见一轮圆月的轮廓,大地上没有一点声息,只有檐前的滴水声和团团的白雪从屋顶上滚落下来的噗噗声。

人家把这个女人给了他,他不知如何是好,心中慌乱,对她找不到任何话说。他认为带她跟自己一起藏到雷吉亚旧矿井底下去是十分荒唐的想法。他想把她送到矿工村她父母那里去,但是,卡特琳惊慌失色地拒绝说:不,不,我那么别扭地

427

离开了他们,无论如何也不能再去给他们添负担!两个人谁也不再言语,他们沿着变得像泥塘一样的道路信步走着。他们先是向沃勒矿井方面走下去,后来又向右拐,从矸子堆和运河之间穿过去。

"但是,你总得找个睡觉的地方呀,"艾蒂安终于说,"我要是有一间房子,一定领你……"

说到这里他心里涌起一种特殊的羞怯,没有说下去。往事又浮现在他的脑际:他俩旧日的热切欲望,彼此的体贴,以及阻碍他们在一起的羞怯。他是不是仍然喜欢她,慢慢又燃起了新的欲火,所以才这样心乱呢?他想起卡特琳曾在加斯冬-玛里打过他嘴巴的事,这件事现在不但没有引起他的怨恨,反而更加使他动心。他自己也不知道是怎么回事,这时候他竟觉得把她带到雷吉亚去是十分自然的事,而且很容易办到。

"喂,你拿个主意吧,你要我把你领到哪儿去?……难道你真的那么恨我,竟不愿和我在一块儿吗?"

卡特琳慢慢地跟随着他,由于穿着木屐在车辙里一步一滑,她落在了后面;她头也不抬地喃喃地说:

"我的天!我的罪已受够了,别再给我增加罪了。既然我已经有了一个男人,你也有了一个情妇,你所要求的对我们会有什么好处呢?"

他的情妇,她是指穆凯特说的。她认为艾蒂安一定像半个月以来外面传说的那样,跟这个姑娘同居了。艾蒂安发誓说绝无此事,卡特琳摇了摇头,她说那天晚上她曾看见他和穆凯特正亲密地接吻。

"这些无聊的事又有什么妨碍呢?"艾蒂安停下来,低声地回答说,"我们一定会和睦相处的!"

她轻轻地颤抖了一下,说:

"算了吧,你丝毫不必后悔,你没有损失什么。因为你知道我是怎样一个中看不中用的废物,我还不如两块豆腐大,我的身体坏极了,永远不会成为一个真正的女人,这是肯定的!"

她毫无拘束地连连责怪自己,好像她发育过迟是她自己的过错。虽然她已经跟过一个男人,但发育不好仍然使她不能成为一个女人,只能算是个小姑娘。假使她能生孩子,也还可原谅。

"我的小可怜儿!"艾蒂安用轻微的声音非常同情地说。

他们来到矸子堆的脚下,被矸子堆的巨大阴影遮掩起来。这时一片乌云恰恰挡住了月亮,他们甚至面对面都分不清彼此的面孔,两个人的呼吸混在一起,他们的嘴唇在互相寻求他们渴望了几个月的那一吻。但是,忽然间月亮又出来了,他们看到沃勒矿井的岗哨就在他们上面直挺挺地站立在光亮的白岩石上。他们还没有吻到一起,又羞怯地离开了。这仍是旧日的那种羞怯,其中包含着悻悻不快、隐约的反感以及深切的友爱。他们又迈着沉重的脚步在齐到踝骨的泥泞里向前走去。

"就算这样决定了,你不愿意?"艾蒂安问道。

"不愿意。"她说,"跟了沙瓦尔以后再跟你,嗯?在你以后再跟另一个别人……不,我已经够了,这不会给我带来任何快乐,这么做有什么好处呢?"

他们不言语了,走了一百多步,两个人一句话也没说。

"那你总得确定上哪儿去吧?"他又说,"我不能让你在这样寒冷的夜里待在外面呀。"

她简单地回答说:

"我回去,沙瓦尔是我的男人,除了他那里,我没有过夜的地方。"

"可是他会打死你的!"

接着又是沉默。她无可奈何地耸了一下肩膀。他可能会打她,可是,等他打累了就会住手的,那不是总比像一个叫花婆子那样在马路上游荡强吗?再说,她已经挨惯打了,她自己宽慰自己说,女人家,十个有八个不见得会比她的命好。等有朝一日,她的情人正式娶了她,她还算是不错的。

艾蒂安和卡特琳机械地向蒙苏走去,离蒙苏越近,两个人之间沉默的时间越长,好像他们已经不在一起。艾蒂安眼看卡特琳要回到沙瓦尔那里去,心里感到特别难受,但是他找不到什么话来说服她。他的心简直碎了,他同样不能给她什么幸福,假使一个士兵一枪打碎他的脑袋,他只有叫她过逃亡和穷困的生活,一种过了今夜不知有无明天的生活。的确,忍受当前的痛苦,不再找新的痛苦也许是更明智的做法。于是,他低着头,没有提出任何反对意见,送她回到她的情人那里去。他们走到距离皮凯特咖啡馆二十米远的地方时,她在公司矿场的一个角上叫住他说:

"别再往前走了。要是他看见你,还得闹丢人的事。"

教堂的钟正敲着十一点,咖啡馆已经关了门,但是门缝中还透出一缕微弱的灯光。

"再见吧。"她轻声说。

她把手伸给他,他握着久久不放,她慢慢地、但是费力地才把手抽回来,和他分别了。她头也不回地从虚掩着的小门走了进去。他一步没有离开,仍站在原来的地方,眼睛盯着这所房子,不安地等待着里面发生的事情。他侧耳倾听着,战栗地等着听到挨打的女人的喊叫。只见一直是漆黑死寂的房子,二楼上的一扇窗户亮了;随后他看到窗户打开,向大路上探出一个纤细的身影,他认出是卡特琳以后,就走向前去。

这时,卡特琳用耳语般的声音说:

"他还没有回来,我要躺下了……我求你走开吧!"

艾蒂安走了。雪化得很多,屋檐上的雪水像大雨似的向下淌着。墙上、栅栏上,被黑夜吞没的这个工业市镇的所有模糊不清的形体上,都像汗流浃背的人体一样淌着雪水。最初他向雷吉亚走去,疲劳和悲伤使他感到痛苦,他恨不得钻进地里去,一死了之。后来,他又想起了沃勒矿井的事,想起将要下井的比利时工人,想起坚决反对外国人下井并对士兵十分恼恨的矿工村的伙伴们。于是他又沿着运河,在融化的雪水泥泞中走着。

当他又回到矸子堆跟前时,月亮从云里钻出来,发出明亮的光辉。他仰望天空,一块块的云彩,在高空的大风驱赶下,飞快地奔驰着;当云彩从月亮表面经过的时候,它们渐渐散开,变白变薄,有如半透明的浊水。浮云一块接着一块地飞驰而过,不时显露出清澈明亮的天空。

艾蒂安仰面饱赏了一会儿皎洁的月色,低下头来,被矸子堆顶上的情景吸引住了。冻僵了的哨兵正在那里来回溜达,向马西恩纳方向走上二三十步,再朝着蒙苏方向走回来。在苍白的天幕上,清清楚楚映出他的身影,影子上方的刺刀闪着寒光。但是,引起年轻人注意的,是在长命佬夜里避风的那间小屋后面有一个蠕动的黑影,好像一头窥伺猎物的野兽。他从那细长柔软、像黄鼬般的脊背上,立刻认出那是让兰。哨兵看不到他。这个小土匪一定是要搞什么名堂,因为他特别恨当兵的。他经常问:什么时候才能赶走这些被派来拿枪杀人的凶手呢?

艾蒂安一度想叫住他,让他不要干出什么荒唐事来,却又有些犹豫。月亮又躲进云里了,他看见让兰蜷起身子准备向前扑去,不巧月亮又钻了出来,于是他又蜷着身子一动不动。哨兵一走到小屋跟前就转过身去往回走。后来,当浮云又投下黑影的时候,让兰就像野猫似的猛地一蹿,扑到那个兵士的肩上,抱住他,把打开的刀子插进兵士的喉咙。由于粗毛衣领挡着,他便用两手攥住刀柄,把整个身子的重量加在上面。他经常宰杀从农户人家后面捉来的小鸡,这次干得更利落,只听黑夜里一声窒息的呼喊,步枪像一块废铁吧的一声落在地上,接着月亮又洒下皎洁的光芒。

艾蒂安吓呆了,仍然傻望着。他憋住气才没喊出声来。矸子堆上空空的,天幕上除了狂奔的云彩,没有任何黑影了。他飞快地跑上去,看到让兰还在张着两臂的尸体前趴着。红裤子和灰色军大衣在月光映照下的雪地里,非常显眼。一滴血也没有流,一直插到刀把的刀子还留在那家伙的喉咙里。

艾蒂安气坏了,他向趴在尸体跟前的让兰狠狠地打了一拳。

"你怎么干出这种事来?"他狂暴地随口喊了一声。

让兰爬起来,用两手支着身子,像猫一样地弓着他那瘦瘦的脊背;他挨了重重的一拳,他的大耳朵、绿眼睛、突出的嘴巴,都颤动起来。

"他妈的!你怎么干这种事?"

"我不知道,但我一直想这样干。"

孩子固执地这样回答。三天来,他一直怀着这种想法。他一心惦记着这件事,甚至琢磨得脑勺疼。难道非要让这些臭丘八们在矿工的家门口欺负矿工不可吗?树林里的激烈演说,在各个矿井发出的吼声,要求打死叛徒和进行破坏的口号,有几句牢牢地记在了他的心里,因此,他像一个拿革命当儿戏的野孩子一样,再三重复这些话,他所知道的就是这些。谁也没叫他这样做,这种愿望是自然产生的,就像他想偷地里的葱头那样。

艾蒂安对这个孩子头脑里暗暗滋长的罪恶思想感到吃惊,他像赶走一头无知的牲口一样,用脚把他踢开了。他生怕沃勒矿井的哨所已经听见哨兵刚才发出的窒息的喊声,月亮一钻出来他就向矿井那边瞥一眼。然而,丝毫没有动静,他俯下身去,摸了摸死尸逐渐变得冰凉的手,又趴在胸上听听,心脏在军大衣下面已经停止跳动了。只有骨头刀把露在外面,刀把上用黑体字母刻着简单而又秀丽的箴言:"爱"。

艾蒂安的眼睛从尸体的喉咙移到面孔上。他突然认出这个当兵的小伙子,就是那天早晨跟他谈过话的那个新兵——于勒。他怀着极大的怜悯望着这个布满褐色雀斑的、漂亮而善良的面孔。蓝眼睛睁得老大,直望着天空。他曾看到他用这样的目光凝望着天边,遥望着故乡。于勒眼中的那个阳光灿烂的普洛戈夫在哪儿呢?在那边,在那边。在那个风高月明的夜里,大海在远处咆哮。高空的疾风也许吹到了那个偏僻的地方。两个女人——母亲和姐姐正站在那里,手抓着被风吹动着的头巾,也在眺望,好像她们在千里之外看到了这个孩子这个时候所干的事情。现在,她们再也等不到他了。穷

433

人们为了财主们而互相残杀,这是多么可恨可悲的事!

必须把尸体掩藏起来。他先想把它扔到运河里去,继而又想,这样一定会被人发现,就放弃了这个主意。这时,他已经不安到了极点,一分钟比一分钟紧张,怎么办呢?他忽然想起,如果把尸体弄到雷吉亚旧矿井里去,可能永远不会被发现。

"过来。"他对让兰说。

孩子不敢相信地说:

"不,你想打我。再说,我还有事,回见吧。"

的确,他和贝伯、丽迪约好了,要在沃勒矿井的木料堆下面的一个窟窿里会面。这是一个大计划,他们要在外面过夜,为的是在比利时人下井的时候,他们也能跟着一起用石头砸碎他们的骨头。

"你听我说,"艾蒂安又说,"过来,要不然我就喊当兵的来割掉你的脑袋。"

让兰一横心走了过来,艾蒂安就把自己的手帕绞紧,然后用力系好士兵的脖子,没拔出刀子,以免血流出来。雪正在融化,地面上既没有血迹,也没有争斗的杂沓足迹。

"你抬着腿。"

让兰搬起死尸的两腿,艾蒂安先把步枪系在士兵的背上,然后抬起死尸肩膀,两个人小心翼翼,以防石头滚落,一起慢慢地走下矸子堆。恰巧,这时候月亮又被云彩遮住了。然而,当他们沿着运河疾走的时候,月亮却又十分明亮地露出来,哨所没有发现他们,真是奇迹。他俩一声不响,匆匆地往前走,死尸东摇西摆,走起来很费劲儿,他们走上一百来米就得把尸首放到地上歇一歇。在往雷吉亚的小路拐角处,一阵脚步声吓得他们浑身冰凉,他们赶紧躲到一堵墙后面,差一点被巡逻兵看见。又走了一会儿,一个人看见了他们,幸好这是一个醉鬼,嘴里骂骂咧咧地走过去了。他们终于到了旧矿井,累得浑身大汗,心里十分恐慌,颤抖得牙齿咯咯直响。

艾蒂安知道要把死尸从梯道里弄下去,不是件容易事。开始,他只好叫让兰站在上面把尸体往下滑送,他自己抓住荆棘丛,扶着死尸,帮助它通过梯级已经断了的头两节梯子的梯台。后来,每到一节梯子,他都先下去,然后用两手接住尸体。这样弄着个死尸下了三十节梯子,共二百一十米。步枪刮痛了他的背,他也没有叫孩子去拿他舍不得用的那个蜡头。那有什么用?在这样狭窄的井道里,蜡头只会给他们添累赘。当他们到达罐笼站的时候,累得气喘吁吁的艾蒂安才打发小家伙去拿蜡头。他坐下来,在黑暗中等着孩子,守着尸体,心怦怦直跳。

当让兰拿着点着的蜡头回来的时候,艾蒂安同他商量了一下,因为这个孩子对这些旧巷道非常熟悉,就连不能钻进去的小缝他都进去过。他们又动身往前走。在这个废巷道的迷宫里,拖着尸体差不多又走了一公里。巷道顶越来越低,最后他们在一块由半朽烂的坑木支撑着的松散矿岩下面跪下来。这里好像一只长箱子。他们把年轻兵士的尸体放在里面,就像放在棺材里一样,把枪也放到他身旁。然后,他们冒着自己也被埋在里面的危险,用脚跟使劲把坑木完全蹬断。矿岩立刻塌下来,他们连滚带爬才算躲开。艾蒂安想要看一眼,他回过头一看,巷道顶还在塌落,缓慢而沉重地压到了尸体上。什么也看不见了,只有一大堆泥土。

让兰又回到自己的家里,回到他那匪窟的角落里,他筋疲

力竭地躺在草铺上,嘴里小声说:

"去他的吧!让两个小东西等着去吧,我得先睡上一个钟头。"

艾蒂安吹灭了只剩下一点点的蜡头。他也累得要死,但是并没有睡意,凶恶可怕的念头像锤子似的冲击着他的脑海。不一会儿,就只剩下一个想法折磨着他,他不住地问自己:为什么自己把沙瓦尔摔倒在地,用刀子对准他的时候,竟没杀死他,而这个孩子却把一个素不相识的兵士杀死了?他不知如何回答才对。这件事否定了他的革命的信念——杀人的勇气和权利。难道自己是胆小鬼了吗?这时候孩子像醉汉似的在草褥上打起呼噜来,似乎由于行凶而醉了。感到厌烦和生气的艾蒂安知道让兰在那里和听到他的鼾声,心里觉得不痛快。突然一股恐怖的气息从他脸上掠过,吓得他一惊。他似乎听到从深深的地下传出啼哭呜咽的声音和簌簌的衣服摩擦的声音。一想起那个和枪一起埋在矿岩底下面的小兵,他就脊背发凉,毛发倒立。真荒唐,他竟觉得整个矿井都充满了这种声音,他不得不再点燃蜡头,直到借助微弱的烛光看到巷道里荡然无物时,他才安定下来。

他眼睛盯着燃着的烛芯又默想了片刻,仍然被刚才的想法折磨着。突然,哧的一声,烛芯倒在蜡油中淹灭了,一切又陷入黑暗之中。他打了一个冷战,真想给让兰几巴掌,使他别再那样打呼。躺在这个孩子旁边,实在受不了,他急切地想呼吸一下外面的空气,于是就沿着巷道,跌跌撞撞地往外跑,身后老觉得有一个黑影连呼带喘地在追他。

他到了上面雷吉亚矿井的废墟中间以后,可以畅快地呼吸了。既然他不敢杀人,那么他就该死掉。曾在他脑子里一掠而过的那种死的念头,现在又产生了,而且更坚定了,仿佛这是最后的希望一样。勇敢地死去,为革命而死,死可以结束一切,那样好歹总算了事了,以后就不必再费脑筋了。假使同伴们去攻击博里纳日人,他要站在最前列,那样就很可能被一下子打死的。于是,他又迈开坚定的脚步回到沃勒矿井周围去游逛了。已经是深夜两点,从监工室里传出一片喧闹声,看守矿井的哨所就驻在那里。哨兵的失踪使这个哨所乱成一团,人们叫醒了上尉,仔细检查了现场,最后认定是开小差了。躲在暗处的艾蒂安,这时想起了小当兵的跟他谈起过的那个共和党上尉。谁敢说不能把他拉到人民这方面来呢?那样军队就会朝天开枪,也可能就是消灭资产阶级的信号。他有了新的幻想,不再想死。他两脚站在泥泞里,肩上披着解冻的冰水,在那里待了好几个钟头,心里又燃起一股热情,充满了仍然可能胜利的希望。

艾蒂安窥伺着博里纳日人,一直到五点钟。后来他才弄明白,公司很狡猾,让他们睡在矿里。他们已经开始下井了,二四〇矿工村几个被派来望风的罢工工人不知道是不是应该去通知同伴们,当艾蒂安及时向他们指出了公司的诡计以后,他们才跑去送信,艾蒂安留在矸子堆后面,在运河岸边的拉纤路上等待着。六点过了,灰暗的天空逐渐发白,露出了红色的曙光,这时候兰威神甫撩着黑袍,露着两条细腿,从一条小路上走来。他每星期一要到矿井那一边的一个女修道院去望早弥撒。

"你好,我的朋友。"他用炯炯的目光打量了一下艾蒂安,高声说道。

但是,艾蒂安没有回答。这时他远远地看到在沃勒矿井的支架之间有一个女人从那里过去,就关切地赶紧跑过去,他确信那是卡特琳。

卡特琳从半夜起就在解冻的大路上漫无目的地走着。沙瓦尔回来以后,看见她已经躺下,就一巴掌把她打了起来。他吆喝着要她立刻滚出去,否则他就要把她从窗口扔出去。于是,她哭哭啼啼,连衣服也没穿好,带着被踢伤了的腿,只好从楼上下来,最后被他一巴掌推到了门外。她被这样野蛮地赶出来,不知如何是好,在一块界石上坐下来,望着房子,盼望沙瓦尔还会把她叫回去。因为,不可能就这样分开的,他一定在偷偷地看着她,只要他看到她无人收留,无处可去,冻得浑身哆嗦,就会叫她回到楼上去的。

过了两个钟头,直到她像只被赶到街上的狗一样,一动不动地冻得要死的时候,她才决心走开。她离开蒙苏以后又返回来,但她既不敢在街上叫他,也不敢敲门。最后,她顺着笔直的石路走开了,打算回到矿工村的娘家去。但是,一到家门口,她又感到没脸见人,又顺着菜园子跑开了,唯恐让人认出来,虽然整个矿工村都在沉睡,百叶窗都关得紧紧的。从这时起,她就漫无目的地游荡起来,听到一点声音就吓得要命,唯恐被人当作叫花婆子收容起来,被送到马西恩纳的妓院去。这种可怕的噩梦几个月以来一直威胁着她。她曾两次走到沃勒矿井前面,听到哨所里面喧闹的声音,就吓得气喘喘地跑开了,同时不住地回头看,生怕后面有人追她。她也曾走到经常有许多醉汉的雷吉亚的小路上,茫然中希望能在那里遇见几个钟头前她拒绝过的那个人。

早晨,沙瓦尔要下井去;想到这点,卡特琳又向矿井走来,尽管她知道他俩已经决裂了,再跟他谈什么也没有用。让-

巴特不能开工了,如果她回到沃勒矿去,沙瓦尔又说非要掐死她不可,因为他怕她会连累他。那么,怎么办呢?到别处去?等着饿死?随便让一个过路的男人来蹂躏自己?她拖着步子,在车辙里蹒跚着,两腿累得发疼,脊背上溅满了泥。融化的冰雪把道路变成了泥塘,她蹚着泥水,一直朝前走,不敢找一块石头坐下。

天亮了。卡特琳看到了沙瓦尔的背影,他正小心地绕过矸子堆。同时她看到丽迪和贝伯从木料堆下面的藏身处露出头来。他们俩在这里整整等了一夜,没敢擅自回家,因为让兰命令他们等着他。正当让兰在行凶后的醉意中在雷吉亚里呼呼大睡的时候,这两个孩子为了暖和一些,互相搂抱起来。栗树和橡树的木段之间冷风飕飕,他们蜷作一团,如同躲在一个樵夫遗弃的山洞里。丽迪不敢诉说自己像挨打受气的小媳妇的痛苦,贝伯也不敢抱怨队长打自己嘴巴;可是队长后来太过分了,叫他们冒着生命危险去乱抢东西,却又不和他们平分赃物。他俩心里都愤愤不平,现在终于不顾让兰的禁令,互相搂抱起来,也不再怕挨让兰经常威胁着他们的无形的耳光。并没有耳光打来,于是他俩就继续甜蜜地亲吻,什么也不想,把他们长期被压抑的情欲,他们心里的所有的痛苦和感受,都融化在这种爱抚里。一整夜的工夫,两个人一直这样互相温暖着,在这个无人知晓的窟窿里,感到那么幸福,他们不记得还有比这更幸福的日子,甚至比过圣巴尔布节吃炸果子、喝葡萄酒的时候还要幸福。

突然一阵军号声把卡特琳吓了一跳。她踮起脚尖,看到沃勒矿井的守卫都拿起了枪。艾蒂安跑着赶来,贝伯和丽迪也从藏身的地方跳出来。在那边,在越来越明亮的曙光中,一大群男女打着愤怒激烈的手势,从矿工村方面拥过来。

五

　　沃勒矿井的所有的出入口都封锁起来了。六十名士兵拿着枪把守着唯一可以出入的门口,从这里有一条狭窄的过道通到收煤处,监工室和更衣室的门都在这个过道里。上尉命令六十名士兵分成两排,背靠墙站着,以免从背后受到攻击。
　　起初从矿工村赶来的那一群矿工远远地站着。他们最多不过三十来人,在那里激烈而乱哄哄地商量着。
　　马赫老婆是头一个赶来的,她头发也没梳,只在头上系了一块手帕,怀里抱着熟睡的艾斯黛,她用狂热的声音一再嚷道:
　　"谁也甭进去,也不准任何人出来!把他们统统憋死在里头。"
　　马赫支持他妻子的意见。这时老穆克正从雷吉亚赶来上班。人们不放他过去,他争辩着,说他的马得吃燕麦,它们可不管什么革命不革命的。而且,有一匹马死了,还等着他去安排把它从井底下弄出来呢。艾蒂安替老马夫解了围,士兵们也放他走上竖井。过了一刻钟的工夫,正当罢工的人群逐渐增加,危险越来越大的时候,楼下的一扇宽阔的大门打开了,几个人抬着死马走出来。这个令人痛心的尸体仍然用绳网紧紧地裹着,人们把它丢在融化的雪水里。这种情景使罢工的人群非常痛心,他们竟让抬马的人又返回去关上了门,谁也没去阻挡。大家看到僵直地弯在肋旁的马头,认出了那匹马。于是响起一片低语声。

"是'小喇叭'吧？是'小喇叭'。"

的确是"小喇叭"。它自从到了井下以后，一直过不惯井下的生活。它总是闷闷不乐，没有一点精神干活儿，好像是由于见不到阳光心里痛苦难忍似的。矿里马群的长老"战斗"，虽然很友爱地用自己的肋部亲热地蹭它，啃它的脖子给它搔痒，以便把自己十年矿井生活忍耐顺从的性格传给它一点，但是始终没起作用。这种爱抚反而更增加了"小喇叭"的愁苦。老伙伴在黑暗中的知心话，使它的皮毛不住颤抖。每逢它们相遇，互相喷鼻息的时候，总像是在各自悲叹。老马悲叹已经回忆不起过去，小马则悲叹往事难以忘怀。它们并肩住在马厩里，埋首在同一个食槽中，鼻息相通，不断地交换着关于光天化日的梦想：浓绿的草地，光明的大道，无穷无尽的灿烂阳光。后来，当"小喇叭"浑身浸透汗水，卧在草榻上奄奄一息的时候，"战斗"伤心地嗅着它，打着短促的鼻息，好像在呜咽哭泣。它逐渐感到"小喇叭"的身体变凉了，煤矿夺去了它最后的一点欢乐，这个从上面下来的朋友，身上带着新鲜的香味，使它回忆起过着野外生活的青年时代。当它发现"小喇叭"不再动弹的时候，惊吓得嘶叫起来，拽断了缰绳。

其实，一个星期以前老穆克就通知过总工头，但是在那个时候，他们才不关心一匹病马呢！那些先生们不大愿意挪动马。现在他们不得不把它弄出来了。昨天，马夫和另外两个工人用了一个钟头的工夫把"小喇叭"捆好，套上"战斗"，把它拖到罐笼站。这匹老马拖着死去的伙伴，慢慢地走着，它必须穿过一条很窄的巷道，因此它战战兢兢地唯恐擦破死伴的皮肉。它痛苦地摇着脑袋，听着屠宰场所等着的这块死肉在地下拖拉的摩擦声。当到了罐笼站把它解下来的时候，它用忧伤的眼睛望着升罐的准备工作:死马被推到积水坑上面的木板上,把绳网系在罐笼底下,最后,装罐工拉了上肉的信号。它仰起脖子,望着"小喇叭"的尸体由慢而快地消失在黑暗中,飞到这个黑洞的上面,永远不会回来了。它的脖子依然伸着,或许是它那模糊的畜生的记忆力又想起了地上的事情了。但是完了,伙伴死了,什么也看不见了,它自己有朝一日也要可怜地被这样捆成一堆,从这里送到上面去的。于是它的四条腿不寒而栗,从远处田野上吹来的风使它感到窒息,它拖着沉重的步子回到了马厩,好像昏迷了一般。

矿工们站在贮煤场上,忧郁地望着"小喇叭"的尸体。一个女人低声说:

"又是一个,谁喜欢这样,谁就下去!"

这时候,从矿工村又拥来一群人,勒瓦克走在前头,后面跟着他老婆和布特鲁,勒瓦克喊着:

"打倒博里纳日人!我们这里不要外国人!打死他们!打死他们!"

人们一齐冲向前去,艾蒂安不得不把他们拦住。他走到上尉跟前,这是一个刚满二十八岁的年轻人,瘦高身材,脸上带着死硬坚决的表情。艾蒂安向他说明事情的原委,想尽力争取他,希望他的话能起作用。为什么要进行无谓屠杀呢?难道正义不在矿工这一边吗?大家都是兄弟,应当互相谅解。听到"共和"两个字,上尉神经质地一动,但他仍然保持着军人的强硬态度,粗暴地说:

"走开!不要逼着我开枪。"

艾蒂安接连又作了三次努力。同伴们在他身后怒吼着。有人说埃纳博现在矿上,人们说要牵着他的脖子,把他拉到井下去,看他自己是不是会挖煤。但是,这是谣传,矿上只有内格尔和丹萨尔,他们俩只在收煤处的窗口露了一下面。总工头站在后面,自从他跟皮埃隆老婆的事情被人撞见以后,他总是神气不起来;工程师则大胆地用他那两只锐利的小眼睛扫视着人群,带着轻蔑的微笑,既看不起这群人,也没把事情放在心上。在一阵阵斥骂中,他们不见了。在他们原来出现的地方,只剩下苏瓦林那美女般的面容。他正在班上,从罢工以来,他一天也没离开自己的机器,他不再说话,只是日益沉湎于一个固定不变的想法,从他那暗淡的眼睛闪出的钢铁般的亮光中可以看出来。

"走开!"上尉又猛叫了一声,"我什么也不想听,我受命保护矿井,我就要保护矿井……你们不要去逼我的弟兄们,不然我会让你们后退的。"

他的声音虽然很坚决,但看到矿工越来越多,心里不禁越来越惊慌不安,脸色也变得苍白了。要到中午才有人来接替他,他怕坚持不到那个时候,刚派了矿里的一个徒工到蒙苏去求援。

回答他的是一片怒吼:

"打死外国人!打死博里纳日人!……在我们这里要由我们当家做主!"

艾蒂安绝望地退了回来。现在没有别的办法了,只有决一死战。他不再阻拦同伴们,人群向那小股军队冲去。罢工者已近四百人,附近各矿工村的人也倾村而出,还在源源向这里涌来。大家齐声喊着同样的口号,马赫和勒瓦克愤怒地对兵士们说:

"你们快躲开!我们根本不是冲你们来的,你们快躲开吧!"

"这跟你们没有关系,"马赫老婆也说,"请让我们来管我们自己的事。"

站在马赫老婆后面的勒瓦克老婆更为激烈,她补充说:"难道说非得吃掉你们才能过去吗?请你们赶快滚开!"

还可以听到丽迪的娇嫩嗓音,她和贝伯也挤到最密的人群中用尖细的声音喊道:

"你们这群臭当兵的!"

卡特琳站在几步以外看着,听着,被这个新的激烈场面惊呆了,倒霉的命运又让她卷入其中。难道她受的苦还少吗?她犯了什么过错,不幸竟丝毫不肯放过她?昨天,她还一点不理解罢工的人们的愤怒,认为人们的罪已经够受的了,为什么还去找罪受呢;然而在这个时候,她心里充满了不可遏止的恨,她想起了艾蒂安以前每天晚上讲过的那些话,现在她尽力想听到艾蒂安在这个时候对士兵们说些什么。艾蒂安把士兵们也看作是同伴,叫他们不要忘记自己也是从人民中间来的,他们应该和人民站在一起,反对剥削穷人的人们。

这时候,人群里发生了一阵长时间的骚动,接着钻出来一个上年纪的女人。原来是瘦得可怕的焦脸婆,她伸长脖子张开胳膊,焦急地跑来,几绺灰白头发散乱地耷拉下来,正好遮住她的眼睛。

"啊!他妈的,我可赶到了!"她上气不接下气地咕哝说,"皮埃隆这个叛徒把我关在地窖里了!"

她脚也没停,向军队直扑过去,她那张黑色的嘴巴大骂起来:

"你们这群流氓!你们这群坏蛋!给当官的捧臭脚的,

444

就敢欺负穷人!"

这时,其他的人也跟着骂起来,变成了一片叫骂。有几个人还喊着:"士兵万岁!把当官的扔到矿井里去!"但不久就只剩下一个喊声:"打倒红裤子!"这些士兵听到兄弟般的呼吁和友爱的劝告,不动声色,一言不发,无动于衷;听到这一连串的粗暴言语,他们仍然冷冰冰地毫无所动。在士兵们后面的上尉拔出了军刀,可是人群越逼越近,真有把兵士们挤死在墙上的危险,于是上尉下令架起刺刀,士兵们服从命令,两排锋利的刺刀对准了罢工者的胸膛。

"哼!无耻的饭桶!"焦脸婆一边后退一边吼叫道。

但是人们又拥回来,谁也不再把死放在心上。妇女们抢先猛扑上去,马赫老婆和勒瓦克老婆同时喊着:

"给你们杀!你们快杀吧!我们要求的是我们的权利!"

勒瓦克不怕被刺伤,用手抓住三把刺刀使劲摇撼着,拉着,想把刺刀夺过来;他怒气冲天,力气增加了十倍,他拼命扭着刺刀。这时在他旁边的布特鲁后悔自己不该跟着伙伴们来,静静地站在一边望着勒瓦克夺刺刀。

"你们扎一下试试!"马赫连声喊着,"你们扎一下试试,好汉们!"

说着他解开上衣,扒开衬衫,露出毛茸茸的、满是煤痕的胸膛。他对着刺刀冲过去,这种令人惊心动魄的蛮横的无畏气概,迫使士兵们后退了。但是其中一把刺刀扎到了他的奶头,他像疯了似的使劲向前冲,要叫刺刀扎得更深些,可以听到扎着肋骨的咔哧咔哧的响声。

"胆小鬼,你们不敢!……我们后面还有成千上万人。是的,你们可以杀死我们,但我们有的是人。"

兵士们的处境十分危急,命令严格地约束他们,不到最后时刻不准使用武器。可是,怎样阻止这些狂怒的人们自己硬往刺刀上撞呢?另外,地方越来越小,他们已经被逼到墙根,无法再往后退了。这一小队士兵,这一小撮人,面对着潮水般不断增长的人群,仍然坚持着,冷静地执行着上尉的简短命令。上尉本人瞪着明亮的眼睛,紧张地咬着嘴唇,他心中只怕一件事,即怕他的士兵们忍受不了辱骂而动火。已经有一个瘦高的年轻中士,撅起了他的几根胡子,令人担心地眨着眼皮。他旁边的那个身经百战戴着袖章的老兵,看到自己的刺刀被人像一根草似的扭着,气得面色煞白;另一个无疑是个新兵,还带着庄稼人的神气,每听到人们把他当作流氓和坏蛋乱骂的时候,脸就涨得通红。然而粗暴的言语并未停止,人群伸着拳头,恶狠狠地咒骂,一遍遍的指责和威胁,不住地冲到他们脸上。必须用军令的全部力量来约束他们,使他们在这种高傲而又难以忍受的缄默中,保持着军纪所要求的不动声色。

冲突似乎不可避免了。这时候,李肖姆工头从军队后面转出来,他感情冲动地低垂着满头慈祥白发的脑袋,大声说:

"该死,真糊涂!不能这样胡闹。"

说着他便插身到刺刀和矿工中间。

"同伴们,你们听我说……你们知道我是一个老工人,我始终是站在你们一边的。好吧!他妈的!我答应你们,假使人们对你们不公正,由我去和头脑们讲理……可是这样也太过火了,这样破口大骂这些好人,自己硬要戳破肚子,什么用处也没有。"

听了他的话,人们正在犹豫。不幸的是,这时候小内格尔的短小身影又在上面出现了。无疑他是怕人说他自己不敢露面而派一个工头来。他打算讲话,但是他的声音立刻淹没在可怕的喧嚣中,他只得耸了耸肩膀,又离开窗口。这时,尽管李肖姆工头以自己的名义竭力央求大家,一再说这样的事应该在自己人之间解决,却毫无结果。人们怀疑他,不答应他的要求。他仍然坚持着,留在兵士和人群中间。

"他妈的!让他们把我的脑袋和你们的脑袋一起砸碎吧,只要你们这样胡闹,我就不离开你们!"

他央求艾蒂安帮助他叫工人们冷静一些,艾蒂安做了个手势,表示无能为力。已经来不及了,人群现在已经达到了五百多人。他们并不都是赶来驱逐博里纳日人的狂怒的人,其中也有一些好奇的人和来看热闹的爱开玩笑的家伙。扎查里和斐洛梅夹在离着稍远一点的一伙人中,好像在看戏一样,显得非常安闲,甚至还带了两个孩子——阿希勒和德锡雷。另一股人流从雷吉亚涌来,其中有穆凯和穆凯特。穆凯立刻笑着跑去拍朋友扎查里的肩膀,被激怒的穆凯特,则马上跑到气势汹汹的人们的最前列。

这时候,上尉不停地向蒙苏公路上张望。请求的援兵还没有开到,他的六十个弟兄无法再坚持了。最后他想警告一下人群,命令士兵荷枪上弹冲着人群。兵士们执行了命令,可是人们骚动得更厉害了,又是喧嚷又是嘲笑。

"瞧!这些装模作样的家伙,要打靶了!"焦脸婆和勒瓦克老婆一些女人们嘲笑说。

马赫老婆怀里抱着已经醒来正在啼哭的小艾斯黛,也向前冲得很近,因此一个中士问她,带着这样一个可怜的小娃娃来干什么。

"这关你什么事!"她回答说,"有胆你向她身上开枪。"

447

男人们轻蔑地摇着头。谁也不相信这些人敢向他们开枪。

"他们的子弹没有弹头。"勒瓦克说。

"难道我们是哥萨克人吗?"马赫喊道,"他妈的,你们不能向法国人开枪!"

另一些人说,经过克里米亚战争①的人们是不怕子弹的。大家仍然对着枪口冲去。假使这时候一开枪,就会像割麦一样把人们打倒。

站在最前列的穆凯特,一想到当兵的要打穿妇女们的躯体,就气得说不出话来。她什么脏话都骂了,再也找不出更难听的字眼儿,只好向军队施展最后侮辱的行动,她突然露出自己的屁股。她两手撩起裙子,撅得高高的,露出俩大屁股爿。

"瞧,给你们这个!你们这群肮脏东西还不如屁股高尚呢!"

她不停地弯腰,撅屁股,转着身子冲这个一下,冲那个一下,嘴里还不停地说:

"这是给当官的!这是给班长的!这是给士兵的!"

发出一阵狂笑。贝伯和丽迪笑得直不起腰来,就是正在等待着发生不幸的艾蒂安,对于这种侮辱性的举动也喝起彩来。所有的人,不论是爱开玩笑的人还是狂怒的人,现在都讥笑起士兵们来,好像他们看到这些士兵浑身溅满了大粪。只有站在旁边旧木料上的卡特琳仍然不出声,但她感到一股热血涌上心头,痛恨的心情越来越强。

---

① 克里米亚战争又称东方战争,是一八五三至一八五六年间以俄国和土耳其为一方对英国、法国和撒丁联军的战争。

这时发生了一阵拥挤。上尉为了安定一下手下人的情绪，决定逮捕几个人。穆凯特一转，从同伴们的腿边跑掉了，在最激烈的人群中勒瓦克和另外两个矿工被抓起来，被看管在工头们的屋子里。内格尔和丹萨尔在上面喊上尉，要他和他们一起躲到里面来。上尉拒绝了，他认为这些门上没有锁的房子会被人们打进去，因而他可能遭受被解除武装的耻辱。这一小股军队已经急不可耐，在这些穿木屐的人面前不能逃跑。六十名士兵已经被逼得退到了墙根，他们荷枪实弹，对抗进攻的人群。

人群起先后退了一步，沉静了一会儿。罢工者没有想到他们会用武力手段。接着响起了一阵呐喊，要求立刻释放被捕的人。有人说他们要把被捕的人杀害在里面了。于是，大家出于同样的激愤和报仇心情，不约而同地一起奔向附近的砖堆；这些砖是用当地的灰泥质陶土烧制的。孩子们一块一块地搬，妇女们用自己的裙子兜，不久，每个人的脚下都有了弹药，砖头石块战开始了。

焦脸婆第一个动手，她把砖头在骨瘦如柴的膝盖上一磕两半，双手左右开弓，把砖头扔出去。勒瓦克老婆把袖子捋到肩膀上，由于虚胖无力，她不得不走近一些，好砸得更准些。布特鲁看到她的丈夫已经被关起来，一再央求着想把她往后拉走，也没能挡住她。所有的女人都像疯了一样。穆凯特宁愿扔整砖，也不肯在自己过于肥胖的腿上磕砖把腿磕破。孩子们也参加了战斗，贝伯教给丽迪怎样低手扔砖头。这真像一阵冰雹，一阵巨大的雹子噼里啪啦砸下来。忽然，人们在这群疯狂的女人中间看到了卡特琳，她举着两手，抡起两只小胳膊使尽全身力气把半截砖扔出去。她自己也说不出为什么这

449

样干,她气得喘不过气来,突然爆发了要杀掉所有的人的欲望。那样,这倒霉痛苦的一生不是很快就能结束了吗?让男人打完了又被赶出来,像一头丧家犬似的在泥泞的路上乱跑,甚至连向自己的父亲讨一口饭吃都办不到,因为父亲也和她一样挨着饿。这样的日子她实在过够了。她的命从来没有好过,从她懂事以来越来越坏。她把砖头磕开,向前扔去,心里只有一个念头,毁灭一切。她已经红了眼,什么也看不见,甚至看不清自己砸的是谁。

　　站在士兵们前面的艾蒂安,差一点被砸破了脑袋。他的耳朵被砸肿了,他转过身来,看到砖头是从狂怒的卡特琳的手中扔出来的,不由得一愣,他不顾有被砸死的危险,没有立即躲开,仍站在那里望着她。另外许多人看得入了迷,也垂着两手呆在那里。穆凯在一旁评论砸得准不准,好像在看打木塞游戏一样。哦!这一下打得好!唉,那一下没打中!他嬉笑着,用臂肘捅着扎查里。阿希勒和德锡雷非要扎查里背着看热闹,他打了他们几下,说不背他们,于是斐洛梅和他吵起来。沿着大路还有一些人聚集在远处看热闹。长命佬拄着一根拐杖,拖着双腿走到矿工村村口的斜坡上面,这时他直立在暗红色的天空下,一动不动。

　　掷砖头一开始,李肖姆工头又置身在士兵和矿工们中间,他不顾危险,央求着工人,又央求军队,急得老泪纵横。在一片喧嚣声中,人们听不见他的话,只能看到他那灰白的大胡子在不住地颤动。

　　砖块投得越来越密,男人效法妇女,也跟着扔起砖头来。

　　这时,马赫老婆看到马赫还神情忧郁地空着两手站在后面。

"我说,你怎么回事?"她喊道,"难道你把他们扔下不管了?难道你就看着他们把同伴关进监狱?……哼!我要是没有这个孩子,你看我的!"

艾斯黛正抱着她的脖子哭叫,使她不能像焦脸婆和别的女人那样参战。马赫好像没有听到她的话似的,她便用脚向他的脚前踢过去几块砖头。

"该死的!你拿起来!难道非让我当着人骂你一顿你才干吗?"

马赫满脸通红,敲碎几块砖头,扔了出去。她督促着他向前走,弄得他不知所措,她在他后面叫喊着一些狠毒的话,同时颠动着胳膊把女儿使劲搂在胸前。马赫一直向前走,走到了枪口前面。

这场石块横飞的风暴,遮没了那一小股军队。幸而砖头砸得过高,把墙砸得像筛子一样。现在该怎么办呢?上尉一度想转身逃到里面去,想到这里他那苍白的面色红了一下;但就是这样做也已经不可能了,只要他们稍微一动,就会被砸成烂泥。一块砖头正好打坏了他军帽的帽檐,额头滴下了鲜血。他手下的弟兄已经有好几个受了伤;他看出他们已经怒不可遏,到了置长官命令于不顾而要本能地起来自卫的程度。中士的左肩几乎给砸断,身上好像重重地挨了一棍似的,他骂了一声"他娘的!"那个新兵已经擦伤了两块皮,一个大拇指也被砸坏了,同时右膝上火辣辣地疼,他生气地想:还要让他们欺侮多久?一块石头跳起来,打到那个戴袖章的老兵的肚子下面,他的脸色立刻变得铁青,细瘦的胳膊颤抖地端起了枪。上尉曾三次要命令开枪,但是一种痛苦的心情使他话到嘴边又止住了。在这一瞬间,他心里不停地翻滚,他的观念,他的责任感,作为一个人和一个军人的一切信念,在他心里冲突着。雨点般的砖头,打得更凶猛了,于是,他张口刚要喊"开枪!"枪声却已经响了,先是三枪,又是五枪,接着是一阵排枪,最后,隔了较长的时间,在深沉的寂静中,又响了孤零零的一枪。

人们全都惊呆了。士兵们开枪了,发愣的人群僵硬地立在那里,好像还不相信。但是当停止射击的号声发出以后,立刻响起了凄惨的喊叫,接着是一阵巨大的恐慌,遭到射击的人群像受惊的牲畜,在泥泞里狂乱奔逃。

贝伯和丽迪在头三枪中就一个倒在了另一个身上,小姑娘被打中了脸,男孩子的左肩下被打了一个窟窿。丽迪倒下去就一动不动了,贝伯还在动弹,在临死的痉挛中两只胳膊紧紧地搂住她,好像他还要在刚刚度过那最后一夜的那个黑窟窿里那样占有她。让兰就在这个时候,在烟雾中摇晃着两条腿,睡意蒙眬地从雷吉亚跑来,看到贝伯紧搂着他的小媳妇死去了。

另外五枪打倒了焦脸婆和李肖姆工头。李肖姆工头就是在他哀求同伴们的时候被打中脊背的,他跪倒在地上,然后身子一歪倒了下去,躺在地上喘气,两眼噙满了眼泪。老太婆胸部被打穿了,像一捆木柴似的扑通一声直挺挺地倒下去,鲜血汩汩向外流着,嘴里还嘟囔着最后一句詈骂。

那一阵排枪飞向全场,也打倒了百步以外一些来看热闹的人。一颗子弹从穆凯的嘴里打进去,打烂了脸,他翻倒在扎查里和斐洛梅的脚下,把他们的两个孩子溅了一身血。与此同时,穆凯特的肚子上也挨了两枪。她在看到兵士们端起枪来的时候,出于一个好心姑娘的本能,嘴里喊着小心扑到卡特琳前面,但是她喊叫了一声,就被枪弹击中,仰面倒在地上了。艾蒂安赶紧跑上来,打算把她扶起来弄走,她做了一个手势,表示她已经没有希望了。然后,她呃逆着,不断向艾蒂安和卡特琳两个人露出微笑,仿佛现在当她临死的时候看到他跟她在一起,感到十分快慰。

一切似乎都结束了,暴风雨般的子弹消失在很远很远的地方,一直到矿工村前面,这时响起了最后那孤零零的一枪。

这一枪正打在马赫的胸膛上,他翻了一个身,扑倒下去,脸趴在一片污黑的煤水里。

马赫老婆痴呆呆地俯下身去,喊道:

"喂!老头子,你起来呀。不要紧吧,嗯?"

她的手由于抱着艾斯黛不方便,就把艾斯黛夹在一条胳膊下,用另一只手转过丈夫的头来。

"你说话呀!你哪儿疼呀?"

马赫的两眼已经暗淡无光,嘴里流着血沫。这时她才明白过来:他死了。于是,她一屁股坐到烂泥地上,胳膊下好像夹着一个小包袱一样夹着女儿,呆呆地望着自己的老伴。

矿井解除了包围。上尉神情不安地摘下被石块打坏的军帽,随后又戴上。他在他生活中的这种悲剧面前,保持着苍白严肃的面孔;他的士兵不动声色地重新装好子弹。在收煤处的窗口,出现了内格尔和丹萨尔的惊慌面孔。苏瓦林站在他们身后,额头上带着一道深深的皱纹,好像他那可怕的、固定不变的观念就刻在那里。在地面的另一边,长命佬站在高岗的边上,没有动地方,他一只手扶着拐杖,另一只手放在眼眉上,为了要看清倒下去的自己的亲骨肉。受伤的人在呻吟喊叫,死去的人带着七扭八歪的姿态正在渐渐冷却,尸体上沾满了解冻的稀泥，东一个西一个地散布在从污秽的雪地里露出来的黑煤斑点之间。在这些渺小的、人的尸体中间，夹着"小喇叭"的尸体，人，由于穷困显得瘦小可怜，马，却是一大堆凄惨的死肉。

艾蒂安幸免于难。他一直守在由于疲乏和悲痛而倒在地上的卡特琳身旁，这时一个颤抖的声音，吓了他一跳。原来是做完弥撒回来的兰威神甫，他两手伸向天，像一个先知一样，愤怒地呼吁上帝降罚于凶手。他预告正义的时代即将来临，资产阶级不久就要被天火烧毁，因为他们屠杀了世界上的劳动者和无产者，罪恶已经到了顶点。

第 七 部

一

蒙苏的枪声引起了非常巨大的反响,一直传到巴黎。一连四天,所有反对派的报纸一致表示愤慨,都在第一版登出这一惨案的消息:二十五人受伤,十四人死亡,其中有两个孩子和三个妇女。另外,还有些人被捕。勒瓦克顿时成了英雄,人们说他在预审法官面前作了充满古代侠义精神的答辩。被这几枪打中要害的帝国,故作镇静,装出全能的样子,竟没认识到自己所受的创伤的严重性。它认为,这不过是一桩令人遗憾的冲突,带来一些损失,但是事件发生在那个偏僻的地方,距离造成舆论的巴黎大街还远得很,人们很快就会忘掉它的;公司已经接到半官方命令,要它把事情赶快压下去,结束这场罢工,长期拖延下去会变成社会祸害的。

因此,星期三早晨,人们看到三位董事来到蒙苏。这个迄今未敢为屠杀工人而快慰的小城镇,怀着一颗病态的心呼吸着,品尝着终于得救的欢快。此外,天气开始变暖,二月初的太阳,温和宜人,丁香吐出了绿芽。董事会大楼的百叶窗又全部打开了,这所大房子似乎又恢复了生机。从那里传出了最好消息。据说,这几位先生对这次灾难深感痛心,兼程来此向矿工村误入歧途的人们伸出慈父般的双手。现在,由于这次打击显然超过了他们预期的程度,他们便摆出一副救世主的架子,规定了一些虽然为时已晚但还算不错的措施。首先是解雇了博里纳日人,并大力渲染这是对本矿工人的最大让步。其次是撤除了矿井的武装,因为罢工者已被镇压下去,对矿井再没有什么威胁。他们还把沃勒矿井哨兵失踪的事件压下不提了,只是在全矿区搜索了一番,但是既没有找到枪,也没有发现尸体,就此认定哨兵是开了小差,虽然他们也怀疑可能是被杀害了。他们一想到未来的恐怖,就战战兢兢,可是又认为,如果承认摇撼着旧世界腐朽支柱的群众具有不可战胜的力量,那也是危险的,所以他们在一切问题上,都设法缓和,尽量把大事化小,小事化了。何况,这种和解工作并不妨碍他们在纯行政管理方面取得圆满结果,有人看见德内兰又到董事会去见埃纳博先生,继续进行关于购买旺达姆矿的谈判。据说,德内兰接受了这些先生们的提议。

但是,最使当地轰动的,是三位董事命令在各处墙上张贴的大幅黄色布告。布告上面写着这样几行大字:"蒙苏的工人们,我们不愿意使老实善良的工人由于迷误而失去生计,最近几天,你们已经看到这种迷误所带来的惨痛后果。因此,我们所有的矿井都将在星期一早晨重新开工,复工以后,我们将要审慎而真诚地考虑一切可能改善之处。凡是公平合理和可能办到的事情,我们一定照办。"一上午,蒙苏的一万名矿工,成群结队地走去看这些布告。没有一个人说话,很多人摇着头,还有些人毫无表情的脸上纹丝不动,拖着脚步走开了。

直到现在,二四〇号矿工村的人仍然顽强地进行着坚决的抵抗。好像同伴们洒在煤矿泥土上的鲜血,挡着别人不许去上工。重新下井的不过十多个人,其中有皮埃隆和他那一类的伪善者,人们沉着脸看着他们上班下班,既不和他们打招呼,也不对他们加以威胁。人们对贴在教堂墙上的那份布告,只在心里怀着不信任。布告上没提到被退回的记工簿,公司真的不肯再把这些记工簿收回去了?于是,害怕公司进行报复的不安心情,和反对解雇曾给公司以最大威胁的工人的友爱思想,使全体工人仍像以前那样顽强。这的确值得怀疑,需要等一等看,只有这些先生们开诚布公地讲清楚,他们才能回矿工作。低矮的房子死气沉沉,饥饿已经算不了什么,既然惨遭死亡的厄运降临家园,谁都可能难免一死。

然而,在这些家庭当中,有一个家庭更凄惨,更无声无息,这就是处在最悲痛的居丧期的马赫家。马赫老婆自从安葬了丈夫以后,一直沉默寡言,很少开口。在战斗结束后,她容许艾蒂安把浑身是泥、半死不活的卡特琳送回家里来。当时,她当着年轻人的面,给女儿脱衣服安置她躺下的时候,还以为女儿的肚子上也中了一颗子弹,因为她的内衣上有一块块的血迹。但是,她马上明白了,这是青春的初潮,终于在这恐怖日子的震荡中迸发了。啊!这是幸运的伤!是一份美好的礼物,她的女儿能够生男育女好叫宪兵们屠杀了!她既不和卡特琳说什么,也不和艾蒂安说什么。艾蒂安冒着被逮捕的危险,和让兰睡在一起。他宁肯蹲监狱也不愿再回到黑暗的雷吉亚旧矿井去,他一想起那里,就十分厌恶。那里使他浑身打冷战。在死了这么些人以后,黑暗使他感到可怕,安眠在矿岩底下的那个士兵使他心里有一种不可名状的恐惧。此外,他也把监狱当成一个避难所,因为失败的痛苦折磨着他。但是,

459

并没有人打扰他,他度着难以忍耐的日子,不知道干些什么好。不过,有时候马赫老婆带着一种怨恨的神情望着他和卡特琳,好像在问他们待在她家里干什么。

他们重又挤在一起睡觉了。老爷爷长命佬占着两个小家伙的那张床,两个孩子跟着卡特琳去睡了,因为跟卡特琳一起睡觉的驼背阿尔奇已经不在了。躺下去的时候,母亲觉察到了屋子的空荡,冰凉的床铺也显得格外宽大。尽管她把艾斯黛放在身旁,填补这个空位,但孩子是代替不了丈夫的。于是,她几个钟头几个钟头地默默啜泣。后来,日子仍然和从前一样,既没有面包,也不能一下子死掉。东抓西找找来的一点东西,对于这些可怜的穷人,只能使他们多过几天苦难的日子。生活依然如故,唯一的变化就是她失去了丈夫。

第五天下午,艾蒂安看到这个女人总是不言不语,感到说不出来的难过,于是就走出来,沿着矿工村的石路慢步走着。无事可做使他苦恼万分,只好不停地散步。他低着头,垂着手,脑子里反复地萦绕着一个思想。他这样转了半个钟头,觉得同伴们好像都在门口望着他,使他感到更加难堪。他仅有的一点声望,也随着那一阵枪声消失了;现在,他每次走在街上,都必定遭到人们的怒目而视。他一抬头,就会看到男人在威胁他,女人扒开小窗帘在看他。在这种无声的指责下,在由于饥饿和流泪而睁大的眼睛的怒视之下,他感到很不自在,连路也不会走了。背地里对他的责骂也越来越多了。他感到非常害怕,好像听见全矿工村的人都走出来抱怨他使他们遭到了不幸,于是他又胆战心惊地走回来。

然而,马赫家里的情景,更使他心烦意乱。长命佬坐在冰冷的壁炉前,像钉在椅子上似的,一动不动。在屠杀的那一天,两个邻居看见他像一株被雷击毁的老树一样倒在地上,拐杖摔成了好几截。从那天起,他就一直这样坐在椅子上。勒诺尔和亨利实在饿极了,正在刮昨天煮过白菜的旧锅底,发出刺耳的声音。马赫老婆把艾斯黛放在桌子上,直直地站在那里,用拳头威胁着卡特琳。

"你再说一遍,该死的!你把刚才说的再说一遍!"

卡特琳说出了她想回沃勒矿的打算。她越来越觉得自己不能一个钱不挣,就这样像一头无用的、只会带来累赘的牲口一样待在母亲家里,因此她不顾要遭到沙瓦尔的毒打,星期二也要下井去。她结结巴巴地说:

"你说怎么办呢?什么也不干怎么活下去,去干活至少可以有面包吃。"

马赫老婆打断她的话说:

"告诉你,你们谁头一个去上工,我就把谁掐死……哼,这也太过分了,打死了父亲,还要继续剥削孩子们!够了,我宁愿看着你们像已经死了的那个一样,用木匣子拉出去,也不许你们去上工!"

长期以来的沉默不语终于被打破,她的话像破堤的洪水一样猛冲出来。她想卡特琳能给她挣几个钱!最多一个半法郎!即使工头们肯给她那个土匪孩子让兰找点事做,也只能再多收入一个法郎。总共两个半法郎,可是要养活七口人!小崽子们只会吃。至于老爷爷,一定是在跌倒的时候把脑子里什么地方摔坏了,现在就跟傻子一样;否则就是他看到大兵向伙伴们开枪,一下子气疯了。

"他爷爷,他们已经把你毁了,是不是?尽管你的胳膊还有力气,可是也没有用了。你已经算完了。"

长命佬用无神的眼睛望着她,不懂她的意思。他一连几个小时眼睛直勾勾地一动不动,只知道向一个装满炉灰的盘子里吐痰,这是家里人为了卫生而放在他身旁的。

"他们还没有给老爷子养老金,"她继续说,"我敢担保,他们一定会借口我们思想不好,拒绝发给了……不行!我告诉你们,这些坏蛋把我们害得太苦了!"

"不过,"卡特琳大着胆子说,"他们在布告上答应……"

"你少给我提那个布告!……这又是欺骗我们和陷害我们的花招。他们已经打死了我们的人,现在又来装好人。"

"那么,妈妈,我们以后上哪儿去呢?人家一定不会再让我们留在矿工村。"

马赫老婆做了一个手势,表示前途茫茫不堪设想。他们以后上哪儿去呢?她自己也不知道。她尽量不去想这个,因为这会使她发疯的。不过,他们总要搬到另外一个地方去。这时,两个孩子刮锅的声音实在叫人无法忍受,马赫老婆跑过去,打了勒诺尔和亨利几个耳光。艾斯黛爬着爬着,扑通一声摔到地下来,屋子里更加乱了。母亲为了要她住口,使劲吆喝了一声:要是把你一下子摔死多好!她谈起阿尔奇,希望其余的孩子的命运都跟阿尔奇一样。接着,她突然背过脸去,面朝着墙,呜呜地哭起来。

艾蒂安站在那里,一直没敢开口劝解。他在这个家里已经失去信任,连孩子们都躲着他,对他存有戒心。可是这个不幸的女人的眼泪,使他的心上下直翻腾,他喃喃地说:

"算了,算了,拿出点勇气来!总会有办法的。"

她好像没有听见他的话,不停地低声抱怨:

"唉!这么穷,怎么受得了!没有发生这些可怕的事情以前,好歹还能过得去。那时候,总还能有干面包吃,人也齐齐全全活着……天哪!现在成了什么样了!我们到底造了什么孽,要我们受这样的苦呢?死的死了,活着的也是一心想死……一点儿不错,人们像使唤牛马一样,驱使我们给他们干活,我们挨打受骂,富人不断发财,而我们却没有希望转好——这样的安排太不公平了。既然没有什么希望,活着就没有一点意思。是呀,不能再这样下去了,也得叫人喘一口气了……假如早明白这些有多好!只是要求公平合理就落到这种不幸地步,这太没有道理了!"

悲叹使她的喉咙发紧,她的声音由于无限悲痛而哽住了。

"又偏偏遇到那么多的吹牛大王,他们对你许愿发誓,说什么只要肯于吃苦,一切都会成功的……人们头脑发涨,不满意现状,一心追求没影儿的东西。我呢,就像一个傻瓜似的尽做美梦,希望过一种同所有的人都和睦友好的生活,我简直到了天上,说真的,就像腾云驾雾一样。到头来却跌断了腰,摔在泥坑里……这都是没有影儿的事,那里根本没有人们所想象的东西。那里所有的,仍然是贫困,要多贫困有多贫困,另外还有子弹!"

艾蒂安听着这番哭诉,每一滴泪对他都是一句责备。他不知用什么话来安慰从理想的高空跌下来的绝望的马赫老婆。现在,她又回到房间的中央,望着艾蒂安,毫不客气地发出最后的怒吼:

"你把我们害到了这种地步,现在又说要回矿井去?……我丝毫不责备你。不过,我要是你的话,看到自己给同伴们招来这么多的灾难早就难过死了!"

他本打算回答她,然而只是无可奈何地耸了耸肩,解释有什么用处?她正在难受,说了她也听不进去。他由于过分痛苦,立刻走开,又到外边乱走去了。

在外边,他又觉得好像全矿工村的人都在等着他:男的站在门口,女的趴在窗前。他一出来,就会听到怨声载道,人越聚越多。四天来,人们怨气越来越大,最后大家都咒骂起来。无数的拳头伸向他,母亲们愤恨地把他指给孩子们看,老年人一看到他就向地上啐唾沫。这是失败之后的突变,是无法避免的声望扫地,是人们受了一连串冤枉苦之后所产生的愤恨。他必须对同伴的受饿和死亡负责。

扎查里带着斐洛梅归来,在门口遇见艾蒂安,故意撞了他一下,恶意地嘲笑说:

"瞧!胖了,吃别人的肉,把自己养肥啦!"

勒瓦克的老婆正由布特鲁陪着走到自己家门口,她提起被流弹打死的调皮儿子贝伯,嚷道:

"是的,有些卑鄙的家伙竟让人屠杀孩子。如果他想还我的孩子,就叫他也到地下去找!"

她已经忘记被捕的丈夫,照常过着日子,因为还有布特鲁在。不过,她这时也想起了勒瓦克,于是用尖嗓子继续嚷道:

"好人蹲黑屋子,流氓却在大街上闲遛!滚他妈的吧!"

艾蒂安要躲开勒瓦克老婆,不巧又碰上了正从园子里横穿过来的皮埃隆老婆。对这个女人来说,母亲的死是一种解放,因为母亲的暴躁脾气几乎逼得他们夫妇上吊;她也并不因为皮埃隆的小女儿——那个放荡的小丫头丽迪的死而难受,她也确实是个累赘。可是,她也同邻居的女人们站在一边,表示愿意同她们重新和好。

"你说,我妈呢?我的小女儿呢?有人看见你躲在她们的后面,叫她们替你吃子弹!"

怎么办呢?把皮埃隆老婆和其他人都勒死,同整个矿工村打架吗?艾蒂安一度产生了这种念头。热血直往上涌,他认为同伴们都是粗野的人,看到他们无知到竟把事情的必然结果完全归罪于他,感到非常气愤。这些人真太糊涂了!他为自己无力说服他们感到心烦意乱,只好加快脚步,装作没有听见这些辱骂。不久,他变成了过街老鼠,在他路过的时候,家家户户都在嘘他,人们紧跟在他的脚后追着他,人人都咒骂他,声音越来越大,对他恨之入骨。他就是骗子,他就是凶手,他就是他们的祸殃根。他面色苍白,心乱如麻,在背后的人群吼叫声中,飞快地走出了矿工村。最后,到达大路上,很多人不再追逼他,但是,仍然有一些人紧紧地跟着他,当他走下斜坡,来到万利酒馆前面的时候,又遇到从沃勒矿井里出来的另一群人。

老穆克和沙瓦尔也在里面。老穆克自从女儿穆凯特和儿子穆凯死去以后,仍然当他的马夫,没有说过一句惋惜和抱怨的话。他一看到艾蒂安,突然怒上心头,热泪夺眶而出,经常嚼烟而变得紫黑的嘴里迸发出一连串的咒骂。

"混蛋!猪猡!人面兽心的家伙!……你别走,你必须给我可怜的孩子们偿命!非弄死你不可!"

他拾起一块砖头,一磕两半,扔了过去。

"对,对,收拾收拾他!"沙瓦尔喊道,他嘲笑着,十分兴奋,对于这种报复感到特别痛快,"这回该轮到你了……看你往哪儿跑,坏蛋!"

于是,沙瓦尔也用石块向艾蒂安砸去。顿时响起一片野蛮的喊叫,人人拿起砖头,磕开扔出去,打算像砸那些大兵一样把他砸死。艾蒂安不知所措,他没有逃跑,他面向他们,打算说几句话,使他们安静下来。从前受到那样热烈欢迎的语词,现在又涌到他的嘴边。他又讲起从前他像管理一群听话的绵羊那样掌握着他们时所讲过的那些使他们陶醉的话。但是,他已威信扫地,回答他的只是一阵砖头瓦块。他的左臂受了伤,他已处于非常危险的境地,开始向后退,不久,他发现自己已经退到万利酒馆的门前。

拉赛纳已经站在门口观望了一会儿。

"进来。"他简短地说。

艾蒂安犹豫不决,认为躲到这里心里太憋气。

"快进来,我去说服他们。"

艾蒂安接受了,躲到店堂里面去。这时候,酒馆老板把宽阔的肩膀一横,挡住了门口。

"我说,朋友们,请你们冷静一些……你们现在明白了吧,我拉赛纳从来没有骗过你们。我一向主张采用和平方法,假使你们当初听我的话,保险你们不会落到今天这种地步。"

拉赛纳摇晃着肩膀和肚子,继续说了很久,滔滔不绝地讲出像温水一样动听的话。他又取得了往日的成功,他毫不费力地、自然而然地又恢复了他的声望,好像一个月以前同事们根本没有斥责过他,也没有把他看作过胆小鬼。有不少人表示赞成:"对极了!我们赞成他,这样说话才对!"接着,爆发一阵雷鸣般的掌声。

艾蒂安在后面感到浑身瘫软,心里痛苦不堪。他回忆起拉赛纳在森林里所作的预言,那时候,拉赛纳曾警告他,说群众会忘恩负义的。这是多么愚蠢的野蛮行为!把他当初给予他们的帮助全部丢置脑后!这简直是一种不断自我倾轧的不明是非的力量。他恨这些野人破坏了他的事业，同时又有一种失望的心情，觉得自己完全垮台了，他的雄心大志只落得悲惨的结局。怎么，这就算完了吗？他记得，在山毛榉树下，他曾听到过三千人的心同他自己的心互相呼应，一起跳动。在那一天，他享有稳固的声望，群众属于他，他感到自己是他们的领袖。当时，他陶醉在狂妄的幻想当中：蒙苏在他脚下，巴黎在望，或许当上议员，在议会的讲坛上以第一篇工人演说把资产阶级骂得体无完肤。现在，一切全完了！他清醒过来，他感到悲哀，感到人们唾弃他，方才用砖头把他赶到这里的，正是他的群众。

拉赛纳提高嗓门说：

"采用暴力从来不会取得成功，不能一天工夫就把世界改造好。那些答应你们一下子改变一切的人，都是轻浮之徒，或者是流氓！"

"对！对极了！"群众喊道。

艾蒂安自己问自己："那么，谁是罪魁呢？"这个问题更使他痛苦。这场使有的人遭受穷困，有的人被杀害，妇女和儿童挨饿消瘦，使他自己也流了血的灾难，真的是他的过错吗？在这场灾难发生以前，有一天晚上，他就预见到了这种悲惨的景象。但是，有一种力量催促着他，他自己和同伴们都被这股力量冲昏了头脑。再说，他从来也没有领导过同伴们，而是同伴们推动他，迫使他做出他绝对不会做的事情，如果不是这些乌合之众在后面敦促他的话。每次采取暴力行动的时候，他都处于茫然不知所措之中，因为他既没有预料到，也没有愿意过。比方说，他能够预见到有一天矿工村他的那些信徒用石头砸他吗？这些狂人指责他曾经许给他们温饱和懒散的生活,那是他们在胡说。另外,在这种辩解中,在这种试图消弭良心责备的推理中,他隐隐地感到不安——认为自己没有担当领导的能力,产生了经常折磨着一知半解的人的那种疑惧。然而他感到自己已经没有勇气,甚至和同伴们不同心了,他害怕他们,害怕这支不明是非和不可抗拒的巨大人群。他们如同一种自然力量,所到之处,横扫一切,不讲什么规则和理论。一种反感使他逐渐脱离这群人,他的那些文雅习气害了他,他已经慢慢走向上层阶级。

这时,拉赛纳的声音淹没在激昂的喊声中:

"拉赛纳万岁!只有他是好样儿的,好,好!"

人群散去,酒馆老板把门关上。两个人默默地互相望了一会儿,各自耸了耸肩膀。最后,他们一同喝起酒来。

在这同一天,皮奥兰大排喜宴,庆贺内格尔和赛西儿订婚。头天晚上,格雷古瓦夫妇就吩咐把饭厅的地板打好蜡,把客厅打扫干净。梅拉尼在厨房里忙得团团转,烤肉做汤,香味扑鼻。车夫弗朗西斯被分派帮助奥诺里纳侍候宾客。园丁的老婆负责洗涮盘碗,园丁专候开门。这座古色古香的大房子,还从来没有这样热闹过。

一切都非常顺利。当蒙苏的公证人殷勤地提议为未来的新夫妇的幸福干杯的时候,埃纳博太太对赛西儿表现得十分亲切,并且向内格尔微笑着。埃纳博先生也表现得十分殷勤。他那笑容可掬的样子引起每个客人的注意,听说他重又得到了董事会的宠信,不久即将获得四级荣誉勋章,以嘉奖他镇压罢工的果断。人们对最近发生的事件避而不谈,欢乐中充满了胜利的气氛,喜宴变成了庆贺胜利的正式盛典。现在,人们总算得救了,又可以平平安安饱吃酣睡了!但是,有一个人谨慎地提到把鲜血洒在沃勒矿井土地上的死者,说这是一个必然的教训。格雷古瓦夫妇补充说,现在每个人都有责任到矿工村去,为受伤的人包扎伤口,这时全场的人一致表现出极为感动的样子。至于格雷古瓦夫妇,已经恢复他们往日的亲切和平静态度,原谅他们善良的矿工,好像已经看到矿工在矿井里表现出百多年来所固有的那种良好的驯服榜样。现在,不再惊慌不安的蒙苏名流们,一致认为必须审慎地研究工资问题。在吃烤肉的时候,胜利达到了顶峰。埃纳博先生宣读了主教的来信,内称已把兰威神甫调走。当地的资产阶级都激动地议论着这个把士兵说成是凶手的神甫。在用饭后点心的时候,公证人硬装出一副自由思想家的样子。

德内兰先生和他的两个女儿也在那儿。在这种欢快之中,他尽量不露出自己破产的忧伤。就在这天上午,他在契约上签了字,把旺达姆矿卖给蒙苏煤矿公司了。他被弄得走投无路,喘息不得,只好接受了那些董事们的苛刻条件,把他们垂涎已久的猎物给了他们,勉强换到刚够还债的钱。最后,他算是一种幸运,接受了留他担任矿区工程师的建议,完全以雇员的身份来监管这个自己财产全部葬于其中的矿井。这是个体小企业的丧钟,预告着小业主即将灭亡,被贪得无厌的资本这个妖怪一个一个吃掉,被大公司的汹涌浪潮淹没。他清清楚楚地意识到,承担这次罢工损失的只有他一个人,人们在为埃纳博先生的玫瑰勋章干杯的时候,也正是庆贺他的破产。他唯一的一点安慰,就是看到露西和约娜那样泰然自若,她们穿着新翻改的衣服,十分愉快,对于破产毫不在乎,真是具有大丈夫气魄的美丽姑娘,根本不把金钱放在眼里。

当大家到客厅去喝咖啡的时候,格雷古瓦先生把他的表

弟拉到一边,对他勇敢地下了决心表示庆幸:

"你要怎么样呢?你唯一的过错,就是你冒险把你在蒙苏公司的那一百万股金投到了旺达姆。你自讨苦吃,结果你的股金白白葬送在这个倒霉的事业中了,而我的那一份,却还在我的抽屉里原封没动,仍然使我过着安闲的日子,什么也不用干,并且还可养活我的子孙后代。"

二

星期日,天一黑,艾蒂安从矿工村溜出来。晴朗的天空挂满星斗,黄昏的蓝光照着大地。他先向运河走去,然后又沿着河岸慢慢走向马西恩纳。艾蒂安最喜爱在这条小路上散步,这条八公里长的小路,绿草如茵,沿着宛如一条望不到头的银带似的运河笔直地伸延出去。

在这条小路上,他从来没有遇到过一个人,然而这一天,他受到了搅扰,看到一个人迎面走来。在暗淡的星光下,两个单独散步的人,直到脸对脸的时候才互相认出来。

"啊,是你呀!"艾蒂安低声说。

苏瓦林点了点头,没有回答什么。他们俩一动不动地站了片刻,接着并排向马西恩纳走去。两个人似乎各自继续想着自己的心事,好像彼此相距很远一样。

"普鲁沙在巴黎的成功,你在报纸上看到了吗?"艾蒂安终于问道,"当他在贝尔维尔开完会走出会场的时候,人们夹道欢迎他,向他欢呼……呵!他虽然得了气管炎,可是现在名扬四海了。今后,他愿意怎样就可以怎样。"

机器匠耸了耸肩。他瞧不起那些能说会道的轻浮之徒,认为他们搞政治就跟当律师一样,目的不外乎依靠花言巧语来赚钱。

艾蒂安现在接触到了达尔文学说。他在一本售价二十五生丁的通俗小册子里,曾读了一些概述达尔文学说的片断。他竭力要从他并没有理解透彻的这个学说中,引出一个为生存而斗争的革命思想:瘦子应当吃胖子,强大的人民群众应当吞食无力的资产阶级。但是,苏瓦林发火了,他滔滔不绝地叙述接受达尔文思想的社会主义者的愚蠢无知,说达尔文是在自然科学中宣传不平等的使徒,指责他的有名的自然淘汰学说只对贵族哲学家有用。他的同伴却坚持自己的看法,要和他辩论一下。苏瓦林用下述的假定说明自己的怀疑是有道理的,他说如果旧社会不存在了,人们把它清除得一干二净,连一点渣滓都不剩,那么新世界难道就不会慢慢被与现在相同的不公正所腐蚀吗?不是仍然要有一些人生病,而另一些人健康,一些比较聪明伶俐的人享有一切,而另一些比较愚笨懒惰的人又要变成奴隶吗?于是,在这种永无休止的灾难面前,机器匠大叫起来:既然人类与正义不能共存,那就让人类统统死光。社会竟如此腐败,屠杀竟如此残忍,连最后一个活人也不能安生。然后,两个人又陷入沉默。

苏瓦林低着头,在柔软的草地上走了很久,他陷入沉思,以致走在河堤的边缘上仍那么平静安稳,就像一个梦游者走在檐前的雨溜上。后来,他无缘无故地突然一惊,好像碰到了一个幽灵。他抬起头来,脸色煞白,接着轻声问他的同伴:

"我跟你说过她是怎样死的吗?"

"谁?"

"我妻子,在俄国。"

艾蒂安做了一个茫然不知的手势,对他的颤抖声音和突然想要透露自己的心事感到惊讶,因为他是一个一向冷漠的人,对自己和别人都抱着禁欲主义的态度。艾蒂安只知道那个女人是一个小学教师,是在莫斯科被绞死的。

"事情没有成功,"苏瓦林讲道,他的眼睛失神地望着夹在青苍高大的树木中间的银色运河,"我们在地洞里待了十四天,在铁路下面埋了地雷,但是被我们炸毁的不是沙皇乘坐的列车,而是一列普通客车……后来,阿奴什卡被捕了。那时,她每天晚上打扮成乡下女人,来给我们送面包。点火线的也是她,因为男人容易被人发现……在公审她的整整六天时间里,我都混在人群中……"

他的声音哽住了,一阵咳嗽憋得他喘不上气来。

"有两次我甚至想喊叫,从人们头上蹿到她跟前去,但是这有什么用呢?少一个人就是少一个战士。当她那两只大眼睛和我的眼睛相遇的时候,我清楚地看出,她在用眼睛告诉我,不要那样做。"

他又咳嗽了一阵。

"最后一天,我也在广场上……天下着雨,那些蠢猪们被雨淋得不知所措,手忙脚乱。他们用了二十分钟才绞死另外四个人。绞到第四个人,绳子断了……阿奴什卡挺身站在那里等待着。她看不见我,就用眼睛在人群里寻找。等我站到了一块界石上面,她才看到我,于是我们两个的目光就再也没有离开。她死了以后,眼睛还看着我……我挥了挥帽子,就走了。"

又是一阵沉默。宛如一根银带的运河伸向没有尽头的远方,两个人用同样沉重的脚步向前走着,好像又各自寻思起自己的心事来。在地平线的尽头,暗淡的河水好像一道窄窄的亮光直通天空。

"这是对我们的惩罚,"苏瓦林用激烈的声音继续说,"我们相爱是有罪的……是啊,她死得伟大,她的血会唤起无数的英雄,而我也不再怯懦……啊!什么人都没有了,没有父母,没有妻子,也没有朋友!一旦需要我去要别人的生命或献出自己的生命的时候,没有任何东西会使我手软的!"

艾蒂安停下来,在夜晚袭人的寒气中哆嗦着。他没有表示什么,只是说:

"我们走出来很远了,回去好吗?"

他们掉过头,向着沃勒矿井慢慢走回来,刚刚走了几步,艾蒂安又说:

"你看见新出的布告了吗?"

这是指今天早晨公司又派人张贴的那些黄色大布告。这一次比前一次明确、缓和,答应只要被裁的矿工第二天下井,就发还他们的记工簿。既往不咎,甚至保证不追究那些危害性最大的分子。

"是的,我看到了。"机器匠回答说。

"那么,你有什么看法?"

"我看一切全完了……大家一定会下井的。你们都是胆小鬼。"

艾蒂安激动起来,开始替同伴们辩解。光杆儿一个人,当然可以什么都不怕,而饿得要死的一群人就无能为力了。两个人一步一步地回沃勒矿井,在矿井的漆黑的建筑物前面,艾蒂安继续说着,发誓自己绝不再下井,可是他原谅那些将下井的同伴。后来,他想了解一下,听说木工还没有把竖井的井壁修好,是不是井壁的木板真的被土挤得鼓起来,以致有五米多长的一段地方,连罐笼上下都会蹭着?沉默不语的苏瓦林,只是简单地回答了几句。他昨天还上班去了,罐笼上下确实有磨擦,开机器的必须加大马力,才能让罐笼从那儿过去。人们对此提出意见,所有的工头却都同样气愤地回答:我们要的是煤,那个等以后再修理。

"你看着吧,非塌了不可!"艾蒂安嘟哝说,"那才热闹了!"

苏瓦林两眼盯着模糊不清的矿井,平静地作出结论:

"既然竖井要塌,劝同伴们回去下井,他们一定会吃苦头的。"

蒙苏的钟楼正敲九点。艾蒂安说要回去睡觉,于是苏瓦林又补充了一句,并没有伸出手来跟他握别:

"好吧,再见,我要离开这里了。"

"怎么,你要走了?"

"嗯,我要回了我的记工簿,我要到别的地方去。"

艾蒂安又惊异又激动,直勾勾地望着他。两个人一起走了两个钟头,苏瓦林才把这件事情告诉他,而且是用那么平静的声音说出的。但是,正是这个突然分离的消息,使他心里感到难过。他们俩彼此了解,在一起吃过苦,想到以后再也不能见面,不免感到伤心。

"你要走,你要到哪儿去呢?"

"到那边去,我自己也不知道什么地方。"

"我们还能相见吗?"

"我想不会了。"

两个人都不言语了,面对面地站了片刻,彼此都找不到什么话说。

"那么,再见吧。"

"再见。"

艾蒂安走上矿工村的斜坡,苏瓦林转身又回到运河的堤岸上。现在,这里只有他一个人,他低着头不停地向前走,走进漫无边际的黑暗之中,逐渐变成夜色中的一个活动的黑影。他不时停下来,数着远处传来的报时钟声。午夜的钟声响过以后,他才离开河岸,向沃勒矿井走回来。

这时候,矿上空无一人,他只遇到了一个睡眼惺忪的工头。要到两点钟,才能供气开工。他到更衣室去取他故意丢在柜子里的上衣,上衣里面包着工具:一把安着钻头的手摇钻、一把非常结实的小锯、一把锤子和一个凿子。然后,他又走开了。但是,他并没有从更衣室出来,而是溜进通向安全井的窄过道。他夹着上衣,也没有带灯,悄悄地走下去,数着梯子来计算深度。他知道,罐笼是在三百七十四米的深处与内壁的第五个壁托相蹭的。他数到五十四节梯子时,就用手摸索起来,摸到了鼓出来的木板。就是这个地方。

他好像对自己所要做的工作作了深思熟虑的熟练工人一样,立刻灵巧又沉着地工作起来。他在安全井的隔板上锯开一个口,和提升井打通。随后,他赶紧划一根火柴,借着光亮看了看井壁的情况和最近修理的情形。

在加莱和瓦朗西纳之间的地区,开凿矿井困难空前,因为地下经常有水,在水平最低的盆底处形成巨大的水流,妨碍掘进。只有安装壁板,就是说像做木桶似的,把木板连接起来,拦住汹涌的泉水,才能使竖井跟地下湖隔开,这样,又深又浊的湖水就紧紧被隔在壁外。在开凿沃勒矿井的时候,曾经不得不安装两道壁板,一道在竖井的上部,从流沙和白色黏土当中穿过,流沙和黏土的周围是布满缝隙的白垩地层,所以就像吸满了水的海绵一样;另一道在竖井的下部,底下紧挨着煤层,这里有细如面粉的黄沙,像液体似的流动着。所谓的"急流"也就在这里,它是一个地下海,是诺尔省煤矿的威胁,是波涛汹涌而容易翻船的大海,是无人知晓、深不可测、在地下三百多米的地方翻着黑浪的大海。在一般的情况下,尽管压力很大,井壁还支持得住。可是,就怕附近的岩层由于老巷道长年累月地开采而发生塌方,从而造成岩石裂缝,进而慢慢延长到板壁,使壁板逐渐变形,向竖井里边鼓起。那时,就有发生严重事故的危险,就会有崩塌和洪水的威胁,矿井将会像发生雪崩一样被泥土和地下水彻底毁掉。

苏瓦林跨在自己刚打开的洞口上,看到井壁的第五个壁托变形变得十分厉害。木板已经鼓出框架,有的甚至出了榫槽。在接缝处,可以看见很多被矿工们称作"小嘴"的渗水的地方,水从用浸油麻塞起来的板缝中喷出来。由于时间仓促,木工们只在角上加了些角铁,而且做得也很粗糙,连螺丝都没拧好。毫无疑问,在壁板后面,"急流"中的沙子正在猛烈活动。

于是,他用手摇钻拧松角铁上的螺丝,拧到只要再一震动,就能完全脱落下来的程度。这是一种疯狂的冒险行为,不知多少次他都险些从这一百八十米的高处跌到井底。他必须用手抓住橡木罐道,抓住罐笼沿着滑动的木轨;他脚底下没有东西可蹬,只扶着这里那里连着一点的几根横木来回活动。他时而弯下身去,时而又坐起来,时而后仰,时而只用一个臂肘或一个膝盖支持着身子,十分镇静,丝毫没把死的危险放在心上。风几次要把他吹落深渊,但是,他都毫无恐惧地重又站稳了。接着他用手摸索着,又干起来,只是在又黏又脏的木梁中间辨不出方位的时候,他才划一根火柴照亮。拧松螺丝以后,他就开始拆木板。于是危险更大了。他发现一处要害,是一块牵掣着其他木板的木板,他就向这块木板猛攻。他又钻又锯,把板削薄,使它完全失去抗力。这时,从缝隙中滋出的水,使他的眼睛什么也看不见,浑身湿透了冰冷的水珠。划了两根火柴都灭了,剩下的火柴也都湿了。这是黑夜,黑得伸手不见五指。

这时候,他狂怒起来。只闻其声而不见其影的那个东西使他头脑发热。滴水如注的井筒内,漆黑可怕的气氛,激起了他破坏的疯狂劲头。他朝壁板尽情发泄怒火,时而用手摇钻,时而用锯,能破坏什么地方就破坏什么地方,恨不得立刻使壁板在自己头顶上断裂。他拿出残忍的力量,就好像是手持利刃猛戳他恨之入骨的对头一样。他一定要杀死沃勒矿井这只恶兽,这只天天张着大嘴,不知吞食了多少人肉的恶兽!他手里的工具叮当作响,他一会儿直腰,一会儿爬行,一会儿上,一会儿下,好像一只夜鸟在钟楼架之间扑腾。他一直摇摇摆摆而没有掉下去,真是奇迹。

接着,他又冷静下来,很不满意自己。难道就不能冷静地干吗?于是,他又不慌不忙地回到安全井里,用锯下来的那块木板把那个窟窿堵好。这就行了,他不愿意做过大的破坏,以免引起人们注意,马上来修理。这个怪兽腹内已经受伤,是死是活到晚上便知分晓。他苏瓦林在这里留下了名;胆战心惊的人们,将会看到这只怪兽没有得到好死。他从容不迫地用上衣裹好工具,慢慢地顺着梯子爬上来。然后,神不知鬼不觉地溜出了矿井,甚至连衣服都没想到换。时间正是夜里三点钟。他停在大路上,在那里等待着。

与此同时,一直没有入睡的艾蒂安,听到漆黑的房间里有轻微的声音,心里嘀咕起来。他听了听,这是孩子们的轻微呼吸声,那是长命佬和马赫老婆的鼾声,他身边的让兰则发出长长的哨声。或许是他在做梦吧,他刚要翻身再睡,又听到有声音。这是草垫子发出来的沙沙声,一定有人正在悄悄地爬起来,他以为是卡特琳不舒服了。

"是你吗?你怎么了?"他低声问道。

没有人回答,只有不停的鼾声。他等五分钟,什么动静也没有。后来,又听见一阵响声。这一次他可没有弄错,他一面走过去,一面用手在黑暗里摸索着,想摸到对面的床。当他发现年轻姑娘已经醒来,正屏着呼吸警惕地坐在床上的时候,他吓了一跳。

"喂,你为什么不答应呀?你到底怎么啦?"

她终于开口了:

"我要起来。"

"这时候就起来?"

"嗯,我想到矿上去干活。"

艾蒂安十分激动,坐到褥子边上,听卡特琳诉说她的理由。一点活也不干,整天看别人的白眼,她实在受不了,宁肯回那里受沙瓦尔的气。假使母亲不肯要她挣来的钱,那么她已经大了,满可以单独过活了。

"你躲开吧,我要穿衣服了。你要是心疼人的话,就什么也别说,行不行?"

但是,他仍然待在她身边,又难受又可怜地搂住她的上身。他们俩只穿着衬衣,在温暖的床边上紧紧地靠在一起,感觉到肌肤的温暖。她起初还打算把他推开,接着便搂住他的脖子,低声哭起来,紧紧搂着他不放。由于过去他们不幸的相爱从未得到过满足,现在他们这样待在一起,感到得到了人间最大的满足,再没有什么可求了。难道就永远没有希望了?既然他们俩完全是自由的,难道他们就不能有一天大胆地相爱吗?应该找个机会来驱除那种羞怯——由于连他们自己也说不清的种种想法而产生的妨碍他们在一起的局促不安。

"你还是去躺着吧!我不愿意点灯,那会把妈妈惊醒的……时候不早了,放开我吧!"她低声说。

他没有听她的,仍旧热烈地紧紧抱着她,心里充满无比的忧伤。一种平静的需要,一种不可抗拒的幸福的需要,使他完全陶醉了;他好像觉得自己已经结了婚,住在一所整洁的小房子里,两个人在那里白头偕老,再也没有别的妄想。只要有面包吃他就知足,哪怕只有一个人的面包吃也可以,那就给她一个人吃。别的又有什么用呢?人生不过如此吧?

她松开了她赤裸的双臂。

"我求求你,放开我吧。"

这时,艾蒂安灵机一动,在她耳边说:

"等一等,我跟你一块儿去。"

说出这句话来,连他自己也感到惊异。他曾发誓不再下井,这种突如其来的念头是怎样来的呢?他连想也没想过,丝毫没加考虑就脱口而出了。现在,他心里非常平静,他的犹豫完全消除了,他像一个侥幸得救的人一样,好像终于找到了摆脱痛苦的唯一门路,决心这样做。卡特琳明白,他这是为她牺牲自己,但她生怕他在矿井里会遭受别人的恶言恶语,因此表示十分担心,艾蒂安却不肯听她的,既然布告上已经公开答应宽恕一切罢工的人,他什么也不在乎。

"我愿意去上工,这就是我的想法……我们穿衣裳吧,不要出声。"

他们摸着黑,万分小心地穿起衣裳来。她头天晚上就偷偷把工作服准备好了;他则从衣橱里拿出一件上衣和一条裤子。两个人没有洗脸,恐怕挪动脸盆会弄出响声。全家还在熟睡,不过他们必须通过母亲睡觉的狭窄的过道。他们动身的时候,不巧撞到一把椅子上。母亲醒了,她在蒙眬中问道:

"谁呀,嗯?"

卡特琳吓得浑身颤抖,停了下来,紧紧攥住艾蒂安的手。

"是我,没事儿,"艾蒂安说,"我感到憋得慌,出去透透气。"

"嗯,好吧!"

马赫老婆又睡着了。起初卡特琳一动不动,后来终于走到楼下来,把昨天留下来的一块三明治分成两份,这块面包还是蒙苏的一位太太给她的。然后,他们轻轻地关好门,走了。

苏瓦林仍旧立在万利酒馆附近的大路拐角上。半个小时以来,他一直望着黑暗中模糊不清的重又去上工的矿工们,像羊群一样脚步杂沓地走过去。他像屠夫在屠宰场门口数牲畜一样地数着他们,复工的人数使他很吃惊,即使照他最悲观的想法,也想不到会有这么多的胆小鬼。上工的人群络绎不绝,他僵直地站在那里,怀着冷酷的心情,咬着牙,瞪着两只闪光的眼睛。

在这川流不息的人流中,他分辨不清人们的面孔,但是他从走路的姿态上认出来一个人,不禁一愣。他立刻走上前去,叫住了那人：

"你到哪儿去？"

艾蒂安吓了一跳,答非所问地吞吞吐吐说：

"怎么,你还没有走啊！"

然后,他承认他要回到矿井去。当然,他曾经发过誓,可是,揣着手什么也不干,等着可能在一百年以后才实现的事情,这算什么日子呢？再说,他也有决定这样做的理由。

苏瓦林听了,气得浑身直发抖。他一把抓住艾蒂安的一个肩膀,把他往回一推。

"我要你给我回去,听见没有！"

这时,卡特琳走上来,苏瓦林认出了她。艾蒂安反抗着,他声明不容许任何人过问他的事。机器匠的目光从年轻姑娘身上转到同伴身上,同时做了一个"随你便吧"的手势,后退了一步。一个男人的心要是叫女人给迷住,那就算完了,让他死去吧。或许在一瞬间他仿佛又看到了在莫斯科被绞死的妻子,自从他割断了最后这根情丝以后,他完全可以毫无顾忌地要别人性命或是舍弃自己的性命。他只简单地说了声：

"你去吧。"

艾蒂安感到很窘,迟疑了一会儿,想找一句亲切的话说,免得就这样分手。

"那么,你还是要走吗？"

"是的。"

"那么好,把你的手给我,老朋友。祝你一路平安,消灾避难。"

苏瓦林冷冷地伸给他一只手。他不要朋友,也不要女人。

"这一次真的再见了。"

"好吧,再见。"

苏瓦林一动不动地站在黑暗中,目送着艾蒂安和卡特琳走进沃勒矿井。

三

四点钟开始下井了。丹萨尔亲自到灯房的登记处来登记上班的每个工人,同时吩咐灯房发给安全灯。他二话不说,完全按布告上说的,来一个登记一个。可是当他发现艾蒂安和卡特琳出现在小窗口前的时候,不由得一愣,脸涨得通红,开口想拒绝登记,后来只是表示了一下胜利,用讥笑的口吻说:哈哈!强中魁首也趴下了?还是公司走运,连蒙苏的胜利者也又来向它讨面包了!艾蒂安一声不响,领了安全灯,陪着卡特琳向竖井走去。

收煤处的大厅正是使卡特琳担惊受怕的地方。她生怕在这里遭到同伴们的恶言恶语。偏巧冤家路窄,刚一进门就碰见了夹在二十多个矿工中间等着下井的沙瓦尔。他气冲冲地向她走来,看到艾蒂安,又站住了。于是他故意耸了耸肩膀来嘲弄侮辱她,似乎在说:这太好了!有人占了他的热被窝,那有什么关系,这样更省事!那位先生喜欢拾破鞋,那是他自己的事。不过,他表示了这些蔑视侮辱之后,仍然产生了强烈的醋意,两眼直冒火。同伴们谁也不说话,垂着眼皮一动不动,只是向新来的人斜了一眼,然后拿着灯直勾勾地望着竖井井口,神情沮丧,没有一点火气。在这个四面透风的大厅里,他们穿着薄薄的粗布上衣,冻得直哆嗦。

罐笼终于停到刹栓上,有人喊他们上罐。卡特琳和艾蒂安挤上皮埃隆和另外两个挖煤工乘的一辆斗车。沙瓦尔在旁边一辆斗车里,他大声对老穆克说,管理处没借这个机会把那些毒害矿井的无赖清除出去,实在不应该。但是老马夫已恢复了他那吃苦认命的态度,不再为儿女们的死表示气愤,只做了一个手势回答他,表示不要再提这些了。

罐笼开动了,人们沉入黑暗。谁也不再说话。当罐笼下到三分之二的地方时,突然发生一阵可怕的摩擦,叮咚乱响,把人们震得你撞我、我撞你。

"他妈的,"艾蒂安骂道,"难道他们想把我们挤死吗?像这样倒霉的井壁,我们早晚也得死在井里!他们还说已经修理过了呢。"

然而,罐笼总算通过了障碍。现在,罐笼在瓢泼大雨之下降落着,工人们听到哗哗的水声很不放心。一定是井壁木板接缝处漏水的地方太多了。

皮埃隆已经上班好几天了,有人问他这是怎么回事,他不愿意表现出他的担心,因为这样会被人认为是对管理处的不满,于是他回答说:

"噢,没关系!这是常有的事。一定是他们没来得及把'小口'堵好。"

像大雨一般的渗水在他们头顶上哗哗响着,他们降到最后一个罐笼站时,就好像处在悬河之下一般。但是,没有一个工头想到从安全井爬上去看看是怎么回事。可能认为有抽水机就够了,今天夜里,木工就会去检查井壁的接缝的。在巷道里,为了重新安排工作,费了很大事。工程师决定所有的人在头五天里统统做一些最紧迫的加固工作,然后再回到各自的采掘面去干活。到处都有倒塌的危险。巷道损坏得十分严重,几百米长的巷道里的坑木都需要修理。于是,在井下组成了每十个人一组的工作队,每组由一个工头带领,分赴毁坏最严重的地方去工作。矿工们全部下完井以后,总共是三百二十二人,约占矿井全部开工时工人总数的一半。

沙瓦尔跟卡特琳和艾蒂安编在一个小组里,这并非出于偶然,他先是躲在同伴们身后,然后强要工头把他编到这一组。他们这一组负责清除约在三公里以外的北巷道头上塌下来的一堆土,土堆挡住了"十八吋"①矿层的一个坑道。他们用镐和铁锹清除塌下来的矿岩,艾蒂安、沙瓦尔和另外五个人铲土装车,卡特琳和两个徒工把土推往绞车道。他们很少说话,工头一步不离地守在一边。但是推车女工的两个情人几乎动手打起来。旧情人一面骂骂咧咧地说他已经厌弃这个婊子了,一面仍缠住她不放,不怀好意地推挤她,因此新情人威胁他说,假使他不让她安逸的话,就非揍他不可。两个人怒目相视,人们不得不把他俩分开。

快八点钟的时候,丹萨尔来了,想看一看工作的情况。他好像很不痛快,向工头发了一通脾气:什么都没搞好,坑木需要全部更换,这叫什么活儿呀!临走,他说回头还要跟工程师一起来。他从早晨就等着内格尔,不知道为什么到现在还没有来。

一个钟头又过去了。工头昐咐停止清除工作,要所有的人都去支撑坑顶。就是推车女工和两个徒工也不再运土,他们得准备和搬运坑木。他们这一组在煤矿的尽里面,好像是在前哨阵地,跟任何工作面都没有联系。他们有好几次都听

---

① 工人们给工作面起的名字。

到一些奇怪的声音,隐隐的奔跑声,这使他们回过头来问:怎么了?好像说,坑道里已经没有人了,同伴们都朝井上跑去。可是,声音消失了,矿井陷于深深的寂静中,他们继续支坑木,锤子的声音震得人发昏。最后,他们又去清除和推土。

刚推了一趟,卡特琳就惊慌地回来说,绞车道上一个人也没有了。

"我喊了半天,没一个人答应,都跑光了。"

十个人立刻慌了神,扔下工具就跑。一想到自己单独被丢在离罐笼站这么远的地方,留在矿井的最底层,他们简直疯狂了,他们只带上自己的安全灯,男人、孩子、推车女工,一个跟着一个迅速地奔跑,连工头本人也不知道如何是好了。他呼喊着,在这个一眼望不到头的荒凉巷道的寂静中,越来越感到恐怖。究竟出了什么事?怎么连一个人也碰不到?发生了什么意外,竟把同伴们全都卷走了?他们越不了解他们所感到的无名的危险,就越发恐怖。

最后,当他们跑近罐笼站时,一股急流挡住了去路。他们立刻蹚进没膝深的水里,再也跑不起来。他们艰难地蹚着水,心里想,哪怕耽误一分钟也会把命丢掉的。

"他妈的,井壁崩裂了,我原来就说我们非死在这里不可。"艾蒂安喊道。

皮埃隆从开始下井,看到从竖井上下来的洪水越来越大,就十分担心。他和另外两个人往罐笼里推斗车的时候,一抬头,就浇了一脸水,耳朵里嗡嗡响着上面暴风雨的吼声。当他发现脚下十米深的积水坑已经涨满,水从木板下溢出,漫到铁板上时,更吓得浑身颤抖。这证明漏水太多,抽水机已经抽不完,他听到抽水机被堵塞发出的咯咯响声。他赶忙报告了丹萨尔,丹萨尔气得直骂,回答说必须等着工程师。丹萨尔后来又到井口来了两次,他除了气愤地耸耸肩膀以外,什么主意也没有。哼,水不停地涨,他有什么办法?

老穆克牵着去干苦役的"战斗"来了,这匹昏睡不醒的老马突然尥起蹶子来,它向竖井伸着脖子,拼命嘶叫,老穆克不得不用两只手拉住它。

"怎么回事,哲学家?有什么使你担心的?……啊,原来是下雨呀。来吧,这不关你的事。"

但是,这匹牲口浑身的毛皮不住地颤动,老穆克使劲儿才把它拉到运煤巷道上。

几乎就在老穆克和"战斗"刚刚消失在一条巷道里的一刹那,空中嘎啦一声,紧接着是很长的一阵乒乒乓乓的坠落声。一块板壁从竖井的一百八十米的高处在井壁之间左碰右撞地掉落下来。皮埃隆和其他装罐工总算躲过了,橡木板只砸烂了一辆空斗车。与此同时,一大股水像决了堤一样倾泻下来。丹萨尔想要上去看看,但是话音未落,第二块壁板又落下来。面对着这场迫在眉睫的灾祸,他惊慌起来;他不再犹豫,吩咐立刻出井,并派工头去通知各个工作面的工人。

顿时出现了一场可怕的拥挤。一串串的工人从各个巷道飞奔而来,一窝蜂似的拥向罐笼。他们拥挤着,为了立刻上去,简直命都不要了。有几个人想从安全井上去,上了一段又退回来,喊叫说安全井已被堵死。这时,每当罐笼升上去一次,每个人就格外惶恐不安,大家担心地想,这一罐过去了,下一罐能过去吗?竖井里堵着这么多的障碍物。上面一定还在塌落,因为人们隐约听到一阵阵的破裂声,壁板在越来越大的洪水的轰鸣声中不断裂开、崩溃。有一个罐笼很快就被碰坏,不能用了,不能再在罐道上滑动,无疑罐道也断了。另一个罐笼也擦碰得非常厉害,甚至钢缆都要拽断了。但是还有一百多人没上去,他们气喘吁吁地你拖住我,我拉住你,弄得头破血流,泡在水里。有两个人被掉下来的木板砸死了。第三个人抓住了罐笼,但上了五十米就跌下来,掉进积水坑里不见了。

这时候,丹萨尔在竭力维持秩序。他拿着一把尖镐,威胁说谁要是不服从命令,就把谁的脑袋砸开。他让人们排成一行,喊着要装罐工把同伴们都送上去以后自己再上去。但是人们不听他的。他阻止了吓得脸色煞白的胆小的皮埃隆,不准他最先上去,每上升一罐,他都得一耳光把他打开。但是他自己也吓得牙齿打战,再有一分钟他就要被埋在里面了,因为上面完全崩裂了,恰似江河决了堤,壁板像毁灭性的暴雨往下倾泻。丹萨尔已经吓得魂不附体,就在还有一些工人正朝这里跑来的时候,他自己也跳进一辆斗车,叫皮埃隆也跟着跳上去。罐笼上升了。

就在这时候,艾蒂安和沙瓦尔那一组人跑到了罐笼站。他们看见罐笼上去了,然后急忙跑过来,但井壁最后一次塌落下来,不得不马上又退回去。竖井堵死了,罐笼再也下不来了。卡特琳呜咽着,沙瓦尔声嘶力竭地破口大骂。他们一共有二十多人,难道这些可恶的工头就这样把他们丢在里面?老穆克不慌不忙地把"战斗"牵回来,他仍然拉着辔头,马和老人看见洪水迅速上涨,都吓呆了。水已没到大腿。艾蒂安咬着牙一句话不说,用两臂把卡特琳托起来。二十个人仰面吼叫,痴痴望着竖井,这个塌落后的窟窿泻下一道江河,他们再也不能从那里得到什么援救了。

丹萨尔到了井上,刚一走出罐笼,就看到内格尔跑来。也是该着,埃纳博太太那天早晨一起来就把他留下,要他看看物品样本,好选购定礼。现在已经十点钟了。

"喂!出了什么事?"内格尔老远就喊道。

"矿井完蛋了。"总工头回答。

丹萨尔结结巴巴地叙述了发生不幸的经过,工程师不相信地耸着肩膀,不至于吧,井壁怎么会这样就坏了呢?未免有些言过其实!需要去看一看。

"井底下没有丢下人吧?"

丹萨尔慌乱起来。是的,里面一个人也没丢下,至少他希望是这样。但是,也可能有没来得及赶上的工人。

"狗东西,那么你为什么上来了?怎么能把自己的人丢下不管!"

他马上命令查点安全灯。早晨一共发出去三百二十二盏安全灯,现在只收回了二百五十五盏,有几个工人承认他们在慌乱的拥挤中把灯丢在下面了。他们设法点了一次名,但是不可能得出确切的数目,因为有一些矿工跑开了,另一些听不到叫他们的名字,因此究竟缺多少同伴,其说不一,可能有二十个,也许是四十个。不过工程师认为有一点可以肯定,井底下有人。他俯身在井口上,从哗哗的水声中隐约地分辨出有人在塌落的壁板下面喊叫。

内格尔首先要做的,是派人去找埃纳博先生,并且想把矿封锁起来。但是已经太晚了,矿工们像被井壁崩裂的声音追赶似的跑回二四〇矿工村,他们吓坏了很多人家,一群一群的女人、老人和小孩子连哭带叫地从矿工村奔来。必须把他们挡回去,工头们排成一排,负责拦挡他们,不然他们会碍事。

很多上来的工人仍然呆呆地留在那里,连衣服也忘了换,吓得好像被钉在那个令人恐怖的、差一点把他们埋在里边的黑洞前面。女人们一窝蜂似的把他们围起来,央求他们,询问他们,向他们打听。这一个在里面吗?有那一个吗?还是有另外一个?他们不知道,支支吾吾地说不上来,浑身打着冷战,做着激烈的手势,好像要把仍然留在眼前的可怕的幻影赶走。人群迅速地增加着,大路上哭声四起。这时候,在矸子堆上,在长命佬避风的小屋里,席地坐着一个人——苏瓦林,他还没有走开,在那里观望。

"说出都有谁呀?说出都有谁呀?"女人们哽咽地喊道。

内格尔露了一下面,他只说了这样几句话:

"我们一知道姓名马上就发表。并不是没有一点希望了,所有的人都要救出来……我亲自下去。"

于是,人群满腹愁肠地默默等着。的确,工程师正沉着勇敢地准备下井。他命令摘掉罐笼,在钢缆头上系上一个吊桶,为了怕安全灯被水浇灭,又指示在桶下另外系上一盏,用桶挡着,以免浇灭。

面色苍白难看的工头们,颤抖着帮助做这些准备工作。

"你跟我下去,丹萨尔。"内格尔很干脆地说。

后来,当他看到谁也没有勇气下井,总工头吓得迷迷糊糊、站立不稳时,便轻蔑地一下子把他推开,说:

"算了吧,有你们反而添麻烦……我自己下去更好。"

他立刻坐进在钢缆上摇摇晃晃的吊桶里,一只手拿着安全灯,另一只手抓紧信号绳,亲自向开机器的发出命令。

"慢慢下!"

机器开动了,卷轴转动起来,内格尔消逝在不断传出遇难者的叫喊声的黑洞里。

井壁上部没有任何变动，内格尔看到井壁十分良好。他在竖井里来回摇摆转动，用灯照着井壁。壁板的接缝处漏水并不太厉害，他的安全灯没受到任何威胁。但当他到达三百米以下的井壁时，完全像他所预料的那样，手里的灯熄灭了，喷出的水灌满了吊桶。于是，他只有借着在黑暗中向下溜去的他身下的那盏灯进行察看。尽管他敢于大胆冒险，看到这样可怕的灾祸，也不禁打了一个冷战，面色变得苍白。井壁只剩下几块木板，其余的连同框架一起塌落下去了，壁板后面出现了许多大窟窿，像面粉一样细的黄沙大量地流着，同时瀑布般的洪水从那个波涛汹涌、覆舟沉船的无人知晓的地下海里倾泻出来，好像打开闸门似的。他还在往下降，被这些越来越大的空洞包围着，他感到迷惘，在喷泉的猛烈冲击下，他头昏眼花，已经什么也看不清，安全灯像个小红星星向下溜着，他好像在远远的一大片活动的黑影中看到毁灭的城市的大街和十字路口。在这里，人已经无能为力，他只剩下一个希望，那就是设法救出遇难的工人们。他越往下降，喊叫声听得越清楚。但是他遇到了无法通过的障碍，不得不停下来。折断的罐道的厚木板，副井的崩裂的隔板，以及被带落的抽水机的引水管，乱七八糟地堆在一起，堵住了竖井。正当他怀着沉重心情作较长时间的观察时，喊叫声突然停止了。无疑，水涨得太快，遇难的人们逃到巷道里去了，要么就是大水把他们淹没了。

内格尔没有办法，只好拉信号绳，要人把他提上去。接着他又命令停下。他想了解一下为什么会发生这样的意外事故，这太突然了，使他感到诧异，他检查了几块还没有掉下去的木板。他远远地看到木板上有锯痕和凿孔,吃了一惊。他的灯快要浇灭了,他用手指摸着木板,十分清楚地辨别出锯条和手摇钻的痕迹,这是一件有计划的卑劣的破坏勾当。很明显,这是有人故意制造的灾祸,他惊呆了。突然这几块木板咔嚓一声,连同框架一起掉落下去了,这是最后的坠落,几乎连他也带下去。他吓破了胆,一想到制造这一事件的人,他就毛骨悚然,一种对凶险的迷信恐惧,使他浑身发凉,好像制造这件事的那个人仍留在这里,躲在黑暗中;从这个人干出的弥天大罪来看,这是个凶恶可怕的人。他喊叫起来,一只手疯狂地拉动信号绳;这正是时候,因为他看到在一百米以上的地方,井壁也开始活动了,壁板的接缝处正在崩裂,浸油麻刀在脱落,水像小河般地涌出。现在看来,竖井的壁板将完全脱落,最后整个坍塌,只是时间的迟早而已。

埃纳博先生正在井上不安地等待着内格尔。

"喂,怎么回事?"他问道。

但是工程师的嗓子哽住了,一句话没说,他几乎要昏倒了。

"这是不可能的,从来也没见过这样的事……你检查过吗?"

内格尔带着不放心的目光点了一下头。他不愿当着在一边听着的几个工头们讲这件事,他把叔父拉到十米以外,仍然觉得不够远,又往后退了一些,然后用很低很低的声音附在耳边把这桩破坏阴谋说了出来:壁板上钻得到处是洞,并用锯锯过,矿井的咽喉已被割断,它眼看就要断气了。经理的面色变得灰白,在这样可怕的巨大损失和灾祸面前,他本能地感到需要保持沉静,同样也压低了声音。在蒙苏的一万名工人面前显出战栗惶恐的样子,是没有好处的,这以后就会看出来。他们俩继续耳语着,竟有这样胆大包天的人,自己悬在半空中,冒着九死一生的危险,下到井里干出这样骇人听闻的勾当,使他们感到可怕。他们甚至不能理解这种疯狂大胆的破坏行为。事情虽然清楚地摆在面前,可是他们仍然不肯相信,如同人们不相信犯人从离地面三十米高的窗口跳出去越狱的有名故事一样。

埃纳博先生重又回到工头们面前,他的脸一阵抽搐扭歪了。他做了一个绝望的手势,命令大家马上离开矿井。这简直是送葬的景象,人们默默地离开,不住地回头看那些巨大的、空空的、还未倒下的建筑,再没有任何力量可以挽救它了。

经理和工程师最后从收煤处走下来,人群一再向他们喊着:

"说出姓名来,说出姓名来!把姓名告诉我们!"

这时,马赫老婆也在女人们中间。她一听说这件事,想起了夜里的动静,女儿无疑是和艾蒂安一块儿走的,他们一定是在井底下,于是,她嚷叫说:这可好极了,这些没有良心的胆小鬼,活该死在里面。随后她也跟着跑来,站在最前面,痛苦地颤抖着。她身边的人议论纷纷,听见人们提到的名字,她更清楚了,再也不怀疑。是的,没错,卡特琳在里面,艾蒂安也在里面,有一个同伴看到过他们。至于别的人,说法很不一致。不,没有这一个,有那一个;也许有沙瓦尔,可是一个徒工却发誓说,沙瓦尔跟他一起上来了。勒瓦克老婆和皮埃隆老婆,虽然自己家里没有人遇难,却也和别人一样哭叫得那么厉害。头一批上来的扎查里,虽然平素对任何事都满不在乎,这次也抱着老婆和母亲哭起来,然后站在母亲旁边跟她一起颤抖着,对于妹妹的下落,表现出一种出人意料的莫大关切,由于头头们没有正式证实,他不肯相信妹妹也在里面。

"说出姓名来,说出姓名来,请你们把姓名告诉我们!"

内格尔已经身心交瘁,大声对监工们说:

"叫他们住嘴!简直把人烦死了。姓名,我们不知道。"

两个小时过去了。刚一发生这场恐怖时,谁也没想到雷吉亚的那个旧矿井。就在埃纳博先生声明要设法从雷吉亚矿井救人的时候,人们传说,刚刚有五个工人从废弃的旧安全道攀着腐朽的梯子从大水里逃出来了。其中有人提到老穆克的名字,引起了一阵惊异,因为谁也认为老穆克在井下。逃出来的五个工人的叙述,使人们哭得更厉害了。他们说,另外十五个同伴没能跟他们一起上来,他们迷了路,被坍塌的东西堵在里面,不可能去救他们了,因为雷吉亚矿井里面的水已经有十米深。人们知道了每个人的名字,于是立刻响起了一阵像遭到屠杀似的号哭。

"快让他们住口!"内格尔气愤地又嚷道,"叫他们躲远一点!对,对,到一百米以外去!这里有危险,叫他们躲开,叫他们躲开。"

人们不得不和这些穷人推搡起来,他们心里揣摩着会有别的不幸,认为把他们赶走准是为了把死人藏起来。工头们只好向他们解释,说竖井里的水很快就会使矿塌陷下去的。这一说把他们吓呆了,终于被迫一步步地后退,但是,还必须增加人拦住他们,他们像有人牵着似的,总是不由自主地又走回来。一千来人在大路上拥挤着,人们从各个矿工村,甚至有的从蒙苏向这里跑来。矸子堆上的那个人,那个长着满头金发和女人面孔的男人,抽着纸烟消磨时间,两只明亮的眼睛一直盯着矿井。

这时,人们开始等候消息。已经中午了,谁也没有吃饭,谁也不肯离去。在雾气蒙蒙的灰暗色的天空中,彤云慢慢飘过。人群的活动,引得拉赛纳的一条大狗在篱笆后面不住地狂吠。人们逐渐散到附近的田地里,在一百米以外围成一个圈,把矗立在宽阔空地中央的矿井包围起来。那里没有一个人,没有一点声息,好像一片荒野。门窗敞着,显出被遗弃的景象,一只被丢下的红猫,嗅出这种寂寥的可怕,从一个台阶上跳下去不见了。蒸汽锅炉无疑刚刚熄灭,高高的砖砌大烟囱在阴云之下还冒着一缕轻烟,井楼上的滑车被风吹得吱吱响,发出刺耳的号叫,这是将要死亡的巨大建筑发出的唯一悲鸣。

两点钟了,还没有任何动静,埃纳博先生、内格尔,以及闻讯赶来的其他工程师,在人群之前形成一个穿大衣戴礼帽的集团;他们也没有离去,两腿累得生疼,被这样一个灾难弄得束手无策而感到万分焦急和沮丧,只是偶尔低声说几句话,好像守在一个临死的人的床前。一定是上井壁坍落下去了,人们听到剧烈的轰响,这是向深渊断续沉落的声音,紧接着是一阵沉寂。矿井的创伤又扩大了,从下面开始的坍塌,慢慢发展到上面来,已经接近地面。内格尔心焦得再也沉不住气,他想过去看一看,立刻独身向那个空无一人的可怕地方走去,这时一个人跑过去抓住了他的肩膀。有什么用呢?你什么也阻挡不了。然而,有个老矿工,趁别人没注意溜进更衣室,随后又平安无事地走出来,他是去找自己的木屐的。

三点钟敲过了,仍然没有什么变化。一阵倾盆大雨,把人们浇得精湿,但他们没有离开一步。拉赛纳的大狗又狂吠起来,到三点二十分,地面才发生了第一次震动。沃勒矿井震得直抖,但它很坚固,仍然稳立着。紧接着又发生了第二次震动,吓得人们大叫起来。涂柏油的选煤棚,摇晃了两下坍倒了,发出可怕的破裂声,在巨大的压力下,木架子七折八断,相互磨撞,闪烁着火花。而后,大地就不停地震动起来,震动一个接着一个,地下在塌陷,发出火山爆发的隆隆声。远处的狗已不再狂吠,它哀声哀气地呜呜着,好像是报告它已感觉到地震的来临。女人、孩子,所有在那里观望的人,每当被震动得一跳的时候,就不由自主地惊叫一声。不到十分钟,井楼的石板顶就坍下去了,收煤处和机器房裂成两半。然后,声音平息,塌陷停止了,又是一阵新的沉寂。

这样过了一个钟头,沃勒矿井好像遭到一支野蛮军队的炮轰一样,完全毁坏了。人们不再喊叫,往后退的人群围成一个更大的圆圈呆呆地望着。在选煤棚的一堆木头下,人们可以分辨出砸烂的翻车器和弯曲断裂的煤筛。不过,残骸堆积最多的还是收煤处,那里好像下过一场砖头雨,一堵堵的墙塌成碎砖砾。支着滑轮的铁架扭弯了,有一半陷进矿井;一个罐笼在那里吊着,被扯断的一根钢缆还在摆动,另外还有乱七八糟的一堆破烂斗车、铁板和梯子。出乎意料地,灯房一点没有损坏,左边露出一排排明亮的小安全灯。机器房破了一个大洞,可以看到里面的机器依旧稳稳地坐在机座上,铜零件闪闪发光,钢制的粗大支架好像不可摧毁的筋骨,巨大的曲柄弯曲着露在外面,好像一个精力饱满的静卧着的巨人的强健膝盖。

刚过了这段间歇,埃纳博先生又感到有了希望。地震大概结束了,又有了挽救机器和残存建筑的可能。但是,他仍然不许人们靠近,他想再等半个小时。这种等待使人难以忍受,希望使人们更加急躁,每个人的心都怦怦直跳。天边一片阴云越来越大,加速了黄昏的到来,凄怆的暮色笼罩了这片陆上风暴的残骸。七个钟头以来,人们就饿着肚子待在那里,一动也不动。

当工程师们小心翼翼地向前走去的时候,地面突然发生了一阵极其强烈的震颤,又把他们吓了回来。地下响起一阵可怕的排炮的爆炸声,地面上残存的一些建筑也倒塌了。一个漩涡先把选煤棚和收煤处的废墟吞没了,接着锅炉房也崩得无影无踪。接着,抽水机在那里呼呼喘气的那个方水塔,也像被子弹击中的人一样,栽倒在地。这时,人们看到一件惊人的事情:被撕得七零八碎的机器在作垂死挣扎,它活动起来,伸直它的曲柄——它那巨人的膝盖,好像要站起来,最后还是断了气,变成碎块,被吞噬了。只有那个三十米高的大烟囱依旧站立着,摇摇晃晃,好像暴风雨中的船桅杆。人们原以为它会倒下摔碎,化为齑粉,可是突然间它整个沉下去,被大地吞没了,像一支巨大的蜡烛熔化了,什么也没剩,连顶尖上的避雷针也没有留下。完了,这个蹲在凹地上吞食人肉的恶兽,再也不能又粗又长地喘气了。整个沃勒矿井彻底陷入了无底的深渊。

人群呼喊着四下奔逃。女人们捂着眼睛跑了,恐怖像风扫落叶似的把男人们也吹跑了。人们本来不想喊叫,然而在这个陷下去的可怕的大黑洞面前,他们却扬着胳膊,扯开嗓子喊着。这个熄灭的火山口,深达十五米,从大路伸展到运河,至少有四十米宽。整个贮煤场:巨大的台架、天桥和铁轨、一列斗车、三节火车皮也跟着楼房一起陷进去,还不算像干草一样被吞掉一大片锯好的备用坑木。在底下,只能看到一堆乱七八糟的木头、铁和砖头灰屑,在这场天塌地陷的灾难中堆积混合到一起的污秽龌龊的垃圾。洞口越来越大,裂缝从边上穿过田地伸向很远的地方,有一道裂缝竟达到了拉赛纳的酒馆,酒馆的门面也裂开了。矿工村是不是也要遭到这种灾难呢?在这个可怕的日子将结束的时候,在那块好像要压碎世界的乌云之下,逃到哪里去藏身呢?

内格尔痛苦地叹息了一声,退回来的埃纳博先生哭了起来。灾难还不算完,运河的一道河堤又决了口,滚滚的河水一下子流进一个裂开的地缝里,像一道瀑布泻入深谷似的不见了。煤矿喝着运河的水,现在,大水已经淹没了所有的巷道,而且要长久地淹下去。火山口很快便涨满了水,不久前这里还是沃勒矿井,现在变成了一片汪洋,就像上天震怒,把一些该罚的城市统统淹没在水下所形成的湖一样。周围是一片恐怖的寂静,只听到河水流入地心的轰鸣声。

这时候,苏瓦林才在震动着的矸子堆上站起来,他认出了马赫老婆和扎查里,正面对着崩溃的矿井呜呜地痛哭。塌陷的矿井,沉重地压在井底下那些奄奄一息的遇难者的头上。在变得漆黑的夜色中,苏瓦林扔掉最后一个烟头,头也不回地走了。他的身影越来越小,消失在远方的黑暗中。他要到人们不知道的地方去。他带着他那平静的态度走向毁灭,走向所有埋藏着炸药的地方,去毁掉城市和人类。毫无疑问,当垂死的资产阶级每前进一步,听到在它脚下的道路被炸的时候,那就是他干的。

四

埃纳博先生在沃勒矿井坍毁的当晚就动身到巴黎去了,要抢在报纸发表这个消息之前,亲自向董事们报告情况。第二天,当他从巴黎回来的时候,他神态自若,脸上带着素日那种端庄的管理人的神态。他显然已推掉了自己的责任,好像也未失宠,相反,二十四小时以后政府还明令,授予他四级荣誉勋章。

但是,经理虽然安然无事,蒙苏煤矿公司却被这严重的一击打得摇摇欲坠了。公司的一个矿井被堵死,这绝不是损失几百万法郎的问题,而是一个致命伤,它对将来是一个经久的隐患。公司受到重创,再一次感到必须保持缄默。把这场灾难声张出去有什么好处呢?即使发现那个卑鄙的家伙,又何必让他变成烈士呢?他那可怕的英雄行为会毒害其他人的思想,会促使产生大批杀人放火的凶手。再说,公司并没有断定谁是真正的祸首,最后它认为,一定是很多人同谋干的,它不相信一个人能有这样大的胆量和魄力,正是这种想法,使公司惶惶不安,认为今后这种威胁在它的矿井周围会越来越扩大。经理接到命令,要他建立一个庞大的密探系统,然后不声不响地把与事故有关的可疑的危险分子一个一个地清除。他们满足于这种清洗方式,认为这是非常稳妥的政治手段。

立即被革职的只有一个人,就是总工头丹萨尔。自从在皮埃隆老婆家闹出了那件丑闻以后,他已经不能再用。但开除他的口实是他在矿上出现危险时采取了不应有的态度,即长官丢开自己的士兵的怯懦行为。另一方面,这也是对于恨透了丹萨尔的矿工们的一种用心良苦的安抚。

但是,群众中却传播着许多流言蜚语,因此管理处不得不在一家报纸上发表了一个辟谣声明,否认这次事件是罢工者用炸药桶把矿井炸毁的。政府派来的工程师草草地进行了一下调查以后,立刻在报告中作出结论:此次事件系井壁的自然崩裂,大概是由于泥土的堆积所致。公司也甘愿一声不响地接受管理不周的指责。到第三天,巴黎的报纸就在社会新闻栏内大量刊登了关于这场灾难的消息,街头巷尾人们都在议论关于井下的遇难工人的事,抢着读每天早晨公布的电讯。甚至在蒙苏,只要一提到沃勒矿井的名字,有钱人就谈虎色变,噤若寒蝉,它形成了一种荒诞的传说,即使最大胆的人小声一提也要为之颤抖。当地人也对遇难者表示莫大的同情,人们成群结伙地跑到被毁的矿井去观看,甚至有的全家跑到那里去,战战兢兢地在重重压在遇难者头上的废墟前惊叹一番。

被聘为区工程师的德内兰,刚一就职便遇上了倒霉的差事,他干的第一件事就是使运河水退回原来的河床,因为这股洪水时时在使损失加重,必须进行巨大的工程,他立刻派了一百来个工人修筑河堤。汹涌的浪头两次冲毁了刚刚修起的拦河坝。现在,他们安装了抽水机,这是一场逐步收复被淹没的土地的艰巨而激烈的斗争。

但是,最使人关切的是抢救被埋在井底下的矿工的工作。内格尔仍然受命进行最后的努力,人手有的是,矿工们在兄弟友爱精神的鼓舞下,个个主动跑来要求参加这项工作。他们忘记了罢工的事,也丝毫不考虑报酬问题,人们可以什么也不给他们,在同伴们处在生死关头的时候,他们只要求豁出命去抢救同伴。他们全来了,手里拿着工具,激动地等候着从哪里下手的指示。很多人在事件发生以后吓病了,神经紧张地直哆嗦,浑身渗透了冷汗,被不断的噩梦缠扰着,但他们也爬起来,而且表现得最为激烈,要向土地进攻,好像得到了报仇的机会。可惜,在这样的好事面前,困难来了,怎样下手?怎样下去?从什么地方开始挖呢?

内格尔认为,遇难的人不会有一个还活着,十五个人肯定都死了,即使不淹死,也得憋死。只是按照煤矿的规矩,在遇到这种事故的时候,永远要把压在底下的人当作活人。他也就根据这种假定想办法。他想,首先要推断出他们可能躲在什么地方。他询问了工头和老矿工们,他们一致认为,同伴们在危急的时候,一定是从低巷道向高巷道跑,一直走到最高的掌子面,因此他们一定是在某个最高的巷道里。而这种想法正和老穆克提供的情况相符。根据老穆克含糊不清的叙述,人们知道在他们急于逃命的时候分成了一小伙一小伙的,每一层巷道都有。但是一讨论到应该从什么地方下手,工头们的意见就不一致了。离地面最近的巷道也有一百五十米,因此无法考虑新凿一个竖井。只有从雷吉亚下去,那里是唯一可以接近的地点。不幸的是,这个老矿井也被水淹没了,和沃勒矿井也不通了,只有积水上面的、属于第一罐笼站的巷道有几段没有淹。要等把水抽净需要好几年,因此最好的办法还是在这些巷道里看一看,看这些没水的地段是否靠近遇难的矿工可能在那里的被淹了的巷道尽头。经过不少争论才否定了一大堆不现实的意见,作出这个合理的决定。

内格尔立刻翻箱倒柜,查看档案,找出两个矿井的旧蓝图来,经过研究,他确定了几个探寻地点。尽管内格尔素来玩世不恭,这番探索却逐渐激起了他的热忱。他们克服了进入雷吉亚旧矿井的第一步困难,清除井口的障碍,除掉荆棘,砍去野李树和山楂树,修理梯子等等,然后才开始探寻。工程师带着十个工人下去了,他吩咐工人们用工具敲打着他指定的矿脉的某些地方,每个人都把耳朵贴在煤层上,静听远处是否有回答的声音。但是,他们白白跑遍了所有能够进入的巷道,没有得到任何回音。困难更大了,向煤层什么地方开凿呢?既然似乎一个人也没有,冲着谁前进呢?大家怀着越来越焦急但又无能为力的心情坚持着,不停地寻找着。

马赫老婆从第一天起,每天一清早就跑到雷吉亚来。她坐在竖井前面的一根木头上,直到天黑也不动窝。只要有一个人从矿井里出来,她就站起来,用两只眼睛询问:一点影儿没有吗?是的,一点影儿也没有!于是她重又坐下,仍然一句话不说,板着面孔等待着。让兰也来了,眼看着人们要侵入他的洞穴,惊慌失色地在那里团团转,就像一只黄鼬看到猎犬要发现它偷的鸡一样。他想到安眠在矿岩下面的那个小兵,很怕人们搅扰了他的好梦。其实,矿井的这一面已经被水淹没,而且,寻找工作是在左边的西巷道进行。起初几天,斐洛梅也来了,不过她只是为了陪扎查里来的,因为扎查里参加了寻找队。后来,她觉得这种寻找是不必要的,只不过是白白受冻,厌烦了,就留在家里不来了。她从早到晚咳嗽不停,过着有气无力的、不问炎凉的妇女的日子。相反,扎查里已经无心生活,为了找回妹妹,他恨不得把地翻个个儿。夜里他常常喊叫,好像看到了饿得瘦骨嶙峋的卡特琳,听到她正在撕破嗓子叫救命。有两次,他没有命令就要动手挖掘,他说他清清楚楚地感觉到妹妹就在那里。工程师不准他再下去,他却不肯离开不让他接近的这个竖井。他坐立不宁,甚至连坐在母亲身旁等待也不行,急得摩拳擦掌,来回直转。

已经是第三天了。内格尔失望了,他决定到晚上再找不到就停止全部寻找工作。中午,正当他吃完午饭带着人回来准备作最后一次努力的时候,不料看到扎查里从洞里钻出来,满脸通红,比手画脚地嚷道:

"她在那儿!她回答我了!快来,你们快来呀!"

刚才,尽管有人看守着,他还是从梯子上悄悄溜了下去;他发誓说,在纪尧姆矿脉的第一巷道里有人在敲求救信号。

"可是,我们从你说的那个地方已经走过两次了。"内格尔不相信地说,"不管怎么样,我们还是去看一看。"

马赫老婆站了起来,人们不得不拦住她,不让她下去。她直挺挺地站在竖井边上,两眼盯着黑洞洞的井口等待着。

内格尔在下边亲自敲了三下,每一下间隔一会儿,然后把耳朵贴在煤层上,同时让工人们尽量保持安静。任何声音也没听到,他摇摇头说:一定是这个可怜的小伙子在白日做梦。扎查里气极了,他重新敲起来;他又听到了回音,他眼里闪着亮光,欢喜得手舞足蹈。于是,别的工人也先后试验了一下,他们清晰地辨出了来自远处的回答,一个个兴奋起来。工程师感到奇怪,他又把耳朵贴到煤层上,终于也听到了一个非常微弱的声音,一种有节奏的、勉强可以辨出的笃笃声,这是人人熟悉的矿工的呼救信号,工人们遇险时都这样敲煤层。煤层能够像水晶一样把声音清楚地传得很远。据在场的一个工头估计,他们和遇难者之间的矿层厚度不会少于五十米。但大家却好像觉得一伸手就能够拉到遇难的人一样,矿井里顿时充满一片愉快的气氛。内格尔命令立即开始挖掘。

扎查里回到井上见到母亲的时候,两个人紧紧地拥抱起来。

"不要太高兴了!"这一天闲遛来看热闹的皮埃隆老婆冷冷地说,"要是卡特琳不在那儿,会使你们更难过的。"

的确,卡特琳有可能在别的地方。

"滚你的吧,哼!"扎查里暴跳如雷地嚷道,"我知道她准在那儿!"

马赫老婆一声不响地又坐下来,紧绷着脸继续等待着。

这个消息在蒙苏一传开,立刻又拥来很多人。他们虽然什么也看不见,却一直待在那里不走,不得不派人让这些好奇的人离远一些。井下的工作日夜不停地进行着。为了防止遇到障碍,工程师命令开三条坑道,一齐向估计有遇难矿工的地点挖去。挖掘道的最前面,地方狭窄,只能容一个人挖掘,于是人们就两个钟头一换班。他们把煤装在筐里,用人组成一条运输线,一个传一个,把煤传递到上面。随着巷道不断延伸,运输线也跟着加长。起初工作进展得十分迅速,一天就挖了六米远。

扎查里终于被选为挖掘工人突击队。这是人人争抢的光荣组织。他每次干完规定的两小时艰苦工作,有人要来替换他的时候,他总生气地拒绝交班,坚持要替同伴再干一班。他挖的那条坑道很快就超过了另外两条坑道,他使尽平生力气,拼命与煤层搏斗着,人们可以听到他在狭窄的坑道里大声喘息着,好像里边有个呼呼作响的铁匠炉。他弄得浑身污黑,累得昏昏沉沉,刚一出来就倒在地上了,人们不得不用一床被子把他裹起来。过一会儿,他又摇摇晃晃地钻进去,重新开始战斗。他咚咚地用力开挖,哼哧哼哧地呻吟,这是在一场厮杀中获得胜利的疯狂行动。糟糕的是,煤层变硬了,他很恼火不能挖得像原来那样快,有两次把尖镐都刨坏了。每挖进一米温度就增高一些,在这个空气不流通的窄小坑道里,简直热得他难以忍受。虽然有一把手摇风扇不停地转动着,通风情况还是很不好,人们曾三次把憋昏过去的工人从里面拖出来。

　　内格尔和工人们一起住在井下。有人把饭给他送下去吃,他有时就裹着大衣在一捆干草上睡上两个钟头。使他们坚持挖下去的,是那边遇难者的求救声,那声音越来越清楚,催促他们赶快到达。现在,里边发出的声音十分清楚,这声音就像音乐一样,就像人们在敲打玻璃乐器的簧片。他们以这个声音作为引导,向着这个清脆的声音前进,好像在作战时朝着炮声前进一样。每逢一个挖掘工换班的时候,内格尔就下来敲一次,然后贴耳静听,每一次都听到了回答,那声音迅速而又急迫。他丝毫不再怀疑,前进的方向很正确,然而进度慢得急死人!人们总是嫌进度不够快。最初两天,他们一共挖了十三米,可是到第三天就降到了五米,接着,到第四天就只有三米了。煤层越来越坚实,越来越硬,现在费很大的力气每天只能掘进两米。第九天的时候,经过非凡的努力,共前进了三十二米,估计还要挖二十来米。对于埋在里面的人来说,这已经是第十二天的开始,也就是说,他们已经在没有面包、没有火的冰冷黑暗之中度过了十二个二十四小时!想到这种可怕的情景,令人不禁泪下,连干活的两臂也抬不起来了。看来这些人活不了多久了。远处的信号声从昨天就减弱下来,人们每时每刻都在担心声音会突然停下来。

　　马赫老婆每天按时坐到井口前面来。她怀里抱着艾斯黛,因为不能从早到晚把孩子一个人丢在家里。她一点钟一点钟地注意着工作的进展,分享着高兴,也分担着忧虑。站在那里的一群群人,甚至于在蒙苏的人都在议论纷纷,焦急地等待着。这里的人个个都关心着地底下的人。

这天,吃午饭的时候,人们叫扎查里换班,他却连声都不吭,像疯了似的,嘴里咒骂着拼命挖凿。内格尔一时不在,没有人能叫他听话,那里只有一个工头和三个工人。无疑地,扎查里是因为灯光摇曳不定使他不能快挖而发起火来,竟冒失地打开了他的安全灯。这是严令禁止的,因为处处都在冒瓦斯,在这些缺乏通风的狭窄坑道里已经积蓄了大量的瓦斯。突然,霹雳一声,瓦斯爆炸,一道火光从狭窄的坑道里喷出来,好像从大炮的炮口喷出来一样。一切都燃烧起来,空气也像火药般地燃烧着,整个坑道里到处是火,火焰吞没了工头和三个矿工,蹿上竖井,带着矿岩和碎坑木片喷射到井外。看热闹的人吓得一哄而散,马赫老婆站起来,怀里紧紧地抱着吓坏了的艾斯黛。

内格尔和其他工人回来时,气得直跺脚,好像一个狠心的继母由于残忍轻率而失手杀了孩子一样。他们奋不顾身地来拯救同伴们,反而又送掉了几个同伴的命!经过足足三个钟头的冒险奋斗,他们终于进入坑道,把身遭横祸的人运了上来,其景真是惨不忍睹,工头和三个工人都没有死,但遍体鳞伤,散发着难闻的焦肉气味。他们嘴里都进过火,烧伤了喉咙,不住地呻吟喊叫,央求人们赶快结束他们的性命。这三个工人中,有一个是在罢工时曾用尖镐砸坏加斯冬-玛里矿井抽水机的;另外两个在向士兵们扔砖头时,手和手指都磨破了,至今疤痕犹在。他们被抬过去的时候,人们面色苍白,浑身战栗着摘下了帽子。

马赫老婆站在那里等待着。扎查里的尸体终于抬出来了。衣服完全烧光了,身体变成了一团黑炭,已经模糊难辨。尸体没有脑袋,是在瓦斯爆炸的时候炸掉了。人们把这堆可怕的残骸放在担架上以后,马赫老婆痴呆呆地跟在后面。她眼皮通红,却没有一滴眼泪,怀里抱着熟睡的艾斯黛,头发被风吹得乱七八糟,悲痛地走着。留在家里的斐洛梅也惊呆了,两眼变成了泪泉,但她很快就摆脱了痛苦。马赫老婆送走了儿子,又痴呆呆地走回雷吉亚来等候女儿。

又过了三天。人们在从未有过的困难之中又恢复了救人的工作。所幸的是坑道并没有被瓦斯炸坍,只是里面的空气灼热,又闷又难闻,必须再多装些风扇。现在,挖掘是每二十分钟换一次人了。他们向前挖着,离伙伴们只剩两米远了。可是,现在他们虽然在干,但心已经凉了,他们狠狠地挖着,敲打着,只是为了报仇,因为呼救的声音早已停止,那种清脆而有节奏的声音已经听不见了。已经挖掘了十二天,也就是说,现在是灾难发生的第十五天了,从今天早晨开始,就死一般的寂静了。

新发生的事件进一步激起了蒙苏人的好奇心,财主们兴致勃勃地纷纷组织参观,连格雷古瓦一家也决定要去一趟。他们安排了一次远游,预定乘自己的马车到沃勒矿井去。埃纳博太太要随车带着露西和约娜一起去。德内兰将领着他们参观他的工地,然后在回来的路上先到雷吉亚去,在那里,内格尔会确切告诉他们坑道挖通的情况和是否还有希望。末了大家共进晚餐。

将近三点钟的时候,格雷古瓦夫妇带着女儿赛西儿在塌陷的矿井前下了车,同最先来到的埃纳博太太会合到一起。

埃纳博太太穿着一身海蓝色的衣服,在二月柔和的阳光下打着一把小阳伞。天空异常晴朗,春意暖人。这时候,埃纳博先生和德内兰先生正好都在那里,埃纳博太太漫不经心地听德内兰讲述了为拦住河水所作的努力。随身带着写生簿的约娜,在悲痛主题的激励下画起素描来;露西则坐在她身旁的一块破车板上,满意地啧啧赞叹,认为眼前的景象"妙极了"。河堤还没有修好,尚有很多洞孔,水带着泡沫流出来,宛如瀑布滚滚注入塌陷的矿井的巨大地穴里。然而,那个火山口已经空了,水渗进地里,水位逐渐降低,露出了底下难看的残骸。在柔和美丽的蔚蓝色的天空下,看去简直是一个垃圾坑,一个混在污泥里的被毁灭的城市的废墟。

"人们大老远地跑来就是为了看这个呀!"格雷古瓦先生大失所望地高声说道。

满面红光的赛西儿,为呼吸到这样的清新空气而感到十分愉快,欢喜雀跃,不断地打趣;而埃纳博太太则厌恶地撇着嘴嘟哝说:

"其实没有一点好看的。"

两位工程师笑起来。他们尽力想引起参观者的兴致,领着他们到处参观,给他们介绍抽水机的作用和捣锤的使用方法。但是两位太太变得不安起来。当她们听说也许要六七年才能把矿里的水抽干,才能修复矿井时,不禁浑身战栗。算了,她们不欢喜听这些事情,这些令人心烦的事只会叫人做噩梦。

"咱们走吧。"埃纳博太太说着向自己的马车走去。

约娜和露西不同意地喊叫起来。怎么,这么快就走?画还没画完哪!她们想留在这里,到晚上再由父亲带着她们一块儿去吃饭。埃纳博先生独自同妻子坐上马车,因为他也想去找内格尔问一问情况。

"好吧,你们先走吧!"格雷古瓦先生说,"我们随后就去,我们要到矿工村去转一转……你们走吧,走吧,我们将会和你们一块儿赶到雷吉亚的。"

格雷古瓦先生跟随在妻子和赛西儿的后面上了车,当另一辆马车沿着运河疾驰而去时,他们的马车慢慢地爬上通向矿工村的斜坡。

他们觉得,在这次远游中,总要有一点善举才算完满。扎查里的死,使他们对当地人都在谈论的这个不幸的马赫一家十分怜悯。他们并不可怜他父亲马赫,因为他们认为他是一个屠杀士兵的强盗,应该像恶狼一样被打死。至于母亲,却使他们非常同情。这个可怜的女人,刚失去丈夫,跟着又死了儿子,女儿在井下恐怕也只是一具死尸了,更不用说她还有一个残废的老公公,一个被塌方砸坏了腿的瘸儿子,一个在罢工期间饿死的小女儿。虽然在他们看来这一家子都有那样令人可恨的思想,遭点不幸也是罪有应得,但他们还是决心要表示一下自己的善心,以及不念旧恶与和解的愿望,他们亲自给马赫家带来了一份布施:在马车的坐凳下面,放着两个包得整整齐齐的小包袱。

一个老太婆告诉车夫马赫家的住址是第二排房子十六号。格雷古瓦一家人拿着包袱下了车以后,叫了半天门没有人应声,后来又用拳头捶门,还是没人回答,房子里发出空洞洞的回声,好像是一个阴森冰冷、死光了人而久无人住的人家。

"一个人也没有,真讨厌!"赛西儿失望地说,"这些东西怎么办?"

突然间,邻居的门开了,勒瓦克老婆走出来。

"噢!是老爷和太太呀,千万请您原谅!请不要见怪,小姐!……您想找我们的邻居吗?她不在家,她在雷吉亚……"

勒瓦克老婆滔滔不绝地述说了马赫家的事。一再表白大家需要互相帮助,说她把勒诺尔和亨利留到了自己家里,好叫他们的母亲能脱开身到那边去等待。勒瓦克老婆一眼看到了那两个包袱,于是就说自己可怜的女儿也成了寡妇,她两眼闪着贪婪的目光哭了半天穷。后来,她带着犹豫的神气低声说:

"我这儿倒是有钥匙。假使老爷和太太一定要进去……老爷爷在家里。"

格雷古瓦夫妇一愣,呆望着勒瓦克老婆。心想:怎么,老爷爷在家?可是没有一个人答应呀,莫非他睡着了?勒瓦克老婆拿定了主意,把门打开了,他们向里面一看,立刻愣在门口了。

只有长命佬一个人在屋里,他直瞪着两眼,一动不动地坐在冰冷的壁炉前面的一把椅子上。在他周围,屋子显得更加空空荡荡了,从前使屋子里稍有些生气的布谷鸟木钟和油漆的杉木家具都不见了。在不谐调的淡绿色的墙上,只剩下皇帝和皇后的肖像,咧开红嘴唇官气十足地露出慈爱的微笑。老爷子一动不动,如同傻子一样,阳光从门口照射进来,他的眼皮眨都不眨,好像根本没看到这些人进来。他脚前放着一个灰盘,仿佛是给猫盖屎用的。

"假使他不太礼貌,请不要见怪。"勒瓦克老婆十分恳切地说,"他大概是脑子里什么地方摔坏了,到今天已经十五天不说话了。"

这时候,长命佬身子猛地抽动了一下,好像有什么东西从肚子里翻上来,紧跟着在灰盘里吐了一大口黏糊糊的黑痰。炉灰已经被痰湿透了,变成了煤泥,这是他从自己的肺里吐出的煤。随后,他立刻又不动了。除了隔很长时间吐一口痰以外,他再没有其他动作。

格雷古瓦一家人感到恶心不舒服,但仍然想说几句亲切和宽慰的话。

"喂,我的好人,您冻着了吧?"格雷古瓦先生问道。

老爷爷两眼望着墙,连脸也没有扭。房间里又陷入沉闷的寂静。

"应该让他们给你熬点热汤喝。"格雷古瓦太太跟着说了一句。

他依旧一句话不说地保持着僵硬状态。

"我说,爸爸,"赛西儿低声说,"人们早就说他残废了,可是,后来我们就没有再想这件事……"

她没有说下去,显出为难的样子。她把一块熟牛肉和两瓶葡萄酒放在桌子上以后,又打开第二个包,从里面取出一双大皮鞋。这是他们专门送给老爷爷的,她看到这个可怜人的两只肿胖的脚可能永远也不能再走路了,她一只手拿着一只大鞋,不知怎么办好。

"这双鞋拿来得太晚了,是不是,我的好人?"格雷古瓦先生为了打破僵局,接着又说,"没关系,总会有用的。"

长命佬没有听见,也没有回答,他的面容严峻可怕,像石头般地冷酷无情。

赛西儿悄悄地把鞋放在墙边。尽管她小心翼翼,鞋钉还是发出了声音;这双大鞋在这个房间里成了多余的东西。

"算了吧,他连句道谢的话也不会说的!"勒瓦克老婆大声说,同时十分羡慕地向皮鞋瞥了一眼,"说句不怕冒犯您的话,这等于给瞎子戴眼镜。"

她继续说着,想方设法要把格雷古瓦夫妇拉到自己家里去,好让他们在那里动一动恻隐之心。她终于想出一个主意,便向他们夸奖起亨利和勒诺尔,说他们十分可爱伶俐,而且那么聪明,会像天使一般地回答人们的问话!他们俩会告诉老爷和太太想要知道的一切。

"你也来一会儿好吗,小女儿?"正盼望离开的父亲说。

"好,我随后就去。"她回答说。

赛西儿一个人留下来同长命佬在一起。她之所以浑身战栗、呆若木鸡地留在那里,是因为她看着这个老人面熟。她在什么地方见过这个满是煤痕、面色如土的四方面孔呢?她忽然想起来了,她仿佛又看到吼叫的人群把她团团围住,又感觉到一双冰冷的手紧紧地掐住了她的脖子。就是他,她认出他来了,她望着他放在膝盖上的那双手,这个残废的工人,尽管年岁很大,两只手却很结实,全身的力量都在手腕上。长命佬似乎已醒过来,他看到了赛西儿,并且也呆呆地端详着她。他的双颊涨红了,嘴神经质地抽动着,流出一丝黑口涎。两个人都被吸住了,面对面地注视着。她,祖祖辈辈养尊处优,安逸自在,因而保养得又胖又嫩,满面红光;他,从父到子一百多年辛勤劳苦,忍饥挨饿,以致腿脚胖肿,悲惨可怜,好像一头累垮的牲口。

过了十分钟,格雷古瓦夫妇不见赛西儿来,不知是怎么回事,就又回到马赫家来,他们顿时发出一声可怕的惊叫,因为他们的女儿脸色青紫地躺在地上,被掐死了,脖子上还留着红色的大手印。两腿僵硬、站立不稳的长命佬,跌倒在她的身旁没能立起来。他的两手还弯着,瞪着两只大眼,呆呆地望着进来的人。他在跌下去的时候,把灰盘砸碎了,弄得遍地是灰,黑色的痰泥溅了一屋子。那双大皮鞋却仍然安然无恙地在墙边摆着。

事情的确切经过,一直无法搞清。赛西儿为什么到他跟前去?长命佬像被钉在椅子上一样不能动,怎么能够抓住她的脖子?很明显,长命佬在抓住她以后就没有松手,一直用力掐住她,使她喊不出来,并且跟她一起倒下去,直到她断气。在仅隔一层板壁的邻家也没能听到一点声音,一声呻吟。这只有认定是长命佬精神突然失常,看到姑娘白白的脖子,而产生了一种不可理解的杀人欲望。这个残废的老人,一辈子老实善良,像一头驯服的绵羊,一直反对新思想,现在竟会干出这种野蛮的事来,真是令人不解。这种连他自己也不理解的怨恨,是如何经过长期的恶化从他的内心深处冲到脑子里去的呢?由于恐怖,人们把这件事归结为无意,说这是一个傻子所犯的罪。

这时,格雷古瓦夫妇跪在地上,呜呜地哭着,悲痛欲绝。赛西儿是他们的掌上明珠,是他们好不容易才盼来的,他们不惜把全部财产都花到了她的身上;她睡觉的时候,他们去看她都要踮起脚走;他们总觉得她保养得不够好,长得不够胖!这下子简直是要了他们的命!没有了女儿,活着还有什么意思呢?

勒瓦克老婆惊慌地喊起来:

"啊!这个老东西干的这是什么事呀?谁想到会出这样

的事!……马赫老婆要到晚上才能回来!您说,我还是赶紧去找她吧?"

赛西儿的父母已失去感觉,没有回答。

"怎么样?我看那样好些……我去了。"

但是,勒瓦克老婆在出去之前又打量着那双皮鞋。全矿工村都惊动了,已经有一群人挤在门口,说不定会有人把鞋偷走的,再说,马赫家再也没有男人穿这双鞋了。于是,她悄悄地把鞋带走了;她看这双鞋布特鲁穿着大概正合适。

在雷吉亚,埃纳博夫妇由内格尔陪着等候着格雷古瓦一家,却久久不见回来。内格尔从井下上来,向他们作了详细的叙述:今天晚上就可以挖到埋有人的地方,不过,从里面拉出来的肯定都是死尸,因为直到现在再没听到信号声。在工程师身后,马赫老婆坐在一根木头上,当勒瓦克老婆跑来向她叙述她家老爷爷干的好事时,她脸色煞白地听着,然后她只是不耐烦而又生气地使劲甩了一下手,就跟着勒瓦克老婆走了。

埃纳博太太昏了过去。太可恨了!可怜的赛西儿那一天是那么活泼,一个钟头以前还那么活蹦乱跳的!埃纳博先生只好把妻子送到老穆克的小屋子里去待一会儿。他用笨拙的手给她解开衣服,从胸衣里散发出麝香的香味,使他心慌意乱。她泪如雨下,紧紧地抱住听说赛西儿的死而大为震惊的内格尔。他的这门亲事完了。丈夫望着他们抱头痛哭,心中的一个忧虑不觉冰释。这桩不幸倒解决了问题,他宁肯让侄子留下来,不然,他真怕他老婆会跟车夫搞到一起的。

五

在井底下,被遗弃的遇难者恐惧地呼叫着。现在水已经齐腰了。急流奔泻的声音震耳欲聋,他们听到井壁最后塌陷的响声,感到好像天塌地陷一般。尤其是关在马厩里的那些马的惨叫,更使他们心惊肉跳,这是将被屠宰的牲畜发出的死亡的哀号,恐怖而难忘。

老穆克放开了"战斗"。这匹老马站在那里浑身颤抖,瞪着大眼,直勾勾地盯着不断上升的水面。罐笼站很快就灌满了水,穹窿下的三盏灯放射着微弱的红光,可以看到绿色的洪水在上涨。后来当它觉得冰冷的水浸透了它的皮毛时,突然蹬起四蹄疯狂地跑起来,在一个运煤巷道里消失了。

于是,人们随着这头牲畜,各自逃命。

"在这里一点办法也没有!"老穆克嚷道,"到雷吉亚那边看看去吧。"

假使在通路被截断以前能够跑到那里,就可以从这个临近的旧矿井逃出去,这个念头使他们一齐向那里跑去。二十个人排成一行,争先恐后地跑着。他们高举着安全灯,以防被水淹灭。所幸巷道是一个慢上坡,越来越高,他们和洪水搏斗着跑了二百米,水并没有没过腰。已经泯灭的信仰又在这些狂乱的心灵里复活了,他们祈求地神保佑。他们认为这是由于人们割断了地神的血管,地神为了报复才放出了这么多的血来淹人的。一个老头结结巴巴地念叨着已经忘记的经文,同时向外弯着大拇指,以安抚矿里的恶魔。

但是,他们跑到第一个十字路口时,意见发生了分歧。马夫想往左走,其余的人则一口咬定往右边走更近。在这里耽误了一阵工夫。

"哼!你们想死就去吧,关我什么事!我,我从这边走。"沙瓦尔粗暴地嚷道。

他向右边走了,有两个同伴跟着他。其余的人继续跟在老穆克的后面跑着,因为他是在雷吉亚长大的。不过,老穆克自己也犹豫起来,不知道该往哪边拐。他们已经晕头转向,连老工人也认不出路来了,面前交叉的巷道好像乱线头。每到一个岔路口,他们犹豫不决,停半天才能拿定主意。

艾蒂安落到了最后面,他被卡特琳拖住了,她由于又累又怕已经瘫软无力。他原想跟沙瓦尔向右走,认为那条道是对的,但是,他还是冒着死在井下的危险,同沙瓦尔分开了。人群在继续溃散,有些同伴又分出去了,现在跟着老穆克的只剩下七个人了。

艾蒂安看到年轻姑娘越来越支撑不住,就对她说:"搂住我的脖子,我背着你走。"

"不用,不要管我了,"卡特琳低声说,"我不行了,我真想立刻死了才好。"

他们落在后面有五十米远,艾蒂安不顾她怎样反对,还是要把她背起来,正在这个时候,突然一块巨大的岩石落下来,堵住了巷道,把他们和其余的人隔断了。大水已经浸透了矿岩,到处都在倒塌,他们不得已又退回去。后来,他们也不知道向哪个方向走了。完了,只好放弃从雷吉亚出去的念头了!他们唯一的希望就是到最高的掌子面上去,等水落下去以后,或许有人会来救他们。

最后,艾蒂安认出了纪尧姆矿脉。

"好!"他说,"我知道我们在什么地方了。他妈的,原来我们走对了;现在什么也不怕了!……你听我说,咱们一直走,从通风夹道爬上去。"

水拍击着胸口,他们走得很慢。只要有灯就有希望,因此为了节省灯油,他们吹灭了一盏安全灯,以便等另一盏灯快没油的时候,把这盏灯的油倒进去。他们到了通风夹道,这时后面传来一阵响声,使他们回过头去。难道同伴们也被截断又折回来了?远处传来呼呼的响声,一阵风暴逐渐逼近,溅起一片水花,他们不知道是怎么回事。随后,他们看见从黑暗中跑出一个白色的庞然大物,从夹住它的坑木中间拼命往外挤,想奔到他们跟前,他们不禁惊叫起来。

原来是"战斗"。它奔出罐笼站以后,沿着漆黑的巷道疯狂地疾跑。它在这里已经住了十一年,似乎十分熟悉这个地下城市的道路;而且它的眼睛在这永无天日的井底下已经习惯了,什么都看得很清楚。它跑呀跑呀,时而低头,时而蜷腿,从被它那庞大的身体几乎填满的地下羊肠小道里穿过。道路一条接着一条,十字路口分出许多岔道,但它毫不犹豫。它要跑到哪儿去呢?也许就是那边,跑向斯卡普河边它所诞生的磨房,跑向年轻时代的幻景,跑向它模模糊糊记得的、像悬挂在空中的大灯笼似的太阳。它要活下去,它那牲畜的记忆苏醒过来了,要重新呼吸草原上的空气的欲望促使它一直向前跑,直到找见那个在温暖的太阳之下的光明的出口。这个矿井害得它不见天日之后,现在又打算要它的命了,于是一股反抗的怒火赶走了它旧日的温驯。洪水追赶着它,抽打着它的大腿,咬着它的臀部。而且它越往里钻,坑顶越低,坑壁越凸出,巷道也就越窄。坑木碰破了它的皮,剐掉了它四肢上一块块肉,它照样飞跑着。矿井似乎从四面八方压挤它,企图把它夹住,压死。

当"战斗"奔驰到艾蒂安和卡特琳近前时,他们看到它被矿岩夹住了脖子,它向前蹬踏着,弄伤了两条前腿。它使出最后的力气又往前爬了几米,但它的肋部被巷道四面挤住,过不去了。它伸着血淋淋的脑袋,瞪着两只困惑的大眼,仍在寻找出路。大水眼看就要把它淹没了,它像别的马在马厩里临死的时候一样悲号起来,发出垂死的粗长的喘息。这是垂死的可怕挣扎,这匹遍体鳞伤、动弹不得的老牲畜,在这个不见天日的深渊里挣扎着。它那遇难的惨叫一直不停,水没到它的鬃毛了,它伸着张开的大嘴,叫得越发凄厉。最后,好像一只大木桶灌满水一样,咕嘟一声,接着是一阵死寂。

"啊!我的天!你带我走吧,"卡特琳呜呜咽咽地说,"啊!我的天!我怕极了,我不想死,我不想死……带我走吧!带我走吧!"

她看到了死亡。竖井坍塌,矿井被大水淹没,什么也没有像"战斗"临死时的这种嘶叫使她更加感到恐怖。她总是听到这种声音,耳朵里嗡嗡响着,这声音使她浑身战栗。

"你带我走吧!你带我走吧!"

艾蒂安一把将她抱起来。说实在的,现在已十分危险了,水已经齐到了肩膀,他们爬上通风夹道。他必须帮助她往上爬,因为她已经抓不住坑木。她有三次几乎从他手里滑脱,落入后面咆哮着的大水里。他们爬上第一个还没有被水淹没的巷道以后,稍微喘了一会儿气。水又跟上来了,他们必须再往高处爬。就这样,他们一直往上爬了几个钟头,大水也紧跟着他们从一层巷道升到另一层巷道,迫使他们一个劲地往上爬。

517

到了第六层巷道时,他们看到水面似乎不动了,这片刻的缓和,使他们充满了希望。但是,突然水涨得更凶猛了,他们不得不再爬到第七层巷道,第八层巷道。上面只剩下一层巷道了,当他们到了第九层巷道以后,两个人不安地望着大水一寸寸地上涨,假使再不停止,他们就要和那匹老马一样,被挤在坑顶,嗓子里灌满水被活活地淹死!

山崩地裂的声音时刻不断,此起彼伏,整个矿都震撼着,它的细小的内脏,被灌满的大水胀裂了。被挤到巷道尽头的空气,越聚越密,越压越紧,钻进矿岩的缝隙和翻乱的泥土中间,不断发生猛烈的爆裂声。这是地下灾变的可怕的喧嚣,这是洪水倾覆大地、沧海变桑田的古代战争的余威。

卡特琳被这种不断的崩塌倾覆吓得魂不附体,合起双手不住地反复念叨:

"我不愿意死……我不愿意死……"

艾蒂安为了安慰她,对她说水已经不涨,他们已经跑了足足有六个小时,快有人下来救他们了。艾蒂安说跑了六小时,完全是随便说的,因为他们已经弄不清确切的时间了。实际上,当他们经过纪尧姆矿脉往上爬的时候,已经过了一整天了。

他们俩浑身透湿,哆嗦着安顿下来,卡特琳顾不得害羞,脱下裤子和上衣拧了一拧水,然后又穿在身上蒸干。艾蒂安看到她光着两脚,就脱下自己的木屐,逼着她穿上。现在他们可以耐心地等待了,他们把灯芯往下捻了捻,只留下长明灯似的一点点光亮。这时候,他们的肠胃拧得生痛,两个人都感到饥饿难熬。在此以前,他们根本没有感觉到自己还活着。发生灾祸的时候,他们还没有吃午饭,他们拿出三明治,发现已经被水泡成烂糊糊了。卡特琳让艾蒂安吃,艾蒂安不吃,弄得卡特琳发了火才吃下去。卡特琳已经累坏了,吃过东西就躺在冰冷的地上睡着了。艾蒂安无论如何睡不着,两手支着额头,直勾勾地望着她。

这样挨过了多少个钟头,他自己也不知道。他只知道黑茫茫一片动荡的大水又涨到了通风夹道的洞口。这个怪兽的脊背不断地扩大,企图抓到他们。起初,不过是一条细线,像一条长蛇,后来逐渐扩大,变成一个向前蠕动的脊背。不久水就到了他们身边,年轻的姑娘仍在熟睡,她的脚已经沾到水了。艾蒂安心里拿不定主意,不知道是不是该叫醒她。她完全沉湎在无忧无虑之中,也许正做着在明媚娇艳的阳光下自由自在地生活的美梦,如果此时此刻把她叫醒,岂不太狠心了吗?再说,往哪里逃呢?他四处张望,后来他想起绞车道来,这部分矿脉的绞车道和通向上一层罐笼站的绞车道连着。这倒是一个出路。他决定让卡特琳尽可能多睡一会儿,他望着洪水向前逼近,等着不得已的时刻的到来。最后他把她轻轻扶起来,姑娘不觉全身一凛。

"啊!我的天!真是的!……天哪,水又来了!"
她想起又面临着死亡,就大叫起来。
"不要紧,放心吧!我敢保证我们能过去。"艾蒂安轻声对她说。

要到绞车道去,必须弯着腰走,因此水又浸湿了他们的肩头。他们重又在一百多米长、完全用坑木支撑着的黑洞里开始了更危险的攀登。起初,他们想拉过钢缆,拴住下面的一辆煤车,不然在他们往上爬的时候,上面的煤车滑下来就会把他们砸成烂泥。但是,钢缆根本拉不动,大概是被什么卡住了。

他们不敢利用横挡在路上的钢缆,只好冒险用手抓住光滑的木头往上攀登。艾蒂安在后面,当两手已经磨破的卡特琳往下一滑时,他就用头顶住她。突然间,他们碰到横挡在绞车道上的一根折断的坑木。哗啦一声,一堆土塌落下来,拦住了他们的去路,不能再上了。幸而那里有一个豁口,于是他们转到另一条巷道里去。

前面出现了一缕微弱的灯光,使他们愣住了。一个男人粗声粗气地向他们喊道:

"又是一些和我一样笨的聪明人!"

他们认出是沙瓦尔,崩塌的泥土堵住了绞车道,他被困在了那里。跟他一起走的两个同伴被砸破了脑袋,死在半路上了。他臂肘上虽然也受了伤,但还是大胆地爬回去拿了他们俩的安全灯,同时把他身上的三明治也翻出来拿走了。他刚刚离开,最后一阵坍塌就在他身后把巷道堵死了。

他一见突然钻出两个人来,立刻打定主意绝对不和他们分食自己的口粮;他要敲碎他们的脑袋。随后,他认出了是艾蒂安和卡特琳,便消了气,奸笑起来。

"啊,原来是你呀,卡特琳!你把鼻子碰破了,还想和你的男人在一起呀,好!好!咱们一块儿快乐快乐吧。"

他装作没有看见艾蒂安。冤家狭路相逢,艾蒂安心里直翻腾,推车女工紧紧靠在他身上,他用胳臂保护着她。但是他只好应付这种局面,他像一个钟头之前才分手的好朋友那样问沙瓦尔:

"你到里边看过没有?能不能从掌子面上过去?"

沙瓦尔依然带着讥讽的口吻说:

"哼!别扯淡了!从掌子面上过去!掌子面也塌啦,我们是在死胡同里,完全是夹在老鼠夹子里了……不过,假使你是个潜水能手的话,你可以从绞车道退回去。"

实际上,水仍在上涨,他们听得见汩汩的水声。退路已被切断。沙瓦尔说得对,这确实是一个老鼠夹子,这段巷道前后都被塌下来的泥土堵住了,没有任何出路,三个人都被堵在里面了。

"你想留在这儿吗?"沙瓦尔又讥讽地说,"好,你这样做再好不过了,假使你不惹我,那我也不惹你就是了。这里还容得下两个人……除非有人来救我们,否则我们俩很快就会看到谁先饿死;不过我看不大会有人来救我们的。"

年轻人又说:

"我们敲一敲看,也许会有人听到。"

"我已经敲腻了……给你,你自己用这块石头敲敲看吧。"

艾蒂安拿起那块已经被沙瓦尔敲碎的沙石,在矿层上敲起来,发出长长的笃笃声,这是矿工在井下遇险时表示他们在什么地方的求救信号。然后他把耳朵贴在矿层上谛听。他坚持不懈地重复这样敲了无数次,始终没得到任何回音。

这时候,沙瓦尔装作漫不经心的样子在安排着他的小家当。他先把三盏安全灯摆在墙根,点着一盏,其余的留着以后慢慢用。然后他把剩下的两块三明治放在一块坑木上,这是他的口粮,假使他省着吃,足够他维持两天的。他回过头去说:

"我告诉你,卡特琳,你要是饿极了的话,这儿有你一半。"

年轻姑娘一声不响。她又夹在这两个男人中间,真是不幸到了极点。

可怕的生活开始了。不论是沙瓦尔还是艾蒂安谁也不开口,两个人离开几步远坐在地上。艾蒂安按照沙瓦尔的话,把自己的安全灯熄灭了,因为这是不必要的耗费;随后他们立刻又沉默起来。卡特琳躺在年轻人的身边,她看到旧情人向她投过来的目光,心里很不安。时间一点钟一点钟地过着,只听到不住上涨的汨汨的水声,同时,不时从远处传来低沉的震动和回声,预报着矿井的最后毁灭。安全灯没油了,必须打开另一盏点上,他们害怕引起瓦斯爆炸,犹豫了一会儿,但是他们宁肯立刻炸死也不愿待在黑暗里。事实上并没有爆炸,这里并没有瓦斯。他们又躺下,时间一点钟一点钟地溜过。

一种声音惊动了艾蒂安和卡特琳,他们抬起头来。沙瓦尔决定吃东西了,他切了半块三明治,慢慢地嚼着,尽量不一下子吞下去。饿得十分难受的艾蒂安和卡特琳,望着他一个人吃。

"真的,你不要吗?"沙瓦尔带着挑逗的神气问推车女工,"这你可不对!"

她的胃像刀割似的,痛得她眼里噙满泪水,她恐怕自己克制不住,便垂下眼睛不去看他。她知道沙瓦尔想干什么,早晨他就引诱过她;他一看到她在另一个男人的身旁,又产生了旧日的那种疯狂的欲望。她从沙瓦尔招呼她的目光中,看到了她非常熟悉的那种妒火,在过去他举着拳头向她扑来,诬赖她跟娘家的房客干过丢脸事的时候,就是这种样子。但是,她不愿意,她害怕再回到他那里去,因为那样会使两个男人在这个将要埋葬他们的狭窄地窟里互相格斗起来。天哪,难道临死他们还不能友好相处么?

艾蒂安宁肯饿死也不向沙瓦尔要一口面包吃。现在更加沉静了,永远过不完的时间显得更加漫长,单调的时间一秒钟一秒钟地慢慢过着,没有一点希望。他们一起困在这里,已经一整天了。第二盏安全灯暗淡下去,又点上了第三盏。

沙瓦尔开始吃第二块面包了,他咆哮说:

"快来呀,笨蛋!"

卡特琳哆嗦了一下。艾蒂安为了不使卡特琳为难,便转过身去。后来,他发现卡特琳一动不动,就低声向她说:

"去吧,我的孩子。"

这时,卡特琳眼里噙着的泪水夺眶而出。她久久地哭着,连站起来的力气都没有了,她甚至已经不知道自己是不是饿,全身都感到疼痛。艾蒂安站起来,来回踱着,徒然地敲着矿工求救的信号,在这生命的最后一刻还不得不挨着这个死对头,他简直气坏了。连两个人想离远一点死都办不到!刚走上十来步他就得转回来,回来又要碰到这个男人。还有她,这个苦命的姑娘,在地底下他们还要争夺她!谁活到最后,她就属于谁。假若自己先死,这个男人还要把她抢占去。时间一点钟又一点钟地挨着,没完没了,令人厌恶的男女混杂的情况,共同呼出的浊气,排泄的粪便,所有这些越来越让人难以忍受。他两次向矿岩扑去,好像要用拳头把它砸开。

又一天过去了。沙瓦尔坐在卡特琳身旁和她分吃着最后的半块面包,卡特琳痛苦地一口一口地吃着,沙瓦尔轻轻地抚摸着、玩弄着她,要她为每一口面包付出代价。他出于顽固的嫉妒,非当着艾蒂安的面重新占有她不可。卡特琳已经精疲力尽,只好任他摆弄。但当他要和她胡闹时,她则挣扎着说:

"哎呀!滚开,你压死我了!"

艾蒂安浑身颤抖着,额头顶在坑木上,不看他们。突然他又转过身来说:

"他妈的,放开她!"

"你管得着吗?"沙瓦尔说,"这是我的女人,大概还属于我吧!"

他说着又抓住她,紧紧地搂住,故意挑衅地把嘴上的红胡子压在她的嘴上,接着说:

"我说,你躲我们远点!请你站到那边看着,我们痛快痛快!"

艾蒂安的嘴唇都气白了,他叫道:

"你要是不放开她,我就掐死你!"

沙瓦尔倏地跳起来,他从伙伴那咬牙切齿的声音中听出他确实要动真的了。他们好像还嫌死得太慢,两个人之间必须有一个马上让位。他们在这不久就要并肩长眠的地下,又展开了旧日的争斗。这里地方太小了,连拳头都伸不开。

"你当心,"沙瓦尔吼叫说,"这一次我非要你的命不可。"

艾蒂安这时已经疯狂了。他两眼冒火,怒火满腔,心里产生了一种不可抗拒的杀机,好像有一股热血阻塞在喉咙里。这种欲望在他那种遗毒的催促下,不可遏止地爆发出来。于是他抓住巷道壁上一块又重又大的页岩,摇晃了几下把它扳了下来,双手举起,使出全身力气朝沙瓦尔的脑袋砸去。

沙瓦尔没来得及向后躲避,被砸得面孔模糊,脑浆迸裂,扑通一声倒了下去。脑浆溅到巷道顶上,一股鲜血像喷泉似的从伤口喷出来。地上立刻形成一个血潭,映出安全灯朦胧的小星光。直挺挺的死尸倒在地上好像一堆黑煤渣,阴影笼罩着这个幽闭的地窟。

艾蒂安睁着大眼俯下身去看了看。完了,他打死人了。于是,他过去所作过的种种斗争又混乱地浮现在他的脑海里,他曾多次同潜伏在他的肌体中的、他的家族长年累月积下的酗酒的遗毒进行过斗争,但终归徒然。然而,这次他只是饿昏了头,酗酒对前辈的毒害已经足够了。他看到自己行凶杀了人,不禁毛发直立,但尽管他受过教育,心里仍然浮起一种野性终于得到了满足的愉快。随后他又感到一种强者的骄傲。那个被让兰杀死的、咽喉上扎了一个窟窿的小兵的形象又出现在他眼前。现在他也杀了人。

直挺挺站在那里的卡特琳大叫了一声:

"我的天,他死了!"

"你心疼吗?"艾蒂安生气地说。

她憋得喘不过气来,结结巴巴地说不上话来。然后踉踉跄跄地扑到了他的怀里。

"啊,你把我也杀了吧,咱们俩也一块儿死掉吧!"

她紧紧地搂住他的肩膀,他同样紧紧地抱住她,希望他们也能死去。然而,死并非那么容易,他们又松开了胳臂。然后,卡特琳捂起两眼,艾蒂安把那个倒霉的家伙拖到一边,扔到绞车道上,腾出这块小地方,他们好在这里生活下去。否则,脚下躺着这么一具尸首,实在无法生活。当他们听到尸体扑通一声沉入水里的时候,他们又害怕起来,难道水已经灌满这个洞了吗?他们看到水又涨上来,冲进了巷道。

于是,一场新的斗争又开始了。他们点着最后一盏灯,它耗尽自己照亮着洪水的上升,水不停地、有规则地上涨着。起初浸到他们的踝骨,接着没到他们的膝盖。巷道是一个慢坡,他们躲到最上面,暂时得到几个钟头的喘息时间。然而,大水又追上了他们,没到腰间了。他们站起来,已经再没有地方可退,脊背紧贴着矿岩,望着大水不住地涨啊,涨啊,涨啊,一个劲儿地往上涨。等水一旦没过他们的嘴,也就算完了。他们挂起来的安全灯在晃荡的水波上洒下一层黄光。灯昏暗下去,他们只能分辨出一个不断缩小的半圆光圈,它好像被随着大水一起增长的黑影一点一点地吞没了。突然间,他们完全陷入了黑暗,安全灯耗尽最后一滴油以后熄灭了。这是真正的黑夜,永久的黑夜,是他们将要长眠于其中的地下的黑夜,他们再也别想看一眼阳光了。

"他妈的!"艾蒂安暗自骂了一句。

卡特琳觉得好像坠入了黑暗的地狱之中,紧紧靠在艾蒂安的身上,低低地念叨着矿工们常说的那句话:

"死神吹灭了灯。"

然而,面对死亡的威胁,他们本能地挣扎着,生活的热望又使他们振奋起来。艾蒂安开始用安全灯上的铁钩使劲挖矿岩,卡特琳用手指帮助他挖。他们挖出了一个高台,坐上去,低低的巷顶使他们抬不起头来,只好垂着腿,弓着背。现在他们只有脚还泡在水里,感到冰凉,但是很快又感觉到踝骨凉得像刀扎似的,然后是小腿和膝盖,这种冰冷不断上升,简直无法止住它。高台挖得不很平,加之又湿又滑,他们必须用力坐稳才不致滑下去。这真是到了最后关头,他们还要等多久呢?他们已经被赶到这个巢穴里,连动都不敢动,又累又饿,既没有面包又没有灯光!最使他们痛苦的还是黑暗,它使他们看不到死亡何时到来。一片深深的寂静,灌满水的矿井没有一点动静。现在他们所感觉到的,只有身下的大海,它正从巷道底部无声地向上涨着。

时间一点钟一点钟地过着,周围总是那么漆黑,他们已经不能确切地估计时间,对时间的概念越来越模糊。他们身受种种折磨,这本当使他们觉得时间过得特别慢,但现在的情况相反,时间过得比他们想象的要快,实际上他们被关在这里已经快三天了。他们还认为只有两天一夜。他们不再抱任何得救的希望,谁也不知道他们在这里,谁也不能下到这里来。他们即使不被大水淹死,也要饿死的。他们想最后再敲一次求救信号,那块石头却掉在水里了。再说,谁能够听到他们的信号呢?

卡特琳无可奈何地把疼痛难忍的脑袋歪靠在矿层上,她立即又惊异地抬起来。

"你听!"她说。

艾蒂安起初以为她指的是一直在上涨着的水的低微响声,就说了句谎话,想使她安心。

"是我的腿动弹的声音。"

"不,不,不是……你听,你听那边!"

她又把耳朵贴在煤层上。艾蒂安明白了,也听起来。他们屏住呼吸听了一会儿,听到从远处传来的、十分微弱的三下有间隔的信号。但他们还不敢相信,他们的耳朵里嗡嗡响,这也许是煤层崩裂的声音吧。他们不知道用什么东西敲回答信号。

艾蒂安想出了一个主意。他说:

"你不是穿着木屐吗?脱下来,用鞋后跟敲。"

卡特琳敲起了矿工求救的信号,然后注意谛听,他们又听到在很远的地方响了三下。他们这样敲了无数次,每次都得到了回答。他们激动得哭了,不顾失身掉进水里,互相拥抱起来。同伴们在那里,同伴们终于来了。他们心花怒放,爱情洋溢,忘记了焦虑等待的痛苦,忘记了长时间呼救得不到回音的恼怒,仿佛拯救他们的人一伸手就能劈开矿岩把他们救出去。

"哎呀!"卡特琳愉快地喊道,"幸亏我在那里靠了一下脑袋!"

"啊!你的耳朵真好!"艾蒂安说,"我,我什么也没听到。"

从这时候起,他们俩就轮班总有一个人倾听着,只要一听到信号,立刻就回答。不久,他们听到了尖镐的声音:挖掘工作开始了,人们正在挖一条坑道。他们一点声音也没放过。但是,他们的欢乐重又消沉下去。尽管他们强颜欢笑你骗我、我骗你地互相宽慰,两个人却又都逐渐失望了。起初,他们互相作着种种解释:人们显然是从雷吉亚来的,在煤层中向下挖坑道;也许在挖几个坑道,因为他们听出有三个人在挖凿。后来,他们的话少了,最后,当他们算计出同伴们还离得很远时,就一声不响了。他们虽然不说一句话,心里却不停地思索着,计算着日子,计算着一个工人要挖通这样大一块矿岩需要多少时间。同伴们绝对不会很快地来到,等人们挖到这里的时候,他们不知道已经死过多少遍了。于是,两个人不敢再交谈,唯恐这样反会增加痛苦,只是毫无希望地用木屐笃笃地敲着矿岩,回答呼号,机械地求救,告诉人们他们还活着。

一天过去了,两天过去了,他们已经在底下待了六天。水一直停在他们膝盖处,不涨也不落,他们的腿在冰凉的水里已经泡得麻木了。他们本来可以蜷起腿来待上一个钟头,但保持那种姿势太难受,窝得两腿抽筋,不得不再把脚放到水里。他们坐在滑溜的矿岩上,隔不一会儿就得用力直直腰。煤层上的尖碴刺着他们的脊背;为了避免碰破脑袋,总得弯着脖子,把脖子窝得酸疼。空气被水挤得越来越使他们感到憋闷,好像被扣在钟里面一样。他们的嗓音低而沙哑了,听来好像是从很远的地方传来的。他们的耳朵里嗡嗡作响,一刻不停,好像听到警钟疯狂齐鸣,听到一群牲口在下冰雹的时候狂奔乱窜一样。

起初,卡特琳饿得要命,两只手在胸口上乱抓,发出短促的呼吸,肠胃用钳子拧一样。她不住地呻吟,令人听了心如刀割。艾蒂安也受尽了同样的折磨,他在黑暗中胡乱摸索,碰到一块半腐烂的坑木,就把它捻碎,递给卡特琳一把。她贪婪地吞了下去。两天光景,他们就靠这块烂坑木活命。他们把这块坑木吃得一干二净,接着就去弄别的坑木,可是其余的坑木还很结实,纤维扭不断,他们真后悔不该把烂坑木都吃光。他们更加饥饿难忍了,帆布衣服又嚼不烂,使他们十分气恼。还是艾蒂安腰间系着的一条皮带稍稍解了些急;他用牙把皮带咬成碎块,卡特琳慢慢嚼碎使劲儿往下咽。这样,牙不闲着,使他们感到好像在吃东西一样。后来,皮带也吃完了,他们不得不又吃自己的帆布衣服,几小时几小时地嚼着它。

但是,这些强烈的痛苦不久就平息下去,饥饿变成了一种隐隐的难挨的痛苦,逐渐地、缓慢地消耗着他们的力量。如果不是有取之不尽的水,毫无疑问他们早就死了。他们一弯腰就可以捧起水来喝;他们渴得冒火,没命地喝水,似乎把矿里的水喝干也解不了他们的渴。

第七天,卡特琳弯下身去喝水,却碰到了一具漂浮到她跟前来的死尸。

"啊,你瞧……这是什么?"

艾蒂安在黑暗中摸了一下。

"我也不知道,好像是风门上的破毡子。"

卡特琳把水喝下去,当她第二次去捧水的时候,她的手又碰到了那具死尸。于是她惊骇地喊了一声。

"我的天!是他!"

"谁?"

"他,这你还用问吗?……我摸出了他的胡子。"

那是沙瓦尔的尸首,水涨之后把它从绞车道冲到了他们的跟前。艾蒂安一伸手就摸到了他的胡子和那被砸烂的鼻子,他不由打了一个冷战,心里又厌恶又恐怖。卡特琳一阵恶心,把嘴里没咽下去的水吐了出来,她觉得自己刚才喝的是血,觉得眼前的这潭深水现在都变成了沙瓦尔的血。

"等一下,"艾蒂安喃喃地说,"让我把他踢开。"

他一脚把死尸踢开了。但是,过不一会儿,他们发现它又在他们腿间碰来碰去。

"他妈的!滚你的吧!"

尸首第三次回来时,艾蒂安只好不再管它了,不知哪股水还会把它冲回来的。沙瓦尔不肯离开他们,想跟他们在一起,故意搅扰他们。这个可怕的冤家使空气更加难闻了。这一天,他们整天没有喝一口水,他们克制着自己,宁愿渴死;可是,到了第三天就渴得再也受不了,只好又喝起来,每喝一口就得推一下死尸,但他们还是要喝。他不该砸烂他的脑袋,以致使他由于顽固的嫉妒,又来到他和她之间。他虽然死了,还要永远在这里不让他们俩好好地在一起。

过了一天,又过了一天。只要水稍微一动,艾蒂安就被他杀死的那个人轻轻地碰一下,好像坐在旁边的一个人在用臂肘轻轻地捅他,叫他知道自己还在这里。艾蒂安每碰到尸首一下,心里就一惊。他眼前总浮现着那个血肉模糊的脸,红胡子和逐渐变得肿胀青紫的躯体。后来,他记不得了,好像自己没有把沙瓦尔打死,而是那个人泗在水里要来咬他。现在,卡特琳没完没了地一阵一阵地痛哭,哭完便无力地昏过去,最后陷入无法克制的昏睡状态。艾蒂安把她叫醒,她含含糊糊地说上几个字,马上就又昏睡过去,连眼皮都不抬;他怕她掉进水里,就用一只胳膊搂住她。现在只有艾蒂安回答同伴们的信号了。尖镐声越来越近,听着就在背后。然而他也越来越没力气,终于完全失去了敲信号的毅力。既然人们知道他们在这里,何必费这个劲儿呢?人们来不来,他已经不大在意。他在痴痴地等待着,有时竟然待着几个钟头却忘记自己在等待什么。

　　水落下去了,沙瓦尔的尸体漂远了,这使他们多少感到轻松了一些。人们一直在努力营救他们,这已经是第九天了,他们刚下来在巷道里走上几步,突然发生了一阵可怕的震动,把他们震倒在地上。他们互相寻找着,两个人搂抱在一起,不知道是怎么回事,以为又发生了什么灾难。随后又没有任何动静了,尖镐声也停止了。

　　他们俩在一个角落里并排坐下,卡特琳微微地笑了一声。
　　"外面天气多么好……走,咱们从这里出去。"
　　艾蒂安起初尽力挣扎着,避免陷入这种昏乱。但是,他那比较坚强的头脑也终于受了感染,完全失去了对现实的正确感觉。他们的全部感觉都错乱了,特别是卡特琳,烧得迷迷糊糊,一个劲儿地胡说乱动,简直难以自持。她耳朵里嗡嗡的响声,变成了潺潺的水声和鸟儿的歌唱;她闻到了被压倒的青草发出的浓郁的芳香;清楚地看见大片业已黄熟的庄稼在起伏荡漾,甚至认为他们来到了井外,是在一个明媚晴朗的日子,待在运河岸边的麦田里。

"天气多暖和呀,是不?……来,趴到我身上来。噢,我们要永远守在一起,永远,永远!"

艾蒂安把她紧紧地搂住,她在他怀里久久地磨蹭着,像个沉醉在幸福之中的姑娘,滔滔不绝地说着:

"我们等了这么久,真是太傻了!快来,我早就盼望着你,可是你不明白我的意思,你赌气……你还记得吗?在我们家里,那天夜里我们俩谁也睡不着,仰脸躺着,听着彼此的呼吸,心里燃烧着互相拥抱的强烈欲望。"

艾蒂安被卡特琳的愉快感染了,对他们过去在无声中的暗中相爱打趣说:

"是呀,是呀!你还左右开弓打过我一顿嘴巴呢!"

"那是因为我爱你。"她低声说,"你知道,我是故意压制着爱你的念头,我对自己说:事情已经没有希望了。但是,我从内心里清楚地知道,总有一天我们会在一起的……只不过需要等待机会,一个适当的机会,不是吗?"

艾蒂安打了一个冷战,感到浑身发冷,他先想摆脱这种幻梦,但接着又慢慢念叨说:

"什么事情也不会绝对没有希望,一遇机会就会重新开始。"

"那么,你要我啦?这一回可是个好机会。"

她迷迷糊糊地身子滑了下去。她已经软弱不堪,她那低微的声音也听不见了。艾蒂安惶恐地把她搂在怀里。

"你难受吗?"

她抬起身来,惊异地说:

"不,一点也不……为什么?"

但是,艾蒂安这一问惊破了她的梦。她惊慌地望着黑暗,拧着双手,又痛哭起来。

"天哪,天哪!怎么这样黑呀!"

这里不是麦田,也没有青草的馨香,云雀的歌唱,光辉灿烂的太阳;这里是倒塌的、被大水淹没的煤窑,是臭气熏人的黑夜,是阴森潮湿的地窖,他们在这里已经苟延残喘了许多天!感官的错乱更增加了这里的恐怖,又勾起她童年时代的迷信想法,她想起了"黑鬼"——死去的老矿工,又回到矿井来扭断那些干丑事的姑娘的脖子。

"喂,你听!听见没有?"

"没有,我什么也没听见。"

"是的,是'黑鬼',你知道吗?……你瞧,他就在那儿!……人们割断了地神的血管,他为了报复,把所有的血都放出来了。他就在那儿,你看!他比黑夜还要黑……啊,可吓死我了!啊,可吓死我了!"

她不言语了,浑身哆嗦着。然后她又用极低的声音接着说:

"不,还是那一个。"

"哪一个?"

"就是先前和我们在一起,现在已经死了的那一个。"

沙瓦尔的影子缠扰着她,她胡乱地谈起他来,诉说跟他过的那种非人的生活,除了在让-巴特矿那一天他表现得有些温存以外,其他日子不是打就是骂,痛打完她以后,又抱着把她揉搓得要死。

"我告诉你,他来了,他还不让我们在一起!……他又吃醋了……噢,你把他赶走!噢,你不要丢开我,千万不要丢开我!"

卡特琳向上一蹿,搂住艾蒂安的脖子,用嘴寻找他的嘴,随即热切地亲吻起来。黑暗消失露出了光明,她又看到了阳光,脸上又浮起一个情人的安详笑容。卡特琳身上的衣裤都已破烂不堪,肌肤裸露,艾蒂安感到她的肉体贴在自己身上,浑身一阵发麻,春情勃发,抱住了她。他们终于在这个坟墓的深处,在这泥土的床上度过了新婚之夜;这是出于一定要在死前得到幸福的需要,出于生活的顽强的需要,最后一次创造生命的需要。他们在临死的时候,在失去一切希望的时候终于相爱了。

以后,就安安定定的,再没有任何事情。艾蒂安仍然坐在原地,卡特琳躺在他的腿上一动不动。时间一点钟一点钟地流逝。很长一段时间他觉得她是在睡觉;后来他用手摸了摸她,她的身体已经冰冷,她死了。然而他依旧没有动,深恐惊醒她。他在她成为一个真正的女人以后第一个占有了她,并且可能使她怀孕,这种想法使他充满了深情。其他想法,比方说,和她一起出去的愿望,他们俩将来在一起的快乐,也不时地回到他的脑际,然而是那么模糊,只是从他的脑子里轻轻掠过,好像睡眠时的气息。他越来越衰弱,只剩下慢慢抬起手来摸一摸她是否还僵直冰冷得像一个熟睡的孩子那样躺在他膝上的力气了。一切都化为乌有了,连黑夜本身也看不到了,他已经坠入虚无缥缈之中,失去了时间和地点的概念。无疑地,在他的头旁边还有什么东西在敲击,猛烈的凿击声越来越近;起初,他不过是由于过度疲惫而懒于回答,现在他却什么也不知道了。他只像做梦似的看到卡特琳在他前面走着,听到她那清脆的木屐声。两天过去了,她仍旧在他的膝上,他机械地抚摸着她,放心地感到她依然平静地躺在那里。

艾蒂安突然感到一阵震撼。许多人在叫喊,矿岩泥土滚到他脚前。当他看到一盏灯的时候,他哭了。他不住地眨着两眼,盯着灯光,好像永远看不够似的望着黑暗中的这个红点。同伴们把他抬走了,并且撬开他紧闭的牙关灌了几匙汤。到了雷吉亚的巷道以后,他才认出站在他面前的一个人来——工程师内格尔,于是这两个互相鄙视的人——反抗的工人和对一切抱怀疑态度的头儿——在他们内在的全部人性的激发中,互相搂住脖子,大哭起来。这是无比的悲伤,多少世代的苦难,是人生所能遭遇的最大痛苦。

在井上,悲痛欲绝的马赫老婆在死去的卡特琳跟前接连喊叫了几声,然后没完没了地、长篇大套地哭诉起来。几具尸体都已抬上来,排列在地上。沙瓦尔,人们认为他是被坑道塌坍砸死的;一个童工和两个挖煤工,也是被砸得血肉模糊,脑壳里已经没有脑浆,肚子鼓鼓的,灌满了水。人群里的女人们一见,像发疯一样,扯破自己的裙子,撕抓自己的脸。人们让艾蒂安习惯了一会儿灯光,并给他吃了点东西,最后把他抬了出来。当人们看到头发雪白、瘦得皮包骨头的他出现时,都吓得躲开这个"老头儿",浑身直打战。马赫老婆也停止了叫喊,瞪大眼睛呆呆地望着他。

六

这是凌晨四点钟。四月的凉夜在接近拂晓时渐渐变温暖了。晴空中星光闪烁,曙光映红了东方。一个轻微的震颤掠过昏睡漆黑的乡野,这是黎明前的模糊的骚动。

艾蒂安在蒙苏一家医院的病床上躺了六个星期。虽然还是面黄肌瘦,但他感觉到可以行动了,于是就离开了医院。现在,他在去旺达姆的大路上阔步前进。公司仍然为它的矿井担心,在接连不断地解雇工人,艾蒂安也接到通知不能再留用了。不过,公司提出给他一百法郎的救济金,好言劝他离开煤矿,恐怕他今后再也经受不起矿里的艰苦工作。他回绝了公司的好意,没有要一百法郎的赠金。普鲁沙已经给他来信,并随信汇来路费,叫他到巴黎去。他昔日的梦想实现了。他昨晚出了医院,在德喜儿寡妇的欢乐舞厅住了一夜,今天大清早就起来了。他心里只惦记着一件事,那就是要在到马西恩纳乘八点钟的火车离开这里以前去跟同伴们道个别。

艾蒂安在变成玫瑰色的道路上停了一会儿。呼吸一下这早春的清新空气,真舒服极了。这样的早晨预示着一个艳丽的天气。天色慢慢亮起来,太阳徐徐升起,大地随之渐渐苏醒。他望着逐渐撩起夜幕的辽阔平原,笃笃地拄着手中的一根荆杖,又走起来。他和谁都没再见过面,马赫老婆也只到医院去看过他一次,以后再也没去过,显然她是没有工夫。艾蒂安知道,二四〇矿工村的人都到让-巴特矿做工去了,马赫老婆自己也回到那里干活了。

冷清的路上行人逐渐多起来,面色苍白的矿工们不断从艾蒂安身边一声不响地走过。据说,公司利用它的胜利任意欺压工人,工人们经过两个半月的罢工,迫于饥饿又复工以后,不得不接受变相降低工资的坑木另行付款办法,现在这种降低尤其令人愤恨,因为同伴们曾为反对降低工资流过鲜血。

公司剥夺了他们一个小时的劳动价值,迫使他们背弃决不低头的誓言,这种不得已的背信像一个苦胆,一直哽在他们的喉头。米鲁矿、玛德兰矿、克雷沃科尔矿、维克托阿矿,各处都复工了。在这清晨的雾霭中,一溜溜的人群沿着黑暗的道路,低头快步走着,好像被赶往屠宰场的羊群。他们穿着单薄的粗布衣服,冻得直哆嗦,抱着胳膊,屁股一摆一摆地走着,放在衬衣和上衣之间的"夹面包",在弓着的背上形成一个驼峰。在这一群群重又去上工的工人中,在这个沉默不语的黑影中,没有一丝笑声,没有一个人向路上张望,人们可以感觉到他们的切齿愤怒和满腹仇恨,只是为了肚子才不得不屈服。

他越走近矿井,看到上工的人越多,人们几乎都是单独走着,那些结队来的,也只是一个跟在一个后面,谁也不跟谁说一句话,对自己对别人,同样感到厌恶,人人都是疲惫无力的样子。他看到其中一个年岁很大的工人,两眼在苍白的额头下冒着火光,好像两块火炭。另外一个年轻工人,呼呼地喘着气,好像憋着一肚子的怒火。很多人手里拿着木屐,可以听到他们穿着粗毛袜踏在地上行走发出的扑扑声。这个无穷无尽的人流,活像一群被迫溃退的败兵,一直低着头,心怀愤怒,一定要再度起来战斗,复仇。

当艾蒂安来到让-巴特矿的时候,矿井的轮廓已隐约可见,在越来越明亮的曙光中,台架上的挂灯还亮着。模糊不清的建筑物上升起一缕雾气,仿佛一根淡淡地染上了一点西洋红色的白羽毛。他顺着选煤场的台阶走向收煤处。

已经开始下井了,矿工们正从更衣室上来。他在这个乱哄哄的地方一动不动地站了片刻。斗车的隆隆声震动着铁板路,卷筒在喊话筒的喊声、铃声以及敲打信号声中一反一正地转动着,收放钢缆。他又看到了那个每天吞食一定数量人肉的大妖怪,罐笼上来下去,它那贪婪的大嘴不停地把人吞下去。艾蒂安自从遭遇那次危险以后,对矿井有了一种神经质的憎恨。一看到这些沉下去的罐笼,他的五脏就像要被揪裂一样。竖井勾起他的怒火,他不得不掉过头去。

挂灯里的油即将耗尽,只发出微弱的亮光,巨大的厅房里依然昏暗不明,他看不到一张熟识的面孔。赤着脚、拿着安全灯在那里等候下井的矿工们,用不安的大眼睛望了望他,然后低下头去,羞愧地向后退缩。无疑他们认得他,他们不再怨恨他,相反地,好像有些怕他,一想到他会责备他们怯懦,就感到脸上发烧。艾蒂安看到他们这种态度,心里很难过,他忘记了这些可怜人曾用石头打过他,又产生了使他们成为主人公的幻想,要领导这些气愤填膺的群众,这是股不可抗拒的力量。

罐笼装满了一罐人消失了;另一些人来到井口,他终于认出罢工时他的一个助手,一个曾发誓不怕死的汉子。

"你也来了?"艾蒂安带着痛心的样子低声说。

那个人的脸顿时变得煞白,做了一个无可奈何的手势,嘴唇颤抖着说:

"有什么法子?我有一个老婆。"

这时,从更衣室里新上来一群人,他认识他们每一个人。

"你也来了?你也来了?你也来了?"

大家都畏畏缩缩、结结巴巴地低声说:

"我家里有母亲……我家里有孩子……总得吃饭哪。"

罐笼还没上来,他们抑郁地等候着;对于这次失败,他们感到非常痛心,互相都不敢相望,只是死死地盯着竖井。

"马赫家的呢?"艾蒂安问。

人们一句话没有回答。有一个人做了一个手势,表示她就要来了。另外有些人伸出两手,同情地颤抖着,唉!可怜的女人!真命苦呀!大家依然沉默着,当艾蒂安伸手和他们握别时,每个人都紧紧地握住他的手,在这种无言的紧握中表达了他们对于屈服的激愤和切望雪耻的心情。罐笼上来了。他们上了罐笼,沉入深渊。

皮埃隆来了,他的皮帽子上挂着工头们的无罩灯。他从上星期当上了罐笼站的工头,这一高升使他变得傲慢起来,因此工人们都躲着他。他一见艾蒂安,感到很别扭,然而还是走过来,当艾蒂安告诉他自己就要离开这里以后,他才放了心。他们谈了一会儿:他的妻子,那些先生们对她那么好,靠他们的支持,她现在开着进步咖啡馆。老穆克来了,皮埃隆一见他就大发雷霆,斥责他没在规定的时间把堆积的马粪弄上来,因此中断了谈话;老穆克缩着肩膀聆听着。忍气吞声的老穆克在下井之前也和艾蒂安握了手,和别的人一样,他久久地握着他的手,表达了压在心头的怒火和将来还要反抗的激动心情。这个老人不再为他的儿女之死责备他,艾蒂安握住他那只颤抖的老手,十分感动,连一句话也说不出来,一直望着他消失在竖井里。

"马赫家的今天早晨不来了吗?"过了一会儿,他问皮埃隆。

皮埃隆起初装作没听明白,他认为,只要一提她就要倒霉。后来,他借口要去张罗一件事而走开时说:

"你说谁?马赫家的?……那不是她来了。"

的确,马赫老婆拿着安全灯从更衣室里走出来,她穿着短裤和外衣,脑袋上箍着一顶无沿小帽。公司还是出于对这个惨遭重大打击的不幸女人的怜悯,才作出了这种仁慈的决定,答应她这个四十岁的女人再下井。但是,要她推车似乎难以办到了,于是就派她到塔尔塔雷下面的北巷道那个像地狱般的地方去摇风扇;由于不通风,最近在那里安装了一个小风扇。每天十个钟头的苦役,累得她腰酸腿疼,骨头都要断了。她在四十度的烤人的温度下,在狭窄的巷道里摇风扇,一天才挣一个半法郎。

她穿着男人衣服,令人看了怪难受的,胸间和腹部好像还带着掌子面上的水。艾蒂安一见她这副样子觉得十分惊讶,他讷讷地找不出适当的话来,不知怎样向她说明自己就要走了,是特意来向她告别的。

她望着他,并没有注意他说什么,很亲热地跟他说:

"看到我感到奇怪吗,嗯?……不错,我是说过,如果我们家的人谁敢先下井,我就掐死谁;现在我自己却下井来了,也应当掐死我自己是不是?……唉!要是家里没有老爷爷和孩子们,我早就掐死自己了!"

她继续用低沉无力的声音说着。她并不作什么辩解,只讲实际情况,他们几乎要饿死,所以她决心下井,也是为了免得一家人被赶出矿工村。

"老爷爷怎么样了?"艾蒂安问。

"他脾气始终很好,很结实的,就是脑子完全坏了……你知道吗,他并没有因为那件事被判罪,只是有人要把他送到疯人院去,我没答应,因为那样他们会把他作践死的……不过,他这件事仍然给我们招来很多麻烦,他永远拿不到养老金了,那些先生们中的一个人说,要是给他养老金是不合道义的。"

"让兰有工作吗?"

"有工作,那些先生给他在井上找了一个工作。他一天挣一个法郎……哦!我并不抱怨,头儿们表现得不错,他们怎么对我说的就怎么办了……小家伙挣一个法郎,我挣一个半,一共是两个半法郎。要不是六口人的话,也就够吃饭的了。现在,艾斯黛吃得可多啦,倒霉的是,勒诺尔和亨利还得等四五年才能到达来矿上做工的年龄。"

艾蒂安不由得露出难过的神情。

"他们也得下井?"

马赫老婆苍白的脸涨得通红,眼里闪着火光;但是,随后她的两肩向下一垂,仿佛只有认命似的。

"有什么办法呢?他们只有跟在一家人的后面也来……一家人都死在里面后,就该轮到他们了。"

她住了口,斗车的隆隆声打扰了他们。晨光从蒙着很厚一层灰尘的大窗户上透进来,大厅里的挂灯在苍白的光线中渐渐变得暗淡,机器每隔三分钟震动一次,钢索伸展着,罐笼继续吞噬着矿工。

"喂,快点吧,懒家伙们!"皮埃隆喊道,"快上罐,今天下井总也完不了啦!"

皮埃隆望着马赫老婆,她一动没动。她放过了三趟罐笼,这时候,她好像大梦方醒似的,想起艾蒂安一见面时说的话来,于是问他:

"那么,你要走啦?"

"是的,今天早晨就走。"

"你做得对,要是有办法,最好是到别的地方去……看到你我很高兴,因为至少可以让你知道,我心里一点儿也不恨你。发生那场屠杀以后,我有一度曾想打死你,但是,后来我想了想,终于明白过来,这谁也不怨,你说是不是?……是的,是的,这并不是你的过错,这是大家的过错。"

现在,她平静地谈着死去的亲人,谈到丈夫,谈到扎查里和卡特琳,只是在提到阿尔奇的时候,她的眼睛里才激起泪花。她又恢复了她过去的那种平静,通情达理,是非分明。资本家们杀了这么多穷人不会有好报的。总有一天,他们一定会受到惩罚,因为一切都有报应。甚至用不着别人动手,虐待工人的交易自己就会垮台,士兵将会像开枪打工人一样向资本家们开枪。虽然一辈子听天由命和世代相传的安分守己的性格又使她低了头,她的思想里却发生了变化,她确信不公正的日子不会再继续下去,即使仁慈的上帝不为穷人们报仇,也会另出来一个人替他们报仇的。

她说话的声音很低,不放心地打量着周围,后来,当皮埃隆走近的时候,她故意提高嗓门补充说:

"好吧,既然你要走,应该到我们家里把你的东西带走……还有两件衬衣,三块手帕,一条旧短裤。"

艾蒂安摇了摇手,表示不要这些没有卖掉的烂布了。

"不,不用了,给孩子们留着用吧……到巴黎我会有办法的。"

罐笼又下去了两趟,皮埃隆决定直接来催马赫老婆。

"喂,我说,那边就等你啦!你们的闲聊快完了吗?"

马赫老婆背过身去。这个被收买的家伙算干什么的?下井的事他管不着。罐笼站上的工人们,全都恨透了他。马赫老婆手里拿着安全灯仍然没有动窝,尽管季节已经暖和了,站在这过堂风中她还是感到很冷。

无论是艾蒂安还是她,都再也找不到话说,两个人面对面地愣着,心里充满了离别之情,都想说点什么。

最后,她没话找话说:

"勒瓦克老婆肚子大了,勒瓦克还在监狱里,如今布特鲁补了他的缺。"

"哦!是啊,布特鲁。"

"我再告诉你,我跟你说过没有?……斐洛梅走了。"

"怎么,走了?"

"是的,跟加莱海峡省的一个矿工走了。我生怕她把两个小崽子给我丢下,还算好,她把他们都带走了……一个吐血的女人,外表上看来不声不响的,谁能想到呢?"

她冥想了片刻,又慢声慢气地接着说:

"还有人说我的闲话呢!……你还记得吧,有人说我跟你睡过觉。我的天!假使我年轻一点,男人死了以后,这倒还有可能,你说是不是?可是,今天我很高兴我们没有做过这种事,做了我们一定会后悔的。"

"是啊,我们一定会后悔的。"艾蒂安简单地重复了一句。

他们就谈到这里,没再说下去。罐笼正在等着她,人们生气地喊叫她,威胁要罚她的工钱。这时她才决意和艾蒂安握别。艾蒂安十分激动,久久地望着这个受过那么多折磨、精疲力竭的女人。她面色苍白,花白了的头发露在小蓝帽外面,她那像良种母畜一样生育过多的身体,由于穿着粗布上衣和短裤而显得更加难看了。在他们最后一次握手时,他又感到了同伴们的那种情感。她默默不语,久久紧握着他的手,这是对将来重振旗鼓的约定。他完全明白这种意思,他在她的眼睛里看到了坚定的信念。不久以后,一定要大干一场。

"他妈的,别装模作样啦!"皮埃隆喊道。

马赫老婆被塞上罐笼,跟另外四个人挤在一辆斗车里。信号绳一拉,发出了往下送人肉的信号。罐笼开动了,沉入黑暗之中,只看到钢缆飞快地下滑。

艾蒂安离开矿井,在选煤棚下面,他看到一个人伸着腿坐在一大堆煤中间。那是让兰,他当了"清大块儿"的。他在大腿中间夹着一大块煤,正用锤子一下下地使劲敲着,以便把页岩敲下去,飞起的煤末像煤烟子似的把他淹没了,要不是这个孩子抬起他那长着两只大招风耳朵和发蓝的小眼睛的猴子般怪脸,年轻人简直没法认出他来。让兰顽皮地笑了笑,最后一下敲开了那块煤,又被淹没在扬起的煤末中。

艾蒂安到了矿井外边,沉思地顺着大路走了一会儿。他的脑子里乱哄哄地翻腾着各种各样的想法。但是,他感到置身在海阔天空中,他舒畅地呼吸着。光辉的太阳出现在地平线上,整个原野愉快地醒来了。金色的光芒从东方洒到西方,普照着无限广阔的平原。这种生命的热力以青春的激情扩大着,发展着,其中回荡着大地的气息、鸟儿的歌声、流水的响声和森林的低语声。生活是美好的,旧世界还想多过上一个春天。

艾蒂安沉湎在这种对生活的希望之中,他放慢脚步,左顾右盼,欣赏着这万象更新季节的宜人景色。他想到自己,觉得这段艰苦的矿工经历使他坚强了,成熟了。他的学习已告结束,现在学成离去,已经是一个能够高谈革命道理的战士,向他所目睹和谴责的那个社会宣战。一想到将来可以赶上普鲁沙,像他那样成为受人拥护的领袖,他便喜不自禁,高兴得要发表演说,甚至已构思起讲话的辞句来。他左思右想,打算扩大自己的纲领;那种曾使他高高在上,脱离了本阶级的资产阶级文雅,使他更加痛恨资产阶级。现在,他觉得需要把他一向嫌穷嫌脏的工人放在荣耀的地位,他要证明只有这些工人才是最伟大的和无可非难的人,唯有他们才是最高尚的阶级和能够使人类自强不息的力量。他好像已经登上了讲台,同人民共庆胜利,而没有被人民吞掉。

云雀在高空歌唱,他举目仰望青天。薄薄的红霞,即将消失的晨霭,消融在蔚蓝清澈的天空。苏瓦林和拉赛纳的形象,模模糊糊地浮现在他眼前。如果人人争权夺利,任何事情都必定垮台。因此,以革新世界为己任的著名"国际",在它的庞大队伍发生分裂和内讧加剧以后,便无能为力地失败了。那么,达尔文的关于世界不外是强者为了品种的美好和延续而吞食弱者的战场的说法,是不是正确呢?尽管他遇事果断,自觉学识渊博,但是这个问题却成了他的难题。不过,有一个想法驱散了他的疑惑,使他兴奋起来,那就是对他首先要发表的理论仍然采取旧日的解释。如果说必须有一个阶级被吃掉,难道不该是那生命旺盛、正在成长的人民去吃掉穷奢极欲的、垂死的资产阶级吗?新的社会将从新的血液中诞生。蛮族的入侵曾使一些衰老的民族再生,他在期待类似的入侵当中,又产生了坚定的信心:革命即将到来,这是一次真正的革命,劳动者的革命,它的火焰将把本世纪的最末几年映得通红,就像他眼前看到的初升的红日映红整个天空一样。

他不停地向前走着,一面幻想,一面用他的荆杖敲着路上的石子。他举目四望,认出这个地方的每个角落。这儿是浮舍伯,他想起在捣毁矿井的那天早晨,自己正是在这里指挥群众的。今天,粗笨繁重的、伤身害命的、报酬低微的劳动,又在这里开始了。他好像听到了地下七百米深处那低沉单调的、接连不断的声音,这是他亲眼看着下井的那些面色忧郁的同伴压抑着无声的激怒在刨煤。显然,他们是失败了,他们丢了钱,死了人。但是,巴黎将永远忘不了沃勒矿井的枪声,帝国的血也要从这个不可医治的创伤中流尽。工业危机虽然过去,工厂一个跟着一个复了工,但是斗争状态并没有解除,今后仍不可能安定。矿工们已经检阅了自己的队伍和力量,以他们的正义呼声唤醒了全法国的工人。因此,矿工们的失败并没有使任何人高枕无忧,蒙苏的资产阶级在胜利之余,对未来的罢工怀着隐忧。他们不断回首观望,看一看在这种不寻常的宁静当中是不是仍然孕育着他们的不可避免的末日。他们清楚地知道,革命将不断发生,或许明天就要随着大罢工而爆发;如果组织起互助基金会,所有劳动者的一致行动,就可以坚持几个月而不至于没有面包吃。这一次只不过是对于即将崩溃的社会的一个小小的冲击,可是资产阶级已经听到脚下的震动,一下接着一下,直到把这个摇摇欲坠的腐朽社会彻底摧毁,就像沉没在深渊底下的沃勒矿井一样,永远埋葬掉。

艾蒂安向左一拐,踏上去儒瓦塞勒的道路。他想起自己曾在这里劝阻罢工的人群冲向加斯冬-玛里。在明亮的阳光下,他远远地看到几个矿井的井楼,右边是米鲁矿井,玛德兰矿井和克雷沃科尔矿井并排挨着。到处是劳动的声音,他觉得自己听到了地下的尖镐声,正在平原的这一端和那一端敲击着。一下又一下,敲个不停。在对着晨光微笑的农田、道路和村庄的下面,都有尖镐声,这是地下牢狱中的一切非人劳动;只有下到里面,亲身听到悲惨的叹息,才能了解它在巨大的岩层下面是多么沉重。现在,他认为暴力或许无济于事。割断钢缆,扒掉铁轨,砸碎矿灯,丝毫无用!三千人一起奔走破坏也全然徒劳!他模模糊糊地猜想,合法斗争将来有一天也许更为有力。他过去曾因幼稚而胡闹以泄心中的怨恨,现在渐渐理智了。是的,通情达理的马赫老婆说得非常对,将来会有一场伟大的斗争。等法律允许的时候,大家就从容地组织起来,互相了解,建立起工会;然后,千千万万的劳动者彼此忠诚团结,去对付他们面前仅有的几千个不劳而食的人,到那时,就可以取得政权,当家做主了。啊!这是真理和正义的复兴!那时,可怜的工人们用自己的血肉喂养得脑满肠肥的那个从未见过的、不知道躲在什么地方的神龛里的神,这尊可恶的偶像,将立刻一命呜呼。

艾蒂安从通往旺达姆的路上走出来,踏上石铺大路。向右望去,蒙苏越来越低,最后隐没不见了。前方是沃勒矿井的废墟,有三架抽水机正在不停地从可诅咒的井口往外抽水。接着,维克托阿矿井、圣托玛斯矿井、费特利-康泰耳矿井,相继出现在地平线上。北面,炼铁高炉的炉顶和炼焦炉,正冲着清晨的晴空喷吐黑烟。要想赶上八点钟的火车,他必须加快脚步,因为还有六公里的路程。

这时,在他脚下的地底深处,继续响着顽强的尖镐声。同伴们都在那里,他好像听到他们步步跟着他。马赫老婆不是正在这块甜菜地的下面,伴着风扇的响声,呼呼直喘,累得腰骨欲断吗?左边,右边,前边,他都觉得有同样的声音,从麦田、绿篱和小树丛下面传来。现在,四月的太阳已经高高悬在空中,普照着养育万物的大地。生命迸出母胎,嫩芽抽出绿叶,萌发的青草把原野顶得直颤动。种子在到处涨大、发芽,为寻找光和热而拱开辽阔的大地。草木汁液的流动发出窃窃的私语,萌芽的声音宛如啧啧的接吻。同伴们还在刨煤,尖镐声一直不断,越来越清楚,好像接近地面了。这种敲击声音,使大地在火热的阳光照射下,在青春的早晨怀了孕。人们一天一天壮大,黑色的复仇大军正在田野里慢慢地生长,要使未来的世纪获得丰收。这支队伍的萌芽就要冲破大地活跃于世界之上了。

"外国文学名著丛书"书目

第 一 辑

书 名	作 者	译 者
伊索寓言	〔古希腊〕伊索	周作人
源氏物语	〔日〕紫式部	丰子恺
堂吉诃德	〔西班牙〕塞万提斯	杨 绛
泰戈尔诗选	〔印度〕泰戈尔	冰 心 石 真
坎特伯雷故事	〔英〕杰弗雷·乔叟	方 重
失乐园	〔英〕约翰·弥尔顿	朱维之
格列佛游记	〔英〕斯威夫特	张 健
傲慢与偏见	〔英〕简·奥斯丁	王科一
雪莱抒情诗选	〔英〕雪莱	查良铮
瓦尔登湖	〔美〕亨利·戴维·梭罗	徐 迟
欧·亨利短篇小说选	〔美〕欧·亨利	王永年
特利斯当与伊瑟	〔法〕贝迪耶	罗新璋
巨人传	〔法〕拉伯雷	鲍文蔚
忏悔录	〔法〕卢梭	范希衡 等
欧也妮·葛朗台 高老头	〔法〕巴尔扎克	傅 雷
雨果诗选	〔法〕雨果	程曾厚
巴黎圣母院	〔法〕雨果	陈敬容
包法利夫人	〔法〕福楼拜	李健吾
叶甫盖尼·奥涅金	〔俄〕普希金	智 量
死魂灵	〔俄〕果戈理	满 涛 许庆道

书 名	作 者	译 者
当代英雄	〔俄〕莱蒙托夫	草 婴
猎人笔记	〔俄〕屠格涅夫	丰子恺
白痴	〔俄〕陀思妥耶夫斯基	南 江
列夫·托尔斯泰中短篇小说选	〔俄〕列夫·托尔斯泰	草 婴
怎么办？	〔俄〕车尔尼雪夫斯基	蒋 路
高尔基短篇小说选	〔苏联〕高尔基	巴 金 等
浮士德	〔德〕歌德	绿 原
易卜生戏剧四种	〔挪〕易卜生	潘家洵
鲵鱼之乱	〔捷〕卡·恰佩克	贝 京
金人	〔匈〕约卡伊·莫尔	柯 青

第 二 辑

荷马史诗·伊利亚特	〔古希腊〕荷马	罗念生 王焕生
荷马史诗·奥德赛	〔古希腊〕荷马	王焕生
十日谈	〔意大利〕薄伽丘	王永年
莎士比亚悲剧五种	〔英〕威廉·莎士比亚	朱生豪
多情客游记	〔英〕劳伦斯·斯特恩	石永礼
唐璜	〔英〕拜伦	查良铮
大卫·科波菲尔	〔英〕查尔斯·狄更斯	庄绎传
简·爱	〔英〕夏洛蒂·勃朗特	吴钧燮
呼啸山庄	〔英〕爱米丽·勃朗特	张 玲 张 扬
德伯家的苔丝	〔英〕托马斯·哈代	张谷若
海浪 达洛维太太	〔英〕弗吉尼亚·吴尔夫	吴钧燮 谷启楠
哈克贝利·费恩历险记	〔美〕马克·吐温	张友松
一位女士的画像	〔美〕亨利·詹姆斯	项星耀
喧哗与骚动	〔美〕威廉·福克纳	李文俊
永别了武器	〔美〕欧内斯特·海明威	于晓红

书　名	作　者	译者
波斯人信札	〔法〕孟德斯鸠	罗大冈
伏尔泰小说选	〔法〕伏尔泰	傅　雷
红与黑	〔法〕司汤达	张冠尧
幻灭	〔法〕巴尔扎克	傅　雷
莫泊桑中短篇小说选	〔法〕莫泊桑	张英伦
文字生涯	〔法〕让－保尔·萨特	沈志明
局外人　鼠疫	〔法〕加缪	徐和瑾
契诃夫小说选	〔俄〕契诃夫	汝　龙
布宁中短篇小说选	〔俄〕布宁	陈　馥
一个人的遭遇	〔苏联〕肖洛霍夫	草　婴
少年维特的烦恼	〔德〕歌德	杨武能
德国，一个冬天的童话	〔德〕海涅	冯　至
绿衣亨利	〔瑞士〕戈特弗里德·凯勒	田德望
斯特林堡小说戏剧选	〔瑞典〕斯特林堡	李之义
城堡	〔奥地利〕卡夫卡	高年生

第　三　辑

埃斯库罗斯悲剧二种	〔古希腊〕埃斯库罗斯	罗念生
索福克勒斯悲剧二种	〔古希腊〕索福克勒斯	罗念生
欧里庇得斯悲剧二种	〔古希腊〕欧里庇得斯	罗念生
神曲	〔意大利〕但丁	田德望
西班牙流浪汉小说选	〔西班牙〕克维多　等	杨　绛　等
阿拉伯古代诗选	〔阿拉伯〕乌姆鲁勒·盖斯　等	仲跻昆
列王纪选	〔波斯〕菲尔多西	张鸿年
蕾莉与马杰农	〔波斯〕内扎米	卢　永
莎士比亚喜剧五种	〔英〕威廉·莎士比亚	方　平
鲁滨孙飘流记	〔英〕笛福	徐霞村

书 名	作 者	译 者
彭斯诗选	〔英〕彭斯	王佐良
艾凡赫	〔英〕沃尔特·司各特	项星耀
名利场	〔英〕萨克雷	杨 必
人性的枷锁	〔英〕威廉·萨默塞特·毛姆	叶 尊
儿子与情人	〔英〕D. H. 劳伦斯	陈良廷 刘文澜
杰克·伦敦小说选	〔美〕杰克·伦敦	万 紫 等
了不起的盖茨比	〔美〕菲茨杰拉德	姚乃强
木工小史	〔法〕乔治·桑	齐 香
恶之花 巴黎的忧郁	〔法〕波德莱尔	钱春绮
萌芽	〔法〕左拉	黎 柯
前夜 父与子	〔俄〕屠格涅夫	丽尼 巴金
卡拉马佐夫兄弟	〔俄〕陀思妥耶夫斯基	耿济之
安娜·卡列宁娜	〔俄〕列夫·托尔斯泰	周 扬 谢素台
茨维塔耶娃诗选	〔俄〕茨维塔耶娃	刘文飞
德国诗选	〔德〕歌德 等	钱春绮
安徒生童话选	〔丹麦〕安徒生	叶君健
外祖母	〔捷〕鲍·聂姆佐娃	吴 琦
好兵帅克历险记	〔捷〕雅·哈谢克	星 灿
我是猫	〔日〕夏目漱石	阎小妹
罗生门	〔日〕芥川龙之介	文洁若